BIRGIT JASMUND
Das Geheimnis
der Porzellanmalerin

AF203160

atb aufbau taschenbuch

Birgit Jasmund, geboren 1967, stammt aus der Nähe von Hamburg. Sie hat Rechtswissenschaften in Kiel studiert und lebt in Dresden.

Im Aufbau Taschenbuch Verlag sind ihre Romane »Die Tochter von Rungholt«, »Luther und der Pesttote«, »Der Duft des Teufels«, »Das Geheimnis der Porzellanmalerin«, »Das Geheimnis der Zuckerbäckerin«, »Das Erbe der Porzellanmalerin«, »Die Maitresse. Aufstieg und Fall der Gräfin Cosel«, »Das Geheimnis der Baumeisterin« und »Die Elbflut« lieferbar.

Nach dem Tod ihrer Mutter bleibt Geraldine nur ein Medaillon mit dem Porträt ihres unbekannten Vaters. Ein Wappen auf dem Medaillon führt sie nach Sachsen. In Meißen bewirbt sie sich als Malerin in der Porzellanmanufaktur, wird jedoch abgelehnt. Als ein fremdes Ehepaar ihr Hilfe anbietet, ahnt Geraldine nicht, dass sie damit in die Hände von Porzellanfälschern gerät. Bald schon wird die Manufaktur auf die Fälschungen aufmerksam und beauftragt den jungen Gerichtsassessor Frederik Nehmitz, das Rätsel aufzuklären. In einer Notlage vertraut Geraldine sich ihm an. Können sie den Fälschern das Handwerk legen und endlich Geraldines Vater finden?

BIRGIT JASMUND

Das Geheimnis der Porzellanmalerin

HISTORISCHER ROMAN

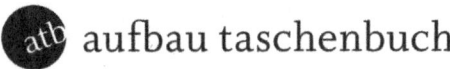

atb aufbau taschenbuch

MIX
Papier aus verantwor-
tungsvollen Quellen
FSC® C083411

ISBN 978-3-7466-3365-7

Aufbau Taschenbuch ist eine Marke
der Aufbau Verlage GmbH & Co. KG

4. Auflage 2024
© Aufbau Verlage GmbH & Co. KG, Berlin 2017
www.aufbau-verlage.de
10969 Berlin, Prinzenstraße 85
Der Verlag behält sich das Text- und Data-Mining nach § 44b UrhG vor,
was hiermit Dritten ohne Zustimmung des Verlages untersagt ist.
Umschlaggestaltung www.buerosued.de
unter Verwendung eines Motivs von © RJ-REGENCY
Women Set 3–273, © akg-images / historic-maps
Satz Greiner & Reichel, Köln
Druck und Binden CPI books GmbH, Leck, Germany
Printed in Germany

Teil I

Meißen 1748

EINS

*W*as soll ich mit dem Schund? Sie stiehlt mir meine Zeit! Geh sie fort!« Der Mann, weder jung noch alt, mit Locken wie Babyhaar unter einer zerknautschten Kappe, und mit schmalen, beinahe weiblichen Händen, deren Nägel sorgfältig poliert waren, funkelte sie an. Sein gepflegtes Äußeres wurde getrübt durch die Farbspritzer an seinen Händen, den fleckigen Malerkittel und seine höhnisch zusammengezogenen Augenbrauen.

»Das sind Zeichnungen und Bilder. Ich bin immer sehr für mein Talent gelobt worden.« Geraldine blickte dem Mann fest in die Augen. Sie wollte sich nicht einschüchtern lassen. Nicht von jemandem, der schrie und dessen Gesichtsfarbe sich rötete, dessen runde Backen zitterten und dessen spitze Nase nahe daran war, in den Himmel zu ragen. Die Mappe mit ihren Werken hielt sie in den Händen und wartete darauf, dass der Mann vor ihr sie nahm und durchblätterte.

Das Firmament präsentierte sich an diesem Märztag grau. Es sah sogar so aus, als könnten jeden Moment Schneeflocken aus den Wolken rieseln. Dazu wehte ein Wind, der die Kälte noch einmal deutlicher spüren ließ.

Mit einer Hand hielt Geraldine den Jackenkragen am Hals zusammen und umklammerte gleichzeitig den Riemen eines Stoffbeutels, der über ihrer Schulter hing und ihre gesamte Habe enthielt. Der Wind fuhr ihr unter die Röcke, in die Ärmel und zerrte an den Bändern, mit denen sie ihre Haube unter dem Kinn zusammengebunden hatte.

»Talent, dass ich nicht lache! Kaum kritzelt ein Weib ein paar Striche aufs Papier, glaubt es an Talent. Kein Weib bringt es in den Künsten zu wahrer Meisterschaft. Auf keinen Fall ohne eine strenge Lehrzeit.« Dem Mann schien die Kälte weniger auszumachen. Er kümmerte sich nicht um den Wind, der mit seinen Locken spielte und ihm die Kappe vom Kopf zu wehen drohte. Wunderbarerweise hielt sie doch etwas an ihrem Platz.

»Ich hatte eine Lehrzeit – in Köln. Peter Augustin Schmitz hat mich zusammen mit seinem Sohn Johann Jacob unterrichtet. Es waren insgesamt vier Jahre.«

»Den Mann kenne ich nicht. Interessiert mich nicht.«

Diese Art Antwort war zu erwarten gewesen. Geraldine hätte am liebsten mit dem Fuß aufgestampft. Wie schön war die Zeit in Köln mit der Familie Schmitz gewesen. Nie hatte sie an ihrem Talent gezweifelt, nur weil sie eine Frau war. Der alte Schmitz hatte sie in jeder Hinsicht gefördert, dabei war sie weder mit ihm verwandt, noch schuldete er ihr etwas. Aus reiner Freundlichkeit hatte er es getan und weil man ein Talent wie ihres nicht brachliegen lassen dürfe. Das hatte er mehrfach wiederholt, bevor er ihr vor drei Monaten nahegelegt hatte, sein Haus zu verlassen. Der Grund dafür war Johann Jacob gewesen. Der junge Mann hatte es sich in den Kopf gesetzt, Geraldine heiraten zu wollen. Dem alten Schmitz war das nicht recht gewesen, er wünschte sich für seinen Sohn und Erben eine Frau aus standesgemäßer Familie, die ihn in der Welt voranbrachte, nicht eine Frau ohne Heimat und Familie.

Geraldine hatte Köln verlassen müssen und war nach Osten gewandert. Sie wollte den Plan in Angriff nehmen, der seit Jahren ihre Gedanken beherrschte. Vorerst musste sie sich jedoch mit diesem dreisten Mann auseinandersetzen.

»Peter Augustin Schmitz und sein Sohn arbeiten für den Kölner Kurfürsten«, informierte sie den uneinsichtigen Menschen knapp. Das war geschönt, aber die Zeichnungen des jungen Johann Jacob Schmitz hatten den Kurfürsten immerhin beeindruckt.

»Hat sie schon auf Porzellan gemalt?«

»Ja«, log Geraldine und schöpfte Hoffnung. Das war immerhin die erste vernünftige Frage, die ihr im Verlauf dieses Gesprächs gestellt wurde.

»Sie lügt!«, entlarvte ihr Gegenüber sie sofort. »In Köln malt niemand auf Porzellan.«

»Lassen Sie es mich versuchen. Sind Sie nicht mit mir zufrieden oder der Meinung, ich könne es nicht lernen, werde ich gehen und nie wieder nach Arbeit fragen. Schauen Sie wenigstens einmal meine Zeichnungen an, ehrenwerter Meister.«

»Das brauche ich nicht zu sehen!« Er schlug ihren Arm beiseite, und die Mappe fiel zu Boden. »Ein Weib fragt nach Arbeit wie ein Mann! Am Ende will sie noch den gleichen Lohn wie einer unserer Meister. Eine Dahergelaufene aus der Fremde!«

Darauf hatte Geraldine gewartet und war richtiggehend erstaunt, dass es erst so spät kam. Ihr Haar war schwarz und ihre Haut dunkler als die der einheimischen Frauen, sie wies einen sanften sandbraunen Schimmer auf. Da konnte sie sich vor der Sonne schützen, so viel sie wollte, sie glich einer Andalusierin, wurde häufig genug als Zigeunerin beschimpft. Wahrscheinlich könne sie weder lesen, noch schreiben, noch richtig denken. Es sei geradezu ein Wunder, dass sie Deutsch spreche. Das waren noch die freundlichsten Bemerkungen, sie kannte auch schmerzhaftere. Was blieb ihr übrig, als darauf hinzuweisen, dass sie nicht nur Deutsch, sondern auch Spanisch, Niederländisch und Französisch beherrsche? Dass sie diese Sprachen nicht nur sprechen, sondern auch schreiben und lesen könne? Ob jemand eine Kostprobe wolle? Das wollte nie jemand.

Geraldine schluckte auch diesmal, verbot es sich, eine Locke ihres Haares um den Finger zu wickeln, und zwang die Andeutung eines wissenden Lächelns in ihre Mundwinkel. »Bei mir kommt rotes Blut, wenn ich mich in den Finger steche. Wie ist das bei Ihnen?«

Weil sie hübsch und zart war und sehr wohl wusste, wie Männer auf sie reagierten, spekulierte sie darauf, dass sich nach diesen Worten die Spannung lösen würde und endlich ein vernünftiges Gespräch möglich wäre. Sie hatte die Rechnung ohne ihr Gegenüber gemacht. Dessen rote Gesichtsfarbe vertiefte sich. Die Nase zeigte nun wirklich in die Wolken.

»Impertinente Person! Pack sie sich hinfort!«

Ihre Zeichenmappe und die Arbeitsproben lagen immer noch auf dem gepflasterten Hof der Meißner Albrechtsburg verstreut. Der Mann hatte den Fuß halb erhoben, um darauf herumzutrampeln. Nur Geraldines stahlharter Blick ließ ihn innehalten. Wenn sein Fuß auch nur ein Eckchen ihrer Zeichnungen berührte ... Sie würde auf dem Hof über ihn herfallen, und es wäre ihr ganz egal, dass er größer und stärker war als sie und dass sich in den Türen und am Tor der Albrechtsburg inzwischen eine kleine Zuschauermenge angesammelt hatte.

»Hinfort mit ihr!«, schrie der Mann, sein zitternder Finger wies in Richtung Domplatz.

Geraldine wusste, dass es besser wäre zu gehen, aber sie konnte nicht anders. Aus dem über ihrer Schulter hängenden Stoffbeutel fummelte sie ein an einem verschlissenen Samtband hängendes Medaillon hervor.

»Werfen Sie einen Blick auf das Bild darin. Ich bitte Sie inständig.«

»Das wagt sie noch!« Er schlug ihr das Medaillon aus der Hand. Es landete auf den Zeichnungen.

Bevor Schlimmeres geschah, stürzte sich Geraldine darauf und raffte es wieder an sich. Der Mann hatte sich unterdessen abgewandt und strebte mit langen Schritten seinem Arbeitsplatz in der Malerwerkstatt zu. Eine Windbö lupfte seine Kappe, aber es gelang ihm im letzten Augenblick, sie festzuhalten. Geraldine schob die Zeichnungen zurück in die Mappe und klopfte den Schmutz ab, bevor sie den Vorplatz der Albrechtsburg verließ. Obwohl ihr hundeelend war, der Hunger in ihren Eingeweiden wühlte, ihre Barschaft nur noch ein paar Groschen betrug, was kaum für eine Mahlzeit und einen Schlafplatz reichte, ging sie langsamen Schrittes und hoch erhobenen Hauptes. Der Weg schien ihr unendlich weit, und sie spürte Blicke wie Dolche in ihrem Nacken.

»Wer hat euch das Gaffen erlaubt? An die Arbeit, ihr faulen Hunde!« Klatschen, als würden Hände auf Tische oder Wangen geschlagen, begleitete die Rede dieser wohlbekannten Stimme, die sie vor wenigen Augenblicken angeschrien hatte.

In Höhe des Doms beschleunigte Geraldine ihre Schritte. Es fehlte nicht viel, und sie wäre den Meißner Burgberg hinuntergerannt. Es musste ihr gelingen, eine ihrer Zeichnungen zu verkaufen, damit sie sich eine warme Mahlzeit und einen Schlafplatz leisten konnte. In Meißen ließ sich bestimmt jemand finden, der ihre Kunst zu würdigen wusste. In ihren Träumen hatte sie sich stets ausgemalt, dass man in der Porzellanmanufaktur von ihrem Talent beeindruckt wäre. War sie erst einmal in Lohn und Brot, könnte sie sich wieder ihrer Suche widmen.

Nun war alles anders gekommen, und sie sah sich schon die Tage im Armenasyl verbringen. Oder unter freiem Himmel.

Geraldine stiegen Tränen in die Augen. Trotzig wischte sie sie weg.

Am Ende des Domplatzes fuhr der Wind schneidend unter ihre Kleidung. Sie zog die Schultern hoch und blickte zu Boden.

Eilige Schritte hinter ihr ließen Geraldine innehalten. Halb hoffte sie, in der Manufaktur hätte man es sich anders überlegt und wollte sie zurückholen, um ihr eine Chance zu geben. Dieser kleine Funke Hoffnung zerstob gleich wieder, als sie den grauhaarigen, nicht ganz schlanken Mann erblickte, der hinter ihr hereilte. Den Hut hielt er in der Hand, sonst wäre er ihm vom Kopf geweht. Ihn wärmte ein Wintermantel mit mehreren Schulterkragen und zusätzlich ein Schal. Seine Hände steckten in grauen Handschuhen; von der Kälte waren jedoch Nase und Wangen gerötet. An seiner Seite baumelte ein Degen, dessen Spitze unter Rock und Mantel hervorschaute.

»Warten Sie, junge Frau«, rief er und winkte.

Was konnte der Mann von ihr wollen? Sie blieb stehen, schließlich hatte sie nichts zu verlieren. Er tat so, als lüpfe er den Hut vor ihr, und Geraldine deutete eine Verbeugung an.

»Meister Höroldt ist kein einfacher Zeitgenosse. Wären Sie erst zu mir gekommen, ich hätte Sie warnen und Ihnen eine Enttäuschung ersparen können.« Seine Stimme klang nicht angenehm, und sein zerfurchtes Gesicht mit großporiger Haut ließ an einen Mann denken, der im Leben nicht viel Freude hatte.

»Dafür hätte ich von Ihnen wissen müssen«, erwiderte Geraldine. »Sie sind mir gegenüber im Vorteil, offenbar kennen Sie mich, während ich nicht weiß, mit wem ich das Vergnügen habe.«

»Oh, ich weiß über Sie nur, was ich im Hof gesehen habe. Mein Arbeitsplatz befindet sich auf der Albrechtsburg, und ich kam nicht umhin, Zeuge Ihres Gesprächs zu werden.«

»So ging es wohl einigen.« Geraldines Stimme nahm einen schnippischen Tonfall an. Der Mann sollte sagen, weshalb er ihr gefolgt war, oder sie in Ruhe lassen.

»Gestatten Sie, Karl Georg Teuchert lautet mein Name. Ich bin Beamter des kursächsischen Kreisamtes Meißen.«

Sie verstand nicht, was der Inhalt seiner Arbeit war, nur so viel, dass er nicht der Porzellanmanufaktur angehörte, obwohl er auf der Burg arbeitete.

»Geraldine«, stellte sie sich vor, und als er sie fragend anschaute, fügte sie hinzu: »Einfach Geraldine.«

»Aus der Fremde?«

Sie nickte. »Aus Übersee.«

»Nehmen Sie es sich nicht zu Herzen, dass Meister Höroldt Ihre Arbeiten nicht anschauen wollte. Die Arbeit eines Weibes wird in der Manufaktur unter keinen Umständen angenommen. Selbst mit einem männlichen Bewerber beschäftigt sich der erste Maler nur näher, sofern er eine Empfehlung von einigem Gewicht vorweisen kann.«

»Was für eine Empfehlung wäre das?« Geraldine fragte aus reiner Neugier.

»Eine des Herrn Carl Heinrich von Heineken, Direktor des Kupferstichkabinetts in Dresden zum Beispiel. Oder eine des Hofmalers Ismael Mengs.«

Geraldine kannte weder das Kabinett noch die genannten Herren. Und sie würde kaum die Chance bekommen, deren Bekanntschaft zu machen, um eine Empfehlung zu erhalten. Sie wollte sich abwenden.

»Ich sehe, dass Sie Hilfe brauchen.«

Sie stockte mitten in der Bewegung. Ihr Misstrauen war erwacht, aber es ließ sich auch nicht leugnen, dass sie sich tatsächlich in einer misslichen Lage befand. Sie wollte sich zumindest anhören, was er zu sagen hatte.

»Ich wette, Sie haben in Ihrem hübschen Stoffbeutel nicht mehr als ein paar Groschen Barschaft. Das Geld reicht höchstens für eine Mahlzeit oder eine Nacht in einer Herberge. Nicht für beides. Schwierige Entscheidung. Und was wird morgen? Ich kann Ihnen versprechen, die Herbergen in Meißen lassen zu wünschen übrig. Klumpige und feuchte Betten. Ein Weib ohne Begleitung wird in den meisten nicht einmal aufgenommen. Nur in den Häusern mit dem schlechtesten Ruf.«

»Was möchten Sie von mir?«

»Sie sind eine junge Frau in Not, und ich überlege, ob ich Ihnen helfen soll. Aus reiner Freundlichkeit. Ich könnte damit beginnen, Sie in mein Haus zu einem Abendbrot einzuladen, und alles Weitere wird sich finden.«

Geraldine wich zwei Schritte zurück und umklammerte ihren Beutel fester. Sie machte sich bereit, davonzulaufen, falls dieser Mensch Unanständiges verlangte. So tief war sie nicht gesunken, dass sie einem Mann erlaubte … Er bemerkte ihr Unbehagen und seine Lippen verzogen sich zu einem Grinsen. Das verlieh ihm Ähnlichkeit mit einem Fisch.

»Meine Frau freut sich über Besuch. Sie ist den ganzen Tag allein zu Hause und wünscht sich Gesellschaft.« Sein Fischmund klappte beim Sprechen auf und zu, und die Art, wie er die Worte aussprach, ließ Geraldine eine Gänsehaut über den Rücken laufen, dennoch nickte sie. Da er verheiratet war, bestand für sie wohl keine Gefahr.

Während sie nebeneinanderher gingen, achtete sie sorgfältig darauf, dass er sich nichts herausnahm. Sie musste stetig ein Stück zur Seite weichen, weil er immer wieder versuchte, ihr näher zu kommen, als ihr lieb war. Bevor sie ganz an den Hauswänden entlangschlich, erreichten sie zum Glück sein Heim. Es war ein zweistöckiges gelbes Haus. Die Fenster konnten mit Läden geschützt werden. Ein schmaler Garten befand sich davor; er wirkte kahl und bloß in dieser Jahreszeit. Das Haus strahlte eine gewisse Wohlhabenheit aus. Sie folgte dem Mann durch den schmalen Garten zur Haustür.

Teuchert zog einen großen Schlüssel auf der Tasche seines Gehrocks und schloss die Tür auf. Er betrat das Haus vor seinem Gast und überließ es Geraldine, ihm zu folgen und die Tür hinter sich zu schließen. Als Erstes stürzte ihnen ein Fellknäuel mit Beinen entgegen und kläffte. Bevor es sich in Geraldines Schuhen verbeißen konnte, streckte Teuchert ein Bein aus und schob den kleinen Hund zur Seite, der empört weiterbellte, aber zwischen Wand und Bein festhing. Die junge Frau erkannte einen hellbraunen Mops mit faltigem Gesicht.

»Das ist Otto. Er gehört meiner Frau«, stellte Teuchert vor, und ihm war anzuhören, was er von dem Tier hielt. »Helene, meine Gute, ich bin wieder da und habe uns einen Gast mitgebracht. Würden Sie zuerst Ihren Hund zur Räson bringen?«

»Otto, still! Komm her, mein kleiner Liebling«, flötete eine Stimme aus dem ersten Stock des Hauses. Den Mops beeindruckte das so viel wie einen Stein, an dem ein Hund sein Bein hob.

Schließlich packte Teuchert ihn am Nackenfell, öffnete eine benachbarte Tür einen Spalt und schubste den Hund hindurch. Schnell ließ er die Tür wieder einrasten. Seine Bewegungen wirkten routiniert, er machte das bestimmt nicht zum ersten Mal. Otto bellte weiter und kratzte an der Tür, deren dickes Holz dämpfte allerdings die Geräusche.

Im ersten Stock wurde nun eine Tür geöffnet und wieder

geschlossen. Dann kam die Teuchertin die Treppe herunter. Sie sah atemlos aus und zupfte sich die Frisur zurecht. Als sie Geraldine neben ihrem Mann erblickte, glitt das Lächeln von ihrem länglichen Gesicht. Ihre Lippen wurden schmal, und sie ließ die Hand sinken. Sie öffnete den Mund, um etwas zu sagen, aber ihr Mann kam ihr zuvor.

»Meine liebe Helene, darf ich Ihnen Frau Geraldine vorstellen. Sie ist unverschuldet in Not geraten. Da ich jedoch Ihr gutes Herz kenne, habe ich mir erlaubt, sie mitzubringen. Wir werden sicher eine Mahlzeit und vielleicht auch eine Kammer für sie haben.«

»Das haben wir …«

Teuchert blinzelte seiner Frau so heftig zu, als wollte ihm das Auge aus dem Kopf fallen. Sie schloss den Mund wieder und stand lauernd auf der Treppe.

»Ich bedanke mich für die Einladung, will jedoch nicht weiter stören.« Geraldine wandte sich der Tür zu. Je eher sie dieses Haus verließ, desto besser. Es war nicht zu übersehen, wie wenig erfreut die Teuchertin über ihren Besuch war.

Teucherts ausgestreckter Arm und die auf der Türklinke liegende Hand versperrten ihr den Weg nach draußen. Sein Fischlächeln wurde breiter.

»Nicht doch. Sie werden uns doch nicht gleich wieder verlassen wollen. Keine Hausfrau mag es, wenn ein Gast zum Essen unangemeldet vor der Tür steht, aber ich bin mir sicher, meine gute Helene heißt Sie dennoch herzlich willkommen. Schlagen Sie meine Einladung nicht aus, Sie werden an diesem Tag keine zweite erhalten.« Während er zu ihr sprach, machte er seiner Frau mit der freien Hand Zeichen. Geraldine sah es aus dem Augenwinkel.

Die abweisende Miene der Teuchertin glättete sich, ihre zusammengepressten, schmalen Lippen versuchten sogar ein

Lächeln. Es sah allerdings eher aus, als bleckte eine Ratte ihre Zähne.

»Dann kommen Sie nur herein, meine Liebe. Ich freue mich immer über Besuch, und wenn ich damit ein gottgefälliges Werk tun und einer in Not geratenen Person helfen kann, ist mir Besuch doppelt lieb.« Die Teuchertin gab den Weg in das Innere des Hauses frei.

Ihr Gefühl riet ihr, unter dem ausgestreckten Arm des Beamten hindurchzutauchen und das Haus fluchtartig zu verlassen. Der Verstand argumentierte mit dem Duft nach gesottenem Fleisch und der zu erwartenden Mahlzeit, die der Körper für sein Wohlbefinden dringend benötigte. Geraldine folgte dem ausgestreckten Arm der Teuchertin.

Ihre Nase hatte sie nicht getrogen: Kurze Zeit später saß sie Teucherts am Esstisch gegenüber. Das Esszimmer strahlte gediegene Vornehmheit aus, wie auch das übrige Haus. Seit ihrer Abreise aus Köln hatte Geraldine sich nicht mehr in vergleichbaren Räumen aufgehalten. Sie genoss den Teppich unter ihren Füßen, den Blick auf einen silbernen Kerzenleuchter in der Tischmitte, das weiche Stuhlkissen unter ihrer Kehrseite, das glänzend lackierte Holz der Möbel, die Sammlung chinesischer Tassen in der Vitrine. Als Einziges missfiel ihr das Bild, das über einer Kommode an der Wand hing. Es zeigte ein Stillleben mit Früchten und toten Tieren. Ungeschickter Pinselstrich und viel zu grelle Farben. Geraldine war überzeugt, mit verbundenen Augen ein besseres malen zu können. Der Mops war nicht mehr zu hören, vielleicht hatte ihn auch jemand aus seinem Verlies befreit und mitgenommen in die Tiefe des Hauses.

Das Dienstmädchen der Teucherts trug als ersten Gang eine Suppe mit Krebsschwänzen auf. Das schlechtgemalte

Stillleben verblasste vor dieser Köstlichkeit. Geraldine hätte sich am liebsten den Teller ein zweites Mal füllen lassen, aber da das Ehepaar nur einmal nahm, wagte sie es nicht, wollte nicht als Ausländerin ohne Manieren gelten. Danach wurde das gesottene Rehfleisch serviert, dessen Geruch ihr schon im Flur das Wasser im Munde hatte zusammenlaufen lassen. Teuchert tranchierte das Fleisch und legte ihr gleich zwei der fingerdicken Scheiben auf den Teller. Dabei zwinkerte er ihr vertraulich zu. Nachdem er alle bedient hatte, lag noch der halbe Braten auf der kupfernen Servierplatte. Teucherts führten wahrlich ein wohlbestelltes Haus.

Nach dem Fleischgang fühlte sich Geraldine gesättigt – zum ersten Mal seit Wochen. Auf dem ganzen Weg von Köln nach Kursachsen hatte sie es sich nicht gestattet, sich satt zu essen. Der Weg war ihr immer so weit und ihr Geld so knapp vorgekommen.

Zum Nachtisch servierte das Dienstmädchen eingekochte Birnen und eine Creme aus geschlagenen Eiern, Sahne und Vanille. Diesmal konnte Geraldine nicht widerstehen und bat um eine zweite Portion. Lächelnd füllte die Teuchertin ihre Schale ein weiteres Mal.

»Was führt eine junge Frau wie Sie alleine in unsere kleine Stadt? Wir müssen Sie nur anschauen, um zu wissen, dass Sie nicht von hier stammen«, sagte die Teuchertin und kratzte die letzten Reste aus der Schüssel.

Vor Geraldine türmte sich nun ein Berg Creme, und die Teucherts erschienen ihr als ein Ehepaar, das einen guten Kern unter einer rauen Schale verbarg.

Die Teuchertin ließ den Löffel klirrend in die leere Schüssel fallen. »Wo kommen Sie her? Sie sind Gast in unserem Haus, und wir haben ein Recht darauf, es zu erfahren.«

»Ich stamme aus dem französischen Teil der Insel Santo

Domingo.« Die Creme war so zart, sie zerging wie eine Wolke auf ihrer Zunge.

»Das ist weit weg. Wie kamen Sie nach Europa?«

»Als blinde Passagierin mit einem Schiff. Die Seeleute haben mich erst auf hoher See entdeckt und mitgenommen bis zum ersten europäischen Hafen. Das war Lissabon, ich war damals vierzehn Jahre alt.« Der Cremeberg in ihrer Schüssel war um einiges kleiner geworden. Dass man sie mitten auf dem Atlantik beinahe über Bord geworfen hätte, weil Frauen auf einem Schiff angeblich Unglück brachten, dass sie es nur einem Kaufmann aus Bremen zu verdanken hatte, noch am Leben zu sein, weil er nicht erlauben wollte, dass einem Mädchen etwas Schreckliches angetan wurde, verschwieg sie. Ebenso, dass sie sich an Bord ihr Dasein als Schiffsjunge verdienen musste.

Die Mienen ihrer Gastgeber hatten sich dennoch verändert. In seiner Mimik glaubte Geraldine, Respekt zu erkennen, während die der Teuchertin eindeutig Abscheu zeigte. Ein Mädchen, das sich auf ein Schiff schlich und unter lauter Männern einen Ozean überquerte, passte nicht in ihre Welt.

»Wo sind Ihre Eltern?«

»Meine Frau meint es nicht so streng, wie es sich anhört«, warf Teuchert ein. »Es ist ungewöhnlich, dass eine junge Frau allein durchs Leben geht. Es gibt viel zu viele Gefahren, vor denen sie beschützt werden muss.«

»Meine Mutter starb bei meiner Geburt, und meinen Vater habe ich nie kennengelernt.«

»Die Mutter war eine Sklavin?«, fragte die Teuchertin streng weiter.

»Nein, aber ich bin in einem Sklavendorf zur Welt gekommen.«

»Und der Vater?«

»Von ihm habe ich nur ein Bildnis.« Geraldine holte das goldene Medaillon aus dem Stoffbeutel, der über der Stuhllehne hing. Sie klappte den Deckel auf und ließ die beiden das Bild sehen. Es zeigte in verblassten Farben einen jungen Mann mit zurückgebundenem Haar, darunter ein bartloses, ebenmäßiges Gesicht, dunkle Augen und eine schmale Nase. Der Mund war nur als dunkler Strich zu erahnen. »Kennen Sie diesen Mann?«

Die Teuchertin schüttelte sofort den Kopf. Ihr Mann schaute sich das Bild länger an.

»Wie kommen Sie darauf, ihn ausgerechnet in Meißen zu suchen? Es ist nicht mehr viel von seinem Gesicht zu erkennen, es könnte jeder Mann in der Alten Welt sein. Santo Domingo – die Insel ist doch zwischen den Spaniern und den Franzosen geteilt?«

Statt die Frage zu beantworten, schloss Geraldine das Medaillon und drehte es um. Auf den Rücken war ein Wappen eingraviert und mit Farben emailliert. Das zweigeteilte Wappen zeigte links zwei gekreuzte Schwerter vor einem schwarz-weißen Hintergrund. Die rechte Seite bestand aus schwarzen und goldenen Querbalken, die durch einen grünen Rautenbalken geteilt wurden. Auf dem Balken war eine Krone eingraviert. Die Emaillefarben waren vielfach verblasst oder abgeplatzt, es war jedoch noch genug vorhanden, um die Farbgebung zu erkennen.

Diesmal nickten beide Teucherts sofort. Sie erkannten das wettinische Wappen und die polnische Königskrone, wie Friedrich August und nach seinem Tode auch sein Sohn es führten.

»Kursachsen«, bestätigte Teuchert.

»Dieses Medaillon ist der einzige Hinweis auf meinen Vater, und es hat mich hergeführt. Es muss jemanden geben, der meinen Vater erkennt, auch wenn inzwischen mehr als zwanzig Jahre vergangen sind.«

»Der wird sich bestimmt finden.« Teuchert klang geradezu väterlich. Er gab Geraldine das Medaillon zurück. »Ihr wertvollster Besitz?«

»Es gibt nichts auf der Welt, was mir mehr bedeutet.« Geraldine ließ das Schmuckstück wieder in ihre Tasche gleiten.

»Ich wünsche Ihnen viel Glück bei der Suche. Welche Pläne haben Sie?«, Teuchert wartete ihre Antwort nicht ab, sondern sprach gleich weiter. »Bleiben Sie hier und schlafen sich erst einmal gründlich aus. Ich bin mit vielen bedeutenden Persönlichkeiten im Land bekannt und werde für Sie tun, was in meiner Macht steht.«

»Das wollen Sie wirklich?« In Geraldines Brust wuchs das zarte Pflänzchen Hoffnung in die Höhe.

»Ich verspreche es.«

Wenig später endete das Nachtmahl und Geraldine wurde ein Schlafplatz in einer winzigen Kammer unter der Treppe zugewiesen. Nur ein schmales Bett fand darin Platz. Darunter stand ein hölzerner Nachttopf mit Deckel, in den sie ihre Notdurft verrichtete. Sie hätte sich gern Hände, Gesicht und Hals gewaschen, aber es gab keine Wasserschüssel und keinen Lappen. Noch einmal hinauszugehen und um Wasser zu bitten, wagte Geraldine nicht. Sie zog sich bis aufs Hemd aus und kletterte ins Bett, nicht ohne sich zuvor in den schmalen Gang zu knien und Gott und Joseph von Nazareth als Schutzpatron der Reisenden für ihr Glück zu danken. Gerade als sie gedacht hatte, es gehe nicht mehr weiter, war ihr Teuchert begegnet und hatte sie aufgenommen – wenn sich darin nicht Gottes Gnade und die Fürbitte Joseph von Nazareths zeigten …

Im Bett presste sie das Medaillon an sich, und während sie

unter der dünnen Decke vor Kälte zitterte, wünschte sie sich, bald ihren Vater zu finden.

ZWEI

*D*ie Tür zu Geraldines Kammer war kaum geschlossen, da stemmte die Teuchertin die Hände in die Hüften und funkelte ihren Gatten an. »Können Sie mir verraten, was das werden soll? Dieser dahergelaufenen Fremden haben wir nicht nur ein köstliches Abendessen serviert, nein, sie liegt auch noch in unserem Haus und schläft den Schlaf der Gerechten, als hätten wir sie als Tochter angenommen. Ist das Ihr Plan? Soll ich auf diese Weise zu der Tochter kommen, die unser himmlischer Herr mir nicht vergönnt hat? Dazu muss ich Ihnen sagen …«

»Nicht so laut!« Teuchert legte eine Hand an die Lippen. »Sie könnte uns hören.« Er ergriff den Ellenbogen seiner Frau und drängte sie in den Salon neben dem Esszimmer. Erst nachdem er sorgfältig die Tür geschlossen hatte, sprach er weiter: »Sie wird dabei helfen, unsere Probleme zu lösen.«

»Sie meinen, Ihre Probleme«, polterte die Teuchertin und stemmte erneut die Hände in die Hüften. Ihre Schnürbrust engte sie ein und zwang sie zu kurzen, schnellen Atemzügen, verhinderte, dass sie ihren Mann so herunterputzte, wie sie es eigentlich wollte. »Wir könnten bequem und sorgenfrei leben. Ach was, wir haben bequem und sorgenfrei gelebt, bis vor einem Jahr dieser Dämon in Sie gefahren ist.«

»Schimpfen Sie auch auf den, der die Karten erfunden hat?«

»Das würde ich, stände er vor mir.« Sie holte so tief Luft, wie es ihr möglich war. »Ich kann Ihnen nur sagen, schlagen Sie sich das aus dem Kopf. Diese Person wird gleich morgen das Haus wieder verlassen. Schlimm genug, dass wir sie eine Nacht beherbergen! Ein dahergelaufenes Frauenzimmer aus der Fremde! Über ihren Ruf möchte ich mir lieber keine Gedanken machen.«

»Sie wird Kleinschmidt ersetzen.«

»Die?«

»Sie ist Malerin.« Teuchert hatte das Vergnügen, seine Frau verblüfft zu sehen. »Ich habe einen Blick auf ihre Zeichnungen werfen können.«

»Jemand, der zeichnen kann, wird Ihre Probleme nicht lösen.«

»Sie wird lernen, was nötig ist. Höroldt war beeindruckt von ihr. Das habe ich gesehen, auch wenn er sie tüchtig heruntergeputzt hat. Sie wird unsere Sorgen beseitigen und unsere Träume erfüllen.«

»Sie ist und bleibt eine Fremde, eine Zigeunerin, so dunkel wie sie ist.«

»Eine Malerin! Hören Sie mir zu, meine Liebe …«

»Sie hören mir zu! Was ist mit unseren Träumen? Davon sind wir weiter entfernt als je zuvor. Ein Gut auf dem Land wollten wir kaufen. Dessen Früchte wollten wir genießen, ein gastfreundliches Haus führen. Sehen Sie uns an!«

Seine Frau musste Luft holen, und das gab Teuchert die Gelegenheit zu einer Erwiderung: »Es gibt gewisse Dinge, denen man als Mann nicht abgeneigt sein darf. Dazu gehört es, ein Kartenspiel nicht abzulehnen. Ein glücklicher Abend, und Ihr Traum von einem Bauerngut wird erfüllt.«

»Das haben Sie mir schon vor einem Jahr versprochen.«

»Es wird gelingen. Sie werden sehen. Hätten Sie nicht versucht, den armen Kleinschmidt festzuhalten, wäre er nie so kopflos aus dem Haus gestürmt und unter die Räder einer Kutsche geraten.«

Die Teuchertin presste die Lippen zu einem schmalen Strich zusammen. Christoph Balthasar Kleinschmidt war einer der jungen, schlecht bezahlten Maler der Manufaktur gewesen und hatte sich nach Feierabend bei ihnen ein Zubrot verdient, bis im Februar etliche Maler wegen verbotener Hausmalerei abgemahnt wurden. Einige wurden sogar arretiert, andere aus den Diensten der Manufaktur entlassen. Kleinschmidt war nicht unter ihnen gewesen, aber die Angelegenheit hatte ihn gehörig in Unruhe versetzt. An einem Dienstag vor vierzehn Tagen war er zu ihnen gekommen. Sein frisches junges Gesicht hatte im Schein einer Laterne geglänzt.

»Frau Teuchertin«, hatte er gesagt, »ich kann nicht länger für Sie und Ihren Mann arbeiten. Ich bin nur gekommen, um Ihnen das zu sagen.« Selbst seine Stimme klang jung und unschuldig.

»Sie sind eine Verpflichtung eingegangen. Die können Sie nicht einfach aufkündigen. Und in der Manufaktur schuften Sie für einen Hungerlohn. Drei Taler in der Woche? Damit werden Sie nie Ihre Liebste heiraten und eine Familie gründen können.«

»Ich kann nicht länger kommen. Sie haben doch gehört, was in der Manufaktur geschehen ist. Ihr Mann wird es Ihnen berichtet haben.«

»Was sollte man in der Manufaktur dagegen haben, wenn Sie nach der Arbeit unser Haus aufsuchen, um uns ein bisschen Gesellschaft beim Abendessen zu leisten und uns an Ihrem Talent teilhaben zu lassen?«

»So wie Sie es sagen, nichts, Frau Teuchertin. Aber das ist

nicht die ganze Wahrheit. Sie wissen es.« Der junge Mann drehte verlegen seine Filzkappe in den Händen.

Hinter Kleinschmidt erblickte die Teuchertin ihren Mann, der eben von der Arbeit kam, das Gartentürchen durchschritt und in wenigen Sekunden im Haus sein würde. Sie überlegte blitzschnell, wie sie die Situation retten und Kleinschmidt überreden konnte.

Beherzt griff sie zu und wollte ihn am Arm packen. »Kommen Sie doch erst einmal herein, und wir sprechen in Ruhe über alles. Nach einem guten Essen und einem Glas Wein sieht alles schon wieder anders aus.«

»Nein! Lassen Sie mich!«

Er wollte ihr den Arm entziehen, sie ihn festhalten. Aber Kleinschmidt war ein kräftiger junger Mann und befreite sich von ihr. Er drehte sich um, rannte davon, stieß dabei beinahe gegen ihren Mann, und lief auf die Straße hinaus. Dass in diesem Moment ein Fuhrwerk vorbeikam, war reines Pech. Kleinschmidt geriet erst unter die Hufe der beiden Pferde, dann unter die Räder. Die Tiere erschraken und bäumten sich auf. Der Kutscher hatte alle Mühe, sie in der Gewalt zu behalten. Als sie endlich ruhig standen, lag Kleinschmidt mit verrenkten Gliedern halb unter dem Wagen.

Im ersten Moment hatte die Teuchertin gedacht, er wäre tot. Dann hatte er sich schwach bewegt und war auf einer alten Tür in die Wohnung seiner Eltern getragen worden. Ein Chirurgus kam und richtete die gebrochenen Knochen. Beide Arme und ein Bein hatte es erwischt. Gegenwärtig sah es so aus, als könnte Kleinschmidt die rechte Hand nie wieder richtig bewegen. Der Chirurgus hatte ihm kaum Hoffnung gemacht. Zwar könne er ihm das Handgelenk noch einmal brechen, damit es besser … Von dieser Rosskur hatten weder der Patient noch dessen Eltern etwas hören wollen.

Hatte der junge Mann sich nicht erst richtig erschrocken, als er Teuchert am Gartentor gewahr geworden war? Die Teuchertin glaubte, ein Zusammenzucken gesehen zu haben.

Es änderte nichts daran, dass er nie wieder kam, um für sie zu malen, dass er überhaupt nie wieder malen würde. Und dass sie dringend jemand anderes brauchten. Aber eine heimatlose Zigeunerin? War es nicht eine Zumutung, so eine Person im Haus zu haben? Es wäre nicht die erste Zumutung, die Teuchert ihr bereitete – und mit Sicherheit nicht die letzte.

Sie hatte keine Wahl. Als Frauensperson hatte sie nie eine gehabt. Sie nickte mit einem Gesichtsausdruck, als hätte sie rohen Zwiebelsaft getrunken.

»Sehr gut, Frau. Dann ist es abgemacht. Wir werden diesem jungen Ding morgen zeigen, was es zu tun hat. In wenigen Wochen sind wir aus dem Schneider. Danach gehen wir daran, für das von Ihnen gewünschte Bauerngut zu arbeiten. Kopf hoch, meine Liebe.« Teuchert griff seiner Frau unter das Kinn. Einen Moment lang sah es so aus, als wollte er ihr einen Kuss auf die Lippen geben. Schnell drehte sie den Kopf weg. Nachdem er seine Hand von ihrem Kinn genommen hatte, stieß sie die angehaltene Luft aus.

Ohne ein weiteres Wort befreite die Teuchertin Mops Otto aus der Abstellkammer im Erdgeschoss und begab sich in ihr Schlafzimmer. In Gedanken pries sie den Luxus getrennter Räume, damit sie den Mann nicht auch noch des Nachts in ihrer Nähe ertragen musste.

Teuchert sah ihr nicht nach, er wühlte in Gedanken mit den Händen in einem Berg Taler.

In der Meißner Unterstadt in der Nähe des Elbehafens hockte an diesem kühlen Märzmorgen die junge Hausfrau und Mutter Johanna Schneider vor dem Ofen im einzig beheizbaren Zimmer der Familie. Sie wollte auf das winzige noch vorhandene Glutnest blasen, um das Feuer in Gang zu setzen. In der Stube war es nur wenig wärmer als draußen, und die junge Frau trug ihre gesamten Röcke, Hemden, Schals und Tücher übereinander. Dennoch saß ihr eine Kälte in den Knochen, die sich anfühlte, als wollte sie sie nie wieder verlassen. Sie hustete ohne Unterlass, deshalb gelang es ihr auch nicht, das Feuer in Gang zu bringen. Es drohte auszugehen.

Janne schnappte nach Luft und versuchte, den Husten für einen Moment zu unterdrücken. Obwohl der Tag noch nicht begonnen hatte, fühlte sie sich bereits so erschöpft, als hätte sie mehr als zwölf Stunden gearbeitet. Doch das stand ihr erst noch bevor.

Aus der Nachbarkammer, in der die Familie schlief, drang das Husten der dreijährigen Rikarda Marie und quälte Janne zusätzlich. Das Mädchen war vom dauernden Husten und Fieber so schwach, dass es kaum das Bett verlassen konnte. Es schleppte sich aus der Kammer in die Stube und verbrachte die Tage auf der Bank am Ofen. Das war doch kein Leben für ein Kind. Janne merkte es nicht, aber ihr liefen Tränen die Wange hinunter, und ihre Kehle fühlte sich an, als hätte sie jemand mit einer Wurzelbürste bearbeitet.

Ihr Ehemann Johannes Gotthold Schneider kam mit einem Korb Holzscheite herein. Er stellte ihn neben dem Ofen ab und erkannte auf den ersten Blick die Nöte seiner Frau. Mit einem schwieligen Zeigefinger streichelte er ihr Gesicht, wischte die Tränen fort.

»Lass mich das machen. Leg dich wieder hin und ruhe dich aus. Du bleibst am besten bei der Kleinen.«

»Wie soll das gehen, Hann?«, begehrte Janne auf, machte aber den Platz vor dem Ofen frei. »Ich muss Böden scheuern und Wäsche machen. Die feinen Herrschaften lassen mich nicht mehr kommen, wenn ich nicht alles in der Zeit erledige.« Ihre Antwort wurde von mehrmaligem Husten unterbrochen, und als sie endlich das letzte Wort herausgestoßen hatte, keuchte sie wie eine Ertrinkende.

»Ich sorge für uns. Für uns alle«, stieß Hann hervor.

Hann und Janne – so hatten sie sich genannt vor vier Jahren, vor der Hochzeit, als sie einander an den Händen gehalten und sich ihr Leben in schillernden Farben ausgemalt hatten. Was hatten sie über ihre ähnlichen Namen gelacht. Johannes und Johanna. Deshalb hatten sie sich diese Spitznamen gegeben – die waren ihnen geblieben. Doch sonst war alles anders gekommen.

Hann hatte keine Schwierigkeiten, das Feuer in Gang zu setzen. Im Nu flackerte es im Ofen. Er schloss die Klappe und drehte sich zu seiner Frau um, die auf der Bank zusammengesunken war und eine Hand auf die Brust presste.

»Ich sorge für uns. Das habe ich bei unserer Heirat versprochen, und das halte ich ein. Irgendwie wird es gehen.«

»Wie denn? Dein Wochenlohn reicht kaum für Essen und Miete. Rikarda ist schon wieder gewachsen, und ich muss einen Streifen an ihr Kleid ansetzen. Sie braucht Strümpfe und bald auch wieder Schuhe. Außerdem Medizin gegen ihren Husten.« Janne quälte sich hoch und holte die Tochter aus dem Nebenzimmer, bettete sie auf die Bank. Das Mädchen war schlaff und leicht wie eine Feder.

»Herrgott im Himmel, ich flehe dich an, nimm mir nicht die kleine Rikarda. Lass sie wieder gesund werden. Meinen Sohn hast du mir genommen, lass mir das Mädchen. Amen.«

»Ich werde nicht ewig Gehilfe in der Brennstube bleiben. Schon bald werde ich zum Brenner aufsteigen.«

»Haben sie deine Bewerbung angenommen in der Manufaktur?« Ein hoffnungsfroher Blick begleitete diese Worte.

»Das haben sie. Ab April bin ich Brenner.« Die Antwort war heraus, bevor Hann darüber nachdenken konnte. Anschließend brachte er es nicht übers Herz, seiner Frau die Wahrheit zu sagen. Er wollte sie nicht enttäuschen. Wie schon zweimal zuvor war seine Frage nach einer Arbeit als Brenner abschlägig beschieden worden. Der Arkanist von Scholl, der die Geheimnisse der Porzellanherstellung kannte, hatte sich vor ihm auf seinen Stock gestützt und ihm zu verstehen gegeben, dass er Handlanger war und Handlanger bleiben würde. Von oben herab und ohne eine Miene zu verziehen, hatte der Mann ihn angesehen. Hann musste einen anderen Weg finden, an Geld zu kommen. Seiner Familie sollte es an nichts fehlen. Als Brenner hätte er das Doppelte in der Woche verdient.

»Das ist wunderbar.«

»Deswegen bleibst du heute hier und ruhst dich aus. Du isst richtig, und Rikarda gibst du auch reichlich.«

»Was soll ich ihr geben?«

»Eier und Speck, Brot mit dick Butter. Du kochst für euch einen Teller Kartoffeln.« Er legte drei Groschen auf den Tisch.

»Du musst gehen, sonst kommst du zu spät in die Manufaktur, und es wird nichts mit der Arbeit als Brenner.« Janne hustete. Sie hielt sich ein Tuch vor den Mund, und als sie es fortnahm, leuchtete ein Blutfleck auf dem grauen Stoff. Schnell verbarg sie das Tuch im Ärmel ihrer Wolljacke.

Hann küsste seine Tochter und seine Frau, bevor er eine Joppe mit breiten Aufschlägen und Hornknöpfen überzog. Er wickelte sich einen Schal um den Hals, zog löchrige Handschuhe an und verließ die Stube.

Janne sammelte Kraft, verrührte das letzte Ei aus dem Speisenschrank mit Milch und ließ es in einem Tiegel auf dem Ofen stocken, ehe sie Rikarda damit fütterte. Sie selbst aß eine dünne Scheibe altbackenes Brot und trank die restliche Milch, ehe sie schlecht wurde.

Obwohl Hann gesagt hatte, sie solle sich ausruhen, kam es nicht in Frage, zu Hause auf der faulen Haut zu liegen. Bis April war noch beinahe ein Monat hin, und so lange mussten sie mit seinem Verdienst als Handlanger auskommen. Sie musste zur Arbeit gehen. Rikarda überantwortete sie der Aufsicht einer Nachbarin, ehe sie sich auf den Weg in die Häuser der bessergestellten Meißner machte. Unterwegs schlich sie an den Hauswänden entlang und stützte sich stets mit einer Hand ab. Die Gasse den Berg hinauf bewältigte sie nur mit mehreren Pausen.

Janne scheuerte in verschiedenen Haushalten die Böden oder wusch die Wäsche, die sie oft auch mit nach Hause nahm, denn in den großen Häusern fand sich häufig kein Platz, um die Stücke anschließend aufzuhängen. Also heizte sie dann den Kessel im Hof hinter dem Haus an und hing hinterher alles über Leinen, die quer durch die Stube gespannt wurden. Alles für ein paar Groschen.

Geraldine hatte zunächst lange nicht einschlafen können, die Geräusche im Haus waren zu ungewohnt. Sie hatte Gemurmel gehört, was nach einer Auseinandersetzung der Eheleute klang. Türen wurden zugeklappt, aber statt dass nun Ruhe einkehrte, knackte es im Gebälk. Hinter der Wand zur Treppe raschelte es, als lebte dort eine Maus. Geraldine fürchtete sich nicht vor den kleinen Tieren, aber alles zusammen und ihr aufgeregt schlagendes Herz verhinderten zunächst, dass sie einschlief.

Schließlich musste sie doch eingenickt sein, denn vor Tau und Tag wurde sie durch lautes Klappern gusseiserner Töpfe in der Küche aufgeschreckt. Nachdem das Scheppern des Geschirrs endlich verstummt war, wollte sich Geraldine noch einmal umdrehen, doch nun hämmerte die Teuchertin an ihre Tür und riss sie auf. Ihr Mann spähte über ihre Schulter in die Kammer, und Geraldine zog sich die Bettdecke bis zum Kinn. Dennoch hatte er einen Blick auf ihre bloßen Schultern erhascht, und sie registrierte ein Aufflackern in seinen Augen.

»Hoch mit dir, Mädchen!«, kommandierte die Teuchertin. »Faulheit dulde ich nicht. Nicht bei einer wie dir.«

Otto stürmte seiner Herrin voran, stemmte die Vorderpfoten aufs Bett und verlieh ihren Worten Nachdruck, indem er Geraldine ins Gesicht bellte. Sie fuhr zusammen und schoss in die Höhe, hätte sich beinahe den Kopf an den Treppenstufen über ihr gestoßen. Um ihn zu beruhigen, wollte sie dem Mops über den Kopf streicheln, aber die kleinen spitzen Zähne, die er zeigte, ließen sie die erhobene Hand wieder zurückziehen.

Die Teuchertin gestand ihr kaum die Zeit zu, sich etwas Wasser ins Gesicht zu spritzen, ihre Schnürbrust festzuziehen und sich mit den Fingern einmal durch die Locken zu fahren. Kaum schaffte sie es, nach dem Beutel mit ihrer Habe zu greifen. Hatten diese Leute es so eilig, sie wieder loszuwerden?

Sie war überrascht, als sie aufgefordert wurde, in der Küche eine Mahlzeit einzunehmen. Dort war das Reich der Magd Lisette, die vor der Herrin knickste und Geraldine anfunkelte. Dem Gast wurde ein Platz am zerkratzten, in der Mitte der Küche stehenden Tisch zugestanden. Immer noch verblüfft über diese Großzügigkeit, setzte sich Geraldine. Das Frühstück bestand aus nichts anderem als Brotbrocken in Dickmilch eingeweicht und einem Becher kaltem Tee, der schmeckte, als hätte Lisette eine Socke ausgekocht.

»Glaubst du, wir tafeln jeden Tag wie die Fürsten?«, fuhr die Teuchertin sie an, obwohl Geraldine nichts sagte, sondern den Kopf über ihre Schale gebeugt hielt.

Die Hausherrin blieb in der Küche und beobachtete ihren Gast mit Raubvogelaugen. Unter diesen Umständen fiel es Geraldine nicht leicht, Bissen für Bissen zu löffeln, aber sie konnte es sich auch nicht leisten, eine Mahlzeit abzulehnen. Sie brachte das Mahl so schnell wie möglich hinter sich.

»Gute Frau Teuchertin, ich möchte mich bedanken für die Großzügigkeit, die Sie mir erwiesen …«

»Ja, ja, ist gut. Komm endlich.«

Sie wurde immer noch nicht aus dem Haus gewiesen, statt dessen in einen Salon im Erdgeschoss geführt. Wie das Esszimmer, strahlte auch dieser Raum gediegenen Reichtum aus. In einer Ecke spendete ein Ofen behagliche Wärme. Den Füßen schmeichelte ein Teppich, und zwischen zwei Sofas und Sesseln stand ein spinnenbeiniger Tisch mit Intarsien. Dazu gehörten eine Kommode zwischen den beiden Fenstern und an der Wand gegenüber eine Vitrine, in der einige Kostbarkeiten ausgestellt waren. Bücher, Gläser, ein Teeservice aus Porzellan, eine kleine Kaminuhr, die so laut tickte, dass es durch die geschlossene Vitrinentür zu hören war. Das alles nahm Geraldine in einem einzigen Augenblick wahr. An den Wänden bemerkte sie ebenso geschmacklose Stillleben wie im Esszimmer. Teuchert saß auf einem der Sofas und las ein Journal, das er beim Eintritt der Frauen zusammenfaltete, und erhob sich.

Geraldine blieb in der Nähe der Tür stehen. Das Frühstück war ihr noch höchst willkommen gewesen, nun wurde ihr die Sache langsam unheimlich. Nicht nur, weil die Eheleute so freundlich taten, sondern weil sie sie auf einmal duzten, als wäre sie mit ihnen verwandt oder befreundet.

»Setz dich zu uns, wir haben etwas mit dir zu besprechen«, forderte Teuchert sie auf.

Sie folgte der Aufforderung und nahm auf der Kante des zweiten Sofas Platz, während die Teuchertin sich zu ihrem Mann setzte. Die beiden mochten ein Ehepaar sein, aber die Nähe auf dem Sofa behagte ihnen offensichtlich nicht, denn sie waren so weit auseinandergerückt wie möglich. Geraldine wartete ab.

»Wir haben eine Aufgabe, die du für uns erledigen kannst. Es soll dein Schaden nicht sein. Du bekommst freie Kost und Logis und obendrein den zehnten Teil unserer Einnahmen aus deiner Tätigkeit. Das ist ein ehrenwertes Angebot für eine dahergelaufene Person wie dich.« Teuchert lächelte sie an, verzog aber nur seine Lippen, die Augen erreichte das Lächeln nicht.

Geraldine blieb auf der Hut. »Was ist das für eine Aufgabe?«

»Eine große und wichtige Aufgabe, die wir nicht jedem anvertrauen würden.«

»Dann ist der zehnte Teil für mich zu wenig«, wandte sie ein.

»Gierige Person!«, rutschte es der Teuchertin heraus.

»Meine Arbeit scheint für Sie wichtig zu sein. Ich verlange die Hälfte bei freier Kost und Logis.« Sie dachte gar nicht daran, den beiden die vertrauliche Anrede des Du zu gönnen.

»Unmöglich!« Die Teuchertin schüttelte den Kopf.

Es entspann sich eine hitzige Diskussion über Geraldines Anteil. Das Feilschen hatte sie schon als Kind auf Santo Domingo beherrscht, aber auch Teucherts zeigten sich in dieser Kunst geübt – die Frau mehr als ihr Ehemann. Am Ende einigte man sich auf den dreißigsten Teil aller Einnahmen, aber Geraldine musste einen halben Taler pro Woche für

Kost und Logis abgeben. Die junge Frau war zufrieden, während die Teuchertin die Lippen zusammenpresste und so hoheitsvoll blickte, als hätte sie ihrem Gast eine große Gnade erwiesen.

»Was soll ich nun machen?«, fragte Geraldine, nachdem das Feilschen beendet war.

»Du sollst malen.« Diesmal erreichte Teucherts Lächeln auch seine Augen.

Geraldine schlug sich die Hände vor den Mund, um die Worte zurückzuhalten, die ihr beinahe herausgeschlüpft wären.

»Malen? Sie wollen meine Bilder verkaufen?«

»Meine Frau wird dir alles zeigen und erklären.« Teuchert schaffte es, den beiden Frauen gleichzeitig zuzunicken, wieder nach dem Journal zu greifen und sich auf dem Sofa zurückzulehnen.

Was Geraldine gezeigt werden sollte, befand sich auf dem Dachboden. Otto begleitete die beiden Frauen. An der Dachbodentreppe legte er den Kopf schief, als überlege er, ob er die Stufen hinaufkeuchen solle, um Geraldine weiter im Auge zu behalten, oder ob es die Anstrengung nicht lohne. Er entschied sich für Letzteres und tapste zu einem Kissen, das im Flur neben einer Tür lag.

Die Teuchertin forderte Geraldine auf, die Dachbodentreppe hinaufzusteigen. Sie endete auf einem winzigen Podest, von dem zwei Türen abgingen. Die Teuchertin schloss die linke auf und betrat den Raum vor Geraldine. Sie drehte sich halb um und präsentierte alles mit einer Geste, als handele es sich um einen goldfunkelnden Ballsaal.

»Hier wirst du arbeiten.«

Der Raum war nicht groß, und unter den Dachschrägen musste selbst die zierliche Geraldine schnell den Kopf einziehen. Durch zwei Fenster in der Giebelseite des Hauses flutete die Morgensonne in den Raum, nur durchbrochen vom Geäst des vor den Fenstern stehenden Baumes. Die Strahlen malten Schatten auf den Holzboden, und Staub tanzte in der Luft. Nach dem stürmischen und grauen Wetter des Vortages wurden die Meißner nun mit Sonne verwöhnt. Es war immer noch kalt, und die Leute auf der Gasse neben dem Haus hauchten Atemwolken in die Luft und hatten sich dick eingepackt, von manchen war kaum die Nasenspitze zu sehen. Kalt war es auch auf dem Dachboden, und Geraldine versuchte, die Hände in den Falten der Röcke zu wärmen.

Die Teuchertin lenkte ihre Aufmerksamkeit auf einen langen Tisch unter dem Fenster. Hinter dem dürren Körper der Frau erkannte Geraldine Pinsel in einem Becher, eine Menge kleiner Flaschen und Farbtiegel. Ihr Herz schlug schneller. Sie eilte an der Frau vorbei, blieb neben dem Tisch stehen und betrachtete alles mit großen Augen. Porzellan fiel ihr auf, Tassen, Vasen, Dosen, ein paar Figurinen. Alle strahlend weiß. Die andere Hälfte des Tisches bedeckten Zeichnungen und Anweisungen. Geraldine blieb jedoch keine Zeit, sie näher zu betrachten.

»Hier wirst du malen. Auf Porzellan«, schnarrte die Teuchertin.

»Für die Manufaktur?« Geraldine war verwirrt. Es juckte sie in den Fingern, die Pinsel in die Hand zu nehmen, eine Vase mit Ranken zu bedecken oder eine Dose mit dem Bild eines Weinberges. Gleichzeitig fragte sie sich, welche Hintergedanken das Ehepaar Teuchert mit diesem Angebot verband. »Warum geben Sie die Sachen nicht einem der Maler dort?«

»Weil das nicht geht, dummes Ding. Du fragst zu viel. Als ob jedermann auf dem Porzellan der Manufaktur malen darf, wie er will.«

»Also ist das hier verboten? Damit will ich nichts zu tun haben!«

»Es ist nicht verboten. Mein Gatte arbeitet in der Kreisamtmannschaft, das ist so gut, als wäre er einer der hohen Beamten der Manufaktur. Wie kann also etwas unrecht sein, was in seinem Haus getan wird?«

Geraldine hörte die Lügen in diesen Worten. Sie hatte so lange gefeilscht, sollte alles umsonst gewesen sein?

»Was passiert mit dem Porzellan, das ich hier bemale?«

»Es wird verkauft. Was soll sonst damit geschehen?«

»Wer kauft es?«

»Wer immer es haben will.«

»Mein Porzellan gilt dann als solches aus der Manufaktur? Warum holen Sie umständlich Porzellan aus der Manufaktur, um es dann bemalt wieder dorthin zu bringen?«

»Ja, ja. Du fragst entschieden zu viel. Erst stiehlst du unsere Zeit mit deinem Feilschen, soll das jetzt so weitergehen?« Die Teuchertin schnaubte trocken durch die Nase.

»Ich will mir nur klarwerden, auf was ich mich einlassen soll.«

»Das ist ein gutes Angebot für eine Dahergelaufene wie dich. Glaube es mir.«

Geraldine stützte sich mit beiden Händen auf den Tisch, ließ ihren Blick über die Utensilien schweifen und schaute zu den kleinen Fenstern hinaus auf die davorstehende Linde, deren erste grüne Blattspitzen sich zeigten. Der Riemen des Beutels drückte auf ihre rechte Schulter. Und erinnerte sie daran, warum sie eigentlich nach Kursachsen gekommen war.

Nicht, um Porzellan zu bemalen, sondern um ihren Vater zu finden. Wie konnte sie nach ihm suchen, während sie gleichzeitig auf dem Dachboden des Teuchert'schen Hauses hockte? Sie war aber auch eine Malerin, und es reizte sie, sich am Porzellan zu versuchen. Wie ein Bienenschwarm schwirrten die Gedanken durch ihren Kopf.

Das Ganze war verboten, daran bestand kein Zweifel, und das Porzellan war bestimmt auf dunklen Wegen aus der Manufaktur geholt worden. Alles, was die Teuchertin gesagt hatte, bestärkte sie in dieser Meinung. Wollte sie sich dafür hergeben? Sie war zwar in einer üblen Kaschemme auf Santo Domingo aufgewachsen, aber sie wusste Recht von Unrecht zu unterscheiden und hatte nie etwas getan, was sie nicht vor Gott und ihrem Gewissen rechtfertigen konnte.

Schweren Herzens wandte Geraldine sich vom Tisch ab.

»Meine Antwort ist Nein. Das ist eine übelbeleumdete Tätigkeit, die Sie mir angeboten haben. Die will ich nicht annehmen. Ich werde etwas anderes finden und redlich bleiben.«

Sie wollte sich an der Teuchertin vorbei aus der Dachbodenkammer drängen, wurde aber am Arm zurückgerissen.

»Undankbares Ding! Du wirst hier nicht rauskommen«, zischte die Frau. Speicheltröpfchen sprühten auf Geraldine, als sie sich aus dem festen Griff winden wollte. Die Teuchertin hatte mehr Kraft, als ihr vertrockneter Körper vermuten ließ.

»Lassen Sie mich! Das dürfen Sie nicht!«

»Sei still! Ich habe es ja gleich geahnt, dass eine wie du …«

Der Rest des Satzes verlor sich in einem Schmerzenslaut, denn Geraldine war es gelungen, den Arm der Teuchertin zu verdrehen und sich aus deren Griff zu befreien. Mit dem Ellenbogen stieß sie die Frau beiseite, dass die gegen das Regal mit dem unbemalten Porzellan fiel. Geraldine hatte sich schon abgewandt, aber ein Poltern und Scheppern zeigte an, dass das Regal zu Boden ging. Sie machte sich nicht die Mühe, sich umzusehen, sondern eilte aus dem Atelier und die Treppe hinunter.

Im ersten Stock stand Otto vor der Treppe und knurrte, als könnte er sie so aufhalten. Geraldine eilte an ihm vorbei und kümmerte sich nicht um seine zuschnappenden Zähne.

»Teuchert!«, kreischte es aus dem Atelier. »Sie flieht! Teuchert! Lisette!«

Ihren Beutel fest an sich gepresst, sprang Geraldine noch schneller die Treppe ins Erdgeschoss hinunter.

»Teuchert! Lisette!«

Der Mann erschien in der Tür des Salons und hielt das Journal noch in der erhobenen Hand, gerade als Geraldine vorbeilief. Sie schlug ihm das Papier vors Gesicht und erreichte die Tür. Sie war unverschlossen.

Die beiden Treppenstufen nahm sie mit einem Satz, und es grenzte an ein Wunder Gottes, dass sie nicht stolperte und stürzte, aber sie erreichte das Gartentor und schließlich die Gasse. Sie wandte sich bergab und rannte mit fliegenden Röcken davon.

»Warum haben Sie sie nicht aufgehalten?«, ereiferte sich die Teuchertin, die neben ihrem Mann im schmalen Vorgarten stand und der Flüchtenden nachschaute.

»Sie war zu schnell.«

»Außer den Karten ist für Sie alles zu schnell.«

»Behalten Sie Ihr Gift für sich, Weib. Sie haben es schließlich verdorben. Nachdem schon alles abgemacht war, schaffen Sie nicht einmal eine einfache Besichtigung des Ateliers.«

Geraldines wehende Röcke verschwanden aus dem Blickfeld.

»Nicht einmal ein Karren war zur Stelle.« Teuchert wandte sich ab.

DREI

*E*he nicht ihre Seiten stachen und sie kaum noch Luft bekam, blieb Geraldine nicht stehen. Den Meißner Burgberg hatte sie hinter sich gelassen, und nun stand sie in einem der ärmlichen Viertel der Unterstadt. Die Bewohner fluteten um sie herum, Hühner scharrten im Dreck, ein Hund verfolgte eine fauchende Katze. Ein Mann mit einen Karren rempelte sie zur Seite. Vornübergebeugt lehnte sie sich an den abblätternden Putz einer Hauswand und kam langsam wieder zu Atem.

Sie spürte, dass sie angestarrt wurde. Frauen mit abgearbeiteten Gesichtern steckten die Köpfe zusammen und tuschelten. Rotznäsige Gassenjungen – und davon waren etliche unterwegs – riefen ihr »Zigeunerin, Zigeunerin!« nach. Geraldine verschloss die Ohren davor, konnte aber nicht verhindern, dass die Worte in sie drangen. Sie richtete sich auf und funkelte die Jungen an, was diese vor Vergnügen aufkreischen ließ. Sie wandte sich ab und machte sich auf den Weg, um noch mehr Raum zwischen sich und die Teucherts zu bringen.

Auf einmal spürte sie etwas an ihrer linken Hand. Als sie nach unten schaute, erblickte sie ein kleines blond gelocktes Mädchen, das neben ihr hertrippelte. Die Kleine betastete Geraldines Handrücken.

»Ich grüße dich«, sagte sie und blieb stehen.

Das Mädchen untersuchte weiterhin die fremde Hand. »Das ist richtige Haut«, murmelte es erstaunt.

»Was hast du denn gedacht?«

»Weil es so dunkel ist. Das ist gar kein Schmutz.«

»Nein, das ist kein Schmutz. Nach dem Waschen ist meine Haut immer noch dunkler als deine. Das liegt daran, dass ich von weit her komme. Dort sind alle Leute wie ich, manche noch dunkler.«

»Du sprichst auch eigenartig.«

Geraldine war klar, dass sie ein anderes Deutsch als die Menschen in Kursachsen sprach. Sie hatte die Sprache in Köln gelernt und schnell gemerkt, dass Deutsch nicht gleich Deutsch war und die Menschen je nach Gegend verschieden sprachen. Sie lächelte. »Für mich hörst du dich auch eigenartig an. Wie heißt du denn?«

»Sophia. Und du?«

»Geraldine.«

Das Mädchen wiederholte den Namen. Zunächst stolperte ihre Zunge über die fremden Silben, aber beim zweiten Mal gelang es ihr.

»Wo wohnst du denn?«

»Dahinten im Krug.« Sophia streckte den Arm aus. »Der gehört meinem Vater.«

»Ist das eine Schankwirtschaft?«

Das Mädchen nickte so heftig, dass die blonden Locken flogen. »Ich bringe dich hin.«

Geraldine ließ sich mitziehen. Der Krug war ein einzeln stehendes zweistöckiges Haus. Das untere Stockwerk bestand aus Stein, darüber befand sich eines aus Fachwerk. Neben der Tür hing ein Schild und verkündete, dass es sich um eine Schankwirtschaft und eine Herberge handelte. Das Haus machte einen düsteren, abweisenden Eindruck, aber Sophia war davon unbeeindruckt und führte Geraldine auf die Rückseite und in einen schlammigen Hof.

Eine Tür stand offen, und eine wohlbeleibte Frau fegte mit einem Reisigbesen Schmutz hinaus.

»Das ist meine Tante Dietlinde«, krähte Sophia fröhlich.

Bei diesen Worten schaute die Tante auf. Ihre Augen verengten sich, als sie Geraldine musterte. »Was hast du denn da wieder mitgebracht? Alles schleppt dieses Mädchen an. Verletzte Vögel und Katzen, Welpen und Küken, sogar eine Maus war schon dabei. Nun eine dahergelaufene Weibsperson.«

»Das ist Geraldine«, stellte das Mädchen sie vor. »Sie kommt von ganz weit her und hat kein Zuhause.« Woher Sophia das wusste, war Geraldine schleierhaft. Sie sah hoffentlich nicht heimatlos aus.

»Kannst du sprechen?«

»Natürlich«, antwortete Geraldine.

»Hast du Hunger?«

Das Frühstück war noch nicht lange her, aber sie konnte es sich auch nicht leisten, eine Mahlzeit abzulehnen, deshalb nickte sie.

»Kannst du auch arbeiten?«

Wieder nickte Geraldine. Sofort wurde ihr der Besen in die Hand gedrückt.

»Ich kann Hilfe gebrauchen. Die Magd ist uns im Januar mit einem Kerl davongegangen, und seitdem geht es hier drunter und drüber.«

»Ich kann hiermit für eine Mahlzeit bezahlen.« Geraldine nahm ihre Zeichenmappe aus dem Beutel und zeigte einige der kleineren Zeichnungen vor.

»Das brauchen wir nicht, aber eine Magd schon. Das ist eine Schenke und eine Herberge. Du bekommst freie Kost und Logis und einen halben Taler die Woche. Einen Abend in der Woche hast du frei, und am Sonntag ist der Besuch des Gottesdienstes Pflicht. Das kannst du annehmen und hierbleiben, oder du verschwindest sofort. Wir haben nichts über, um jeder dahergelaufenen Person eine Mahlzeit zu schenken.«

Geraldine überlegte. Die Arbeit im Krug war gewiss schwer, aber ehrlich. Sie brauchte einige Taler für die Suche nach ihrem Vater und könnte nebenbei versuchen, ihre Zeichnungen zu verkaufen. Sobald sie fünf Taler beisammen hatte, würde sie gehen, nahm Geraldine sich vor, als sie Frau Dietlindes Angebot annahm.

Die Arbeit begann sofort, nachdem Geraldine ihr Schlafplatz in einer Kammer unter dem Dach gezeigt worden war. Sie würde sich den Raum mit Sophia teilen. Ansonsten gab es kaum einen Unterschied zu dem Gelass unter der Treppe im Teuchert'schen Hause. Geraldine schluckte, musste sich jedoch mit dem, was sie sah, zufriedengeben.

Ihre Pflichten hielten sie von Sonnenauf- bis Sonnenuntergang beschäftigt. Sie musste putzen und scheuern, in der Küche helfen und in der Gaststube bedienen, das Gepäck der Logiergäste schleppen, waschen und in den Zimmern Feuer machen. Sie rannte den ganzen Tag hin und her, ehe sie abends todmüde neben Sophia ins Bett fiel. Die Hände taten ihr weh, die Knie sowieso und der Rücken ...

Der Wirt, Sophias Vater, stellte sich als brummiger Witwer heraus, in dessen Gesicht ein struppiger blonder Bart wucherte. Sophia war er zärtlich zugetan, trug sie auf den Schultern, schwang sie herum, bis sie vor Freude quietschte. Damit erschöpfte sich seine Gutmütigkeit. Faulheit duldete er nicht, nicht bei Geraldine, nicht bei seiner Schwester, der Mädlerin, und auch nicht bei sich selbst.

Die Schenke hieß Mädlers Krug nach seinem Besitzer Johann Friedrich Mädler, und die Gäste waren einfache Handwerker und Tagelöhner, die in den umliegenden Gassen arbeiteten. Viele wohnten in Kammern, ohne eine Möglichkeit, etwas zu kochen, und kamen für einen Teller Suppe und einen Kanten Brot in den Krug, eine Kanne Bier dazu wurde auch nicht verachtet. Andere kamen nur zum Trinken und beließen es dann auch nicht bei einem Krug. Geraldine lernte schnell, den Händen auszuweichen, die ihre Rundungen ertasten wollten.

Wann immer sie einen Augenblick Zeit fand und eines Fetzens Papier habhaft werden konnte, zeichnete sie. Ein paar Striche, und das Gesicht Mädlers erschien auf dem Papier, oder Sophia mit ihrer Puppe im Arm. Sie zeichnete die Gäste und die Schenke. Zwar erregte sie manchmal Aufmerksamkeit damit, abkaufen wollte ihr jedoch niemand etwas.

»Mit welchem Geld soll ich das bezahlen?«, fuhr sie ein Flickschuster an. Er streckte ihr narbige Hände entgegen. »Mit meiner Hände Arbeit verdiene ich das Geld. Es reicht kaum zum Leben für mich und meine Familie. Ein Bild! Von mir!« Er spuckte aus.

»Geh an deine Arbeit!«, herrschte Mädler sie an. »Ich kann niemanden brauchen, der die Gäste belästigt statt sie zu bedienen.«

Eingeschüchtert schlich Geraldine davon. Sie fragte die Gäste nicht mehr, ob ihr jemand eine Zeichnung abkaufen wollte, wenn Mädler oder seine Schwester in der Nähe waren. Das Zeichnen gab sie jedoch nicht auf, ihre Hände konnten einfach nicht anders.

Eine böse Überraschung erlebte sie am Ende ihrer ersten Woche im Krug, als ihr nur die Hälfte des vereinbarten Lohnes ausgezahlt wurde.

»Für das Papier, das du fortwährend verbrauchst, ziehen wir dir was ab. Glaubst du, das kostet uns nichts? Es fällt wohl vom Himmel, dort wo du herkommst.«

Alles Bitten half nichts, Geraldine stand mit ein paar Groschen da und musste sich in ihr Schicksal fügen. Dafür konnte sie sich über das Essen nicht beklagen. Die Familie aß, was in der Schenke nicht verbraucht wurde, und sie bekam ihren gerechten Anteil an allem. Es schmeckte nicht nur besser als bei der Teuchertin, es war auch nahrhafter und vor allem reichlicher. Die Mädlerin frönte der Überzeugung, dass nur ein satter Mensch gut arbeitete, und da sie selbst viel zu gerne aß, kochte sie stets reichlich.

In der ersten Aprilwoche bestimmte sie, dass das Haus einem gründlichen Frühjahrsputz unterzogen werden müsse, damit an Ostern alles blitzte und strahlte. Für die Frauen bedeutete das, dass sich ihre übliche Arbeit verdoppelte. Weil das für die resolute Wirtin und nur eine Magd unmöglich zu schaffen war, traf Geraldine eines Morgens auf der Treppe eine junge Frau an, die auf den Stufen kniete und sie mit einer Bürste scheuerte. Trotz des sonnigen Aprilwetters trug sie mehrere Schals und Tücher übereinander. Wie jung sie wirklich war, erkannte Geraldine erst, als die Frau aufstand, um sie vorbeizulassen. Auf keinen Fall war sie älter als Anfang zwanzig. Sie starrte Geraldine mit einer Mischung aus Neugierde und Furcht an. Geraldine setzte ein Lächeln auf. »Dich habe ich hier noch nie gesehen. Was machst du?« Die Frage war dumm, aber ihr fiel nichts anderes ein, um mit der Frau ins Gespräch zu kommen. Sie hatte das Gefühl, diesem verhärmten Ding helfen zu müssen.

»Johanna Schneiderin zu Diensten. Ich werde Janne gerufen«, antwortete sie und begann zu husten. Es dauerte eine kleine Ewigkeit, bis der Anfall worüber war und Janne wieder sprechen konnte. »Ich putze die Böden und soll bei der Wäsche helfen. Die Mädlerin hat mich geholt, weil sie den großen Putz nicht alleine schafft. Drei Tage will sie mich beschäftigen.« Janne Schneiderin hustete schon wieder und hielt sich eine rote, wundgescheuerte Hand vor den Mund. Sie drückte sich mit dem Rücken an die Wand, hoffte offensichtlich, die Fremde möge endlich vorbeigehen und sie weiterarbeiten lassen.

Im Erdgeschoss erschien die Mädlerin im Flur. Ihr Busen wogte unter einer fleckigen Schürze, das Gesicht war rot und verschwitzt, einzelne Haarsträhnen hatten sich aus der Frisur gelöst. Der Kontrast zwischen ihrer wohlgenährten Statur und der schmächtigen Janne könnte nicht größer sein. Hinter ihr drang aus der Küchentür ein Geruch nach Steckrübensuppe. Janne warf einen sehnsüchtigen Blick zur Küche, bevor sie wieder auf ihre derben Schuhe starrte und die Bürste zwischen den Fingern drehte. Dieser Blick überzeugte Geraldine davon, dass die junge Frau an diesem Morgen noch nichts gegessen hatte.

»Warum wird hier nicht gearbeitet?«, polterte die Mädlerin. »Ich bezahle dich nicht fürs Herumstehen. Faules Pack aus der Unterstadt.«

Janne bückte sich sofort und setzte ihre Arbeit fort. Geraldine biss sich auf die Lippen. Sie hatte schwer zu schlucken an Worten, die herauswollten, aber alles nur schlimmer gemacht hätten. Am Ende würde die arme Janne noch ihre Arbeit verlieren. Sie wusste, dass es sie genauso treffen könnte, wären Mädler oder seine Schwester mit ihr nicht zufrieden.

Sie floh die Treppe hinunter und drückte sich an der Mädlerin vorbei in die Küche. Dort köchelte nicht nur der Steckrübeneintopf auf dem Herd, es stand auch eine Schüssel mit Brotsuppe bereit, die sie zu dem einzigen Logiergast hinauftragen musste, den der Krug derzeit beherbergte. Geraldine nahm das Tablett.

Hann Schneider schaute sich immer wieder um, als er auf dem Weg in das Porzellanlager hinter den Malerstuben war.

Drei Jahre arbeitete er nun als Handlanger im Brennhaus. Er kehrte Asche zusammen, schleppte Holzscheite, fegte Späne, ließ sich von jedermann herumkommandieren. Er nickte stets, egal ob ihm jemand eine Anweisung gab oder ihn als Faulpelz beschimpfte. Vom Porzellan sah er an den allermeisten Tagen nichts, außer wenn man ihn beauftragte, die Kiste mit den Fehlbränden fortzuschaffen. Das meiste war zerschlagen, aber hin und wieder fand er etwas Kleines, das sich in die Tasche stecken und forttragen ließ und nicht allzu verunglückt aussah. Das schenkte er Janne, und deshalb befanden sich in ihrem Haus zwei nutzlose Messerbänkchen, aber kaum Geld.

Gestern hatte man ihm zum ersten Mal befohlen, einen Korb Brennholz in die Geschirrkammer mit dem fertigen Porzellan zu tragen. Seine Augen wollten ihm aus dem Kopf fallen, als er die Schätze erblickte, die dort lagerten. Die Taler, die er für nur ein oder zwei Koppchen erhalten könnte, würden ausreichen, um Medizin für Rikarda und Janne zu kaufen, ein Koppchen mehr, und sie könnten ihre Stube richtig heizen, endlich einmal wieder Fleisch essen … Nachdem sich der Gedanke erst einmal in seinem Kopf festgesetzt hatte, ließ er sich nicht mehr daraus vertreiben.

Deshalb war Hann am Ende dieses Arbeitstages wieder mit einem Korb voll Holz auf dem Weg in die Geschirrkammer. Diesmal hatte ihm niemand einen Befehl dazu gegeben, und im Korb lagen auch nur oben ein paar Scheite, darunter befand sich eine Lage Stroh. Die meisten Manufakturisten waren bereits gegangen, nur in der Malerstube brannten noch die Laternen. Dort arbeiteten die Maler, denen Feierabendarbeit erlaubt worden war. Nach Schichtende malten sie auf eigene Rechnung weiter. Ihr Tag war lang, aber sie hatten eine Chance auf besseren Verdienst, die einem Handlanger nicht gegeben war.

Auf Zehenspitzen schlich Hann an der Tür vorbei. Niemand schaute auf. Ganz hinten im Gang stand die Tür zur Geschirrkammer einen Spalt offen. Hann stieß sie ein wenig weiter auf und schlüpfte hindurch. Im Lager war es dunkel. Er hielt sich nicht lange damit auf, sich umzusehen, sondern griff einfach in die Regale und verstaute einige Teile in seinem Korb, bedeckte sie mit Stroh und den Holzscheiten. Nach wenigen Augenblicken verließ er die Geschirrkammer wieder. Die Tür ließ er offen stehen, eilte den Gang entlang und die Treppen hinunter. Aus der Brennkammer, wo Tag und Nacht gearbeitet wurde, waberte Hitze in den Gang; jeder einzelne Brennvorgang dauerte Stunden und durfte nicht unbewacht bleiben. Die zweiflügelige Tür stand weit offen, um die Hitze heraus- und frische Luft hineinzulassen.

Hann verhielt erst seinen Schritt, dann rannte er los, wollte das Brennhaus möglichst schnell und weit hinter sich lassen. In diesem Moment trat jemand aus der Tür. Hann sah nichts als einen Schatten, zog aber den Kopf zwischen die Schultern, als könne er sich auf diese Weise verbergen.

»Warte!«, hielt ihn eine Stimme zurück und ließ Hann zusammenzucken. An das Befolgen von Befehlen gewöhnt, verharrte er mitten in der Bewegung wie zu Stein erstarrt. Die Stimme hatte er als die Johann Joachim Kändlers erkannt. Der erste Formenmeister befahl ihn zu sich, und Hann musste sich zu jeder Bewegung zwingen. Alles in ihm schrie danach, den Korb einfach fallen zu lassen und davonzurennen. Stattdessen näherte er sich Kändler Schritt für Schritt.

Schließlich standen die beiden Männer voreinander. Kändler trug eine Laterne in der Linken, mit der anderen Hand deutete er auf Hanns Korb.

»Was hast du da?«

»Holz. Ich soll es in die Stube der Buntmaler bringen«, log

der junge Mann. Er kreuzte Mittel- und Zeigefinger der linken Hand hinter dem Rücken.

»Um diese Zeit? Die Arbeit ist längst vorbei. Die meisten der Buntmaler sind gegangen. Ich habe erst vor einer halben Stunde gesehen, wie einer der Lehrlinge einen Korb Holz in die Malerstube gebracht hat.«

»Es soll auch für morgen früh Holz da sein, um die Öfen wieder anzuheizen.« Hann sprach abgehackt, verschluckte beinahe die Worte.

»Wer hat dir den Auftrag gegeben?«

»Jemand. Ich weiß nicht genau. Jeden Tag erhalte ich so viele Aufträge …«

Kändlers Gesicht verdüsterte sich. »Zeige mir den Korb.«

Sofort griff der Formenmeister nach zwei Holzscheiten und warf sie zu Boden. Darunter kam das Stroh zum Vorschein. Einen Moment später hatte Kändler das Porzellan gefunden. Zum ersten Mal erspähte Hann seine Beute: zwei Koppchen und eine kleine, ovale Schale.

»Holzscheite für die Buntmaler also.« Kändler stellte die Laterne ab und nahm das Porzellan aus dem Korb. »Für mich sieht das nach Diebstahl aus. Was hast du dir dabei gedacht, Mann?«

Hann fühlte, wie ihm Röte ins Gesicht schoss. Die Zunge lag ihm wie ein Stein im Mund.

»Dein Name, Mann!«

Er musste sich erst räuspern, bevor er ein Wort herausbrachte. »Hann – Johann Gotthold Schneider. Aus der Unterstadt. Ich wollte das nicht.«

»Das Porzellan wird kaum von allein in den Korb gelangt sein. Raus mit der Sprache!«

»Meine Frau ist krank, die kleine Rikarda auch. Das ist unsere Tochter, sie ist erst drei Jahre alt. Sie brauchen den Arzt und Medizin, aber uns fehlt das Geld. Mein Lohn … ist nur sehr wenig Geld. Gerade einmal drei Taler in der Woche.«

»Deshalb stiehlst du? Du weißt, was mit Manufakturisten geschieht, die ihre Finger nicht vom Porzellan lassen können?«

Der junge Handlanger wusste es. Wie alle Manufakturisten hatte er im letzten Monat erlebt, dass etliche von ihnen wegen verbotener Hausmalerei ermahnt und sogar dimittiert worden waren.

»Es sind nur diese drei Teile. Ich wusste keinen anderen Weg mehr. Rikarda ist so krank, und wir haben schon ein Kind verloren … einen kleinen Jungen. Ihm waren nur wenige Monate gegönnt. Es ist doch nur für einen Arzt und Medizin für meine Tochter.«

»Du hast aus Sorge um deine Familie so gehandelt?«

»Nur deswegen.« Hann nickte. »Ich würde sonst nie …« Er beobachtete genau Kändlers Miene. Sie schien etwas von ihrer anfänglichen Strenge verloren zu haben. Dem Formenmeister wurde nachgesagt, ein Herz für die Manufakturisten und ihre Nöte zu haben. Vielleicht …?

»Ich werde alles zurückgeben. Nehmen Sie es nur. Es kann doch wieder ins Lager zurückgestellt werden?«

»Nun …«

Von draußen kommend betrat jemand das Brennhaus. Unregelmäßige Schritte ertönten und in regelmäßigen Abständen ein Klacken. Dann trat Ritter Nathan Leberecht von Scholl in den Lichtschein der Laterne. Er stützte sich beim Gehen auf einen Stock. Hann hatte mit dem Mann noch nie zu tun gehabt, aber natürlich kannte er ihn vom Sehen. Besser gekleidet als jeder Manufakturist in seinem Sonntagsstaat, vorspringende Nase, stechender Blick. Von Scholl hatte die fünfzig hinter sich gelassen, war Naturforscher gewesen, in gesünderen Tagen auch Weltreisender, und einer der Arkanisten der Manufaktur. Er wusste um das Geheimnis der Porzellanherstellung und beaufsichtigte die Männer in der Brennkammer.

Der Arkanist erfasste die Lage mit einem Blick.

»Sie haben einen Dieb erwischt, Kändler. Bravo. Mit diesem Gelichter muss kurzer Prozess gemacht werden.«

Der Formenmeister schwieg einen Augenblick. Hinter seiner Stirn arbeiteten sichtbar die Gedanken, dann schien er einen Entschluss gefasst zu haben.

»In der Tat, das habe ich. Dieser Kerl wollte sich gerade davonstehlen, als ich hinzukam.«

Hann rutschte das Herz in die Hose, und seine Knie fühlten sich weich wie Porzellanmasse an.

»Ich hole die Wachen«, fuhr Kändler fort. »Passen Sie solange auf den Halunken auf.« Mit dem Porzellan in den Händen entfernte er sich.

Der ertappte Dieb könnte davonlaufen. Mit seinem Stock und seiner krankhaften Blässe wäre von Scholl nicht in der Lage, ihn zu hindern oder gar einzuholen. Dennoch blieb Hann mit hängenden Schultern stehen, als warte er auf den Henker. Was nützte eine Flucht? Heim konnte er nicht, damit brächte er nur Janne und die Kleine in Gefahr. Er konnte nur auf Gnade hoffen. In von Scholls Miene war davon kein Funken zu entdecken.

Der Formenmeister kehrte mit zwei Wachen zurück.

Hann wurde für den Rest der Nacht in eine Arrestzelle gesperrt; bei Tagesanbruch führte man ihn dem Meißner Kreisamtmann und Mitglied der Manufakturkommission Fleuter sowie dem ersten Maler Höroldt vor und jagte ihn ohne ausstehenden Lohn davon. Unter Tränen bat Hann darum, noch einmal Gnade vor Recht ergehen zu lassen. Für sich bitte er ja nicht, seine kranke Frau und Tochter würden nun vollends ins Elend gestoßen.

»Das hättest du dir vorher überlegen sollen, Bursche«, knurrte Höroldt. Er sah drein, als gefiele es ihm, dass jemand vor ihm im Staub kroch.

Völlig geschlagen machte Hann sich auf den Weg in die Unterstadt. Wäre von Scholl nicht gekommen, hätte der Formenmeister ihn gehen lassen. Kändler trug Güte im Herzen, von Scholl kannte nicht einmal das Wort. Der wartete nur darauf, andere zu piesacken und sie seinen Stock spüren zu lassen, wenn es ihm nicht schnell genug ging. Hanns ganze Wut richtete sich gegen den Arkanisten.

VIER

Den Männern in der Brennkammer lief der Schweiß von den Gesichtern. Viele hatten sich bis auf ihre Kniebundhosen, heruntergerutschte Strümpfe und Schuhe völlig ausgezogen, andere trugen noch eine Weste oder ein weit aufgebundenes Hemd. Nur ein einziger der Anwesenden war korrekt gekleidet, mit Hemd, Halstuch, Weste, Gehrock, sogar eine Perücke saß ihm auf dem Kopf. Aus dem geröteten Gesicht, in dem eine vorspringende Nase das markanteste Merkmal war, blickten die Augen stechend unter buschigen Brauen hervor, die Mundwinkel wiesen nach unten. Der Mann stützte sich auf einen Stock. Ihm entging nichts von den Arbeiten in der Brennkammer, auch nicht die heimlichen Blicke der schwitzenden und schwer arbeitenden Männer, die alles andere als freundlich waren.

Nach dem dreisten Diebstahl des Handlangers Schneider hatte von Scholl es sich zur Gewohnheit gemacht, beim Aufstechen der Öfen im Brennhaus anwesend zu sein. Er ließ sich nicht anmerken, wie heiß ihm war, dass ihm die Knie zitterten, in seinem Leib Krämpfe wühlten und er sich schwer auf den Stock stützen musste. Als Arkanist fühlte er sich dem Porzellan verpflichtet und war nicht gewillt, Unregelmäßigkeiten in der Manufaktur zu dulden.

Einer der beiden Verglühöfen war abgekühlt und sollte ausgeräumt werden, während der Brand im anderen im Gange war. Es war für alle ein erhabener Moment, wenn ein Brennofen geöffnet wurde. War das Porzellan gelungen oder während der langen Brenndauer verdorben? Das Feuer konnte zu heiß oder die Glut zu kalt gewesen sein, die Temperaturschwankungen zu groß, der Ofen konnte zu viel oder zu wenig Luft gezogen haben. Vom Arkanisten bis zum Handlanger hielt deshalb jeder inne und beobachtete die sich öffnende Tür.

Die Scherben aus dem Ofen mussten auf ihre Güte hin geprüft werden. Das war die Aufgabe des erfahrenen Brenners Johann Heinrich Wachß. Bei einigen Stücken war das einfach. Er sortierte die aus, die völlig deformiert waren und zu gar nichts mehr taugten. Bei einigen war nicht einmal mehr zu erkennen, was sie ursprünglich hatten darstellen sollen. Sie kamen in eine Kiste. Alle anderen hatte er in drei Kategorien einzuteilen, in die gute, die mittelgute und in Brack, den Ausschuss. Die guten und die mittelguten Stücke wurden bemalt und verkauft, die einen teuer und die anderen günstiger. Der Brack wurde von den Lehrlingen mit einfachen Mustern verziert und an die Manufakturisten abgegeben, die sie für sich selbst benutzen konnten.

Wachß nahm jedes Stück in die Hand, führte es dicht an seine Augen, um das Aussehen zu prüfen, schlug mit einer langen Metallnadel dagegen, um den Klang zu hören. Die Scherben sollten eine reine milchweiße Farbe aufweisen, ohne Risse und ohne Einschlüsse.

»Brack, Brack, Brack«, urteilte Wachß bei den ersten Stücken, die seine Nadel berührte. Er stellte sie beiseite.

Andere beurteilte er als mittelgut, einige auch als gut. Das waren die wenigsten. Es wurde nun einmal viel Ausschuss produziert. Und auch manche Scherbe, die kein Ausschuss war, wurde von ihm als solche klassifiziert. Er und einige andere nahmen die Teile mit. Eigentlich durften sie nicht verkauft werden, aber wer konnte schon kontrollieren, was mit ihnen geschah, wenn sie erst einmal die Manufaktur verlassen hatten? Ein paar zusätzliche Groschen konnten sie alle gebrauchen. Seinen Neffen, Christoph Balthasar Kleinschmidt, hatte im Februar eine Kutsche überrollt und ihm das rechte Handgelenk zermalmt, er würde damit nie wieder arbeiten können. Dabei hatte ihm als Maler in der Manufaktur eine große Zukunft bevorgestanden, davon war Wachß überzeugt. Seine Schwester hatte nicht nur den Ernährer ihrer kleinen Familie verloren, sondern beherbergte nun auch einen kranken Sohn im Haus, der der Pflege bedurfte und immer wieder den Arzt benötigte. Da war es nur gerecht, wenn er etwas Brack verkaufte und den beiden den Erlös brachte.

Der Geschirrschreiber Christian August Schreiber eilte auf ihn zu, in der Hand eine seiner unvermeidlichen Listen und hinter dem Ohr eine Feder. Mit der freien Hand hielt er seine Perücke fest.

»Was ist hier los?«, rief Schreiber. Seine Stimme klang überraschend guttural, obwohl man seiner dürren Gestalt eher ein Piepsen zugetraut hätte.

Wachß schaute ihn über eine milchweiße Teedose hinweg an. »Brack«, sagte er ungerührt und stellte den Scherben zu dem anderen Ausschuss. Er nahm eine Teekanne von reiner Farbe mit gedrehtem Henkel, schön geschwungener Tülle, der Körper war dicht an dicht mit kleinen Schneeballblüten besetzt. Sie gehörte zu den Entwürfen Kändlers, die dem Brenner besonders gut gefielen.

»Brack.«

»Das ist doch kein Ausschuss! Das ist gute Qualität. Was machen Sie da, Mann?« Schreiber griff nach dem Henkel der Teekanne und sah sich nach dem Arkanisten um.

Von Scholl stand vornübergebeugt ein paar Schritte entfernt und stützte sich auf seinen Stock. Er beobachtete die Vorgänge neben dem Ofen, aber seine Sicht war verschwommen. All seine Sinne waren darauf gerichtet, den Schmerz in seinem Leib niederzuzwingen. Die Qualität der Scherben besaß im Moment keine Bedeutung für ihn.

»Es sind Risse darin«, erwiderte Wachß. »Einmal heißen Tee eingefüllt, und der Scherben zerplatzt. Wollen Sie das den vornehmen Kunden der Manufaktur auf den Tisch stellen?«

»Ich sehe keinen einzigen Riss.«

»Mein Auge ist geschult. Und ich höre es.« Wachß tat so, als wollte er erneut mit seiner Metallnadel gegen die Kanne klopfen. Dabei ließ er den Henkel los.

Der Scherben zerbarst auf dem Boden.

»Nun ist es nicht einmal mehr Brack.« Wachß wandte sich ab und nahm das nächste Teil. Das stellte er zur guten Qualität. Um die Schneeballkanne war es schade, aber diesem aufgeblasenen Geschirrschreiber, der überall Unregelmäßigkeiten witterte, hatte er es zeigen müssen. Solange Schreiber neben ihm stand, fand er kein einziges Stück Brack mehr. Erst nachdem der Mann gegangen war, stellte er wieder einiges zum Ausschuss.

Später war Wachß damit beschäftigt, die begutachteten Scherben in Listen einzutragen, sortiert nach gut, mittelgut und Brack, ganz zum Schluss kam die Rubrik Fehlbrand, wo er die völlig verunglückten Scherben notierte. Die Liste würde er am Ende abzeichnen und zu den Geschirrschreibern tragen lassen. Aber er musste ja nicht jedes Stück dort eintragen. Einige Scherben Brack mehr oder weniger … was machte das schon? Die Stücke, die auf keiner Liste standen, existierten für die Manufaktur nicht mehr. Er konnte mit ihnen einen hübschen Nebenverdienst erreichen.

Der Arkanist trat zu ihm. Wachß roch den sauren Schweiß auf der Haut des Mannes. »Das sind keine Fehler des Brennens«, sagte er zu von Scholl. »Die Former sind dafür verantwortlich.«

»Das ist wohl so«, erwiderte der Ritter mit gepresster Stimme. Sie war der einzige Hinweis auf seine Schmerzen.

Er ärgerte sich über die vielen Fehlbrände. Viele Ursachen waren dafür denkbar, und für alle machten die hohen Herren in Dresden den Arkanisten verantwortlich. Vermutlich stimmte die Rezeptur nicht, und es war die Aufgabe der Arkanisten, diese zu verbessern. Tatsächlich war von Scholl der Auffassung, die Rezepturen der Porzellanmasse und der Glasur seien nicht richtig aufeinander abgestimmt, aber es gelang ihm einfach nicht, das richtige Verhältnis zu finden. Es konnte daran liegen, dass die Handhabung der Öfen und die Kontrolle der Brenntemperaturen zu schwierig waren, und es war die Aufgabe der Arkanisten, diesen Vorgang zu vereinfachen. Vielleicht verbanden sich die Farben beim Einbrennen aber auch nicht richtig mit der Glasur, und es war die Aufgabe der Arkanisten … an diesem Punkt schüttelte von Scholl den Kopf. Sich um die Farben zu kümmern, war seine Aufgabe nicht, dafür war Meister Höroldt zuständig.

Sollten die hohen Herren kommen und sich mit den komplizierten Vorgängen der Chymie beschäftigen. Er war jedenfalls froh, diesen Vorhof der Hölle am Abend zu verlassen, und sich auf sein Rittergut Lehma im Käbschütztal zurückziehen zu können. Bis dahin musste der Ofen ausgeräumt, neu bestückt und wieder angefeuert sein. Die Brenner brachten bereits die rohen Scherben, um sie in den Ofen zu stellen. Sie bewegten sich so langsam, dass man ihnen im Gehen die Schuhe besohlen könnte. Von Scholl wollte sie gerade antreiben, als er etwas anderes sah.

»Pass auf!«, schrie er einen Lehrling an, der den Boden fegte und dabei vor sich hin summte. Alles andere schien er vergessen zu haben, er bemerkte nicht, dass er dabei war, dem Brenner Barth, der ein Tablett Rohscherben in den Händen hielt, den Besen zwischen die Beine zu stoßen.

Der Lehrling und Barth zuckten zusammen. Die Bewegung übertrug sich auf das Tablett. Ein Flöte spielender Harlekin fiel um, hing halb über dem Rand des Tabletts. Barth bemerkte es und wollte retten, was längst nicht mehr zu retten war. Die kleine Figur zerschellte auf dem Boden. Der Brenner sah betreten drein, während der Lehrling sich aus dem Staub machen wollte. Stundenlange Arbeit der Former und Bossierer zerstört. Von Scholl schwoll der Kamm, aber ihm fehlte die Kraft, seiner Wut auch Ausdruck zu verleihen.

»Das wird euch vom Lohn abgezogen«, krächzte er.

Der Lehrling schluckte, wagte aber keine Widerworte. Andreas Barth schon. »Es waren Ihre Worte, die mich aus dem Tritt gebracht haben. Ihnen muss der Harlekin angekreidet werden, nicht mir.«

»Rede dich nicht heraus, Mann. Du warst ungeschickt. Das wird in die Listen der Geschirrschreiber kommen und dir vom Lohn abgezogen.«

Der Ritter würde dafür sorgen, daran bestand kein Zweifel, und das Wort eines Arkanisten galt immer mehr als das eines Brenners. Barth blieb nichts anderes übrig, als seinen Ärger hinunterzuschlucken und einen Fluch unhörbar zwischen den Lippen zu zerdrücken, ehe er einem Handlanger winkte, die Bruchstücke aufzukehren.

Später am Tag, als der Ofen bereits neu bestückt und wieder angefeuert wurde, standen Barth und Wachß nebeneinander in einer Ecke des Brennhauses. Von Scholl war gegangen und ihre Schicht beendet.

»Ich spucke auf den hochnäsigen Arkanisten«, sagte Barth und spie einen gelblichen Schleimbatzen zu Boden. »Der vornehme Herr soll im Hintern einer Hure verrecken.«

»Morgen ist er nicht da.«

»Dafür kommt ein anderer der Herren Arkanisten und schaut uns auf die Finger, weiß alles besser, während wir die Drecksarbeit machen.«

»Sie kennen das Geheimnis der Porzellanherstellung.« Der Schweiß trocknete auf Wachß' nacktem Oberkörper und kühlte ihn ab. Er zog sich sein Hemd an und wünschte sich fort aus der Gegenwart des anderen. Wachß war lieber für sich und pflegte nur wenig Umgang mit den Kollegen. An ihren Umtrieben wollte er nicht teilhaben.

Da immer ein Arkanist beim Brennen anwesend sein musste, würde Höroldt am nächsten Tag aus seiner Stube bei den Malern herunterkommen, um die Brenner zu beaufsichtigen. Der war keinen Deut besser als von Scholl. Eigentlich zog Wachß den Ritter vor, da der sich im Gegensatz zu Höroldt nicht nur für die Malerei, sondern für alle Vorgänge bei der Porzellanherstellung interessierte, und alle Arbeiten zu würdigen wusste. Von Scholl hatte manchmal gute Tage, an denen er Bruch klaglos hinnahm, Höroldt niemals. Er war auch an vielen Tagen zu krank, um Unregelmäßigkeiten überhaupt zu bemerken, gerade das schätzte Wachß an dem Arkanisten. Er verzichtete jedoch darauf, dies dem Kollegen auseinanderzusetzen.

»Die Arkanisten und ihre Geheimnisse, dass ich nicht lache.« Barth lachte freudlos auf. »Ich verwette vier Wochenlöhne, dass wir besser Bescheid wissen als die hochverehrten Arkanisten. Du bist seit Jahren Brenner, wenn einer alles darüber weiß, bist du das. Und du musst dich von diesem Menschen wie ein Anfänger behandeln lassen.«

Wachß zuckte mit den Schultern. »Den einen Tag ist es so, den anderen so.«

Richtig war allerdings, dass er den Brennvorgang ohne Beisein eines Arkanisten ausführen könnte. Er kannte die Temperaturen, wusste genau, wie sie zu erreichen und zu halten waren. Dafür wusste er nichts über die Bemalung der Scherben, die Massebereitung oder das Formen, und das unterschied ihn von den Arkanisten.

»Trotzdem …«, grummelte Barth. »Er wird dafür sorgen, dass mir etwas vom Lohn abgezogen wird, obwohl er selbst die Schuld trägt. Er hätte einfach nur den Mund halten sollen, dann wäre nichts passiert. Das wird er mir büßen.«

»Was hast du vor?«

»Einen Brief schreiben.«

»Wie soll das von Scholl schaden?«

»Du könntest es auch machen.«

»Was soll ich schreiben?« Wachß konnte sich zwar denken, an wen der Brief gerichtet werden sollte, wusste aber nicht, was der Kollege vortragen wollte.

»Das Arkanum ist nicht mehr sicher, und das liegt an von Scholl.«

»Das stimmt nicht. So was kannst du nicht behaupten«,

brauste Wachß auf. Über die Arkanisten schimpfen und sie in Dresden verleumden, das waren verschiedene Dinge.

»Weißt du's? Was treibt der Mann, wenn er nicht in der Manufaktur ist? Außerdem gibt es viel Brack in letzter Zeit. Das kann doch nur daran liegen, dass von Scholl nicht mehr richtig bei der Sache ist. Ich sage dir, er nutzt sein Wissen, um eine eigene Manufaktur zu errichten und sein eigenes Porzellan herzustellen. Damit verdient er viel Geld.«

»Das ist Quatsch, und du weißt das. Von Scholl hat mehr Geld, als Mehl in einen Sack passt. Das sind nichts als böswillige Unterstellungen.«

»Mir will er Lohn abziehen lassen für eine Sache, die er verschuldet hat. Das nenne ich böswillig.« Barth funkelte den Kollegen wütend an. Er hatte mit Zuspruch gerechnet und Kritik geerntet. Ihm reichte es, sollte Wachß sehen, wo er blieb. Er wusste jedenfalls, was er zu tun hatte. Grußlos wandte Barth sich ab.

Das arme Tier quiekte entsetzlich. Mädler kniete hinter seiner Schenke im Hof, hielt in der einen Hand ein Messer, den anderen Arm hatte er um den Hals eines Schweins geschlungen. Dessen Hinterbeine waren mit einem Strick gefesselt, das andere Ende musste Geraldine festhalten, damit das Tier sich möglichst wenig bewegte. Das kümmerte sich jedoch nicht um die beiden Menschen, sondern zappelte und wand sich wie wild. So viel Kraft hätte Geraldine dem Borstenvieh niemals zugetraut.

»Fester halten, dumme Urschel!«, schrie Mädler.

Geraldine lehnte sich in den Strick, das Schwein quiekte. Der Mann holte mit dem Messer aus, die Klinge fuhr in den Hals des Tieres und verschwand darin bis zum Heft. Sofort schoss ein hellroter Blutstrahl aus der Wunde. Die Mädlerin stand mit einer Schüssel bereit und fing das Blut auf. Ein fingerdicker Strahl strömte in das Gefäß, Geraldine konnte die Augen nicht abwenden. Der Hinterleib des Schweines zuckte noch ein paarmal, dann lag es still, der Blutstrahl wurde dünner.

Mädler ließ den schlaffen Körper fahren und richtete sich auf. Seine Lederschürze war ebenfalls blutbesudelt.

»Hilf mir!«, verlangte er von Geraldine.

Gemeinsam trugen sie das Schwein in einen an den Krug angebauten Schuppen. Normalerweise wurde hier die Wäsche in einem großen Kessel gekocht, an diesem Tag diente das Waschhaus als Schlachthaus. Die Borsten auf der Schweinehaut wurden abgebrüht, das Tier zerlegt. Sie arbeiteten den ganzen Tag, pökelten Fleisch, kochten Wurst und stopften sie in die ausgewaschenen Därme.

Die Gerüche sorgten dafür, dass Geraldine flau im Magen wurde, sie schaffte es nur mit großer Mühe, einen Kotelettstrang in die Pökellauge zu legen.

»Sieh zu, dass alles bedeckt ist. Kein Stück darf herausschauen«, kommandierte die Mädlerin.

Sie rührte in dem Kessel mit dem köchelnden Wurstbrät. Als sie nun nach der Schüssel mit dem inzwischen eingedicktem Blut griff, um es zum Brät zu geben, hielt es Geraldine nicht länger aus. Eine Hand vor den Mund gepresst, rannte sie aus dem Schuppen, schaffte es nicht mehr bis auf die Latrine, sondern übergab sich auf dem Hof.

Selbst als nur noch Galle kam, fühlte sie sich weiterhin schlecht. Der schale Geschmack im Mund blieb, obwohl sie wieder und wieder mit dem Ärmel über die Lippen wischte.

»Lass das arme Mädchen in Ruhe«, rief die Mädlerin ihrem Bruder zu, als der Geraldine zurück an die Arbeit befehlen wollte.

Die Wurst des geschlachteten Schweins füllte die Speisekammer, der Speck war geräuchert, das Pökelfleisch lag noch in der Lake. Geraldine war es gelungen, einen schmalen Streifen Speck abzuzweigen. Sie hatte auch andere Lebensmittel beiseitegeschafft – nicht für sich selbst, sondern für Janne und ihre Familie. Auf ihr Wiedersehen wollte sie vorbereitet sein.

Eine Woche nach dem Schlachten trafen sie im Waschhaus aufeinander. Dort hatte Janne den großen Kessel wieder aufgestellt und darin eine Waschlauge angesetzt; sie rührte mit einer übergroßen Suppenkelle die Wäschestücke um. Weitere Laken warteten darauf, an die Reihe zu kommen, während eine Ladung schon auf der Leine tropfte.

Janne sah verschwitzt und verfroren zugleich aus. Die Haare ringelten sich in feuchten Locken um ihre Stirn, und sie war erschreckend blass. Aus den hochgeschobenen Kleiderärmeln reckten sich Arme, die nicht mehr waren als über Knochen gespannte Haut. Die junge Frau sah aus, als gehöre sie ins Bett und nicht an einen Waschkessel.

»Ich habe etwas für dich«, begann Geraldine und nestelte das in ein Tuch eingewickelte Päckchen zwischen den Falten ihrer Röcke hervor.

»Was soll jemand wie du schon für mich haben?«

»Schau doch nach.«

Das Päckchen wechselte den Besitzer, und Geraldine übernahm für einen Augenblick die Rührkelle. Sie war es nicht gewohnt, Almosen zu geben, eher, selbst welche zu empfangen, und deshalb war sie froh, ihre Hände zu beschäftigen. Das Rühren im Waschkessel war eine anstrengende Tätigkeit, nach kurzer Zeit taten ihr die Arme weh, und Schweiß trat ihr auf die Stirn, denn sie musste sich weit über die aus dem Kessel aufsteigenden heißen Dämpfe beugen.

Unterdessen hatte Janne die Gaben ausgewickelt. Neben dem Streifen Speck fand sie einen halben Laib Brot, einige Zwiebeln und zwei Eier, sowie eine Zitrone. Sie hatte diese Früchte schon gesehen und von ihrem sauren Geschmack gehört, aber noch nie eine besessen. Sie wollte der Spenderin danken, aber Geraldine ließ sie nicht zu Wort kommen.

»Viel ist es nicht, aber alles, was ich beiseitelegen konnte. Die Eier sind gekocht, damit sie nicht kaputtgehen. Ist deine Tochter noch krank auf der Brust?«

Janne konnte nur nicken.

»Reibe sie damit ein.«

Janne wurde ein Tiegel in die Hand gedrückt, der einen aromatischen Duft verströmte. Die junge Wäscherin fühlte sich mehr als reich beschenkt und wusste nicht, wie sie sich bedanken sollte.

»Was ist das?«, brachte sie schließlich heraus und stammelte noch einen Dank hinterher.

»Schweinefett mit Salbei und Kamille. Das macht die Brust frei.«

»Woher hast du das?«

»Die Mädlerin hat für sich selbst eine große Portion angesetzt. Ich habe diese kleine Menge für dich abgezweigt.«

»Warum machst du das …?« Janne biss sich auf die Lippen. Sie fürchtete sich ein wenig vor dieser seltsamen Person.

»Geraldine. Ich bin einfach nur Geraldine. Die meiste Zeit meines Lebens war ich ärmer als du, eigentlich bin ich es noch, aber im Moment bin ich den Fleischtöpfen einfach ein paar Schritte näher. Warum sich nicht daran gütlich tun?«

Die beiden Frauen tauschten einen verständnisvollen Blick, und Geraldine sprach weiter: »Ich habe auf meinem Weg auch Menschen gefunden, die mir Gutes getan haben. Davon will ich dir etwas zurückgeben, als meine Christenpflicht.«

»Ich schließe dich in meine Gebete mit ein.«

»Geraldine. Sage einfach meinen Namen. Es ist gar nicht schwer.«

Zögernd wiederholte Janne die fremdartigen Silben, danach griff sie zur Kelle und übernahm wieder die Wäsche. Die nächsten Worte sprangen ihr ganz von selbst von den Lippen. »Deine Gaben kommen doppelt gelegen, denn mein Mann wurde aus der Manufaktur entlassen. Wir haben nur noch, was ich mit Waschen und Putzen verdiene. Manchmal verdingt er sich als Tagarbeiter, aber oft findet er nichts und sitzt dann zu Hause und trinkt Bier.«

»Da hatte sicher wieder dieser Unhold von Höroldt seine Finger im Spiel. Was hat er gemacht?«

»Er wurde im Warenlager erwischt, als er etwas mitnehmen wollte.«

»Oh. Dieser Höroldt ist trotzdem ein Unhold. Dein Mann hat es bestimmt aus Not getan?«

»Er wollte Medizin kaufen für die Kleine und für mich. Aber es waren andere, die ihn erwischt haben.« Janne nannte Namen, die Geraldine nicht kannte. »Eine ganze Nacht haben sie ihn arretiert, und ich habe nichts über seinen Verbleib gewusst.«

»Sie hätten dir eine Nachricht schicken müssen«, wandte Geraldine entrüstet ein.

Janne senkte den Kopf tiefer über den Kessel. »Wirst du dich nun von uns abwenden?«

»Warum?«

»Weil mein Mann gefehlt hat.«

»Wo denkst du hin? Ihr seid mehr denn je in Not.« Von Jannes Erleichterung bekam Geraldine nichts mehr mit, weil sie das Waschhaus verließ.

FÜNF

Die Strahlen der Nachmittagssonne brachen sich im Gold des Medaillons und warfen einen funkelnden Lichtpunkt auf Geraldines blau-grau gestreifte Schürze. Ihre Fingerspitzen glitten sanft über das kursächsische Wappen mit der polnischen Königskrone.

Dieses Wappen hatte sie hergeführt, hatte ihren Mut seit ihrer Flucht von der Insel Santo Domingo aufrechterhalten. Es war alles, was ihr von ihrer Mutter geblieben war, und wenn sie sich vorstellte, wie die es in Händen gehalten und betrachtet hatte, kamen Geraldine stets die Tränen. Mit dem Handrücken wischte sie sie weg, drehte entschlossen das Medaillon um und klappte den Deckel auf. Das Bild im Inneren zeigte ihren Vater.

Die Miniatur war nach all der Zeit verblasst. Ein bartloser Mann mit länglichem Gesicht, scharf gezeichneter Nase und zurückgebundenem Haar schaute dem Betrachter entgegen. Dass es sich dabei nicht um seine echten Haare handelte, hatte Geraldine erst in Europa gelernt. Die Europäer, die sie auf Santo Domingo zu Gesicht bekommen hatte, waren rohe Kerle gewesen, bei denen sie sich nur an struppige Haare, ebensolche Bärte und Gestank aus dem Mund erinnern konnte. Sie hatte immer darauf geachtet, ihnen tunlichst aus dem Weg zu gehen.

Diese Miniatur war die einzige Spur, um ihren Vater zu finden, und ihre Hoffnung war, dass jemand den Abgebildeten erkannte. Sie vertiefte sich in die Betrachtung und erinnerte sich daran, wie sie es immer aufgeklappt hatte, als sie noch ein Kind gewesen war und die Farben kräftiger geleuchtet hatten.

»Schau es nicht in der Sonne an«, hatte die dicke Bionda sie immer gewarnt. »Die Strahlen zerstören die Farbe.«

Geraldine hatte nicht auf die Frau, die ihr in den ersten Jahren Mutterersatz war, hören wollen. Sie wollte ihren Vater anschauen und nach Ähnlichkeiten zwischen seinen Gesichtszügen und ihren eigenen suchen, und wenn einmal kurz die Sonne darauf schien, konnte es doch nicht schaden. Einmal noch, nur einmal noch, hatte sie immer gedacht, bis die Farben eines Tages verblasst waren.

Sie hatte mit sich selbst gezürnt, weil sie die Warnung der dicken Bionda in den Wind geschlagen hatte. Das war auch der Moment gewesen, in dem sie den Plan fasste, sich fortan nicht nur mit dem Bildnis ihres Vaters zu begnügen, sondern ihn zu suchen und zu fragen, warum er ihre Mutter alleine auf der Insel zurückgelassen hatte.

Die Mutter, die sie nie kennenlernen durfte, weil sie bei ihrer Geburt gestorben war, und von der die dicke Bionda nur zu erzählen wusste, dass sie auf einer Zuckerplantage gelebt hatte. Die dicke Bionda war selbst eine Sklavin gewesen, auf einer anderen Plantage, kochte, wusch und flickte für die Männer des Sklavendorfes und wurde geholt, wenn eine Geburt anstand. Sie hatte auch Geraldines Mutter geholfen, und niemand hatte sich darum geschert, dass sie nach deren Tod ihr kleines hellhäutiges Mädchen an sich genommen und aufgezogen hatte, obwohl sie das Kind eigentlich der Familie seiner Mutter hätte überlassen müssen. Ihr hatte die Sterbende auch das Medaillon übergeben, damit ihre Tochter erfuhr, dass ein vornehmer Herr von jenseits des Meeres ihr Vater sei.

Bevor die Sterbende den Namen des Mannes sagen konnte, rief Gott, der Herr sie an seine Seite, hatte die dicke Bionda stets behauptet. Obwohl Geraldine glaubte, die Mutter habe den Namen doch gesagt und die Hebamme die fremdländischen Worte nicht verstanden. Wie immer es auch gewesen war, sie wusste den Namen nicht.

»Ich würde gern wissen, was für ein Mann Sie im Leben sind, verehrter Monsieur«, flüsterte Geraldine. »Und ob Sie sich über eine Tochter wie mich freuen werden.«

Sie gab sich keinen Illusionen hin, hatte es nie getan. Eine wie sie, von unehelicher Geburt, die nach mehr als zwanzig Jahren auftauchte, wäre längst nicht jedem Vater willkommen. Sie wollte ihren Erzeuger nur einmal sehen, mit ihm sprechen, das war doch ihr Recht als Tochter.

»Was machst du da? Statt zu arbeiten, starrst du Löcher in die Luft«, erklang die schnaufende Stimme der Mädlerin hinter ihr. Die Frau trug eine große Schüssel Kartoffeln und stellte sie zu dem Berg Gemüse vor Geraldine auf den Tisch. »Die müssen geschält werden.«

Die junge Frau bedeckte schnell das Medaillon mit der Hand, aber es war zu spät, die Schweinsäuglein der Mädlerin hatten es bereits erspäht.

»Was hast du da? Zeig es mir! Hast du das gestohlen?«

»Das gehört mir, und ich gebe es nicht her!«, verteidigte sich Geraldine und barg die kleine Kostbarkeit in der hohlen Hand. »Einst besaß es mein Vater. Er gab es meiner Mutter, und jetzt ist es meine einzige Erinnerung an meine Eltern. Es ist mein wertvollster Besitz, den gebe ich nicht aus der Hand, Madame.«

»Ah, Madame. So hat mich noch niemand genannt. Ich will es dir ja nicht wegnehmen. Was dein ist, bleibt dein. Niemand kann der Mädlerin nachsagen, sich an fremdem Besitz zu vergreifen.« Der Busen der Frau wogte vor Empörung. »Dein Vater wird nichts anderes gewesen sein als ein Herumtreiber. Womöglich ein Pirat?«

»Mein Vater war ein sächsischer Edelmann.«

»Wenn du es glaubst.« Die Mädlerin zuckte mit den Schultern.

»Er besaß ein Medaillon mit dem Wappen des sächsischen Kurfürsten und Königs von Polen.«

»Das wird er gestohlen haben.«

Empörung brodelte in Geraldine. Sie nahm das Medaillon und hielt es der Frau hin. »Das ist sein Bild! Sieht so ein gemeiner Dieb aus?«

»Ist kaum was zu sehen.«

»Das ist das Bildnis eines Edelmannes. Sehen Sie die Perücke? Die tragen nur die vornehmsten Herren.«

Die Mädlerin schnaufte und verdrehte die Augen, als hätte ihr jemand großen Unsinn erzählt. »Kein Mensch trägt heute noch solche Perücken. Die sind völlig aus der Mode, darunter schwitzt man zu sehr.«

»Dieses Bildnis ist älter als ich.«

»Dann mag es ja hinkommen mit der Perücke.«

»Kennen Sie den Mann?«

»Nie gesehen«, winkte die Mädlerin ab.

»Schauen Sie ihn sich genau an. Bitte, Madame.«

»Da ist doch nichts zu sehen. Arbeite weiter, damit am Mittag ein Essen auf dem Tisch steht. Soll ich den Gästen sagen, dass unsere Magd keine Zeit hatte, das Gemüse zu putzen und die Kartoffeln zu schälen, weil sie ein blasses Bild in einem Medaillon anstarren musste?« Die beleibte Frau funkelte Geraldine an.

Die steckte schnell ihr Kleinod weg, griff nach dem Gemüsemesser und einer Steckrübe. Kartoffeln, Steckrüben und Zwiebeln waren das Einzige, was um diese Jahreszeit verfügbar war. Frisches Gemüse würde es erst wieder in ein paar Wochen geben, wenn die Karotten aus der Erde geholt werden konnten, und wenn die Erbsen und Bohnen reif waren.

Teuchert trug seinen besten Rock aus frühlingsgrüner Seide mit silbernen Aufschlägen und ebensolchen Knöpfen, darunter eine etwas dunklere grüne, mit Blütenranken bestickte Weste und ein Halstuch aus Plauener Spitze. Seine Beine steckten in einer taubenblauen Hose und weißen Strümpfen. Er summte leise vor sich hin, als er eine Schmuckkette an der Weste befestigte und seine Finger mit einigen Ringen schmückte. Zuletzt entfernte er unsichtbare Stäubchen vom Rock und genehmigte sich einen kleinen Cognac zur Einstimmung.

Der Alkohol rollte weich über seine Zunge, kratzte erst in der Kehle und rann dann warm in den Magen hinunter. Bei bestimmten Sachen lohnte es sich nicht, zu sparen. Da wäre es besser, ganz darauf zu verzichten. Cognac gehörte dazu, ebenso wie Porzellan und einmal am Tag ein gutes Essen. Früher hätte er auch seine Frau dazugezählt, aber im Laufe der Jahre hatte er das überwunden.

Er summte immer noch, als er die Tür seines Schlafzimmers öffnete. Davor wurde er von Otto erwartet. Der hellbraune Mops wedelte mit dem Schwanz, und Geifer tropfte ihm aus dem Maul. Wenn etwas davon auf seine Strümpfe geriet …

»Kusch! Weg!« Teuchert wedelte mit den Händen, als ließe sich der Hund damit wegschütteln. Otto fasste das als Angebot zu einem lustigen Spiel auf und hüpfte herum. Seine Krallen kratzten auf den Dielen.

»Blöde Töle!«, knurrte der Mann. »Geh endlich weg! Mein Weib hat dich sicher als Wache vor meiner Tür abgestellt. Damit kommt sie nicht durch, damit nicht!« Er merkte selbst, wie blöd er klang: redete mit einem Vieh, als wäre er melancholisch. Teuchert ging um den Mops herum und die Treppe hinunter.

Seine Frau erwartete ihn an der Haustür. Sie trug ein dunkelgraues Kleid, das an Schlichtheit kaum zu überbieten war. Nur ein wenig Spitze am Ausschnitt und an den Ärmeln. Das Kleid hatte sie bestimmt absichtlich gewählt, als Kontrast zu seiner prächtigen Aufmachung.

»Meine Liebe, Sie sehen ganz bezaubernd aus. Die meisten Frauen macht grau älter, aber bei Ihnen ist es genau umgekehrt.« Die Lüge ging ihm glatt von den Lippen. Sein Weib sah in jedem Kleid so alt aus, wie sie nun einmal war.

»Sie gehen an diesem Abend aus?«

»Das wissen Sie doch.«

»Werden Karten gespielt werden?«

»Dazu kann es kommen bei einem geselligen Abend für Herren.«

»Können Sie nicht hierbleiben und mir Gesellschaft leisten? Wir trinken einen Likör, nehmen ein paar Kleinigkeiten zu uns, und ich lese Ihnen Gedichte von Zinzendorf vor. Wir machen es uns richtig gemütlich.«

Teuchert verdrehte die Augen. »Gedichte sind für Weiber.«

»Es sind auch Kirchenlieder darunter.«

»Noch schlimmer. Ich werde erwartet. Wenn alles gutgeht, sind wir morgen reich.«

»Das sagen Sie immer, wenn Sie zu einem Kartenabend gehen. Am Morgen danach sind wir jedes Mal ärmer.«

»Fleuter hat mich eingeführt in diese Gesellschaft, ich kann ihn nicht düpieren, indem ich nun nicht hingehe. Geben Sie mir meinen Hut und Stock«, befahl er scharf. »Warten Sie nicht auf mich. Es kann sein, dass ich nicht vor morgen früh zurückkomme.«

Seine Frau gehorchte. Was blieb ihr anderes übrig? Teucherts Laune hob sich, kaum dass er das Haus verlassen hatte. Er sah sich mit den anderen vornehmen Herren am Pharotisch sitzen, einen Stapel Münzen vor sich, und in jeder

Runde würden es mehr sein. Am Ende müsste ihm jemand einen Beutel geben, um alle Münzen zu verstauen. Nachdem er alle Schulden zurückgezahlt hätte, bliebe noch genug übrig für das Rittergut, das seine Frau sich so sehr wünschte. Und ein Adelstitel! Ritter von Teuchert – das klang nicht schlecht. Oder Edler von Teuchert.

Die Teuchertin schaute ihm nach, bis er nicht mehr zu sehen war, ehe sie die Haustür mit einem Knall schloss und sich dagegen lehnte. Wie sie diese Abende hasste. Er verlor Taler um Taler am Spieltisch, während sie dazu verdammt war, zu Hause zu warten. Die Ehefrau durfte sich Gedanken darüber machen, wie dem werten Herrn trotzdem drei Mahlzeiten täglich auf den Tisch gestellt wurden. Warum war sie nicht als Mann geboren? Männer durften tun, was ihnen gefiel, ihre Familien und sich ins Unglück stürzen und stiegen dabei noch in der Achtung ihrer Standesgenossen.

Otto spürte die Stimmung seiner Herrin. Er kroch unter ihre weiten Röcke und rieb den Kopf an ihrer Wade. Seine kleine Zunge schnellte vor, und sie spürte die Feuchtigkeit durch den Strumpf hindurch.

»Mein lieber Otto.« Die Teuchertin bückte sich und streichelte den rehbraunen Kopf. »Du bist so ein Guter. Enttäuschst mich nie. Bist immer fröhlich.« Tränen drohten ihre Augen zu fluten. Bevor es dazu kommen konnte, hob sie den Hund hoch und herzte ihn ausgiebig. Otto, Graf von Zinzendorf und einige Gläser Likör leisteten ihr an diesem Abend Gesellschaft.

Er hatte seiner Frau nicht zu viel versprochen. Das Kartenspiel hatte die ganze Nacht gedauert. Das war aber auch die einzige Vorstellung, die sich erfüllt hatte. Er brachte keinen Beutel voller Münzen heim, nicht einmal eine Handvoll. Dafür fehlten die Schmuckkette an seiner Weste und einer seiner Ringe. In seiner Rocktasche knisterten zwei neue Schuldscheine, sein Schuldenstand hatte sich um einhundertachtundfünfzig Taler erhöht.

Am Beginn des Abends hatte er gewonnen. Nicht den großen Haufen, den er sich erträumt hatte, aber ein paar Münzen hatten schon vor ihm gelegen. Sein Cognacglas war nicht leer geworden, er dafür leichtsinnig.

»Das kriegen Sie schon wieder hin, Mann. Das Glück ist launischer als jede Frau«, sagte Fleuter, als sie gemeinsam das Haus des schwerreichen Meißner Tuchhändlers verließen, der an diesem Abend ihr Gastgeber gewesen war. Die anderen Herren waren alle aus Dresden gekommen. Das ganz große Geld, hatte es über sie geheißen.

»Ich muss ja. Ehrenschulden.«

»Ihr Gehalt in der Kreisamtmannschaft ...« Fleuter sah aus, als versuche er, im Kopf etwas auszurechnen. »Zehn Taler könnte ich Ihnen vorstrecken.«

»Danke, nein.« Teuchert war stolz darauf, wie hoheitsvoll ihm diese Worte über die Lippen kamen. »Mein Tractament ist nicht meine einzige Einkommensquelle. Ich werde es abstottern müssen, aber das Genick bricht es mir nicht.«

Sie verabschiedeten sich bei der Kirche St. Afra, und jeder ging seiner Behausung entgegen.

Die Magd Lisette öffnete ihm die Haustür, sein Weib ließ sich nicht blicken. Auch gut. Er drückte der Magd Hut und Stock in die Hand und polterte die Treppe hinauf.

Vor der Tür zu seinem Schlafzimmer stand sie, in dem gleichen Kleid, in dem sie ihn am Abend zuvor verabschiedet hatte. Das war kein gutes Zeichen, ihr verkniffener Gesichtsausdruck auch nicht.

»Ich habe gedacht, Sie wären noch nicht auf«, sagte er, nur um etwas zu sagen.

»Ich schlafe nie länger als bis zum Sonnenaufgang. Sagen Sie nichts, ich sehe Ihnen am Gesicht an, dass wir weiter von unseren Träumen entfernt sind denn je.«

»Diesmal hat es noch nicht geklappt.«

»Diesmal, diesmal. Das Wort kann ich nicht mehr hören. Sagen Sie mir nur eines, auf wie viel belaufen sich Ihre Schulden? Ich habe keine Unterlagen darüber gefunden.«

»Sie haben in meinen Sachen gewühlt?« Teucherts Empörung war nicht gespielt.

»Ich wollte Klarheit gewinnen.«

»Das ist Geld, nur Geld. Niemand wird je zu Ihnen kommen und es verlangen. Sie kommen zu mir, also geht es Sie auch nichts an.«

»Ich bin Ihre Frau. In guten wie in schlechten Tagen, haben Sie das vergessen?«

»Es waren mehr schlechte als gute.« Die Worte waren leise gesprochen worden, aber sie hatte sie dennoch verstanden.

»Sie sind so … so … gefühllos.« Sie hörte sich an wie ein junges Mädchen, dem der ersehnte Verehrer einen Korb gegeben hatte. Anschließend floh sie in ihr Schlafzimmer.

Der Ehemann überlegte keinen Augenblick, ob er ihr folgen sollte, sondern zog sich in seinen eigenen Raum zurück. Alles war besser, als ihre verkniffene Miene zu ertragen – sogar neue Schuldscheine. Aus einem Spalt in den Bodendielen kratzte er mit einer Nadel einen winzigen Schlüssel und öffnete damit ein Geheimfach seines Kleiderschrankes. Dort bewahrte er die Schuldscheine auf. Die beiden neuen legte er dazu.

Es war irgendwann am Nachmittag, als von Scholl es im Kabinett der Arkanisten auf der Albrechtsburg nicht länger aushielt. Die Berechnungen zur Verbesserung der Rezepturen verschwammen vor seinen Augen, im Hinterkopf hatte sich ein bohrender Schmerz eingenistet. Er spürte einen neuen Fieberschub kommen. Sie kamen in immer kürzeren Abständen, und jeder ließ ihn schwächer zurück als der vorangegangene. Eine Ewigkeit saß er, den Kopf in die Hände gestützt, am Schreibtisch und sammelte Kraft zum Aufstehen. Er schalt sich einen kindischen Schwächling, der sich nicht anstellen solle. Aber es half nichts, er brauchte trotzdem eine lange Zeit, bis er die Burg verlassen konnte.

Er spürte die Blicke in seinem Nacken, hörte das Getuschel der Former und Dreher. Niemand sprach ihn an, bot ihm Hilfe an. Kändler befand sich nicht in seinem achteckigen Raum. Er wäre der Einzige gewesen, dem von Scholl ein Kopfnicken und vielleicht einen Gruß gegönnt hätte. So blieb ihm diese Anstrengung erspart.

Sein Kutscher half ihm beim Einsteigen, und aufatmend sank von Scholl in die Polster. »Nach Lehma, Johann«, befahl er mit matter Stimme. »So schnell wie möglich.«

»Ist recht, gnädiger Herr.«

Johann ließ die Pferde antraben. Ihre Hufe knallten auf dem Pflaster, die Kutschenräder schepperten, und von Scholl fuhren die Geräusche direkt in den schmerzenden Kopf. Er wurde herumgeworfen, und es half auch nicht, dass er sich in seiner Ecke zusammenkauerte.

Den Berg hinunter ließ Johann die Pferde im Schritt gehen, aber auf der Straße nach Lehma trieb er sie wieder zu einem leichten Trab an. Er drehte sich zu seinem Herrn um, als er ein Stöhnen hörte. Der Anblick von Scholls erschreckte ihn. Der Mann sah mehr tot aus als lebendig. Einzig das Stöhnen überzeugte ihn, dass noch Leben in dem wie ein Lumpenbündel hingeworfenen Körper steckte. Sofort parierte er die Pferde durch, sprang vom Bock zu seinem Herrn.

»Gnädiger Herr. Gnädiger Herr.« Er wusste nicht, was er tun sollte. Seit langen Jahren stand er in von Scholls Diensten, dessen langsames Siechtum er von Anfang an mitbekommen hatte. Der Mann tat ihm leid, gerade schien es ihm besonders schlecht zu gehen. Kalter Schweiß bedeckte seine Stirn.

Von Scholl stöhnte erneut, reagierte aber nicht auf die Worte seines Kutschers. Die Weiterfahrt nach Lehma war ausgeschlossen, das Gerüttel in der Kutsche könnte den Mann umbringen. Johann nagte an seiner Unterlippe. Er musste Hilfe holen. Wo? Was wäre das Beste für den gnädigen Herrn? Sein Blick wanderte die Straße entlang, und er entdeckte eine Herberge. Dort könnte er mit dem Herrn warten, bis es ihm wieder besser ging.

Die wenigen Doppelschritte bis zu Mädlers Krug ließ er die Pferde im Schritt gehen. Auf seine Rufe hin kamen der Wirt und zwei Frauen aus dem Haus gelaufen, ihnen folgte ein blondgelocktes Mädchen. Die eine Frau war drall, aber trotzdem flink, die andere dunkel wie eine Zigeunerin. Sie war jung und wäre mit heller Haut und blondem Haar richtig hübsch gewesen. Die hellen Frauen gefielen ihm eindeutig besser.

Gemeinsam mit dem Wirt trug er von Scholl ins Haus, die Treppe hinauf in das beste Zimmer. Sie legten ihn aufs Bett, danach kümmerten sich die Frauen um ihn.

Die Mädlerin hatte dem Kranken da schon die Perücke und das Halstuch abgenommen. Geraldine kam mit einer Schüssel Wasser und mehreren Tüchern gelaufen.

»Er hat Fieber«, stellte die Wirtin fest, nachdem sie eine Hand auf seine Stirn gelegt hatte.

Geraldine tupfte ihm den kalten Schweiß vom Gesicht, danach legten die Frauen ihm Wadenwickel an. Die Mädlerin schickte ihren Bruder nach dem Arzt, aber erst, nachdem der Kutscher erklärt hatte, selbstverständlich alle Kosten zu übernehmen. Geraldine blieb am Bett des Kranken sitzen, während sie auf die Ankunft des Arztes warteten.

Der Mann – sie wusste nicht einmal seinen Namen – sah erschreckend blass und eingefallen aus, das kurze graue Haar klebte ihm verschwitzt am Kopf. Auf den Wangen war Fieberröte erblüht, und seine Stirn fühlte sich glühend heiß an. Immer wieder tupfte sie sein Gesicht mit einem feuchten Lappen ab.

Auf einmal flackerten seine Augenlider. Seine Hand zuckte vor und schloss sich fest um ihre Finger. Er griff mit mehr Kraft zu, als sie ihm zugetraut hätte.

»Ma Chère«, kam es über seine trockenen Lippen. »Ma Chère.«

»Ja. Ja, doch.« Es hatte wohl keinen Zweck, ihm zu erklären, dass sie nicht seine Liebe war.

Sie schob ihm mehrere Kissen unter den Kopf und hielt ein Glas an seine Lippen. Das mit Zwiebelsaft versetzte Wasser roch nach dreckigen Händen, aber der Kranke bemühte sich, es zu schlucken. Ein Gutteil lief ihm dennoch zwischen den Mundwinkeln wieder heraus.

Der Arzt legte dem Kranken eine Hand auf die Stirn und stellte Fieber fest. Er hörte die Atmung ab, indem er ihm ein gebogenes Rohr auf die nackte Brust legte, und stellte fest, dass die Lunge frei war. Den Namen und den Stand des Kranken hatte der Kutscher inzwischen offenbart.

»Das ist ein nervöses Fieber. Laudanum wird helfen«, stellte der Arzt schließlich seine Diagnose.

»Das ist kein nervöses Fieber. Der gnädige Herr war noch

nie nervös«, widersprach Johann, der sich mit ins Zimmer gedrängt hatte.

»Die Lungen sind frei, es ist keine Erkältung. Es kann nur ein nervöses Fieber sein.« Der Arzt packte seine Instrumente ein und verlangte anschließend für sein Kommen einen Taler.

»Der Mann hat keine Ahnung, was dem armen Menschen fehlt«, flüsterte die Mädlerin Geraldine zu. Die beiden Frauen standen im Flur und spähten ins Krankenzimmer. »So etwas sagen sie immer, wenn sie keine Ahnung haben.«

Nachdem der Arzt gegangen war, übernahm die Mädlerin die Wache am Bett des Kranken. Geraldine musste in der Gaststube bedienen. Sie schleppte Bierkrüge, teilte Suppe aus, röstete Brot in einer Pfanne und wehrte vorwitzige Hände ab.

Es dauerte bis zum nächsten Morgen, ehe es dem Kranken besser ging. So plötzlich, wie sein Fieberanfall gekommen war, so plötzlich verschwand er wieder. Johann half dem gnädigen Herrn in die Kutsche, entlohnte Mädler fürstlich, und die beiden setzten ihre Reise fort. Geraldine bekam keinen der beiden Männer noch einmal zu Gesicht.

SECHS

*E*s ist kein Zweifel möglich?«, hatte sie die Hebamme gefragt.

Die hatte den Kopf geschüttelt, Jannes Pfennige genommen und die junge Frau mit schweren Gedanken ziehen lassen.

Zu Hause saß Hann in der Stube am Tisch, einen Humpen Bier vor sich, während die kleine Rikarda in der Ecke neben dem Ofen saß und mit ihrer Lumpenpuppe spielte. Ihre Nase lief, und sie hatte den Rotz über das ganze Gesicht verteilt. Hann hätte sie wirklich säubern können.

Als Janne eintrat, schaute er auf, und an seinem verhangenen Blick erkannte sie, dass es nicht sein erster Bierhumpen an diesem Tag war. Wahrscheinlich hatte er wieder keine Arbeit gefunden. Sie seufzte lautlos, während sie Rikarda säuberte. Das Mädchen protestierte laut, weil es nicht den kratzigen, kalten Lappen im Gesicht spüren wollte.

Janne stellte sich hinter ihren Mann und knetete die verspannten Muskeln seiner Schultern. »Du findest morgen eine Arbeit«, ermunterte sie ihn.

»Tagarbeit. Jeden Tag bangen, ob ich gebraucht werde. Wie ein Bettler fragen, ob ich für ein paar Pfennige Kohlensäcke schleppen darf. Das ist würdelos. Verstehst du das, Janne?«

»Ja. Es werden auch wieder bessere Zeiten kommen. Wir dürfen das Vertrauen in Gott nicht verlieren.«

»Gott, Gott. Wir müssen für uns selbst sorgen. Weeß Goddchn, das habe ich heute gemacht.«

»Was hast du gemacht?« Janne war alarmiert. Sie hörte auf, die Schultern ihres Mannes zu lockern.

»Was du gleich wieder denkst.«

»Ich habe gar nichts gedacht, sondern dir eine Frage gestellt.« Janne warf einen schnellen Blick auf Rikarda, die immer noch mit ihrer Puppe spielte und ganz versunken wirkte, als bekäme sie von dem Gespräch ihrer Eltern nichts mit. Das konnte täuschen. Sie schickte das Mädchen mit der Puppe zu einer Nachbarin.

»Was hast du also gemacht?«, fragte sie erneut, als sie mit Hann alleine war.

»Ich habe einen Brief geschrieben. Nach Dresden.«

»Gibt es dort Arbeit für dich? Als Töpfer vielleicht?«

»Nein!« Hann sprach brutal und bar jeden Gefühls. »Ich habe an Graf Brühl geschrieben, wegen des Arkanisten, der Schuld daran trägt, dass ich dimittiert wurde.«

Janne verstand. »Du hast unser Geld dafür ausgegeben, einen vollkommen nutzlosen Brief zu schreiben. Was glaubst du, was der ehrenwerte Graf von Brühl mit deinem Brief machen wird? Er wird den Kamin damit anheizen. Die Nöte eines Tagarbeiters interessieren ihn nicht.«

»Ich habe über von Scholl geschrieben. Das wird ihn interessieren. Du wirst mir keine Vorhaltungen machen, ich weiß, was ich tue.«

Es hatte keinen Zweck, weiter in ihn zu dringen. Es würde ihn nur wütend machen. Sicherlich war jetzt auch nicht der beste Zeitpunkt, ihm zu sagen, was sie zu sagen hatte. Aber wann wäre eine bessere Gelegenheit?

»Ich bin schwanger.«

Hann schaute auf. Seine Miene war resigniert. Er trank einen Schluck Bier. »Weißt du es sicher?«

»Ganz sicher.«

»Warum hast du nicht aufgepasst?«

»Du warst daran auch beteiligt.« Jannes Kiefer mahlten.

»Wann kommt das Kind?«

»November oder Dezember.«

»Also im Winter.«

»Es kommt, wann es kommt.«

»Du hättest dir keinen schlechteren Zeitpunkt aussuchen können.«

»Ich suche mir das nicht aus. Ganz und gar nicht. Ich bin schwanger, weil du …« Sie schlug mit der flachen Hand auf den Tisch. »Ich mache uns was zu essen.« Heftiger als nötig rührte sie im Topf, während sie darauf wartete, dass die Brotsuppe heiß wurde.

Hann hatte den Kopf zwischen die Schultern gezogen, als er Rikarda von der Nachbarin zurückholte.

Sophia lag zusammengerollt auf der Seite und schnaufte leise im Schlaf. Unter der Decke war kaum etwas von ihrem Gesicht zu sehen. Neben ihr im Bett saß Geraldine mit angezogenen Beinen. Es war kalt, und die Härchen auf ihren nackten Armen hatten sich aufgerichtet. Vor ihr auf der Matratze stand eine brennende Kerze in einem Halter, und daneben lagen die Münzen, die sie bisher in Mädlers Krug verdient hatte.

Viele waren es nicht. Nach wie vor wurde ihr die Hälfte ihres Wochenlohns abgezogen, weil sie Papier und Kohlestifte für nutzlose Zeichnungen verbrauchte. Von den fünf Talern, die sie mit sich verhandelt hatte, war sie weit entfernt. Nicht einmal die Hälfte hatte sie vor sich liegen. Geraldine seufzte. Lange Wochen würde sie noch als Magd schuften müssen, bevor sie sich wieder auf die Suche nach ihrem Vater machen könnte. Sie hatte auch niemanden gefunden, der ihr eine Zeichnung abkaufen wollte.

Sie seufzte erneut. Es schien, als hätten sich die Mächte des Himmels und der Erde gegen sie verschworen, oder als wollte ihr Vater nicht gefunden werden. Sie war nicht von Santo Domingo nach Europa gekommen, um ihr Dasein als Magd in einer Schenke zu fristen. Dafür hatte sie nicht ihr Talent als Malerin bis zur Vollkommenheit geübt.

Im Hause Teuchert könnte sie malen. Und Geld verdienen – immerhin dreißig von hundert eines jeden verkauften Teils. Das hörte sich besser an als ein halber Taler in der Woche, von dem ihr dann die Hälfte abgezogen wurde. Ein Stück Porzellan hatte bestimmt seinen Preis. Sie war nicht so unbedarft, zu glauben, Teucherts könnten die Stücke zu dem gleichen Preis verkaufen wie die Manufaktur. Einen Abschlag mussten sie hinnehmen, dennoch würden sich Einnahmen ergeben, und davon stände ihr ein hübscher Anteil zu.

Geraldine griff nach den Münzen. Es waren so wenige, dass sie bequem in ihre Faust passten. So wenige. Solange sie in Mädlers Krug arbeitete, würde sich daran nichts ändern. Sie konnte nicht bleiben.

Um Sophia tat es ihr leid. Das Mädchen war ihr in den Wochen im Krug ans Herz gewachsen. Sie war ein goldlockiger Sonnenschein, der den ganzen Tag lachte. Sogar ihrem Vater entlockte sie hin und wieder ein Lächeln.

Von der Fröhlichkeit eines kleinen Mädchens durfte sie sich nicht von ihren Plänen abbringen lassen. Ihr Entschluss stand fest. Behutsam streichelte sie Sophias Locken, die zarte Haut ihrer Wange. Sie wartete bis zum Vormittag des nächsten Tages, ehe sie Mädler und seiner Schwester ihren Entschluss verkündete und ihre Tasche packte.

Ihr Herz klopfte schneller, als sie auf das gelbe Haus mit den zwei Stockwerken zuging. Im Garten streckten Tulpen und Hyazinthen ihre Köpfe aus der Erde. Zwischen den Rosenstöcken war geharkt worden, die Buchsbaumhecken reckten zarte, grüne Blätter in die Aprilluft. Entschlossen brachte Geraldine die wenigen Schritte bis zur Tür hinter sich und betätigte den Klopfer.

Die Magd öffnete die Tür und erkannte sie sofort. »Gnädige Frau, gnädiger Herr, die Zigeunerin ist da.«

Die Teuchertin trat aus dem Salon im Erdgeschoss, ihr Mann kam die Treppe aus dem ersten Stock herunter. Beide setzten eine freundliche Miene auf, aber ihre Augen blieben hart und kalt.

»Meine liebe Geraldine, ich hätte nicht erwartet, dich noch einmal zu sehen.« Teuchert kam mit ausgebreiteten Armen auf sie zu, als wollte er sie an seine Brust ziehen. Sie wich zurück. »Komm doch herein. Willst du was essen, was trinken? Bist du mit der Suche nach deinem Vater weitergekommen? Können wir dir dabei helfen?«

»Ich bin gekommen …« Geraldine biss sich auf die Lippe und trat ins Haus. Die Tür fiel hinter ihr ins Schloss. Einen Augenblick fühlte sie sich, als falle die Tür einer Arrestzelle zu. Entschlossen fuhr sie fort: »… gekommen, um zu fragen, ob Ihr Angebot noch gilt?«

»Unser Angebot?«

»Die Porzellanmalerei.«

»Das gilt noch. Natürlich gilt das noch. Hast du es dir anders überlegt, meine Liebe?« Wieder zeigte Teuchert das Lächeln, das seine Augen nicht erreichte.

Seine Frau hatte dem Gespräch bisher schweigend gelauscht, jetzt sagte sie zum ersten Mal etwas: »Du weißt ja, wo du alles findest, und kannst jederzeit beginnen.«

Geraldines Herz machte einen Sprung. So einfach hatte sie es sich nicht vorgestellt. Eigentlich hatte sie erneute Verhandlungen um ihren Anteil erwartet, dass Teucherts ihn drücken würden, um ihre Notlage auszunutzen.

»Wir müssen sicher sein, dass du dir alle Mühe gibst und uns nicht wieder im Stich lässt«, fuhr die Teuchertin fort. »Wir brauchen ein Pfand von dir.«

»Was für ein Pfand?« Geraldine war verwirrt.

Teuchert auch, denn er stand mit hängenden Schultern da, und seine Blicke huschten zwischen ihr und seiner Frau hin und her.

»Es muss uns Sicherheit geben.« Die Teuchertin griff nach Geraldines Beutel, der wie immer über ihrer Schulter hing, zerrte mit einer Hand daran, mit der anderen hielt sie Geraldines Arm fest.

»Was soll das?« Die junge Frau wehrte sich, stieß die Teuchertin zurück, aber die ließ den Beutel nicht los.

»Das Medaillon!«, rief sie.

Das brachte Bewegung in den Hausherrn. Er griff zu und half seiner Frau. Gemeinsam entwanden sie ihr den Stoffbeutel. Während er Geraldine festhielt, wühlte die Teuchertin in dem Beutel herum und zog schließlich triumphierend das Medaillon heraus.

»Das wird uns deine Treue und deinen Fleiß sichern.«

»Nein! Das dürfen Sie nicht! Das Medaillon gehört mir.« Geraldine wehrte sich nach Kräften, aber Teuchert umfing sie von hinten und presste ihr die Arme an den Leib. Er war stärker als sie.

»Du bekommst es zurück. Wenn du zu unserer Zufriedenheit arbeitest und dich würdig erweist.«

»Ich werde keinen Pinselstrich aufs Porzellan setzen. Was glauben Sie eigentlich, Sie teuflisches Weib?«

»Du wirst.« Die Teuchertin lachte höhnisch. Diesmal lachten auch ihre Augen mit. Es gefiel ihr, jemanden in einer ausweglosen Situation zu sehen. »Oder du siehst dein Medaillon nie wieder, wirst deinen Vater nie finden. Das arme Mädchen wird für immer vaterlos bleiben. Vielleicht lebt er in Meißen oder in Dresden? Vielleicht bist du ihm sogar schon begegnet? Aber du wirst es nicht erfahren.«

»Hören Sie auf!«, kreischte Geraldine. Die Vorstellung presste ihr Herz zusammen. Ihren Vater nie zu finden … Das durfte nicht geschehen.

Die Teuchertin hielt das Medaillon hoch und zog sich langsam in den Salon zurück. »Wie entscheidest du dich?«

»Was ist schon ein bisschen Arbeit für uns gegen den Verlust deines Schatzes?«, flüsterte ihr Teuchert ins Ohr.

»Ich mache es, ich mache es!«, rief Geraldine.

Sie hoffte, Teuchert ließe sie nun los, aber den Fehler beging er nicht. Er schleifte sie durch den Flur und stieß sie in die Kammer unter der Treppe, in der sie schon einmal die Nacht verbracht hatte. Geräuschvoll schob er von außen einen Riegel vor. Sie war gefangen.

Geraldine hockte sich auf das Bett und stützte den Kopf in die Hände. Sie war in eine Falle gelaufen, hatte ihre Freiheit verloren und war ihrem Vater ferner denn je. Tränen stiegen in ihre Augen, aber im Leben hatte sie gelernt, dass Tränen nichts besser machten, deshalb drängte sie sie zurück. Nur eine stahl sich aus dem Augenwinkel und rann ihre Wange hinunter.

Es dauerte jedoch nicht lange, da wurde der Riegel an der Tür wieder zurückgezogen. Teuchert spähte auf sie herunter, seine Frau stand halb hinter ihm und hielt den Mops auf dem Arm.

»Hast du dich wieder beruhigt, Kind?«, wollte er wissen. »Es verschafft dir keine Vorteile, bockig zu sein. Vergiss einfach die Sache mit dem Medaillon und bemale Porzellan, wie du es dir vorgenommen hast, und versprече bei deiner Ehre, alle Regeln getreulich zu befolgen. Dann brauchen wir das doch nicht.« Seine Rechte bewegte einmal den Riegel vor und zurück.

»Sie wollen der trauen? Bei ihrer Ehre?«, mischte sich seine Frau ein. »Einer Dahergelaufenen?«

»Einem geschätzten Mitglied unseres Haushalts, das ist sie«, korrigierte der Ehemann. Beim Sprechen zeigte er zwei Reihen gleichmäßiger Zähne.

Geraldine leckte sich über die Lippen. Die beiden hatten sie in der Hand. Auf das Medaillon konnte sie nicht verzichten, und je freier sie sich bewegen konnte, desto eher ergab sich eine Gelegenheit, es wieder an sich zu bringen. Langsam nickte sie.

»Habe ich es doch gewusst.« Teuchert lächelte gönnerhaft auf sie herunter.

Die Tür blieb unverriegelt, die Teuchertin schimpfte vor sich hin, und Geraldine fühlte sich nicht besser als vorher.

Am nächsten Tag begann Geraldine bei Tagesanbruch mit der Arbeit im Atelier. Am Morgen war es noch kühl auf dem Dachboden, aber die Sonne schien zu den beiden Fenstern herein, und in ihrem Licht herrschte bereits eine angenehme Wärme. Staubteilchen tanzten in der Luft.

Geraldine hatte sich ein Schultertuch umgelegt, die Ellenbogen auf die Tischplatte aufgestützt und betrachtete als Erstes den Stapel Musterzeichnungen. Sie waren ordentlich und sorgfältig ausgeführt, jede einzeln auf einem Foliobogen, darüber stand, für welche Art Scherben das Muster jeweils gedacht war. Teller, Koppchen, Untertassen, Kuchenteller, Schale, Teedosen, kleine Vasen. Es schien eine Unmenge verschiedener Scherben zu geben. Geraldine hatte sofort gelernt, dass ein Stück Porzellan so lange Scherben genannt wurde, bis es vollständig bemalt und gebrannt war und an einen Liebhaber verkauft werden konnte, erst dann wurde daraus Porzellan.

Sie berührte die Pinsel in dem Becher vor ihr. Die Haare waren weich, verschieden lang, und die Pinsel unterschiedlich dick, der dünnste umfasste vielleicht gerade einmal so viele Marderhaare wie eine Hand Finger zählte. Und dann gab es noch ein Bündel einzeln zusammengebundene Haare. Sie hielt es sich vor das Gesicht und betrachtete sie eingehend. An einigen Haaren hafteten Farbreste. Ganz feine Striche wurden mit einem einzelnen Haar gemalt, Geraldine hatte davon gehört, es aber noch nie selbst versucht. Die Fläche auf dem Porzellan war kleiner als die Leinwände oder das Papier, an die sie gewöhnt war, da brauchte es zartere Pinsel. Sie strich sich mit dem Haarbüschel über die Wange.

Nachdem sie es zurückgelegt hatte, betrachtete sie die Dosen und Tiegel mit den Farbpulvern. Auf den Dosen klebten Papierschilder mit Namen wie *Eisenoxid (rot), Eisenoxid und Manganoxid (braun und schwarz), Goldoxid (Gold oder Lüster), Goldoxid und Zinnoxid (Purpur und Goldferne), Antimonoxid (gelb), Kobaltoxid (blau), Kupferoxid (grün)*. Die gesamte Farbpalette war vorhanden, aber die Pulver sahen nicht so aus wie die Farben, die sich aus ihnen ergeben sollten. Erst nach dem Gutbrand entwickelte sich die endgültige Farbe. Den Maler stellte das vor eine besondere Herausforderung, und Geraldine war sich nicht sicher, wie sie sie bewältigen sollte.

Die Farbpulver waren bestimmt ein Vermögen wert. In größeren Tiegeln fand sie Dick- und Nelkenöl, wohl zum Anspachteln der Farben, um sie geschmeidig zu machen. Geraldine schnupperte an den Ölen, die ihren typischen Geruch verströmten. Wegen der Kälte auf dem Dachboden waren sie steif und flossen kaum.

Sie fragte sich, wer vor ihr das Atelier benutzt hatte. Er musste sein Handwerk verstanden haben und außerdem ein ordentlicher Mensch gewesen sein. Einen so wohlgeordneten Arbeitsplatz kannte sie nicht. In Schmitz' Atelier in Köln hatten Paletten, Pinsel, Spachtel, Farbpulver und Öle wild durcheinandergelegen. Vater und Sohn und zuletzt auch sie hatten dennoch alles sofort gefunden.

Einen Augenblick huschte der Gedanke durch ihren Kopf, die Teuchertin könnte die Malerin gewesen sein. Dieser gehässigen Person traute sie das Talent nicht zu, allenfalls stümperhafte Versuche würde die auf Porzellan zustande bringen.

Ihr war aber auch klar, dass sie einige Vorarbeiten ausführen musste, ehe sie den ersten Pinselstrich auf Porzellan setzte. Es gefiel ihr nicht, keine eigenen Muster entwickeln zu dürfen, sondern die vorgegebenen verwenden zu müssen, aber sie sah ein, dass ihre Scherben denen aus der Manufaktur aufs Haar gleichen mussten.

Sie entschied sich, als Erstes Teller mit einem Dekor zu bemalen, das Gelber Tiger genannt wurde, weil ihr das Bild einfach erschien: Auf der einen Seite des Tellers krümmte sich ein gelber Tiger um einen Bambusstab, die andere Seite zierte eine chinesisch anmutende Ranke; der Rand bestand aus einem schmalen Goldstreif. Den Aufzeichnungen zufolge war dieses Dekor vor etlichen Jahren entworfen worden von eben jenem Höroldt, der sie so heruntergeputzt hatte. Es wurde immer noch gefertigt und erfreute sich bei den vornehmen Damen und Herren in Dresden und Warschau großer Beliebtheit.

Teucherts hießen ihren Entschluss gut. Geraldine begann ihre Arbeit damit, dass sie auf einem Blatt Papier, auf das sie zuvor den Umkreis des Tellers gezeichnet hatte, die Skizze erstellte. Der Kohlestift flog über das Papier, und am Ende reckte sich der Tiger wie ein geschmeidiges Raubtier auf einer Schablone des Tellers. Es war etwas anderes, auf Papier zu malen oder auf der glatten Glasur eines Scherben. Schon als sie versuchte, die Umrisse auf den ersten Teller zu zeichnen, stellte sie fest, dass eine andere Technik nötig war, als sie bisher gewöhnt war. Die Pinsel mussten mit den nicht zu fest und nicht zu flüssig angerührten Farben gründlich benetzt und dann mit einem Strich und einer Drehung über den Scherben gezogen werden. Mit dem Pinsel hin und her zu stricheln, wie sie es von der Leinwand gewöhnt war, war nicht möglich. Geraldine brauchte etliche Versuche, um sich daran zu gewöhnen.

Sie musste auch erst lernen, wie die Farben anzureiben waren. Sie bestanden aus zwei Teilen, dem Pigment und einem Flussmittel. Beides wurde bei einem kurzen Brand oberflächlich zusammengeschmolzen und danach pulverisiert. Das Flussmittel sorgte dafür, dass die Farben beim Brennen mit der Glasur des Porzellans verschmolzen und war nicht identisch mit den Ölen, mit denen die Farben angerührt wurden, damit sie überhaupt eine flüssige Konsistenz erhielten. Die Öle verflüchtigten sich beim Brennen.

Es verging die erste Woche, und noch immer hatte sie keinen Teller mit dem gelben Tiger verziert. Sie malte Kringel, Ranken, Blätter, Blüten, mal einen Kopf oder eine Fliege, die sich durch das offene Fenster ins Atelier verirrt hatte, oder die Spinne in ihrem Netz unter den Dachbalken auf die Teller. Anschließend wischte sie alles wieder weg und begann von Neuem mit den Übungen. In der Manufaktur dauerte die Lehrzeit eines Malers sechs Jahre. Sie konnte es nicht in wenigen Tagen lernen, obwohl sie bereits eine vierjährige Lehrzeit hinter sich hatte.

Das Ehepaar Teuchert bedachte sie mit ungeduldigen Blicken. Die Gedanken hinter ihren Stirnen waren für Geraldine so deutlich zu lesen, als hätten sie sie laut ausgesprochen: Die hat den Mund zu voll genommen und wird es nicht schaffen. Das stachelte ihren Ehrgeiz an. Den beiden würde sie es zeigen und ihr Medaillon zurückerhalten. Sie wagte sich an das Dekor, bemalte die ersten drei Teller.

Als sie vom Brand zurückkamen, war kein einziger gelungen, die Farben waren entweder verbrannt oder abgeplatzt, und Geraldine den Tränen nahe.

Die Teuchertin setzte die Teller hart vor ihr auf dem Tisch ab. »Das ist nichts. Das ist gar nichts. Du kannst nichts und taugst nichts. Wir sollten dich rauswerfen und uns jemanden suchen, der etwas vom Malen auf Porzellan versteht.«

Voller Wut wollte Geraldine aufspringen und sich verteidigen, aber die Worte blieben ihr im Halse stecken. Sie stände buchstäblich vor dem Nichts, jagten Teucherts sie tatsächlich davon, ohne Medaillon und ohne Geld.

»Du bist nichts als ein aufmüpfiges Biest, dass es nur darauf abgesehen hat, den Männern den Kopf zu verdrehen«, keifte die Teuchertin weiter.

»Als ob ich deinem Mann …!« Weiter kam Geraldine nicht.

Die Teuchertin versetzte ihr einen Stoß gegen den Oberkörper, der sie zurücktaumeln ließ. Sie stieß gegen den Tisch, dessen Kante sich schmerzhaft in ihr Gesäß drückte.

Sofort sprang sie wieder auf und warf sich auf die magere Frau; Tränen vernebelten ihre Sicht, diesmal hielt sie sie nicht zurück, und sie hatte nur den einen Wunsch, allein zu sein und das Gezeter nicht länger anhören zu müssen. Der Körper der Teuchertin schien nur aus Knochen und Sehnen zu bestehen. Dennoch steckte mehr Kraft darin, als die zierliche Geraldine vermutet hätte. Jedenfalls gelang es ihr nicht, die andere zur Seite zu stoßen und aus der Dachbodenkammer zu entkommen. Dafür wurde ihr Kopf gegen eines der Wandborde geschlagen. Einen Augenblick wurde ihr schwarz vor Augen, sie taumelte und musste sich am Tisch festhalten.

Als sie wieder klar sehen und denken konnte, war sie allein in der Kammer und ertastete über ihrem linken Ohr eine Beule, die bei der leichtesten Berührung schmerzte. Außerdem schmeckte sie Blut und berührte mit der Zunge eine Stelle, an der sie sich auf die Lippe gebissen hatte.

Die Ateliertür war versperrt. Sie hämmerte mit der Faust dagegen und rief nach der Teuchertin. Genauso gut hätte sie zu einem Stein sprechen können.

Geraldine schrie ihre Wut heraus. Wut auf die Teuchertin, und weil sie sich hatte hinreißen lassen. Was war ihr Schwur wert, alles Nötige zu ertragen, um ihren Vater zu finden, wenn sie ihn bei der ersten Gelegenheit vergaß? Das Glas mit den Pinseln traf ihre Wut als Erstes. Sie wischte es vom Tisch. Es klirrte und klapperte, das Glas war auf dem Boden zerschellt. Das reichte nicht, um ihren Zorn verrauchen zu lassen. Sie nahm einen der missglückten Teller und schmiss ihn gegen die Tür. Scherben regneten herab. Die beiden anderen Teller folgten, den Papierstapel mit ihren Skizzen zerfetzte sie in kleine Schnipsel, die sie überall verstreute.

Ihr Kopf schmerzte, die Kraft verließ sie. Geraldine sank in einer Ecke auf den Boden, legte den Kopf auf die Knie und atmete keuchend ein und aus. Sie hätte heulen mögen über die Lage, in die ihre Dummheit sie gebracht hatte. Statt auf ihre innere Stimme zu hören, hatte sie nur das Geld gesehen.

Später öffnete Teuchert die Tür des Ateliers. Geraldine saß noch auf dem Boden, halb hinter der Tür verborgen und das Gesicht auf die Knie gelegt. Sie rührte sich nicht.

»Mein gutes Weib hat dich eingesperrt. Ihre Gefühle gehen hin und wieder einfach mit ihr durch«, sagte er voll falscher Freundlichkeit. »Was ist denn hier passiert? Deine Gefühle gehen auch mit dir durch. Steh auf, Mädchen. Es hilft nichts, zu schmollen.«

Geraldine erhob sich. Nicht wegen seiner Worte, sondern weil er nicht auf sie herabschauen sollte wie ein Vater auf ein ungezogenes Kind.

»Du musst aufräumen. Ich helfe dir.« Teuchert bückte sich und sammelte ein paar Papierschnipsel ein.

Sie tat es ihm gleich, griff nach den Scherben des zerschmetterten Tellers. In eben diesem Moment strich Teuchert ihr sacht über den Hintern.

»Sehr hübsch.«

Eine Scherbe bohrte sich in Geraldines Daumen. Blut quoll hervor. Sie lutschte und nuschelte: »Lassen Sie das!«

»Das war doch keine Absicht, Kind. Zeig mal her.« Er wollte nach ihrem Arm greifen, doch Geraldine wich zurück. »Das muss verbunden werden.«

Teuchert zog aus der Tasche seines Gehrocks ein Tuch. Eine handlange Schnittwunde am Unterarm ließe sich damit verbinden, so groß war es, aber Geraldine nahm es und wand es ohne weitere Worte um ihren Finger. Anschließend räumten sie weiter auf, wobei Teuchert sich immer dicht an ihrer Seite hielt, sie dann und wann am Arm berührte, an der Hüfte. Er schenkte ihr jedes Mal ein herzliches Lächeln, hinter dem sie die Falschheit erkannte.

Als endlich alles wieder am richtigen Platz lag und Teuchert das Atelier verlassen hatte, wünschte sich Geraldine einen Riegel an der Tür, um ihn auszusperren. Die Teuchertin war boshaft, aber ihr Mann stand ihr mit seiner Hinterhältigkeit in nichts nach.

Für Geraldine gab es nur einen Weg: Sie musste sich mehr Mühe geben. Teucherts hatten sie in der Hand, und um sich daraus zu befreien, musste sie eine Porzellanmalerin werden.

In den folgenden Tagen und Wochen arbeitete sie hart, saß im Atelier, bis ihr die Hände zitterten und die Augen schmerzten. Sie malte noch mehr Probeteile, um zu lernen, wie dick die Farben aufzutragen waren, wie sich verschiedene Schattierungen erzielen ließen, wie mit Licht und Schatten zu spielen war.

Wenn die Teuchertin kam, um sich höhnisch nach ihren Fortschritten zu erkundigen, behandelte Geraldine sie wie Luft. Dem Ehemann gönnte sie nur dann und wann ein

Wort, wenn sie neue Farben, Öl oder Pinsel benötigte. Mitten in Meißen führte sie ein Einsiedlerdasein. Sie war nicht eingesperrt und hätte das Haus und den Ort verlassen können, aber wie sollte sie ihren Vater finden ohne das Medaillon und mit nicht einmal zwei Talern in der Tasche?

Der Vorrat an Porzellan schien unerschöpflich, und sie fragte sich lieber nicht, wie Teuchert darankam. Sonst hätte sie sich vor sich selbst geschämt, dass sie sich zu solchem Tun herabließ. Sie versank in ihrer Kunst, und in diesen Momenten war sie glücklich.

Und dann – heureka!

Ihre Proben kamen perfekt aus der Brennerei zurück. Vor Glück hätte Geraldine beinahe Teuchert umarmt.

Danach gelangen ihr die Teller. Vierundzwanzig bemalte Stücke machten sie so stolz wie das erste Gemälde auf Leinwand, das sie geschaffen hatte. Trotz ihrer Unermüdlichkeit hatte es fünf Wochen gedauert, bis die Teller vor ihr standen. Inzwischen war es Ende Mai, und der Frühling hatte endgültig Einzug gehalten in Meißen.

SIEBEN

Während Geraldine in Meißen malte, war Hann Schneiders Brief im Palais Brühl in Dresden angekommen. Er war allerdings nicht in die Hände des Grafen Brühl gelangt, sondern von dessen Sekretär Christian Ludwig Liscow gelesen worden.

Der war nicht nur Sekretär und Dichter, sondern auch ein wackerer Mann, der seine Arbeit gründlich versah. Angesichts der Menge der einlaufenden Post und der zu bearbeitenden Aktenstücke hätte der Sekretär gut ein oder zwei Untersekretäre beschäftigen können, aber er war auch ein stolzer Mann, der nicht zugeben wollte, der Menge der anfallenden Arbeit nicht gewachsen zu sein. Er arbeitete von Sonnenaufbis Sonnenuntergang und häufig genug die halbe Nacht, dennoch blieben Briefe zwei, drei, manchmal vier und mehr Tage liegen, bevor er ihre Siegel erbrach.

Das schmuddelige graue Papier und die wenig schwungvolle Schrift hatten Liscow zu der Überzeugung gelangen lassen, dass sich hier nur wieder ein armer Tropf über sein schweres Leben beschweren wolle. Diese armen Leute dauerten ihn, aber jeder war für sein Glück selbst verantwortlich. Mit Fleiß und Ausdauer hatte er es schließlich auch geschafft.

Dass er recht hatte, las er gleich darauf, als sich der Schreiber des Briefes als ein armer Mann vorstellte, der Frau und Kind habe, aber keine Arbeit. Bis vor kurzem habe er in der Manufaktur gearbeitet, sei dann aber entlassen worden auf Betreiben des Arkanisten von Scholl. Der nutze sein Wissen um die Geheimnisse der Porzellanherstellung, um eine eigene Manufaktur an einem versteckten Ort in Kursachsen zu betreiben. Von Scholl wolle sich selbst bereichern zum Schaden des allerehrwürdigsten und vielgeliebten, hochedlen Kurfürsten. Er, der Briefschreiber, habe davon erfahren und sei deshalb entlassen worden. Er habe immer fleißig und anstellig gearbeitet, deshalb wolle er diesen Sachverhalt melden.

Der Brief strotzte nur so vor orthographischen Fehlern, war voller Tintenkleckse und roch nach Kohl. Eine haltlose Denunziation, wie sie beinahe täglich auf seinem Schreibtisch landeten. Der Sekretär legte den Brief in eine Mappe, die schon andere Beschwerdeschreiben beherbergte. Die Leute lamentierten über alles Mögliche, und dieser Schreiber war einer der phantasievollsten. Der Sekretär legte die Mappe weg und wandte sich der wirklich wichtigen Arbeit zu.

Unter den Manufakturisten in Meißen wurde im Frühjahr 1748 ebenfalls über einen Verrat des Arkanums durch von Scholl gewispert, von dort erreichte es die Meißner, die sich ihrerseits die Zungen daran wetzten. Es dauerte nicht lange, bis die Gerüchte die Residenzstadt Dresden erreichten. Wer dort Ritter Nathan Leberecht von Scholl näher kannte, konnte sich das nicht vorstellen. Wer ihn nicht kannte, griff das Gerede umso eifriger auf, ließen sich doch damit die langen Stunden des Tages versüßen. Es dauerte auch nicht lange, da wusste man sicher, das Arkanum sei verraten und in einem stillen, verborgenen Tal des Erzgebirges eine zweite Manufaktur entstanden, die den Markt mit Porzellan überschwemme. Es sei genauso gut wie das aus Meißen, sehe aus wie dieses, sei jedoch billiger.

Dieses Gerücht kam auch dem Faktor Rost zu Ohren, dem Leiter der Dresdner Niederlassung für Meißner Porzellan. In seinem Schreibtisch war ein Bericht weggeschlossen, in dem es um eine Schale ging, die als Meißner Porzellan ausgegeben worden war, dabei aber aussah, als hätte ein Lehrling sie zu Übungszwecken bemalt, und die trotzdem mit der Meißner Marke auf dem Boden gesiegelt war. Er hatte das anonyme Schreiben weggelegt, weil er nichts damit anzufangen wusste. Nun holte er es heraus und las es noch einmal. Der Name von Scholl kam darin nicht vor. Auch sonst nichts, was sich mit den Gerüchten in Einklang bringen ließ.

Brühls Sekretär hörte das Gerede über von Scholl ebenfalls. Er kannte den Mann nicht persönlich, aber es brachte ihn dazu, den Brief aus der Mappe mit den Schreiben der Denunzianten hervorzukramen.

Eine Bearbeitung schien nun doch nötig zu werden. Er setzte eine Antwort auf. Nicht an den armen Briefschreiber, sondern an den Kreisamtmann Fleuter. Sollte das Arkanum in Gefahr geraten sein, wäre es dessen Aufgabe, sich darum zu kümmern. Den Brief legte er zusammen mit anderen in eine Ledermappe, damit Brühl ihn unterzeichnete.

Der Graf dinierte um diese Zeit mit Gästen, erging sich hernach mit ihnen in gelehrten Gesprächen. Es war weit nach Mitternacht, als die Gäste aufbrachen – zu dieser Zeit lag der wackere Sekretär in seiner Wohnung in tiefem Schlummer. Graf von Brühl gähnte ebenfalls, kaum hatte er seine Besucher verabschiedet. Da er allein war, schien es ihm nicht nötig, eine Hand vor den Mund zu halten. Bevor er sich ebenfalls zur Ruhe begab, warf er einen letzten Blick in sein Arbeitskabinett, und auf dem Schreibtisch fiel ihm die Mappe auf. Die Neugier siegte über die Müdigkeit. Er wollte noch kurz sehen, was sein Sekretär als wichtig erachtet hatte.

Brühl blätterte die schwere Ledermappe durch, überflog hier und da ein paar Worte und die Adressaten der Schreiben, bis seine Augen bei einem hängenblieben. Kreisamtmann Fleuter. Seine Müdigkeit war wie weggeblasen. Während des Lesens runzelte sich seine hohe Stirn.

Das Arkanum verraten.

Durch Ritter Nathan Leberecht von Scholl.

Das hätte er dem Mann nicht zugetraut. Für den war Ehre nicht nur ein Wort. Natürlich konnte niemand in das Herz eines Mannes schauen. Es war richtig, dass sein Sekretär ein Schreiben vorbereitet hatte. Brühl setzte schwungvoll seinen Namen auf die letzte Seite. Auf ein kleines Kärtchen schrieb er danach ein Lob für seinen Sekretär und ordnete an, über diese Sache auf dem Laufenden gehalten zu werden.

Danach gähnte er wieder und schaffte es nur noch bis zum Sofa im Vorzimmer, auf dem er sich ausstreckte und augenblicklich einschlief.

Nach den vierundzwanzig Tellern bemalte Geraldine vierundzwanzig Koppchen, vierundzwanzig Untertassen, vierundzwanzig kleine Teller, vierundzwanzig Fingerschälchen und Tassen. Ein ganzes Service. Nicht ein Teil misslang ihr. Teuchert zweigte neues Porzellan aus der Manufaktur ab, brachte die von ihr bemalten Scherben zum Brennen und später zu einem Abnehmer. Er musste über ein ganzes Netz von Teilhabern verfügen. Wer das war, wollte Geraldine nicht wissen, aber einiges Geld musste er inzwischen eingenommen haben. Ihr gehörten dreißig von hundert Talern dieses Geldes. Eine Abrechnung hatte sie bisher nicht erhalten – Geld auch nicht.

Deshalb unterbrach sie ihre Arbeit an diesem sonnigen Maitag früher als gewöhnlich, zog den fleckigen Malerkittel aus und wusch sich die Hände in einer Schüssel. Mit nassen Fingern ordnete sie ihre schwarzen Locken, steckte das Fichu so in das Kleid, dass ihr Dekolletee bedeckt war, und verließ das Atelier.

Sie hatte gehört, wie Teuchert aus der Kreisamtmannschaft gekommen war und den Salon betreten hatte. Dort fand sie ihn auch vor, mit dem wöchentlichen Journal und einem Glas Portwein und ohne die Teuchertin. Bei ihrem Eintreten schaute er hoch, und sein vorher strenger Gesichtsausdruck hellte sich auf.

»Schönes Kind, es tut gut, dich zu sehen.« Er faltete das Journal zusammen und ließ es neben dem Sessel zu Boden gleiten. »Du leistest ausgezeichnete Arbeit. Der Brenner hat wieder eine Sendung geschickt. Nicht ein Stück ist misslungen. Ich muss dir ein großes Lob aussprechen. Die Tassen stehen im Esszimmer, du kannst sie gerne anschauen.«

Geraldine achtete darauf, außerhalb seiner Reichweite zu bleiben, um nicht unversehens wieder seine Hand auf dem Hintern zu spüren. »Dann haben Sie sicher einiges Geld mit meiner Hände Arbeit verdient?«

»Die Verkäufe meinst du. Das ist nicht so leicht, wie du dir das vorstellst. Die Kunden müssen mühsam gefunden werden. Ich habe ja niemanden, der das gesamte Service kauft. Hier ein paar Koppchen, da ein paar Teller. Du musst nun bald etwas anderes malen. Vasen, Dosen, Schalen, Figurinen und solche Sachen. Einzelstücke eben.«

»Aber Sie haben Porzellan verkauft?«, hakte Geraldine nach.

»Einiges ist weggegangen.«

»Sie haben also Geld mit meiner Arbeit verdient?«

»Ein paar Taler sind es gewesen.«

»Davon bekomme ich meinen Anteil.« Geraldine streckte eine Hand aus. »Wie hoch ist er?«

»Zwei Taler und vier Groschen. Glaubst du, ich trage das mit mir herum? Ich verwahre das Geld für dich.«

»Aber es gehört mir!«

»Kann eine wie du überhaupt mit Geld umgehen? Wie dem auch sei — es ist sicherer, ich hebe es für dich auf. Am Ende gibst du es für Tand aus.«

»Ich möchte, dass Sie Janne Schneiderin einen Taler zukommen lassen. Sie wohnt in der Unterstadt. Ihr Mann hat seine Arbeit in der Manufaktur verloren. Sie haben eine kleine Tochter, und es geht ihnen schlecht.«

»Was hast du mit diesem Weib zu schaffen?«

»Ich kenne sie, und ein mildtätiges Herz zu haben kommt von Gott.«

»Ich sehe zu, dass sie das Geld bekommt.« Teuchert seufzte. »Du könntest ein bisschen netter zu mir sein, dann soll es dir an nichts mangeln. Mein Weib muss es nicht erfahren. Setz dich zu mir und berichte mir von deinem Tag.« Er klopfte mit der Rechten neben sich auf das Sofa.

Geraldine übersah diese Einladung. »Ich habe gemalt wie jeden Tag. Außer Sonntags, da gehe ich in die Kirche.«

»Was hast du dabei gedacht und gefühlt? Bist du stolz auf dein Talent?«

»Ich bin stolz auf mein Talent. Ich habe daran gedacht, dass Sie mir mein Medaillon zurückgeben könnten. Das denke ich jeden Tag.«

»Du bist wirklich spröde, Kind. Ein bisschen mehr Entgegenkommen und wer weiß, was mir zu deinem Medaillon einfällt.«

Grußlos verließ Geraldine den Salon. Nord- und Südpol müssten ihre Plätze tauschen, ehe sie Teucherts Werben nachgab.

Nach dem Essen verbrachten Teucherts den Abend im Salon. Außer den gelegentlichen Kartenabenden führten sie kein geselliges Leben und waren auf ihre gegenseitige Gesellschaft angewiesen. Im Salon beschäftigte sich die Teuchertin mit einem Buch, während sie darauf wartete, dass ihr Mann aus dem Esszimmer herüberkam. Er hatte dort noch einen Portwein zu sich genommen. In vornehmen Häusern war es üblich, dass die Damen den Likör im Salon nahmen und die Herren im Esszimmer blieben. Darauf legten beide Wert, auch wenn sie alleine waren. Geraldine beteiligte sich nicht an dieser abendlichen Unterhaltung, sie nahm die Mahlzeiten in der Küche ein und blieb mit der Magd dort, bis es Zeit war, zu Bett zu gehen.

Die Teuchertin schaute auf, als ihr Mann eintrat. Er nickte ihr nur zu, setzte sich in seinen Sessel und verschanzte sich hinter der Zeitung. Also widmete sie sich auch wieder ihrem Buch. Sie las einen Absatz, ohne ein Wort davon zu verstehen. Als es auch nach dem zweiten und dritten Lesen nicht besser geworden war, konnte sie nicht mehr an sich halten.

»Was hat diese Zigeunerin gewollt?«, fragte sie. Bereits beim Essen war das Gespräch auf Geraldine und ihren Besuch im Salon gekommen. Sie hatte aber während der Mahlzeit kein Gespräch führen wollen, das ihr womöglich den Appetit verdarb.

»Sie stellt Fragen.« Teuchert ließ das Journal nicht sinken.

»Was für Fragen?«

»Nach ihrem Geld. Sie will ihren Anteil.«

»Das ungehobelte Frauenzimmer will Geld von uns. Was haben Sie ihr gesagt?«

»Dass ihr Anteil zwei Taler und vier Groschen beträgt.«

»Das ist nicht Ihr Ernst!«

Teuchert ließ die Zeitung sinken und schaute seiner Frau gerade in die Augen. »Das ist der Anteil an den Verkäufen, den wir mit ihr vereinbart haben. Ich habe ihr gesagt, dass ich ihn für sie verwahre, damit sie ihn nicht für Tand ausgibt.«

»Dem Himmel sei Dank, Sie sind nicht von allen guten Geistern verlassen. Wir haben Ausgaben gehabt. Sie hat jede Menge Porzellan verdorben, hat es mit diesen Musterklecksen bemalt. Diese Kosten müssen wir berücksichtigen. Das Weib hat kein Geld von uns zu bekommen, sie schuldet uns was. Das haben Sie ihr hoffentlich gesagt?«

Teuchert antwortete nicht. Ihm wurde klar, dass sein Weib nie vorgehabt hatte, Geraldine auch nur einen Groschen zu geben. Der Handel war nur vorgetäuscht, um das junge Ding in Sicherheit zu wiegen. Er wollte protestieren, ließ es jedoch wegen des empörten Gesichtsausdrucks seiner Frau sein. Alles, was er bei ihr erreichen konnte, wäre eine endlos lange Schimpftirade. Das war ihm Geraldine nicht wert. Er griff wieder nach dem Journal. Bevor er weiterlas, sagte er noch: »Sie will, dass ich einen Taler ihres Geldes an eine arme Frau aus der Unterstadt gebe. Ihr Name ist Janne Schneiderin.«

»Die Schneiderin! Wie kommt sie auf die?« Die Teuchertin zog die Stirn in Falten.

»Woher kennen Sie diese Person?«

»Das muss das Waschweib sein, das zu uns kommt. Die heißt Schneiderin und wohnt in der Unterstadt. Es kommt nicht in Frage, der einen unserer sauer verdienten Taler zu geben. Deren Mann trägt das Geld nur in die Schenke, da können wir es gleich zum Fenster hinauswerfen.«

»Wie Sie denken.« Teuchert verschwand endgültig hinter dem Journal, weniger, um darin zu lesen, sondern um mit seinen Gedanken allein zu sein.

»Nur gut, dass Sie mir das gesagt haben«, sprach die Teuchertin mehr zu sich selbst. »Geraldine und die Schneiderin dürfen sich nicht begegnen, ich werfe das Weib hinaus. Lisette soll eine neue Waschfrau besorgen.«

Hann hatte mal zwei Tage Arbeit, dann drei Tage lang keine. Wenn er Glück hatte, konnte er eine Woche bei einem Holzhändler arbeiten. Er hatte auch schon Steine geschleppt, oder bei einem Gerber in den Gruben gearbeitet. Den Gestank bekam er tagelang nicht aus seinen Kleidern und den Haaren heraus. Rikarda hatte angefangen zu weinen, wenn er ihr nahe gekommen war, und Janne hatte sich im Bett von ihm abgewandt.

So ging es nicht weiter. Das Geld wurde immer weniger. Zum ersten Mal waren sie in dieser Woche einen Teil der

Miete schuldig geblieben. Das alte geizige Weib, das im Erd-geschoss in einer schönen großen Wohnung residierte, hatte noch einmal Gnade vor Recht ergehen lassen und sie nicht hinausgeworfen. In der nächsten Woche müsse das Geld aber nachgezahlt werden. Ihr Keifen klang noch nach in seinem Ohr. Woher sollte er in der nächsten Woche Geld nehmen, das ihm in dieser gefehlt hatte?

Hann Schneider schluckte seinen Stolz hinunter und machte sich auf zum Holzplatz der Manufaktur unten an der Elbe. Er hoffte darauf, dass sie dort nichts von seinem Schick-sal gehört hatten.

Das mit Kähnen angelieferte Holz wurde hier ausgeladen, die Stämme zerteilt und mittels einer Kranwinde zur Manu-faktur hinaufgehievt. Diese Winde zu bedienen, wäre sein Traum, wenn er schon nicht mehr Dreher werden konnte. Das war eine Arbeit für einen speziell geschulten Manufak-turisten, der im Tractament bezahlt wurde.

Zunächst stand er einige Zeit am Rand des Holzplatzes neben einer Baracke und beobachtete die Arbeiten. Es lag gerade ein Schiff am Kai und wurde gelöscht. Holzstämme wurden auf den Schultern von je vier, fünf, manchmal sechs Männern von Bord getragen und in die Baracke gebracht, in der man sie zersägte. An einer Säge arbeiteten immer zwei Männer, einer auf jeder Seite. Danach mussten die Stücke zu Scheiten gespalten werden.

Alle Arbeiten kommandierte ein vierschrötiger Mann mit wildem Bart und roter Gesichtsfarbe. Die Nase hatte schon beinahe eine lila Färbung angenommen, und das konnte nicht an der Kälte liegen, nicht an diesem sonnigen Maitag. Der Mann hatte nicht nur keulenartige Arme, sondern auch einen Wanst, der seine Weste zu sprengen drohte. In der Rechten hielt er einen Stock, mit dem er die Männer dirigierte.

Hann näherte sich vorsichtig dem Vierschrötigen, wich dabei den Arbeitern aus. Seine Kappe knautschte er in den Händen, und sein Mund war trocken.

»Meister«, sagte er leise.

Der Angesprochene drehte sich zu ihm um, musterte ihn kurz. »Du bist keiner von den Manufakturisten. Was willst du? Schnell! Ich habe wenig Zeit.«

»Ich suche Arbeit. Ich kann alles machen, was auf dem Holzplatz nötig ist.«

»Du Hänfling?« Der Vierschrötige runzelte die Stirn. »Du kannst doch kaum die Säge halten.«

»Ich bin stark, stärker als ich aussehe.« Hann schüttelte seine Oberarme und spannte die Muskeln an, aber den beeindruckenden Umfang des Vierschrötigen erreichte er nicht. »Ich habe schon für Meister Michel gearbeitet und Steine geschleppt, oder mit Meister Steiner Holz und Kohlen ausgeliefert.«

»Warum machst du das nicht mehr?«

»Es war immer nur Tagarbeit. Ich suche eine feste Anstellung.«

»Hilf den Männern da.« Der Vierschrötige deutete mit seinem Stock auf eine Gruppe Männer, die die zerkleinerten Stämme zur Hebeanlage brachten. »Ich will sehen, was du kannst. Hilfe können wir immer gebrauchen.«

Hanns Herz schlug schneller vor Freude. Er musste sich nur geschickt anstellen und hätte erneut eine Anstellung in der Manufaktur in Aussicht.

Er schonte sich nicht, gönnte sich keine Pause, kümmerte sich nicht um schmerzende Knie, die nachzugeben drohten; seine Arme spürte er irgendwann nicht mehr. Er machte einfach weiter, schaute nicht nach links oder rechts, sprach mit niemandem, griff ein Holzstück nach dem anderen. Der

Gong, der das Ende der Arbeit anzeigte, klang wie ein Erlöserglöckchen. Hann wankte auf den Vierschrötigen zu.

Der stemmte die Hände in die Hüften. »Für einen Hänfling hast du dich gut geschlagen. Komm übermorgen wieder. Um sechs Uhr in der Frühe geht es los.«

»Warum nicht morgen?«

»Ich muss oben anmelden, dass ein neuer Mann kommt und deinen Lohn genehmigen lassen.«

»Was ist der Lohn?«

»Zwei Taler in der Woche.«

Hann nickte nur und machte sich auf den Weg nach Hause. Kaum hatte er den Holzplatz hinter sich gelassen, hätte er trotz seiner schmerzenden Knochen tanzen mögen.

Er hatte wieder Arbeit. Keine Tagarbeit, richtige Arbeit.

Janne nahm die Nachricht mit weniger Freude auf, als er erwartet hatte.

»Frau.« Er umfasste ihr Gesicht mit beiden Händen, küsste sie auf den Mund, zog sie dabei an sich und spürte ihren von der Schwangerschaft leicht gerundeten Bauch. »Ich habe wieder eine Arbeit in der Manufaktur. Das ist doch wunderbar. Du musst dich mit mir freuen.«

»Ich freue mich. Ich kann es nur kaum glauben. Wieso stellen die dich wieder ein, wenn sie dich erst entlassen haben?«

»Der Meister auf dem Holzplatz weiß davon nichts. Er hat nicht einmal nach meinem Namen gefragt.«

»Sobald sie erfahren, wer du bist, werfen sie dich wieder raus.«

»Das werden sie nicht. Ich werde arbeiten, fleißiger als je zuvor, mit niemandem sprechen, nach der Arbeit immer gleich zu dir und Rikarda kommen. Schneider gibt es viele in der Manufaktur, und Johann heißt jeder Zweite. Du machst dir immer zu viele Sorgen.« Er küsste sie erneut auf den Mund, und diesmal erwiderte Janne den Kuss.

In der Vormittagspost lag ein Schreiben aus dem Palais Brühl an den Kreisamtmann Fleuter. Es geriet zunächst in die Hände des Kreisbeamten Teuchert, der es seinem Vorgesetzten hinlegte.

In Angelegenheiten der Kreisamtmannschaft schrieb ihnen gewöhnlich die Kreisdirektion aus Dresden. Diese Schreiben öffnete Teuchert, las sie, bearbeitete einen Teil davon, schickte einen anderen Teil weiter, um Erkundigungen einzuholen, oder legte sie seinem Vorgesetzten vor. Daraus bestand seine Arbeit, die ihn sechs Tage die Woche vormittags und den halben Nachmittag beschäftigte und recht gut bezahlt wurde. Für Post aus dem Palais Brühl galt etwas anderes: Er öffnete sie nie, sondern legte sie immer Fleuter vor. Sie betrafen die Manufaktur, deren Akten der Kreisamtmann führte, in deren Kommission er Mitglied und deren Justiziar er war. Mit anderen Worten: An ihm blieb alle Arbeit hängen, die in Zusammenhang mit der Verwaltung der Manufaktur anfiel.

Als subalterner Beamter durfte Teuchert keinen Einblick in diese Akten nehmen. Er beneidete seinen Vorgesetzten nicht um diese Aufgabe.

Auf diese Weise erreichte das Schreiben den Kreisamtmann, als er am Nachmittag in die Albrechtsburg kam. Der stöhnte auf, nachdem er es gelesen hatte. Wieder Ärger in der Manufaktur. Und diesmal sollte es den Arkanisten von Scholl betreffen. Fleuter mochte den Mann, hätte ihm das nie zugetraut.

Von Scholl besaß Geld wie andere Heu. Einen Verrat und eine eigene Manufaktur hatte der nicht nötig. Überdies war er so redlich, wie man es sich nur vorstellen konnte, ließ sich nicht einmal zu einem zünftigen Herrenabend mit Kartenspiel und Cognac überreden. Er war von Krankheit gezeichnet, und der Kreisamtmann der Überzeugung, von Scholls Tage seien gezählt.

Fleuter schüttelte den Kopf. Aber die Anschuldigungen waren in der Welt, und er musste ihnen nachgehen. Das war seine Pflicht als Beamter des Kurfürstentums Sachsen, als Mitglied der Manufakturkommission und als Justiziar der Manufaktur.

Nahm das nie ein Ende?

Erst dieses Jahr im Februar hatte es mit den Malern Ärger gegeben. Er hatte etliche ermahnen und einige dimittieren müssen. Gefallen hatte ihm das nicht. Entgegen der Meinung vieler Arbeiter in der Manufaktur machte es ihm keine Freude, die Männer abzukanzeln. Ihm war es lieber, alles ging seinen geregelten Gang, und jeder kannte seinen Platz.

Was mit von Scholl zu tun war, musste gut überlegt werden. Der Mann war in dieser Woche nicht in der Manufaktur. Fleuter griff nach einer Feder und drehte sie zwischen seinen Fingern, bis sie zerbrach. Die beiden Teile feuerte er in eine Ecke seines Kabinetts.

Er stützte den Kopf in die Handflächen. Es war zu spät, um an diesem Tag noch etwas zu unternehmen. Wenn Porzellan aufgetaucht war, das nicht den Ansprüchen der Manufaktur an die Güte entsprach, konnte das auch andere Ursachen haben: Jemand hatte sich vertan, die Hand war ihm ausgerutscht, sein Augenlicht ließ nach. Das konnte passieren. Wenn derjenige gefunden würde, müsste er wohl ein Exempel an ihm statuieren, um die anderen zu mehr Sorgfalt anzuhalten. Aber warum war von Scholls Name erwähnt worden? Auf diese Frage fand er keine Antwort.

Morgen, morgen, dachte Fleuter müde. Er würde auch mit Meister Höroldt sprechen müssen. Darauf freute er sich gewiss nicht.

ACHT

Höroldt kam gemeinsam mit den Manufakturisten und begann sein Tagwerk genau wie sie um sechs Uhr morgens. Niemand hätte ein Wort darüber verloren, wenn er erst später mit der Arbeit begonnen hätte. Im Gegenteil – die Maler hätten es begrüßt, wenn er wie Kändler erst zwei Stunden später gekommen wäre und seiner Kreativität am frühen Morgen in seiner eigenen Wohnung Auslauf gegönnt hätte. Der erste Maler der Manufaktur war dagegen der Ansicht, seine Anwesenheit sei erforderlich, ansonsten würde weder fleißig noch ordentlich gearbeitet.

Ungewöhnlich war an diesem Morgen, dass auch der Kreisamtmann Fleuter um sechs Uhr früh seine Amtsräume aufsuchte. Er schickte einen Schreiber zu Höroldt mit der Bitte, dieser möge zu ihm kommen.

In seinem eigenen Kabinett saß auch der Beamte Teuchert bereits über den Akten. Durch die halb geöffnete Tür sah er den ersten Maler vorbeistampfen, Gewitter im Gesicht. Aus verständlichen Gründen war Teuchert an den Vorgängen der Manufaktur interessiert, beugte sich jedoch über das Schriftstück vor ihm und tat, als wäre er sehr vertieft darin. Der Malermeister schmetterte die Tür zu Fleuters Kabinett zu, und gleich darauf waren erregte Stimmen zu hören.

Nun tat Teuchert nicht mehr, als würde er sich für seine

Arbeit interessieren, sondern hob den Kopf und lauschte ganz ungeniert. Die Wände der Burg waren dick, die Türen auch, er verstand nur einzelne erregt hervorgestoßene Worte Höroldts. Aus diesen konnte er sich aber zusammenreimen, dass es um einen Brief aus Dresden ging. Teuchert ärgerte sich, dass er das an den Kreisamtmann gerichtete Schreiben aus dem Palais Brühl nicht geöffnet hatte, um sich hinterher zu entschuldigen, es wäre ein Versehen gewesen.

Fleuters Tür wurde aufgerissen und knallte gegen die Wand.

»Das sage ich Ihnen, Sie werden mich kennenlernen. Alle werden mich kennenlernen. Von Scholl, dieser Kändler, einfach jeder! Ich dulde es nicht, dass einer dieser Kretins falsches Porzellan in den Handel bringt und meinen Namen ruiniert! Wenn dieser Formenpfuscher zum Hofkommissar ernannt wird …«

Fleuter stand in der Tür. »Wollen Sie nicht besonnen sein? Es ist doch gar nichts …«

»Besonnen! Ich höre immer nur besonnen!« Höroldt drehte sich zum Kreisamtmann um, und dabei erkannte Teuchert, dass sein Gesicht die Farbe eines gekochten Krebses angenommen hatte. »Niemand ruiniert meine Arbeit! Niemand wiegelt meine Leute auf! Ich dulde kein Schindluder in meiner Manufaktur!«

Seine Manufaktur! Teuchert gestattete sich ein Grinsen.

Höroldt verließ die Kreisamtmannschaft, und Fleuters und Teucherts Blick begegneten sich.

»Das hört sich nach viel Ärger an. Kann ich helfen?« Teuchert wirkte eifrig und dienstbeflissen.

Der Kreisamtmann kam in das Kabinett seines Untergebenen, setzte sich auf eine Ecke von dessen Schreibtisch und wippte mit dem Fuß, dass die blankpolierte Schnalle auf dem

Schuh im Kerzenschein aufblitzte. »In Dresden sind Gerüchte aufgetaucht, dass das Arkanum verraten worden sei.«

»Oje.«

»Tatsächlich ist das längst passiert. Wien und Paris haben eigene Porzellanmanufakturen. Trotzdem sorgt das für Aufregung. Von Scholl soll eine eigene Manufaktur errichtet haben, wo er Porzellan im Meißner Stil herstellen lässt.«

»Das kann Meister Höroldt nicht gefallen. Aber ausgerechnet Ritter von Scholl? Das hat der doch nicht nötig. Was soll Meister Kändler damit zu tun haben?«

Fleuter seufzte. »Gar nichts, wahrscheinlich. Aber Höroldt wittert gleich eine Verschwörung gegen sich. Es müssen ja auch Maler und Former mit dranhängen. Alleine kann von Scholl das nicht bewerkstelligen. Könnte es nicht bewerkstelligt haben – so muss ich sagen. Ausgerechnet von Scholl, dem hätte ich es als Allerletzten zugetraut. Man kann nicht hineinschauen in die Menschen.«

»Soll ich mich umhören?«, bot Teuchert an.

»Wenn Sie das tun wollen. Wer solche Reden schwingt, statt zu mir zu kommen, und dann auch noch Verleumdungsbriefe nach Dresden schreibt, soll nicht ungeschoren davonkommen.«

»Das ist bestimmt auch im Sinne Herrn von Scholls.«

»Auf jeden Fall.«

»Was werden Sie unternehmen?«

Erneut seufzte Fleuter. »Erst einmal Kändlers Ernennung zum Hofkommissar aussetzen lassen. Das wird ihm nicht gefallen, aber die Manufaktur kann nicht unter Generalverdacht stehen und gleichzeitig einen Mitarbeiter auszeichnen.«

»Das wird ihn hart ankommen.« Innerlich freute Teuchert sich über die wertvollen Informationen, die er seinem Vorgesetzten entlockte. »Sie haben genug um die Ohren, ich werde Sie nicht noch mit Akziseproblemen belästigen.«

»Wenn sich das um einen Tag verschieben lässt, wäre ich dankbar. Und kein Wort von dem, was Sie gehört haben, darf dieses Amt verlassen«, verlangte der Kreisamtmann, bevor er sich müde wieder abwandte. Obwohl der Tag kaum begonnen hatte, sah er aus, als hätte er schon stundenlang bei Kerzenschein über den Akten gesessen.

Teuchert tunkte seine Feder ins Tintenfass und begann zu schreiben.

Höroldt machte aus seinem Herzen keine Mördergrube, er ließ seine Wut heraus, und die Maler bekamen sie zu spüren. Faul und unfähig waren noch die freundlichsten Ausdrücke, die er für seine Leute fand.

Auf einmal stand Kändler in der Tür der Malerstuben. Höroldts Geschrei war bis in die Formerei zu hören gewesen, und der Formenmeister hatte sich bei seiner Arbeit gestört gefühlt. Im Gegensatz zu Höroldt beschränkte er sich nicht darauf, neue Entwürfe zu zeichnen und die Arbeit seiner Untergebenen zu organisieren, er arbeitete auch selbst an Formen, presste die Porzellanmasse und setzte später die Figuren aus den einzeln gepressten Teilen zusammen, statt alles den Formern und Bossierern zu überlassen. Die Arbeit des Künstlers mit den Händen und den Sinnen, die wollte er sich nicht nehmen lassen.

Die Maler taten ihm zudem leid.

»Werter Kollege«, sagte Kändler mit erhobener Stimme. Er musste es dreimal sagen, ehe der andere seine Anwesenheit überhaupt wahrnahm.

Höroldt drehte sich um. Kaum erblickte er den Formenmeister, schwoll ihm wieder der Kamm.

»Auf Sie habe ich gerade gewartet.«

»Das sieht mir nicht so aus. Ist in den Malerstuben keine Arbeit zu erledigen, dass Sie alle davon abhalten?«

»Es ist mehr als genug Arbeit vorhanden. Ihre Unterstellungen können Sie sich dahin stecken, wo sie hingehören: in Ihren Allerwertesten. Sie werden die Manufaktur nicht zugrunde richten, dafür sorge ich. Verlassen Sie sich darauf!«

Der neben Kändler tief über sein Pult gebeugt sitzende Maler tippte sich unauffällig gegen die Stirn. Kändler nickte ihm ebenso unauffällig zu.

»Wollen Sie mir drohen? Oder wie darf ich Ihre Anschuldigungen verstehen?« Kändler kam heran, stieß mit dem Schuh einige Porzellansplitter beiseite. »Am Erfolg der Manufaktur habe ich so viel Anteil wie Sie, und das lasse ich mir von Ihnen nicht wegreden.«

»Verstehen Sie das als Warnung. Einen Anteil am Erfolg der Manufaktur – das glauben Sie wirklich? Was schaffen Sie denn? Nichts als ein paar Formen! Niemand schaut das Zeug an, solange es nicht kunstvoll bemalt ist. Die Malerei wollen die Leute sehen, nicht die Form.«

»Was ist die Malerei, solange es keine Form gibt, die sie zieren kann? Worauf wollen Sie malen, wenn nicht auf den von mir und meinen Männern geformten Scherben?« Kändler war so laut geworden, dass er schrie.

»Das ist es, was ich mit Ihrer Arbeit mache.« Höroldt griff nach einem Harlekin vom Schreibtisch eines Malers und warf ihn nach Kändler. Der fing ihn geschickt auf und gab ihn dem Maler zurück, entschuldigte sich dabei sogar und bemerkte aus dem Augenwinkel, wie das Höroldt zur Weißglut trieb.

»Reden Sie nicht mit meinen Männern! Ich verbiete es Ihnen! Lassen Sie meine Männer endlich mit der Arbeit fortfahren.«

Höroldt wollte weiterzetern, aber seine Stimme versagte. Nur ein Krächzen kam aus seinem Mund. Es sah grotesk aus, wie er die Lippen bewegte, das Schreien zu erkennen war, und doch nur abgehackte Laute zu hören waren.

»Das sollte Ihnen zu denken geben.« Kändler verzog die Mundwinkel zu einem Grinsen. »Sie tun mir jedenfalls nicht leid.«

Höroldt machte in seiner Hilflosigkeit eine obszöne Geste und eilte in seinen Verschlag.

»Arbeitet weiter, Männer. Lasst euch nicht beunruhigen, arbeitet einfach weiter.« Kändler konnte gar nicht sagen, wie sehr er es dem Maler gönnte, stumm in seinem Verschlag sitzen zu müssen. Ginge es nach ihm, würde Höroldt die Stimme nie wiederfinden.

»Meine Liebe, schauen Sie sich das einmal an. Wir haben es geschafft. Die kleine Geraldine hat es geschafft.« Teuchert zog seine Frau in das Esszimmer und warf eine prall gefüllte Geldbörse auf den Tisch. »Ich habe alles verkauft. Den Rest des Service mit dem Gelben Tiger und alles andere auch. Und mein Käufer möchte mehr haben.«

Alles andere, das waren zwei Figuren, genannt Europa und Asien, die die entsprechenden Erdteile symbolisierten. Europa wurde dabei dargestellt durch eine junge Frau auf einem springenden Pferd, Asien durch einen Orientalen mit einem liegenden Kamel. Dazu gehörte auch eine aufwendig geschwungene Kaminvase von mehr als zwei Fuß Höhe, verziert mit Putten und Frauenfiguren, die aussahen wie zufällig hingetupft. Sie wurde dann auch Die Luft genannt. Teuchert war mehr als erfreut gewesen, an diese Modelle zu gelangen. Und Geraldine hatte sie meisterhaft bemalt. In kürzester Zeit hatte sie es als Porzellanmalerin zu wahrer Meisterschaft gebracht.

Seine Frau hatte unterdessen den Beutel geöffnet und die Münzen gezählt. »Das ist ein hübscher Anfang, mein Lieber. Zahlen Sie damit einen Teil Ihrer Schulden zurück, und ich werde Ihnen wirklich dankbar sein.«

Eigentlich hatte er vorgehabt, diese Summe in einer der nächsten Nächte zu vervielfältigen. Er fühlte es in den Fingerspitzen, dass es diesmal klappen würde. Es musste einfach – er war auch einmal an der Reihe mit dem großen Glück. Als er nun aber in die um Zustimmung heischende Miene seiner Frau blickte, konnte er nicht anders, als diesen Plan aufzugeben. Er hatte das Gefühl, ihr gerade dieses nicht zumuten zu dürfen. Normalerweise nahm er kaum Rücksicht auf die Gefühle seines Weibes, diesmal schaffte er es nicht, sie zu ignorieren.

»Ich werde mit dem Geld Schulden zurückzahlen. Dazu gebe ich Ihnen mein Ehrenwort.«

»Danke, mein Lieber. Danke.« Die Teuchertin ergriff seine Hände.

Schnell entzog er sie ihr wieder.

»Geraldine sollte es erfahren. Sie hat ihren Anteil daran.«

»Sie schläft im Atelier.« Der Gesichtsausdruck der Teuchertin war wieder abweisend.

»Warum denn das? Sie hat doch eine Kammer.«

»Sie ist Malerin und obendrein eine Fremde. Wer weiß schon, was in ihrem Kopf vorgeht? Vielleicht will sie ihren Werken nahe sein?«

Ob das junge Ding auf dem durchgesessenen Sofa im Atelier oder in ihrer Kammer schlief, war ihre eigene Entscheidung. Dennoch schüttelte Teuchert den Kopf und schickte sich an, die Treppe hinaufzugehen.

Er keuchte, als er auf dem Treppenabsatz vor dem Atelier angekommen war. Er klopfte kurz an und öffnete die Tür. Im silbrigen Mondlicht erkannte er Geraldine, die auf dem Sofa unter einer Decke lag und sich gerade verschlafen die Augen rieb. Das Nachthemd war ihr über eine Schulter hinuntergerutscht, entblößte viel nackte Haut und den Ansatz ihrer Brust. Teuchert schluckte, wandte aber den Blick nicht ab.

»Monsieur«, rief sie aus, als sie seiner gewahr wurde. Mit einem Ruck setzte sie sich auf. »Das ist das Schlafgemach einer Dame.« Sie zog das Nachthemd über die Schulter hoch und hielt den weiten Ausschnitt am Hals zusammen.

»Dame? Schlafzimmer?« Teuchert betrachtete immer noch glatte, goldige Haut, die sich vorteilhaft vom weißen Nachthemd abhob.

»Malerin.«

Leider zog Geraldine nun die Decke über sich. Außer dem Gesicht und den Händen war nichts mehr zu sehen. »Ich habe alles Porzellan verkauft, was du bemalt hast. Mein Kunde ist sehr zufrieden mit deiner Arbeit. Er möchte mehr.«

»Auch Europa und Asien?«

»Diese beiden haben ihm besonders gut gefallen, und die große Vase auch.« Teuchert dachte immer noch nicht daran, den Blick abzuwenden.

Geraldine strich sich mit der Hand die Locken aus dem Gesicht. Sie war sich nicht bewusst, wie verführerisch sie dabei aussah.

»Warum schläfst du hier oben?«, wollte er wissen.

»Ich war müde, da habe ich mich einfach ausgestreckt.«

»Das Bett in deiner Kammer ist doch bequemer, nicht so kurz wie das Sofa. Obwohl du so klein und zart bist.«

»Wenn Sie alles so gut verkauft haben, zahlen Sie mir endlich meinen Anteil aus.«

»Geld. Immer sprichst du nur von Geld. Kannst du an gar nichts anderes denken?« Er schaute auf sie hinunter. Die schlanke Linie ihres Nackens … Teuchert leckte sich über die Lippen.

Geraldine wurde bewusst, welchen Anblick sie bot. Sie wollte seinen Blicken nicht länger so schutzlos ausgeliefert sein. In Ermangelung eines Morgenmantels warf sie sich ihren Malerkittel über und zog ihn fest am Hals zusammen. Sie schlüpfte in ihre Pantoffeln und bändigte ihre Locken mit einem Band, das sie sich zweimal um den Kopf wand, bis es aussah wie die Andeutung eines Turbans. Das wilde Aussehen, das es ihr verlieh, bemerkte sie nicht; Teuchert dafür umso mehr. Wie magisch angezogen, machte er einen Schritt in das Atelier hinein.

Wie es wohl wäre, ihre nackte Haut unter seinen Händen zu spüren? Wenn ihr Mund seinen Körper erkundete … Ihm brach der Schweiß aus.

»Geben Sie mir mein Geld oder gehen Sie wieder. Ich will schlafen.«

»Dein Geld bewahre ich für dich auf, das weißt du doch. Schlafen sollst du auch. Wenn du nur ein bisschen freundlicher zu mir wärst. Was kann ich tun?«

»Mir mein Medaillon zurückgeben.« Geraldine war vor ihm zurückgewichen, bis sie an ihren Arbeitstisch stieß. »Kommen Sie nicht näher.«

»Dir dein Medaillon zurückzugeben, das ist die einzige Sache, zu der ich mich außerstande sehe.«

Hektisch tastete Geraldine hinter sich über den Tisch. Ihre Finger glitten über Skizzen, die Glasplatten zum Anreiben der Farben, stießen ein Ölfläschchen um und den Becher mit den Pinseln. Endlich bekam sie das kleine Messer zu fassen, mit dem sie das Papier zurechtschnitt und die Pinselborsten in Form brachte. Sie riss die Hand nach vorne, hielt Teuchert das Messer vors Gesicht.

»Kommen Sie nicht näher, Monsieur!«

»Was soll das denn?« Er lachte auf. »Was bildest du dir ein mit deinem verdrehten Gehirn? Ich bin verheiratet und du nur eine Ausländerin. Glaubst du, dafür riskiere ich etwas?« Teuchert wandte sich ab, verließ das Atelier. Die Tür verriegelte er hinter sich.

Geraldine stieß die angehaltene Luft auf. Sie zog sich wieder auf das Sofa zurück. Einschlafen konnte sie nicht mehr. Mit angezogenen Beinen saß sie da, die Decke um sich geschlungen.

Wenn Teuchert ihr das Medaillon nicht geben wollte, würde sie es sich eben nehmen. Irgendwo musste es versteckt sein. Vier Tage nach Teucherts nächtlichem Besuch im Atelier öffnete Geraldine leise die Tür ihrer Kammer und spähte vorsichtig in den Flur. Durch ein Fenster fiel Mondlicht herein und ließ alle Konturen grau hervortreten. Vor der Schlafzimmertür der Teuchertin lag Ottos Kissen – leer. Die Nächte verbrachte er in ihrem Schlafzimmer in einem fellgepolsterten Körbchen, oder vielleicht in ihrem Bett. Wer konnte schon wissen, was im Schlafzimmer einer Dame vor sich ging?

Vorsichtig tastete Geraldine sich die Treppe hinunter und huschte in die Küche. Zunächst suchte sie eine Weile, fand aber nichts außer einem Krug Dickmilch auf dem Fensterbrett. Sie fuhr ein paarmal mit dem Finger hinein und leckte diesen genüsslich ab. Hinter der Küche befand sich ein weiterer Gang, von dem die Speisekammer und Lisettes Kammer abgingen, und von dem aus eine Tür in den Hof führte. Sie probierte die zur Speisekammer – abgeschlossen. Die zum Hof war ebenfalls abgeschlossen.

Enttäuscht kehrte Geraldine in die Küche zurück und

steckte noch einmal den Finger in die Dickmilch, ehe sie mit kalten Füßen in ihr Bett zurückkehrte. Aufgeben würde sie nicht.

Am Tag danach ließen erregte Stimmen aus Teucherts Schlafzimmer Geraldine aufhorchen. Der Raum lag direkt unter dem Atelier, und jedes Wort war zu verstehen.

»Sie haben es mir versprochen!«, rief die Teuchertin in einem hohen Falsett. Otto bellte dazu.

Ihre Anwesenheit im Schlafzimmer des Ehemanns kam Geraldine so ungewöhnlich vor, dass sie ihre Arbeit unterbrach und lauschte.

»Heute werde ich Glück haben, meine Liebe. Ich spüre es in den Fingern.«

»Ich bitte Sie!«

»Ein Mann muss tun, was ein Mann tun muss. Ich habe eine Stellung in der Gesellschaft zu wahren.«

Erregte Schritte begleiteten die letzten Worte. Eine Schranktür wurde zugeschmettert. Auf Geraldines Gesicht stahl sich ein Lächeln. Das Ehepaar wollte offenbar ausgehen, und sie wäre allein im Haus, denn Lisette hatte ihren freien Abend und besuchte Verwandte in Zscheila auf der anderen Seite der Elbe.

»Wo ist mein Halstuch? Das seidene.« Teuchert klang hektisch. Schubfächer wurden herausgezogen und wieder geschlossen.

Danach war einen Augenblick Stille. Geraldine hörte nichts anderes, als dass jemand im Zimmer herumging.

»Sie machen mich nervös, wenn Sie immer hin- und hergehen«, beklagte sich Teuchert. Die Schritte verstummten.

Gleich darauf war der Hausherr erneut zu hören. »Helfen Sie mir doch mal mit diesem Tuch.«

»Halten Sie still.«

Geraldine stellte sich vor, wie die Teuchertin ihrem Ehemann das Halstuch richtete.

»Überlegen Sie es sich noch einmal«, sagte sie dabei.

»Es ist verabredet und beschlossen.«

Gleich darauf verließen beide das Schlafzimmer des Herren und gingen die Treppe hinunter. Sie rumorten einen Augenblick im Flur herum. Danach wurde die Haustür geöffnet und wieder geschlossen. Geraldine wähnte sich allein im Haus. Höchstens Otto war noch da.

Einige Minuten wartete Geraldine, dann verließ sie das Atelier. Das erste Mal war sie allein im Haus, und diesen Umstand wollte sie ausnutzen, um nach ihrem Medaillon zu suchen. Otto lag nicht auf dem Kissen im Flur. Die junge Frau zuckte mit den Schultern, der Hund würde kommen, sobald er sie hörte, und bellen und knurren. Zwischen ihnen bestand kein herzliches Verhältnis, aber nach einem beherzten Griff in den Nacken gab er meist Ruhe. Und die Teuchertin wäre ja nicht da, um sie zu schelten, weil ein Hund so nicht behandelt werden durfte.

Zuerst wollte Geraldine im Salon nach dem Medaillon suchen. Sie betrat ihn, und sofort kam Otto angelaufen und baute sich vor ihr auf, als wollte er sie am Betreten des Zimmers hindern. Sie bückte sich und streichelte den Hund, schob ihn dabei zur Seite. Als sie sich wieder aufrichtete, stand die Teuchertin vor ihr.

»Was willst du hier?«

Geraldine brauchte einen Augenblick, um sich von ihrem Schreck zu erholen, aber dann fiel ihr auf, dass die Stimme der Teuchertin seltsam klang. Nicht höhnisch oder wütend, wie zu erwarten gewesen wäre. Sie hörte sich traurig an.

Statt eines Ausgehkleides trug sie ein einfaches Hauskleid

in Blau und fast ohne Spitzen, das Geraldine schon vormittags an ihr gesehen hatte. Ein Duft nach Parfüm umgab die Frau, und sie blies Geraldine Liköratem ins Gesicht.

»Entschuldigung, ich wollte Sie nicht stören. Ich wollte nur nach Otto sehen, damit er nichts anstellt«, redete die junge Frau sich hastig heraus. »Ich überlasse Sie wieder Ihrer Beschäftigung.«

Sie wollte sich abwenden, aber die Worte der Teuchertin hielten sie zurück. »Ich war gar nicht beschäftigt.«

Mit einer Handbewegung bot sie Geraldine einen Platz an, und gleich darauf fand diese sich auf der Kante eines Sessels sitzend vor. Die Teuchertin holte ein Likörglas und stellte es auf einen kleinen Tisch neben ein zweites, aus dem sie offensichtlich getrunken hatte.

»Nimm ein kleines Gläschen mit mir.« Die Teuchertin schenkte ein und sank auf das Sofa. Otto kam herbeigelaufen und sprang auf den freien Platz neben ihr. Er legte den Kopf auf den Oberschenkel seiner Herrin.

Sie tranken, und Geraldine kam der Verdacht, es wäre nicht das erste Glas der Teuchertin. Der Likör war widerlich süß, die junge Frau nippte nur daran und stellte das Glas auf den Tisch zurück. Sie wartete.

»Ach Geraldine …« Die Teuchertin wirkte kläglich. »Das ist wirklich sehr schwer für mich.«

»Was denn?« Am schwersten hatte die Frau an ihrer eigenen Bösartigkeit zu tragen, die augenscheinlich schon den Ehemann aus dem Haus getrieben hatte, dachte Geraldine.

»Mein Carl. Er geht einfach und lässt mich zurück, obwohl ich so sehr gebeten habe.«

»Er wird wiederkommen.«

»Aber in welchen Zustand?« Die Teuchertin schenkte sich ein weiteres Glas Likör ein. Und trank es gleich halb leer.

»Das geht vorüber. Er wird einen Tag einen schmerzenden Kopf haben und sich danach wieder gut fühlen.«

»Das meine ich doch nicht. Du weißt nicht, was er an diesem Abend treibt.«

Erst hatte Geraldine gedacht, die Teuchertin wäre so traurig, weil ihr Mann sie allein zu Hause gelassen hatte, aber allmählich glaubte sie, es müsse mehr dahinterstecken. Nach allem, was sie wusste, gehörte es in gewissen Kreisen zum guten Ton, sich ohne den Ehepartner zu amüsieren.

»Schlimm wird es nicht sein.«

»Es ist schlimmer.« Erneut schenkte sich die Teuchertin ein, denn ihr Glas war schon wieder leer.

Der Einzige, der zufrieden schnaufte, war Otto. Er lag immer noch, alle Beine von sich gestreckt, auf dem Sofa und ließ sich streicheln.

»Teuchert spielt Karten.« Sie sagte es mit Grabesstimme.

»Das machen viele.«

»Er verliert. Er verliert mehr, als er sich leisten kann. Ich schaffe es nicht, ihn davon abzubringen.«

»Deshalb die Porzellanmalerei?« Fast tat die Teuchertin ihr leid. Geraldine nahm noch einen winzigen Schluck Likör. Der Mann verspielte das Geld, ihr blieb nichts anderes übrig, als gute Miene dazu zu machen. Verbitterte das einen Menschen?

»Was hast du denn gedacht? Dass Carl und ich so große Porzellanliebhaber sind, dass wir alle Welt damit beglücken wollen? Es geht um Geld und um nichts anderes.«

»Darum geht es doch immer. Das habe ich längst geahnt. Ich mag eine Fremde sein, aber ich habe einen Kopf zum Denken.«

»Mach dich nicht lustig über mich. Ich habe einen schwachen Moment gehabt, mehr nicht. Dieses Gespräch …« Das war wieder die Teuchertin, wie Geraldine sie kannte.

»… hat nie stattgefunden. Ich verstehe. Das ist ein scheußlicher Likör, nur damit Sie es wissen.« Geraldine setzte das Glas hart auf den Tisch und erhob sich.

Als sie später in der Kammer im Bett lag, kreisten ihre Gedanken um das, was sie erfahren hatte. Teucherts gaben das Bild einer Ehe ab, wie man sie seinem ärgsten Feind nicht wünschte.

Sie hörte, wie Teuchert spät in der Nacht zurückkam und mit unsicheren Schritten die Treppe erklomm. Er schimpfte mit Otto, dass er ihm aus dem Weg gehen sollte.

»Wir haben gewonnen. Ich habe gewonnen.« Trotz seines schweren Kopfes fühlte er am nächsten Morgen eine Neigung, das Gesicht seiner Frau zu umfassen und ihr einen Kuss zu geben. Es gelang ihm, diese Regung zu unterdrücken. Seine Frau trug ein altes Kleid und war nur nachlässig frisiert, als müsste sie bereits in Sack und Asche gehen.

»Wie viel?«

»Genau neunundsiebzig Taler.«

»Das ist nicht viel.«

»Es ist ein Anfang. Freuen Sie sich. Oder haben Sie das verlernt? Ich habe gewonnen, wie ich es in den Fingerspitzen hatte.«

»Das ist nicht mehr als ein Tropfen auf den heißen Stein.«

»Warum mache ich es eigentlich?« Teuchert griff in seine Rocktasche. »Ich habe Ihnen das mitgebracht. Das gehörte auch noch zum Gewinn.«

Eine Brosche lag auf seiner Handfläche. Verwobene Goldfäden bildeten eine blumenförmige Fläche, in deren Mitte eine kleine schwarze Perle prangte.

»Für mich?« Die Teuchertin schlug entzückt die Hände zusammen. Sie griff nach der Brosche, strich über die Perle und hielt sie sich zuletzt über ihren rechten Busen. »Wunderschön. Danke, mein Lieber.«

Kurz strich sie über seine Wange. Für den Moment hatte sie ihren Kummer vergessen.

NEUN

Seit Geraldine die Hintergründe für Teucherts Porzellanhandel kannte, fragte sie sich, wie sich das für ihre eigenen Zwecke ausnutzen ließ. Sie war nun sicher, dass sie ihr Medaillon so lange nicht zurückbekäme, bis sie dem Ehepaar genug Geld eingebracht hatte. Nach den likörseligen Andeutungen der Teuchertin mochte das Jahre dauern. Zeit, in der sie an die beiden gekettet wäre. Die Vorstellung jagte ihr einen Schauer über den Rücken. Worauf hatte sie sich nur eingelassen?

Sie grübelte, während eine kleine Gruppe von Scherben, die Herzdosenkauf genannt wurde, vor ihr auf der Drehscheibe stand und auf ihre Bemalung wartete. Ein Galan bot seiner Liebsten eine Herzdose an, während ihre beiden Dienerinnen zusahen. Der Scherben war außerordentlich fein und detailreich gestaltet in den Falten und Verzierungen der Gewänder; die Dose nicht nur einfach in Herzform, sondern mit Ranken und Bordüren verziert. Normalerweise hätte Geraldine sich darauf gefreut, dieses Kunstwerk Johann Joachim Kändlers zu bemalen und ihm so zu noch mehr Schönheit zu verhelfen.

Stattdessen saß sie im Atelier, den Kopf auf die Handflächen gestützt, und schaute nach draußen. Die Linde vor den Fenstern besaß inzwischen eine Krone voller Blätter und versperrte ihr jede Sicht. Dafür wogten die Blätter in einem

leichten Sommerwind, sorgten für immer neue Sonnenstrah-
lenmuster im Raum und ließen das Grün vor ihren Augen
flirren.

Wäre es nicht besser gewesen, weiter in Mädlers Krug zu
arbeiten und lieber einen kleinen Verdienst in der Hand zu
halten, als dass jemand wie Teuchert ihr Geld verwaltete? Ihr
schossen Tränen in die Augen wegen ihrer Dummheit. Trotzig wischte Geraldine sie weg.

In eben diesem Moment wurde die Tür des Ateliers geräuschvoll geöffnet. Geraldine wirbelte herum, erwartete, sich
Teuchert gegenüberzufinden, der ihr seine Aufmerksamkei-
ten aufdrängen wollte. Aber es war seine Frau, die mit einem
Tablett in den Händen eintrat. Darauf standen ein Krug Zitronenwasser und ein Glas. Otto sprang ihr voraus, knurrte.
Geraldine war so an seine Feindschaft gewöhnt, dass sie ihn
gar nicht beachtete.

»Ich bringe dir eine Erfrisch…« Das Wort blieb der Frau im
Hals stecken. »Warum arbeitest du nicht, du faules Stück?«

»Ich kann nicht«, antwortete Geraldine ehrlich.

»Was soll das heißen?« Die Teuchertin stellte das Tablett
auf dem Arbeitstisch ab und ließ ihren Blick darübergleiten.
»Es ist alles da, was du brauchst. Scherben, Skizzen, Farben,
Pinsel. Einfach alles. Was fehlt dir also?« Ihrer Stimme war
anzuhören, dass sie sich mühsam zügelte.

»Das ist es nicht. Mir ist so …«

»Du hast melancholische Gedanken? Das kommt bei uns
Frauen schon mal vor. An bestimmten Tagen. Das ist aber
kein Grund, nicht zu arbeiten.«

Sprach die Teuchertin gerade über die monatlichen Blutun-
gen? Es hätte nicht viel gefehlt, und Geraldine hätte aufge-
lacht. Diese Frau redete sich die Welt so hin, wie es ihr gerade
passte.

»Du wirst doch wohl nicht krank werden?«, fuhr die Teuchertin fort.

Das wäre ein Ausweg – für ein paar Tage oder eine Woche. Danach würde sich nichts ändern. Geraldine straffte sich.

»Madame, ich werde nichts mehr malen, bis ich nicht mein Medaillon und das Geld bekommen habe, das mir zusteht.«

»Was erdreistest du dich! Du lebst auf unsere Kosten und stellst Forderungen.«

»So ist es abgemacht. Für Kost und Logis zahle ich einen halben Taler in der Woche.«

»Als ob eine wie du das Recht auf eine Abmachung hat. Eine Fremde aus Übersee, dass ich nicht lache. Du kannst froh sein, dass wir dich aufgenommen haben. Ich erinnere mich noch genau, wie du vor unserer Tür gestanden und gebettelt hast, malen zu dürfen.«

»Sie verdrehen alles, Madame Teuchertin.«

Die Unverfrorenheit dieser Frau verschlug Geraldine beinahe die Sprache.

»Wer ist denn zu uns gekommen? Das warst doch wohl du. Wer stellt dauernd Forderungen, dies und das zu brauchen? Pinsel, Farben, Skizzen – was weiß ich. Du wirst sofort wieder an die Arbeit gehen, oder du lernst mich kennen.«

»Wollen Sie mich schlagen?«

Otto stand zwischen den beiden Frauen, sein ganzer Körper zitterte vor Anspannung. Er spürte ihren Streit, gegen den er mit seinem Knurren nicht ankam. Aber er war bereit, sich auf die Seite seiner Herrin zu schlagen – beim kleinsten Anzeichen von Gefahr.

»Das werden wir noch sehen. Von einer wie dir lasse ich mich nicht vorführen.«

»Und ich lasse mich nicht länger ausnutzen. Hier und jetzt werde ich gehen. Wenn Sie und Ihr sauberer Mann mir mein Medaillon nicht geben, komme ich wieder und hole es mir.«

Die Teuchertin lachte auf. Es klang gekünstelt. »Eine wie du will mir drohen. Du willst wiederkommen! Am Ende mit einer Horde Spitzbuben im Schlepptau.«

»Mit den Amtleuten, weil Sie mein Medaillon gestohlen haben.«

»Die Amtleute werden kaum einer wie dir glauben.«

»Jedenfalls bleibe ich nicht länger in diesem Haus. Sie und Ihr Mann sind Verbrecher.« Geraldine rannte an der Teuchertin vorbei.

Sie war schon auf der Treppe, als hinter ihr ein Schrei ertönte.

»Lisette!«

Gleich darauf.

»Otto!«

Die Teuchertin polterte hinter ihr her. Otto überholte Geraldine, stellte sich ihr im Flur im ersten Stock entgegen und bellte heiser. Sie beachtete den Hund nicht, sondern eilte an ihm vorbei. Sie war wild entschlossen, sich nichts mehr gefallen zu lassen.

Im Flur unten stellte sich ihr die Magd Lisette in den Weg. Sie war breit und kräftig, packte Geraldine an den Oberarmen und hielt sie mühelos fest. Von hinten kam die Teuchertin. Geraldine wehrte sich. Es gelang ihr, sich loszureißen. Beide Frauen stürzten sich auf sie.

Gleich darauf lag sie am Boden, und die Teuchertin beugte sich über sie. »Du wirst hierbleiben und Scherben bemalen. Ohne Widerworte.« Sie packte die junge Frau mit beiden Händen an ihrem Kleid und zog sie halb hoch. »Geh an die Arbeit.« Die Teuchertin gab ihr einen Stoß in Richtung Treppe.

Geraldine stützte sich mit der Linken ab, um nicht erneut zu fallen. Sie kam hart auf, und ein stechender Schmerz schoss durch ihr Handgelenk den Arm hinauf bis in die Schulter. Das linke Handgelenk mit der Rechten umfassend, stolperte sie die Treppe hinauf in das Atelier.

Die Teuchertin folgte ihr und verriegelte die Tür von außen.

Geraldine sank auf das Sofa, auf dem eine zerwühlte Decke lag, und ließ ihren Tränen freien Lauf. Sie weinte genauso heftig über den Verlust des Medaillons wie über ihre Dummheit und ihr schmerzendes Handgelenk. Wieder und wieder schlug sie mit der zur Faust geballten Rechten auf die Polsterung. Nun war sie endgültig gefangen.

Das linke Handgelenk schwoll an und ließ sich nur unter Schmerzen bewegen. Die Haut war gerötet und stellenweise blau unterlaufen. Bei Geraldines Hautfarbe war es jedoch nicht leicht zu erkennen. Sie beachtete die Schmerzen zunächst nicht und malte trotzdem. Schließlich hielt sie den Pinsel in der rechten Hand, und die leichte Glaspalette würde die linke wohl tragen können. Nach kurzer Zeit musste sie diese jedoch auf den Tisch legen, weil im Gelenk etwas pochte und es sich anfühlte, als wollte es gleich zerplatzen. Geraldine barg die linke Hand im Schoß und arbeitete ausschließlich mit der rechten.

Dennoch wäre ihr eine zweite Hand hilfreich gewesen, wenn es darum ging, die Scheibe mit der zu bemalenden Figurengruppe zu drehen, einen Pinsel auszuwählen, die Glasplatte zu reinigen und neue Farben aufzureiben. Zum ersten Mal bemerkte sie, wie sehr sie zum Malen beide Hände benötigte.

Nach ein oder zwei Stunden musste sie feststellen, dass es mit dem verletzten Handgelenk so nicht weiterging. Es war inzwischen auf den doppelten Umfang angeschwollen und schmerzte, selbst wenn sie es ruhig im Schoß hielt. Es fühlte sich heiß an, als glühe im Inneren ein Feuer. Sie wusch den Pinsel aus.

Die Schreckgeschichten von Leuten, die sich beim Gemüseschälen in den Finger schnitten, deren Wunde brandig wurde und zum Tod führte, geisterten durch ihre Gedanken. Sie hatte zwar keine Wunde, wusste aber auch nicht, was im Inneren ihres Handgelenks passiert war. Am Ende war es gebrochen, und sie könnte es nie wieder richtig gebrauchen. Dieser trübsinnige Gedanke scheuchte sie von ihrem Platz auf.

Sie schlug mit der gesunden Hand an die Tür und rief nach der Teuchertin oder der Magd. Nach einer Weile kam Lisette und fragte durch die Tür, was sie wolle.

»Ich bin verletzt und brauche einen Arzt. So kann ich nicht malen«, rief Geraldine.

Lisette stapfte wieder davon und kam nach einer Weile zurück. Die Tür wurde entriegelt. Geraldine stand dicht dahinter und stützte die verletzte Hand mit der gesunden.

Die Magd schaute sie hochmütig an.

»Einen Arzt willst du, als ob du ein fuurnaams Freilein wärst. Da ist kaum was zu sehen, stell dich nicht so an.«

»Ich kann so nicht malen«, wiederholte Geraldine.

»Nimm die andere Hand.«

»Das hast du nicht zu entscheiden. Lass mich zur Madame Teuchertin.«

»Ganz bestimmt nicht. Du hast hier oben zu bleiben«, sagte Lisette bestimmt.

»Dann hol sie her.«

»Von dir nehme ich keine Befehle entgegen. Eine wie du fühlt doch gar keinen Schmerz.«

»Was soll das heißen?«, empörte sich Geraldine. Sie wurde

ärgerlich. »Ich bin ein Mensch wie du auch. Bewege dich endlich, und hole die Teuchertin.«

Lisette rührte sich nicht, deshalb stieß Geraldine sie mit
der gesunden Hand beiseite und eilte die Stiege hinunter. Die
Magd folgte ihr schimpfend.

Geraldine fand die Hausfrau im Salon mit einer Stickarbeit
beschäftigt. Vor sich auf dem Tisch hatte sie eine Kanne aus
Steingut und eine Tasse stehen. Im Salon roch es nach Kaffee. Beim Eintritt der jungen Malerin sprang die Teuchertin
sofort auf. Geraldine streckte die verletzte Hand aus und verlangte einen Arzt.

»Kommt nicht in Frage! Das bisschen Schmerz wirst du
aushalten können.«

Geraldine schluckte ihren Ärger hinunter. »Ich kann die
Hand gar nicht mehr bewegen. Es fühlt sich an, als wolle das
Gelenk gleich platzen.«

»Du malst mit rechts«, wandte die Teuchertin ein. »Wozu
brauchst du da die Linke? Halte sie einfach ruhig.«

»Aber sie tut mir weh, und ich kann meine Gedanken nicht
auf das Malen richten, wenn ich Schmerzen habe. Sie und
Ihre bösartige Magd haben mir das zugefügt, als Sie mich gestoßen haben.«

»Zeig mal her.« Die Teuchertin ergriff die Finger von Geraldines linker Hand und zog sie zu sich heran. Dabei ging sie
weder vorsichtig noch feinfühlig zu Werke.

Geraldine stieß einen Schmerzensschrei aus.

»Passen Sie doch auf, Madame! Sie reißen mir die Hand
ab.«

Der Druck der Teuchertin ließ nach. Sie besah sich das
Handgelenk, legte sogar vorsichtig zwei Finger drauf. »Zu sehen ist nichts, aber es ist heiß.«

»Ich brauche einen Arzt.«

»Du bist wirklich von allen guten Geistern verlassen. Einen Arzt – sehen wir aus, als könnten wir uns einen leisten? Das geht von alleine wieder weg. Stell dich nicht so zimperlich an.«

»Es muss wenigstens gekühlt werden, damit die Schwellung zurückgeht«, verlangte Geraldine. »Ein breites Messer könnte mir gute Dienste leisten.«

»Als ob ich dir ein Messer in die Hand gebe.« Die Teuchertin schüttelte den Kopf.

»Ich werde nichts malen, bevor meine Hand nicht besser geworden ist.«

Die Teuchertin gab nach und ließ Lisette eine Schüssel mit kaltem Wasser, essigsaure Tonerde und Leinenbinden bringen. In dem Wasser kühlte sie zunächst Geraldines Handgelenk und machte ihr danach aus der essigsauren Tonerde einen Umschlag. Zuletzt umwickelte sie das Gelenk fest mit den Leinenbinden. Geraldine war nun außerstande, die Hand zu bewegen, und langsam ließen die Schmerzen nach.

In den folgenden Tagen malte Geraldine tatsächlich nicht, sondern kurierte ihre Hand aus. Täglich ließ sie das Gelenk mit kühlem Wasser und essigsaurer Tonerde behandeln. Bereits am ersten Tag übergab die Teuchertin diese Pflicht an Lisette, die sie widerwillig erfüllte. Wäre Geraldine in der Lage gewesen, sich die Umschläge selbst um das Handgelenk zu wickeln, hätte sie auf die ruppige Pflege der Magd liebend gerne verzichtet. So ertrug sie sie mit zusammengebissenen Zähnen.

Während dieser Tage der Muße wäre Geraldine gerne durch Meißen spaziert, hätte die Junisonne genossen. Von der Stadt hatte sie bisher kaum etwas gesehen. Gerne hätte sie auch Janne besucht, ihre Tochter kennengelernt und die junge Frau über ihr Leben ausgefragt. Teucherts ließen sie jedoch nicht aus dem Haus. Wollten nichts davon hören, als sie beim Heiland versprach, wiederzukommen, schließlich werde sie nicht ohne ihr Medaillon gehen.

Teuchert schien geneigt, ihr einige Freiheiten zuzugestehen, aber seine Frau wollte davon nichts wissen. Um der Teuchertin und Lisette nicht ständig begegnen zu müssen, verbrachte sie die meiste Zeit im Atelier, kritzelte vor sich hin und komponierte spannendere und viel bessere Dekors als alles, was sie bisher auf den Skizzen aus der Manufaktur gesehen hatte. Ein Service mit einem Kranz aus Blättern und Blüten, die so frisch und fröhlich wirkten, wie Geraldine es schmerzlich vermisste. In der Mitte platzierte sie eine einzelne Rosenblüte. Diese könnte in immer neuen Farben die Scherben zieren. Für die Ränder entwarf sie ein Muster aus Gold und Grün. Da sie wusste, was Teucherts davon halten würden, verbarg sie die Blätter unter den anderen Skizzen.

Sie versuchte auch, aus dem Kopf ein Porträt ihres Vaters zu zeichnen und war mit dem Ergebnis alles andere als zufrieden. Je verzweifelter sie sich bemühte, sich sein Gesicht vor Augen zu rufen, desto mehr entglitt es ihr. Zuletzt zerknüllte sie das Papier und warf es aus dem Fenster. Das brachte sie auf die Idee, ob sie nicht Briefe mit Hilferufen aus dem Fenster werfen könnte, um auf die Machenschaften der Teucherts und ihre eigene Lage hinzuweisen. Als sie jedoch beobachtete, wie Lisette das Papier aufhob, auseinanderfaltete und mit schadenfroher Miene in ihre Rocktasche steckte, verwarf sie den Gedanken wieder.

Geraldine fühlte Verzweiflung in sich aufwallen. Davon wollte sie sich jedoch nicht niederdrücken lassen und zeichnete dagegen an. Bogen um Bogen füllte sie mit Entwürfen.

Nach sechs Tagen, die Verstauchung ihrer Hand war so gut wie verheilt, wandte sich Geraldine wieder den Mustern zu, die sie tatsächlich auf die Scherben zu malen hatte, und brachte letzte Feinheiten an den Skizzen an. Und dann malte sie neben einen Chinesen, der auf einer Teekanne Platz finden sollte, ein Hündchen. Ein keckes, kleines Gesicht und eine Vorderpfote schauten hinter der weiten Robe des Mannes hervor. In Höroldts Dekor gab es das nicht. Geraldine kniff die Augen zusammen und klopfte sich mit dem Stil des feinen Zeichenpinsels gegen die Zähne.

»Das ist es«, sagte sie halblaut zu sich selbst. Wenn sie keine Zettel aus dem Fenster werfen konnte, musste sie auf andere Weise auf sich aufmerksam machen. Gerade eben hatte sie eine Lösung gefunden. Es mochte eine Weile dauern, und sie musste vorsichtig sein, damit Teucherts nichts merkten, aber sie würde es versuchen. Der Hund auf der Teekanne war ein erster Schritt.

Geraldine kümmerte sich nicht mehr um ihre bandagierte Hand, sondern begann die Porzellanfarben anzureiben, stellte die Teekanne auf die Drehscheibe und zeichnete die Umrisse des Dekors auf die Glasur. Der kleine Hundekopf gefiel ihr am besten.

»Atme ruhig, Mädchen. So machst du alles nur schlimmer. Dein Schicksal und das deines Kindes liegen in Gottes Hand. Du musst Vertrauen haben.« Die alte Hebamme Margarethe Tritzschin, die von allen nur Mutter Tritzschin genannt wurde, legte ihre Hände auf Jannes inzwischen deutlich gerundeten Bauch und tastete ihn ab.

»Wenn ich das Kind verliere! Wenn ich das Kind verliere!«, jammerte diese. Ein krampfartiger Schmerz zog sich durch ihren Unterleib. Sie wartete auf das Gefühl, Blut austreten zu spüren und dann zu wissen, dass es zu spät war. Die Angst drohte ihr den Atem zu rauben.

»So weit muss es nicht kommen.«

»Aber die Schmerzen, was ist mit den Schmerzen?«

Sie hatte gerade im Haus eines vermögenden Tuchhändlers die Wäsche auf langen Leinen im Hof aufgehängt, als die beiden jüngsten Kinder der Familie angelaufen kamen. Die großen frisch gewaschenen Betttücher übten einen unwiderstehlichen Reiz auf die Kleinen aus, und sie begannen zwischen ihnen Fangen zu spielen.

»Lasst das! Hört auf damit!«, hatte Janne gerufen und gefürchtet, die Kinder würden die frisch gewaschene Wäsche wieder schmutzig machen.

Die beiden dachten jedoch gar nicht daran, auf die Waschfrau ihrer Mutter zu hören. Sie rannten weiter mit ausgebreiteten Armen durch die Wäschestücke. Am Ende rissen sie eines in den Schmutz. Janne versuchte, den kleinen Jungen festzuhalten, als er an ihr vorbeiflitzte. Der Bohrbs war beweglich wie ein Aal und entwischte ihr. Gleich darauf kam seine Schwester heran. Sie prallte gegen Janne, die das Gleichgewicht verlor und auf den gepflasterten Hof stürzte.

Einen Augenblick war ihr schwarz vor Augen, und dann fuhr ein scharfer Schmerz durch ihren Unterleib. Die Kinder waren weitergelaufen, als wäre nichts geschehen. Janne presste die Hände auf den Leib und schickte ein Stoßgebet zum Himmel. Eine Magd des Tuchhändlers fand sie schließlich auf dem Boden und alarmierte den Haushalt. Sie hatten ihr auf die Beine geholfen und ihr einen Becher Apfelmost in die Hand gedrückt.

Schmerzwellen beherrschten weiter Jannes Unterleib, aber weil ihr so viel Aufmerksamkeit peinlich war, bestand sie darauf, alleine heimzugehen.

Mit letzter Kraft erreichte sie ihre Wohnung, schaffte es gerade noch, ihre Nachbarin zu alarmieren, bevor sie sich auf der Bank zusammenkrümmte. Die Nachbarin hatte Mutter Tritzschin geholt.

Deren knochige und kalte Hände tasteten jetzt unter Jannes Röcken deren Bauch ab.

»Du bist im vierten Monat oder im fünften?«, fragte die Hebamme.

Janne konnte nur nicken.

»Die schlimme erste Zeit hast du jedenfalls überstanden. Das Währschl ist fest eingenistet in deinem Leib und verträgt schon mal einen Stoß. Du musst dir keine Sorgen machen.«

»Aber die Schmerzen …«

»Die vergehen schon wieder. Bleib einfach liegen, und halte dich warm. Schlaf, wenn du kannst.«

»Ich habe schon einmal ein Kind verloren. Gerade einmal drei Monate alt ist es geworden. Eine Fehlgeburt hatte ich auch schon, nur Rikarda ist mir geblieben. Soll sie nie Geschwister bekommen?«

»Das wird schon.« Mutter Tritzschin tastete zwischen Jannes Beinen herum.

Sie zog die Hände unter den Röcken hervor und roch an ihren Fingern. Mit Blut waren sie nicht benetzt, so viel erkannte Janne.

»Es ist alles in Ordnung. Das Währschl will bei dir bleiben.« Sie streichelte Janne über die Wange. »Das Geld kannst du mir auch beim nächsten Mal geben. Ich bekomme drei Pfennige für den Besuch. Aber ruh dich nur aus.«

Nachdem Mutter Tritzschin gegangen war, blieb Janne einfach liegen. Nach einer Weile kam Rikarda zu ihr und schmiegte sich an sie. So lagen sie noch immer, als Hann am Abend von seiner Arbeit auf dem Holzplatz der Manufaktur nach Hause kam, später als sonst, denn es war Zahltag gewesen, und er hatte sich einen Krug Bier in einer Schenke gegönnt. Aber nur einen. Er wusste, was er seiner Familie schuldig war.

Der Anblick seiner Frau und Tochter auf der Bank erschütterte ihn. Im ersten Augenblick dachte er, sie wären beide tot. Als sich Rikarda bewegte, durchfuhr ihn Erleichterung. Er eilte zu ihnen und kniete sich vor seine Frau.

»Was ist passiert? Seid ihr krank?«

»Es ist …«

Nach und nach erfuhr Hann vom Sturz seiner Frau. Angst griff mit einer kalten Hand nach seinem Herzen. Nicht noch ein Kind, sie hatten schon so viele Opfer gebracht. Jannes Gemüt war bereits dunkel genug.

»Hast du noch Schmerzen?«

»Ich weiß nicht.«

»Du musst doch wissen, ob du Schmerzen hast oder nicht. Janne, vertrau auf Gott und bete.«

»Das tue ich, nur weiß ich nicht mehr, ob er uns noch hört. Er hilft uns nicht.«

»Janne, Janne.« Hann küsste sie. Ihre Stirn, ihre Wangen, ihre Nase, zuletzt ihren Mund. Auch Rikarda bekam ihren Teil der Küsse ab.

»Ihr seid meine beiden Einzigen«, flüsterte er dazu. »Ich werde noch härter und besser arbeiten, damit es euch gutgeht. Es soll euch an nichts fehlen. Das wünsche ich mir mehr als alles andere auf der Welt.«

Immer wieder stellten die beiden Geschirrschreiber fest, dass der Bestand in den Regalen nicht mit ihren Listen übereinstimmte. Es fehlten Scherben und immer nur unbemalte. Sie steckten die Köpfe zusammen und waren sich schnell einig, dass diese Sache nicht Meister Höroldt zu Ohren kommen dürfe. Nicht, solange sie keinen Verdacht hatten, wer hinter der Sache steckte. Am Ende fiele es auf sie selbst zurück, dass sie ihre Arbeit schlampig erledigten. Bei Meister Höroldt war alles schon vorgekommen. Sie verschleierten den Fehlbestand in den offiziellen Listen, legten heimlich für sich eigene Auflistungen an und beobachteten die Manufakturisten. Wer rottete sich in Ecken zusammen und flüsterte miteinander?

Weil die Geschirrschreiber in der Manufaktur nicht beliebt waren – galten sie doch als verlängerter Arm der Arkanisten und der Manufakturkommission, überhaupt derer da oben –, achtete jeder darauf, in ihrer Gegenwart kein verdächtiges Wort zu sagen. Auf Nachfragen erhielten die beiden Geschirrschreiber Christian Friedrich Petzold und Christian August Schreiber nur Schulterzucken als Antwort. Oder einen Hinweis auf Fehlbrände, oder dass nachträglich Scherben als Brack hatten qualifiziert werden müssen, obwohl sie bei der ersten Prüfung als gut oder mittelgut befunden worden waren. Das kam vor, und was konnten die Brenner oder Maler dafür, dass die Geschirrschreiber die Nachmeldungen nicht richtig in ihre Listen eintrugen. Nachmeldungen gab es, aber die beseitigten nicht die bemerkten Unstimmigkeiten.

Der Aufwand der Geschirrschreiber, die Fehler zu vertuschen, war wesentlich größer als der, sie aufzuklären.

Die Brenner Wachß und Barth hätten die Fehlbestände erklären können, dachten aber nicht daran, sich selbst ans Messer zu liefern, sondern stellten einige Scherben mehr in die Öfen, die sie nicht den Geschirrschreibern meldeten, und äußerten hinter vorgehaltener Hand, das liege alles an den geheimen Machenschaften des Arkanisten von Scholl. Darum solle sich lieber mal jemand kümmern, statt schwer arbeitende Manufakturisten zu verdächtigen.

Hatte der Herr Arkanist nicht zuletzt eine Veränderung an der Masse vorgenommen? Die Veränderung der Brenntemperaturen angeordnet? Seine Forschung musste die Sache verschlimmert statt verbessert haben. Die neue Mischung mache die Scherben brüchig, und die veränderte Temperatur verderbe häufig den Brand. Von Scholl wolle der Manufaktur schaden und seine eigene Porzellanherstellung voranbringen.

Gerüchte wisperten durch die Manufaktur und erhielten täglich neue Nahrung. Zuletzt kamen sie auch Höroldt und Kändler zu Ohren.

Der Modelleur sprach zu seinen Männern, dass sie auf das Gerede nicht hören sollten. Anders dagegen Meister Höroldt. Er knöpfte sich einen seiner Buntmaler vor und presste aus ihm das gesamte Gerede über den Arkanisten heraus. Und was er da zu hören bekam …

Höroldt stürmte aus den Malerstuben, die Treppen hinunter zu den Brennöfen. Er stolperte beinahe, so eilig hatte er es. Die Brenner waren gerade damit beschäftigt, einen Ofen zu bestücken. Der Arkanist von Scholl stand auf seinen Stock gestützt in einer Ecke und beobachtete den Vorgang. Sein Rock schlotterte um seinen abgemagerten Leib, das längliche Gesicht war gerötet und schweißüberströmt. Selbst die Locken der Perücke wirkten zusammengefallen. Der Mann sah aus, als könnte er jeden Moment umfallen. Höroldt störte sich nicht am elenden Zustand des Arkanisten.

»Es wird über Sie geredet«, fuhr er ihn ohne jede Begrüßung an.

»Es wird immer geredet. Das ist so alt wie die Menschheit«, lautete die gleichgültige Antwort.

»Sie sollen das Arkanum verraten haben.«

»Das habe ich nicht. Es ist ein Geheimnis, und das verrate ich bei meiner Ehre nicht.« Aus dem Aufschlag eines Ärmels zog von Scholl ein mit Spitzen besetztes Taschentuch und wischte sich über das Gesicht. Er wünschte sich, dieser aufgeblasene Maler würde gehen, und die Brenner etwas schneller arbeiten, damit er sich zurückziehen könnte, sobald das Feuer im Ofen brannte. Er fühlte einen weiteren Fieberschub nahen, in immer schnellerer Abfolge suchte ihn die Krankheit heim. Fieber, Leibschmerzen, Übelkeit, Erbrechen, Schwindel und manchmal kam ein quälender Husten hinzu. Seine Kräfte schwanden von Tag zu Tag.

»Ehre«, erwiderte Höroldt abschätzig.

»Ehre, jawohl. Aber das ist wohl etwas, das der Sohn eines Schneiders nicht versteht.«

»Das nehmen Sie zurück!«

»Nicht ein Wort!« Wieder wischte sich von Scholl mit dem Taschentuch über das Gesicht.

»Ich bin gekommen, um Sie zu warnen und werde beschimpft.«

»Als ob Sie je anderen etwas zu Gefallen tun. Sie wollen sich daran weiden, wie es mir an den Kragen geht. Aber das wird nicht passieren. Ich werde noch hier sein, wenn Sie sich längst in Ihren Machenschaften verfangen haben.« Von Scholl hustete nach dieser langen Rede.

»Vorher verfangen Sie sich in Ihren eigenen Stricken. So lange werden Sie hoffentlich noch leben.« Höroldt wartete eine Antwort nicht ab, sondern drehte sich um und ging.

Von Scholl selbst stützte sich schwer auf seinen Stock und wartete das Beschicken der Öfen ab. Es fiel ihm nicht auf, dass mehr Porzellan hineingestellt wurde als üblich. Das heraufziehende Fieber hatte seinen Blick getrübt. Kaum gab der Brennmeister das Zeichen, die Kammer zu schließen und Holz nachzulegen, verließ er seinen Platz.

Von Scholl hatte seinen Kutscher angewiesen, die Pferde zu einem flotten Trab anzutreiben und wurde dementsprechend

ordentlich durchgeschüttelt auf der Fahrt zu seinem Rittergut bei Lehma. Die Perücke war ihm vom Kopf gerutscht, der
Stock seinen Händen entglitten, und er selbst in einer Ecke
der Kutsche zusammengesackt. Er wäre ganz von der Bank
gesunken, hätte er sich nicht an einen der Haltegriffe geklam-
mert. Ein Faden Speichel lief ihm aus dem Mund, und er öffnete nicht einmal die Augen, als der Kutscher die Pferde im
Hof von Schloss Lehma zum Halten brachte.

Sein schwarzer Kammerdiener Maurice eilte die Eingangs-
stufen des Schlosses hinunter zur Kutsche und öffnete den
Wagenschlag. Mit einem Blick erfasste er die Situation.

»Monsieur, um Himmels willen, Monsieur. Lassen Sie
mich Ihnen helfen.« Maurice war kräftig und groß gewachsen, er half seinem abgemagerten Herrn aus der Kutsche, als
wöge der nicht mehr als eine Feder.

Er brachte von Scholl in dessen Schlafzimmer im ersten
Stock, einen hellen, luftigen Raum mit mehreren bodentiefen
Fenstern, die auf einen Balkon hinausführten, der sich die ganze hintere Breite des Schlosses entlangzog. Die Fenster waren
geöffnet, und Vorhänge bauschten sich im Sommerwind. Weder von Scholl, noch sein Kammerdiener hatten dafür einen
Blick. Aufatmend ließ sich der Hausherr in einen breiten Fau-
teuil sinken. Maurice begann, ihm die Schuhe auszuziehen.

»Sie dürfen sich nicht so anstrengen, Monsieur«, sagte er
dabei. »Diese Tätigkeit in Meißen, die ist nicht gut für Sie. Sie
müssen sie aufgeben.«

»Ich kann nicht«, flüsterte von Scholl.

»Was sollte Sie hindern?« Der Kammerdiener stellte die
Schuhe neben den Sessel und erhob sich. Sein Gesicht, das
sich so gern zu einem Lachen verzog, sah in diesem Moment
ernst aus. »Ihre Gesundheit leidet. Man könnte fast meinen,
Sie wollen sich für etwas bestrafen.«

»Vielleicht will ich das auch.«

»Wofür, Monsieur?« Maurice machte sich daran, seinen Herren aus dem Rock zu befreien.

Von Scholl antwortete nicht, ließ sich jedoch widerstandslos den Rock abstreifen. Das Halstuch folgte, aber als Maurice ihn weiter entkleiden wollte, versteifte er sich.

»Ich will mich nicht hinlegen.«

»Sie haben Fieber und müssen sich ausruhen. Das Beste wird sein, ich rufe den Arzt.« Maurice zog die Tagesdecke vom Bett und schüttelte die Kissen auf.

»Nein, keinen Arzt. Der Quacksalber kann mir auch nicht mehr helfen. Rücke meinen Sessel ans Fenster und lasse mich allein.«

Gegen die Bedenken seines Kammerdieners setzte von Scholl sich durch, konnte jedoch nicht verhindern, dass ihm eine Decke über die Knie gelegt wurde. Er atmete auf, als Maurice leise die Tür ins Schloss fallen ließ. Die Ruhe tat seinen erschöpften Gliedern wohl.

Der Kammerdiener kam noch einmal herein und brachte seinem Herrn eine Tasse heiße Schokolade und Laudanum. Das Letztere wies von Scholl zurück. Er wollte seinen Geist nicht mit dieser Medizin vernebeln, sondern lieber die Schmerzen ertragen. Außerdem würde ihn das Laudanum einschlafen lassen, er wollte aber die ihm noch verbleibende Zeit nicht mit Schlafen vertun. Schlafen konnte er lange genug, wenn er tot war. An dem bitteren cremigen Getränk nippend, blickte von Scholl nach draußen auf den Park.

Hohe Bäume, Hecken, Rabatten mit den verschiedensten Blumen. Die Mitte krönte ein kleiner Pavillon, es gab weitere versteckte, schattige Plätze, wo man sich auf einer Bank ausruhen konnte. Anfang Juni erlebte der Park einen ersten Höhepunkt und stand in voller Blüte. Die Rosen zeigten ihre

Kelche, verströmten ihren Duft. Er meinte sogar, ihn bis in sein Schlafzimmer zu riechen, obwohl sie dafür zu weit entfernt waren. Es standen auch keine Schnittblumen im Zimmer. Er hatte verboten, Blumen einem vorzeitigen Tod in der Vase zu überantworten. An den Pflanzen sollte man sich in ihrer natürlichen Umgebung erfreuen.

Von Scholl kannte Gärten überall auf der Welt. Die strengen französischen mit ihren geometrischen Beeten und Hecken, die lockeren englischen, die eher an Wildwuchs erinnerten; exotische Gärten in der Karibik, in denen Pflanzen wuchsen, die man sich nicht einmal vorstellen konnte; wieder andere im Orient in erhabener Schlichtheit; die wunderschöne Kunst der Gärtner in Italien. Er hatte sie alle gesehen und versucht, etwas ihrer Eigenarten in seinem heimischen Park zu konservieren. Ihn beschlich das Gefühl, es sei ihm nur sehr unvollständig gelungen, aber ihm blieb wohl keine Zeit mehr, es noch einmal zu versuchen.

Seine Augen glitten über exotische Bäume und Büsche hinweg, einige hatten sich an das Klima in Meißen angepasst, viele hatten es aber nicht geschafft und waren eingegangen. So üppig, wie er sie von seinen Reisen in Erinnerung hatte, war keine von ihnen geworden. Die empfindlichsten Pflanzen – Zitronen- und Orangenbäume, eine Olive, eine Kokospalme, Orchideen, Duftpelargonien – standen in großen Kübeln in einer Orangerie. Sein Blick glitt zu deren großen Fenstern, die weit offen standen und Licht und Luft zu seinen exotischen Lieblingen ließen. Bei Sonnenuntergang würde ein eigens für die Orangerie angestellter Gärtner sie schließen, um sie am nächsten Morgen erneut zu öffnen. Der gleiche Rhythmus – Sommer für Sommer. Ob es ihm vergönnt wäre, das im nächsten Jahr noch einmal zu erleben?

Mit seinen Pflanzen hatte er es gut gemacht. Alles andere

in seinem Leben war ihm nicht so gelungen. Seine Frau war vor Jahren schon gestorben, schon zu Zeiten des alten Kurfürst Friedrich August, der Sohn längst erwachsen und verheiratet. Seit der Hochzeit bestand kein Kontakt mehr zwischen ihnen. Das war eben so, er konnte es nicht ändern, der Bengel wusste schließlich, wo sein Elternhaus stand. Von Scholl seufzte unhörbar und für einen Augenblick sank sein Kopf auf die Brust. Gleich darauf schreckte er wieder hoch. Er rieb sich die Augen, wobei sich seine Arme so schwer anfühlten, als wären sie aus Stein.

Er war ein Mann der Wissenschaft, nicht der Familie. Sein großes Werk war beinahe vollendet: Die Beschreibung aller Pflanzen, die er von seinen Reisen mitgebracht hatte, kategorisiert nach ihren Heimatregionen. Die Pflanzen lagerten getrocknet in riesigen Herbarien in seinem Arbeitskabinett. Sein Werk umfasste bisher einundzwanzig Bände, und es fehlten noch drei zur Vollendung. Bis die geschrieben waren, musste er noch durchhalten. Er müsse die Kraft in sich finden, beschwor von Scholl sich.

Was interessierte es ihn, wenn in der Manufaktur über ihn geredet wurde? Er hatte es natürlich gehört. Die Männer im Brennhaus dachten immer, er bekäme nichts mehr mit, weil er sich auf einen Stock stützte. Ihm fehlte nur Kraft in den Beinen, seine Ohren waren in Ordnung. Aber was scherte es den Adler hoch am Himmel, was die Tauben auf dem First gurrten? Von Scholl legte den Kopf auf die gepolsterte Lehne und schloss die Augen. Kraftlos bemühte er sich, die Decke höher zu ziehen. Darüber schlief er ein.

ZEHN

*T*euchert war außer Haus in der Kreisamtmannschaft, seine Frau besuchte eine ihrer Intimfreundinnen, und Lisette weilte bei einer kranken Verwandten. Geraldine befand sich allein im Haus und dachte gar nicht daran, zu malen. Sie sprang die Treppe hinunter und rüttelte als Erstes an der Haustür. Die war verschlossen. Sie war im Haus gefangen, es sei denn, sie stieg durch eines der Fenster hinaus.

Den Finger an die Lippen gelegt, überlegte Geraldine: Wo mochten Teucherts ihr Medaillon versteckt haben?

Sie prüfte zuerst die Dielen im Flur, ob eine davon lose war, und klopfte die Wände nach hohl klingenden Stellen ab. Ebenerdig befand sich nach vorne hinaus der Salon für Besucher. Ihn durchsuchte Geraldine als Nächstes. Kein noch so unmöglich erscheinendes Versteck ließ sie aus. Sie tastete auf der hohen Vitrine und dem Bücherschrank umher, doch außer Staub fand sie nichts. Jedes Fach in den Schränken suchte sie ab, faltete vergilbte Tischdecken auseinander und überlegte, ob sie auch kein Geheimfach übersehen hatte. Ein solches fand sie tatsächlich in der Vitrine. Nachdem Geraldine auch die Feder gefunden hatte, um es zu öffnen, war sie enttäuscht. Nichts außer Papieren. Es schienen ältere Hypothekenbriefe zu sein, aber sie war sich nicht sicher, ob Teuchert die genannten Beträge verliehen hatte oder ob er sie schuldete, und sie war viel zu ungeduldig, um sich länger damit zu befassen.

Sie widmete sich dem spinnenbeinigen Tisch, auf dem Besuchern Kaffee serviert wurde. Er besaß eine abgeschlossene Schublade, und Geraldine stocherte etliche Minuten mit einer Haarnadel im Schloss herum, bevor es aufsprang. Einen Grund für das Absperren erkannte sie nicht, in der Schublade lagen lediglich einige Bögen Papier, eine Feder und ein Fläschchen eingetrocknete Tinte. Das Medaillon war auch nicht zwischen den Polstern versteckt. Einige Zeit brauchte sie, um die Kissen abzutasten, ob dort etwas Hartes eingenäht war. Leider nicht. Geraldine ließ auch den Kachelofen nicht aus, holte sich jedoch nur schwarze Finger.

Die Küche am Ende des Flurs ließ sie aus. Zwei Treppenstufen führten hinunter in Lisettes Reich. Dort war das Medaillon bestimmt nicht versteckt.

Ihre Suche setzte sie im ersten Stock fort. Mit der gleichen Gründlichkeit wie im Erdgeschoss ging Geraldine auch hier vor. In Teucherts Schlafzimmer stand ein Schreibtisch mit einer abgeschlossenen Schublade. Erneut stocherte sie eine Weile mit der Haarnadel im Schloss herum, ehe es klickte und die Lade offen war. Ein Wust von Papieren quoll ihr entgegen, aber kein Medaillon. Dafür entdeckte sie die Abrechnung aus den Porzellanverkäufen und fein säuberlich war neben jeder Summe auch ihr Anteil ausgerechnet. Ihr standen beinahe zwanzig Taler zu. Das Geld lag leider nicht daneben. Sie stopfte alles wieder hinein und verschloss die Schublade. Gegenüber vom Bett stand an der Wand ein wuchtiger Schrank – abgeschlossen. Aber den Schlüssel hatte sie auf dem Schreibtisch gefunden. Der Schrank enthielt verschiedene Branntweine und Liköre, sowie die dazugehörigen Gläser. In einer Schatulle entdeckte sie eine Sammlung Tonpfeifen und Tabaksäckchen. Das Kraut roch nicht schlecht, aber Geraldine legte alles hastig wieder zurück.

In Teucherts Ankleidezimmer fasste sie in jede Tasche seiner Gehröcke, Westen und Hosen, durchwühlte die Schachteln mit den Halstüchern und Strümpfen. In einer Rocktasche ertastete sie einen Taler, den sie als Anzahlung auf ihren Lohn betrachtete und einsteckte. Sie entdeckte eine Schmuckschatulle mit Taschenuhren und Ringen, und als sie den Einlegeboden heraushob, kamen darunter Münzen zum Vorschein. Es waren sogar einige goldene dabei. Geraldine dünkte es wie ein kleines Vermögen. Sie konnte nur schwer der Versuchung widerstehen, auch hiervon einige einzustecken. Doch das würde bestimmt auffallen, und als Diebin würde man gleich sie verdächtigen.

Nur eines fand sie wieder nicht, und das war ihr Medaillon. Im Schlafzimmer der Teuchertin sah es nicht anders aus.

Sie musste in einem der Schlafzimmer etwas übersehen haben. Sie erschienen ihr als das wahrscheinlichste Versteck. Gerade war sie wieder auf dem Weg in Teucherts Schlafzimmer, als sie hörte, wie die Haustür geöffnet wurde.

Heiliger Jesus! Das konnte nur die Teuchertin sein. Die sollte sie besser nicht beim Schnüffeln im Haus erwischen, und sie müsste erst noch durch den Flur im ersten Stock gehen, um zu der Treppe zu gelangen, die auf den Dachboden führte. Geraldine schlüpfte aus ihren Schuhen und machte sich in Strümpfen auf den Weg.

Sie war nicht schnell oder nicht leise genug.

»Ist da wer?«, rief die Teuchertin von der Haustür aus. Gleich darauf polterten ihre Schritte über die Dielen. In der Hand hielt sie einen erhobenen Spazierstock ihres Mannes.

Damit drang sie auf Geraldine ein, die die Arme und die Schuhe hochriss, um sich vor Schlägen zu schützen.

»Hören Sie auf, Madame! Ich bin es«, rief sie.

»Geraldine?«, fragte die Teuchert mit einer Stimme hart wie Glas. Sie ließ den Stock sinken, hielt ihn aber weiterhin schlagbereit. »Was machst du hier? Warum bist du nicht im Atelier und arbeitest?«

Geraldine schwieg und ließ den Stock nicht aus den Augen.

»Du hast im Haus herumgeschnüffelt?«

»Ich wollte in die Küche und etwas trinken.«

»Du hast dein Medaillon gesucht«, kombinierte die Teuchertin schlau.

»Das Medaillon gehört mir, und ich hab jedes Recht, es zu suchen.«

»Undankbares Ding!« Die Teuchertin holte aus – zum Glück nicht mit dem Stock, sondern mit der Hand – und verpasste Geraldine eine Ohrfeige.

Ihr Kopf flog herum, und sie taumelte gegen die Wand. Ein scharfer Schmerz wütete in Geraldines Wange, sie hatte sich innen in die Wange gebissen und schmeckte Blut.

»Was fällt Ihnen ein?«, schrie sie die Teuchertin an, während sie eine Hand auf die schmerzende Stelle presste.

»Du hast hier nicht aufzubegehren. Halt den Mund und arbeite. Wir stellen dir ein komplett eingerichtetes Atelier zur Verfügung, in dem du malen kannst, und du kennst nichts als Undankbarkeit. Geh nach oben. Das Medaillon wirst du im Haus nicht finden.« Die Teuchertin stocherte mit dem Gehstock nach Geraldine und trieb sie auf diese Weise die Treppe nach oben und ins Atelier.

Geraldine dachte gar nicht daran, zu arbeiten. Sie verwüstete aber auch nicht das Atelier, wie sie es bereits einmal getan hatte. Das würde ihr auch nicht dabei helfen, das Medaillon zurückbekommen. Da half nur kühler Verstand, aber gerade dieser drohte ihr abhandenzukommen, wann immer sie der Teuchertin gegenüberstand.

Der Schmerz in ihrer Wange hatte nachgelassen. Geraldine setzte sich auf ihren Arbeitstisch und öffnete beide Fenster. Sie schaute nach unten, wie sie es schon öfter gemacht hatte, aber zum ersten Mal überlegte sie, ob es nicht einen Weg nach draußen gab. Sollte sie auf das Medaillon verzichten und versuchen, ihren Vater ohne es zu finden? Sie könnte einfach gehen und müsste sich nicht länger unterdrücken lassen.

Sie ließ die Fenster offen und sprang vom Tisch. Ohne Medaillon würde sie ihren Vater nicht finden, das wusste sie, und deshalb konnte sie nicht gehen. Gegenwärtig blieb keine andere Möglichkeit, als den Weg fortzusetzen, den sie begonnen hatte. Da wartete Arbeit auf sie an einem ganz speziellen Dekor. Unter dem Stapel der Skizzen suchte Geraldine eine hervor, die ganz unten lag.

Die Teekanne stand fertig auf dem Tisch im Esszimmer der Teucherts. Sie war das bisher umfangreichste Werk, an das Geraldine sich herangewagt hatte. Sie war ihr gut gelungen; das musste auch Teuchert zugeben, seine Frau indes kniff nur die Lippen zusammen.

Weder er noch sie entdeckten den kleinen Mops. Für Geraldine dagegen war er so deutlich zu sehen, als bestehe das gesamte Dekor nur aus ihm. Sie musste an sich halten, nicht dauernd auf ihn zu starren, um Teucherts nicht doch aufmerksam zu machen.

»Davon musst du mehr schaffen«, verlangte die Teuchertin.

»Ist deine Hand verheilt?«, wollte ihr Mann wissen.

»Ich habe noch Schmerzen, wenn ich schwer heben muss«, antwortete Geraldine.

»Es wird schon gehen«, schnarrte wieder die Teuchertin. »Die Kanne hast du ja auch geschafft.«

»Ich habe gemacht, was Sie verlangt haben. Seit Wochen beweise ich, dass ich auf Porzellan malen kann, als hätte ich es in der Manufaktur gelernt. Ich habe Sie und Ihr Weib nicht verraten und bin nicht davongelaufen«, wandte sich Geraldine an den Hausherrn. »Geben Sie mir nun das Medaillon zurück.«

»Du malst gut, das gebe ich zu. Nur reicht es bei weitem nicht für unsere Ziele. Arbeite fleißig weiter, und du wirst das Medaillon zurückerhalten. Eines Tages. Das verspreche ich dir bei meiner Ehre.«

Seine Ehre – sie sah ja, was die wert war. Geraldine straffte sich und ließ sich ihre Wut über Teucherts Antwort nicht anmerken. Eigentlich hatte sie nichts anderes erwartet. Die beiden hatten nicht vor, sie je wieder gehen zu lassen, und wenn sie sich nicht selbst half, war sie ihnen auf Gedeih und Verderb ausgeliefert.

»Du konntest nichts und hattest nichts, als du zu uns gekommen bist. Wir haben dir ein Heim gegeben. Du bist wie immer undankbar«, stellte die Teuchertin fest.

Auf jede weitere Erwiderung verzichtend, verließ Geraldine das Esszimmer und stieg die Treppe hinauf zu ihrem Atelier. Die beiden hatten den Hund nicht entdeckt – das war das Wichtigste.

Im Esszimmer verpackte Teuchert die Kanne in einer mit Stroh gepolsterten Kiste. Seine Frau sah ihm zu.

»Dieses kleine Biest glaubt doch tatsächlich, sie kann Forderungen stellen«, schnaubte sie dabei. »Sie müsste es inzwischen gelernt haben.«

»Wir brauchen sie so nötig wie sie uns. Ohne ihre Kunst ist unser ganzes schönes Geschäft tot. Ihr Rittergut auch.« Teuchert klappte den Deckel der Kiste zu.

»Sie gefällt Ihnen wohl, diese kleine Zigeunerin?«

»Das tut nichts zur Sache. Sie kann auf Porzellan malen, dass es aussieht, als käme es aus der Manufaktur. Mehr interessiert mich an ihr nicht.«

»Sie gefällt Ihnen, das höre ich genau. Was Männer an so einer finden?« Die Teuchertin zuckte mit den Schultern.

»Wir müssen auf sie achten. Seien Sie streng mit ihr, aber nicht zu streng.«

»Diese Menschen vom anderen Ende der Welt sind ihr Leben lang wie Kinder. Die müssen an die Hand genommen werden, zu ihrem eigenen Besten. Ich werde dafür sorgen, dass Ihr kleines Frauchen keinen Unfug treibt.«

Seine Gattin sah Geister. Er war an dem Mädchen nur interessiert, soweit es ihre Malkunst betraf, redete Teuchert sich selbst ein. Für eine Exotin war sie hübsch und wohlproportioniert, aber eben doch nur eine Fremde. Teuchert schüttelte den Kopf, während er mit dem Kasten unter dem Arm das Esszimmer verließ. Er wollte sich noch in dieser Nacht mit jemandem treffen, um die Teekanne zu verkaufen. Es war nie gut, das Porzellan länger als nötig im Haus zu haben.

An einem Sonntag nach dem Kirchgang machte sich Geraldine auf den Weg in die Meißner Unterstadt, um nach der Wohnung Janne Schneiderins zu fragen. Sie musste mehrmals jemanden ansprechen, denn viele schüttelten bei dem Namen den Kopf. Aber als sie eine alte Frau fragte, die sich selbst Mutter Tritzschin nannte, glitt ein Lächeln über deren Gesicht.

»Du meinst die junge Johanna Schneiderin? Die kenne ich.« Sie erklärte Geraldine den Weg, der durch schmale Gassen und Hinterhöfe zu einer Wohnung im zweiten Stock führte.

Das Haus hatte seine besten Tage längst hinter sich und wahrscheinlich schon alt ausgesehen, als es gerade neu erbaut gewesen war. Die Fensterrahmen und Türen schienen jedenfalls noch nie Farbe gesehen zu haben. Der Putz war an vielen Stellen rissig oder abgeblättert, darunter war Bruchstein zu erkennen. Die Front zierten im Erdgeschoss neben der Eingangstür je zwei Fenster, in den Stockwerken darüber befanden sich je fünf. Die Fenster wurden nach oben hin immer kleiner und die Stockwerke anscheinend immer niedriger.

Im schmalen Treppenhaus war es düster, obwohl draußen die Sonne schien. Bis in diese schattige Gasse reichten ihre Strahlen anscheinend nie.

Janne wohnte mit ihrer Familie oben auf der rechten Seite. Geraldine klopfte an die verzogene Tür, die zum Boden hin einen Spalt aufwies, durch den eine Ratte gepasst hätte. Eine Stimme rief sie herein, und gleich darauf standen sich die beiden Frauen gegenüber.

Die junge Mutter hatte zuvor am Tisch gesessen, in den Händen eine Näharbeit. Neben ihr auf der Bank stand ein Korb, aus dem weiterer Stoff quoll. Jannes kleine Tochter saß auf einer Decke auf dem Boden und spielte Nähen. In den Händen hielt sie einen grobgewebten Flicken und ein Stöckchen mit abgerundeter Spitze. In dieses Stöckchen war ein Faden eingefädelt, und das Mädchen schob es eifrig durch den Stoff. Die Fäden spannten sich kreuz und quer.

Bei Geraldines Anblick wurden die Augen des Mädchens groß und rund, sie versteckte sich in den Röcken ihrer Mutter. Janne legte ihrer Tochter eine Hand auf den Kopf, streichelte über ihre Locken. Das Mädchen erinnerte Geraldine an Sophia Mädler, obwohl es sicher ein oder zwei Jahre jünger war.

»Das ist meine Tochter Rikarda«, stellte Janne vor. »Bei Fremden ist sie scheu.«

Geraldine hockte sich hin und war nun auf einer Höhe mit Rikarda, deren Gesichtchen bei aller Furcht doch neugierig hinter den Rockfalten hervorlugte. »Du musst vor mir keine Angst haben. Ich habe dir etwas mitgebracht.« Hinter ihrem Rücken holte Geraldine eine große rote Erdbeere hervor und hielt sie Rikarda hin.

Die Frucht hatte im Rinnstein gelegen. Eine Seite war ein bisschen zermatscht, aber trotzdem stellte sie noch einen Schatz dar, bei dem Rikardas Augen aufleuchteten. Sie überwand ihre Furcht und nahm die Frucht.

»Was sagt man?«, mahnte sie ihre Mutter.

»Danke«, piepste die Kleine und zog sich mit ihrem Geschenk in eine Ecke zurück. Dort knabberte sie die Frucht in winzigen Häppchen, um möglichst lange den süßen Geschmack auf der Zunge zu haben.

»Es war sehr freundlich von dir, Rikarda ein Geschenk zu machen«, sagte Janne. Sie bot Geraldine einen Becher Kamillentee an.

Die dampfenden Getränke vor sich, saßen sich die Frauen am Tisch gegenüber. Geraldine nippte an ihrem Becher und schaute sich dabei unauffällig um. Die Familie schien außer diesem Raum noch einen zweiten zu bewohnen, denn sie entdeckte neben der Feuerstelle eine Tür.

Der Unterschied zu Teucherts Haus hätte nicht größer sein können. Alles, was dort reich und gediegen war, wirkte hier schmutzig und ärmlich, obwohl Janne sicherlich eine reinliche Hausfrau war. Die abgewetzten Möbel, die fadenscheinigen Kissen, der zerkratzte Tisch, dazu der kahle Boden und die grauen Wände. Das wirkte alles noch viel schäbiger als in Mädlers Krug, obwohl es dort auch karg zugegangen war.

»Es war nicht leicht, dich zu finden. Ich musste mehrmals fragen«, begann Geraldine.

»Nachdem du aus Mädlers Krug weg bist, habe ich nicht gedacht, dich noch mal wiederzusehen. Wo bist du hin?«

»Ich lebe jetzt im Haushalt der Eheleute Teuchert in der Rosengasse. Das weißt du doch.«

»Woher soll ich das wissen?«

»Ich habe dir doch einen Taler schicken lassen.«

»Einen Taler?« Janne stellte ihren Teebecher hart auf die Tischplatte. »Ich wüsste es, wenn sich in diesem Haushalt ein ganzer Taler befunden hätte. So viel Geld habe ich schon lange nicht mehr in der Hand gehalten. Niemand hat hierher einen Taler gebracht.«

»Sie haben es mir versprochen.« Geraldine war ratlos.

»Teucherts darfst du nichts glauben. Ihm nicht und ihr noch weniger.« Es klang hart.

»Du kennst sie?«

»Ich habe auch für sie gearbeitet, bin für die Wäsche und zum Scheuern der Böden ins Haus gekommen. Sie war immer zufrieden mit mir, und vor einem Monat hat sie auf einmal gesagt, ich solle nicht mehr wiederkommen. Sie hat mir keinen Grund genannt. Einfach so aus dem Haus gewiesen, als wäre ich eine Schlampe.«

Geraldine kam ein Verdacht, aber er war zu ungeheuerlich, um ihn auszusprechen: Die Teuchertin hatte Janne rausgeworfen, damit sie und die junge Frau sich im Haus nicht begegneten. Damit nicht herauskam, dass sie den Taler in ihre eigene Tasche gesteckt hatte.

»Dabei brauchen wir das Geld«, fuhr Janne fort. »Ich habe bisher keinen neuen Haushalt gefunden, in dem ich die Wäsche machen und putzen kann. Hann hat wieder Arbeit in der Manufaktur, aber er verdient sehr wenig. Sie werden ihn hinauswerfen, sobald sie erfahren, wer er wirklich ist.«

Geraldine verstand das nicht, fragte aber auch nicht nach. Sie war in Gedanken noch zu sehr mit der Schlechtigkeit der Teuchertin beschäftigt.

»Ich habe kein Geld bei mir, das ich dir geben könnte«, sagte sie entschuldigend.

»Du musst mir doch kein Geld geben. Du hast nichts damit zu tun, dass wir oft hungrig ins Bett gehen und in geflickten Kleidern herumlaufen. Dass ich jetzt stundenlang Hemden und Hosen flicken muss und dafür nur ein paar Pfennige bekomme, während es bei der Teuchertin immerhin ein anständiger Lohn für die zwei oder drei Tage Arbeit im Monat war.« Sie stieß den Korb neben sich an. »Glaubst du etwa, das sind unsere Sachen? So viel Kleidung besitzen wir drei zusammen nicht. Das haben mir andere gegeben, damit ich es für sie ausbessere. Bald sind wir zu viert, dann weiß ich gar nicht mehr, wie es gehen soll.« Janne strich sich über den Bauch.

Erst jetzt bemerkte Geraldine dessen Rundung unter den Röcken.

»Wie lange dauert es noch?«

»Vier oder fünf Monate.«

»Also kommt das Kind noch in diesem Jahr. Ich werde dich nicht im Stich lassen, sondern mich um dich kümmern«, versprach Geraldine, obwohl sie keine Ahnung hatte, wie sie dieses Versprechen halten konnte. Sie fühlte sich Janne aber verpflichtet und wollte gerne eine Freundin haben. Einen Menschen in Meißen, der ihr wohlgesinnt war.

Eine viereckige Vase hatte Geraldine für ihren Plan ausgesucht. Nach Wochen des Überlegens und Skizzierens war sie nun so weit, mit der Arbeit zu beginnen. Auf allen Seiten der Vase befand sich ein goldumranktes ovales Bildnis, das es mit Malereien zu füllen galt. Die übrige Farbe der Vase bestand aus einem Rosenrot, mit einem Hauch Rosa. Weitere goldene Ranken zierten den Fuß und den oberen Rand der Vase.

Es war alles vorbereitet. Geraldine schnitt die Skizze aus und legte sie auf die erste zu bemalende Fläche. Sie passte perfekt. Die junge Künstlerin hatte sich für ein chinoises Dekor entschieden, weil die Manufaktur dafür sehr bekannt war. Ihre Skizze sah aus, als wäre sie von Höroldt entworfen, dabei hatte er nicht einen Pinselstrich dazu beigetragen. Sie war komplett ihrer eigenen Phantasie entsprungen. Geschickt übertrug sie schnell die äußeren Umrisse auf die erste freie Fläche der Vase.

Es gab noch drei andere Skizzen für die anderen Seiten. Alle hatte Geraldine entwickelt. Sie übertrug auch diese Skizzen auf die Vase.

Danach dauerte es mehrere Tage, bis alles fertig gemalt war, und dann noch kurze Zeit, bis die Vase vom Brennen zurück war.

Endlich war es so weit. Das fertige Stück stand auf dem Tisch im Esszimmer und wurde von Teucherts begutachtet, wie jedes der bisher von Geraldine bemalten Stücke.

»Ihr Meisterwerk«, sagte Teuchert.

»Es ist ihr ziemlich gut gelungen«, stimmte seine Frau zu. Ein größeres Lob kam ihr nicht über die Lippen.

»Du bist noch besser als die Maler in der Manufaktur.«

Geraldine hielt sich im Hintergrund. Sie war angespannt und bereit, aus dem Esszimmer zu fliehen, sollten Teucherts ihren Plan entdecken. Diesmal würde sie aus einem Fenster springen und sich nicht aufhalten lassen.

»Es hat Wochen gedauert«, echauffierte sich die Teuchertin weiter. »Und ich kenne solche Vasen nicht aus der Manufaktur.«

»Das ist doch eines der Muster, die ich mitgebracht habe?«, erkundigte sich der Ehemann.

»Auf jeden Fall.« Geraldine nickte.

»Bist du ganz sicher?«

»Was soll ich sonst malen? Sie erlauben mir nichts anderes.«

»Braves Kind.«

Die Teuchertin warf ihr nur einen bösen Blick zu, und zum wiederholten Male dachte Geraldine, dass die Alte nicht so leicht zu täuschen war wie ihr Ehemann.

»Ich hätte gute Lust, meine eigenen Muster zu entwickeln«, setzte sie hinzu. Sie wollte die beiden zum einen von der Vase ablenken und sich zum anderen nicht länger demütig und bescheiden geben. »Allerdings muss man sich sehr gut überlegen, was zu welchen Scherben passt, um seine beste Wirkung zu entfalten.« Geraldine drehte sich brüsk um und verließ das Esszimmer.

Es begann eine Zeit des Wartens für sie, die sie damit auszufüllen versuchte, dass sie malte und malte und malte. Wieder Höroldts Dekore. Zum einen besaß sie keinen eigenen Entwurf mehr, und zum anderen schien es ihr zu riskant, nur noch ihre eigenen Muster zu malen.

Nach den Figuren, Vasen oder Dosen standen wieder Teller oder Koppchen auf der Drehscheibe vor ihr, die sie mit einem Schmetterlingsmuster bemalte. In der Mitte saß ein Schmetterling auf einem Blütenzweig, den Tellerrand schmückten jeweils sechs verschiedene kleine Blütengebinde indianischer Blumen. Geraldine gefiel das Muster, obwohl es von Höroldt entworfen war. Es gehörte zu den Skizzen, die Teuchert vor gar nicht langer Zeit aus der Manufaktur mitgebracht hatte. Sie bedauerte, dass sie ihr nicht schon im April zur Verfügung gestanden hatten. Die Schmetterlinge gefielen ihr besser als der Gelbe Tiger und das Malen ging ihr auch leichter von der Hand. In jedes Teil fügte sie wieder eine kleine Veränderung ein – mal änderte sie eine Blüte hier, mal ein Blatt dort. Niemandem fiel etwas auf.

Als Geraldine in der vierten Juniwoche die Scherben ausgingen, und sie die letzten bemalten Schokoladetässchen in den Salon brachte, musste sogar die Teuchertin ihre Leistung anerkennen.

»Fleißig, fleißig, die Zigeunerin. Wenn du willst, geht es doch«, quetschte die Teuchertin zwischen schmalen Lippen hervor.

»Jetzt geht nichts mehr. Ich habe kein Porzellan mehr, das bemalt werden kann.«

»In der Manufaktur sind die Wachen aufmerksam wie nie zuvor. Es gibt kaum noch eine Möglichkeit, etwas abzuzweigen, obwohl sie wahrlich genug haben«, grummelte die Teuchertin.

»Dann habe ich wohl frei.« Einen Augenblick überlegte Geraldine, es sich auf dem Sofa bequem zu machen und nach einer der Zeitungen zu greifen, auf die der Hausherr so viel Zeit verwandte. Sie wusste, wie sehr das die Teuchertin aufregen würde. Nur zog sie selbst nicht ausreichend Genugtuung daraus, um mehr Zeit als nötig in der Gegenwart dieser Frau zu verbringen.

Sie verzichtete auch darauf, die Sache mit ihrem Anteil erneut anzusprechen. Längst hatte sie begriffen, dass sie in diesem Hause auf Redlichkeit nicht hoffen durfte. Freiwillig würde ihr niemand Geld geben. Heimliche Besuche in Teucherts Schlafzimmer hatten sie zwar noch in den Besitz eines weiteren Talers aus einer Weste gebracht, ihr ansonsten aber nur zu der Erkenntnis verholfen, dass ihr Anteil inzwischen auf beinahe fünfunddreißig Taler angewachsen war. Für Geraldine mehr Geld, als sie je zuvor gesehen hatte.

Was sich damit alles kaufen ließe? Vorstellen konnte sie es sich nicht, aber träumen durfte sie. In Meißen war sie einmal einer jungen Frau begegnet in einem silbrig schimmernden Seidenkleid mit blumigen Stickornamenten am Rock und an den Schößen des Oberteils. Spitzen quollen aus den Ärmeln und zierten das Dekolletee. Eine Perücke würde sie nicht dazu tragen wollen, ihre langen schwarzen Locken ließen sich darunter sowieso nicht verstecken, aber eine hübsche Nadel als Schmuck fürs Haar oder ein zum Kleid passendes Band. Der silbrige Stoff würde auf ihrer Haut besser zur Geltung kommen als bei dem blassen Mädchen, an dem sie ihn gesehen hatte. In so einem Kleid sah sich Geraldine nach Dresden reisen und Einlass finden in die Häuser der Vornehmen, um dort nach ihrem Vater zu suchen.

Ihre Träume blieben Träume, aber sie nutzte ihre freien Tage dazu, Janne Schneiderin endlich den Taler zu bringen, den sie ihr schon vor so langer Zeit zugedacht hatte. Von Teucherts ließ sie sich im Haus nicht mehr einsperren, und als sie gedroht hatte, aus einem Fenster zu steigen, hatten sie schließlich nachgegeben.

Viel Zeit verbrachte sie mit Spaziergängen, nicht nur in Meißens Gassen, sondern auch in den umliegenden Dörfern und Feldern. Dabei beobachtete sie, wie die Schnitter in langen Reihen auf den Wiesen standen und die Sensen schwangen. Die Aufgaben der Frauen und Kinder waren es, das abgemähte Gras zu langen Reihen zusammenzurechen, die dann in der Sonne trockneten und mehrfach gewendet wurden. Auf anderen Wiesen war das Gras bereits trocken und wurde von Frauen und Kindern zu Garben zusammengebunden.

Mehr als vier freie Tage waren Geraldine jedoch nicht vergönnt. Dann brachte Teuchert einen Satz Mokkatassen und Unterteller mit, und die Zeit ihrer Träume endete.

ELF

$\mathscr{T}$imotheus Albrecht Schlarmann war Apotheker in Zwickau und ein leidenschaftlicher Porzellansammler. Nur sein Geldbeutel hielt seiner Leidenschaft nicht stand, deshalb zögerte er nicht lange, als die Kunde von einem neuen Händler für Meißner Porzellan zu ihm drang. Seine Ware sollte erlesen und preisgünstig sein, allerdings würde er immer nur wenige Stücke anbieten. Die Käufer dürften also nicht zögern … Schlarmanns Augen funkelten. Eine viereckige Vase mit chinoisen Malereien hatte es ihm besonders angetan. Ein schönes Stück und von einzigartiger Güte, versicherte ihm der Händler. Sie betrachteten die Vase gemeinsam durch eine Lupe und wurden sich schnell handelseinig. Dass der Händler seine Kunden nur abends empfing, es in seinem Gewölbe kaum Licht gab, störte Timotheus Albrecht Schlarmann nicht.

Kaum hatte er seine Neuerwerbung in seine Dresdner Pension getragen, stellte er sie auf den Tisch in seinem Zimmer und drapierte mehrere brennende Kerzen um die Vase. Er versank in den Anblick der Kostbarkeit und streichelte sie wie andere ihre Hunde, ganz besonders zärtlich fuhr sein Finger über die Schwertermarke am Boden. In der Nacht fand er kaum Ruhe.

Am nächsten Vormittag schickte er nach seinem Dresdner Freund Carl Eberhardt Walther, mit dem er nicht nur den Berufsstand, sondern auch die Leidenschaft für Porzellan teilte. Walther kam nach kaum einer halben Stunde herbeigeeilt und fand den Freund über der Frühstückssuppe sitzend vor. Der stürzte den letzten Schluck Dünnber hinunter, und schon eilten die beiden Männer in Schlarmanns Zimmer. Der Zwickauer deutete freudestrahlend auf seine Neuerwerbung.

»Stell dir einmal vor, wie hervorragend sie auf dem Tisch in meinem Salon aussehen wird.« Sie stand immer noch auf dem Tisch im Herbergszimmer, der klein und mit einer mehrfach gestopften Tischdecke bedeckt war. Die Schäbigkeit des Tisches brachte das glänzende Dekor der Vase erst recht zur Geltung.

Schlarmanns Freude übertrug sich nicht auf den Freund. Walther runzelte die Stirn. »Nun …«, begann er vorsichtig.

»Bist du etwa der Meinung, sie passt nicht in meinen Salon?«

»Ich bin der Meinung, dass mit der Vase etwas nicht richtig ist. Wo hast du sie erworben?«

»Bei einem Händler.«

»In der Dresdner Niederlassung der Manufaktur?«

Schlarmann schüttelte den Kopf. »Die Schwerter sind auf dem Boden unter der Glasur eingebrannt.« Er ließ seinen Freund kurz einen Blick darauf werfen.

Der runzelte immer noch die Stirn. Die Schwertermarke sah echt aus, aber das Dekor auf der Vase stimmte nur auf den ersten Blick. Walther war mehrmals in Meißen gewesen, um seine Käufe direkt in der Manufaktur abzuholen, dabei hatte er die Werkstätten besichtigt und besonders intensiv den Malern über die Schultern geschaut. In seiner Wohnung standen Vitrinen mit insgesamt beinahe zwei Dutzend Stücken Porzellan aus Meißen. Er hatte das kurfürstliche Palais auf der Neustädter Seite Dresdens mit seiner umfangreichen Sammlung besichtigt und galt in der Stadt als Kenner des Porzellans. Er kannte alle Dekore, die auf Porzellan gemalt wurden, aber dieses war nicht darunter, und er wusste, wie peinlich genau Höroldt in der Manufaktur darauf achtete, dass die Maler nur die von ihm vorgegebenen Muster malten und nicht ihren eigenen Vorstellungen freien Lauf ließen.

Er brauchte eine Weile, um Schlarmann das zu erklären. Es war verständlich, dass niemand gerne hören wollte, einem Betrüger aufgesessen zu sein.

»Das kann selbst den Besten unter uns passieren. Darauf hoffen gerade diese Fälscher«, versuchte Walther seinen Freund zu trösten. »Wo hast du die gekauft? War es ein privater Sammler?«

»Ein durchreisender Händler.«

»Es gibt keine reisenden Händler. Außer der Niederlassung in Dresden gibt es noch eine in Warschau und eine Handvoll Händler, die die Erlaubnis haben, das Porzellan zu verkaufen. Keinerlei reisende Händler sind darunter.«

»Es war auch kein richtiger Händler. Er ist mir von jemandem aus Dresden empfohlen worden als jemand, der hin und wieder etwas zu verkaufen hat«, musste Schlarmann zugeben.

Carl Eberhardt Walther verdrehte die Augen. Es wurde immer wahrscheinlicher, dass sein Freund einem Betrüger in die Falle gegangen war. »Wie bist du an den windigen Zeitgenossen geraten?«

»Ich habe ihn kennengelernt. Er hat mir schon einmal einen Verkauf vermittelt, und damit war alles in Ordnung. Es war günstig, weil der Zwischenhandel ausgeschaltet ist, aber als Nachteil kann man sich das Dekor nicht aussuchen und diesmal musste ich lange warten, bis die Vase verfügbar war.«

»Es gibt keinen Zwischenhandel, wenn du in der Dresdner Niederlage kaufst. Den wenigen ausgesuchten Händlern sind die Preise ebenfalls vorgeschrieben. Du hast eine Riesendummheit begangen.«

»Das glaube ich auch langsam. Aber wie kommt die Schwertermarke auf den Boden der Vase?« Schlarmann fühlte sich so niedergeschlagen, wie er klang.

Walther hob die Vase wieder hoch und betrachtete das blaue Zeichen. »Das Dekor hat jemand auf die Vase gemalt, genauso kann er es auch mit den Schwertern gemacht haben.«

»Aber sie sind unter der Glasur.«

»Der Fälscher wird es irgendwie gemacht haben. Wie heißt der Halunke, der dich übers Ohr gehauen hat?«

»Das spielt doch keine Rolle. Wirf dieses Ding auf den Boden, damit es in unzählige Teile zerspringt. Ich will es nicht mehr haben.«

»Nicht doch, mein Freund.« Walther zog die Vase aus Schlarmanns Reichweite. »Ich muss alles über den Dresdner Fälscher wissen. Wie heißt er?«

»Johann Friedrich Meierding, und er wohnt in der Kleinen Brüdergasse in einem Haus zwischen einem Bürstenmacher und einem Käsehändler. Wozu soll das noch gut sein?«

»Das wirst du sehen. Komm mit.«

In der kleinen Brüdergasse war es nicht schwer, das Haus zwischen einem Bürstenmacher und einem Käsehändler zu finden. Es hatte schon bessere Tage gesehen. Vor den Fenstern und der Tür zum Gewölbe im Erdgeschoss waren Bretter genagelt, und Feuchtigkeit zog die Wand hoch. Die Haustür stand offen, um Luft und Licht hereinzulassen, dennoch war es im Inneren düster und stickig. Walther und Schlarmann pochten an die erste Tür einer Wohnung. Ihnen wurde von einer schlampig gekleideten Frau geöffnet, die sich die nassen Hände am Rock abtrocknete. Ihre fleckige Haube war völlig aus der Form geraten und saß ihr schief auf dem Kopf, drohte über ein Auge zu rutschen.

Auf ihre Frage nach einem Nachbarn namens Meierding zuckte sie nur mit den Schultern und wollte die Tür wieder schließen. Walther stemmte einen Fuß gegen das Holz.

»Was wollen Sie, vornehmer Herr?«

»Ist in den letzten Tagen jemand ein- oder ausgezogen?«

»Weiß ich doch nicht. Ich kümmere mich nicht um die anderen. Ich putze hier nur.«

»Du wohnst nicht hier?«

»Meine Rede.«

»Wo sind die Bewohner dieser Wohnung?«

»Nicht da.« Die schlampige Frau stemmte sich gegen die Tür, war aber nicht kräftig genug, sie zu schließen. Dafür ächzte das Holz unter dem Druck von beiden Seiten.

»Komm. Wir fragen woanders«, sagte Schlarmann und legte seinem Freund eine Hand auf den Oberarm.

Walther gab die Tür frei, und mit einem Knirschen wurde sie geschlossen. Die beiden Freunde versuchten es im Stockwerk darüber. Die Wohnung war ärmlicher, dafür öffnete ihnen eine saubere junge Frau mit einem Kleinkind im Arm, zwei andere kreischten in der Wohnküche. Das Gespräch gestaltete sich nicht einfach, weil die junge Mutter immer wieder ihre beiden älteren Kinder zur Ordnung rief, ohne dass ein erkennbares Zeichen des Gehorsams eintrat. Ansonsten gab die Frau bereitwillig Auskunft. Einen Meierding kannte sie nicht, und es war auch in letzter Zeit niemand aus- oder eingezogen. Schlarmann drückte ihr als Dank ein paar Pfennige in die Hand, die ihre Augen aufleuchten ließen.

Niemand im Haus kannte einen Johann Friedrich Meierding. Walther hatte nichts anderes erwartet, aber es war nicht leicht für ihn, den Freund so niedergeschlagen zu sehen. Er schlug ihm auf die Schulter, als sie wieder auf der Kleinen Brüdergasse standen. »Mach dir nichts draus. Das kann jedem passieren, mir auch. Du kannst die Vase immer noch einem armen Teufel schenken, der sich über die Kostbarkeit freut und dir bis an dein Lebensende dankbar sein wird.«

»Ich will es genau wissen.« Schlarmann schüttelte die Hand ab und setzte sich mit langen Schritten in Bewegung.

Der kleinere Walther hatte Mühe, ihm zu folgen, aber bald ahnte er das Ziel des Freundes.

In der Dresdner Niederlassung der Porzellanmanufaktur wurden sie von deren Faktor Rost aufs höflichste begrüßt. Insbesondere Walther war dort gut bekannt, und der Faktor witterte ein Geschäft.

»Gibt es einen autorisierten Händler für Porzellan aus Meißen, der kein festes Gewölbe besitzt?«, wurde er stattdessen von Schlarmann gefragt.

»Natürlich nicht.«

»Auch nicht seit neuestem?«

»Meine Herren, was sollen denn diese Fragen? Sind Sie wirklich der Meinung, ich wüsste nicht, wer Porzellan aus Meißen verkaufen darf und wer nicht? In Dresden bin ich der Einzige. Die nächste Niederlassung befindet sich in Leipzig.«

»Und der Weiterverkauf?« Schlarmann ließ nicht locker.

»Welcher Weiterverkauf?«

»Durch private Personen.«

»Den gibt es nicht«, schnappte Rost. Ihm war klargeworden, dass sich mit den beiden Herren an diesem Morgen kein Geschäft machen ließ, und deshalb wollte er sie möglichst schnell wieder loswerden, im Kontor wartete etlicher Schriftverkehr auf seine Erledigung. Was für einen merkwürdigen Vogel hatte Walther ihm da angeschleppt?

»Wenn Sie allerdings meinen, ein Privater verkauft seine zuvor bei uns erstandenen Stücke, ist dagegen nichts einzuwenden. Es wäre so, als verkaufe man sein Kutschpferd, und deswegen wird man auch nicht gleich zum Pferdehändler. Meine Herren, darf ich Ihnen einige Stücke zeigen? Wir haben gerade gestern eine Lieferung ganz ausgezeichneter Figurinen bekommen. Bestimmt ist etwas für Ihren erlesenen Geschmack dabei.«

»Eine Vase«, stieß Schlarmann hervor. »Es geht um eine Vase.«

»Vasen kann ich Ihnen selbstverständlich auch zeigen. Ich werde gleich einen Gehilfen kommen lassen, damit er einige Stücke aus dem Lager holt.«

»Ich habe eine Vase gekauft.«

»Nicht in der Dresdner Niederlage. Ich würde mich sonst an Ihre geschätzte Person erinnern.« Rost überlegte inzwischen, ob er nicht einen Gehilfen als Unterstützung herbeirufen sollte. Oder als Zeuge. Der Gesichtsausdruck des Unbekannten kam ihm gar zu wüst und zu allem entschlossen vor. Der gute Apotheker Walther stand nur daneben und sah nicht aus, als wollte er eine Hilfe sein.

»Kennen Sie einen Herrn namens Johann Friedrich Meierding?«

»Jemand dieses Namens ist mir nicht bekannt.«

»Er ist ein reisender Händler für Porzellan aus Meißen.«

»Wir bedienen uns keiner dieser Leute. Nur seriöse und alteingesessene Händler erhalten eine Konzession. Reisende Händler haben wir nicht nötig. Wer immer etwas kaufen möchte, kann in eine unserer Niederlassungen kommen oder einen autorisierten Händler aufsuchen. Jeder verfügt über einen gedruckten Katalog, aus dem man sich etwas aussuchen kann. Gegen einen kleinen Kostenbeitrag von fünf Groschen verschicken wir den Katalog an jedermann. Der Preis wird bei einem Kauf verrechnet. Wenn Sie sich nicht gleich entscheiden können, nehmen Sie einen Katalog mit und lassen Sie es sich in aller Ruhe durch den Kopf gehen. Der Kauf einer so edlen Ware muss nicht übereilt werden.« Rost wollte in einen Kasten unter dem Verkaufstresen greifen, wo mindestens ein

Dutzend der Kataloge mit den Schwertern auf dem Titelbild lagen.

»Lass es gut sein«, meldete sich Walther zum ersten Mal zu Wort. »Wir werden hier nichts in Erfahrung bringen. Komm, mein Freund!« Er zupfte den anderen am Ärmel.

Die beiden verließen die Niederlage wieder. Schlarmann sagte kein Wort, ehe sie nicht in seiner Herberge angekommen waren.

»Ich bin betrogen worden? Sage mir die Wahrheit, und schone mich nicht.«

»So sieht es aus«, stimmte Walther sanft zu. Er wollte den Freund keineswegs in noch größere Melancholie treiben, als sie ihn ohnehin befallen hatte. »Gräme dich nicht allzu sehr. Diese Schufte sind schlau, und es kann jeden von uns treffen. Mir hätte es genauso passieren können, wenn mir jemand ein günstiges Angebot gemacht hätte. Noch einmal wirst du nicht auf einen Fälscher hereinfallen.«

»Einmal ist für mein Gemüt verheerend genug.« Schlarmann holte den Kasten mit der gefälschten Vase aus seiner Kammer und drückte ihn dem Freund in den Arm. »Nimm das. Ich will es nicht mehr sehen. Zerschlag die Vase in tausend Scherben und versenke sie in der tiefsten Abfallgrube.« Damit drehte der Zwickauer Apotheker sich auf dem Absatz um.

Sie hatten einen sehr nachdenklichen Faktor in der Dresdner Niederlassung zurückgelassen. Rost runzelte die Stirn und bedauerte es, besagte Vase nicht gesehen zu haben. Er ahnte, dass er sie sich hätte bringen lassen sollen. Aber wie hätte er ihre Herausgabe verlangen können? Wenn der ehrenwerte Herr Walther danebenstand, einer der besten Kenner und Liebhaber des Porzellans. Ausgeschlossen, diesen Mann zu düpieren. Aber einen Brief konnte er schreiben und sich darin auf Walthers Zeugnis berufen. Das musste reichen.

Der Brief verließ kaum eine Stunde später die Dresdner Niederlassung.

Walther trug unterdessen den Kasten mit der Vase in seine Offizin. Er wusste, er sollte tun, worum sein Freund ihn gebeten hatte, aber es fiel ihm schwer, etwas mutwillig zu zerstören. Die Vase mochte eine Fälschung sein, aber sie gefiel ihm trotzdem recht gut. Sie war mit großem künstlerischen Geschick bemalt worden. Genau wie bei dem echten Porzellan aus Meißen hatte sich Stunde um Stunde jemand Mühe mit dem Bemalen gegeben. Und das sollte er mit einem Griff zerschmettern? Er brachte es nicht fertig.

Schließlich rührte er etwas Leim an und überklebte die Schwertermarke mit einem Papier. So gab er die Vase seiner Köchin für ihre alte Mutter. Aber sie solle sie wirklich nur der Mutter geben und sie niemand anderem zeigen. Die Mutter wohnte in dem Örtchen Wölkau südöstlich von Dresden in Richtung Dohna. Es bestand aus kaum mehr als vier Bauernstellen. Dort interessierte sich bestimmt niemand großartig für Porzellan aus Meißen, und die Vase würde sicher keinem Kenner unter die Augen geraten.

Die Köchin war zuerst überrascht über das unerwartete Geschenk, dann bedankte sie sich überschwänglich, wollte ihm sogar die Hand küssen. Verlegen floh Walther aus der Küche.

Nach dem ersten Schreiben aus Meißen waren weitere gekommen. Diese sprachen nun sogar von falschen Scherben, die nur noch so aussahen, als stammten sie aus der Meißner Manufaktur, in Wahrheit seien sie in der neuen illegalen Manufaktur von Scholls gefertigt worden. Dessen Name tauchte in jedem Schreiben auf, allerdings fehlten Hinweise, wo sich seine geheime Manufaktur befinden solle. Inzwischen hatte auch Kreisamtmann Fleuter zwei Berichte geschickt. Obwohl beide aus einer Vielzahl von Seiten bestanden, sagten sie nichts aus. Offensichtlich war das Bestreben, die Manufaktur aus allen Unregelmäßigkeiten herauszuhalten. Brühl hatte beide Schreiben vor sich liegen.

Ritter von Scholl halte sich derzeit nicht in der Manufaktur auf, er weile auf seinem Rittergut bei Lehma. Auf ein dorthin gerichtetes Schreiben habe der Kreisamtmann die Antwort erhalten, der gnädige Herr sei erkrankt und könne keiner Aufforderung Folge leisten. Fleuter habe sich deshalb selbst auf den Weg nach Lehma gemacht und tatsächlich einen kranken und hinfälligen Menschen angetroffen. Wie man damit Seite um Seite füllen konnte?

Brühl kratzte sich an der Nase. Es durfte kein Schatten auf die Manufaktur fallen. Bei Ritter von Scholl würde er keine Gnade walten lassen, sollte in den Gerüchten auch nur ein Körnchen Wahrheit stecken. Er kannte den Mann flüchtig und hatte ihn nicht als angenehmen Zeitgenossen erlebt, sondern als undurchsichtig. Es kratzte an der Tür, und sein Sekretär steckte den Kopf herein.

»Was gibt es?«, wollte Brühl wissen. Er hatte angeordnet, nicht gestört werden zu wollen, auch nicht von seinem Sekretär. Die einzige Ausnahme wäre ein Besuch des Kurfürsten.

»Verehrter Herr, es sind gerade eben zwei weitere Schreiben gekommen. In der Meißner Angelegenheit.«

Ein neuer Bericht von Fleuter? Und worum ging es in dem zweiten Brief? Brühl winkte seinem Sekretär, ihm die Papiere zu bringen. Als sie vor ihm lagen, sah er sofort, dass sie nicht aus Meißen stammten. Eines kam von Faktor Rost, die

Handschrift auf dem anderen war ihm gänzlich unbekannt. Tatsächlich stammte es von einem Apotheker aus Zwickau, der auf einen Betrüger hereingefallen war, der ihm gefälschtes Porzellan angedreht hatte. In Dresden!

Brühl schlug mit der flachen Hand auf den Schreibtisch. Es schien ein ganzes Nest zu geben. Nun wurde es Zeit für härtere Maßnahmen. Wenn es eine geheime zweite Manufaktur gab, musste sie gefunden werden. In Meißen war man offenbar nicht in der Lage, des Problems Herr zu werden. Noch war dem allergnädigsten Kurfürsten und König nichts davon zu Ohren gekommen, schließlich hatte Brühl als vortragender Minister es in der Hand, den Landesherrn zu unterrichten. Aber die Sache war inzwischen zu weit gediehen, um sie noch lange unter den Tisch zu kehren. Eigentlich hätte er Friedrich August bereits vor einem Dutzend Tagen unterrichten müssen. Dieser wollte als Landesherr und Eigentümer der Manufaktur über alle Vorkommnisse auf dem Laufenden gehalten werden.

Der Minister stützte den Kopf in die Hände. Er hatte nichts gesagt, weil er als Oberdirektor der Manufaktur für die Unregelmäßigkeiten nicht verantwortlich gemacht werden wollte. Es schien sich anfangs ja nur um eine unbedeutende Sache zu handeln, bei der es ausreichen mochte, Friedrich August nach der Klärung davon zu berichten. Und wenn er ehrlich mit sich selbst war, waren seine Gedanken in den letzten Wochen mit einer anderen Sache beschäftigt gewesen, mit einer persönlichen: der Anerkennung seines polnischen Adels. Das entsprechende Urteil des Gerichts war erlassen worden, und seitdem durfte er sich dem polnischen Adel zugehörig fühlen und an der Königswahl teilnehmen.

Brühl tauchte aus diesen angenehmen Gedanken auf und rief nach seinem Sekretär. Mit harter Stimme wies er ihn an, einige Einladungen auszusprechen und die Angelegenheit dringend zu machen.

Vier Tage später fanden sich in Brühls Arbeitskabinett die Manufakturkommission und die in Dresden wohnenden Arkanisten Dr. Schatter und Dr. Petzsch zu einer Besprechung ein. Johann George von Wichmannshausen und Carl von Nimptsch saßen den beiden Arkanisten am Tisch gegenüber. Aus Meißen war Fleuter gekommen. Er saß an einer Schmalseite des Tisches. Der ebenfalls eingeladene Arkanist von Scholl ließ sich entschuldigen, seine Gesundheit lasse eine Reise von Meißen nach Dresden nicht zu. Fleuter bestätigte, dass der Mann seit Wochen mehr tot als lebendig wirke. Vor zwei Tagen habe er sich in der Manufaktur entschuldigt, weil er sich auf seinem Rittergut erholen müsse.

Brühl schritt hinter dem Tisch entlang, hatte die Hände auf dem Rücken gefaltet und sprach schonungslos über die Vorgänge in der Manufaktur. Er steigerte sich in seine Rede hinein. Im Februar habe es erst die Affäre wegen verbotener Hausmalerei gegeben und nicht einmal ein halbes Jahr später schon wieder die nächste Unregelmäßigkeit. Es müsse hart durchgegriffen werden – ganz hart. Am Ende war er zornesrot im Gesicht und schnappte nach Luft.

Seine Besucher schauten betreten auf den Tisch und schwiegen. Fleuter setzte zu einer Erklärung an, wurde jedoch von von Wichmannshausen unterbrochen. Dann redeten auf einmal alle durcheinander. Jeder bemühte sich, wortreich darzulegen, warum er nichts von dieser Sache gewusst hätte und dass er auch gar nicht in einer Position wäre, etwas zu unternehmen. Dr. Schatter tat sich hierbei am eifrigsten hervor.

Brühl ballte die Hände zu Fäusten. Von der Kommission war keine Hilfe zu erwarten, die Männer verstanden nur etwas von Aktenführung oder Justizfragen. Er hatte genug von dieser nutzlosen Besprechung und löste die Runde auf. Am Rande der Höflichkeit verabschiedete er die Männer und atmete auf, als sich die Tür hinter dem letzten geschlossen hatte.

Er nahm die Aktenmappe mit den Beschwerdeschreiben und donnerte sie auf den Tisch, dass es knallte. Alles lief auf von Scholl hinaus.

Sein Sekretär streckte den Kopf zur Tür hinein. Brühl nickte ihm zu als Zeichen, dass mit ihm alles in Ordnung war.

»Ich möchte einen Vorschlag machen«, begann Liscow.

»Nur zu. Wenn wir von einem nicht zu viel haben, sind es Vorschläge.«

»Wir brauchen einen Ermittler in Meißen, jemanden, der mit allen Vollmachten ausgestattet ist und Ihnen täglich berichtet. Er kann verdeckt oder offen ermitteln. Ich wüsste auch schon einen jungen Mann, der diese Aufgabe übernehmen kann. Er ist sehr gut ausgebildeter Jurist, Assessor am Appellationsgericht, hat in seinem Jahrgang als Bester abgeschlossen. Er hat eine Menge Schneid und ist loyal. Überall erzählt man nur Gutes über den Mann.«

Der Reichsgraf war interessiert. »Wer ist es?«

Der Sekretär holte eine Mappe hervor, die er bisher hinter seinem Rücken verdeckt gehalten hatte. Er schlug sie auf. Wie immer war Liscow gut vorbereitet. Wahrscheinlich hatte er seit Tagen diesen Vorschlag ausgearbeitet und über den Mann zusammengetragen, was sich finden ließ. Ein richtiges Dossier. Brühl mochte es kurz, deshalb lag nur ein einziges Blatt in der Mappe, aber das war eng beschrieben. »Frederik Nehmitz.«

»Ein Nehmitz? Auf keinen Fall! Die haben genug Ärger gemacht.«

Nehmitz, das waren drei Brüder, von denen Brühl keinen in guter Erinnerung hatte. Der Älteste war Heinrich Michael

Nehmitz, ein Arzt und Mitarbeiter in Böttgers Laboratorium; er war Arkanist und zuständig für die Brennöfen, die Farben und die Glasurherstellung. Nach Böttgers Tod war er für das gesamte Arkanum zuständig gewesesen und damit der weitaus am höchsten besoldete Mitarbeiter der Manufaktur, nur hatten seine Leistungen und seine Treue der Bezahlung nicht standgehalten. Der Arzt bekam den Hals nicht voll genug und beteiligte sich an der Scheinfirma Schwartz & Co. Brühl wollte gar nicht so genau wissen, um wie viele Taler das Kurfürstentum geprellt worden war.

Der nächste Bruder war Michael Nehmitz, zwei Jahre jünger als der Arzt, ein Günstling und Vertrauter des vormaligen Kurfürsten Friedrich August. Er war derjenige gewesen, der den gefangenen Böttger aus Wittenberg geholt hatte, er wurde Mitglied der ersten Manufakturkommission und war ab 1710 deren Direktor. Der Mann hatte sich kaum in Meißen aufgehalten, aber ein hohes Gehalt der Manufaktur bezogen. Doch das hatte ihm nicht gereicht – die Gier lag der Familie Nehmitz offensichtlich im Blut –, denn er wurde zehn Jahre später wegen Porzellanunterschlagung denunziert, verlor die Gunst des Kurfürsten und wurde dimittiert. Leider nicht arretiert – Brühl hätte ihn gerne in einer feuchten und kahlen Zelle gesehen. Der jüngste Bruder war Jacob Friedrich Nehmitz, der als Oberster bei der Schlosswache auf der Albrechtsburg gedient hatte. Weiter wusste Brühl über ihn nichts, aber beim Ruf der Familie war er sicher, auch der Mann hatte Dreck am Stecken.

»Wessen Sohn ist dieser Frederik Nehmitz?«

»Des jüngsten Nehmitzbruder«, antwortete Liscow, ohne sein Dossier zu konsultieren. »Dieser junge Mann wäre außerordentlich gut geeignet. Am Appellationsgericht lobt man ihn in den höchsten Tönen.«

»Ich will jemand anderen! Mach dich auf die Suche, Liscow.«

»Mit Verlaub, gnädiger Herr, ich bin natürlich im Bilde über die Vorkommnisse rund um die drei Nehmitzbrüder, und alle Ihre Einwände habe ich erwartet. Ließe sich jemand finden, der gleich gut oder um ein weniges schlechter geeignet wäre, ich hätte Ihnen keinen Nehmitz vorgeschlagen. Das ist aber nicht der Fall. Gerade weil er ein Nehmitz ist, wird dieser eine besonders treu und rechtschaffen arbeiten, um den Namen seiner Familie reinzuwaschen.«

»Du hast schon mit dem Mann gesprochen, Liscow?« Brühl runzelte die Stirn. Das ging ihm nun doch zu weit. Zwar kannte er die sorgfältige Arbeitsweise seines Sekretärs, und bei diesem Frederik Nehmitz handelte es sich wenigstens um den Sohn des rechtschaffendsten Bruders, aber die Entscheidung wollte er selbst treffen. Bei einem Misserfolg müsste schließlich auch er den Kopf hinhalten.

»Auf keinen Fall, gnädiger Herr. Aber ich habe mir erlaubt, den Herrn Assessor auf morgen Nachmittag einzubestellen.«

Der listige Liscow. In Gottes Namen, dann sollte eben ein Nehmitz die Ermittlungen übernehmen. Letztendlich wäre es sogar ein guter Schachzug, mit dem seine Feinde nicht rechneten. Brühl nickte und setzte hinzu, als wäre es ihm gerade eben eingefallen: »Die bereits beschlossene Ernennung Johann Joachim Kändlers zum Hofkommissar ist ausgesetzt bis zur Beendigung dieser Affäre. Diese Maßnahme hat mir der Kreisamtmann Fleuter empfohlen. Ich stimme dem zu. Leiten Sie die entsprechende Verzögerung in die Wege, und sorgen Sie dafür, dass er davon erfährt.«

»Das wird ihm nicht gefallen.«

»Das interessiert mich weniger als ein feuchter Kehricht«, bellte der Graf.

»Wie Herr Graf befehlen.« Liscow klappte die Mappe mit dem Dossier wieder zu und sah sehr zufrieden aus.

Frederik Nehmitz stand unter Hochspannung, seit er vor zwei Tagen eine Einladung in das Palais Brühl erhalten hatte. Er wusste um den Ruf seiner Familie in Kursachsen. Seine beiden Onkel hatten keine Gelegenheit ausgelassen, um sich zu bereichern und das in sie gesetzte Vertrauen zu enttäuschen; seinem Vater hatte auch nicht der beste Ruf nachgehangen. Und nun musste wieder etwas vorgefallen sein. Eine andere Erklärung fand er nicht. Es hatte ihn auch nicht gerade beruhigt, dass am Ende des Schreibens darauf hingewiesen wurde, den Termin keinesfalls verstreichen zu lassen, wenn er vorher nichts Gegenteiliges höre.

Er hatte sowieso nicht vorgehabt, einen Termin im Palais Brühl einfach verstreichen zu lassen. Früh hatte er lernen müssen, dass er unangenehmen Verpflichtungen am besten mit breiter Brust und geradem Blick begegnete. Versuchte er, ihnen auszuweichen, wurde es nur schlimmer. Nicht zuletzt seine beiden Onkel hatten ihm zu dieser Erkenntnis verholfen.

Zwei Tage später machte er sich nach dem Mittagessen auf den Weg zum Palais Brühl. Im Appellationsgericht hinterließ er eine Nachricht, dass er an diesem Tage nicht noch einmal kommen würde.

Langsam und mit gesenktem Kopf strebte er der Elbbrücke zu. Er hatte das Studium der Rechte vor vier Jahren in Leipzig als dessen jüngster Absolvent seit Gründung der Universität abgeschlossen. Dafür hatte er gelernt, bis ihm der Kopf rauchte und die Buchstaben vor den Augen verschwammen. Das Ergebnis dieser Quälerei war ein hervorragendes Assessorexamen gewesen und danach ein Posten am kurfürstlichen Appellationsgericht.

Er träumte davon, zum Appellationsrat aufzusteigen. Sein gutes Assessorexamen ließ es durchaus möglich erscheinen, wäre da nicht der Name Nehmitz. Deshalb war er nach vier Jahren noch immer damit beschäftigt, Rechtsgutachten für langweilige Zivilrechtsfälle zu schreiben. An nicht wenigen Tagen, wenn die Arbeit überhandnahm, steckte man ihn zu den Kopisten, die nur abschrieben. Es gab keinen Tag, an dem er nicht abends mit tintenfleckigen Händen nach Hause ging.

Vor dem Palais rückte Nehmitz sich die Perücke und seinen Gehrock zurecht. Er schüttelte die Spitzen seiner Hemdärmel aus und rieb noch einmal mit dem Taschentuch über die Tintenflecke an seinen Fingern – allerdings ohne Erfolg. Er atmete tief ein und läutete die Türglocke. Ein Diener in Livree öffnete ihm, begrüßte ihn mit seinem Namen und informierte ihn, dass der gnädige Herr Graf in wenigen Augenblicken Zeit für ihn haben werde. Zunächst führte er Nehmitz in einen Salon und bot ihm eine Erfrischung an.

Der junge Assessor war allerdings viel zu aufgeregt, um Gefallen an einem Glas Likör oder einem Krug Bier zu finden, und lehnte ab. Er blieb allein zurück, saß auf der Kante eines hochlehnigen Stuhles, die Füße exakt nebeneinandergestellt und die Hände auf die Knie gelegt. Er wagte kaum, sich umzusehen und die kostbare Einrichtung zu bewundern.

Der Diener kam wieder herein. Diesmal trug er ein Tablett, auf dem eine Karaffe und drei Gläser standen. Hinter dem geschliffenen, bauchigen Glas schwappte eine bernsteinfarbene Flüssigkeit.

»Die Herren werden gleich bei Ihnen sein«, informierte ihn der Diener und stellte das Tablett auf einem Tisch ab.

Tatsächlich trat der Reichsgraf wenige Augenblicke später ein. Er trug einen prächtigen dunkelgrauen Rock mit grauen bestickten Aufschlägen, dazu eine hellblaue Weste mit Stickereien und eine weiße Perücke. Ihm folgte ein schlichter gekleideter Mann, ebenfalls mit Perücke. Wahrscheinlich ein Bediensteter des Reichsgrafen. Nehmitz selbst war noch schlichter gekleidet als dieser Mann.

Die allgemeine Vorstellung ergab, dass es sich um den Privatsekretär Christian Ludwig Liscow handelte. Er übernahm es auch, aus der Karaffe einzuschenken und jedem ein Glas zu reichen. Nehmitz roch Cognac. Er nippte nur an dem Glas.

»Ich höre nur Gutes von ihm, Nehmitz. Sie gelten als fleißig und anstellig. Unter den Assessoren am Appellationsgericht ragen Sie heraus«, eröffnete Bühl das Gespräch. »Deshalb will ich keine langen Worte machen. Ich habe eine besondere Aufgabe für Sie. Erfüllen Sie sie gut, und es soll Ihr Schaden nicht sein.«

Eine Steinlawine fiel von Nehmitz' Herzen. Er hatte offenbar nichts falsch gemacht, sondern erhielt eine Chance, den Namen der Familie zu rehabilitieren. Endlich! Nehmitz klammerte sich an das Cognacglas wie ein Ertrinkender.

»Sie sagen nichts?«

Der junge Assessor räusperte sich. »Ihr seht mich überwältigt, verehrter und gütiger Herr Graf.«

»Liscow wird Ihnen erklären, worum es genau geht und Ihnen die notwendigen Vollmachten aushändigen.« Brühl trank sein Glas aus und verließ den Salon.

Nehmitz hörte dem Privatsekretär aufmerksam zu. Liscow sprach lebhaft und anschaulich. Er hatte einige Berichte und Briefe bei sich, die er ihm aushändigte und die einen ersten Überblick über die bevorstehende Aufgabe boten.

»Die Porzellanmanufaktur in Meißen – ausgerechnet«, rutschte es dem jungen Assessor heraus.

»Trauen Sie es sich nicht zu? Sprechen Sie offen«, sagte Liscow schnell.

»Natürlich traue ich es mir zu«, beeilte sich Nehmitz zu versichern. Das war endlich etwas anderes, als Schriftstücke zu kopieren oder Rechtsgutachten zu verfassen.

»Graf von Brühl erwartet jeden Tag einen Bericht von Ihnen. Sie erhalten alle Sondervollmachten, um die Hilfe der örtlichen Behörden einzufordern, sowie unbegrenzte Geldmittel. Dafür wollen wir Erfolge sehen.«

»Ich werde Sie nicht enttäuschen.«

ZWÖLF

Für seine Vorbereitungen brauchte Frederik Nehmitz nicht lange. Er steckte ein paar Hemden, Halstücher und Strümpfe in einen Reisesack, legte eine Hose und eine Weste obendrauf. Seine Sondervollmacht mit kurfürstlicher Unterschrift und Siegel trug er in einem Lederfutteral in der Rocktasche. Die Hände schrubbte er so lange in Seifenlauge, bis keinerlei Tinte mehr auf der Haut zu sehen war. Einfach und schmucklos gekleidet, seinen Reisesack über der Schulter, ohne Perücke und mit dem Degen an der Seite, reiste er am Tag nach seiner Ernennung zum Sonderermittler mit dem Postschiff nach Meißen.

Nach gründlicher Überlegung hatte Nehmitz sich dazu entschieden, nicht gleich alle Welt wissen zu lassen, was der eigentliche Zweck seines Besuches war. Er wollte sich als Naturforscher auf Reisen ausgeben und sich zunächst einmal unauffällig umhören. Deshalb wählte er eine Herberge im Ort Cölln auf der anderen Seite der Elbe und spazierte am Nachmittag wohlgemut über die Brücke in die älteste Stadt Sach-

sens. Die Sonne schien auf die roten Dächer der Albrechtsburg hoch über ihm. Verschiedentlich waren Fenster geöffnet,
und der junge Sonderermittler stellte sich vor, wie dahinter
fleißig gearbeitet wurde. Am meisten zog seine Blicke jedoch
der große Holzaufzug an, der vom Fuß des Berges den steilen
Hang hinauf zum Schloss führte. Er begann hinter einem langen Schuppen, aus dem Axtschlag für Axtschlag erklang, sich
Sägeblätter knirschend durchs Holz fraßen, Flüche und Rufe
der Arbeiter zu hören waren. Das Ganze ergab eine Kakopho-
nie, die sich anhörte, als müsse der Schuppen gleich bersten.

Das Brennholz wurde in großen Stämmen per Schiff ange-
landet, mit Wagen zunächst in diesen Schuppen befördert, zu
Scheiten gespalten und dann mit dem Aufzug zur Burg hinauf-
befördert. Nehmitz blieb eine Weile am Ende der Brücke stehen und schaute den Arbeiten zu. Korb um Korb wurde nach
oben gezogen. Dort nahmen andere fleißige Helfer die Scheite
an einem Tor entgegen und schickten die leeren Körbe wieder
nach unten.

Die Brennöfen fressen das Holz gieriger als eine Rotte
hungriger Wildschweine die Eicheln, dachte der junge Mann,
ehe er sich abwandte, um seinen Weg in die Stadt fortzusetzen. Der Aufstieg zur Albrechtsburg in der Nachmittagssonne trieb ihm den Schweiß auf die Stirn. Der Ausblick über die
Elbe belohnte ihn dann allerdings, und er blieb lange stehen,
um ihn zu genießen. Nachdem er sich sattgesehen hatte, und
die Sonne bereits weit im Westen stand, machte er sich auf
den Weg zurück nach Cölln.

Meißen war so viel kleiner und ländlicher als Dresden.
Längst war er wieder dabei, den Burgberg zu verlassen, als er
hinter sich Hufgetrappel hörte. Eine Peitsche knallte. Nehmitz sprang zur Seite, rettete sich keinen Augenblick zu früh
in einen Hauseingang. Im scharfen Trab fuhr ein Einspän-

ner am ihm vorbei, das Pferd hatte den Kopf gesenkt und keuchte, in den Nüstern war das Rote zu sehen. Der Karren schwankte gefährlich, und die mit einer Plane abgedeckte und festgezurrte Ladung geriet ins Rutschen.

»He!«, rief Nehmitz. »Die Ladung fällt gleich runter.«

Entweder hatte der Kutscher ihn nicht gehört, oder er ignorierte die Warnung.

Erneut knallte er mit der Peitsche, und der Gaul raffte seine letzten Kräfte zusammen, zog das Tempo an.

»Aus dem Weg!«, schrie der Mann, aber der Ruf kam für einen kleinen Jungen zu spät.

Der Knabe geriet unter die Hufe des Pferdes und wurde zu Boden getreten. Aber auch das Tier geriet aus dem Takt. Es machte einen Satz zur Seite und stieß ein hilfloses Wiehern aus. Der Wagen, der ohnehin bereits Schlagseite hatte, polterte in den Rinnstein und kippte um. Die Halteseile der Ladung rissen, eine Vielzahl Pakete fiel auf die Gasse.

»Weeß Goddchn!«, fluchte der Kutscher. »Nielbriemscher Roddsbengel. Dir gerbe ich das Fell, dass dir Hören und Sehen vergeht.« Er rappelte sich auf, die Peitsche immer noch in der Hand.

Unterdessen lag der Junge blutend am Boden, halb unter dem Pferd, das mit gesenktem Kopf und bebenden Flanken auf den nächsten Schlag zu warten schien.

Nehmitz hatte genug gesehen. Er eilte an dem Kutscher vorbei zu dem Jungen, zog ihn aus der Reichweite der Hufe. Der Kleine wimmerte, Tränen hinterließen Spuren auf seinen nicht ganz sauberen Wangen. Sein rechtes Knie war blutig geschlagen, und auch ein Ellenbogen. Die größten Schmerzen schien der Junge aber in der linken Hand zu haben, denn er hielt sie mit der anderen krampfhaft fest. Nehmitz kannte sich mit kleinen Kindern nicht aus und fühlte sich hilflos. Er betupfte das blutige Knie vorsichtig mit seinem Taschentuch.

Der Kutscher kümmerte sich nicht um den Verletzten, sondern sammelte seine verstreut liegenden Pakete zusammen und untersuchte deren Inhalt. »Wenn da was kaputtgegangen ist, dann werden mir das die Eltern dieses Roddsbengels bezahlen. Halten Sie den Zwuunsch ja gut fest, bis ich meine Ladung untersucht habe, werter Herr«, rief er Nehmitz über die Schulter hinweg zu.

Das empörte diesen. »Was unterstehen Sie sich, mir zu befehlen!« Gerade noch rechtzeitig fiel ihm ein, dass er in die Rolle eines Naturforschers geschlüpft war und deshalb nicht wie ein mit Sondervollmachten ausgestatteter Gerichtsassessor auftreten konnte.

»Ich lasse mir doch von so einem das Pferd nicht scheu machen und ihn damit davonkommen. Nicht mit mir – so wahr ich Melchior Maria Knittel heiße.«

»Der Junge hat das Pferd nicht scheu gemacht. Sie sind rücksichtslos gefahren. Schauen Sie sich seine Verletzungen an.« Nehmitz deutete empört auf das Kind.

Der Junge hielt immer noch sein Handgelenk umklammert, versuchte, dennoch auf die Füße zu kommen. Die Schmerzen schienen aber doch größer zu sein als angenommen, denn es gelang ihm nicht. Knittel warf einen kurzen Blick auf ihn. »Das sind nichts als ein paar Schrammen. Die Bohrbse aus den Armenhäusern stecken das leicht weg.«

»Das ist die Höhe! Das Kind weint vor Schmerzen.« Nehmitz wandte sich wieder dem Jungen zu, mit seinem blutigen Taschentuch wischte er ihm die Tränen aus dem Gesicht. Dabei versuchte er, ihn zu trösten: »So schlimm wird es schon nicht sein. Was ist denn mit deiner Hand? Lass mich einmal sehen.«

»Au, au«, jammerte der Junge, als Nehmitz vorsichtig dessen Linke zu sich heranziehen wollte.

»Kannst du sie gar nicht bewegen?«

Der Junge schüttelte den Kopf.

»Und die Finger?«

Die bewegten sich. Nehmitz war erleichtert, wenigstens das war ein gutes Zeichen.

»Ist vielleicht gebrochen«, murmelte der Junge.

»Denk nicht gleich das Schlimmste. So Gott will, ist sie nur verstaucht.« Sicher war sich Nehmitz keineswegs. Es war wohl unumgänglich, dass sich ein Arzt des Knaben annahm.

Knittel hatte unterdessen einige Pakete wieder auf seinen Karren geladen. Gerade war er dabei, die Schnur um ein Päckchen zu lösen und es auszuwickeln. Ihm entfuhr ein Schrei. »Sehen Sie nur! Alles zerbrochen! Sehen Sie es sich an. Das nimmt mir doch keiner mehr ab. Hier, hier!«

Er hielt Nehmitz das Paket unter die Nase. Der blickte auf etwas, das aussah wie verrostetes Metall in Stücke gebrochen. Er wurde nicht schlau daraus.

»Was soll das sein?«

»Das sind Farben für die Manufaktur. Sie werden dort gerieben und gemahlen, mit geheimen Zutaten versehen, bis man damit auf Porzellan malen kann.«

Ursprünglich waren es wohl einmal runde Plättchen gewesen. Wie daraus eine flüssige Farbe wurde, war sicher eines der Geheimnisse des Arkanums, dachte Nehmitz, als er das Durcheinander in dem aufgeplatzten Paket betrachtete.

»So nimmt mir das keiner ab. Meister Höroldt ist sehr genau in diesen Dingen. Daran ist nur dieser Roddsbengel schuld.« Wie ein Raubvogel auf eine Maus herabstieß, so kam Knittel über den Jungen, packte ihn am dürren Arm und zog ihn auf die Beine, ohne auf dessen Schmerzensschreie zu achten. »Wie heißt du? Wer sind deine Eltern? Wo wohnst du? Rede!«

Die Antwort bestand in einem herzzerreißenden Schluchzen.

»Der Junge wird Ihnen nichts sagen. Er hat vielleicht die Hand gebrochen, und daran ist nur Ihre rücksichtslose Fahrweise schuld. Sie müssen den Schaden ersetzen, den das Kind erlitten hat«, sagte Nehmitz mit fester Stimme.

Für einen Moment verblüfft, ließ Knittel den Kinderarm los. »Ich habe doch extra gerufen, dass man mir den Weg freimachen soll. Sie haben es auch geschafft. In der Manufaktur warten sie auf meine Farben, und jetzt verliere ich noch mehr Zeit.«

»Das haben Sie sich selbst zuschreiben. Einem derartig rücksichtslosen Menschen, wie Sie einer sind, sollte man gar keine Pferdezügel in die Hand geben. Sie können nicht rufen und erwarten, dass jedermann zur Seite springt, als gehöre die Gasse Ihnen. Selbst unser gnädiger Kurfürst hat Vorreiter, die dafür sorgen, dass ihm der Weg freigemacht wird.« Dass die nicht eben zimperlich waren, behielt Nehmitz für sich. »Fest steht, dass Sie die Schuld tragen und allen Schaden ersetzen müssen.«

»Ich kann mir keine Vorreiter leisten.« Knittel warf eilig Pakete auf seinen Karren, verzichtete darauf, sie zu öffnen und zu kontrollieren. Am Schluss bedeckte er alles mit der Plane und verschnürte die Ladung. Er tippte das Pferd mit der Peitsche an, das sich gehorsam in Bewegung setzte.

Es fiel nur in einen leichten Trab, aber ehe Nehmitz sich von seiner Verblüffung erholt hatte, war das Gefährt beinahe um die nächste Ecke verschwunden.

»Warten Sie! So geht das nicht.«

Knittel tat, als hätte er nichts gehört und geriet hinter einer Kurve außer Sicht. Der junge Gerichtsassessor schwankte zwischen der Sorge um den Jungen und dem Ärger auf den Kutscher. Sollte er bei dem einen bleiben oder dem anderen hinterherlaufen? Er entschied sich zu bleiben, verband mit seinem Taschentuch den Ellenbogen des Jungen und mit seinem Halstuch dessen Knie. Schließlich drückte er ihm noch einen Taler in die Hand, damit er sich bei einem Arzt sein Handgelenk untersuchen lassen konnte.

»Aber geh auch wirklich hin. Ein gebrochenes Handgelenk muss richtig behandelt werden, damit es wieder gut zusammenwächst. Und du willst doch keine schiefe Hand bekommen«, ermahnte er den Jungen.

Nach diesen tröstlichen Worten machte der Knabe sich etwas vergnügter davon.

Was für ein rücksichtsloses Volk diese Meißner doch waren, dachte Nehmitz. Das ließ für seine Arbeit nicht das Beste hoffen.

Geraldine war zu dem Schluss gekommen, dass es niemanden gab, der ihr helfen würde. Sie hatte schon vor dem Meißner Rathaus gestanden, um den Diebstahl ihres Medaillons anzuzeigen. Unverrichteter Dinge war sie wieder gegangen. Die Amtleute glaubten bestimmt eher Teucherts als ihr, einer Fremden. Niemand würde ihr den Besitz eines goldenen Medaillons zutrauen, und am Ende stünde sie als Diebin da, die die Dreistigkeit besaß, den Verlust ihrer Beute bei den Behörden anzuzeigen. Ihr blieb keine andere Wahl, als zu tun, was Teucherts verlangten und weiterhin heimlich das Dekor zu verändern, um auf das verbotene Treiben des Ehepaares aufmerksam zu machen. Seufzend wusch sie den Pinsel aus und kratzte die angetrocknete Farbe von der Glasplatte. Die Sonne stand tief, die Schatten wurden länger, und sie hatte eine kleine Vase fertig bemalt. Mit einem neuen Scherben anzufangen, lohnte sich nicht mehr.

Sie hätte zum Essen hinuntergehen können, um es mit den beiden Eheleuten im Esszimmer einzunehmen. Teuchert hatte sie bereits mehrmals dazu eingeladen. Aber seine versteckten lüsternen Blicke und die verkniffene Miene seiner Frau waren mehr, als sie zu ertragen bereit war. Deshalb blieb sie die meiste Zeit im Atelier, holte sich das Essen herauf und schlief auf dem Sofa. In der Küche mit Lisette zu essen, hatte sie wieder aufgegeben, die Magd war ihr gar zu sauertöpfisch.

Tagsüber malte sie und malte, bis ihre Hand wehtat und ihre Augen von der Anstrengung gerötet waren. Teuchert hatte sich inzwischen darauf verlegt, Vasen, Figurinen, Dosen oder Kerzenhalter aus der Manufaktur mitzubringen, die Zeit der Teller und Koppchen war vorbei. Die anderen Scherben brachten offenbar mehr Geld ein. Sie versah die Vasen und Dosen mit einem Dekor aus deutschen Blumen, entsprechend einer ihrer Vorlagen, und nahm kleine Änderungen daran vor – bei jedem Stück eine andere, die nicht den Gepflogenheiten der Manufaktur entsprach. Bei den Figurinen nahm sie ebenfalls kleine Änderungen vor, gab einer Dame mal braune statt blonde Haare, tupfte ihr eigenmächtig einen Leberfleck auf die Wange, veränderte das Muster der Röcke, die Farbe der Schuhe und dergleichen mehr. Die Farbzusammenstellung blieb immer geschmackvoll, und die Figurine hätte auch so aus der Manufaktur kommen können. Teucherts bemerkten jedenfalls nie etwas, und das ließ Geraldine kühner werden. Sie nahm bald mehr als eine Änderung an einem Scherben vor.

Im Haus hatte sie inzwischen überall nach dem Medaillon gesucht. Teucherts ließen sie oft genug allein, und das überzeugte sie noch mehr davon, dass das Schmuckstück nicht im Haus war. An deren Stelle hätte sie das Medaillon auch woanders versteckt. In der Kreisamtmannschaft ... oder ... oder ... oder ...

Zum Grundstück gehörten ein ungenutzter Stall, ein Waschhaus, ein Schuppen für das Brennholz und der Garten, den sie bereits am ersten Tag gesehen hatte. Unzählige Verstecke. An Tagen, an denen sie allein im Haus war, hatte sie sich darauf verlegt, in den Nebengelassen nach dem Medaillon zu suchen. Die Waschküche schied aus. Das war das Refugium der Waschfrau, die einmal in der Woche mit roten Händen kam, sich der schmutzigen Wäsche annahm und das Haus mit noch röteren Händen verließ. Nein, in der Waschküche würde niemand, der bei klarem Verstand war, etwas verbergen. Den Stall hatte sie bereits durchsucht. Er bot wenige Verstecke, und sie hatte auch zwischen dem Brennholz nichts gefunden.

Blieb der Garten, nicht besonders groß und etwas ungepflegt. Geraldine lockerte die Erde zwischen den Blumen und tastete überall umher, ob ein Kästchen oder ein Medaillon vergraben war. Sie hackte tiefer, als nötig gewesen wäre, grub mit den Händen in der Erde und hatte auf diese Weise schon so manchen Stein zutage gefördert. Gerade warf sie wieder einen über den Zaun auf die Gasse.

»Jungfer, Sie hätten mich beinahe getroffen«, hörte sie eine männliche Stimme, die eher amüsiert als verärgert klang.

Geraldine sah erschrocken hoch.

Vor dem Gartenzaun stand ein junger Mann. Ein paar Jahre älter als sie war er wohl. Er trug keine Perücke, sondern hatte sein blondes Haar im Nacken mit einem schwarzen Band zusammengebunden. Der kurze Zopf fiel ihm über den Kragen. Geraldine gefiel das, sie verstand nicht, warum alle

Männer, die etwas auf sich hielten, Perücken tragen mussten, statt ihr eigenes Haar zu zeigen. Blaue Augen und eine leicht nach links geneigte Nase fielen ihr in seinem Gesicht als Erstes auf, und auch das gefiel ihr. Warum, wusste sie nicht zu sagen, aber es passte zu seiner nachlässigen Haartracht. Und dann sein Mund, der zu einem leicht spöttischen Lächeln verzogen war.

»Ist ja alles noch mal gut gegangen, Monsieur. Sollte ich Sie erschreckt haben, tut es mir leid.« Geraldine stand auf und wischte sich die erdigen Hände an ihrer Schürze ab. Verlegen versuchte sie, sie hinter dem Rücken zu verstecken.

»So schreckhaft bin ich nicht. Ist das ein Meißner Brauch, Steine auf die Gasse zu schleudern?«

»Ach, das sind doch nur Kiesel. Sie sind einfach überall in diesen Beeten. Was soll ich sonst mit ihnen tun?«

»Warum graben Sie sie aus?«

Ja, warum? Die Wahrheit wollte sie ihm nicht sagen. »Die Steine müssen raus aus dem Beet, damit die Erde besser wird und die Blumen gut wachsen.« Auf Santo Domingo hatten die Zuckerbarone von den Sklaven verlangt, unter sengender Sonne in den Plantagen die Steine aus der Erde zu graben. Es sollte das Zuckerrohr besser wachsen lassen. Was dort galt, war hoffentlich mit Meißner Erde nicht anders. Der unbekannte Mann schien jedenfalls zufrieden mit ihrer Erklärung.

»Im Allgemeinen sammelt man die Steine in einem Korb und trägt sie nach unten zur Elbe, um sie in den Fluss zu werfen.«

»Es ist mir ehrlich gesagt zu schwer, so eine Kiepe voller Steine auf dem Rücken zu tragen.« Geraldine lächelte ihn an. Die Hände hielt sie immer noch hinter dem Rücken versteckt.

»Ich darf mich vorstellen.« Der Mann machte einen Kratzfuß. »Frederik Nehmitz zu Euren Diensten. Ich bin Naturforscher und strebe nach Gelehrsamkeit.«

»Geraldine.«

Er schaute sie fragend an.

»Einfach nur Geraldine, Monsieur.«

Es war alles zwischen ihnen gesagt, und er könnte sich verabschieden und seinen Weg fortsetzen, obwohl sie sich wünschte, er würde noch bleiben und mit ihr plaudern. Krampfhaft suchte sie nach einem Gesprächsthema.

Frederik Nehmitz stützte die Hände auf den Gartenzaun ab und sah nicht aus, als wollte er sich demnächst entfernen. »Sie sind nicht von hier, nicht einmal aus Sachsen, vermute ich. Da frage ich mich, was Sie nach Meißen und in diesen Garten verschlagen hat.«

»Sieht man, dass ich nicht von hier bin?« Er hatte seine Frage nach ihrer Herkunft mit aufrichtigem Interesse gestellt, so dass Geraldine sich zum ersten Mal nicht als fremdartig abgekanzelt fühlte, weshalb ihr diese spitzbübische Gegenfrage über die Lippen kam.

»Nicht einmal von diesem Kontinent, dünkt mir«, erwiderte er schlagfertig.

»Aus Santo Domingo.«

»Das klingt weit weg. Tatsächlich habe ich noch nie jemanden von dort getroffen. Hatten Sie einen Garten auf Santo Domingo? Was frage ich, es kann gar nicht anders sein, so liebevoll wie Sie mit den Pflanzen umgehen.«

Von Sklaven auf Zuckerrohrplantangen erzählte Geraldine ihm nichts, sie wollte die Stimmung nicht verderben. Sollte er glauben, dass auf Santo Domingo alles leicht und schön sei.

»Sie müssen mir eines Tages alles über Ihre Heimat erzählen. Und alles über die Pflanzen und Tiere dort, daran bin ich als Naturforscher besonders interessiert.«

»Eines Tages?«

»Ich hoffe doch sehr, dass Sie mir erlauben, wieder herzukommen und Sie zu besuchen.«

»Nun …« Eine Frau sagte auf solche Fragen weder Ja noch Nein. Geraldine senkte deshalb nur kokett den Blick und schwieg.

»Ich werde wiederkommen«, entschied Nehmitz. »Sie wohnen doch hier?«

»Das Ehepaar Teuchert war so freundlich, mir ein Heim zu geben.« Sie erstickte beinahe an diesen Worten. »Manchmal helfe ich in Haus und im Garten. Im Augenblick ist jedoch niemand da.«

»Dann werde ich Sie sicher öfter in Meißen sehen?«

»Nur solange Monsieur Naturforscher in Meißen forscht.«

»Ich werde eine Weile bleiben. Ganz in der Nähe lebt ein Herr, der bei uns als große Koryphäe gilt. Leider empfängt er nur selten Besuch. Ich hoffe, er macht für mich eine Ausnahme.«

Sie verabschiedeten sich voneinander, und als Nehmitz davonging, schaute Geraldine ihm hinterher. Sie stand immer noch am Zaun, als er längst nicht mehr zu sehen war. Was für ein Mann. Er kam ihr einfühlsam vor und schien dennoch genau zu wissen, was er wollte. Um diese Gewissheit beneidete sie ihn. Und erst sein Lächeln … Es hatte ihr gutgetan, einmal aufrichtig und freundlich angelächelt zu werden. Sie freute sich darauf, ihn wiederzusehen.

Der Schlag der Domuhr brachte Bewegung in Geraldine. Sie hatte mit Nehmitz länger am Zaun gestanden und geschwatzt als gedacht. Es konnte nicht mehr lange dauern, bis die Teuchertin zurückkam. Die durfte sie nicht im Garten antreffen. Geraldine brachte schnell das Beet in Ordnung und legte die Schaufel zurück in den Stall. Rasch noch die Hände unter der Pumpe gewaschen, und schon eilte sie zurück in ihr Atelier.

Fleuter und Kändler standen einander im Büro des Kreisamtmannes gegenüber. Der Modellmeister der Manufaktur wedelte mit einem Stück Papier vor dem Gesicht des anderen herum.

»Das müssen Sie mir erklären«, rief er aufgebracht. »Ich soll nicht Hofkommissar werden! Es war schon alles beschlossen, und nun das!«

»Wie kommen Sie darauf?«

»Weil es hier steht.«

Es gelang Fleuter, den Brief zu fassen und zu lesen. Neben einigem Klatsch aus Dresden stand dort tatsächlich, dass die Ernennung des Modellbaumeisters zum Hofkommissar ausgesetzt sei. Die Unterschrift unter dem Brief war unleserlich. »Von wem stammt das?«

»Das tut nichts zur Sache. Stimmt es, was dort steht?«

»Darauf, was in Dresden entschieden wird, habe ich keinen Einfluss.« Dass es auf seinen Vorschlag hin geschehen war, verschwieg der Kreisamtmann. Noch mehr Öl ins Feuer zu gießen, erschien ihm nicht ratsam.

»Das war nicht meine Frage. Ich will wissen, ob es stimmt, was in dem Brief geschrieben steht.«

»Es sind vorerst nur Gerüchte«, sagte Fleuter fest. Er hatte schon vor mehr als einer Woche einen Brief bekommen, in dem ihm die ausgesetzte Ernennung Kändlers zum Hofkommissar mitgeteilt worden war. Außerdem war ihm befohlen worden, Schweigen darüber zu bewahren, und er gedachte, sich an diesen Befehl zu halten. »In Dresden wird viel erzählt und genauso viel aufgebauscht. Sie dürfen nicht alles glauben.«

»Es liegt an diesen Gerüchten über den Verrat des Arkanums. Von Scholl bricht sein heiliges Wort, und ich soll dafür büßen. Er wird mir gegenüber Rechenschaft ablegen müssen.« Kändler riss seinen Brief wieder an sich und stürmte aus der Kreisamtmannschaft.

DREIZEHN

An Arbeit war nicht zu denken. Jacob Joachim Kändler mietete ein Pferd und ritt zur Stadt hinaus. Kaum hatten sie das Stadttor passiert, schien sich das Pferd zu freuen, einmal die engen Gassen verlassen zu können, es fiel von alleine in einen gestreckten Galopp. Kändler war kein besonders geübter Reiter und kein junger Mann mehr, das halsbrecherische Tempo behagte ihm nicht. Er hatte auch einige Mühe, das Pferd zu zügeln, und atmete auf, als es endlich in den Schritt gefallen war. Den Ritt setzte er langsamer fort und erreichte am späten Nachmittag das Rittergut Lehma. Alles sah wohl geordnet und bestellt aus. Ein Knecht fegte den Hof, ließ seinen Reisigbesen jedoch fallen und kam herbeigerannt, um sich des Pferdes anzunehmen.

Kändler eilte die breite Freitreppe empor und läutete stürmisch, als gelte es, einen Brand zu melden. Einem verdutzten Lakaien befahl er, ihn zum Hausherrn zu bringen. Der sei unpässlich und könne keinen Besuch empfangen.

»Mich wird er empfangen. Bring mich nur zu ihm.« Kändler schätzte ab, ob es ihm gelingen würde, den Jüngeren aus dem Weg zu stoßen und eigenmächtig zu von Scholl vorzudringen.

»Der gnädige Herr muss ruhen. Alle Bediensteten haben die Anweisung, niemanden zu ihm zu lassen. Kommen Sie morgen wieder. Am besten vormittags, denn der gnädige Herr fühlt sich häufig wohler nach der Nachtruhe.« Der Lakai schien Kändlers Gedanken zu ahnen, er schaute sich ängstlich um, gab den Weg jedoch nicht frei.

Im hinteren Bereich der Eingangshalle wurde eine Tür geöffnet und wieder geschlossen. Gleich darauf trat ein dunkelhäutiger Mann hinter den Lakai und wollte wissen, was es gebe. Er trug einfache, aber durchaus der Mode entsprechende Kleidung, nur eine Perücke fehlte. Obwohl sie beide etwa gleich alt waren, war er um einiges größer als der Modellmeister und bewegte sich in einer Manier, als wüsste er genau um die Wirkung seiner Erscheinung. Er war eindeutig kein Mann, den Kändler aus dem Weg stoßen könnte. Es musste sich um den Kammerdiener von Scholls handeln. In der Manufaktur wurde über ihn gemunkelt, er bewache seinen Herrn besser als der Höllenhund die Pforten der Unterwelt.

»Dieser Besucher möchte den gnädigen Herrn sprechen. Er besteht darauf und lässt sich nicht abweisen.« Der Lakai huschte nach diesen Worten aus der Eingangshalle.

»Der Herr ist krank und empfängt nicht. Das wird man Ihnen bereits mitgeteilt haben. Lassen Sie Ihre Karte hier, und wir werden Ihnen Nachricht zukommen lassen, wenn der gnädige Herr gesund genug ist für einen Besuch.«

»Ich muss ihn jetzt sprechen. Sofort. Die Sache duldet keinen Aufschub.«

»Mit wem haben wir die Ehre?«

»Jacob Joachim Kändler aus Meißen.«

Die Miene des Kammerdieners verzog sich zu einem breiten Lächeln. »Der Modellbaumeister aus der Manufaktur.

Mein Herr hat hin und wieder von Ihnen gesprochen. Nur Gutes natürlich.«

»Ich bestehe darauf, ihn zu sehen.« Kändler versuchte, ihn zu umrunden, aber der Kammerdiener stand ihm stets im Weg. »Es wird nicht lange dauern und ihn keine Kraft kosten.«

»Bedaure.« Der Mohr trat einen halben Schritt zurück und verschränkte die Arme vor der Brust.

Würde er seinen Herrn mit dem Leben verteidigen?, fragte sich Kändler. Genauso sah er aus.

Eine Tür zu einem Salon rechter Hand wurde langsam geöffnet. Auf einen Stock gestützt, bekleidet mit einem bestickten Morgenmantel und einer Nachtmütze, trat von Scholl heraus. Er schien tatsächlich geruht zu haben.

»Was ist das für ein Lärm? Kann ich nicht einmal mehr für ein paar Minuten die Augen schließen, ohne gestört zu werden?«, krächzte er.«

Der Diener eilte sofort an die Seite seines Herrn und sprach so leise, dass Kändler nichts verstehen konnte. Sie flüsterten miteinander, und aus ihren Mienen schloss der Besucher, dass sie sich nicht einig waren. Von Scholl setzte sich schließlich durch und erklärte sich bereit, einige Minuten mit Kändler zu sprechen.

Die beiden Herren zogen sich in das Zimmer zurück, aus dem der Hausherr eben gekommen war. Obwohl draußen sommerliche Temperaturen herrschten, brannte im Kamin ein Feuer. Kändler wurde sofort heiß. Er suchte sich einen Platz möglichst weit entfernt vom Kamin. Sein Gastgeber dagegen schlang den Morgenrock enger um den mageren Leib, als fröre er, und setzte sich auf ein Ruhebett nahe beim Kamin. Ungeniert streifte er die Pantoffeln ab und legte die Füße auf einen Hocker.

Der Kammerdiener erschien und brachte Tee. Das Getränk dampfte beim Einschenken. Noch mehr Hitze, dachte Kändler und verdrehte die Augen.

»Was führt Sie zu mir, lieber Kollege?«, eröffnete von Scholl das Gespräch und nippte an seinem Tee. Voller Wohlbehagen ließ er das heiße Getränk die Kehle hinabrinnen.

Er müsste innerlich längst verglüht sein.

»Gerüchte.«

»Darauf sollten Sie weniger als einen Furz geben.«

Die derbe Sprache überraschte Kändler und wollte nicht zu dem hochgebildeten Mann passen, als den alle Welt von Scholl bezeichnete. Er ließ sich jedoch seine Irritation nicht anmerken. »Ich wünschte, ich könnte das«, stieß er hervor. »Meine Ernennung zum Hofkommissar ist ausgesetzt, weil Sie das Arkanum verraten haben.«

»Was ich nicht getan habe. Selbst wenn es so wäre, was hätte das eine mit dem anderen zu tun?« Von Scholl hatte weder die Stimme erhoben, noch schneller gesprochen, so als berühre es ihn gar nicht.

»Ich werde nicht ernannt, bis die Unregelmäßigkeiten in der Manufaktur aufgeklärt sind.«

»Dann klären Sie sie auf. Nur weiß ich nicht, was Sie von mir erwarten.«

»Sie haben das Arkanum verraten und fragen, was Sie dabei tun sollen? Das ist der Gipfel der Unverfrorenheit.«

»Das hatten wir schon.« Von Scholl trank seinen Tee aus und ließ sich mit geschlossenen Augen gegen das Rückenpolster des Ruhebetts sinken.

War dieser kranke Mann wirklich zu dem in der Lage, was ihm vorgeworfen wurde? Es gehörte nicht viel Kraft dazu, ein Geheimnis zu verraten, gab Kändler sich die Antwort.

»Ich will Ihr Ehrenwort, dass an dem Gerede nichts dran

ist. Das Wort eines Ehrenmannes, eher verlasse ich dieses Haus nicht.«

»Sie sind herzlich eingeladen, mein Gast zu sein. Nur werde ich nicht viel Zeit für Sie erübrigen können. Die Krankheit, Sie verstehen? Und sobald ich genesen bin, muss ich mich meinem Lebenswerk widmen«, antwortete von Scholl immer noch mit geschlossenen Augen. Dann läutete er eine kleine Glocke, die neben ihm auf dem Ruhebett gelegen hatte.

Deren zarter Ton rief den Kammerdiener herbei, der sich verbeugte und auf Befehle wartete.

»Maurice, Herr Kändler wird eine Weile unser Gast sein. Lass ein Zimmer für ihn richten, und gib in der Küche Bescheid.

»Gnädiger Herr …«

»Er besteht darauf, zu bleiben. Ich habe ihm bereits gesagt, dass ich nicht viel Zeit für ihn werde erübrigen können.«

»Wie der gnädige Herr befiehlt.«

Was für eine Posse! Kändler sprang auf.

»So lasse ich mich nicht behandeln! Von Ihnen nicht! Von niemandem! Ich gehe! Aber ich kehre zurück, und dann kommen Sie mir nicht so einfach davon.« Wütend strebte er der Eingangshalle zu.

»Also kein Zimmer«, stellte der Kammerdiener fest.

Da sich kein Lakai in der Eingangshalle blicken ließ, reichte er persönlich Kändler Hut und Handschuhe.

Auf dem Hof musste der Modellmeister nicht lange warten, bis sein Pferd gebracht wurde. Man hatte es in der Zwischenzeit geputzt und die Hufe eingefettet. Kändler schwang sich in den Sattel und trabte vom Hof. Er hatte das unangenehme Gefühl, zum Narren gehalten worden zu sein.

Einen gab es, der sich über die Aussetzung der Ernennung zum Hofkommissar freute. Das war der Maler Höroldt. Zwar hatte er dem Kollegen sein Bedauern ausgesprochen, jedoch mit einer so aufgesetzt betrübten Miene, dass keinerlei Zweifel an seinen wahren Gefühlen bestanden. Kändler hatte wortlos kehrtgemacht, sich in seinen achteckigen Raum zurückgezogen und sehr nachdrücklich die Tür hinter sich geschlossen.

Es war köstlich gewesen. Höroldt freute sich immer noch, als er nach der Arbeit heimging. Auf der Straße kam ihm ein gutgekleideter junger Mann entgegen, den er noch nie gesehen hatte. Er wohnte lange genug in der Stadt, um mit allen besseren Bürgern bekannt zu sein, aber dieser war keiner von ihnen. Wie die guten Sitten es erforderten, lüpfte der jüngere Mann vor ihm den Hut und murmelte einen Gruß.

Höroldt hatte gute Laune und antwortete laut und deutlich: »Einen schönen Gruß zurück, werter Herr.«

Der andere blieb erstaunt stehen. »Kennen wir uns?«

»Heute ist ein schöner Tag. Sehen Sie es nicht genauso?«

»Wenn Sie es so sagen.«

»Einer meiner Feinde hat eine empfindliche Niederlage erlitten. Wenn das kein Grund ist, sich zu freuen.«

Der junge Mann erwiderte nichts mehr, sondern nickte nur unbestimmt und eilte weiter. Höroldt summte das Lied »Geh aus mein Herz und suche Freud in dieser lieben Sommerzeit an deines Gottes Gaben«, während er seinen Weg fortsetzte. Sorgen, dass Kändlers abgeblasene Ernennung auf ihn selbst zurückfallen könnte, machte er sich nicht. Er war bei Fleuter und auch in Dresden gut gelitten. Deshalb befürchtete er nicht, selbst in den Verdacht zu geraten, das Arkanum verraten zu haben. Wenn er das hätte tun wollen, um eine eigene Manufaktur zu gründen, hätte er damit schon vor Jahren beginnen können, schließlich war er der Einzige, der tatsächlich alle Geheimnisse der Porzellanherstellung und Verzierung kannte.

Umso besser, dass es jetzt von Scholl und Kändler traf. Vielleicht gelang es ihm, die beiden loszuwerden und wieder unangefochten an der Spitze der Manufaktur zu stehen? Er spürte, dass sich in den letzten Jahren etwas gewandelt hatte, auch wenn es ihm gegenüber niemand offen aussprach. Die Bemalung des Porzellans war hinter die Form zurückgetreten. Damit drohte seine Kunstfertigkeit hinter die Kändlers zurückzufallen. Die Entwicklung neuer Dekore wurde von ihm kaum noch gefordert – dass die Beaufsichtigung und Verwaltung der Malerstuben ihm dafür kaum Zeit ließ, überging er in Gedanken –, während Kändler ein neues Stück nach dem anderen schuf.

Immer noch bester Laune öffnete er die Tür seines Hauses. Er begrüßte seine Frau, indem er sie auf beide Wangen küsste und sich anschließend an ihrem Gesichtsausdruck weidete. Sie schaute so verdutzt und verlegen aus wie ein junges Ding, das zum ersten Mal von einem Verehrer geküsst worden war.

Geraldine saß im Schatten einer Weide auf einer Decke und drehte einen von der Teuchertin geborgten Sonnenschirm in den Händen. Sie hatte den ganzen Tag frei, das hatte sie den Teucherts abgetrotzt, um mit dem Naturforscher Nehmitz zusammen ins Grüne zu gehen.

Nach ihrem ersten Treffen am Gartenzaun hatte es ein zweites gegeben, bei dem er sie gefragt hatte, ob sie ihn zu einem Ausflug begleiten wolle. Sie wollte, und nach einem tüchtigen Fußmarsch saß sie am Ufer des Grabens, der die Wiese durchschnitt und entwässerte. Das Wasser rauschte über Steine, Grashalme wogten im Sommerwind, und in der

Luft summten Insekten. Wäre Geraldine von dem Mann neben ihr nicht so abgelenkt gewesen, hätte sie die Schönheit ihres Rastplatzes genießen können. So fiel ihr weder das satte Grün des Grases mit den gelben Sprenkeln von Löwenzahn, noch das zarte Grün der Weide auf. Alles glänzte im Sonnenlicht, im Graben kühlte eine Flasche Wein, und in einem Korb wartete eine Mahlzeit darauf, verzehrt zu werden.

Nehmitz saß ihr gegenüber auf der Decke, hatte eine Löwenzahnblüte abgepflückt und mit einem kleinen Messer auseinandergeschnitten. Ein Naturforscher eben.

»Ich werde noch eifersüchtig auf diese Blüte.« Ein leises Lachen begleitete Geraldines Worte.

»Nicht doch.« Nehmitz ließ sie sofort fallen. »Aber der Aufbau der Pflanzen …« Er zuckte entschuldigend die Schultern. »Ich bin unhöflich. Ab sofort werde ich mich nur noch Ihnen widmen. Wollen Sie etwas essen, etwas trinken? Am Graben entlangschlendern?«

»Ich möchte wissen, was Sie an dieser Blüte so fasziniert. Erzählen Sie mir alles darüber.«

Nehmitz' leichtes Zusammenzucken bemerkte sie nicht. Gehorsam hob er die Blüte wieder auf und rückte näher. »Das sind die gelben Blütenblätter. Sie sitzen auf dem Stiel.«

Das war Geraldine nicht neu. »Und was ist das für eine Knolle?« Sie deutete auf eine Verdickung zwischen Stiel und Blüte.

»Das ist einfach. Sobald der Löwenzahn verblüht, wachsen aus dieser Knolle die weißen Federn heraus, die durch die Luft fliegen.«

»Das ist faszinierend. Eine Blume, die erst gelbe Blütenblätter und dann weiße Federn hat. So etwas kenne ich gar nicht.«

»Auf Santo Domingo gibt es doch bestimmt weitaus geheimnisvollere Pflanzen. Wenn ich meine Forschungen in Europa abgeschlossen habe, werde ich auf Reisen gehen und Ihre Heimat besuchen.«

»Worin besteht Ihre Forschung genau?«

»Das ist nicht leicht zu erklären. Eigentlich ist es … Ach, was soll es, ich sage frei heraus, wie es ist.«

Der Schrei eines über ihnen kreisenden Raubvogels unterbrach Nehmitz. Er beschirmte seine Augen mit einer Hand und folgte mit seinen Blicken dem Flug des Vogels. »Der ist so frei wie sonst kein Geschöpf auf dieser Welt.«

Geraldine sah ebenfalls hoch und stimmte ihm in Gedanken zu. Dieser Vogel ging keinem Betrügerpaar in die Falle. Er ließ sich kein Medaillon wegnehmen, und einsperren konnte ihn gewiss niemand. Sie seufzte lautlos.

Nehmitz war unterdessen aufgesprungen und hatte die Flasche aus dem Wasser geholt. Er packte ihre mitgebrachten Vorräte aus und schenkte den Wein in zwei Gläser. Er war herrlich kühl, und das Glas beschlug sofort. Geraldine nahm einen Schluck. Wein gab es bei Teucherts nie – jedenfalls nicht für sie. Eine Weile waren sie mit Essen beschäftigt, dann schlug Nehmitz einen Verdauungsspaziergang vor.

Geraldine hatte sich bei ihm untergehakt und drehte mit der anderen Hand den Sonnenschirm, und so schlenderte sie neben ihm am Graben entlang. Außer ihnen war weit und breit niemand zu sehen. Der Wasser floss verführerisch neben ihnen her.

»Wie es wohl wäre, im Wasser zu gehen?«, sinnierte Geraldine.

»Kalt auf jeden Fall.«

»Lassen Sie es uns ausprobieren.«

»Wir können doch nicht …« Nehmitz geriet ins Stottern und sah zweifelnd drein.

»Warum nicht?« Geraldine war bereits dabei, die Schuhe auszuziehen.

Unterdessen konnte Nehmitz den Blick nicht von ihren schlanken Fesseln lösen. Sie waren so zart und würden in seine hohle Hand passen wie ein Küken. Seine Augen wurden noch größer, als Geraldine sich nach den Schuhen an ihren Strümpfen zu schaffen machte. Er bekam nun nicht nur ihre Fesseln, sondern auch ihre Waden bis zum Knie hinauf zu sehen. Sie bemerkte seine Blicke nicht, sondern rollte ganz unbefangen ihre Strümpfe herunter und stand gleich darauf barfuß vor ihm.

»Nun kommen Sie. Oder soll ich denken, dass Sie sich vor ein bisschen Wasser fürchten, Herr Naturforscher?«

Das ließ Nehmitz sich nicht zweimal sagen. Er schlüpfte aus seinen Schnallenschuhen und machte sich an seinen Strümpfen zu schaffen. Es war ja wirklich niemand da, der ihn sehen könnte. Das Wiesengras fühlte sich angenehm weich an unter seinen nackten Fußsohlen. Geraldine ergriff seine Hand und machte sein Glück damit vollkommen.

Gemeinsam standen sie nebeneinander am Bachufer. Das Wasser floss ungefähr eine Elle unter ihnen dahin und war so klar, dass der sandige Untergrund ohne weiteres zu erkennen war. Hinter einigen Steinen bildete es Wirbel.

»Ich mache den Anfang«, verkündete Geraldine. Sie raffte ihre Röcke, machte einen großen Schritt und stand im Wasser.

»Ist das kalt!«, quietschte sie entsetzt.

Sie beeilte sich, wieder ans Ufer zu kommen, und griff nach der Hand, die Nehmitz ihr fürsorglich entgegenstreckte. Gleich darauf stand sie wieder neben ihm, Wasser tropfte von ihren Füßen, ihre Rocksäume waren ebenfalls nass geworden. »Auf der Wiese herrschen sommerliche Temperaturen, und im Bach ist tiefster Winter. Warum ist das so? Erklären Sie es mir, Monsieur Naturforscher. Müsste nicht das Wasser genauso warm sein wie die Wiese, da auf alles dieselbe Sonne scheint?«

»Das scheint nur auf den ersten Blick so«, begann Nehmitz langsam und verwünschte sich dafür, sich als Naturforscher ausgegeben zu haben, obwohl er kaum Ahnung von den Dingen in Feld und Wald hatte. »Das Wasser nimmt die Sonne anders auf als die Wiese. Außerdem fließt es und bewegt sich. Ich muss Ihnen aber sagen, dass ich gar kein …«

»Die Wiese bewegt sich auch! Schauen Sie nur.« Geraldine deutete auf das Gras, das im Wind wogte. »Sie haben mir die gelben Blumen so gut erklärt, da werden Sie das auch wissen.«

Sie schaute so vertrauensvoll zu ihm empor, dass er es nicht fertigbrachte, ihr die Wahrheit zu sagen. Er wusste, dass es mit jeder verstrichenen Minute schwerer werden würde, und sie ihm zu Recht böse sein musste, aber er kam gegen diesen Blick aus samtbraunen Augen nicht an.

»Das Wasser ist viel tiefer als das Gras, da kommt der Wind gar nicht hin. Es fließt mit seiner eigenen Kraft, das ist der Unterschied.« Er redete hanebüchenen Unsinn, befürchtete Nehmitz, aber er wusste es nicht besser. Er musste sich unbedingt erkundigen, wie all dies zusammenhing. Am besten schrieb er an seinen alten Lehrer für Naturkunde an der Dresdner Kreuzschule. Der könnte ihm sicher weiterhelfen, nachdem er ihn für sein fehlendes Wissen getadelt hätte.

»Von einem Bach will ich mich nicht besiegen lassen. Und Sie haben noch nicht einmal einen Zeh ins Wasser gesteckt.«

»Wenn es so kalt ist …«

»Ihr Zeh wird es aushalten.« Entschlossen trat Geraldine wieder dicht ans Ufer und zog Nehmitz mit sich.

Diesmal sprang sie nicht mit beiden Füßen in den Bach,

sondern ging die Sache vorsichtig an. Sie steckte zuerst nur eine Fußspitze ins Wasser, während Nehmitz sie fürsorglich festhielt, sie wackelte mit den Zehen, bis sie mit dem ganzen Fuß im Wasser stand und es auf einmal gar nicht mehr so kalt fand. Die Prozedur wiederholte sich beim zweiten Fuß. Nun konnte sich Nehmitz nicht mehr weigern und stieg ebenfalls ins Wasser. Es war wirklich verflucht kalt. Er biss die Zähne zusammen und ließ sich nichts anmerken. Ganz allmählich flaute das Gefühl ab, barfuß im Schnee zu stehen. Geraldine war bereits ein paar Schritte vorausgegangen.

Sie plantschten durch den Bach, bis sie ihre Füße nicht mehr spürten und die Haut eine bläuliche Färbung angenommen hatte. Da bestimmte Nehmitz, dass es an der Zeit sei, wieder ins Trockene zu kommen. Er ließ auch keine Ausflüchte gelten, umfasste Geraldines Taille und hob sie ans Ufer, ehe er selbst hinterherstieg.

»Jetzt merke ich auch, dass ich meine Füße gar nicht mehr spüre.« Geraldine lehnte sich an ihn, als müsse sie bei ihm Halt suchen.

»Sie sind zu lang im kalten Wasser geblieben, kleine Nielje. Eine richtige Wasser-Nielje.« Erneut nahm er sie auf die Arme und trug sie über die Wiese zu der Stelle unter der Weide, an der ihre Decke lag und der Korb stand.

»Wie haben Sie mich genannt?«, wollte Geraldine wissen und lehnte den Kopf an seine Schulter.

»Nielje. Das sagen wir in Sachsen für Lilie.«

»Oh.«

»Eine Blume, so zart und schön wie Sie.«

»Oh.« Geraldine war verlegen, und ihr fiel keine andere Erwiderung ein.

Nehmitz trug sie noch immer in seinen Armen und schritt über die Wiese. Seine Füße waren bar jeden Gefühls, aber er ließ sich nichts anmerken. Behutsam ließ er Geraldine auf die Decke gleiten. Er machte sich daran, ihre Füße mit einem Zipfel der Decke warm zu reiben und gab sich erst zufrieden, als die Haut sich wieder seidig und weich wie die eines Pfirsichs anfühlte. Ihm war darüber auch warm geworden.

Sie zogen Schuhe und Strümpfe wieder an, packten die Decke und die Reste ihres Mahls zusammen. Bevor sie sich auf den Rückweg nach Meißen machten, griff Geraldine noch einmal nach Nehmitz' Hand. »Unser Ausflug hat mir sehr viel Freude gemacht. Ich danke Ihnen für die Einladung und dass Sie den Tag mit einer Fremden verbringen wollten.«

»So sehe ich Sie nicht. Sie sind eine schöne Frau, kleine Nielje.«

»Das denken längst nicht alle. Ich danke Ihnen dafür.« Sie beugte sich zu ihm und küsste ihn auf die Wange.

Nehmitz war wie vom Donner gerührt. Einen Augenblick stand er starr, bevor sein Körper die Herrschaft über den Geist übernahm. Er umfing Geraldine und zog sie an sich. Seine Lippen streiften ihre Schläfe, das lockige Haar, ihre Wange und endlich ihre Lippen. Erst nach einer ganzen Weile lösten sie sich voneinander.

Verlegen dachte Nehmitz erneut, dass er ihr die Wahrheit gestehen müsste. Wieder brachte er es nicht fertig. Die zarte Stimmung wollte er nicht zerstören. Er nahm also den Korb auf und ergriff ihre Hand. So überquerten sie die Wiese und spazierten in Richtung Meißen.

Bevor sie die Stadt betraten, lösten sie sich voneinander und gingen in züchtigem Abstand weiter.

*D*ie Vorstellung bei Fleuter war unangenehm gewesen. Der Mann hatte ihn angesehen, als hätte er ihn am liebsten gepackt und eigenhändig aus dem Raum geworfen, während er ihm gleichzeitig jede notwendige und denkbare Unterstützung versprochen hatte.

»Fordern Sie etwas, und es wird Ihnen gegeben werden.«

»Als Erstes benötige ich ein Kabinett, in dem ich arbeiten kann. Es muss eine abschließbare Tür haben. Alle vorhandenen Schlüssel sind mir auszuhändigen.«

Das Kabinett war schnell gefunden. Es besaß auch einen schönen blau-weißen Kachelofen, nur hoffte Nehmitz, längst wieder in Dresden zu sein, bevor der Ofen in Gebrauch genommen werden musste.

»Der Hauptmann unserer Schlosswache hat die Schlüssel zu allen Räumen der Burg. So hat es die Ordre unseres Kurfürsten bestimmt. Der Mann muss ohne Verzug überall Zutritt haben, falls es seine Aufgabe erfordert.«

»Nicht in mein Kabinett«, bestimmte Nehmitz. Er ahnte, dass dies eine erste Kraftprobe war, die er gewinnen musste, wollte er sich nicht von vornherein alle Chancen auf Aufklärung verderben. Er überragte Fleuter um wenige Zoll, und diese nutzte er aus, um den Kreisamtmann von oben herab anzustarren.

Fleuter wand sich eine Weile, gab aber schließlich nach und versprach, an der Tür einen zusätzlichen abschließbaren Riegel anbringen zu lassen. Nehmitz gestattete sich ein flüchtiges Lächeln und verlangte Einsicht in die Bücher dieses und des halben vorherigen Jahres. Als der Kreisamtmann erneut dagegen sprechen wollte, wedelte er ihm mit der Vollmacht vor dem Gesicht herum, und das Gewünschte wurde ihm zugesagt.

Deshalb saß Nehmitz nun in seinem neuen Kabinett. An der Tür prangte der neue abschließbare Riegel, vor ihm auf dem Tisch lagen die Bücher der Manufaktur und daneben stand ein Krug Meißner Braunbier. Er brauchte nicht lange, um festzustellen, dass alles aufgeschrieben wurde, Wichtiges und Unwichtiges, dass es aber nicht leicht war, das eine vom anderen zu scheiden. Die Akten befanden sich in keiner guten Ordnung. Würde er im Gericht so arbeiten, hätte er sich mehr als einen Tadel zugezogen. Nehmitz seufzte und dachte, wie viel Mühe es ihn kosten würde, diesem Berg an Papier eine Erkenntnis zu entlocken. Wenn es überhaupt gelänge? Wie viel lieber würde er seine Zeit mit der schönen Geraldine verbringen, ihre Lippen noch einmal auf seinen spüren. Sie war so ein liebreizendes, unschuldiges Naturkind, seine kleine Nielje.

Mit viel Mühe gelang es ihm dann aber doch, in den Unterlagen eine erste Spur zu finden. Die Menge an Zutaten für die Porzellanrohmasse schien ihm nicht zu der Menge der tatsächlich produzierten Scherben zu passen. Selbst wenn man eine gewisse Menge Bruch abzog, der auch in den Papieren verzeichnet war, schienen ihm immer noch zu viele Rohmaterialien verbraucht zu werden. Ob das vor ihm jemandem aufgefallen war? Er bezweifelte das, bei dem ungeordneten Zustand, in dem sich die Bücher befanden.

Wo konnte das Problem liegen? Hätte tatsächlich jemand das Arkanum verraten, etwa von Scholl, so könnte er durchaus an den Rohzutaten Begehr haben, um daraus seine eigene Masse herzustellen. Nehmitz verwarf diesen Gedanken gleich wieder. Ein umständlicherer Weg ließ sich kaum vorstellen. Statt die Materialien in der Manufaktur abzuzweigen, wäre es viel einfacher, sie dort zu beziehen, wo auch die Manufaktur sie herbekam. Oder der Verräter könnte sich neue Vorkommen erschließen.

Die gleichen Gedankenexperimente führte er für die anderen Abteilungen der Manufaktur durch. Er ließ niemanden aus, keinen Meister, keinen Vorarbeiter, keinen Arkanisten oder Lehrling. Die Listen der Mitarbeiter befanden sich ebenso bei den Büchern wie die der Geschirrschreiber. Deren Listen, er ahnte es, würden ihm bei seiner Untersuchung noch die besten Dienste leisten. Auf ihnen ließ sich der Weg eines Scherben von der Formerei über die Brennerei und durch die Malerstuben bis zum fertigen Porzellan verfolgen. Nehmitz ahnte, dass seine Ermittlungen sich zu einer Rechenaufgabe ausweiteten. Auch das noch! Die Rechenkunst beherrschte er besser als die Naturkunde, aber er verlor sich nicht darin wie in Geraldines braunen Augen.

Auf einigen Zetteln hatte Nehmitz die Namen all der Manufakturisten aufgeschrieben, die ihm bei seinen Recherchen im negativen Sinne aufgefallen waren. Entweder, weil sie für schlechte Arbeit gemaßregelt oder degradiert worden waren, die Manufaktur ihnen den Lohn gekürzt oder sie sogar arretiert hatte, oder weil sie krank geworden waren oder vergebens um etwas gebeten hatten. Am Ende enthielt die Liste mehrere Dutzend Namen. Besonders unterstrich er die Männer, die wegen verbotener Hausmalerei im Februar dieses Jahres erst arretiert und dann ermahnt worden waren. Waren sie so tollkühn und setzten das verbotene Treiben fort?

Es wäre ihnen wohl zuzutrauen, wenn er an die Verdienste der meisten Manufakturisten auf den Lohnlisten dachte. Viele lebten mit ihren Familien von der Hand in den Mund. Bei manch einem mit fünf, sechs oder noch mehr Kindern mochte es gar nicht reichen. So erging es auch Männern mit zehnjähriger oder längerer Manufakturzugehörigkeit. Nahm er seinen eigenen Verdienst am Appellationsgericht … Nehmitz runzelte die Stirn. Er war ihm gering vorgekommen, und er musste keine Familie ernähren, arme oder kranke Verwandte versorgen, musste keine Miete zahlen, da er in Dresden im Haus der Mutter wohnte. Und dabei lag sein Verdienst um ein Vielfaches über dem eines einfachen Drehers, eines jungen Buntmalers oder dem eines Handlangers. Wie leicht konnte ein Mann da in Versuchung geraten!

»Haben Sie den Täter in den Büchern gefunden, Herr Assessor?« Am Ende des zweiten Tages steckte Fleuter den Kopf in Nehmitz' Büro und grinste diesen unverschämt an. »Oder sind Sie unter den Papierbergen ertrunken?«

»Weder noch. Aber ich bin ihm näher gekommen.« Nehmitz wischte sich über das Gesicht. Die Augen brannten vom langen Lesen kleingeschriebener Zahlenkolonnen. Er war wieder bei den Einträgen der Geschirrmeister angelangt, versuchte zu ermitteln, in welcher Abteilung die größten Verluste an Scherben zu verzeichnen waren und ob das als außergewöhnlicher Schwund anzusehen war.

»Ich wünsche auf jeden Fall gutes Gelingen. Sagen Sie mir, wenn Sie etwas benötigen, und sei es nur neues Papier.«

Nehmitz antwortete zunächst nicht, und der Kreisamtmann wollte schon den Kopf zurückziehen, wurde aber zurückgehalten. »Da gibt es tatsächlich etwas. Ich möchte durch die Manufaktur geführt werden, ohne dass meine Funktion sogleich offenbar wird.«

»Jetzt gleich?«

»Die Männer arbeiten doch noch eine Weile?«

»Bis zum Sonnenuntergang.«

Fleuter seufzte, als hätte ihm jemand den Feierabend verdorben. Auf ihrem Weg schloss sich ihnen der Beamte Teuchert an.

Nehmitz hatte sich nicht vorgestellt, dass es in der Manufaktur so eng, laut und stickig sei. Am meisten dauerten ihn die Arbeiter in der Brennerei, die zu allen Übeln zusätzlich noch Hitze ertragen mussten. Die Maler hockten mit gekrümmten Rücken auf Dreibeinen und sahen nicht auf, als Fleuter und Teuchert mit ihrem Gast vorbeigingen. Manch einer blickte durch eine Lupe auf sein Motiv. Ob das nachlassendem Augenlicht oder der Zierlichkeit des Dekors geschuldet war, vermochte Nehmitz nicht zu sagen.

In einem von der Stube der Buntmaler abgetrennten und erhöhten Kabinett residierte Höroldt. Durch große Scheiben konnte er die Maler jederzeit im Auge behalten. Gegenwärtig saß er am Tisch und schrieb. Offenbar verärgert über die Störung, schaute er hoch, brummte einen kaum verständlichen Gruß und widmete sich wieder seiner Arbeit. Nach allem, was Nehmitz aus den Akten entnommen hatte, war Höroldt kein angenehmer Zeitgenosse. Er hielt sich für unangreifbar und unersetzbar, so jemand konnte leicht auf Ideen kommen.

Das Los der Former schien Nehmitz am vorteilhaftesten. Sie arbeiteten ebenfalls in drangvoller Enge und mit gebeugten Rücken, aber jeder von ihnen hatte eine Schale Wasser neben sich stehen, da sie immer wieder ihre Hände befeuchten mussten, um die Masse geschmeidig zu halten. Das ließ die Luft in der Formerstube nicht ganz so stickig werden. Wie Höroldt besaß auch Kändler ein von der Stube abgeteiltes Kabinett, aber im Unterschied zum ersten Maler kam er ihnen entgegen und begrüßte sie. Er zeigte dem Gast bereitwillig, wie in der Formerstube gearbeitet und wie die Masse in die Gipsformen gedrückt wurde.

Ehe Nehmitz sich versah, wurde ihm ein feuchter Klumpen Rohmasse in die Hand gedrückt, deren Äußeres sich seifig anfühlte, während ihm das Innere fester als gedacht schien. Er sah zweifelnd auf die Masse und die Form in Kändlers Hand. Sie war recht klein und schien ein Bein darzustellen.

»Aus wie vielen Einzelteilen besteht eine Figur?«, fragte er und sah sich nach einem Platz um, wo er die Porzellanmasse unauffällig ablegen konnte.

Der Former, neben dessen Arbeitsplatz sie standen, deutete auf seine Schale mit Masse und reichte ihm einen nicht sehr sauberen Lappen, um sich daran die Hände abzutrocknen. Dankbar nickte Nehmitz ihm zu und rieb sich die Hände mit dem Tuch ab, während er Kändlers Erklärungen lauschte.

»Das ist verschieden. Die größeren Figuren bestehen aus mehr als hundert Teilen. Nach dem Trocknen wird die Masse aus den Formen gelöst, und in der Bossierstube werden die Figuren mit Schlicker zusammengekittet und die Nahtstellen verstrichen, bevor sie in die Glasur getaucht und zum Brennen gebracht werden. Später sieht man nicht mehr, wie viele Einzelteile es einmal gewesen sind. Die Nahtstellen sind auch mit einer Lupe nicht mehr zu erkennen. Das ist Kunst.«

Nehmitz' Hände waren wieder trocken, aber nicht sauber. Der Modellmeister bemerkte es nicht, seine eigenen Hände sahen nicht anders aus, ebenso die Ärmel seines Arbeitskittels. Nehmitz verabschiedete sich freundlich von Kändler. Er hatte den Eindruck, einem ehrlichen Mann gegenübergestanden zu haben.

Teuchert ergriff die Hände seiner Ehefrau. Beide standen in Hausmänteln und mit Nachtmützen auf dem Flur, um sich für die Nacht jeder in sein Schlafzimmer zurückzuziehen. Sein Tun war so ungewöhnlich, dass die Teuchertin misstrauisch wurde und die Lippen zu einem schmalen Strich zusammenkniff.

»Aus Dresden ist ein Sonderermittler gekommen, um die Vorgänge in der Manufaktur zu untersuchen. Er ist seit ein paar Tagen da und hat sich hinter den Geschäftsbüchern versteckt. Heute hat er sich von Fleuter die Manufaktur zeigen lassen, und ich habe mich den beiden angeschlossen.«

»Das sagen Sie mir einfach so? Und erst jetzt? Wissen Sie nicht, was das für uns bedeutet? Wir müssen die Porzellanmalerei aufgeben. Ihre Schulden sind nicht annähernd abgetragen. Von meinen Wünschen will ich gar nicht sprechen.«

»Nicht so schreckhaft, Weib. Das ist ein junger Mann, ein Assessor vom Appellationsgericht in Dresden. Der ist unbedarft und harmlos. Wir müssen nicht befürchten, dass er uns ertappt. Dafür werden Kändler und Höroldt sorgen und die Männer in der Brennerei, die alles auf Ritter von Scholl schieben.«

»Sie sind leichtsinnig.«

»Ich bin noch viel leichtsinniger gewesen.« Teuchert lächelte in sich hinein. Er verstand die Ängstlichkeit seiner Frau nicht, aber es gefiel ihm, sie verzagt zu sehen. »Ich habe den Mann zu uns eingeladen. Er wird morgen Abend zum Essen kommen.«

»Wann wollten Sie mir das sagen?«

»Ich sage es doch gerade.«

»Dieser Mann kann nicht herkommen. Sie sind von allen guten Geistern verlassen. Wenn er Geraldine sieht?«

»Er wird sie sehen. Sie lebt bei uns als Hausgast. Es gehört sich, dass sie uns bei Tisch Gesellschaft leistet. Man kennt sie in Meißen, wenn wir sie verstecken, ist das erst recht auffällig. Sie werden uns etwas Besonderes auf den Tisch stellen.«

»Am Ende sitzt sie wirklich mit uns am Tisch. Schlimm genug, dass sie sich neuerdings Freiheiten herausnimmt und außer Haus geht, und Sie ihr das auch noch erlauben.«

»Was wäre an Nehmitz' Besuch so schlimm?«

»Alles.«

»Wir haben ihr aus Mitleid ein Heim gegeben, weil sie ganz alleine auf der Welt ist. Das wird diesen Nehmitz beeindrucken. Er ist so ein Mann, glauben Sie mir. Es rückt Sie bei ihm in ein äußerst günstiges Licht.«

»Bis diese Zigeunerin damit herausplatzt, dass sie nach ihrem Vater sucht und wir ihr das Medaillon mit seinem Bild weggenommen haben«, warf die Teuchertin ein.

»Wir werden alles abstreiten. Wem wird man glauben, einer dahergelaufenen Fremden oder ehrenwerten Mitgliedern der Meißner Gesellschaft? Die Suche nach ihrem Vater ist nichts als eine versponnene Idee. Wer weiß, ob der Mann froh über ein Zigeunerkind ist.« Teuchert bleckte die Zähne zu einem wölfischen Grinsen.

»Sie reden irr.«

»Warten wir ab, was der morgige Tag bringt. Bezaubern Sie unseren Gast.«

»Ich?«

»Dann eben die junge Geraldine.«

»Die? Was soll einem Mann an der gefallen?« Die Teuchertin spuckte die Worte aus wie kleine Steine.

»Da wird es schon etwas geben. Schlanke Fesseln, ein perlendes Lachen, blitzende Augen, volle Lippen, eine elegante Linie des Nackens. Was weiß denn ich? Es wird schon Männer geben, die ihre Exotik anziehend finden.« Teuchert sprach mit Absicht jedes Wort deutlich aus.

»Was soll das alles heißen?« Geraldine sprang um die Ecke. Sie war ebenfalls im Hausmantel, aber ohne Nachthaube, ihre

Locken wurden nur von einem blauen Band gebändigt. Bevor sie sich zur Ruhe begab, hatte sie sich noch ein Glas Wasser holen wollen und auf dem Weg in die Küche Teucherts im Flur vor den Schlafzimmern reden gehört. Sie war auf der Treppe stehengeblieben, um zu lauschen. Von der leise geführten Unterhaltung hatte sie nur jedes dritte oder vierte Wort verstanden, aber dass es um die Porzellanmanufaktur, ihre Arbeit und eine Gefahr ging, war deutlich geworden. Als dann über ihre Vorzüge gesprochen wurde, hielt es sie nicht länger auf der Treppe.

Teucherts schauten sie erstaunt an. Als Erster fing er sich.

»Das geht dich nichts an. Geh wieder zu Bett. Wir werden morgen Besuch bekommen. Du wirst mit uns zu Abend essen und unseren Gast unterhalten.«

»Du wirst dich anständig benehmen, nicht wie eine Zigeunerdirne. Es ist ein vornehmer junger Herr, der zu Besuch kommt«, setzte die Teuchertin hinzu.

»Ich lasse mir nicht drohen. Wer kommt zu Besuch?«

»Ein junger Mann. Mehr musst du einstweilen nicht wissen. Ins Bett mit dir. Hat man dir nicht beigebracht, dass Lauschen nicht christlich ist?«

»Ich will wissen, was in der Manufaktur geschieht. Durch Meißen geht das Gerücht, es wäre jemand aus Dresden gekommen, um dort aufzuräumen. Ist das die Gefahr, von der Sie gesprochen haben?«, fuhr sie Teuchert an.

»Straßenklatsch! Für dich besteht keine Gefahr, solange du unseren Gast gut unterhältst.«

»Haben Sie diesen Mann aus Dresden hierher eingeladen? In dieses Haus? Wenn er das Atelier sieht …« Geraldine schüttelte den Kopf.

»Er kommt zum Abendessen und wird nur das Esszimmer zu sehen bekommen«, hielt die Teuchertin dagegen. Hatte sie eben noch ähnlich wie Geraldine zu ihrem Mann gesprochen, stellte sie sich nun auf seine Seite.

»Es ist und bleibt leichtsinnig. Ein falsches Wort und …«

»Du musst eben erst denken und dann reden. Schweig einfach, das steht jungen Dingern, wie du eines bist, am besten.«

»Ich verplappere mich bestimmt nicht«, verteidigte sich Geraldine ärgerlich.

»Was stehst du immer noch hier und hältst Maulaffen feil? Verschwinde ins Bett.«

Geraldine hatte gute Lust, genau das zu tun, statt sich weiter beleidigen zu lassen. Aber ihr Bedürfnis drückte sie noch immer. Mit den Worten »Ich wollte zum Abtritt« drängte sie sich deshalb an Teucherts vorbei.

Als sie zurückkam, stand niemand mehr im Flur, aber unter der Tür seines Schlafzimmers schien ein Lichtschein hindurch. Sie wollte vorbeihuschen, aber in eben diesem Moment öffnete Teuchert seine Schlafzimmertür.

»Ach, Geraldine. Ich dachte, du schläfst längst.«

Die Lüge war so durchsichtig, dass die junge Frau auf jede Bemerkung verzichtete.

»Du machst dir doch keine Sorgen?«, fuhr Teuchert fort. Er sprach so leise, dass sie Mühe hatte, ihn zu verstehen. »Das brauchst du nicht. In der Manufaktur habe ich alles im Griff. Du bist sicher.« Den Morgenmantel hatte er abgelegt, trug nur noch ein bis zu den Knien reichendes Unterhemd und die Nachtmütze. Er ließ magere behaarte Waden sehen. In der linken Hand hielt er eine Kerze.

»Ich mache mir keine Sorgen«, antwortete sie ebenso leise wie er und wich zurück. »Das überlasse ich Ihnen, Monsieur. Es sind Ihre Geschäfte. Ich werde von Ihnen und Ihrem Weib dazu gedrängt.«

»Was für ein hässliches Wort aus einem so hübschen Mund. Ich betrachte es als eine Vereinbarung zu unser aller Nutzen.«

»Dann geben Sie mir das Medaillon zurück und mein Geld!«

»Warum streiten, schönes Kind?« Teuchert stand wieder dicht vor ihr und hielt die Kerze so, dass er ihr ins Gesicht sehen konnte. »Das Zusammenleben mit meiner Frau ist nicht immer einfach. Ich weiß das, schließlich ergeht es mir genauso. Das muss sich aber auf uns beide nicht auswirken. Wir können Freunde sein.«

Geraldine wich immer weiter zurück, stieß schließlich mit den Hacken an eine Treppenstufe und geriet aus dem Gleichgewicht. Teuchert ergriff ihren Arm und verhinderte, dass sie stürzte. Ihre beiden Gesichter waren dicht voreinander, und sein schaler Altmännergeruch stieg ihr in die Nase. Sie wollte sich umdrehen und fortlaufen, nur ließ Teuchert ihren Arm nicht los. Jetzt wünschte Geraldine sich, seine Frau würde erscheinen, aber hinter ihrer Schlafzimmertür regte sich nichts.

»Du hast gar kein Licht, schönes Kind«, säuselte er. »Ich werde dich begleiten und dir leuchten, damit du dir nicht noch wehtust.«

»Das ist nicht nötig«, stieß sie hastig hervor. Warum hatte sie sich auf ein Gespräch eingelassen, statt vor Teuchert zu fliehen und die Tür des Ateliers von innen zu verriegeln?

»Du wärst eben beinahe gestürzt, hätte ich dich nicht gehalten. Sei nicht immer so spröde und gönne mir die Freude, dir zu helfen.« Teuchert schob sie über den Flur und ging dabei neben ihr. Die Kerze hielt er tatsächlich so, dass sie ihren Weg gut erkennen konnte.

»Ich danke Ihnen und wünsche eine gute Nacht, Monsieur«, sagte Geraldine vor der Ateliertür und wollte hindurchschlüpfen.

»Ich bin auf deiner Seite, schönes Kind.« Teuchert strich ihr über die Wange, ließ seine Hand an ihrem Hals und ihren Arm hinabgleiten.

Die junge Frau flüchtete ins Atelier und verriegelte die Tür hinter sich. Leise Schritte auf der anderen Seite zeigten ihr an, dass Teuchert wieder sein Schlafzimmer aufsuchte. Erleichtert lehnte sie sich gegen die Tür. Die Giftigkeit seines Weibes war leichter zu ertragen als das.

Am nächsten Abend wartete der Teuchert'sche Haushalt mit einer festlich gedeckten Tafel im Esszimmer auf. Zu Lisettes Unterstützung war eine Küchenhilfe engagiert worden, außerdem stand ein Lohndiener zum Servieren bereit. Auf dem Tisch brannten Kerzen, obwohl es taghell war. Rosenblätter aus Teucherts Garten zierten das Tischtuch. Das war Geraldines Idee gewesen, und sie hatte sie auch so verteilt, dass sie wie zufällig hingestreut wirkten und dennoch ein gefälliges Ganzes bildeten. Andere Blumen standen in Vasen aus Meißner Porzellan auf dem Tisch und auf den beiden Enden der Anrichte.

Die Teuchertin trug ihr bestes Kleid aus dunkelrotem Brokat, das für die Jahreszeit eigentlich zu warm war. Deshalb fächelte sie sich ununterbrochen Luft zu. Ihre Perücke glich eher einem Turm als einer Kopfbedeckung und war ebenso stark gepudert wie ihr Gesicht. Sie hatte nicht einmal darauf verzichtet, sich die Lippen zu röten und ein Schönheitspfläschterchen auf die Wange zu kleben. Der Hausherr hatte sich ebenso in Schale geworfen mit einem taubenblauen Gehrock zu grasgrüner Weste und gelber Hose, war zusätzlich ausstaffiert mit goldener Taschenuhr, Goldknöpfen und einem wie ein Wasserfall gebundenen spitzenverzierten Halstuch. An seiner Seite hing ein Zierdegen als Zeichen seines Amtes, die Perücke war ebenfalls frisch gelockt und gepudert.

Gegen die beiden nahm sich Geraldine geradezu einfach aus in einem hellgelben Kleid, das außer an Ärmel- und Rocksaum keinerlei Spitzenverzierungen aufwies. Sie trug Seidenstrümpfe der Teuchertin und auch ein Paar ihrer Schuhe, die diese in jüngeren Jahren zu gesellschaftlichen Anlässen ausgeführt hatte. Sie waren nicht nur völlig aus der Mode, sondern ihr obendrein zu groß. Die Teuchertin hatte aber darauf bestanden, dass sie die Schuhe trug, und obwohl Geraldine ihr nur ungern recht gab, musste sie eingestehen, dass ihr einziges derbes Paar Schuhe für ein Abendessen mit Gästen nicht geeignet war. Sie hatte sich aber erfolgreich geweigert, sich Gesicht und Haar pudern zu lassen. Keine noch so große Menge des Reispulvers könnte ihre exotische Herkunft verbergen. Deshalb wollte sie es gar nicht erst versuchen. Der Spiegel im Ankleidezimmer der Teuchertin zeigte ihr dennoch eine aparte junge Frau, deren Kleid ihr hervorragend stand und deren Exotik ihr etwas Geheimnisvolles verlieh.

Der Gast verspätete sich. Das war erwartet worden, denn niemand im Stand über Bauern und Handwerkern erschien pünktlich zu einer Einladung. Das Essen war gleich für eine halbe Stunde später bestellt worden, und das war auch die Zeit, die der Sonderermittler bis zu seiner Ankunft verstreichen ließ.

Geraldine blieb der Mund offen stehen, als sie sah, wen Teuchert ins Esszimmer führte. Es war niemand anderer als der Naturforscher Nehmitz. Er sah weniger erschrocken, dafür mehr zerknirscht aus. Als sie einander vorgestellt wurden, bat er sie mit Blicken um Verzeihung und flüsterte, als er sich über ihre Hand beugte: »Lassen Sie es mich erklären, kleine Nielje. Später.«

Sie reagierte nicht, wusste nicht, was sie ihm glauben sollte. Alles, was er auf ihrem Spaziergang erzählt hatte, war offensichtlich gelogen gewesen. Hatte er sich über ein naives Dummchen amüsiert, das auf seine Schmeicheleien hereingefallen war?

Bei Tisch saß Geraldine ihm gegenüber. Seine Tischdame war die Teuchertin, die unentwegt auf ihn einredete und mehr als einmal die Hand auf seinen Arm legte. Der Hausherr saß am Kopfende und redete ebenfalls auf den Gast ein. Sie wollten wissen, ob er bereits etwas herausgefunden hatte. Er drückte sich geschickt um die Beantwortung der Frage und gab den Eheleuten dennoch das Gefühl, ihnen unbewusst Geheimnisse verraten zu haben. Da Geraldine kaum etwas zur Unterhaltung beitragen musste – das kam ihr durchaus entgegen –, hatte sie Zeit, all diese Feinheiten zu bemerken, und Nehmitz' Geschicklichkeit nötigte ihr Respekt ab.

Das Essen bestand aus drei Gängen mit jeweils vier Gerichten und zog sich beinahe bis Mitternacht hin, ehe die Damen das Esszimmer verließen und die Herren bei Cognac zurückblieben. Geraldine musste als weiblicher Hausgast ihrer Pflicht Genüge tun und mit der Teuchertin im Salon Platz nehmen. Der Hausherrin schenkte sie auf deren Befehl hin einen klebrig süßen Likör ein und stellte eine Schale Konfekt in ihre Reichweite. Ihr stand nicht der Sinn nach Likör. Die Füße in den zu großen Schuhen hatte sie unter den Rock zurückgezogen, und auf der Kante eines Sessels sitzend wartete sie und schaute der Teuchertin zu, die eine Patience legte.

Als die Herren endlich kamen, schlug die Uhr eben Mitternacht. Nehmitz sah erschöpft aus, ob vom vielen Essen oder den anstrengenden Gesprächen, wusste Geraldine nicht.

Er blieb jedenfalls nur noch so lange, wie es die Höflichkeit gebot.

»Sprecht mit mir! Bitte! Gleich am Fenster«, flüsterte er, als er sich diesmal über Geraldines Hand beugte.

FÜNFZEHN

Geraldine war hin- und hergerissen. Sollte sie mit Nehmitz sprechen oder ihn einfach unter dem Fenster stehen lassen? Sie hatte sich noch nicht entschieden, als sie die Schuhe wieder in ihre Schachtel räumte und die Seidenstrümpfe zusammenrollte. Sie hatte sich auch noch nicht entschieden, als sie ihre Frisur löste, das Haar bürstete und für die Nacht zu einem Zopf flocht. Bevor sie das Mieder aufschnürte und sich das Kleid auszog, eilte sie zum Fenster und öffnete es.

Kaum dass sie einen Blick nach draußen warf, löste sich eine Gestalt aus dem Schatten der Linde. Es war Nehmitz. Der Mond schien beinahe voll, und in seiner Miene war Erleichterung zu erkennen.

»Ich bin so froh, dass Sie noch mit mir sprechen und mir nicht über alle Maßen gram seid, Fräulein Geraldine«, sagte er.

»Das weiß ich noch nicht. Ich werde es entscheiden, nachdem ich Ihre Erklärung angehört habe.«

Nehmitz seufzte. Danach wandte er all seine Beredsamkeit auf, Geraldine zu erklären, dass er eigentlich kein Naturforscher sei, sondern Assessor am Appellationsgericht in Dresden, und dass er geschickt worden sei, um die Ursache gefälschter Malerei in der Porzellanmanufaktur Meißen aufzuklären. Er berichtete von der Besichtigung der Manufaktur und wie er dabei Teuchert kennengelernt und der ihn in sein Haus eingeladen hatte. Geraldines Unbehagen entging ihm.

»Hätte ich gewusst, dass Sie im Hause Teuchert leben, hätte ich Ihnen von Anfang an die Wahrheit gesagt. Ich wollte jedoch nicht überall als Sonderermittler auftreten, sondern mich erst ein paar Tage inkognito umsehen und erfahren, um was für einen Menschenschlag es sich bei den Meißnern handelt. Auf unserem Ausflug beschlich mich sehr stark das Gefühl, Ihnen die Wahrheit sagen zu müssen. Einige Male hatte ich dazu angesetzt, aber wir kamen immer vom Thema ab. Ich habe mich zu leicht ablenken lassen, denn niemand nimmt gern die Pflicht eines Geständnisses auf sich. Mehr kann ich Ihnen nicht dazu sagen. Richten Sie über mich, kleine Nielje«, schloss Nehmitz seine Verteidigungsrede.

Seine Worte hatten Geraldine bewegt. Jedem war anzuhören gewesen, dass es von Herzen kam. Er hatte keine unverzeihlichen Verfehlungen begangen, deshalb fiel es ihr nicht schwer, ihm wieder gut zu sein.

»Sie blicken auf einen glücklichen Mann herunter«, flüsterte Nehmitz zu ihr hoch. Der Mond beschien seine erleichterten Züge.

»Ihre Worte über die gelben Blumen und die Temperatur des Wassers soll ich glauben?«

Ein zerknirschtes Lächeln huschte über sein Gesicht. »Vergessen Sie das schnell wieder. Mein Wissen über das Wesen der Natur ist nicht besonders ausgeprägt.«

»Sie haben sich das alles ausgedacht?«

»Mehr oder weniger. Bei einigen Punkten habe ich gedacht, es könnte so sein. Ich werde nach Dresden schreiben an einen früheren Lehrer und Mentor. Sobald ich seine Antwort habe, lasse ich Sie den Brief lesen.«

»Ich möchte die Sache gerne am Objekt studieren. Wird das möglich sein?«

»Ihr Wunsch ist mir Befehl, kleine Nielje.« Nehmitz verneigte sich kurz. Dann ließ ein Geräusch ihn zusammenfahren. »Es kommt jemand. Für Ihren Ruf ist es besser, wenn man mich nicht unter Ihrem Fenster sieht.«

»Für Sie als Sonderermittler auch«, gab Geraldine zurück.

Dennoch nahm der junge Mann sich die Zeit, sich formvollendet und mit allen Artigkeiten von ihr zu verabschieden. Geraldine schickte ihm eine Kusshand hinterher, die er nicht mehr bemerken konnte, denn die Dunkelheit hatte ihn nach wenigen Schritten verschluckt.

Sie blieb am Fenster stehen und beobachtete einen nächtlichen Zecher auf seinem Weg. Er schwankte von einer Seite der Gasse auf die andere und sang einen Gassenhauer. Was um ihn herum geschah, schien er nicht mitzubekommen.

Geraldine wusste, dass es einer anständigen Frau nicht gut anstand, nachts mit einem Mann vor ihrem Fenster zu sprechen. Es war richtig, dass Nehmitz sich verabschiedet hatte. Dennoch hätte sie gerne länger mit ihm geplaudert, ihn über seine Ermittlungen ausgefragt und ob er erste Verdächtige gestellt hätte.

Auf Teucherts konnte er nicht gekommen sein, andernfalls hätte er deren Einladung zum Abendessen kaum angenommen. Für so abgebrüht hielt sie ihn nicht, dass er eine Einladung annahm, während er den Plan für die Verhaftung der Gastgeber bereits in der Tasche trug. Seine Anwesenheit sagte ihr jedoch auch, dass sie auf dem richtigen Weg war. Es mussten ihre veränderten Malereien gewesen sein, die in Dresden für Aufsehen gesorgt hatten. Geraldine fühlte sich angespornt und überlegte, wie sie Nehmitz auf die richtige

Spur bringen konnte. Dabei musste sie vorsichtig zu Werke gehen, um nicht selbst in den Strudel des gefälschten Porzellans hineingezogen zu werden.

Weit nach Mitternacht schloss sie endlich das Fenster und begab sich auf dem Sofa zur Ruhe. Einschlafen konnte sie lange nicht. Der junge Sonderermittler beherrschte weiterhin ihre Gedanken. In Gedanken hörte sie seine Stimme, und wie er sie Nielje nannte. Wenn sie daran dachte, dass er ihr einen weiteren Ausflug zur Wiese und zum Bach schuldete, klopfte ihr Herz schneller. Es war ihr nicht so sehr darum zu tun, wirklich etwas über den Aufbau gelber Blüten zu erfahren oder die Erwärmung des Wassers zu erforschen. Ihr reichte, was mit den Augen einer Malerin zu sehen war. Die Aussicht auf einen weiteren Nachmittag an seiner Seite stimmte sie jedoch froh. Sie könnte seiner Stimme lauschen, während er die Dinge richtigstellte.

Die warnende Stimme ihres Gewissens, dass sie immer eine Fremde bliebe, und dass kein standesbewusster Mann sie zu der seinen machen würde, überhörte sie geflissentlich. Was konnte es schaden, zu träumen? Die Wirklichkeit erwartete sie gleich draußen vor der Tür des Ateliers.

Zwei Monate auf dem Holzplatz hatten Hann Schneider hart gemacht. Über seine Schultern zogen sich dicke Muskelstränge. Er schwang die Axt inzwischen so geschickt wie die hohen Herren ihre Degen. Die Haut seiner Hände war rau und hart geworden, dass er die Weichheit seiner Frau kaum noch spüren konnte. Er legte ein neues Stück Holz auf den Hackklotz vor sich und holte mit der Axt aus.

»Johann Schneider!«

Der Ruf ließ den jungen Mann zusammenzucken. Der Axthieb kam von der idealen Linie ab, traf den Scheit nicht richtig und glitt ab. Hann ließ los und sprang zurück. Die Axt fuhr dort in den Boden, wo eben noch sein Fuß gestanden hatte. Er schaute sich nach dem Rufer um.

Am Eingang des Holzschuppens stand jemand. Gegen die Sonne war nur seine Silhouette zu sehen, aber er winkte Hann zu. Im Näherkommen erkannte er den Holzmaschinenführer Christian Plahn. Der Mann winkte ihn aus dem Schuppen in die Sonne.

»Du bist raus, Mann«, sagte Plahn mit rauer Stimme.

»Raus was?«

»Dimittiert. Du musst sofort gehen. Befehl von oben.« Er deutete auf die Burg über ihnen. »Ich soll dir dein Geld geben, und du darfst die Manufaktur nicht mehr betreten.«

Hann sackte das Blut in die Beine, um dann wieder nach oben zu schießen und seine Ohren zum Glühen zu bringen. Plahn zog eine Handvoll kleiner Münzen aus der Tasche seiner Weste und einen schmutzigen zusammengerollten Zettel. Er hielt Hann auch einen Graphitstift hin.

»Was hast du ausgefressen, dass sie dich loswerden wollen, als wärst du vom Teufel besessen? Fleuter vor die Füße gespuckt?«

»Wenn's das wäre.« Hann nahm das Geld und kritzelte seine Unterschrift auf den Zettel. »Ist eben so.«

»Du hast nicht schlecht gearbeitet. Hast dich nie beklagt und bist immer zur rechten Zeit gekommen. Das wiederhole ich jederzeit, du kannst dich auf mich berufen.«

»Danke dir.« Hann fühlte sich wie betäubt, gleichzeitig auch erleichtert. Das Versteckspiel hatte ein Ende, er musste sich nicht länger fragen, ob er an diesem oder an einem anderen Tag entdeckt werden würde. Ab nun gehörte er wieder zu den Tagarbeitern.

Als er ging, befühlte er die Münzen in seiner Tasche. Es

waren lauter Pfennige. Sein Weg führte ihn an einer Schenke vorbei. Eigentlich bestand sie aus nicht mehr als ein paar Bänken in einem Schuppen und einem Fass Dünnbier, aus dem der Wirt ausschenkte. Auf den Bänken saßen einige Kerle, die er aus seiner Zeit als Tagarbeiter kannte.

Die Männer rückten zusammen und machten ihm Platz. Ein Humpen Bier fand seinen Weg zu ihm, ein Geldstück wechselte den Besitzer. Hann trank einen ersten bitter schmeckenden Schluck. Danach wurde es besser. Er trank. Der Humpen wurde nicht leer, das Geld in seiner Tasche immer weniger.

Er schwankte, als er aufstand und sich hinter dem Schuppen erleichterte. Ein dicker Strahl plätscherte gegen die Holzwand. Mit der freien Hand stützte Hann sich ab. Der Tag war in die Abenddämmerung übergegangen, und er kehrte nicht zu den Zechern zurück, sondern machte sich auf den Weg zu Frau und Kind. Er schwankte beim Gehen wie ein Grashalm im Wind.

In der Stube saß Janne im Schein einer Öllampe und nähte. Die Tür zur Kammer war nur angelehnt, und dahinter schlief Rikarda. Die junge Mutter zuckte zusammen, als die Tür mit Schwung aufgerissen wurde. Mit einem Blick registrierte sie Hanns stierende Augen und sein gerötetes Gesicht. Sie roch auch seinen schalen Bieratem. Augenblicklich wusste sie, was geschehen war. Fürsorglich sprang sie auf und half ihrem Mann auf die Bank.

»Hann, was ist mir dir?« Die Frage rutschte ihr heraus.

»Gar nichts, Weib!« Er stützte den Kopf in die Hände und starrte auf die zerkratzte Tischplatte.

»Sie haben es entdeckt in der Manufaktur?«, fragte sie leise.

»Ja, haben sie. Lass mich in Ruhe.«

»Was soll jetzt werden?«

»Wieso fragst du mich. Bete zu dem da oben.« Hann zuckte mit dem Kopf in Richtung Decke. »Du musst schön höflich sein, dann hört er dich vielleicht.«

»Du sollst nicht lästern.«

Hann schämte sich. Für den Zustand, in dem er sich seiner Frau zeigte, für seine bösen Worte, für seine erneute Entlassung. In seinem Kopf drehten sich die Gedanken; einen Moment lang dachte er sogar daran, einfach wegzugehen und lieber allein zu sein. Nur für sich zu sorgen und sich nie wieder schämen zu müssen, weil er betrunken war. Gleich darauf schämte er sich noch mehr. Janne verlassen, Rikarda und das ungeborene Kind – was für ein verdammter Feigling war er denn?

Er war so mit seinen eigenen Gedanken beschäftigt, dass er Jannes Worte nicht hörte. Sie musste sie wiederholen.

»Ich frage dich, ob wir aus Meißen weggehen sollen? Der Ort bringt uns kein Glück.«

»Wo willst du hin?«, nuschelte er.

»Nach Ahornberg zu meiner Schwester.«

Hann musste eine Weile überlegen. Bei ihrer Schwester konnte es sich nur um Marie handeln, die einen Tagarbeiter geheiratet hatte. Sie hatten von der Hand in den Mund gelebt, bis dieser Mann unvermutet ein Bauerngut geerbt hatte, irgendwo hinter Hof. Das Gut war nicht groß, und damals hatte Hann über Marie gelacht, der Gott nun das Los einer Bäuerin zugedacht hatte. Da sollte es seine Janne besser haben und die Frau eines geachteten Manufakturisten sein. Nun beneidete er die beiden glühend um ihr Bauerngut und wollte ihnen gleichzeitig auf keinen Fall unter die Augen treten. Deshalb schüttelte er den Kopf.

»Sie haben selbst kaum genug. Was sollen wir da?«

»Vielleicht findet sich was für uns? Wir können auf dem Land leben. Da ist vielleicht alles einfacher.« Janne schien sich für ihre Idee zu erwärmen. Sie legte ihm die Hand auf den Arm und redete eindringlich auf ihn ein. »Marie hat mir immer geschrieben, wir sollen einmal zu ihnen kommen. Jetzt wäre eine gute Gelegenheit. Nichts hält uns hier. Als Tagarbeiter und Scheuermagd können wir überall ein Auskommen finden. Wir könnten einen Hof pachten. Marie und Georg werden uns helfen.«

»Wer gibt uns Geld für die Pacht?«, brummte Hann. Er fühlte sich unsagbar müde, jedenfalls nicht in der Lage, dem Leben eines Bauern auf einem Pachtgut etwas abzugewinnen.

»Deshalb soll sich Georg umhören, wo wir günstig ein Gut pachten können. Wir sollten ihm eine Nachricht schicken.«

»Du hast ihm geschrieben?«, brauste Hann auf. Bei der heftigen Bewegung glaubte er, sein Kopf gehöre nicht mehr zum Rest des Körpers.

»Nein, noch nicht. Aber wir sollten es tun.«

»Untersteh dich, hinter meinem Rücken zu handeln. Wir sind keine Bauern und werden auch keine. Weib, ich will nichts mehr davon hören. Du bringst mich dazu, wütend auf dich zu werden. Du bringst nur das Schlechte in mir zum Vorschein.«

»Hann …«

Wütend schüttelte er ihre Hand auf seinem Arm ab, stand auf und wankte in die Kammer. Schwer atmend und ohne die Stiefel auszuziehen oder die Jacke abzulegen fiel er ins Bett. Augenblicklich begann er zu schnarchen. Er bekam nicht mehr mit, wie Janne ihm das Schuhwerk von den Füßen zog, Rikarda beruhigte, die aufgewacht war und leise weinte, ehe sie selbst zu Bett ging.

SECHZEHN

Die Tage nach Teucherts Annäherungsversuch verbrachte Geraldine im Atelier. Sie kam nur herunter, wenn sie sich sicher war, ihn nicht im Haus anzutreffen. Für ihre Feigheit schalt sie sich selbst, aber die schmierigen Finger dieses Mannes wollte sie nicht noch einmal auf ihrer Haut fühlen. Bei Lisette versuchte sie zu erfahren, ob sie Ähnliches erlebt hatte, aber die Magd reagierte verächtlich auf alle vorsichtigen Fragen.

Am Ende rief sie aus: »Pack dich aus meiner Küche! Als ob der gute Herr einer wie dir nachschaut. Zigeunerin!«

Geraldine ballte die Hände zu Fäusten, sie hätte sie der Magd am liebsten ins Gesicht geschlagen, aber Lisette hielt ein scharfes Messer in der Hand, mit dem sie Karotten hackte.

Im Atelier bemalte Geraldine lustlos und mit müden Augen einen Teller mit deutschen Blumen und Vögeln auf einem hellblauen Untergrund. Die Farbe fand sie ausgesprochen schrecklich, aber anscheinend gab es Menschen, denen das gefiel. Dazu gehörte die Teuchertin, die ganz entzückt gewesen war, als ihr Gatte die blauen Teller mitbrachte. Sie brauchte genau einen Tag für einen Teller, und es standen noch fünf vor ihr auf dem Tisch. Sechs waren bereits fertig und warteten darauf, gebrannt zu werden. Insgesamt sollte es ein Essservice für zwölf Personen werden. Es mussten noch tiefe Teller, Vorlegeplatten und Suppenterrinen bemalt werden. Eine Reihe von Schüsseln und Messerbänkchen wartete im Regal. Insgesamt Arbeit für mehrere Wochen.

Unter die deutschen Vögel hatte sie einen Papagei gemischt, wie er in ihrer karibischen Heimat gern als Haustier gehalten wurde. In der Taverne, in der sie als Kind hatte schuften müssen, waren sogar zwei dieser Vögel gehalten worden, die zur Freude der Gäste über ein nicht enden wollendes Repertoire an Beschimpfungen verfügten. An diese Vögel hatte Geraldine sich beim Anblick des vorgegebenen Musters erinnert. Statt Eisvögel, Rotkehlchen und Meisen spitzte nun ein Papagei hinter einer Blume hervor. Er sah auf jedem Scherben ein wenig anders aus und befand sich immer an einer anderen Stelle.

Ohne anzuklopfen betrat die Teuchertin das Atelier. Das hatte sie sich angewöhnt, wenn sie die junge Malerin kontrollieren wollte. Sie nahm einen der Teller, die Geraldine bereits bemalt hatte und hielt ihn gegen das Licht. Die junge Frau gab vor, sich nicht darum zu kümmern, beobachtete die Teuchertin aber aus dem Augenwinkel.

Die kniff ein Auge zusammen und strich zart mit einem Finger über die Malerei.

»Vorsicht! Vielleicht ist die Farbe noch nicht ganz trocken, und Sie verschmieren alles, Madame. Dann war ein Tag Arbeit umsonst.«

»Hier ist etwas …?« Die Teuchertin trat näher ans Fenster heran, hielt den Scherben ins Licht.

Geraldine wurde mulmig zumute. Wenn die Frau den Papagei entdeckte … Sie wollte ihr den Teller vorsichtig aus den Händen winden. »Da ist gar nichts. Geben Sie her, ehe Sie etwas beschädigen.«

»Nein, nein! Hier ist doch was.« Der Fingernagel der Teuchertin tippte genau auf den Papagei, der halb hinter einer Rose verborgen war. Nur sein Kopf und ein grüner Flügel waren zu sehen. »Was ist das für ein Vogel, den du da gemalt hast?«

»Das weiß ich nicht. Mit deutschen Vögeln kenne ich mich nicht aus. Der war auf der Vorlage.«

»Bestimmt nicht. Da hast du einen Kuckuck gemalt, hier ein Rotkehlchen.« Die Teuchertin tippte auf die entsprechenden Stellen des Tellers. »Das ist kein deutscher Vogel. Was hast du gemacht?«

Es fiel Geraldine nicht leicht, ruhig zu bleiben. Am liebsten hätte sie den Teller genommen und ihn der Teuchertin über den Kopf geschlagen, stattdessen verzog sie keine Miene. »Was auf der Vorlage zu sehen war. Ich soll doch nichts anderes malen.«

»Ich will die Vorlage sehen.«

»Wie Sie wünschen, Madame.« Geraldine reichte ihr die Blätter, die sie als Vorlagen angefertigt hatte.

Endlich stellte die Teuchertin den Teller weg. Flugs nahm Geraldine ihn und setzte ihn wieder zu den anderen, die sie außerdem mit einem Tuch abdeckte. Nachdem die Teuchertin einmal flüchtig durch die Skizzen geblättert hatte, ließ sie sie zu Boden flattern. »Ich meine die aus der Manufaktur.«

»Die sind hier.« Geraldine reichte ihr einen anderen Packen. Dabei zitterte ihre Hand leicht. Die Skizzen aus der Manufaktur waren sehr grob und ungenau gezeichnet, als hätte es jemand damit sehr eilig gehabt. Vieles ließ sich nur erahnen, und hätte sie nicht in Köln eine so sorgfältige Ausbildung genossen, hätte sie gar nichts damit anfangen können.

Die Lippen zu einem dünnen Strich zusammengepresst, blätterte die Teuchertin durch die Papiere. »Das sieht ganz anders aus als das, was du auf die Teller malst. Du legst uns herein! Das wirst du büßen. Auf diese Weise bekommst du dein Medaillon nicht zurück. Treuloses Stück!«

»Soll ich diese ungelenken Striche auf die Teller malen? Das wird den Leuten ganz besonders gut gefallen. Dann gleichen die Teller jedenfalls nicht mehr denen aus der Manufaktur«, höhnte Geraldine. »Aus dem Gekrakel muss ich erst etwas Vernünftiges entwickeln. Und mit besseren Skizzen wäre ich nicht so sehr auf Vermutungen angewiesen. Da sind doch die ganzen Vögel.« Sie deutete auf verschiedene Stellen der Skizzen. »Die habe ich aufs Porzellan gemalt.«

»Du hast es falsch gemacht. Dieser Vogel gehört nicht dazu.«

»Das wollen Sie genau wissen? Sie gehören neuerdings zu den Malern der Manufaktur, Madame? Warum bemalen Sie die Scherben nicht gleich selbst, wenn Sie alles besser wissen? Oder reicht Ihr Talent nicht dafür? Sind Sie angewiesen auf die Fremde mit den geschickten Händen?«

»Unverschämtes Biest!« Die Teuchertin verpasste Geraldine eine Ohrfeige. »Das wirst du büßen. Dein Medaillon siehst du nicht wieder. Nicht in den nächsten Jahren.« Sie ließ auch den zweiten Stapel Skizzen zu Boden segeln. »Wir lassen uns nicht für dumm verkaufen. Schon gar nicht von einer wie dir!«

Die Teuchertin packte den Stapel Teller samt Tuch und verließ das Atelier. Diesmal schloss sie die Tür von außen ab.

Geraldine war wieder gefangen.

Sie sammelte die Skizzen ein. Fürchten sollte sie sich, doch seltsamerweise fühlte sie sich, als wäre eine Last von ihr abgefallen. Eines Tages hatte es so kommen müssen.

Sie musste anerkennen, dass die Teuchertin ein besseres Auge besaß, als sie ihr zugetraut hätte. Nie hätte sie damit gerechnet, dass die Frau ausgerechnet bei den Papageien Verrat wittern würde. Auf den schlechten Skizzen aus der Manufaktur waren überall dort, wo sie die Papageien gemalt hatte, tatsächlich deutsche Vögel vorgesehen gewesen.

Teuchert hatte am Abend kaum die Haustür geöffnet, als seine Frau in den Flur gestürzt kam und ihn am Arm ergriff. Sie bugsierte ihn in den Salon. Sehr nachdrücklich schloss sie die Tür hinter ihnen und stemmte die Hände in die Hüften.

»Dieses Weib da oben hat uns reingelegt. Ich bin ihr heute draufgekommen«, zischte die Teuchertin.

»Was hat sie gemacht?«

»Sie malt falsch!« Als Beweis holte die Teuchertin die Teller aus der Vitrine und stellte sie vor ihren Mann auf den Tisch. »Sehen Sie es sich an.«

»Das sieht hübsch aus«, sagte der Ehemann nach kurzem Überlegen. »In der Manufaktur bekommen sie es nicht besser hin. Geraldine ist sehr begabt.«

»Schauen Sie genau hin!«

Er hasste es, wenn sie auf diese Weise mit ihm sprach, fühlte sich wie ein kleiner Junge, der in der Schule nachsitzen musste, weil er seine Aufgaben schlecht gemacht hatte. »Weib, reden Sie vernünftig. Ich habe einen langen Tag in der Kreisamtmannschaft hinter mir und diese Andeutungen satt!«

Sie zeigte ihm die Papageien. Teuchert kniff die Augen zusammen, um besser sehen zu können, holte am Ende sogar eine Lupe.

»Potz Teufel in der Hölle, das sind keine deutschen Vögel!«, entfuhr es ihm.

»Es gefällt mir nicht, wenn Sie vulgär reden. Das mag an Ihre Kartentische passen, aber nicht in den Salon eines gutbürgerlichen Hauses. Die Vögel hat sie sich ausgedacht.«

»Haben Sie Geraldine deswegen verhört?«

»Sie hat es so gut wie zugegeben und mir frech ins Gesicht gelacht«, gab die Teuchertin ihre Version des Gesprächs zum Besten.

»Das kann doch nicht sein.«

»Es ist aber so«, giftete sie. »Wir nehmen diese Zigeunerin in unserem Haus auf, geben ihr ein Dach über dem Kopf. Ich bemühe mich, ihr eine Freundin zu sein, sie isst mit uns, und ich habe ihr ein Haarband geschenkt. Sie ist die Undankbarkeit in Person. Ist das christlich?«

Seine Frau hätte sich sicher noch weiter über Geraldine echauffiert, aber Teuchert unterbrach sie rüde. »Wie lange geht das schon so?«, wollte er wissen.

»Das konnte ich aus ihr nicht herausbekommen. Wir hätten sie zum Teufel jagen sollen. Ausgerechnet jetzt, wo der Sonderermittler in der Stadt ist.«

Teuchert nahm einen Teller, hielt ihn sich dicht vors Auge. Die Gedanken jagten hinter seiner breiten Stirn. Welche Gefahr bestand für sie? Nehmitz hielt er für einen tüchtigen jungen Mann, der aber in die Schuhe erst noch hineinwachsen musste, die er sich angezogen hatte. Am Appellationsgericht mochte er seinen Mann stehen, in der Manufaktur sicher nicht – jemanden wie ihn verspeisten die Männer dort zum Frühstück.

»Das wird den meisten Käufern gar nicht auffallen. Ich hätte es selbst nicht entdeckt, wenn Sie mich nicht darauf hingewiesen hätten. Es sieht trotzdem hübsch aus und wirkt wie aus der Manufaktur. Diese Teller können wir für uns behalten. Echtes Meißner Porzellan, von dem wir jeden Tag speisen werden wie die Fürsten. Sie müssen der kleinen Geraldine in Zukunft besser auf die Finger schauen. Das darf nicht noch einmal passieren.«

»Verstehe ich Sie richtig?« Pfeifend stieß die Teuchertin einen gewaltigen Schwall Luft aus, als müsse sie sonst platzen. »Sie wollen dieser Sache kein Ende machen? Dieses dahergelaufene Frauenzimmer soll damit durchkommen? Wer weiß, wie oft sie uns auf diese Weise schon betrogen hat!«

»Bisher ist niemandem etwas aufgefallen. Sie hat uns einiges Geld eingebracht, diese Kleine. Das wollen wir auch nicht vergessen.«

»Und der Sonderermittler?«

»Die Manufaktur schwirrt vor Gerüchten, von Scholl habe sein Wissen um das Arkanum genutzt und an einem geheimen Ort eine eigene Porzellanherstellung eingerichtet. Damit ist dieser Nehmitz beschäftigt. Er hat zudem jede Menge Briefe verschickt. Wahrscheinlich soll von Scholls geheime Manufaktur gesucht werden. Ich sehe schon Soldaten durch düstere Täler im Erzgebirge streifen. Die armen Kerle! Mit uns hat das nichts zu tun. Unser Porzellan wurde nicht in Kursachsen verkauft.«

»Da sind Sie sich sicher?«

Teuchert zuckte innerlich zusammen, es gelang ihm aber, nach außen eine unbeteiligte Miene zu zeigen. »Darauf habe ich Wert gelegt.«

»Dann ist ja alles gut. Dieser Nehmitz ist also vollauf damit beschäftigt und wird noch Monate brauchen … Der Mann kam mir nicht blöd vor, als er bei uns zu Gast war. Der Kreisamtmann Fleuter auch nicht, der weiß um Ihre Geldsorgen. Sie werden schneller bei uns vor der Tür stehen, als uns lieb ist«, höhnte seine Frau. Sie war noch hässlicher, wenn sie den Mund zu einer Fratze verzog.

Er schaute an ihr vorbei auf die Wand. »Seien Sie nicht so ängstlich, meine Liebe. Da steckt wahrlich in Ihrem Otto mehr Mut. Ich erfahre, was in der Kreisamtmannschaft vor sich geht. Sobald sich etwas über uns zusammenbraut, werde ich rechtzeitig davon hören.«

»Das kann nicht Ihr Ernst sein!«

»Weib, wie sprechen Sie mit mir?«

»Wie es sich bei Ihrem vernagelten Zustand gebührt. Sie

haben offenbar vergessen, dass dieser Nehmitz umfassende Sondervollmachten besitzt. Wie können Sie so blind sein? Es muss nur jemand ein Wort fallenlassen, und er steht mit einer Handvoll Soldaten vor unserer Tür. Ihre kleine Zigeunerin könnte dieses Wort sagen, so wie sie ihn beim Essen angehimmelt hat. Wir können keinen Schritt mehr machen, bei dem wir uns sicher fühlen.«

»Nehmitz kann nicht überall sein.«

Die Teuchertin verdrehte die Augen über so viel Unverständnis. »Dieser Mensch schnüffelt herum, und wir können uns nicht sicher sein, dass er nicht auch zu uns kommt. Sie haben ihn sogar eingeladen und dieses verräterische Weib mit ihm bekannt gemacht. Vielleicht haben Sie sie da erst auf die Idee mit der Fälschung gebracht?« Dass Geraldine in der kurzen Zeit unmöglich die Skizzen angefertigt und fünf Teller bemalt haben konnte, überging die Teuchertin großzügig.

»Es ist trotzdem nicht alles verloren. Wir dürfen nicht die Nerven verlieren, meine Liebe. Das würde diesen Bluthund erst recht auf unsere Fährte locken.«

»Meine Nerven!« Die Teuchertin rang die Hände vor dem Gesicht und sah aus, als würde sie jeden Augenblick in Ohnmacht fallen.

Ihr Ehemann kannte das und war nicht beunruhigt. Es änderte sich jedoch, als sie tatsächlich in einen Sessel sackte. Er eilte an ihre Seite und zückte sein Taschentuch, schwenkte es unschlüssig in der Luft. »Geht es Ihnen nicht gut, meine Liebe?«

»Wie soll ich das blühende Leben sein, wenn Sie mit Ihrem Leichtsinn die Furcht in mein Herz bringen?«

Das wirkte nun sehr theatralisch, aber Teuchert war aufgeschreckt. Es war ja allgemein bekannt, dass es den Weibern an Nervenstärke fehlte. Er fächelte ihr mit dem Taschentuch

Luft zu. »Meine Liebe, nichts liegt mir ferner. Wir haben nun schon so viele Jahre zusammen verbracht, da sollten Sie mich besser kennen. Was beunruhigt Sie nur so?«

»Ach, wie können Sie fragen? Ich fürchte, dieser Nehmitz entwirrt alle Fäden, sieht in Ihnen den Schuldigen und reißt Sie von meiner Seite.«

Davor hatte Gott seinen Verstand gesetzt, und der hatte ihn noch nie im Stich gelassen. Seine liebe Helene müsste das eigentlich wissen. Teuchert hörte auf, ihr Luft zuzufächeln.

»Das wird nicht geschehen.«

»Weil wir Schluss machen müssen mit dem Porzellan. Wir müssen alles fortschaffen. Die Scherben, die Farben, einfach alles. Das Atelier muss wieder aussehen, als wäre es nie etwas anderes als eine Dachbodenkammer gewesen.«

»Sie sprechen im Ernst?«

»In vollem Ernst.«

Teuchert überlegte. Die Sorgen seiner Frau rührten ihn gegen seinen Willen. Und vielleicht waren sie nicht gänzlich unbegründet. Er erinnerte sich gut, wie viel Mühe es gemacht hatte, das Atelier einzurichten. Monate hatte es gedauert, bis alle Farben, Pinsel, Vorlagen und sonstigen Werkzeuge beisammen gewesen waren. Von den Tischen und Regalen ganz zu schweigen – er hatte einen Tischler kommen lassen müssen, der sie einbaute. Warf der Gerichtsassessor Nehmitz auch nur einen Blick darauf, wären die Sachen sofort beschlagnahmt, und ihm und seiner Helene wäre es unmöglich, sich herauszureden. Dieser Gefahr durften sie sich nicht aussetzen, dafür hatten sie zu viel Geld und Zeit in alles gesteckt. Besser sie stellten die Arbeiten einstweilen ein und nahmen sie wieder auf, sobald Gras über die Sache gewachsen war.

Teuchert schaute seine Frau an. Die schlaffe Haut ihrer Wangen und ihr kummervoller Blick ließen ihn den unangenehmen Nachmittag erahnen, den sie verbracht hatte. Sie war wirklich besorgt. Es schien für ihn auf einmal nichts Wichtigeres zu geben, als sie zufriedenzustellen, um ihre Nörgelei nicht länger hören zu müssen. Deshalb nickte er.

Die Erleichterung, die über ihre Miene zog, gab ihm recht.

Bei dünner Suppe und Brot in ihrer Kammer eingesperrt, hörte Geraldine tags darauf, wie mehrere sperrige Gegenstände die Treppe heraufgeschleppt und im Atelier abgestellt wurden. Sie fragte sich bang, was das bedeuten mochte. Sie traute Teucherts alles zu, und über den Erfolg ihres Planes war sie inzwischen alles andere als froh.

Die Kirchenglocken hatten längst die Nacht eingeläutet, als die Teuchertin mit einer Kerze in der Hand in der Tür stand, Mops Otto neben ihr. Der Hund schien sich eben von seinem Schlaflager erhoben zu haben, so tief hingen seine Augenlider herab. Er knurrte Geraldine nicht einmal an. Die Teuchertin war voll bekleidet, obwohl das Kleid so einfach und schmucklos aussah, als hätte sie es aus Lisettes Kammer genommen. Um die Haare hatte sie ein Kopftuch gebunden. Geraldine war viel zu angespannt, um diesen merkwürdigen Aufzug zu kommentieren.

»Komm mit. Es gibt Arbeit. Zieh dir was Praktisches an.«

Als ob sie eine große Auswahl besäße ... Sie schlüpfte in Rock und Mieder und streifte sich ihren Malerkittel über. Die Teuchertin nickte zufrieden und scheuchte sie aus der Kammer und vor sich die Treppe hinauf. Der Mops gähnte herzhaft und war offenbar der Meinung, nicht länger gebraucht zu werden. Er zog sich auf sein Kissen im Flur zurück.

Das Atelier wurde von zwei Blendlaternen erhellt. Sie hingen an den Dachbalken und warfen ihren matten Schein in den Raum. Dafür waren die Fenster mit Decken verhängt. In der Mitte des Ateliers standen eine kleine und eine etwas größere Reisekiste, außerdem etliche Säcke und Lederbeutel. Aus dem größten Sack quoll Heu. Teuchert stand zwischen den ganzen Utensilien und schaute sich um, als wisse er nicht, wo er anfangen sollte. Die Teuchertin versetzte Geraldine einen Stoß, dass sie vorwärtstaumelte und sich die Knie an der großen Reisekiste stieß.

»Pack zusammen. Alles muss in die Kisten und Beutel«, kommandierte die Teuchertin.

»Wird das Atelier woanders untergebracht?« Geraldine rieb sich die Knie.

»Das geht dich nichts an. Fragen stehen einer Verräterin nicht zu.«

In diesem Moment verstand sie. »Das Atelier wird aufgelöst, weil Sie Angst bekommen haben, der Sonderermittler könnte Ihnen auf die Schliche kommen.«

Die starre Miene des Ehemannes verriet Geraldine, dass sie mit ihrer Vermutung recht hatte.

»Wird es nichts mehr mit den kleinen Geschäften nebenbei?«, höhnte sie. »Besser alles beiseiteschaffen und die eigene Haut retten. Oder soll es etwa weitergehen, wenn Gras über die Sache gewachsen ist? Wo wird alles hingeschafft? In den Stall?«

»An einen Ort, den du nicht zu wissen brauchst«, polterte Teuchert los.

»Geben Sie mir das Medaillon zurück, und ich werde nichts verraten. Das schwöre ich bei Gott, Jesus Christus und dem Heiligen Geist.« Sie streckte dem Mann fordernd die Hand entgegen.

»Was soll ein Schwur von einer wie dir wert sein?«, mischte sich die Teuchertin ein.

Der Ehemann sah nachdenklich aus. »Vielleicht erhältst du das Medaillon zurück«, sagte er leise. So leise, dass seine Frau es nicht hörte.

Geraldine hatte ihn jedoch verstanden. Dank der Aussicht auf ihr Medaillon schien alles andere unwichtig. Sie machte sich an die Arbeit, und Teucherts ließen sie allein im Atelier.

Das Heu war zum Auspolstern gedacht, und sie benutzte es, um die halb fertigen Scherben in den Reisekoffern zu verpacken. Die Skizzen legte sie in zwei Ledermappen zuoberst in die Koffer, ehe sie jeden mit einem Lederriemen verschloss und aus dem Atelier auf den Treppenabsatz davor zerrte. Pinsel, Farben, Schraffur- und Bossierwerkzeuge, alles was sonst im Atelier eines Porzellanmalers vonnöten war, kam in die Taschen. Eine nach der anderen räumte sie vor die Tür, und von dort holten sie die Teucherts ab. Es war mitten in der Nacht, als Geraldine die letzte hinausstellte. Ihre Finger schmerzten, Schweiß glänzte auf ihrer Stirn, und Staub sprenkelte ihr Haar. Am Ende blieben nur der Arbeitstisch, die Regale und das Sofa im Atelier zurück. Beinahe wehmütig blickte sie sich um.

Die Teuchertin zog Geraldine aus dem Atelier und die Treppe hinunter. Erneut wurde sie in ihrer Kammer eingesperrt und mit ihren Gedanken allein gelassen. Hinzu kam der Durst. Die Zunge klebte ihr am Gaumen, und sie bekam nicht genug Speichel zusammen, um daran etwas zu ändern. Weil sie auch keine Kerze hatte, saß sie im Dunkeln auf dem Bett. Schlafen konnte sie nicht, obwohl sie erschöpft war. Dazu war sie viel zu aufgekratzt. Was hatte das alles zu bedeuten? Der Gedanke kreiste unaufhörlich durch ihren Kopf. Hatte ihr Plan Erfolg gehabt, und das saubere Ehepaar fürchtete die Entdeckung durch Nehmitz? Das hoffte sie.

*T*eucherts hatten die Reisekoffer und Ledertaschen auf einen Handkarren geladen, der hinter dem Haus im Hof wartete. Die eigentliche Arbeit stand ihnen nun bevor. In dunkle Umhänge gehüllt, machten sie sich auf den Weg und verließen Meißen. Ihr Ziel war ein Waldgebiet in der Nähe des Dorfes Siebeneichen. Der Handkarren rumpelte über Steine, und die Ladung schwankte bedenklich. Die Teuchertin achtete darauf, dass nichts verrutschte oder herunterfiel, während ihr Ehemann den Karren zog und sich dabei wie ein Ochse fühlte.

Ihr Ziel war eine mächtige alte Buche mit einem Stamm so dick, dass sie ihn nicht zu zweit umfassen konnten. Sie wollten den Baum als Versteck nutzen, weil sich unter einer seiner dicken Wurzeln eine Höhlung gebildet hatte, in der die beiden Reisekoffer und alle Taschen Platz fanden. Am Ende tarnten sie das Versteck mit Gras, Blättern und Erde. Zufrieden betrachteten die Teucherts alles im Schein ihrer Blendlaternen.

Sollte der Sonderermittler Nehmitz kommen, bei ihnen würde er nichts finden außer einem Tisch und ein paar Regalen in einer Bodenkammer. Dort konnten sie Bücher stapeln, alte Decken und ähnlichen Kram. Die Teuchertin fühlte sich erleichtert. Um das Geld war es schade, aber sie mussten ihre Einnahmen aus dem Porzellangeschäft ja nicht für immer aufgeben.

»Müssen wir den Karren wieder mit zurücknehmen?«, fragte sie ihren Mann und hakte sich bei ihm unter. »Wir können ihn doch im Wald stehen lassen.«

So viel Nähe hatte es zwischen ihnen lange nicht gegeben. Teucherts erster Gedanke war, sich von ihr zu lösen, aber dann ließ er die Berührung zu, drückte sogar leicht ihren Arm. »Damit den Wagen jemand findet und sich darüber freut, während er uns fehlt? Einen Handkarren kann man nicht so einfach verstecken.«

Mit der freien Hand griff er nach der Deichsel, und sie machten sich auf den Rückweg.

Die Teuchertin hielt die Laterne und beleuchtete ihren Weg. Die Nacht war kühl, der Wind rauschte in den Blättern, nachtaktive Tiere raschelten im Unterholz. Das Leben im Wald war eine fremde, mystische Welt, die in ihnen Unbehagen auslöste und sie Trost beieinander suchen ließ.

Der leere Karren polterte über ein besonders hohes Grasbüschel und kippte um. Während die Eheleute dabei waren, ihn wieder aufzurichten, räusperte sich die Teuchertin.

»Eine Sache müssen wir noch bedenken.«

»Welche? Es ist alles versteckt und vor Nehmitz' Zugriff sicher.«

»Geraldine.« Bedeutungsschwer tropfte der Name von ihren Lippen.

»Was soll mit ihr sein?«

»Sie muss verschwinden.«

»Wie?« Teuchert hatte den Karren aufgerichtet und griff erneut nach der Deichsel.

»Alles muss weg, was an unsere Malerstube erinnert. Dazu gehört auch sie.« Um ihren Worten mehr Nachdruck zu verleihen, machte die Teuchertin eine eindeutige Geste.

Er ließ die Deichsel wieder fallen. »Das können Sie nicht wollen. Sie ist zwar eine Fremde, aber doch auch ein Mensch. Kann sie nicht als unser Hausgast bei uns bleiben? Man kennt sie in der Stadt, und es wird auffallen, wenn sie auf einmal nicht mehr da ist.«

»Ist sie eben fortgelaufen. Das ist typisch für Zigeuner.

Treue kennen die nicht. Ich will sie nicht länger im Haus haben und durchfüttern müssen.«

»Sie ist …«

»… genauso, wie ich gesagt habe. Sie muss weg! Einen anderen Weg gibt es nicht.«

»Wir jagen Sie davon.«

»Damit sie zu Nehmitz rennt und ihm alles erzählt? Dieses Weib weiß zu viel. Sie kann uns vernichten.«

»Wir geben ihr das Medaillon zurück. Sie hat versprochen, nichts zu verraten. Ich glaube ihr, sie ist nicht ohne Ehre. Für das Medaillon tut sie alles.«

»Unsinn! Sie verkauft ihre Mutter, wenn sie sich davon einen Vorteil verspricht. So sind die Zigeuner nun mal. Das Gerede von der Suche nach ihrem Vater, das ist doch nichts als Wind. Sie muss weg, eine andere Möglichkeit gibt es nicht. Sie sind der Mann im Haus und rechtskundig, Sie wissen, wie diese Dinge zu regeln sind.«

»Nur weil ich die Rechte studiert habe, weiß ich nicht, wie ein Mensch beiseitezuschaffen ist.« Es würgte ihn beinahe, als er das schreckliche Wort aussprach, aber er zwang sich dazu. Die Dinge auszusprechen half zu erkennen, was sie wirklich bedeuteten, und hoffentlich wurde dann auch seinem Weib klar, was sie verlangte.

»Sie wissen, wie man es so aussehen lassen kann, dass niemand hinter die wahren Umstände kommt. Das meinte ich.«

»Ich werde es nicht tun.« Teuchert griff entschlossen nach der Deichsel des Karrens und marschierte los. Vorbei war der Moment der Nähe mit seiner Frau, jetzt wünschte er sie möglichst weit weg.

Dieser Wunsch ging nicht in Erfüllung, sie setzte sich an seine Seite und redete auf ihn ein, legte ihre Argumente überzeugend und in aller Deutlichkeit dar. Redete und redete, bis er am Ende zustimmte, nur um nicht länger zuhören zu müssen.

Im Schutz der Nacht hatte Teuchert Geraldine auf die andere Seite der Elbe gebracht. Zu Fuß durchquerten sie ein Dorf namens Cölln. Sie fand es erheiternd, hätte sie doch nie gedacht, dass es neben der großen Stadt Köln auch kleine Dörfer gab, die genauso hießen. Das Dorf lag komplett in Dunkelheit, als sie es durchquerten, nicht einmal hinter einem Fensterladen schimmerte Lichtschein.

Nachdem sie den Ort hinter sich gelassen hatten, wurde es Geraldine mulmig zumute, denn vor ihnen befand sich nichts als Dunkelheit. Sogar der Mond versteckte sich hinter Wolken, so dass auch dessen Licht fehlte. Teuchert trug eine Blendlaterne, hatte deren Licht aber auf drei Seiten gedämmt. Mehr als ein schmaler Schein fiel nicht heraus, und weil er vor ihr ging, verschluckte sein Rücken das wenige Licht. Geraldine wusste nicht, welchem Zweck dieser nächtliche Ausflug diente. Ihr war nur gesagt worden, sie müsse ihr ganzes Gepäck nehmen und mitkommen.

»Wohin bringen Sie mich?« Diese Frage stellte sie zum wiederholten Male.

»Fort«, lautete die immer gleiche und einsilbige Antwort.

Zunächst hatte sie geglaubt, Teucherts hätten das Atelier an einem anderen Ort wieder eingerichtet, vielleicht sogar außerhalb Kursachsens, und sie wären auf dem Weg dorthin. Doch diese grimmige Entschlossenheit, mit der Teuchert ausschritt und mit der sie kaum mithalten konnte, ließen sie inzwischen vermuten, sie solle davongejagt werden. Auch gut! Es war zwar eine Frechheit, sie erst die ganze Arbeit machen zu lassen und sie dann ohne ihren Anteil fortzuschicken, aber solange er ihr das Medaillon zurückgab, war nicht alles verloren. Mit Geld hatte sie ohnehin nicht mehr gerechnet. Ein silbrig glänzendes Kleid wie das, das sie sich erträumt hatte, gebührte einer Frau ihres Standes nicht. Nur weg von diesem Paar, alles andere würde sich fügen. Sie konnte ein Auskommen finden als Malerin oder als Magd, davon war sie fest überzeugt. Außerdem war da Nehmitz, der sich bestimmt für sie verwenden würde. Auch davon war Geraldine überzeugt. Er war kein Mann, der eine junge Frau erst küsste und hernach so tat, als würde er sie nicht mehr kennen.

»Ich bekomme doch mein Medaillon zurück?«, bohrte sie nach.

Die Antwort bestand in einem unverständlichen Murmeln und darin, dass Teuchert sich auf eine Tasche seiner Weste klopfte.

»Sie können es mir auch gleich geben. Ich stehe zu meinem Wort und werde nichts über Sie und Ihre Frau erzählen. Zu niemandem.«

»Schweig endlich. Du wirst das Medaillon zurückbekommen. Reicht das nicht?«

»Wann?«

»Wenn wir am Ziel sind.«

»Wo wird das sein? Hier ist doch weit und breit nichts. Sie können mich nicht aussetzen wie einen tollwütigen Hund.«

Ihr Weg führte sie gerade in einer langgestreckten Linkskehre einen Hügel hinauf. Als sie oben angekommen waren und auf der anderen Seite hinunterschauen konnten, entdeckte die junge Frau die schwarzen Silhouetten einiger Häuser. In einem davon flackerte sogar ein einsames Licht. Oben auf dem Hügel wurde der Weg jedoch von einem anderen gekreuzt und statt auf das Dorf zuzugehen, bog Teuchert nach rechts ab, wo sich der Weg zwischen Bäumen verlor.

»Nein!«, rief Geraldine und blieb stehen.

Der Beamte drehte sich um, stand einfach nur da und wartete. Das bestärkte die junge Frau erst recht in ihrer Entscheidung, keinen Schritt weiter zu gehen, bevor sie nicht das Ziel kannte.

»Da ist ein Dorf, und Sie gehen in die Wildnis. Soll das immer so weiter gehen?«

»Was willst du dort? In diesem Dorf gibt es nichts für dich. Niemand wird dir die Tür öffnen. Sie werden die Hunde auf dich hetzen. Willst du das? Eine Zigeunerin wie du ist besser in einer Stadt aufgehoben.«

»Wohin wollen Sie mich bringen? Es gibt hier weit und breit keine Stadt.«

»Du wirst es sehen.«

Geraldine stemmte die Hände in die Hüften. »Ich gehe keinen Schritt weiter, bevor ich nicht weiß, welchen Zweck dieser nächtliche Fußmarsch dient.«

Diese verfluchte Malerin! Es war zu erwarten gewesen, dass sie Schwierigkeiten machte. Teuchert gefiel nicht, was sein Weib von ihm verlangte. Er war kein … Und er würde es auch nicht tun, das hatte er sich vorgenommen. Sein Plan sah vor, Geraldine weit wegzubringen von Meißen und sie davonzujagen. Er hatte geplant, sie zur Straße nach Leipzig zu bringen, aber die war noch ein gutes Stück entfernt. Teuchert lief beinahe die Galle über. War er nur von keifenden Frauen umgeben?

»Verschwinde! Sofort!«, schrie er. »Mir ist es egal, ob du in der Wildnis zu Tode kommst oder Hilfe findest. Weg! Fort mit dir!« Er wedelte mit den Händen.

»Ja, ich gehe!«, schrie Geraldine zurück. »Ich gehe, wohin ich will und werde mir von Ihnen nichts vorschreiben lassen.

Ich gehe in dieses Dorf. Sie können hier oben warten, bis Sie festgewachsen sind. Glauben Sie ja nicht, dass ich noch einen Gedanken an Sie und Ihre Frau verschwenden werde.«

In diesem Moment erlosch das Licht hinter dem Fenster, und das Dorf lag in völlige Dunkelheit getaucht. Einen Augenblick schauten sich beide um, dann streckte die junge Frau fordernd die Hand aus.

»Mein Medaillon!«

»Das bekommst du nicht! Verschwinde und lass dich nie wieder in Meißen und in der Umgebung blicken!«

»Nicht ohne mein Medaillon! Sie haben es versprochen! Geben Sie es mir!« Geraldine ging auf ihn zu. Gab er es ihr nicht freiwillig, würde sie es ihm aus der Tasche reißen.

»Gar nichts habe ich versprochen. Du bekommst es nicht und damit basta!«

Die junge Frau konnte nicht länger an sich halten. Sie griff nach der Tasche seiner Weste, auf die er zuvor gedeutet hatte. Blitzschnell hielt Teuchert ihre Hand fest. Er quetschte ihr Handgelenk und verdrehte ihren Arm, bis sie vor Schmerzen aufstöhnte. Dennoch gelang es Geraldine schließlich, sich zu befreien. Mit beiden Fäusten hämmerte sie auf Teuchert ein. Sie fühlte sich, als bewege sie sich durch einen roten Nebel. Außer dem verhassten Gesicht nahm sie nichts mehr wahr. Teuchert bemühte sich, sie von sich fortzustoßen, aber sie krallte die Hände in seine Rockaufschläge und sammelte Speichel im Mund.

Auf einmal lagen seine Hände um ihren Hals, drückten zu. Geraldine umklammerte Teucherts Handgelenke, konnte jedoch nicht verhindern, dass der Druck auf ihren Hals zunahm. Sie bekam kaum noch Luft, und schwarze Sterne tanzten vor ihren Augen. Gerade als ihre Beine unter ihr nachgaben, löste sich der Griff um ihren Hals. Geraldine sackte zusammen, jemand versuchte, sie zu stützen, schaffte es aber nicht sie festzuhalten. Sie hörte Flüche, dann Schritte. Ihr Hals schmerzte, als hätte jemand ein Reibeisen hinein-gestoßen.

Hände legten sich um ihre Mitte, stützten sie und betteten ihren Kopf auf eine Schulter. Ein schwacher Duft nach einem herben Parfüm umwehte ihre Nase.

»Geraldine! Um Himmels willen!«, hörte sie Nehmitz zärtlich in ihr Ohr flüstern. »Was hat er dir angetan?«

Wo kam er auf einmal her? Geraldine fühlte sich zu schwach, um lange darüber nachzudenken. Sie war einfach nur froh, dass er da war und sie hielt. Es dauerte lange, bis die Schmerzen in ihrem Hals nachließen und sie wieder einen Ton herausbrachte, wenn es auch nicht mehr als ein Krächzen war. Nehmitz hielt sie die ganze Zeit zärtlich umfangen und flüsterte immer wieder ihren Namen. So erfuhr sie, dass er wieder am Fenster mit ihr hatte sprechen wollen und gerade um die Ecke in die Rosengasse eingebogen war, als sie mit Teuchert das Haus verlassen hatte. Der nächtliche Ausflug war ihm verdächtig vorgekommen, deshalb war er ihnen gefolgt. In der Dunkelheit hätte er sie beinahe verloren, aber zum Glück war er rechtzeitig zur Stelle gewesen. Seine Lippen strichen über ihre Schläfe.

Schließlich fühlte Geraldine sich kräftig genug, wieder auf eigenen Füßen zu stehen. Nehmitz nahm ihr die Tasche ab und hing sich den Riemen über die Schulter.

»Du kannst nicht wieder nach Meißen zurück. Das ist viel zu gefährlich. Teuchert wollte dich umbringen. Schade, dass mir dieser Kerl entwischt ist. Wenn ich den zwischen die Finger kriege«, schimpfte Nehmitz und führte sie langsam den Weg zurück, den sie gekommen waren.

Das Sprechen fiel Geraldine schwer, sie brachte kaum mehr als ein Krächzen heraus. Ihre Knie zitterten von dem überstandenen Schreck, und ohne die Hilfe des Sonderermittlers wäre sie keine drei Schritte weit gekommen. Mit dem Arm um seine Schultern gelang ihr ein Schritt nach dem anderen.

In Seebschütz hämmerte Nehmitz an die Tür des Gasthauses und hörte erst auf, als der Wirt – der zuvor aus einem Fenster heraus versucht hatte, sie zu vertreiben – im Nachthemd und mit einer Kerze in der Hand die Riegel zurückzog und einen Spalt öffnete. Der Sonderermittler zeigte seine mit den Siegeln ehrfurchtgebietende Vollmacht und begehrte Einlass.

Noch bevor der Wirt die Tür ganz geöffnet hatte, verschaffte Nehmitz sich mit einem Fußtritt mehr Platz und zog Geraldine in die Gaststube, wo er sie auf einem Sofa Platz nehmen ließ.

»Ich brauche ein Zimmer!«, schnitt er die Fragen ab, die dem Wirt sichtbar auf der Zunge lagen.

»Um diese Zeit? Es ist mitten in der Nacht.«

»Das weiß ich. Ich hätte Sie kaum aus dem Bett geklopft, wenn es bis morgen früh Zeit hätte. Diese junge Frau ist eine wichtige Zeugin meiner Ermittlung und muss für eine Weile versteckt werden. Das kurfürstliche Geheime Kabinett wird für alle Kosten aufkommen.« Über das Letztere war Nehmitz sich keinesfalls sicher, aber er wollte den Wirt beeindrucken. Notfalls würde er das Zimmer aus eigener Tasche bezahlen.

Der Wirt schien mit den Zahlungen des Geheimen Kabinetts keine guten Erfahrungen zu haben, denn er wiegte den Kopf und machte keine Anstalten, Geraldine ein Zimmer zu bereiten. »So eine Person und mitten in der Nacht«, murmelte er.

»In meinem Bericht werde ich Ihre Hilfe lobend erwähnen. Unser Kurfürst und König wird Ihren Namen lesen, ebenso der erste Minister.«

Das brachte nun doch Leben in den Wirt. Nach einem letzten zweifelnden Blick auf Geraldine verließ er die Gaststube. Man hörte ihn die Treppe hinaufhasten, wo mehrere Türen geöffnet wurden und jemand flüsterte. Danach kehrte der Wirt in die Gaststube zurück, über sein Nachthemd hatte er sich einen dunkelblauen Gehrock gezogen.

»Mein Weib wird ein Zimmer vorbereiten. Darf ich Ihnen solange ein Bier oder ein Glas Wein anbieten? Ich habe ein Fässchen aus Burgund.«

Nehmitz verlangte einen Wein, aber Geraldine schüttelte den Kopf. »Meiner Begleiterin wäre ein Kamillentee angenehm. Sie hat einiges erdulden müssen, und der Tee würde ihr guttun.«

»Wo soll ich den hernehmen?« Der Wirt hatte den Wein aus einem kleinen Fass auf der Theke gezapft und stellte das Glas vor Nehmitz.

»Kochen.«

Bei dieser Antwort huschte ein Lächeln über Geraldines Gesicht. Ein Kamillentee würde ihrem Hals wirklich guttun. Sie freute sich, dass Nehmitz sich so für ihr Wohlbefinden einsetzte.

»In der Küche ist kein Feuer an. Weeß Goddchn!« Der Wirt murmelte vor sich hin, verschwand jedoch durch eine Tür hinter der Theke.

»Willst du einen Schluck Wein, bis dein Tee kommt?« Nehmitz hielt ihr das Glas hin.

»Danke«, hauchte Geraldine und griff danach. Dieses einzige Wort setzte ihre Kehle in Brand, den auch ein Schluck Wein nicht zu löschen vermochte. Erst als der Tee kam, den sie in kleinen Schlucken langsam schlürfte, wurde es besser.

Wenig später war ihr Zimmer vorbereitet. Sie und Nehmitz folgten dem Wirt die Treppe hinauf. Der Mann legte offenbar Wert darauf, im Bericht an das Geheime Kabinett gut wegzukommen, denn das Zimmer war größer als gedacht. Kein Vergleich mit ihrer Kammer bei Teucherts. Es war sogar größer als ihr Atelier. Ein einladendes Himmelbett, in dem mindestens drei Personen von Geraldines Statur Platz gefunden hätten, beherrschte den Raum. Mit Samtvorhängen konnte die Welt ausgeschlossen werden. Zwischen den beiden Fenstern stand ein Frisiertisch mit einem schwenkbaren Spiegel. Es gab einen Ofen im Zimmer, Kleiderhaken, einen Schrank, einen Tisch mit zwei Sesseln und hinter einer spanischen Wand eine Waschkommode. In einer großen Zinnkanne glitzerte ein Wasserspiegel und zeigte an, dass an alles gedacht worden war. Das Federbett türmte sich hoch unter einem blütenweißen Bezug. Am liebsten hätte sich Geraldine sofort darauf gestürzt.

»Ich hoffe, es ist alles zu Ihrer Zufriedenheit?«, fragte der Wirt den Sonderermittler.

Nehmitz bejahte. Gleich darauf waren sie beide allein. Der Wirt hatte die Kerze auf dem Tisch stehen lassen.

»Gefällt es dir?«, fragte der junge Mann. Er schlang die Arme um Geraldine und zog sie zum wiederholten Male in dieser Nacht in seine Wärme.

»Sehr«, krächzte die.

»Sprich nicht. Oder nur leise.«

Sie nickte.

»Du hast doch alles, was du brauchst? Ich werde sonst dem Wirt Bescheid sagen, dass er es beschafft. Es ist mir egal, wie spät es ist.«

Diesmal schüttelte Geraldine den Kopf. Sie brauchte nichts außer Schlaf.

»Du musst völlig erschöpft sein, aber du brauchst keine Angst mehr haben. Ich werde mich um dich kümmern und nicht zulassen, dass dir noch einmal jemand etwas antut. Hast du Angst?«

Wieder schüttelte Geraldine den Kopf.

»Ich werde deine Situation nicht ausnutzen. Du hast mein Wort als Ehrenmann.«

Im ersten Moment verstand sie nicht, was er meinte, aber als er sich aus der Umarmung löste und der Tür zustrebte, begriff sie. Er neigte noch einmal grüßend den Kopf, ehe er das Zimmer verließ. Geraldine hauchte ihm eine Kusshand hinterher.

Kaum allein, sank sie auf das weiche Federbett. Die Augen wollten ihr zufallen, aber krampfhaft riss sie sie wieder auf. Der Schrecken dieser Nacht stand noch zu nah vor ihr. Sie fühlte wieder Teucherts Hände um ihren Hals. Ehe die Furcht zurückkehrte, zwang sie sich dazu, aufzustehen und hinter die spanische Wand zu treten. Aus der Zinnkanne goss sie Wasser in eine Schüssel und wusch sich die Hände. Das Wasser hatte genau die richtige Temperatur, um sie zu erfrischen, ohne kalt zu sein. Sie tauchte die Hände ganz hinein und legte sie mit den Handrücken nach unten in die Schüssel, bewegte sacht die Finger und beobachtete die Wellenbewegungen des Wassers, die langsam ruhiger wurden. Es erinnerte sie an ihr eigenes aus den Fugen geratenes Leben, das hoffentlich auch wieder in ruhigere Bahnen geraten würde.

Sie müsste nur Teucherts das Handwerk legen, ihr Medaillon zurückbekommen und ihren Vater finden. Ziemlich viele Aufgaben. Und seltsamerweise tauchte auch immer wieder Nehmitz in ihren Gedanken auf. Frederik, wie sie ihn bei sich zärtlich nannte. Entschlossen tauchte sie das Gesicht ins Wasser, spülte ihre Gedanken fort. Anschließend zog sie sich bis aufs Hemd aus und wusch sich. Erst danach fühlte sie, wie die Erinnerung an Teuchert verblasste. Der Hals schmerzte noch, und im Spiegel der Frisierkommode entdeckte sie die Abdrücke seiner Finger als rote Male auf ihrer Haut.

Teil II

Dresden und Meißen 1748

EINS

Am nächsten Tag saß Geraldine im Garten des Gasthauses unter einem Birnbaum, dessen reife Früchte in der Sonne leuchteten, und schaute einer Schar Hühner zu, die im Hof nach Futter pickten. Dazu trug sie ein hochgeschlossenes Kleid und schützte ihren Hals mit einem Tuch. Bei Tageslicht sahen die Abdrücke von Teucherts Fingern auf ihrem Hals röter aus als in der Nacht zuvor. An den Rändern entwickelte sich inzwischen ein Stich ins Lila. Selbst auf ihrer leicht bronzefarbenen Haut waren die Flecken deutlich zu erkennen.

Die Frau des Gastwirts, Magda Goltzin, war ihr am Morgen auf eine freundliche, mütterliche Art begegnet, die Geraldine sofort für sie eingenommen hatte. Ihren wunden Hals behandelte die Goltzin mit viel Hühnerbrühe. Bereits zum Frühstück setzte sie ihrem Gast einen Teller davon vor und gab sich erst zufrieden, als der Löffel auf dem Steingut kratzte. Das Gleiche wiederholte sich mittags, nur dass es diesmal zwei Teller waren, die Geraldine essen musste. Die Wirtin hatte ihr vorgeschlagen, sich unter den Birnbaum zu setzen und die frische Luft zu genießen. Beinahe hätte sie sich dafür entschuldigt, dass die Birnen noch nicht reif waren.

Die zahlreichen Goltz'schen Kinder – Geraldine zählte insgesamt sieben, vier Mädchen und drei Buben, das Jüngste noch im Windelalter und die älteste Tochter schon beinahe alt genug zum Heiraten – betrachteten sie scheu und wagten es kaum, das Wort an sie zu richten, obwohl ihr Geschrei sonst Haus und Hof erfüllte. Drei jüngere Kinder waren gerade in eines ihrer wilden Spiele begriffen und kamen in den Hof gelaufen, ließen die Hühner gackernd auseinanderstieben und lachten dazu.

Ob sie jemals der Mittelpunkt einer großen Familie sein würde?, sinnierte Geraldine. Sie wusste nicht, ob sie sich das wünschen sollte. Vielleicht wäre es besser, allein zu bleiben und nur für sich selbst verantwortlich zu sein.

Nehmitz' Ankunft vertrieb ihre trüben Gedanken. Er setzte sich neben sie auf die Bank und ergriff ihre Hände.

»Es geht dir wieder besser. Das freut mich. Ich habe den ganzen Morgen kaum an etwas anderes denken können, als an dich und die Schrecken, die du durchlebt hast.«

»Man sorgt gut für mich.« Geraldine war noch heiser, aber dank der Hühnerbrühe fand sie allmählich ihre Stimme wieder.

»Und du sprichst wieder. Dann habe ich dies vielleicht ganz umsonst mitgebracht.« Nehmitz zog aus seiner Rocktasche eine kleine Dose aus lackiertem Holz.

»Was ist das?«

Es stellte sich als eine Salbe aus Schweinefett, Ringelblumen und anderen Essenzen heraus, die die Heilung ihres wunden Halses beschleunigen sollten. Die spielenden Kinder waren vom Hof verschwunden, die Hühner hatten sich wieder beruhigt, und weil niemand zu sehen war, ließ Geraldine es zu, dass Nehmitz ihr die Salbe vorsichtig auf den Hals strich.

Sie saßen nebeneinander auf der Bank, ihre Oberschenkel berührten sich, und Geraldine dachte darüber nach, wie schön es wäre, wenn sich nicht immer so viele Stoffschichten zwischen ihnen befänden. Das sprach sie allerdings nicht aus, sondern fragte Nehmitz nach dem Stand seiner Ermittlungen.

»Ich will dir damit nicht den Tag verderben, du hast wirklich genug durchgemacht. Sobald es dir besser geht, musst du gegen Teuchert aussagen. Er darf nicht durchkommen mit dem, was er dir letzte Nacht antun wollte.«

»Was soll ich aussagen? Er hat doch nichts gemacht.«

»Er hat dich gewürgt, und das war wahrscheinlich nur der Anfang von dem, was er vorhatte. Dass er so ein Sittenstrolch ist … Ich werde in seinem Hause jedenfalls nicht mehr verkehren.«

»Wer wird mir glauben? Teuchert ist in Meißen ein geachteter Mann, ein Beamter der Kreisamtmannschaft, und mich nennen sie eine Zigeunerin.«

»Ich habe es auch gesehen und stehe als Zeuge zur Verfügung.«

»Dann kann ich dir noch etwas anderes erzählen.« Geraldine wollte sprechen, aber ihre heisere Stimme machte ihr einen Strich durch die Rechnung. Sie musste husten, und das verschlimmerte die Schmerzen. Der Anfall klang erst ab, als Nehmitz ihr sanft auf den Rücken klopfte.

Er eilte flugs in die Gastwirtschaft und kam mit einem Becher Dünnbier zurück. »Du musst dich schonen und darfst nicht so viel sprechen.«

Geraldine nippte an dem Bier. Kühl und feucht linderte es das Kratzen in ihrer Kehle. »Aber ich muss es dir sagen, wegen deiner Ermittlung.« Ihr war inzwischen klargeworden, dass Nehmitz die Situation in der letzten Nacht falsch verstanden hatte. Er glaubte, Teuchert habe ihr Gewalt antun wollen. Warum er deshalb mit ihr durch die halbe Nacht gelaufen war, fragte er sich anscheinend nicht. Auf Santo Domingo machten sich die Männer jedenfalls nicht so viel Mühe, wenn sie ihr Vergnügen wollten. Sie drängten die Frau in eine Ecke und hoben ihre Röcke. Als Kind war Geraldine mehr als einmal Zeugin dieses rohen Aktes geworden.

»Darüber will ich jetzt nicht sprechen. Das Wetter ist viel zu schön dafür, und du sollst dir nicht deinen hübschen Kopf über meine Arbeit zerbrechen.«

»Ich muss doch …«

»Wirklich nicht, Geraldine. Erst einmal musst du ganz wieder hergestellt sein. Fühlst du dich kräftig genug, ein paar Schritte mit mir zu gehen?«

Die junge Frau gab es auf, ihm erzählen zu wollen, was ihr unter den Nägeln brannte. Er würde noch öfter kommen, und es würde sich eine bessere Gelegenheit finden. »Natürlich. Ich bin nicht krank an den Beinen.« Sie stand auf.

Nehmitz erhob sich ebenfalls. »Brauchst du etwas, das ich dir holen soll?«

»Was sollte das sein?«

»Ein Sonnenschirm? Ein Schultertuch, ein Paar Handschuhe? Vornehme Damen gehen nicht ohne in die Sonne.«

Sie liehen sich von Magda Goltzin einen Sonnenschirm. Ein Paar Handschuhe besaß Geraldine selbst. So angetan, verließ sie an Nehmitz' Arm den Gasthof und fühlte sich wie eine vornehme Dame an der Seite ihres Kavaliers. Der Sonderermittler hatte vollendet gute Manieren, passte seine Schritte den ihren an und überließ ihr die Wahl des Weges. Dass Magda Goltzin sie durch die Vorhänge des Küchenfensters hindurch beobachtete, bemerkten beide nicht. Die Wirtin lächelte und fand, dass die jungen Leute ein schönes Paar abgaben.

Sie gingen die Dorfstraße entlang, grüßten alle entgegenkommenden Leute und amüsierten sich über deren interessierte Blicke. Fremde in einem kleinen Ort wie Seebschütz waren auf jeden Fall ein Gespräch wert.

»Sie halten uns für ein reichlich seltsames Ehepaar«, meinte Geraldine leise. Sie schmiegte sich in Nehmitz' Arm.

»An uns ist nichts seltsam. Nur dass wir kein Ehepaar sind.«

»Und ich sehe fremd aus. Ich habe in Sachsen niemanden gesehen mit so dunklen Haaren. Und nicht einmal die Menschen, die den ganzen Tag auf dem Feld arbeiten, haben so eine dunkle Haut wie ich.« Geraldine war stehengeblieben und beobachtete eine Gruppe von Frauen, die auf einem Rübenacker Unkraut harkten. Zum Schutz vor der Sonne hatten sie sich Kopftücher umgebunden, aber ihre Arme waren nackt. Und verglichen mit ihnen hatte Geraldines Haut immer noch einen satteren Farbton.

»Das sehe ich nicht«, wischte Nehmitz ihre Bedenken beiseite. »Am Dresdner Hof gibt es Leute, die sehen fremder aus als du, Mohren mit ganz dunkler Haut.«

»Erzähl mir vom Hof und den Mohren«, bat Geraldine. »Was machen sie da? Hast du schon einmal mit ihnen gesprochen? Hast du den Kurfürsten gesehen? Kennst du seine Frau und all die anderen Leute?«

»Aufhören, aufhören«, verlange Nehmitz lachend. »Das sind ja mehr Fragen, als ich Finger an einer Hand habe. Und ich kann keine einzige davon beantworten.«

»Warum nicht?«, wollte Geraldine wissen.

»Ich lebe zwar in Dresden, aber von der Hofgesellschaft bin ich genauso weit entfernt wie du.« Ein Schatten huschte über sein Gesicht, doch gleich darauf lächelte er wieder. Geraldine hatte es bemerkt und fragte sich, welche Kränkungen er hatte erdulden müssen.

»Unser Kurfürst und König umgibt sich nur mit den Mitgliedern der vornehmsten Adelsfamilien. Die Familie Nehmitz gehört nicht dazu. Wir sind nicht von Adel und dürfen nicht auf mehr hoffen, als in der Verwaltung des Fürstentums aufzusteigen. Die höchsten Posten werden wir jedoch nie bekleiden, die vergibt unser edler Fürst an seine Vertrauten.«

»Und die schwarzhäutigen Männer?« Geraldine hatte nicht viel von der Rede verstanden, aber dass ihn etwas quälte, war nicht schwer zu erkennen. Sie nahm sich vor, den Grund herauszufinden, begnügte sich einstweilen aber mit unverfänglichen Themen. Das Dorf hatten sie längst durchquert und gingen nun zwischen Kuhherden hindurch. Barfüßige Jungen bewachten die Kühe. Übermütige schwarz-weiß gefleckte Jungtiere vollführten tollkühne Bocksprünge. Geraldine und Nehmitz blieben stehen und sahen zu. Die junge Frau wiederholte ihre Frage nach den Mohren.

»Sie dienen dem Vergnügen unseres Fürsten.«

»Wie machen sie das?«

»Sie sind um ihn und machen sich mit kleinen Handreichungen angenehm. Wenn es unserem edlen Fürsten nach etwas verlangt, holen sie es schnell. Manchmal haben sie es gebracht, bevor es ihn überhaupt danach verlangte. So gut kennen sie unseren hochherzigen Fürsten. Sie machen Späße und bringen ihn zum Lachen. Wenn er es befiehlt, stehen sie aber auch den ganzen Abend unbeweglich neben der Tür und beeindrucken seine Gäste.«

»Du weißt das alles und willst keinen Zugang zum Hof haben?« Geraldine drehte sich halb zu Nehmitz um.

»Das ist nur das, was man sich in Dresden erzählt. Es kann auch ganz anders sein.«

»Wie denn?«

Beide machten einen halben Schritt aufeinander zu. Ihre Gesichter waren nur ungefähr eine Handbreit voneinander entfernt.«

»Anders eben«, murmelte der junge Assessor.

Dann berührten sich ihre Lippen, vorsichtig zunächst, bald

darauf fordernder. Nehmitz' Zunge drängte sanft gegen ihren Mund, bereitwillig gab Geraldine nach.

Der Kuss endete ebenso abrupt, wie er begonnen hatte. Nehmitz trat zwei Schritte zurück und sah schuldbewusst drein.

»Ich entschuldige mich, kleine Nielje«, sagte er wie nach ihrem ersten Kuss mit rauer Stimme. »Aber es tut mir nicht leid, ich habe es genossen.«

»Ich habe es auch genossen, und deswegen entschuldige ich mich nicht.«

Diese Antwort ließ beide auflachen. Die Verlegenheit zwischen ihnen war wie weggewischt. Geraldine legte wieder die Hand auf seinen Arm, und sie gingen zurück zum Gasthof. Dort verabschiedete sich Nehmitz von ihr. Er müsse zurück nach Meißen, aber er würde wiederkommen. Bald. Ganz bald.

Bevor Geraldine den Gasthof betrat, schaute sie dem jungen Sonderermittler hinterher, bis er nicht mehr zu sehen war.

Nehmitz hielt Wort. Zwei Tage später besuchte er Geraldine erneut im Gasthof. Die Schmerzen in ihrem Hals waren beinahe vergessen, und die Male auf ihrer Haut verblassten, dennoch versteckte die junge Frau sie unter einem Halstuch.

Es war ein Tag, an dem die Sonne von Wolken verdeckt wurde, und an dem ab und an Regen fiel. Der Aufenthalt unter dem Birnbaum war unmöglich, deshalb saß Geraldine in ihrem Zimmer und las in einer Bibel, als der Sonderermittler an ihre Tür klopfte. Sie fielen sich in die Arme, hungrig suchten sich ihre Münder, und hinterher fühlten Geraldines Lippen sich wund an.

»Lass uns in die Gaststube gehen, damit es mir nicht so schwerfällt, meine gute Erziehung nicht zu vergessen.«

»Das könntest du gar nicht.«

»Darauf darfst du dich nicht verlassen, Nielje«, raunte er ihr ins Ohr und knabberte an ihrem Ohrläppchen.

Am Ende saßen sie in der Gaststube, vor sich zwei Teller mit einer fettigen Aalsuppe. Es folgten ein Lammbraten mit Bohnen in einer Zimtsoße und danach ein Mus aus Kirschen. Zwei Tassen Schokolade beschlossen die üppige Mahlzeit. Das Essen hatte sich etliche Zeit hingezogen, und als sie ihre Schokolade schlürften, füllte sich die Gaststube bereits wieder mit Gästen, die Zerstreuung für den Abend suchten.

»Diesmal lasse ich keine Ausrede gelten«, begann Geraldine leise. »Ich will alles über deine Ermittlungen wissen. Am besten fängst du gleich damit an, mir zu erzählen, warum du mir wirklich gefolgt bist.«

Nehmitz seufzte, fuhr mit dem Finger den oberen Rand seiner Tasse entlang. »Du willst eine schlaue Erklärung hören, aber es war einfach Zufall. Ich habe das Schreiben aus Dresden erhalten, wegen der Wassertemperatur und der gelben Blumen, das wollte ich dir vorlesen, während du am Fenster stehst. Ich kam gerade an und sah, wie du mit Teuchert das Haus verließest.« Den Stich Eifersucht verschwieg er. Die beiden hatten ausgesehen, als wären sie auf dem Weg zu einem verschwiegenen Stelldichein. Er hatte sich gefragt, ob Geraldine ihn nur benutzt hatte für einen heiteren Nachmittag? Ob sie sich seine Komplimente gerne hatte fallen lassen, während sie sonst ältere Männer in einer gesicherten Position bevorzugte? Er hatte mit eigenen Augen sehen wollen, falls sie tatsächlich einem anderen gehörte. Deshalb war er den beiden gefolgt.

»Als ihr euch weiter und weiter von Meißen entfernt habt, war ich einige Male nahe daran, mich bemerkbar zu machen, um der Sache ein Ende zu bereiten. Hätte ich es nur getan, dir wäre viel erspart geblieben.«

Sie fand es rührend, dass er tatsächlich diesen Brief an seinen alten Naturkundelehrer geschrieben hatte, und es ihm dann so wichtig gewesen war, ihr die Antwort zu zeigen. »Das hatte nichts mit deiner Arbeit zu tun?«

»Nein, hatte es nicht.« Nehmitz seufzte. »Ich komme nicht voran mit meinen Ermittlungen. In der Manufaktur will niemand mit mir sprechen. Der Kreisamtmann ist nicht hilfreich, und wenn mir jemand etwas sagt, ist es immer nur ein Name, den sie in den Mund nehmen.«

»Welcher?«, flüsterte Geraldine.

»Der Arkanist von Scholl«, gab Nehmitz genau so leise zurück.

Sie hatte Mühe, ihre Überraschung zu verbergen, hatte sie doch fest damit gerechnet, den Namen Teuchert zu hören. »Was soll der Mann getan haben?«

»Das Arkanum verraten. Man dichtet ihm eine zweite geheime Manufaktur in Kursachsen an, angeblich versteckt in einem Tal im Erzgebirge. Ich habe Soldaten danach suchen lassen – vergeblich.«

»Was ist das Arkanum?«

»Das Geheimnis um die Herstellung des Porzellans. Es muss streng bewahrt werden, und nur einige wenige kennen es. Ich habe mit von Scholl gesprochen, ihm auf den Kopf zugesagt, was über ihn gesprochen wird und ihn gebeten, mir bei seiner Ehre die Wahrheit zu sagen. Er schwor, nichts verraten zu haben. Er hat mich selbst auf sein Rittergut bei Meißen mitgenommen und darauf bestanden, mir alles persönlich zu zeigen. Um mir zu beweisen, dass er dort keine geheime Porzellanmanufaktur betreibt. Von Scholl ist kein gesunder Mann und kann sich nicht viele Anstrengungen zumuten. Häufige Reisen ins Erzgebirge wären zu anstrengend für ihn. Graf von Brühl erwartet täglich einen Bericht von mir, und ich weiß nicht mehr, was ich ihm schreiben soll. Dass ich eine unschuldige junge Dame vor dem Zugriff eines alternden Wüstlings gerettet habe, zählt wahrscheinlich nicht als Erfolg meiner Ermittlungen.«

Nehmitz schaute sie bei seinen letzten Worten so offen und bekümmert an, dass Geraldine nicht anders konnte, als ihm über die Wange zu streichen. »Du hast mich gerettet, aber anders als du denkst, und unschuldig bin ich deshalb noch lange nicht.« Sie ignorierte seine empört geschürzten Lippen und berichtete vom Geschäft der Teucherts und ihrer Rolle dabei. Nichts ließ sie aus, nicht die Probleme, die sie anfangs mit dem Bemalen des Porzellans hatte und nicht das Geld, das Teucherts ihr für ihre Arbeit versprochen, ihr aber nie gegeben hatten. Die Tragweite des Ganzen sei ihr anfangs nicht bewusst gewesen, aber das solle keineswegs als Entschuldigung für ihr Tun gelten. Sie berichtete von der Suche nach ihrem Vater und dass das Medaillon mit seinem Bild ihre einzige Verbindung zu ihm sei. Sie habe angefangen, die Muster auf dem Porzellan zu verändern, damit es als Fälschung erkannt würde, um Teucherts das Handwerk zu legen. Ein anderer Weg sei ihr nicht eingefallen. Zuletzt berichtete sie, dass Teuchert ihr keine Gewalt habe antun wollen, sondern es wohl sein Plan gewesen war, sie davonzujagen. Zu dem Kampf sei es nur deshalb gekommen, weil er ihr das Medaillon nicht zurückgeben wollte, obwohl er es zuvor versprochen hatte. Nehmitz' Bestürzung war zunehmend Erstaunen gewichen.

»Du kannst mich festnehmen«, endete Geraldine.

Er schüttelte den Kopf. »Nicht doch. Nielje, um Himmels willen, was redest du da?«

»Aber ich habe Schuld auf mich geladen. Auf die eine oder andere Weise. Ich bin diejenige, nach der du in der Manufaktur vergeblich gesucht hast.«

»Ich werde dich nicht festnehmen, auf keinen Fall. Dieses feine Ehepaar hat dich gezwungen, du konntest nichts dafür. Die kurfürstlichen Gerichte werden das vielleicht anders sehen, aber ich werde dafür sorgen, dass deine Unschuld bestätigt wird.« Er umschloss ihre Hände mit seinen. »Das musst du mir glauben. Dich im Arrest zu sehen, könnte ich nicht ertragen. Und jetzt brauche in einen Branntwein.«

Der junge Mann rief nach dem Schnaps, und prompt wurden zwei Gläser vor ihnen abgestellt. Er kippte seines in einem Zug herunter, während sie nur vorsichtig daran nippte. Der Alkohol brannte scharf in ihrer Kehle und ließ sie husten. Am Schluss trank Nehmitz auch ihr Glas aus und wischte sich mit dem Handrücken über die Lippen.

»Ich möchte deine Bilder sehen«, sagte er. »Ich möchte alle sehen, die du je gemalt hast.«

»Sie sind in meinem Zimmer. Komm.«

Er schaute sich um. »Es ist längst Abend. Was werden die Leute denken, wenn wir beide in dein … Du wirst ins Gerede kommen.«

»Das ist mir egal. Die Leute reden sowieso über uns.« Sie zog den nur wenig widerstrebenden jungen Mann aus der Gaststube, die Treppe hinauf in ihre Kammer. Seitdem sie erfahren hatte, dass sie nicht verhaftet werden sollte, war sie aufgekratzt bis zum Übermut, hätte am liebsten gesungen und wäre den Gang entlanggetanzt.

Die Mappe mit ihren Zeichnungen lehnte an der Wand. Geraldine breitete die Blätter auf dem Tisch, der Kommode und den Sesseln aus. Nehmitz neigte sich über jedes einzelne und betrachtete es ausgiebig.

»Für mich hast du sehr viel Talent«, sagte er schließlich. »Meister Höroldt ist ein arroganter Idiot, dass er das nicht für die Manufaktur gewinnen wollte. Nichts würde mir mehr bedeuten, als von Porzellan zu speisen, das du bemalt hast.«

»Dazu wird es nicht kommen. Niemand wird mir erlauben, noch einen einzigen Scherben zu bemalen.«

»Die Welt wird es bedauern.«

»Das hast du schön gesagt.« Geraldine küsste ihn auf den Mund.

Dieser Kuss war der Auftakt zu weitaus mehr Zärtlichkeiten. Sie dachten nicht länger daran, ob sich ihr Tun schickte oder nicht. Den leidenschaftlichen Küssen folgten ebenso leidenschaftliche Hände. Knöpfe und Bänder wurden gelöst, jedes Stück Stoff auf der Haut war zu viel. Geraldine wölbte ihm ihren schlanken Leib entgegen, und Nehmitz nahm in Besitz, was ihm willig dargeboten wurde. Er erwies sich als zärtlicher und kundiger Liebhaber, der geduldig ihren Körper erforschte und herausfand, was ihr die größte Lust verschaffte. Er zeigte ihr auch, wie ein Mann berührt und geküsst werden wollte. Geraldine war eine gelehrige Schülerin. Der kurze Schmerz ihrer Entjungferung ließ sie zusammenzucken, aber danach genoss sie das Liebesspiel umso mehr. Nachdem sie sich zweimal geliebt hatten, zog Nehmitz sich von ihr zurück. Sie wollte ihm folgen, doch er gebot ihr Einhalt.

»Die Liebe ist umso schöner, wenn man versteht, Maß zu halten. Das gilt für Männer mehr als für Frauen«, flüsterte er ihr zu.

»Du meinst, dass du eine Pause brauchst«, neckte sie ihn.

Er lachte gutmütig auf. »Zweimal ist keinmal, und ich wünsche mir sehr, dass dies nicht unsere letzte gemeinsame Nacht ist. Jetzt sollst du erst einmal schlafen.«

Sie merkte nun auch, wie müde sie war und kuschelte sich in seinen Arm. Nun war sie endgültig zur Frau geworden – über diesem Gedanken schlief Geraldine ein.

In den frühen Morgenstunden, als die eben aufgehende Sonne ins Zimmer lachte, liebten sie sich noch einmal. Danach stand Nehmitz auf und zog sich sein Hemd über, das ihm bis auf den Oberschenkel reichte. Als er Anstalten machte, in seine Hose zu steigen, setzte sich Geraldine im Bett auf.

»Du willst gehen?«

»Es ist besser, wenn man mich hier nicht sieht.«

»Denk doch nicht immer an meinen ruinierten Ruf.«

»Es ist besser so, glaube es mir.«

Sie hatte das Gefühl, es nicht ertragen zu können, wenn er ging und sie allein zurückblieb, deshalb sprach sie schnell weiter: »Ich werde dir helfen bei deinen Ermittlungen gegen die Teucherts. Wir machen alles so, dass es wasserdicht ist und vor Gericht standhält, damit sie ins Zuchthaus kommen. Ich werde aussagen und …«

Das brachte Nehmitz immerhin dazu, die Hose fallen zu lassen, und sich zu ihr auf die Bettkante zu setzen. Er strich ihr eine widerspenstige Haarsträhne hinter das Ohr. »Das geht nicht, Nielje. Du giltst in Sachsen als eine Ausländerin. Dein Wort zählt vor Gericht … wenig.«

»Sage doch gleich, dass es gar nichts zählt«, grollte sie.

»Mir gefällt das auch nicht, aber das Gesetz ist nun einmal so. Außerdem besteht die Gefahr, dass du mit in die Sache hineingezogen wirst. Das will ich nicht. Auf deinen Namen soll kein Makel fallen. Ich werde einen anderen Weg finden.«

Ihr Ärger verflog genauso schnell wieder, wie er aufgekeimt war. »Ich werde dir helfen, das bin ich dir schuldig. Ohne mich wärst du gar nicht erst in diese Lage geraten. Mir wird nichts passieren, wenn wir es geschickt anstellen. Wir müssen sie in eine Falle locken.«

»Hast du eine Idee?« Nehmitz' Interesse war nun endgültig geweckt.

Geraldine beugte sich vor. Das um ihren Leib geschlungene Betttuch verrutschte und gab reizende Einblicke frei, die es ihm nicht leichtmachten, sich auf ihre Worte zu konzentrieren. Je länger sie sprach, desto aufmerksamer wurde er jedoch. Am Ende nickte er.

»Wieder der tägliche Bericht nach Dresden?« Teuchert steckte den Kopf durch die Tür in das Schreibkabinett, das Nehmitz in der Kreisamtmannschaft als seines betrachtete, und in dem er hinter dem Schreibtisch saß und eifrig schrieb. »Sie müssen wieder einmal zu uns zum Abendessen kommen. Leider werden wir nur noch zu dritt sein, unser Hausgast hat uns verlassen. Nach allem, was wir für sie getan haben. Keinen Anstand haben diese jungen Frauen. Von einer wie der darf man wohl auch nicht erwarten, dass sie unserer Moral folgen. Die sind einfach anders.«

Offensichtlich hatte Teuchert ihn in der Nacht nicht erkannt, er hatte ja auch sofort Fersengeld gegeben. Die Unverfrorenheit des Beamten schäumte dennoch Wut durch Nehmitz' Leib. Er musste schlucken und sich vor Augen halten, dass er Teucherts Haus tatsächlich bald wieder aufsuchen würde, aber anders, als der es sich dachte. Sofort hatte er seine Gefühle wieder unter Kontrolle und konnte aufschauen. Ihm gelang sogar ein Lächeln.

»Ich habe meine Untersuchungen abgeschlossen und schreibe gerade den Bericht.«

»Das hört man doch gerne. Haben Sie die Schuldigen gefunden?«

»Darüber darf ich nichts sagen.«

»Ist es von Scholl? Ich habe es immer geahnt. Mit diesem Mann stimmt etwas nicht. Der ist im Herzen kein Sachse. War er nie. Jedenfalls gratuliere ich Ihnen zu dem Erfolg. Wie geht es weiter? Wird von Scholl arretiert und angeklagt?«

»Darüber habe ich nicht zu befinden. Meine Arbeit ist getan. Noch heute Abend fahre ich nach Dresden.«

»Ich wünsche eine gute Reise.« Teuchert zog sich zurück. Seine Miene wirkte mehr als vergnügt.

Der junge Gerichtsassessor dagegen ekelte sich. Er trank einen Schluck Kaffee, der jedoch kalt geworden war und seinen Abscheu kaum linderte. Danach schrieb er hastig weiter. Selbstredend war es kein Abschlussbericht, es war das ganz normale Schreiben, das er jeden Tag mit der Abendpost nach Dresden sandte. In diesem machte er deutlich, dass die Arbeiter unter Höroldts Launen litten, alle litten darunter, und niemand rief den ersten Maler zur Ordnung. Er kreidete Fleuter dieses Pflichtversäumnis an. Zuletzt schrieb er, dass er den Arkanisten, den ehrenwerten Herrn Nathan Leberecht von Scholl, für einen redlichen Mann halte, dem kein Vorwurf zu machen sei.

Er verabschiedete sich offiziell von Fleuter und erzählte auch ihm das Märchen von der abgeschlossenen Untersuchung. Der Kreisamtmann gratulierte ihm ebenfalls, jedoch ohne den falschen Überschwang seines Untergebenen.

ZWEI

Nehmitz schnürte sein Bündel, setzte unterhalb Meißens über die Elbe und machte sich auf den Weg zu Geraldine. Sie erwartete ihn ungeduldig im Hof des Gasthauses. Zu ihren Füßen spielte der jüngste Goltz'sche Nachwuchs mit einem geschnitzten Pferd. Aus den geöffneten Fenstern der Gaststube drangen Stimmen und Geschirrklappern.

»Es gibt Hirschbraten mit Kraut und Klößen. Die Goltzin hat mir bereits am Mittag davon erzählt. Es muss etwas ganz Besonderes sein«, informierte sie ihn.

Später, als sie zusammen über dem Hirschbraten saßen – er schmeckte wirklich ausgezeichnet –, wollte Geraldine genau wissen, wie der Beginn ihres Plans, Teuchert eine Falle zu stellen, gefruchtet hatte. Er erzählte ihr von seinen Gesprächen mit Teuchert und Fleuter, und sie zog denselben Schluss wie er.

»Die beiden sind so abgebrüht, sie machen jedem Zuckerbaron auf Santo Domingo Konkurrenz«, sagte sie.

»Wenn sie sich nicht täuschen lassen, war all unsere Mühe umsonst.«

»Das werden sie. Ihre Gier ist unermesslich, die der Teuchertin besonders. Ohne sie wäre er vielleicht ein treuer Beamter geblieben, wenn sie ihn nicht zum Kartenspiel aus dem Haus getrieben hätte. Diese Frau wollte mich am liebsten tot sehen, davon bin ich überzeugt.« Geraldine ließ sich von diesen Gedanken die Laune nicht verderben. Sie genoss das Beisammensein mit Nehmitz, das gute Essen und die Vorfreude auf die Nacht.

Der junge Gerichtsassessor hatte sich im Gasthof ein Zimmer gemietet, um den Schein zu wahren. Die Goltzin täuschte er damit nicht, sie hatte für das Zimmer nur einen unverschämt niedrigen Preis berechnet. Als sie ihn einen Blick hineinwerfen ließ, stellte er fest, dass nicht gelüftet und das Bett nicht bezogen war. Ihr schelmischer Blick war Antwort genug auf seine unausgesprochene Frage.

In der Nacht führte Nehmitz Geraldine erneut in die Spielarten der Liebe ein. Sie überschütteten einander mit Küssen, und dann wölbte Geraldine ihm ihren nackten Leib entgegen. Behutsam legte sich Nehmitz zwischen ihre Beine. Er lenkte sie mit Küssen ab, als er in sie eindrang. Sie und Nehmitz liebten sich noch mehrmals leidenschaftlich und lagen am Ende erschöpft, befriedigt und glücklich nebeneinander. Durch das offene Fenster strich ein angenehm kühler Luftzug über ihre erhitzten Körper.

Geraldine richtete sich auf, warf einen prüfenden Blick auf den Mann neben sich. »Ich will dich malen.«

»Morgen«, erwiderte Nehmitz schläfrig.

»Nein, jetzt. So wie du bist. Als mein liegender Adonis.«

Das vertrieb seine Schläfrigkeit augenblicklich. »Das geht doch nicht.« Er wollte das Betttuch über sich ziehen, aber sie war schneller und nahm es ihm weg.

»Warum soll das nicht gehen? Ich habe Kohlestifte und Papier.«

»Das meinte ich nicht.«

»Du willst kein Adonis sein? Es geht auch etwas anderes.« Sie legte den Kopf schief. »Vielleicht ein Paris mit dem Apfel? Oder ein Orpheus?«

»Hör auf!« Nehmitz musste allerdings lachen.

Sie stellte mehrere Kerzen im Zimmer auf und setzte sich dann mit Papier und Kohlestift und in prachtvoller Nacktheit ans Fußende das Bettes. Ihre Zungenspitze schaute zwischen den leicht geöffneten Lippen hervor, als sie zu zeichnen begann. Der Stift flog über das Papier. Nehmitz reckte den Hals, um einen Blick auf das Bild zu erhaschen.

»Nicht bewegen!«, mahnte sie streng. »Du darfst das Bild nicht sehen, bevor es fertig ist. Man sagt, dass das Unglück bringt.«

Nach der ersten Skizze musste er seine Position verändern, und sie begann eine neue. Zufrieden war sie erst, nachdem sie vier Zeichnungen angefertigt hatte. Schließlich zeigte sie sie Nehmitz.

»Das bin nicht ich«, befand er. Dieser schlanke junge Mann mit dem ebenmäßigen Gesicht konnte unmöglich er sein, er war nur ein kleiner Gerichtsassessor, der den ganzen Tag nichts anderes tat, als seine Nase in staubtrockene Akten zu stecken. Niemand, nach dem sich die Frauen umdrehten. Der Mann auf dem Bild jedoch …

»Das bist du! Ich zeige es der Goltzin, sie wird es dir bestätigen.«

»Du kannst doch nicht …« Er spürte, wie ihm die Röte ins Gesicht schoss. Wenn die Wirtin eine Zeichnung zu sehen bekam, auf der er unbekleidet auf dem Bett lag …

»Ich meinte diese.« Geraldine suchte das Blatt heraus, auf dem nur sein Porträt zu sehen war.

Sie ließ sich nicht davon abbringen, sondern holte das Blatt am nächsten Morgen nach dem Frühstück hervor.

»Das ist der ehrenwerte Herr Nehmitz. Kein Zweifel«, sagte die Wirtin.

»Siehst du.« Geraldine streckte ihm neckisch die Zunge heraus.

Seiner Frau hatte Teuchert sofort berichtet, was er in der Kreisamtmannschaft vom Sonderermittler erfahren hatte. Sie zuckte mit den Schultern. Ohne Maler war ihre lukrative Geldquelle versiegt. Und der Sonderermittler hatte die Manufakturisten verängstigt, sie würden in nächster Zeit keinen neuen finden, und so ein Glück wie mit dieser Zigeunerin …

In der Stadt traf die Teuchertin die Frau des Kreisamtmannes. Sie waren keine Freundinnen, aber doch von gleichem Stand und verkehrten miteinander, wie es sich gehörte: Sie grüßten sich und plauderten einige Worte.

Dabei rutschte der Fleuterin heraus, dass der Gerichtsassessor am Abend zuvor abgereist sei. Er habe sehr geheimnisvoll getan, was das Ergebnis seiner Ermittlungen angehe, aber aus all seinen Andeutungen sei deutlich herauszuhören gewesen, dass einzig und allein von Scholl der Schuldige sei. Er habe das Arkanum verraten und gehöre dafür lebenslang nach Waldheim.

Das sicherte ihr die volle Aufmerksamkeit der Teuchertin, die sie hinter einer gleichgültigen Miene verbarg. »Von Scholl also? Wer hätte das gedacht … Ich kenne ihn ja nicht persönlich, aber er soll ein Mann sein, der alles hat. Vermögen, ein Rittergut. Was will er mehr? Das sollte die Treue eines Menschen erhalten.«

»Zudem ist er nicht mehr jung, und außerdem krank. Recht krank«, ergänzte die Fleuterin. »Was hat einer wie er davon, das Arkanum zu verraten?«

»Die Gier mancher Menschen ist unersättlich. Ihr Gatte wird es gewiss sehr begrüßen, dass nun wieder Ruhe einkehrt in der Manufaktur. Diese Schnüffelei kann doch für niemanden gut gewesen sein. Ist von Scholl arretiert?«

»Es kann nur noch eine Frage von Stunden sein.« Die Fleuterin seufzte, als wäre sie persönlich betroffen. »Sie müssen erst den Bericht in Dresden prüfen. Mein Gatte ist froh, dass es vorbei ist, das kann ich Ihnen sagen. Dieses Misstrauen, das allenthalben geherrscht hat … Es betraf ja nicht nur die Manufaktur, sondern ganz Meißen. Mein Gatte gehörte auch zu den Verdächtigen. Können Sie sich das vorstellen?«

»Schwerlich. Gehörte mein braver Teuchert am Ende auch dazu?«

»Kaum! Er ist ja nur ein Untergebener, und diese Sache musste von ganz oben kommen. Das hat dieser Nehmitz ausdrücklich gesagt.«

»Da bin ich wirklich froh. Wenn ich mir vorstelle, wie das sein Gemüt belastet hätte.« Die Fleuterin war immer gut informiert über alle Vorgänge in der Kreisamtmannschaft, deshalb glaubte die Teuchertin ihr vorbehaltlos. Rasch verabschiedete sie sich und hastete zurück in die Rosengasse.

Dort war niemand außer Lisette, die in der Küche werkelte. Die Teuchertin eilte die Treppen nach oben und stand gleich darauf im leeren Atelier. Es lag bereits eine dünne Staubschicht auf den Regalen, und in den Ecken woben Spinnen ihre Netze. Sie schaute sich um und sah nicht mehr den leeren Raum, sondern das vollständig eingerichtete Atelier, in dem Geraldine gerade ein Stück Porzellan nach dem anderen bemalte.

Sie blieb so lange dort, bis sie hörte, wie die Haustür geöffnet und wieder geschlossen wurde, Lisette aus der Küche kam und »gnädiger Herr« sagte. Ihr Mann war aus der Kreisamtmannschaft gekommen.

»Ich bin hier oben!«, rief sie hinunter.

Die Treppe knarrte, und sein Atem ging schneller, als er in der Tür des Ateliers stand. »Was stehen Sie hier und starren die Wände an?«

»Es gibt Neuigkeiten. Ich habe mit der Fleuterin gesprochen.«

»Die Ermittlungen sind abgeschlossen. Das habe ich von Nehmitz persönlich. Er ist abgereist, mitsamt seinem Bericht. Was drinsteht, hält er streng geheim.«

»Dem Kreisamtmann gegenüber hat er es nicht ganz so geheim gehalten. Es war von Scholl. Die Fleuterin war gut informiert. Wie üblich.« Die Teuchertin gab ihrem Mann eine Zusammenfassung ihres Gesprächs. »Verstehen Sie nicht, was das bedeutet?«

»Das Arkanum ist verraten.«

»Wir sind aus dem Schneider. Niemand hatte uns je in Verdacht, wir haben das Atelier ganz umsonst ausgeräumt. Jetzt ist es dumm, dass diese Zigeunerin nicht mehr da ist. Da waren wir voreilig. Es hätte ausgereicht, sie einfach nur wegzuschicken. Sie müssen einen neuen Maler finden. Es muss doch jemanden geben, der sein Tractament aufbessern will.«

Teuchert schüttelte den Kopf. Dass sie beide nicht in Verdacht geraten waren, war die eine Seite, aber nun dort weiterzumachen … Das konnte sie nicht im Ernst meinen.

»Warum nicht? Sie dürfen nicht so sentimental sein. Es ist schade, dass diese Zigeunerin nicht mehr lebt. Mit dem Medaillon hatten wir sie in der Hand, und es wäre ihr kein zweites Mal gelungen, uns zum Narren zu halten.«

»Geraldine ist nicht tot«, platzte Teuchert heraus.

»Was?«

»Ich habe es nicht über mich gebracht. Ich habe noch nie einen Menschen … Und sie war so jung, hatte das ganze Leben noch vor sich.«

Eine scharfe Erwiderung lag seiner Frau auf der Zunge, er sah das, aber sie schluckte die Worte hinunter. Sogar ein saures Lächeln zwang sie auf ihr Gesicht.

»Das ist wunderbar. Wir holen sie zurück, und sie malt wieder für uns. Das Medaillon haben Sie noch?«

Er fühlte sich überrollt und konnte nur nicken.

»Wo haben Sie sie gehen lassen?«

»Auf der anderen Seite der Elbe. Wir sind ziemlich lange gegangen, bis ich sie davongejagt habe.«

»Wir müssen sie zurückholen. Sie müssen gehen.«

»Das Mädchen wird längst über alle Berge sein.« Teuchert schüttelte sich innerlich. Er wollte den Weg nicht noch einmal gehen. »Es sind mehrere Tage vergangen, und sie ist auf der Suche nach ihrem Vater.«

»Ohne das Medaillon? Sie wird ihn mit dem blassen Bild darin kaum finden und ohne erst recht nicht. Ich sage Ihnen, was sie machen wird: Sie wird zurückkommen und das Medaillon von uns verlangen. Wir müssen nichts weiter tun, als das Atelier wieder einzurichten und auf sie zu warten. Sie haben alles richtig gemacht, mein lieber Mann.« Die Teuchertin legte ihm eine Hand auf den Arm.

»Nein!«

»Überlegen Sie doch, in ein paar Tagen ist Geraldine wieder in Meißen. Wir zeigen ihr kurz das Medaillon und haben sie erneut in der Hand.« Ihre Finger lagen immer noch auf seinem Arm, krallten sich in den Stoff. »Wir werden Ihre Schulden los, und unser Traum vom Rittergut kann noch wahr werden.«

»Ihr Traum. Sehen Sie endlich ein, dass Sie mit dem Rittergut einer Chimäre nachjagen. Was Sie wünschen, kann niemals wahr werden, weil wir nicht die sind, die Sie sich vorstellen. Schauen Sie uns an: Ein altes kinderloses Ehepaar ...«

»Nein!«, kreischte die Teuchertin. »Wir wollen es zusammen! Wir beide! Es war immer unser Traum!«

»Ihr Traum.« Teucherts Stimme klang jedoch schon zweifelnd. Der heftige Gefühlsausbruch seiner Frau hatte ihn überrascht. Seit zwanzig Jahren war er mit ihr verheiratet, aber er konnte sich nicht daran erinnern, sie schon einmal so aufgewühlt gesehen zu haben. Diese Leidenschaft hätte sie auf einem anderen Gebiet zeigen sollen. Vieles hätte anders werden können. Verstand einer die Weiber!

Er war abgestoßen, gleichzeitig spürte er den Wunsch in sich, ihre Gefühle zu mäßigen. Er wollte nicht dieser Furie gegenüberstehen, wollte die Helene Teuchertin zurückhaben, die er kannte. Am Ende gab er nach, nur damit sie sich beruhigte. Sollte sie ihrem Traum vom Rittergut hinterherjagen, aber jetzt musste sie erst einmal wieder Herrin ihrer Gefühle werden. Er versprach ihr, was sie hören wollte, obwohl er nicht an Geraldines Rückkehr nach Meißen glaubte.

Die Teuchertin beruhigte sich tatsächlich, ergriff seine Hände und presste ihre faltigen Lippen darauf. Zuletzt sorgte ein kleines Glas Likör für die vollkommene Wiederherstellung ihres seelischen Gleichgewichts.

Die Zeit mit Nehmitz zusammen im Goltz'schen Gasthof hatte nicht einmal eine Woche gedauert. Fünf gemeinsame Tage hatten sie sich gegönnt. An einem Dienstag im August des Jahres 1748 kehrte Geraldine nach Meißen zurück. Sie mietete sich eine Kammer in Mädlers Krug. Es dauerte nur wenige Minuten, bis sie sich häuslich eingerichtet hatte und mit ihrem Plan beginnen konnte.

In einem ersten Schritt spazierte sie durch die Stadt, um von möglichst vielen Leuten gesehen zu werden. Sie lief durch die Gassen Richtung Albrechtsburg, grüßte jeden, der ihr entgegenkam. Dabei wählte sie ihren Weg so, dass er sie am Teuchert'schen Haus vorbeiführte. Still lag es in der Nachmittagssonne. Geraldine blieb einen Augenblick auf der anderen Seite der Gasse stehen und beobachtete das Haus, in dem sie viele Wochen verbracht hatte. Sollte sie einfach klopfen und nach ihrem Medaillon fragen? Das überraschte Gesicht der Teuchertin hätte sie gern gesehen. Ihr und Nehmitz' Plan sah jedoch vor, von Teucherts gefunden zu werden. Es sollte wirken, als würden die beiden ihre eigenen Ideen verfolgen, während sie in Wirklichkeit von ihr und Nehmitz gelenkt wurden. Sie spazierte deshalb weiter zur Burg und betrat den danebenliegenden Dom. Eine Weile sammelte Geraldine sich im Gebet, danach kehrte sie zu Mädlers Krug zurück.

Tags darauf war Geraldine wieder in der Stadt unterwegs. Sie schlenderte über den Markt, in der Hand einen August- apfel, an dem sie knabberte, und tat so, als interessiere sie sich für nichts, außer für dessen süßen Geschmack. Dabei be- obachtete sie die Meißnerinnen um sich herum genau. Und sie wurde belohnt. An den Bänken der Fleischhauer ent- deckte sie Teucherts Magd Lisette, die gerade um ein Stück Rind feilschte. Geraldine stellte sich so hin, dass die Magd sie sehen musste, wenn sie ihren Einkauf im Korb verstaute, und hielt mit dem Fuß einen Ball auf, der zwei Jungen beim Spiel davongerollt war. Dass der Ball ihr gerade vor die Füße geraten war, war ein glücklicher Zufall. Die Knaben schau- ten mit großen Augen zu ihr auf und dankten ihr mit hellen Stimmen.

»Ihr müsst vorsichtig sein mit eurem Ball«, mahnte sie die beiden freundlich. »Wie leicht kann jemand darüber stolpern und sich verletzen. Spielt lieber an einem Ort, wo weniger Leute unterwegs sind.«

Die beiden nickten. Sie hatten die gleichen spitzen Nasen und Sommersprossen, bestimmt waren sie Brüder.

Die Leute sahen inzwischen zu ihr herüber. Ihr Blick kreuz- te sich mit dem Lisettes. Der Magd stand vor Staunen der Mund offen, bis sie sich nach einem kurzen Augenblick fass- te, ihren Einkauf raffte und davoneilte. Geraldine beschloss, noch eine Weile auf dem Markt zu bleiben.

»Gnädige Frau! Gnädige Frau!« Lisette vergaß, ihre Schuhe an der Hintertür auszuziehen, ließ den Korb auf einen Stuhl fallen und hastete nach vorne in den Salon. Die schmutzigen Fußabdrücke auf den Dielen bemerkte sie nicht einmal. Sie war sowieso diejenige, die sie wieder wegputzen musste.

Im Salon saß die Teuchertin über einem Buch des Pfarrers Christian Gerber, Historie der Kirchenceremonien in Sachsen. Sie hatte kaum mehr als ein paar Absätze geschafft, obwohl sie sich seit Stunden damit beschäftigte. Die Lektüre war ihr gar zu trocken, aber eine gewisse christliche Bildung gehörte sich nun einmal für eine Frau ihres Standes. Sie war nicht unglücklich über die Störung.

»Was gibt es?«

»Ich habe sie gesehen. Auf dem Markt, gerade eben.«

»Du bist ja völlig außer dir. Wen hast du gesehen?«

»Die Zigeunerin. Sie ist wieder in Meißen.«

Die Teuchertin sprang auf, der Gerber rutschte zu Boden. »Bist du dir sicher?«

»Ich erkenne doch das Weib, das monatelang Ihre Gastfreundschaft genossen hat und dann so undankbar davongegangen ist.«

Das war die Version, die sie Lisette erzählt hatten.

»Auf dem Markt, sagst du?« In die Teuchertin kam Leben. Sie eilte aus dem Salon in den Flur, setzte sich einen Hut auf, nahm Handschuhe und einen Sonnenschirm und verließ das Haus.

Der Weg zum Markt war nicht weit, führte sogar bergab, aber weil sie beinahe rannte, war sie außer Atem, als sie die ersten Stände erreichte. Da es bereits später Vormittag war, ging das Markttreiben seinem Ende entgegen. Die ersten Stände wurden abgebaut, die Kundinnen hatten den Platz bereits verlassen. Deshalb entdeckte die Teuchertin Geraldine sofort. In der Mitte des Platzes stand sie und schaute sich so hochmütig um, als hätte sie über das Marktrecht zu bestimmen. Die Teuchertin marschierte auf sie zu. Obwohl ihr nicht danach zumute war, setzte sie ein Lächeln auf.

»Meine liebe Freundin!« Mit ausgestreckten Armen eilte sie die letzten Schritte auf Geraldine zu.

Dass sie die junge Frau damit nicht täuschen konnte, war klar. Deren spöttischer Blick weckte Gefühle ganz anderer Art in der Teuchertin. Von den Umstehenden nickten jedoch einige, die sich wohl an die Fremde im Teuchert'schen Hause erinnerten.

»Ich hätte nicht gedacht, dich noch einmal wiederzusehen, nachdem du uns so plötzlich verlassen hast. Ist es dir wohl ergangen? Es wird dir hoffentlich eine Lehre sein, dass du dich nicht wieder von Versprechungen locken lässt«, plapperte sie.

»Ich lasse mich ganz gewiss nicht noch einmal verlocken.« Geraldine wich der Umarmung geschickt aus.

»Unser Haus steht dir immer offen. Komm nur wieder mit, dir sei alles verziehen.« Sie hakte sich bei Geraldine unter und führte sie vom Platz. Kaum hatten sie die ruhigeren Gassen erreicht, ließ die Teuchertin ihre Maske fallen. Der Griff um Geraldines Arm verstärkte sich; die zur Schau getragene heitere Miene wich der üblichen verkniffenen.

»Wo hast du dich herumgetrieben? Du bist hoffentlich nicht auf Abwege geraten?«

»Ich bin nur gekommen, um mein Medaillon zu holen. Das schuldet mir Ihr Mann«, stieß Geraldine wütend hervor.

»Papperlapapp! Wer redet denn so was? Jetzt erst einmal rein mit dir, und dann sehen wir weiter.« Inzwischen waren sie vor dem Haus angekommen, und die Teuchertin schob sie hinein. »Tatsächlich sind wir froh, dass du wieder da bist.«

Der typische Geruch nach Bohnerwachs und schlecht gelüfteten Räumen umfing Geraldine. Sie registrierte, wie die Teuchertin die Tür abschloss. Nach einer frostigen Zeit des Wartens auf den Hausherren – ihr wurde kein Tee und auch kein anderes Getränk angeboten – und nach einem kaum angenehmeren Abendessen machten Teucherts ihr unmissverständlich klar, was sie erwarteten: Da Nehmitz seine Ermittlungen abgeschlossen hatte, sahen sie sich nicht länger daran gehindert, ihre Geschäfte wieder aufzunehmen. Geraldine sollte wieder Porzellan bemalen. Sie warte ja immer noch auf ihr Medaillon, und es wäre eine gute Gelegenheit, es sich zu verdienen.

Die junge Frau presste die Kiefer so fest aufeinander, dass es weh tat, aber es gelang ihr, sich zu beherrschen und keine unüberlegten Äußerungen zu tätigen. Teuchert setzte den dreisten Reden die Krone auf, indem er sie das Medaillon sehen ließ. Er hielt es sorgfältig außerhalb ihrer Reichweite und brachte es schnell wieder fort. Geraldine lauschte seinen Schritten, bis sie sich sicher war, dass er das Haus verließ, aber danach verloren sich die Geräusche. Sie haderte damit, nur eine schwache Frau zu sein. Wäre sie ein junger Mann, hätten die beiden es nie gewagt, sie so zu behandeln. Sie hätte sich das Medaillon genommen und wäre über alle Berge gewesen. Doch dann hätte sie Nehmitz nie kennengelernt.

Geraldine erhielt wieder die gleiche schmale Kammer unter der Treppe wie bei ihrem ersten Aufenthalt. Nach einem langweiligen Tag, den sie größtenteils damit verbracht hatte, den Staub aus dem Atelier und ihrer Schlafkammer zu entfernen – erstaunlich, was sich in einer Woche ansammeln konnte –, musste sie in der Nacht Teucherts begleiten, um das Porzellan und die Farben zurückzuholen. Der Weg führte aus der Stadt hinaus in den Wald. Die junge Künstlerin begann sich unwohl zu fühlen. Die Erlebnisse einer anderen Nacht waren noch zu nah. Diesmal durfte sie nicht darauf hoffen, von Nehmitz gerettet zu werden.

Bei einer mächtigen Buche wurde Geraldine eine Schaufel in die Hand gedrückt. Teuchert befahl ihr, unter den Wurzeln zu graben. Die Erde war feucht und schwer, rutschte ihr mehr als einmal von der Schaufel. Keiner machte Anstalten, ihr zu helfen. Schließlich stieß sie auf etwas Hartes, und nach einer Weile hatte sie die Kisten und Körbe freigelegt. Beim Herausziehen halfen ihr Teucherts, ebenso beim Aufladen auf den Handkarren.

So heimlich, wie sie Meißen im Schutz der Dunkelheit verlassen hatten, kehrten sie zurück. Geraldine und Teuchert zogen den Karren, während seine Frau schob. Alle drei atmeten auf, als sie sicher im Hof standen. Ein weiteres schweres Stück Arbeit stand ihnen nun bevor: Alles musste auf den Dachboden getragen werden. Die Teuchertin begnügte sich mit den flachen Paketen, während ihr Mann und Geraldine die großen Stücke schleppten. Der Schweiß lief der jungen Frau in Strömen den Körper herunter, als endlich alles auf dem Dachboden stand. Und noch war die Arbeit dieser Nacht nicht getan …

»Den Rest schaffst du allein«, verkündete die Teuchertin und stieg die steile Treppe hinunter.

Ihr Ehemann machte Anstalten, ihr zu folgen. Geht nur, geht, dachte Geraldine grimmig. Lieber arbeitete sie alleine, als Teucherts Gegenwart ertragen zu müssen. Er bedachte sie wieder mit diesem gewissen Blick. Da legte er ihr auch schon die Hand auf den Hintern.

»Du bist ein gutes Kind.«

»Lassen Sie mich.«

»Immer noch so spröde. Du wirst sehen, wie schön alles wird. Du bemalst Porzellan, und ich schaue dir dabei zu. Du sollst auch eine größere Kammer bekommen. Dort kann ich dich vielleicht einmal besuchen? Mein Weib hat kein Interesse mehr an diesen Dingen. Ihre Zärtlichkeit verbraucht sie für Otto. Viel ist es ohnehin nie gewesen. Aber du …«

Bereits bei seinen ersten Worten war Geraldine zurückgewichen, bis sie mit dem Kopf an die Dachschräge stieß. Sie tastete hinter sich, fand aber nichts, was sie als Waffe verwenden konnte, sollte Teuchert seiner Ankündigung Taten folgen lassen.

»Schüchterne junge Dinger haben auch ihren Reiz. Das solltest du wissen.« Teuchert schenkte ihr ein Lächeln, das er wohl für gewinnend hielt. Bei Geraldine verursachte es Ekel.

»Sie werden nie einen Reiz für mich haben, alter Mann.« Zufrieden bemerkte sie, wie er zusammenzuckte.

»Auch nicht für dein Medaillon?«

»Ich bin keine Hure.«

»Mal dir die Finger wund. Danach sprechen wir uns erneut.« Er verließ das Atelier.

Geraldine atmete auf. Gäbe es nicht Nehmitz und ihren gemeinsamen Plan, sie wäre sofort aus dem Haus geflohen. Mit oder ohne Medaillon. Ihre Hände zitterten, als sie den ersten Korb öffnete. In Leder eingeschlagene Pinsel kamen zum Vorschein. Sie waren in keinem guten Zustand. Geraldine strich mit den Fingern über die Borsten. Sie waren feucht, rochen schimmlig und standen in alle Richtungen ab, eine Spitze würde sich daraus nie wieder formen lassen. Die Pinsel waren verdorben. Das geriebene Farbpulver in den Tonbüchsen schien in Ordnung zu sein, aber genau ließ sich das erst sagen, wenn sie es zum Malen anmischte.

Den nächsten Schreck erlebte Geraldine, als sie die Skizzen aus der Hülle nahm. Die Zeit im Wald hatte ihnen nicht gutgetan, sie waren feucht geworden, aufgequollen und an einigen Stellen sogar verklumpt.

»Nein!« Der Schrei entfuhr ihr, bevor sie darüber nachdenken konnte. Da die Tür des Ateliers offen stand, schallte er durch das gesamte Haus.

Es dauerte nicht lange, und Teuchert stand wieder vor ihr. Er hatte inzwischen Rock und Halstuch abgelegt und die Weste aufgeknöpft. »Was ist los?«

Wortlos deutete sie auf die Zeichnungen.

»Das ist schlecht. Die Skizzen sind verdorben. Als Vorlage taugen sie nicht mehr, aber du wirst neue anfertigen. Papier und Stifte sind vorhanden.«

»Daran allein liegt es nicht.« Sie deutete auf die Pinsel. »Die sind nicht mehr zu benutzen und müssen ersetzt werden.«

»Das ist übler. Kannst du sie nicht ins Wasser stellen, damit sie sich wieder formen?«

»Die Borsten sind angegriffen, damit kann ich nie wieder malen. Die Zeit im Wald hat den Sachen nicht gutgetan. Ob die Farben noch zu gebrauchen sind, kann ich nicht sagen. Ich muss sie erst anreiben.«

Geraldine wandte sich der großen Truhe zu. Dort hinein hatte sie die unbemalten Scherben gepackt, gut gepolstert mit Heu. Als Erstes zog sie die Stücke eines zerbrochenen Tellers heraus. Sie und Teuchert blickten sich an. Der Mann wühlte nun mit bebenden Händen in der Truhe und zog immer mehr zerbrochenes Porzellan heraus. Manchmal war nur ein winziges Teil abgebrochen, ein kleiner Fuß oder Finger, ein Blatt, eine muschelförmige Verzierung. Es reichte aus, um den gesamten Scherben unbrauchbar werden zu lassen.

»Muss wohl beim Transport passiert sein«, sagte Geraldine ungerührt.

Teuchert stöhnte. Am Ende waren nur eine Zuckerdose mit Deckel und zwei kleine Dessertschalen heil geblieben.

Teuchert zerdrückte einen unchristlichen Fluch zwischen den Lippen, derweil Geraldine sich der letzten Truhe zuwandte. Darin musste sich das bemalte, aber noch nicht gebrannte Geschirr befinden. Diese Truhe war ebenso mit Heu ausgepolstert wie die andere, dennoch befürchtete Geraldine das Schlimmste. Sie stieß zwar nicht auf Scherben, aber der erste Teller, den sie aus der Truhe zog, ließ sie einen Laut der Enttäuschung ausstoßen. Die Farben auf der Glasur hatten sich zum Teil stark verändert oder waren abgeplatzt. Die Lagerung im Waldboden war auch ihnen nicht gut bekommen. Die anderen Scherben aus dieser Truhe sahen nicht besser aus.

»Das können wir nicht mehr verwenden«, sagte sie zu dem ungläubig dreinschauenden Teuchert. Die Traurigkeit konnte sie aus ihrer Stimme nicht heraushalten, immerhin war es ihre Arbeit, die verdorben war.

»Wenn das meine liebe Helene sieht. Sie wird untröstlich sein.«

Damit musste die Teuchertin gemeint sein. Geraldine hatte ihren Taufnamen nie gehört und war der Meinung, dessen sanfter Klang passe nicht zu der hartherzigen Frau. Sie schaute den Mann an und musste sich daran erinnern, wer er war, damit er ihr nicht leidtat.

»Damit kann ich jedenfalls nicht arbeiten. Ich brauche Geschirr, neue Pinsel, neue Skizzen, wahrscheinlich auch neue Farben, jedenfalls neue Öle. Sie erwarten von mir erstklassige Arbeit, dazu benötige ich erstklassiges Material. Mit weniger werde ich mich nicht zufriedengeben. Ich will Sie nicht mit der Künstlerehre langweilen …«

»Wo soll ich das alles hernehmen?«

»Das interessiert mich nicht. Geben Sie mir mein Medaillon, und ich gehe auf der Stelle.« Geraldine schaute den Beamten der Kreisamtmannschaft herausfordernd an. Einen Augenblick hatte sie das Gefühl, er werde nachgeben, aber dann verschlossen sich seine Gesichtszüge.

»Du wirst alles bekommen, was du benötigst.«

»Bis es nicht da ist, ist hier jeder Handschlag überflüssig.« Geraldine verließ das Atelier und zog sich in ihre Kammer unter der Treppe zurück.

Sie hörte, wie Teuchert die Tür zum Dachboden versperrte und die Treppe unter seinen Schuhen knarrte.

DREI

Dass sie sich nun dem süßen Nichtstun hingeben könnte, darüber wurde Geraldine in der nächsten Nacht eines Besseren belehrt. Angetan mit dunkler Kleidung, begab sie sich gemeinsam mit Teucherts zur Albrechtsburg. Man hatte sie in eine Hose gezwungen, das Kleidungsstück lag ihr ungewohnt eng am Bein. Ihr fehlten die Röcke, und sie kam sich beinahe nackt vor.

Meißen lag in tiefem Schlummer, aber vor dem Brennhaus der Manufaktur löste sich eine Gestalt aus dem Schatten der Mauer, trat zu ihnen und flüsterte kurz mit Teuchert. Danach war sie nach wenigen Schritten wieder in der Nacht verschwunden.

Geraldine hatte nur etwas von Tür und Rückseite verstanden. Teuchert ging mit ihr um das Haus herum. Dort führte ein Pfad am Brennhaus entlang, auf der anderen Seite fiel das Gelände in einem steilen, grasbewachsenen Hang ab. Sie erreichten eine Tür.

»Los, rein da!«, befahl Teuchert.

Geraldine probierte die Klinke, und tatsächlich ließ sich die Tür öffnen. Drinnen erwarteten sie Dunkelheit, der eigenartige Geruch von Hitze und Feuchtigkeit. Fast augenblicklich brach Geraldine der Schweiß aus. Teuchert packte sie an der Schulter und dirigierte sie in eine Richtung.

»Da geht es lang!«, zischte er ihr ins Ohr.

Sie stieß mit den Zehen gegen etwas, das gegen die Wand schepperte. Erschrocken blieb Geraldine stehen. Teuchert ebenfalls.

»Pass auf!«

»Wenn ich kaum die Hand vor Augen sehe! Warum haben wir keine Laterne?«

»Damit uns niemand sieht, dummes Stück.«

Das Geräusch war offenbar nicht gehört worden, jedenfalls stellte sich ihnen niemand in den Weg. Sie verließen den Raum und gelangten in einen schwach beleuchteten Gang, in dem eine der Schlosswachen patrouillierte. Teuchert steckte dem Mann etwas zu, und der verließ das Brennhaus. In welchem Maß die Korruption in der Manufaktur um sich gegriffen hatte, erstaunte Geraldine. Es gab dort scheinbar niemanden, der nicht bestechlich war. Teuchert schob sie in einen anderen Raum.

Darin lagerten Scherben auf langen Regalen. Mehrere brennende Laternen hingen von der Decke herunter, die Luft war heiß und feucht. Geraldine ging staunend die Reihen entlang, Teuchert folgte ihr.

»Nimm was! Wir sind nicht zum Schauen hier.« Der Mann hielt bereits einen Stapel Teller in den Händen.

Geraldine griff nach dem, was gerade vor ihr stand. Eine kleine Harlekinfigur. Der Scherben war warm, beinahe heiß, und schien an ihrer Hand kleben zu wollen. Erschrocken fuhr sie zurück, aber das Malheur war passiert. Die Figur geriet ins Wackeln und fiel vom Regal. Geistesgegenwärtig streckte sie den Fuß aus, aber die Figur zerschellte trotzdem, immerhin nicht ganz so laut, als wenn sie auf den Steinboden gefallen wäre.

»Tölpelin! Glaubst du, hier ist niemand außer uns? An den Brennöfen arbeiten Leute.«

»Warum kommen wir nicht, wenn niemand da ist?« Mit dem Fuß schob Geraldine die Scherben unter das Regal.

»Weil immer jemand da ist. An den Öfen wird Tag und Nacht gearbeitet.«

Wahllos griff sie nach dem nächsten Stück. Eine Vase in der Form eines Baumstammes mit kleinen Astansätzen, so hoch wie ihr Unterarm lang war, um die sich Blumenranken wanden. Die Vase war überraschend schwer. Der Gedanke, dass nur durch eine Wand abgetrennt Leute arbeiteten und jeden Augenblick jemand hereinkommen und sie entdecken könnte, machte Geraldine nervös. Hoffentlich machte Nehmitz diesem Spuk bald ein Ende. Am Morgen hatte sie ihm eine Nachricht in Mädlers Krug geschickt.

Sie lud sich die Arme voll, genau wie Teuchert. Als sie nichts mehr tragen konnten, brachten sie alles nach draußen, wo die Teuchertin mit dem Handkarren wartete. Geraldine wurde danach noch zweimal hineingeschickt, um mehr zu holen, während das Ehepaar das Diebesgut auf dem Karren verstaute. Unauffällig schaute die junge Frau sich um. Nehmitz musste in der Nähe sein. Sie hatten abgesprochen, dass er das Teuchert'sche Haus beobachten solle. Er musste ihnen gefolgt sein. Wo blieb er?

Als Teuchert gerade den Karren anziehen wollte, strömten vom Hang Gestalten auf den Pfad, versperrten ihnen vorne und hinten den Weg. Geraldine erkannte Musketen, die auf sie und das Ehepaar Teuchert gerichtet waren. Eine Laterne flammte auf und beleuchtete fünf bewaffnete Männer.

Ein sechster trat nun zwischen ihnen hindurch. Es war Nehmitz.

»Lass er den Wagen los!«, donnerte er Teuchert entgegen. »Keine Gegenwehr! Meine Männer haben den Befehl, niemanden entkommen zu lassen!«

Teuchert ließ die Wagendeichsel fahren und hob die Arme. Seine Frau tat es ihm nach. Geraldine fühlte sich wie gelähmt. Nehmitz hatte so fremd geklungen, nicht wie der Mann, der sie in Goltzens Gasthof auf Händen getragen hatte.

Die Hände wurden Teucherts mit Stricken vor dem Leib zusammengebunden. Einer der Häscher trat zu Geraldine und riss nun auch ihre Hände nach vorne. Die Stricke wurden fest zugezogen und scheuerten.

»Ein Weib in Hosen«, murmelte der Mann und trat schnell wieder zurück, als hätte sie eine ansteckende Krankheit.

»Ich habe damit nichts zu tun. Ich weiß gar nicht, was wir hier wollten. Das hat alles mein Mann mit dieser Zigeunerin ausgeheckt. Er ist ihr völlig hörig. Ach, es ist alles so furchtbar …« Die Teuchertin hörte sich an, als wollte sie gleich in Tränen ausbrechen.

Vor Empörung schnappte Geraldine nach Luft. Ihr fehlten die Worte.

Anders dagegen der Ehemann. »Das müssen Sie gerade sagen, Weib! Wegen Ihrer Gier stehen wir hier. Sie hat das alles ausgeheckt«, wandte er sich an Nehmitz. »Sie allein.«

Die beiden waren widerlich! Geraldine drehte ihnen den Rücken zu. Sogleich schränkte eine erhobene Muskete ihre Bewegungsfreiheit ein.

»Ich stehe nur hier, weil er mich gezwungen hat«, zeterte wieder die Teuchertin. »Er ist mein Gatte, was soll ich tun? Ich muss ihm gehorchen. Dafür können Sie mir nicht die Schuld geben, guter Herr.«

»Ruhe! Ich will kein Wort mehr hören!«, befahl Nehmitz schroff. »In den Arrest mit allen. Danach durchsuchen wir das Haus dieser sauberen Leute.«

Geraldine schluckte. Das konnte Nehmitz nicht meinen. Er musste sie freilassen, das hatte er versprochen ... Er hatte sich allerdings schon umgedreht, und seine Häscher stießen sie grob vorwärts. Der Weg führte direkt in die Zellen der Albrechtsburg. Geraldine musste sich eine mit der Teuchertin teilen, während der Mann in eine andere gesteckt wurde.

Wenigstens zwei der Häscher blieben bei den Zellen zurück, die anderen verließen den Gang wieder.

Nehmitz blutete das Herz, als er Geraldine mit gefesselten Händen neben Teucherts stehen sah. Er hätte sie gerne in seine Arme gezogen, den Schreck aus ihrem Gesicht geküsst. Aber es ging nicht anders, noch durfte nicht herauskommen, dass alles abgesprochen war. Seine Männer waren nicht eingeweiht. Also ließ er zu, dass sie abgeführt wurde. Als drei Wachen zurückkamen, widmeten sie sich als Erstes dem Karren.

Einer der Geschirrschreiber der Manufaktur war auch geholt worden. Der Mann stellte sich als Christian August Schreiber vor und hielt eine Unmenge Listen und sogar zwei Folianten im Arm. Umständlich verglich er den Inhalt des Karrens mit seinen Aufzeichnungen, bevor alles wieder in die Manufaktur zurückgeschafft wurde.

»Jetzt zum Haus der Teucherts«, befahl Nehmitz. Einen der Männer schickte er zu Kreisamtmann Fleuter, mit den anderen machte er sich auf den Weg.

In der Nähe des Hauses hatte er weitere vier Männer postiert. Falls bei der Arretierung jemandem die Flucht gelungen wäre, hätte er dort abgefangen werden sollen.

Mit Hilfe des Schlüssels, den sie dem Hausherrn abgenommen hatten, öffnete Nehmitz. Sie brauchten nicht lange, um das Atelier auf dem Dachboden zu finden, derweil eine völlig verängstigte Magd in der Küche hockte und Sturzbäche von Tränen vergoss. Ein Mops drückte sich leise jaulend in eine Ecke. Die Frau tat Nehmitz beinahe leid. Sie war nicht mehr jung, und es würde für sie nicht leicht werden, eine neue Stelle zu finden – zumal ihre Kochkünste nicht überragend gewesen waren, wie er sich erinnerte.

Auf dem Dachboden schaute Nehmitz sich gründlich um. Das war also das Atelier, in dem Geraldine gefangen gewesen war. Die Truhen und Körbe standen im Raum. Nehmitz wog einen der kaputten Scherben in der Hand. Das war ein kleines Vermögen, was hier zu Bruch gegangen war. Er ließ alles als Beweismittel abtransportieren, die Scherben, die Pinsel, die Farben, die Skizzen.

Polternde Schritte auf der Treppe unterbrachen seine Gedanken. Der Kreisamtmann schien in aller Eile von zu Hause aufgebrochen zu sein. Die Perücke saß ihm schief auf dem Kopf, einen Hut hatte er gar nicht erst mitgebracht, Rock und Weste waren nicht zugeknöpft, das Halstuch nur nachlässig gebunden.

»Sind Sie sicher?«, fuhr Fleuter den jungen Gerichtsassessor ohne jede Begrüßung an. »Ich habe veranlasst, dass die Schlosswache und der Brenner arretiert werden. Mit dem Sauhaufen muss aufgeräumt werden.«

Nehmitz nickte nur.

»Aber ausgerechnet Teuchert … All die Jahre war er ein loyaler Mann. Hat sich nie etwas zuschulden kommen lassen, nie einen Tag in den Amtsstuben gefehlt. Er war immer der Erste, der sich bereiterklärt hat, eine Aufgabe zu übernehmen. Dieses Weib muss dahinterstecken.«

»Die Teuchertin?«

»Die Zigeunerin meine ich«, belferte der Kreisamtmann. »Seit sie aufgetaucht ist, hat das Ganze seinen Lauf genommen. Anders kann ich es mir nicht denken. Seine christliche Milde auf diese Weise ausgenutzt zu sehen – schrecklich.«

»Es wird sich herausstellen, wer wen angestiftet hat, und wer verantwortlich ist«, antwortete Nehmitz ausweichend.

»Immer zurückhaltend, der Herr Jurist.« Fleuter schlug ihm auf die Schulter, gab sich jovial. Aber der angebliche Verrat seines Mitarbeiters nagte an ihm, das war seiner gerunzelten Stirn anzusehen. »Was geschieht nun mit Teucherts und der Fremden?«

»Sie werden zum weiteren Verhör nach Dresden gebracht.«

Noch ein Meißner hatte sich in dieser Nacht in der Nähe der Manufaktur aufgehalten. Es war Hann Schneider. Seit seiner zweiten Entlassung hielt er es bei seiner Familie immer weniger aus. Die Porzellanmanufaktur war nach wie vor das Ziel seiner Träume, auch wenn er sich wieder als Tagarbeiter verdingte. An manchen Abenden ging er hin und malte sich aus, wie sein Leben als Dreher aussähe. Wenn dieser feine Herr von Scholl nicht gewesen wäre …

Er verbarg sich neben dem Brennhaus hinter einem Busch. Zunächst beobachtete er den Laternenschein hinter den Fenstern und stellte sich vor, welche Arbeiten im Brennhaus gerade verrichtet wurden. Allmählich wurde ihm die Zeit lang, doch Hann blieb trotzdem auf seinem Posten.

Auf einmal fuhr er zusammen, weil ihn etwas am Bein berührt hatte. Er war sofort wieder hellwach, konnte aber ein Geräusch gerade noch unterdrücken. Der Degen einer Schlosswache hatte ihn gestreift. Der Mann ging so dicht an ihm vorüber, dass Hann ihn ohne Weiteres hätte packen können.

Der Schlosswache folgten drei weitere Gestalten, eine davon mit einem Handkarren. Als Hann auch noch eine Frau in Hosen erkannte, und zwar die Fremde, die seine Janne als Freundin und Wohltäterin betrachtete, war seine Aufmerksamkeit endgültig geweckt. Er hielt sich dicht an der Wand und folgte wie ein Schatten der Gruppe.

Jannes Freundin und der Mann verschwanden durch eine schmale Tür ins Brennhaus. Die Frau mit dem Karren blieb draußen. Hann wusste, dass es von dort eine Verbindung zum Lager gab, und er begann zu ahnen, was gerade vonstattenging: Porzellan wurde in größerem Stil aus der Manufaktur abgezweigt. Und ihn hatte man entlassen wegen zwei kleiner Koppchen. Obwohl er Janne versprochen hatte, sich auf nichts mehr einzulassen, hatte er nicht vor, sich diese Gelegenheit entgehen zu lassen. Endlich war ihm das Glück einmal hold, und zu ein paar leicht verdienten Talern würde Janne auch nicht nein sagen. Er wollte warten, bis die drei weg waren und sich anschließend bedienen.

Hann sah den Mann und Jannes Freundin wieder herauskommen, die Arme voller Porzellan, das sie im Karren verstauten. Er konnte nicht genau erkennen, was sie geholt hatten, aber es klirrte leise. Nicht die beste Art, Porzellan in einem Karren zu transportieren, dachte er. Er würde nur kleine Sachen nehmen, die er sich in die Taschen stecken konnte.

Jannes Freundin ging wieder hinein und kam danach noch zweimal heraus, ehe sie auf dem gleichen Weg verschwinden wollten, den sie gekommen waren. Hann zog seine Mütze tief ins Gesicht und presste sich flach an die Wand – ein besseres Versteck gab es nicht. Einen Moment überlegte er, ob er sich auf der anderen Seite des Weges den Hang hätte hinunterstürzen sollen, aber es wäre im wahrsten Sinne des Wortes ein Sturz geworden, bei dem er sich leicht etwas hätte brechen können.

In dem Moment, als der Karren angezogen wurde, sprangen drei, vier, fünf Gestalten die Böschung hinauf. Sie hielten Musketen in den Händen. Eine zeigte auch in Hanns Richtung.

Geistesgegenwärtig ließ er sich zu Boden fallen, presste das Gesicht ins Gras. Sein Herz hämmerte rasend gegen seine Rippen, das Geräusch dröhnte in seinen Ohren, trotzdem hörte er, wie Beschuldigungen ausgesprochen und die drei festgenommen wurden. Die Worte gingen erregt hin und her. Ihn hatte man bisher noch nicht bemerkt.

Handbreit für Handbreit schob Hann sich rückwärts aus der Gefahrenzone und zum Ende des Weges hin. Dort fiel der Meißner Burgberg ebenfalls steil ab, aber am Hang wuchs auch Gesträuch, in dem er sich verbergen könnte. Immer noch ungesehen erreichte er die Kante und ließ sich hinabfallen. Er bekam einen Strauch zu fassen, der seinen Sturz bremste, hatte aber das Gefühl, die Arme würden ihm aus den Schultergelenken gerissen.

Hann hing in der Dunkelheit und hörte auf dem Weg über sich erregte Stimmen. Es konnte nur ein paar Augenblicke gedauert haben, bis die Festgenommenen abgeführt wurden, aber für ihn waren es die längsten Minuten seines Lebens.

Als vom Weg kein Geräusch mehr zu hören war, zog er sich langsam hoch, schaute über die Kante. Niemand war mehr da. Gleich darauf hatte Hann sich vollends hochgezogen und lag keuchend und mit schmerzenden Armen im Gras. Er gab den Plan auf, die unverschlossene Tür zu nutzen, sondern eilte in die Unterstadt.

Janne und Rikarda lagen in der Kammer im tiefen Schlaf. Er rüttelte seine Frau an der Schulter wach. Janne rieb sich verschlafen die Augen. Als sie im Schein einer Kerze ihren Mann erblickte, glitt ein kurzes Lächeln über ihr Gesicht.

»Da bist du endlich«, murmelte sie.

»Das tut nichts zur Sache.«

»Es ist mitten in der Nacht.« Janne versuchte, unauffällig seinen Atem zu erschnuppern.

Er bemerkte es, und es machte ihn wütend. Wie viel er trank, war seine Sache.

»In der Manufaktur wurden Leute verhaftet. Ich habe es gesehen«, sagte er lauter als beabsichtigt. Rikarda wachte dennoch nicht auf.

»Was machst du mitten in der Nacht dort? Du hast mir doch versprochen …«, flüsterte Janne erregt.

»Gar nichts habe ich. Ich war nur zufällig dort, aber ich habe nichts vorgehabt. Was du von mir denkst …«

Es fiel ihm inzwischen nicht mehr schwer, seiner Frau Dinge zu sagen, die nicht immer ganz der Wahrheit entsprachen.

»Du hast mir versprochen, dich nicht mehr um die Manufaktur zu kümmern.«

»Das Versprechen halte ich auch. Aber deine Freundin war dort, diese Fremde. Und in Hosen. Sie wurde verhaftet. Siehst du endlich, was das für eine ist?« In Hanns Stimme schwang Triumph mit. Er hatte die Freundschaft seiner Frau mit diesem Weib nie gern gesehen.

»Geraldine? Das kann nicht sein.«

»Wenn ich es dir sage.«

»Du musst dich geirrt haben.«

»Ich weiß, was ich gesehen habe.« Hann schrie. Die Verbissenheit, mit der seine Frau diese Fremde verteidigte, regte ihn auf.

Rikarda wachte auf und begann zu weinen. Janne zog sie an

sich und streichelte mechanisch ihr Haar. Aus dem Weinen wurde ein Wimmern.

»Dieses Weib ist gefährlich«, fuhr Hann leiser fort. »Wer weiß, woher das Geld stammte, das sie dir gegeben hat. Ich habe dich immer vor der gewarnt. So was Fremdes holt man sich nicht ins Haus.«

»Sei endlich ruhig!«

»So hättest du früher nicht mit mir gesprochen. Das ist der schlechte Einfluss dieser Person.«

»Du regst dich auf, weil du dich aufregen willst.« Janne drehte sich von ihm weg und zog die Decke über sich und Rikarda.

Hann streckte sich auf der anderen Seite des Bettes aus. Die Strohmatratze gab unter seinem Gewicht nach. Janne schloss die Augen, aber einschlafen konnte sie nicht. Das Baby in ihrem Bauch trat sie mit der ganzen Kraft seiner kleinen Füße, doch das war nicht der einzige Grund ihrer Schlaflosigkeit. Sie war viel zu aufgewühlt. An Hanns Atemzügen hörte sie, dass auch er nicht schlief.

Dass Geraldine verhaftet war, mochte sie kaum glauben. Sie war so ein herzensgutes Ding, dachte immer an andere, obwohl sie selbst nicht genug hatte. Janne wollte ihr gerne helfen. Es musste doch etwas geben, was sie für die Freundin tun konnte.

Als sie im Morgengrauen aufstand, war ihr etwas eingefallen. Hann war auf seiner Seite des Bettes schließlich doch eingeschlafen und schnarchte. Gut so. Für das, was sie vorhatte, musste sie ungestört sein. In der Kammer heizte sie den Ofen und kochte mit der eingeweichten Kleie vom Vortag eine Milchsuppe.

Während der Topf auf dem Herd köchelte, suchte Janne einen Kohlestift und ein Blatt Papier. Was sie schließlich fand, war nicht mehr ganz glatt und sauber, aber es musste genügen. Es war lange her, dass sie etwas geschrieben hatte, und die ersten Worte sahen ungelenk aus wie die eines Kindes in seiner ersten Schreibstunde. Von Zeile zu Zeile fiel es ihr leichter, die Gedanken in ihrem Kopf zu Papier zu bringen. Schließlich faltete sie den Brief und umwickelte ihn mit einer Schnur. Im Hafen an der Elbe bezahlte sie ein paar kostbare Pfennige dafür, dass der Brief nach Dresden befördert wurde.

Anschließend führte sie ihr Weg in die Rosengasse zum Teuchert'schen Haus, als müsste sie sich mit eigenen Augen davon überzeugen, dass ihre Freundin verhaftet worden war.

Dass etwas nicht in Ordnung war, erkannte sie schon von weitem, denn vor der Haustür stand eine Stadtwache und schaute grimmig. Janne traute sich nicht, den Mann anzusprechen und wollte an dem Haus vorbeieilen. Aber gerade, als sie das Gartentor passierte, sprang Otto aus dem Beet auf. Er warf sich gegen das Tor, das aufsprang. Im Nu war er hindurch, stellte sich auf die Hinterbeine und stemmte die Vorderpfoten gegen Jannes Knie. Sein Schwänzchen wedelte wie verrückt. Janne wollte den Hund wegschubsen, aber er wich nicht von ihrer Seite.

»Weg mit dir!«, murmelte sie und wollte den Schmutz von ihrem Rock klopfen, den seine Pfoten hinterlassen hatten.

Die Stadtwache betrachtete sie neugierig. »Du kennst diese Deele?«

»Das ist Otto. Der Hund der Frau Teuchert. Was ist denn passiert?«

Der Mann dachte nicht daran, ihre Frage zu beantworten. »Was hast du mit den Teucherts zu schaffen?«

»Ich habe die Wäsche gemacht und die Böden gescheuert, bis sie mich im Mai entlassen haben. Daher kennt mich der Hund.«

»Dann nimm ihn mit und kümmere dich um ihn.«

»Ich?« Janne richtete sich auf. »Was ist mit der Magd und den Eheleuten Teuchert? Ist denn niemand da?«

»Die Magd ist noch in der Nacht auf und davon. Das Ehepaar wird so schnell nicht wiederkommen und auch nicht die ausländische Schlampe, die sie bei sich aufgenommen hatten.«

Es stimmte also, was Hann erzählt hatte: Geraldine war verhaftet und Teucherts anscheinend auch. Janne blieb stumm, betrachtete Otto, der sich hechelnd an ihre Beine drückte.

»Was ist nun mit der Deele? Wenn ihn keiner nimmt, wird er erschlagen.«

Was konnte der arme Mops dafür, dass seine Herrchen gefehlt hatten?

»Ist ja gut. Ich nehme ihn«, sagte Janne beinahe gegen ihren Willen. »Ich brauche eine Leine, um ihn festzumachen. Im Haus muss eine sein.«

Die Wache verschwand im Haus und kam gleich darauf zwar nicht mit der Leine, aber doch mit einem Strick zurück. Janne band Otto fest und ging weiter. Wie sie das Hann erklären sollte, wusste sie nicht, aber Rikarda quietschte vor Vergnügen über den neuen Hausgenossen. Sie herzte Otto, der sie auch sogleich in sein Herz zu schließen schien, denn er leckte ihr über das Gesicht.

»Du musst Ratten und Mäuse fangen, das wird dir vielleicht die Freundschaft meines Mannes eintragen. Seidene Kissen gibt es hier nicht«, sagte Janne leise zu dem Hund.

VIER

In der Zelle beanspruchte die Teuchertin die Pritsche für sich, überließ Geraldine nicht einmal ein Eckchen davon. Ihr blieb nichts anderes übrig, als sich auf den Boden ins faulige Stroh zu hocken.

Eine Nacht! Es konnte sich nur um eine Nacht handeln, die sie in der Zelle verbringen musste. Am Morgen würde Nehmitz kommen, um sie zu holen. In Gedanken hörte sie bereits seine Entschuldigung. Er umfasste ihr Gesicht, küsste erst ihre Stirn, ihre Wangen, ihre Nasenspitze und zum Schluss ihre Lippen.

Über diesen Gedanken musste sie trotz ihrer unbequemen Lage eingenickt sein, denn sie schreckte auf, als die Tür geöffnet wurde. Ehe sie auf die Füße kam, erhielt sie einem schmerzhaften Schlag mit dem Gewehrlauf.

Einer der Männer, die sie gestern eingesperrt hatten, forderte sie barsch auf, die Hände vorzustrecken. Geraldine gehorchte anstandslos und ließ sich fesseln. Der Teuchertin erging es genauso. Beide wurden aus der Zelle vor die Burg getrieben. Geraldine bewegte beim Gehen ihre Hände in den Fesseln. Sie hatte gleich bemerkt, dass der Strick nur nachlässig um ihre Handgelenke geschlungen und der Knoten hastig geknüpft worden war. Sie hoffte, sie so weit zu lockern, dass sie sich befreien könnte.

Es herrschte noch tiefe Nacht, die Manufaktur lag in der Dunkelheit, nur aus den Fenstern des Brennhauses schien Licht. Teuchert, gefesselt und von zwei Schlosswachen flankiert, erwartete sie schon. Er stand neben einer Kutsche mit zwei angespannten Pferden. Aus der Dunkelheit trat ein Mann zu dem Beamten und sprach leise mit ihm.

Die Teuchertin kreischte auf, riss sich von ihrem Bewacher los und warf sich dem Mann zu Füßen. »Ehrenwerter Herr, helfen Sie mir! Ich bin unschuldig in dieser ganzen Sache. Es ist diese Zigeunerin, die hat das alles ausgeheckt. Sie hat sich bei uns eingenistet. Edler und großherziger, barmherziger Herr, mein Mann hat Ihnen immer treu gedient. Wenden Sie sich nicht von uns ab, wir werden es Ihnen vergelten. So wahr mir Gott helfe.«

Geraldine hatte empört gelauscht und ahnte nun auch, wer der Mann sein musste: der Kreisamtmann Fleuter.

»Das stimmt nicht!«, mischte sie sich ein. »Kein Wort davon ist wahr!«

Ein weiterer Schlag mit dem Gewehrlauf ließ sie verstummen, während der Kreisamtmann der Teuchertin die Hand reichte, ihr aufhalf und mit ihr flüsterte. Sie hätte es wissen müssen, dass Teucherts versuchen würden, ihr die Schuld zu geben. Es wurde Zeit, dass Nehmitz kam. Wo blieb er nur? Sie schaute sich unauffällig um, aber der junge Assessor ließ sich nicht blicken. Sie fühlte sich in diesem Moment so verlassen, dass ihr allmählich leise Zweifel kamen. Hatte er sie fallenlassen, sie von Anfang an nur benutzt? Dieser Gedanke tauchte kurz auf, doch sie drängte ihn sofort zurück. Sie wollte es nicht glauben, konnte sich seine Abwesenheit aber nicht erklären.

Geraldine und das Ehepaar Teuchert wurden in die Kutsche verfrachtet. Eine Wache setzte sich neben Geraldine auf den letzten freien Platz, eine zweite nahm auf dem Kutschkasten Platz und eine weitere vorn neben dem Kutscher. Die Peitsche knallte, das Gefährt setzte sich ruckelnd in Bewegung.

Die Fahrt führte aus der Stadt hinaus über holprige Straßen. Die Insassen wurden tüchtig durchgeschüttelt, denn sobald sich die erste Morgendämmerung am Horizont zeigte, trieb der Kutscher die Pferde zu einem munteren Trab an und kümmerte sich nicht um die Bequemlichkeit seiner Passagiere. Geraldine klammerte sich mit ihren gefesselten Händen am Haltegriff fest und schaute hinaus; sie hatte die Fesseln inzwischen noch weiter gelöst und glaubte nun, sich befreien zu können. Weiden, Bäume und Kornfelder in voller Pracht zogen vorbei. Sie durchquerten ein Dorf, eine Herde Schafe stob vor ihnen davon. Empörte Flüche des Schäfers begleiteten sie aus dem Ort hinaus.

Eigentlich hoffte Geraldine, dass jeden Moment Nehmitz auf einem Pferd auftauchte, um sie zu befreien. Aber sie entfernten sich weiter und weiter von Meißen, und kein Reiter zeigte sich.

Schließlich hielt Geraldine es nicht mehr aus. »Wohin werden wir gebracht?«

»Nach Dresden natürlich, du dummes Ding«, fuhr Teuchert sie an.

»Was passiert dort mit uns?«

Diesmal schwieg Teuchert, und es dauerte eine Weile, ehe die Wache die Zähne auseinanderbekam. »Sie werden verhört«, knurrte der Mann.

Und Nehmitz kam nicht!

Ein Bauernwagen, gezogen von einem Ochsen, kam ihnen entgegen. Da die Straße schmal war, musste der Kutscher die Pferde zum Schritt durchparieren, damit die beiden Wagen gefahrlos aneinander vorbeikamen. Geraldine sah ihre Chance gekommen. Sie zog die Hände aus den gelockerten Fesseln, öffnete die Kutschentür und sprang hinaus. Beim Aufkommen auf dem Boden verlor sie das Gleichgewicht und rollte sich ab. Jetzt zeigte sich der Vorteil der Hosen, die sie immer noch trug. Im Nu war sie wieder auf den Beinen und rannte los, in den gewohnten Röcken hätte sie sich heillos verheddert. So jagte sie durch ein Kornfeld ihrem Ziel entgegen – dem dahinterliegenden Wald.

Hinter sich hörte sie Schreie. Geraldine lief, so schnell sie konnte. Im Wald könnte sie sich verstecken, um ihren Häschern zu entkommen. Dann würde sie aus dem Wald wieder ins Kornfeld schleichen und sich im hüfthohen Getreide verstecken, während sie zwischen den Bäumen gesucht wurde. Die Rufe hinter ihr hatten aufgehört, dafür hörte sie trampelnde Schritte. Geraldine atmete tief ein und verlangte ihrem Körper alles ab.

Jemand warf sich auf sie, und sie stürzte zu Boden. Trockene Erde staubte auf, geriet ihr in Nase und Mund. Das Gewicht auf ihrem Rücken drückte sie unbarmherzig zu Boden, während ihr keuchender Atem ins Genick fuhr.

Grobe Hände drehten sie um, und sie blickte in das verschwitzte ärgerliche Gesicht des Soldaten, der in der Kutsche neben ihr gesessen hatte. Ein zweiter kam gelaufen. Geraldine presste die Beine fest zusammen. Es war nichts als eine verzweifelte Geste – der Männer könnte sie sich nicht erwehren. Sie hatten jedoch nicht im Sinn, sich im Kornfeld an ihr zu vergreifen, sondern zerrten sie auf die Füße und stießen sie zurück in Richtung Kutsche.

»Zigeunerschlampe!«, war noch einer der freundlicheren Ausdrücke, die sie zu hören bekam.

Teucherts saßen in der Kutsche und schauten ihr entgegen. In ihren Mienen las sie Genugtuung. Geraldines Hände wurden erneut gefesselt, diesmal fester, und in der Kutsche band man sie am Haltegriff fest wie ein Hund.

»Das geschieht dir recht, Weib«, knurrte die Wache, die wieder neben ihr Platz nahm.

Die Kutsche setzte sich erneut ruckelnd in Bewegung, die

Fahrt ging weiter. Als müsse die verlorene Zeit aufgeholt werden, trieb der Kutscher die Pferde zu einem scharfen Trab. Entsprechend durchgeschüttelt wurden die Passagiere. Geraldine konnte sich mit ihren gebundenen Händen nicht mehr richtig festhalten. Sie fiel mehrmals gegen den Soldaten. Bald taten ihr die Schultern, die Arme, die Oberschenkel, eigentlich der ganze Körper weh, weil sie sich verkrampft bemühte, die Bewegungen der Kutsche auszugleichen.

»Dieser Fluchtversuch war ein Schuldeingeständnis. Anders kann ich es mir nicht erklären«, bemerkte die Teuchertin irgendwann. »Wer unschuldig ist, muss nicht fliehen, sondern kann auf Gott und die kurfürstlichen Gerichte vertrauen.«

»Das Vertrauen müssen Sie ganz gewiss nicht haben«, konnte sich Geraldine nicht verkneifen zu sagen.

»Du kannst es nicht lassen, deine Schuld anderen in die Schuhe zu schieben.«

»Ruhe!«, verlangte die Wache. »Oder ihr lernt mich kennen. Alle beide.«

Danach wurde in der Kutsche kein Wort mehr gesprochen bis zur Ankunft in Dresden.

Es roch nach Schimmel, Feuchtigkeit, Kot und Urin. Durch ein Fenster hoch oben unter der Decke fiel ein letzter Strahl Tageslicht auf nackte, feucht schimmernde Steinwände und einen ebensolchen Boden. Im letzten Licht des Tages hockte Geraldine mit angezogenen Beinen auf einer harten Holzpritsche. Es gab keine Matratze, nur zwei Decken und ein klumpiges Kopfkissen.

Wenigstens in Dresden würde Nehmitz auf sie warten und sie befreien, hatte sie sich nach dem gescheiterten Fluchtversuch eingeredet. Der Tag neigte sich gen Abend, als sie endlich die Stadt erreichten. In einem von hohen Mauern umschlossenen Hof war die Kutsche zum Stehen gekommen. Teucherts durften aussteigen und wurden weggebracht. Sie musste warten, bis jemand sie losband.

Es waren demütigende Minuten, die sie alleine in der Kutsche verbrachte, während die Wächter draußen den Dresdnern von ihrem Fluchtversuch erzählten. Sie sparten dabei nicht mit Details bei der Beschreibung ihres Aussehens. Warum kam Nehmitz nicht und machte dem ein Ende? Stattdessen stieg einer der Soldaten in die Kutsche und schnitt das Seil durch, mit dem sie an den Haltegriff gebunden war. Der Mann zerrte sie aus der Kutsche, nannte sie »ale Krootsch« und »Rahbmaas«.

Der Hof war groß, größer als der der Albrechtsburg, und das Tor bereits wieder geschlossen. Selbst wenn ihre Hände nicht gefesselt wären, sie könnte nirgendwohin fliehen, und Nehmitz war nicht da. Er kam auch nicht, als sie von dem Soldaten fortgeführt wurde. Statt einer Treppe nach oben zu folgen, stiegen sie Stufen hinunter. Der Mann brachte sie in eine kleine Zelle, in der sie kaum aufrecht stehen konnte, obwohl sie nicht groß war. Die Pritsche war zu kurz für sie; die Füße hingen in der Luft, wenn sie darauf lag. Die Tür wurde hinter ihr mit zwei Riegeln geschlossen und bestand aus massivem Holz, an dem sie sich die Finger blutig kratzen könnte, ohne mehr als ein paar Splitter zu lösen.

Geraldine konnte nicht verhindern, dass ihr die Tränen über die Wangen liefen, obwohl sie sich bei der Abfahrt aus Meißen vorgenommen hatte, nicht zu weinen. Ihre Lage war einfach zu elend. Sie hatte inzwischen erkannt, dass sie in der Dresdner Festung einsaß und keine Hilfe erwarten konnte. Teucherts schoben alle Schuld auf sie und hatten den Kreisamtmann an ihrer Seite. Wen hatte sie? Niemanden!

Auf die Hilfe eines gewissen Gerichtsassessors brauchte

sie nicht mehr zu hoffen. In Nehmitz hatte sie sich so sehr getäuscht wie nie zuvor in einem Menschen. Die Tage im Goltz'schen Gasthof waren so schön gewesen, und sie hatte begonnen, an eine gemeinsame Zukunft zu glauben. Alles Lug und Trug. Auf seine Weise war Nehmitz so abgefeimt wie Teucherts. Diese Gedanken machten sie erst traurig und später wütend, mit den Fäusten wischte sie sich die Tränen aus dem Gesicht. Wenn der Kerker ihr Schicksal war, wollte sie trotzdem jedermann stolz und aufrecht begegnen. Ihr Vater war ein vornehmer Herr, der einst ein goldenes Medaillon besessen hatte, sie musste sich ihm würdig erweisen. Dieser Gedanke und die Ungewissheit, ob sie ihn je kennenlernen würde, trieben ihr wieder die Tränen in die Augen. Es wurde nicht besser, als ein Fiepen neben ihrem Fuß erklang und sie den Schatten einer Ratte vorbeihuschen sah. Hastig stellte sie die Füße auf die Pritsche.

Viel später wurden geräuschvoll die Riegel ihrer Zellentür geöffnet, und man stellte ihr eine Schale wässriger Suppe und ein Kanten altbackenes Brot hin.

Bevor die Tür wieder geschlossen wurde, stieß sie die Frage hervor, die ihr am drängendsten erschien. »Darf ich Papier und einen Stift haben? Ich möchte einen Brief schreiben.«

»Kannst du bezahlen?«

Sie schüttelte den Kopf.

»Ich wüsste schon, wie.« Der Soldat leckte sich über die Lippen und starrte ihr auf die Brust.

Wieder schüttelte sie den Kopf.

»Du musst es wissen. Früher oder später ist jede so weit, die hier unten sitzt. Du ersparst dir was, wenn du es früher machst.«

Der Soldat schloss die Tür und schob die beiden Riegel geräuschvoll vor. Sogleich wurden die kleinen Krallen wieder aktiv, und die Schatten huschten erneut durch die Zelle. Geraldine beeilte sich, die lauwarme Suppe hinunterzuschlingen. Sie bestand im Wesentlichen aus Wasser, ein paar Kohlstücke und ein Mehlkloß schwammen darin. Fettaugen auf der Brühe suchte sie vergeblich. Das Brot war so hart und alt, dass sie es in die Suppe einweichen musste, um es beißen zu können. Nach dem Essen war sie kaum weniger hungrig als zuvor. Sie setzte sich wieder auf die Pritsche, wickelte eine der Decken um sich und saß auf der anderen, das klumpige Kissen hatte sie in den Rücken gestopft.

Solange man ihr nicht Stift und Papier brachte, sah sie keine Möglichkeit, ihre Lage zu verbessern. Die Tränen wollten wieder kommen, aber sie drängte sie zurück. Sie hatte an Peter Augustin Schmitz nach Köln schreiben wollen. Er würde ihr hoffentlich Geld schicken oder vielleicht seinen Sohn, damit der für ihre Freilassung tat, was getan werden musste. Eine andere Möglichkeit sah sie nicht, nachdem sie das Medaillon verloren und Nehmitz sie so schmählich verraten hatte. Eine einzelne Träne lief ihre Wange herab, und sie tat nichts, um sie fortzuwischen.

Tags darauf änderte sich Geraldines Los, ohne dass sie etwas dazu getan hätte. Sie wurde in eine Zelle im ersten Stock verlegt, in der es ein Bett mit einer richtigen Matratze und Bettzeug gab. Auf einem Tisch standen eine Waschschüssel und eine Kanne. Ein Stuhl vervollständigte die Einrichtung. Das Fenster war vergittert, befand sich aber nicht mehr hoch unter der Decke, sondern ermöglichte ihr einen Blick in den Hof. Das Beste waren aber zwei Fensterläden, die sie öffnen oder schließen konnte, wie es ihr gefiel, und eine Kerze. Sie bekam auch besseres Essen. Eine große Kanne Tee wurde ihr am Morgen gebracht, und sie konnte davon so viel trinken, wie sie wollte.

Ihr Mut hob sich wieder. Dass ihre Lage sich besserte, konnte nur damit zusammenhängen, dass man dabei war, ihre Unschuld zu erkennen.

»Ich möchte das Fräulein Geraldine sprechen.« Nehmitz tippte ungeduldig mit der Schuhspitze auf den Boden.

»Name?«

»Geraldine.«

»Den Familiennamen. Ich kann in meinen Unterlagen niemanden finden, wenn ich nicht den vollständigen Namen kenne.«

»Nur Geraldine.« Er stöhnte innerlich und musste sich zusammennehmen, um nicht mit der Hand auf den Tisch zu schlagen, hinter dem dieser subalterne Schreiber saß. »Sie ist Gefangene in der Festung. Eine Frau mit schwarzem Haar. Sei nicht so pinselig, Mann, du weißt genau, wen ich meine.«

»Die Fremde. Warum haben Sie das nicht gleich gesagt?« Der Mann suchte ein zusammengenähtes Aktenbündel heraus, schlug eine Seite auf und fuhr mit dem Finger eine Liste entlang.

Nehmitz hätte ihn am liebsten am Kragen gepackt. Was sollte dieses Theater? In der Festung konnten kaum mehr als eine Handvoll Gefangene einsitzen, einschließlich Teucherts und Geraldine, er müsste die Namen auswendig wissen, statt umständlich mit einer Liste zu hantieren. Nehmitz versuchte, über Kopf etwas zu lesen, aber der Schreiber hielt die Akte so, dass es ihm nicht gelang.

»Das Freilein Geraldine darf keinen Besuch empfangen. So ist es von höherer Stelle verfügt worden.« Der Schreiber sah ihn verschlagen von unten herauf an. »Ist sie eine Hübsche, das Freilein Geraldine?«

»Das geht Sie nichts an. Ich habe die Ermittlungen gegen

die drei Beschuldigten geführt, und es muss mir erlaubt sein, mit ihnen zu sprechen. Das ist für den Fortgang der Untersuchung und das Verfahren vor Gericht unbedingt vonnöten«, sagte Nehmitz streng.

»Davon weiß ich nichts. Ich habe meine Anweisungen, an die muss ich mich halten.« Der lüsterne Gesichtsausdruck des Schreibers hatte sich in einen abweisenden verwandelt.

»Von wem stammt diese Anweisung?«

»Vom ersten Festungsschreiber.«

Nehmitz suchte diesen auf und trug sein Anliegen vor. Der Mann schüttelte sofort den Kopf. Da könne er auch nichts machen, die Gefangenen aus Meißen dürfen keinen Besuch empfangen. Das wäre eine Anweisung von ganz oben.

»Haben Sie wenigstens das Los der jungen Frau verbessert?«, fragte Nehmitz nun. Wenn er schon nicht zu ihr vorgelassen wurde, wollte er sich wenigstens vergewissern, dass man ihr die bestmögliche Behandlung zukommen ließ, die für Geld zu bekommen war.

»Sie haben dafür bezahlt, also habe ich sie in den ersten Stock verlegen lassen. Sie hat eine Zelle, die sich kaum vom Zimmer einer Herberge unterscheidet, und bekommt Essen aus meinem eigenen Haushalt. Aber sie hat um etwas zu schreiben gebeten …«

»Bringen Sie es ihr.«

»Das ist …« Der Festungsschreiber wand sich geziert.

Nehmitz verstand und zog einen Taler aus seiner Börse. »Das wird wohl reichen für ein Blatt Papier und einen Stift. Ich möchte sofort benachrichtigt werden, wenn sich Änderungen hinsichtlich der drei Gefangenen ergeben.«

»Das wird sich machen lassen.«

Auf seinem Weg über den Hof schaute Nehmitz sich sorgfältig um. Hinter welchem Fenster saß Geraldine ein? Die

Fenster im ersten Stock waren nicht so klein wie weiter unten in den Kasematten.

»Geraldine!«, brüllte er. »Geraldine!«

Er beobachtete, ob sich hinter einem der Fenster etwas regte. Sie könnte mit einem Taschentuch winken, als Zeichen, dass sie ihn gehört hatte. Kurz glaubte er, tatsächlich eine Bewegung hinter einer der vergitterten Öffnungen zu sehen.

»Geraldine!«, rief er noch einmal. »Verliere nicht den Mut!«

Die junge Frau zeigte sich nicht. Dafür stürzten der Schreiber, die Feder noch in der Hand, und der Oberschreiber in den Hof. Beide blieben vor Nehmitz stehen.

»Ich muss doch sehr bitten, werter Herr«, keuchte der Oberschreiber. »Sie dürfen die Anweisungen nicht auf diese Weise unterlaufen. Gehen Sie, sonst muss ich …«

»Was? Mich entfernen lassen? Ich bin Gerichtsassessor am Appellationsgericht, es genügt ein Wort meinerseits und …«

»Das werden Sie doch nicht aussprechen.« Der Oberschreiber verneigte sich. »Nicht gegen jemanden wie mich, der nur die Anweisungen anderer ausführt.«

Grußlos wandte der junge Gerichtsassessor sich um und verließ den Hof der Festung. Dabei ließ er den Blick ein letztes Mal über die vergitterten Fenster im ersten Stock schweifen.

Frederik Nehmitz sah nur noch eine einzige Möglichkeit, Geraldine zu helfen: mit seinem Bericht als Sonderermittler. Seit Tagen war er damit beschäftigt, ihn abzufassen. Er hatte Sätze und Worte durchgestrichen und ersetzt, verändert und zusätzlich eingefügt. Schließlich lag ein Stapel Papier neben ihm und wartete darauf, von einem Schreiber in eine reine Form gebracht zu werden.

Vier Tage später wurde Nehmitz zu Brühl in dessen Palais gerufen. Außer dem Hausherrn waren die Mitglieder der Manufakturkommission anwesend. Auf dem Tisch lag sein Bericht. Nehmitz schluckte. Er hatte nicht erwartet, vor ein Tribunal zitiert zu werden. Die Fragen begannen augenblicklich. Sie wurden freundlich gestellt, waren jedoch unerbittlich.

Der junge Gerichtsassessor antwortete ausführlich und in klaren Worten, beschrieb seine Untersuchungen in Meißen und sehr ausführlich Geraldines Hilfe. Er wurde nicht müde, ihre Zwangslage und ihre Unschuld zu betonen.

»Und was ist mit von Scholl?«, wollte Graf Brühl zum Schluss wissen.

»Ich habe außer der Fälscherwerkstatt der Teucherts keine Hinweise auf weitere ungenehmigte Werkstätten in und um Meißen gefunden. Von Scholl habe ich als einen ehrenwerten, vornehmen Herrn kennengelernt. Er setzt sich mit der ganzen ihm verbliebenen Kraft für die Manufaktur ein. Außerdem lebt er in sehr guten Verhältnissen. Unrechtmäßiges Geld hat er nicht nötig.«

Nehmitz konnte erkennen, dass er die Kommissionsmitglieder zum Nachdenken gebracht hatte.

»Und diese Fremde?«

Sehr beredt wies Nehmitz erneut daraufhin, wie wertvoll ihm Geraldines Hilfe gewesen sei und dass er ohne sie das Komplott der Teucherts nie aufgedeckt hätte. Ohne Rücksicht auf ihre eigene Lage habe sie ihm ihr Wissen offenbart, und dennoch sei sie gegenwärtig in der Festung gefangen.

»Wir sollen sie freilassen?«, fragte Brühl.

»Das wäre nur gerecht.«

»Ich werde ihren Fall seiner Majestät vortragen. Nur er kann Gnade vor Recht walten lassen.«

»Sie halten Geraldine für schuldig? Das ist sie nicht!«

Der Graf antwortete nicht. Einem kaum wahrnehmbarem Zucken seiner Mundwinkel glaubte Nehmitz jedoch Zustimmung entnehmen zu dürfen, und dass er sich bei Friedrich August für Geraldine verwenden würde. Er atmete auf. Der sächsische Kurfürst und König von Polen verweigerte seinem ersten Minister keine Unterschrift. Geraldine war so gut wie frei.

Es kostete Brühl tatsächlich nur wenige Worte, bis der Souverän seine Unterschrift unter das vorbereitete Gnadengesuch setzte. Bei derselben Audienz wurde auch Kändlers ausgesetzte Ernennung zum Hofkommissar vollzogen.

Die Begnadigung erfolgte zehn Tage nach Nehmitz' Bericht.

Am Morgen hatte man Geraldine aus ihrer Zelle geholt, sie einige Papiere unterschreiben lassen, ihr das Bündel gegeben und sie aus dem Tor gewiesen. Antworten auf ihre Fragen hatte man ihr nicht gegeben. Anweisung von oben sei es gewesen, und sie solle froh sein, hatte es geheißen. Es waren zehn lange Tage gewesen, die sie in der Dresdner Festung hatte verbringen müssen.

Ihr ganzer Besitz passte in eine Tasche: ein paar fadenscheinige Kleidungsstücke, die seidenen Strümpfe von der Teuchertin, die Mappe mit ihren Zeichnungen und eine zu einer Rolle zusammengewickelten Decke. Mehr hatte Geraldine in ihrem Leben kaum je besessen, aber selten hatte sie sich so mutlos gefühlt wie an diesem Morgen. Sie kannte in Dresden niemanden, konnte nirgendwohin gehen. Sie wusste nicht einmal, warum sie freigelassen worden war.

Jemandem, der sie auf der Straße ansprach und ihr ein Bett in seinem Haus anbot, würde sie nie wieder vertrauen.

Eigentlich blieb nur Nehmitz. Geraldine schlenderte von der Festung fort zum Ufer der Elbe. Etliche Schritte vor ihr überspannte eine breite Brücke den Fluss. Davor drängten sich an einer Anlegestelle mehrere Kähne, die gerade beladen wurden.

»Was hast du angestellt, meine Hübsche?«, rief jemand.

Sie schaute sich um. Die Stimme kam von einem der Schiffer auf den Kähnen. Er lachte sie breit an.

»Dich meine ich. Du kommst doch gerade aus der Festung? Was hast du angestellt, dass sie dich eingesperrt haben? Gestohlen?«

Geraldine eilte weiter.

»Sei doch nicht so hochnäsig. Du bist ein hübsches Ding. Wenn du mir gefällig bist, gebe ich dir eine Mahlzeit aus. Mir stiehlst du bestimmt nichts, da passe ich gut auf.« Er lachte wieder und machte eindeutige Bewegungen mit dem Unterleib.

Angewidert schaute Geraldine zur anderen Seite. Das dreckige Lachen des Schiffers begleitete sie. War das ihre Zukunft? Ihr Weg führte sie an einer Baustelle vorbei, an der eine Kirche errichtet wurde, aber sie gönnte dem Bauwerk keine Aufmerksamkeit, war nur darauf bedacht, nicht noch einmal angesprochen zu werden. Sie tauchte ein in die schmalen Gassen der Altstadt, ließ sich treiben von der Menge.

Eine weitere Kirche geriet in ihren Blick, sie wirkte altehrwürdig. Die Türen standen offen, und weil Geraldine der Wunsch nach göttlichem Beistand überfiel, betrat sie das Gotteshaus. Im Inneren war es kühl und still. Sie bekreuzigte sich und vermisste das Weihwasserbecken, um die Finger zu benetzen. Erst in diesem Moment fiel ihr auf, dass es sich um eine lutherische Kirche handeln musste. Sie ging dennoch weiter auf den Altar zu, kniete sich schließlich in eine der

Bankreihen, faltete die Hände und betete zum heiligen Valentin, einem Schutzheiligen der Reisenden. Als sie sich nach einer langen Zeit erhob und sich erneut bekreuzigte, fühlte sie sich ruhiger und zuversichtlicher.

»Wo ist das Appellationsgericht, Madame?«, fragte sie eine Frau mit einem kleinen Jungen an der Hand vor der Kirche.

Die schaute sie erst erstaunt und dann abschätzend an. »Auf der anderen Seite.«

Geraldine suchte mit den Augen die Gasse ab. Alle Häuser sahen für sie nach Wohngebäuden aus, nicht nach einem ehrwürdigen Gerichtsgebäude.

»Des Flusses. Du bist hier völlig falsch, wenn du zum Gericht willst.«

»Ah, danke, Madame.« Eilig verabschiedete sie sich von der Frau und ging weiter.

Sie hatte keinesfalls vor, das Appellationsgericht aufzusuchen. Eher kam es ihr darauf an, Nehmitz auf keinen Fall zu begegnen. Der Mann hatte sie benutzt und im Stich gelassen, ihn würde sie nicht um Hilfe bitten, um keinen Preis der Welt. Dafür hatte das Gebet ihr einen anderen Ausweg gezeigt.

FÜNF

*G*eraldine ging nicht mehr ziellos durch die Dresdner Gassen, sondern schaute sich die Häuser an, bis sie gefunden hatte, was sie suchte. Eine Herberge mit einer Schenke im Erdgeschoss. Das Haus war neu gestrichen, in allen Fenstern gab es Scheiben. Neben der Tür hing ein sauber poliertes Messingschild, auf dem Schlosskrug stand. Geraldine trat ein.

Die Gaststube war gut besucht von Handwerksmeistern, auch der ein oder andere Schreiber oder Händler mochte darunter sein. Wärme sowie ein Geruch nach Bier und Bratensoße schlug ihr entgegen. Sofort knurrte ihr Magen. Aus der Festung hatte man sie ohne Frühstück entlassen, sie hatte seit gestern Abend nichts mehr gegessen. Bestimmt würde man ihr hier keine Almosen geben, und deswegen war sie auch nicht gekommen. Bisher hatte noch niemand von ihrem Eintreten Notiz genommen. Das gab ihr Gelegenheit, sich in aller Ruhe umzuschauen.

Die Gespräche wurden leise geführt und kamen ihr ernst vor. Kaum jemand lachte oder zeigte ein Lächeln. Etliche Gäste starrten wortlos in ihre Bierhumpen.

Energisch straffte Geraldine die Schultern. Wenn sie nicht zu Nehmitz gehen wollte, blieb ihr keine andere Wahl. Sie näherte sich einem Mann, dessen Bauch beinahe zu mächtig für die schmale Bank war, auf der er saß. Die Tischplatte drückte gegen seinen Leib, aber seine Kleidung war aus feinerem Tuch als die der anderen, und eine silberne Uhrkette schmückte seine Weste. Am Rock befanden sich Silberknöpfe, und die Ärmel seines Hemdes wiesen bescheidene Spitzenkrausen auf. Geraldine hielt ihn für einen Krämer, vielleicht auch für einen Apotheker oder einen Wundarzt. Vor ihm stand ein Teller mit den kalten Resten einer Mahlzeit und ein halbvolles Bierglas.

»Ehrenwerter Monsieur«, sprach sie ihn leise an, als sie neben ihm stand. »Sie sehen aus wie ein fein gebildeter Herr mit einem Auge für alles Gute und Schöne im Leben.«

Das Gesicht, das er ihr nun zuwandte, sprach eine andere Sprache: Hinter feisten Wangen verschwanden die Augen beinahe vollständig, die rote Nase mit der großporigen Haut ließ einen dem Alkohol zugewandten Menschen vermuten. Der Mann brauchte nur einen winzigen Augenblick, um seine Verblüffung zu überwinden. Er musterte sie unverhohlen, und ihm schien zu gefallen, was er sah, denn seine fleischigen Lippen verzogen sich zu einem Lächeln. »Das bin ich fürwahr.«

Seine Banknachbarn waren inzwischen aufmerksam geworden und verfolgten das Geschehen gespannt.

»Das habe ich gleich gesehen, hoch geehrter Monsieur.«

Der Feiste nickte geschmeichelt.

»Wäre es nicht schön für Sie und Ihre Nachfahren, ein Porträt von sich zu besitzen? Alle werden sich an Sie erinnern, in einhundert Jahren noch. Es wäre eine Zierde Ihrer Stube.«

»Und wo soll das herkommen?« Der Feiste kratzte sich im Ohr und verrieb ein Kügelchen zwischen Daumen und Zeigefinger, dass er dann auf den Boden schnippte.

Geraldine holte tief Luft. Sie war fest entschlossen, sein ungehobeltes Benehmen zu übersehen. »Ich male eines für Sie. Oder ich mache eine Zeichnung von Ihnen, hier und jetzt. Das dauert nicht lange. Ich habe Bilder und Zeichnungen dabei, wenn Sie sehen wolle, wie ich arbeite.«

»Ein Bild von mir?«

Seine Banknachbarn lachten. Inzwischen waren mehr Gäste auf sie aufmerksam geworden. Geraldine fühlte ihre Blicke im Rücken.

Einer schlug dem Feisten auf die Schulter.

»Das ist doch mal ein Angebot. Dein Quadratschädel an der Wand hängend. Wirst am Ende noch berühmt, alter Rosstäuscher.«

Kein Apotheker oder Wundarzt, sondern ein Pferdehändler, stellte Geraldine fest und nahm die Mappe mit ihren Zeichnungen aus dem Bündel.

»Hören Sie nicht auf Ihren Freund, Sie haben ein sehr zeichenswertes Gesicht, Monsieur«, schmeichelte sie dem Feisten. Sie breitete das erste Blatt vor ihm aus, achtete sorgfältig darauf, dass es nicht mit seinem schmutzigen Teller in Berührung kam. Es war ausgerechnet Nehmitz' Porträt.

Der Pferdehändler kratzte sich am Kinn. »Was soll ich mit einem Bild von mir? Damit meine Alte es am Tag meines Todes voller Wonne verbrennt? Dafür gebe ich kein Geld aus. Such dir wen anders, Mädchen.«

Geraldine schluckte ihre Enttäuschung hinunter. Von einem ersten Misserfolg durfte sie sich nicht entmutigen lassen. Sie wandte sich an den vorlauten Banknachbarn. So feist der Pferdehändler gewesen war, so hager war dieser. Sie käme mit einem halben Blatt Papier aus.

»In Ihnen sehe ich auch einen kunstsinnigen und ehrenwerten Monsieur«, sprach sie ihn an. »Und gerade überlegen Sie, wie gerne Sie ein Porträt von sich in Ihrer Stube hängen hätten. Diesen Wunsch kann ich Ihnen leicht erfüllen.«

»Und andere Wünsche?«

Sie überhörte diesen Einwand, holte weitere Zeichnungen und ein kleines gemaltes Stillleben auf ihrer Mappe. »Ich male streng nach der Natur.«

»Was willst du dafür haben?«

»Einen Taler für eine Zeichnung und zweieinhalb für ein Gemälde. Aber ich bräuchte etwas von dem Geld sofort.«

»Ein Bild will ich nicht, aber du gefällst mir.« Er legte seine Hand auf ihren Hintern. »Einen Taler für ein paar Küsse, Zärtlichkeiten und ein wenig mehr. Das ist nicht viel verlangt für das Geld.«

Die Aufmerksamkeit des gesamten Lokals war ihr inzwischen sicher. Sogar der Wirt war hinter seiner Theke hervorgekommen. Seine Statur entsprach eher der des Pferdehändlers, mit Oberarmen, die beinahe das Hemd sprengten, und einer straff um den Leib gebundenen fleckigen Schürze.

»Ich will meine Bilder verkaufen, nicht meinen Körper.« Geraldine bewegte sich, damit seine Hand von ihr rutschte, aber sie lag an ihrem Körper wie festgewachsen.

»Nun hab dich nicht so. Eine wie du will doch nichts anderes von einem Mann.«

»Ich bin nicht so eine.«

Der Mann zog Geraldine auf seinen Schoß, wollte ihr einen Kuss auf den Mund drücken, aber weil sie sich wehrte, landeten seine Lippen auf ihrem Hals. Er schmatzte laut, und die anderen Gäste lachten.

»Einen Taler für eine Stunde deiner Gunst. Das ist ein Angebot, das du so leicht nicht wieder bekommst. Du hast es doch schon gemacht, meine feine Nase riecht das.«

»Lassen Sie mich los! Sofort!«, verlangte Geraldine wütend.

Der Wirt stand vor ihr. »Verschwinde aus meinem Lokal. Ich dulde keine Frauen deines Schlages in meiner Schenke. Such dir deine Männer woanders, liederliches Mensch.«

»Ich will nur meine Zeichnungen verkaufen.«

»Schamloses Weib. Verschwinde sofort, oder ich hole die Wache. Dann sitzt du schneller im Loch, als du die Beine breitmachen kannst.«

Der Hagere hatte sie inzwischen losgelassen. Sie sprang auf, raffte ihre Mappe und rannte aus der Schenke, bevor der Wirt seine Drohung wahr machen konnte.

Nachdem Geraldine aus dem Gasthaus geflohen war, wandte sie sich von den Gassen der Altstadt ab und suchte die Vorstädte auf. Sie hatte allen Mut verloren, es ein weiteres Mal zu versuchen, aber dann bliebe ihr nur das städtische Armenhaus. Sie kannte das Gerede über diese Häuser, und wenn nur die Hälfte davon stimmte, war das kein Ort, den eine junge Frau alleine aufsuchen sollte.

Deshalb betrat sie in der Friedrichstadt zum zweiten Mal eine Schenke. Es war inzwischen Nachmittag, und dieses Gasthaus wirkte nicht so vornehm und gut besucht wie das andere. Die Leute in diesem Viertel waren ärmlich gekleidet, schienen Handwerker und kleine Krämer zu sein, machten aber den Eindruck anständiger Menschen. Die Gaststube wirkte abgenutzt mit ihren zerschrammten Tischen und Bänken, war aber sauber. Unsicher, ob sie einfach wieder einen Gast ansprechen sollte, ließ Geraldine sich zunächst auf einer leeren Bank nieder und legte die Mappe vor sich. Sie zog ein paar ältere Arbeiten heraus und breitete sie auf dem Tisch aus. Die Zeichnungen von Nehmitz rührte sie nicht an, legte aber das kleine Stillleben dazu.

Der Wirt kam zu ihr. »Was darf ich bringen, schönes Kind?«

»Oh …« Geraldine wand sich.

Der Mann hatte sich jedoch schon über ihre Arbeiten gebeugt und betrachtete sie genauer. »Ich verstehe nicht viel davon, aber mir scheint, du hast Talent. Das sind doch deine Gemälde?«

»Ja.« Geraldine schöpfte Hoffnung.

Er hob das kleine Stillleben hoch und betrachtete es. Dabei sah er aus, als frage er sich, wie es sich an den Wänden seiner Gaststube ausnehmen würde, und wiederholte seine Frage nach ihrer Bestellung.

»Nichts im Moment. Ich habe eigentlich kein Geld«, gestand Geraldine. »Aber vielleicht wollen Sie das Bild kaufen? Oder eine meiner Zeichnungen? Ich kann auch etwas malen. Ein Porträt von Ihnen, Monsieur?«

»Ein Porträt von mir?« Der Mann schaute drein, als wäre ihm dieser Gedanke nie zuvor gekommen. »Das Bild von mir hängt dann hier in der Gaststube, und jeder kann es sehen? Ich weiß nicht.«

»Sie können es auch in Ihrer guten Stube aufhängen, wo nur Ihre Familie es sieht. In hundert Jahren kann man sich dann immer noch an Sie erinnern und weiß, wie Sie ausgesehen haben.« Geraldine wusste nicht, ob sie innerlich frohlocken durfte, oder ob das wieder nur zu einem Rauswurf führte.

»Ha.« Der Mann lachte auf. »Fangen wir lieber damit an, dass du mir sagst, was das kleine Bild kosten soll. Es würde sich gut über meinem Kamin machen.« Er ging zum Kamin und hielt das Bild an die Wand.

Es würde dort wirklich gut aussehen, statt des verbeulten Zinntellers, der gegenwärtig an der Wand hing.

»Drei Taler«, sagte Geraldine.

Der Wirt nagte an seiner Unterlippe. Hatte sie zu viel verlangt? Am Ende hielt er sie für eine Diebin und Betrügerin. Sie wollte gerade mit dem Preis heruntergehen, als der Wirt weitersprach: »Was hältst du von zehn Tagen Kost und Logis in meiner Schenke? Du darfst in der Gaststube sitzen und malen. Deine Bilder werden bestimmt auch anderen gefallen.«

Ohne lange nachzudenken, schlug Geraldine ein.

Der Gastwirt hielt sein Wort. Sie durfte in einer kleinen Kammer nächtigen und bekam zwei Mahlzeiten am Tag. Das Essen war weitaus üppiger, als sie es von Teucherts gewohnt war, und häufig genug brachte ihr der Wirt am Nachmittag eine Tasse Kamillenaufguss und ein Stück Aschkuchen. Er hatte ihr auch ein paar Groschen geliehen, damit sie sich die nötigen Utensilien zum Malen anschaffen konnte. Seinen Gästen erzählte er stolz, dass das Bild über dem Kamin von der jungen Künstlerin in seiner Gaststube stammte.

Hatten seine Gäste am ersten Tag nur geschaut, stellten sie bereits am zweiten Fragen. Geraldine zeichnete einen alten Mann, der jeden Abend kam und ein Glas Gefach trank. Die Freude in seinen Augen zu sehen, als sie ihm das Bild zeigte, war ihr beinahe Lohn genug. Aber sie musste auch daran denken, dass zehn Tage nicht lange währten. Sie verkaufte ihm die Zeichnung zu einem günstigen Preis, und der Wirt schickte ihn zu einem Rahmenmacher, damit der sie mit einem hübschen Rahmen versah.

Der Alte war ihr erster Kunde gewesen, aber er blieb nicht der einzige. Andere Gäste wollten ebenfalls eine Zeichnung von sich oder ihren Lieben. Ein Fuhrmann wollte sein Pferd gezeichnet haben, ein anderer eine Katze. Geraldines Ruf sprach sich herum und zog Gäste in die Schenke, die vorher nie da gewesen waren. Viele hatten klare Vorstellungen, was auf dem Bild zu sehen sein sollte, andere brauchten ein paar Abende, um es sich zu überlegen. Geraldine mietete die Kammer mit Logis für ein paar Groschen die Woche weiter, von dem restlichen Geld kaufte sie sich Leinwand, Farben und Pinsel.

Von jetzt an zeichnete sie nicht nur, sie malte auch in Öl auf Leinwand. Oft luden die Leute sie in ihre Wohnungen ein, damit sie die Familie im Sonntagsstaat um den Tisch herum sitzend malte. Oder zeichnete Männer und Frauen, die zu alt waren, um das Haus noch zu verlassen. Selbst den Bettlägerigen unter ihnen versuchte Geraldine ein würdiges Aussehen zu geben. Sie milderte Falten, versteckte fehlende Zähne und verlieh trüben Augen wieder Glanz. Bald kannte sie etliche Hinterhöfe in der Friedrichstadt, hatte etliche Häuser, Bäume oder Brunnen gemalt. Viele Menschen wollten so gemalt werden, wie sie im Alltag aussahen mit strubbeligem Haar und schmutzigem Hals. Diese Bilder waren ihr die liebsten.

Wenn diese Freiheit, die sie beim Malen spürte, Glück war, fühlte Geraldine sich in dieser Zeit glücklich. Die Leute kannten und mochten sie, niemand beschimpfte sie als Zigeunerin.

Viele besaßen nicht das Geld, um eine ihrer Arbeiten zu bezahlen, sie brachten ihr stattdessen Brot, Gemüse oder auch mal ein Stück Wurst. Eine Frau bot an, ihr ein Kleid zu nähen, wenn sie ihr den Stoff dafür brachte, eine andere wusch ihre Wäsche. Beide erhielten dafür Zeichnungen ihrer Kinder, wie sie der Größe nach aufgereiht in den ärmlichen Stuben am Tisch saßen.

Nach gerade einmal vier Wochen fühlte Geraldine sich, als hätte sie schon immer in diesem Viertel Dresdens gelebt. Nur mit der Suche nach ihrem Vater kam sie nicht voran. Aus dem Kopf hatte sie versucht, ihn zu malen, aber sie wusste selbst, dass das Ergebnis nicht viel Ähnlichkeit mit dem Bild im Medaillon hatte. Trotzdem zeigte sie es herum und fragte, ob jemand diesen Mann kenne. Die meisten schüttelten gleich den Kopf. Wenn sie dann vom Bildnis im Medaillon erzählte, verneinten auch jene, die zunächst gezögert hatten. Einige wenige glaubten, jemanden zu erkennen und schickten Geraldine zu diesem oder jenem Haus. Ihre Ratschläge stellten sich allesamt als falsch heraus.

Die Porzellanmalerei fehlte ihr – das hätte sie nicht gedacht. Aber die filigranen Kunstwerke auf den harten Scherben zu schaffen, hatte sie stolz sein lassen auf ihr Talent. Nehmitz fehlte ihr auch, doch diesen Gedanken verbannte sie in einen hinteren Winkel ihres Gehirns. In ihrem Leben gestand sie ihm keinen Platz mehr zu.

Sie konnte sich immer noch nicht damit abfinden, sich in dem Mann so getäuscht zu haben. Wenn sie das Bild ansah, das sie von ihm gezeichnet hatte, konnte sie es noch immer nicht glauben.

Das Versteck war gut gewählt worden. Auf den Meißner Dom wäre er nie gekommen, und Geraldine sicher auch nicht. Seine Nielje … Er musste darauf achten, nicht melancholisch zu werden, wenn er an sie dachte. Sie nahm einen viel zu großen Raum in seinen Gedanken ein. Trotzdem durfte er seine Pflichten nicht vernachlässigen. Und eine bestand darin, Geraldine das Medaillon zurückzubringen.

Es hatte ihn keine Mühe gekostet, von Teuchert das Versteck zu erfahren. Das Ehepaar versuchte immer noch, der jungen Frau die Schuld in die Schuhe zu schieben. Nachdem er ihnen gesagt hatte, es würde sich günstig auf die Beurteilung ihres Falles auswirken, wenn sie das Versteck des Medaillons nannten, hatte Teuchert keine Sekunde gezögert: der Turm des Meißner Doms, ganz oben im Gebälk, noch über den Glocken.

Auf einem der Balken hatte das Medaillon in einem Stoffbeutel gelegen, der von einem Nagel gehalten wurde. Nehmitz hatte es geholt, nach Dresden gebracht und verwahrte es seitdem in seinem Schreibtisch im Appellationsgericht. Bis zu diesem Tag. Er hatte sich in Dresden umgehört, nach einer fremden Frau gesucht, einer Malerin, die erst seit kurzem in der Stadt war. Seine Fragen hatten ihn schließlich in die Friedrichstadt zu einer Schenke geführt. Beim Blick durch das Fenster entdeckte er Geraldine in der Gaststube. Ins Gericht zu eilen und das Medaillon zu holen, kostete ihn nicht mehr als eine halbe Stunde.

Als er zurückkam, saß Geraldine noch auf dem gleichen Platz wie zuvor und war in ihre Arbeit vertieft. Sie sah auf, als er eintrat, und der Kohlestift fiel aus ihrer Hand.

»Darf ich mich einen Augenblick zu dir setzen?«, fragte Nehmitz leise. Er wartete ihre Antwort nicht ab, sondern setzte sich ihr gegenüber auf einen Stuhl. »Wie geht es dir, Nielje?«

»Nicht mehr diesen Namen! Nie mehr! Du besitzt wirklich die Unverfrorenheit, einfach hierherzukommen und mich zu fragen, wie es mir geht?« Sie presste die Lippen zu einem Strich zusammen, was ihrem Gesicht eine Strenge verlieh, die es nicht weniger reizvoll aussehen ließ.

»Ich möchte es wissen.«

»Es geht dich nichts an. Verschwinde am besten wieder.«

Der Wirt kam hinter dem Tresen hervor und stellte sich neben den Tisch. »Stimmt was nicht? Brauchst du Hilfe?«, wollte er von Geraldine wissen. Seine Stimme hatte einen bösen Klang angenommen.

»Ich möchte mich nur nach dem Befinden einer Bekannten erkundigen. Dafür wünsche ich mir, dass Sie uns ungestört unser Gespräch führen lassen«, ließ Nehmitz den Mann wissen.

»Belästigt er dich?«

»Es ist gut. Wir unterhalten uns nur«, beschwichtigte Geraldine.

Als der Wirt wieder hinter dem Tresen stand, wandte sie sich an Nehmitz. »Du hast ein paar Minuten, um mir zu erklären, was du von mir willst. Ein Wort, das mir nicht gefällt, und du gehst sofort. Du hast Wilhelm August Groll gesehen, er beschützt mich. Die Menschen hier mögen mich und meine Kunst. Das lasse ich mir von dir nicht zerstören. Ich habe dir meine Unberührtheit geschenkt, aber das gibt dir keine Rechte über mich. Als ich dich am nötigsten gebraucht hätte, hast du mich fallenlassen.«

»Ich bin gekommen, um dir etwas zu geben.« Er zog den Stoffbeutel aus der Rocktasche und legte ihn auf den Tisch.

»Was …?« Geraldine berührte den Beutel, ertastete dessen Inhalt und war auf einmal ganz aufgeregt. Sie zog das Medaillon heraus, öffnete es und drückte es zärtlich an ihre Wange. »Woher hast du das?«

»Teuchert hat mir das Versteck verraten. Ich bin nur gekommen, um es dir zurückzugeben.«

»Wo war es versteckt?«

»Im Glockenturm des Meißner Doms. Ein wirklich gutes Versteck, wenn du mich fragst.«

»Ich frage dich aber nicht.« Sie klappte das Medaillon wieder zu und legte es zurück in den Beutel. »Ich bin dir dankbar, dass du es mir gebracht hast. Weiter haben wir nichts miteinander zu tun. Ich muss dich bitten zu gehen.«

Nehmitz seufzte. Er hatte sie im Stich gelassen, und sie war zu Recht schlecht auf ihn zu sprechen. »Lass mich dir erklären …«

»Ich bin an deinen Erklärungen nicht interessiert.«

Er wollte ihre Hand küssen, aber sie entzog sie ihm. Nehmitz blieb nur eine Verbeugung, um sich zu verabschieden. Vor der Schenke drehte er sich noch einmal um, schaute durch das Fenster auf Geraldine. Sie hatte sich schon wieder ihrer Zeichnung zugewandt. In der Hand hielt sie ihr Medaillon und betrachtete das Bild ihres Vaters. Er hatte sie glücklich gemacht, damit musste er zufrieden sein.

Geraldine lief das Herz über. Ihr Medaillon war wieder da, sie konnte weiter nach ihrem Vater suchen. Und Nehmitz hatte es ihr zurückgebracht. Das Bild ihres Vaters im Inneren war unbeschädigt. Und jetzt konnte sie deutlich sehen, dass es nicht viel Ähnlichkeit mit dem aus dem Gedächtnis gezeichneten Porträt hatte.

SECHS

$\mathcal{G}$eraldine begann sofort mit der Suche nach ihrem Vater. Sie zeigte sein Bild in der Schenke herum, erntete jedoch nur Kopfschütteln. Als Nächstes lief sie durch die Friedrichstadt und ließ ihre Kunden und Bekannten das Bild sehen.

»Ach Mädchen, woher sollen wir jemanden kennen, dessen Gesicht in einem goldenen Medaillon mit Wappen ist. Das ist wirklich nicht unsere Kragenweite«, sagte ein Maurer zu ihr.

»Du musst bei den Reichen suchen, nicht bei uns«, riet ihr die Ehefrau eines Milchhändlers.

»Ihr geht doch auch in die Häuser der Reichen«, antwortete Geraldine ihr.

»Da kommen wir nur in den Gesindetrakt oder in die Küche. Ich bekomme allenfalls die Hausdame zu Gesicht. Du musst in die vornehmen Häuser oder die vornehmen Gewölbe der Hutmacher und Schuster gehen. Zu den Schneidern und Handschuhmachern.«

Geraldine umarmte die Milchhändlerin dankbar. Dass sie darauf nicht selbst gekommen war! Sie malte zwei handtellergroße Bilder ihres Vaters auf Leinwand. Die verblassten Farben des Medaillons ersetzte sie durch kräftigere, und am Abend schaute ihr das ernste längliche Gesicht ihres Vaters mit hoher Stirn, spitzer Nase und schmalem Mund entgegen.

Sie zeigte das Bild Wilhelm Groll und seiner Frau.

»Damit wirst du deinen Vater bestimmt finden.« Die Grollin drückte Geraldine an sich. »Das Bild ist so klar und deutlich. Jeder, der deinen Vater schon einmal gesehen hat, wird ihn erkennen. Du bist wirklich eine Künstlerin.«

In ihrem besten Kleid suchte Geraldine am nächsten Morgen einen französischen Hutmacher auf, der Geschäft und Werkstatt gemeinsam mit seiner Frau betrieb. Das Gewölbe befand sich in der Schlossgasse. Es wurde gerade eine andere Kundin bedient, und Geraldine musste einen Augenblick warten, bis jemand Zeit für sie hatte.

Sie betrachtete unterdessen die Waren. Da gab es fein geflochtene Strohhüte, gefüttert mit Musselin und bezogen mit Seidenstoffen. Es gab Bänder, Kunstblumen, Knöpfe, Federn, alles in so vielen Formen und Farben, die sie sich vorher nicht hatte vorstellen können. Die Ehefrau des Hutmachers besprach mit ihrer Kundin ausführlich, welche Art Hut zu einem bestimmten Kleid gefertigt werden sollte, und das dauerte seine Zeit. Ein Gehilfe näherte sich Geraldine, um sich ihrer Wünsche anzunehmen, aber sie verlangte den Meister zu sprechen, doch der war in seiner Werkstatt beschäftigt und durfte nicht gestört werden. Sie musste warten, bis seine Frau die Kundin bedient hatte.

Die Hutmacherin war vielleicht zehn Jahre älter als sie, trug ein überaus elegantes dunkelblaues und wassergrünes Kleid, dessen Oberteil ihr auf den Leib geschneidert war wie eine zweite Haut. Schräg auf dem Kopf saß ein kleiner passender Hut.

»Womit kann ich Ihnen dienen?« Die Hutmacherin musterte sie kritisch. Sie hatte einen französischen Akzent.

»Madame, ich möchte Sie um etwas bitten«, begann Geraldine auf Französisch.

»Enchanté Madame. Bonté ist mein Name.« Wenn die Hutmacherin erstaunt war über die Sprachkenntnisse ihrer Besucherin, zeigte sie es nicht.

»Ich suche meinen Vater, und meine einzige Spur ist ein goldenes Medaillon mit seinem Bild und dem kursächsischen

Wappen. Ich habe eine Zeichnung angefertigt.« Geraldine holte das kleine Gemälde aus ihrer Tasche und zeigte es Madame Bonté.

»So eine Perücke trägt inzwischen kein Mensch mehr.«

»Das ist mein Vater.«

»Ich kenne ihn nicht. Herren gehören nicht zu unserem Kundenkreis, obwohl sie oft bezahlen.«

»Eigentlich wollte ich fragen, ob ich das Bild hierlassen kann. Vielleicht kennt eine Ihrer vornehmen Kundinnen meinen Vater?«

Madame Bonté überlegte, einen Finger hatte sie dabei an den linken Mundwinkel gelegt. Dieser Bruch zu ihrem eleganten Aussehen machte sie liebenswert. »Ja, das wird gehen. Das Bild ist nicht groß, wir können es hier ins Regal stellen.« Sie nahm das kleine Kunstwerk und lehnte es gegen einen Hutständer ohne Hut.

»Merci, Madame Bonté. Merci beaucoup. Ich danke Ihnen wirklich so sehr.«

»Das ist doch einmal eine spannende Sache. Meinen Kundinnen wird das gefallen, sie kaufen nicht nur einen Hut, sondern auch eine Geschichte.«

Geraldine schluckte, aber in diesem Fall heiligte der Zweck die Mittel. Hauptsache, das Bild wurde ausgestellt.

Im Gewölbe eines Strumpf- und Handschuhmachers hatte sie nicht so viel Glück. Der Inhaber ließ sie ihre Geschichte erzählen und auch das Bild zeigen, aber es auch auszustellen, darauf wollte er sich nicht einlassen. Bei Herrn Rost im Porzellangewölbe erging es ihr nicht anders, sie wurde sogar unhöflich aus dem Geschäft komplimentiert. Bei einem Handschuhmacher für Herrenhandschuhe durfte sie schließlich das zweite Bild lassen. Es wurde zwischen Ledermuster auf die Theke gelegt.

Geraldine war überzeugt, es könne nun nicht mehr lange dauern, bis sie ihrem Vater gegenüberstand.

»Die vermaledeite Deele!« Hann trat nach Otto. »Was hat dich nur geritten, dieses Vieh mitzubringen?«

»Er wäre getötet worden«, erwiderte Janne.

Der Mops hatte sich vor dem Tritt geschickt in eine Ecke der Stube geflüchtet. Von dort aus beobachtete er jede Bewegung Hanns. Als Warnung hatte er die Lefzen hochgezogen. Hann hatte das neue Familienmitglied nicht gut aufgenommen, sondern schon des Öfteren über Otto geschimpft und nach ihm getreten. Deshalb hatte der Mops schnell gelernt, ihm aus dem Weg zu gehen.

Janne hatte es gewusst, noch bevor sie sich bereiterklärt hatte, den Hund aufzunehmen. Aber den Tod eines unschuldigen Tieres wollte sie nicht hinnehmen, und sie hatte gehofft, Hann würde das verstehen. Aber er war hartherzig geworden in den letzten Monaten.

»Was geht uns das an?«

»Rikarda liebt ihn.«

»Die Deele frisst Fleisch, und für uns bleibt Brei, altes Brot und Käse.«

»Er bekommt Schlachtabfälle, Hühnerköpfe oder -füße und Gekröse, manchmal auch Knochen. Ich habe bisher nicht einen Pfennig für Otto ausgegeben.«

»Das fehlte noch. Kennst du eine Familie wie uns, die jedes Geldstück zweimal umdrehen muss und sich einen derart nutzlosen Hund hält? Dein Otto fängt nicht mal Mäuse oder Ratten.«

»Er ist ein Hund und keine Katze.«

»Nutzlos, sage ich doch.«

Ein Klopfen an der Tür unterbrach das Gespräch der Eheleute. Hann und Janne führten es auch nicht zum ersten Mal. Ihre Vermieterin, die Witwe Naumannin, betrat die Stube. In ihrer Begleitung befand sich ihr Sohn Carl und ein weiterer junger Mann, den sie als ihren Neffen Michael, von allen nur Mickel gerufen, vorstellte.

Mickel war ein Schrank von einem Mann. Der Umfang seiner Oberarme sprengte beinahe das Hemd, er wirkte doppelt so breit wie Carl, und auch der war nicht gerade schmächtig. Die Nase des Neffen war mindestens einmal gebrochen gewesen, und ein Ohr sah deformiert aus, als hätte es bereits mehr als einen Schlag erhalten. Dass Mickel lieber mit Fäusten als mit Worten sprach, machte er klar, als er mit geballten Händen in die Mitte der Stube stapfte.

Janne wich neben den Ofen zurück und war nur froh, dass Rikarda das nicht mitbekam. Die inzwischen Vierjährige tollte mit den anderen Kindern der Tagarbeiter durch die Gassen. Hann blieb stehen und schob den Kopf vor, aber auch in seinen Augen glitzerte die Sorge.

»Ich mache das nicht gerne«, begann die Naumannin. »Tatsächlich blutet mir die Seele.«

»Komm zur Sache, Weib«, knurrte Hann.

»Meine Tante kann Respekt erwarten.« Mickel schüttelte die Hände aus, ballte sie dann erneut zu Fäusten.

»Dich hat keiner eingeladen.«

»Ich brauche auch keine Einladung.«

Carl stellte sich dicht neben seine Mutter. Die beiden versperrten den Eingang. Der junge Mann war groß und stieß mit dem Kopf beinahe gegen den Deckenbalken. Unterdessen sank Jannes Mut weiter. Die Hände hielt sie um ihren von der Schwangerschaft gerundeten Leib gefaltet, und in ihrer Kehle stieg ein Kratzen auf, das Tränen ankündigte.

Zunächst räusperte sich die Naumannin. »Die Miete ist

seit drei Wochen überfällig. Bisher habe ich Gnade vor Recht ergehen lassen, aber auch ich habe Verpflichtungen und muss leben. Übermorgen wird wieder Miete fällig.«

Janne wurde heiß und kalt. Das war es also. Mehrfach hatte sie Hann gefragt, ob sie sich ihre Unterkunft weiter leisten konnten. Er hatte ihr stets zu verstehen gegeben, sie solle sich keine Sorgen machen. Beim letzten Mal war er sogar ausfallend geworden. Schluchzen stieg ihre Kehle hinauf, und sie musste eine Hand vor den Mund pressen, um es zu unterdrücken.

»Du bekommst dein Geld, Naumannin.«

»Ich muss jetzt darauf bestehen. Die Miete für vier Wochen.« Die Frau streckte die Hand mit gichtkrummen Fingern aus.

»Drei Wochen. Die vierte Miete ist noch gar nicht fällig.«

Was redete Hann da? Ob es nun drei oder vier Wochen waren, spielte keine Rolle, sie hatten das Geld sowieso nicht. Die Miete betrug einen Taler in der Woche; in ihrer Börse mit dem Haushaltsgeld befanden sich vielleicht vier Groschen und ein paar Pfennige.

»Ein Vertrauensvorschuss«, antwortete Carl anstelle seiner Mutter.

»Misch dich nicht ein, Söhnchen!«, fuhr Hann ihn an. Warum konnte er es nicht lassen? Sie waren doch sowieso im Unrecht. Janne entfuhr ein erstickter Laut, auf den niemand reagierte.

»Keinen Streit. Wir können das friedlich regeln. Ihr gebt mir einfach das Geld und zieht aus. In dem Fall verzichte ich auf eine Anzeige beim Rat.«

Hanns Hand zuckte zur Tasche seiner Weste und zog seine Börse halb heraus. »Wenn ich nicht so viel habe …«

»Wie viel hast du?«

»Vielleicht einen Taler.« Er ließ die Börse wieder in der Tasche verschwinden.

»Für heute will ich damit zufrieden sein. Den Rest kannst du mir bringen, Hann Schneider.«

»Du lässt uns weiter hier wohnen?«

»Wo denkst du hin? Raus müsst ihr.«

»Warum soll ich dir dann einen Taler geben?«

Mickels Faust schoss vor und traf Hann im Gesicht. Der taumelte, stürzte aber nicht.

»Darum«, sagte der Neffe grinsend.

»Die Einrichtung ist kaum was wert, aber ich behalte sie als Pfand.« Die Naumannin schaute sich in der Stube um, als rechne sie bereits aus, was ihr die Wohnung einbrachte, wenn sie sie möbliert vermietete.

»Das dürfen Sie nicht«, piepste Janne.

»Meine Frau ist hochschwanger. Du darfst uns nicht auf die Straße setzen, Naumannin.« Hann zog die blutende Nase hoch.

»Das hättest du dir vorher überlegen müssen, Mann.« Carl riss die geflickte Decke vom Esstisch zu Boden und begann, ihre persönlichen Sachen darauf zu häufen. Als Janne ihm in den Arm fallen wollte, schubste er sie weg, und sie stieß mit dem Rücken gegen den Brotschrank. Dass sie nicht stürzte, war nur Gottes Allmacht zu verdanken, aber ein scharfer Schmerz fuhr durch ihren Unterleib. Carl ließ sich nicht stören. Er und Mickel warfen alles, was ihnen nicht brauchbar erschien, auf die Decke, und als Hann versuchte, sie daran zu hindern, setzte Mickel wieder seine Fäuste ein. Der junge Tagarbeiter ging mit blutüberströmtem Gesicht zu Boden.

Die Naumannin beobachtete das Ganze ungerührt. Derweil hatte Otto sich unter der Bank hervorgewagt und drückte sich zitternd an Jannes Beine. So ein Feigling war er, aber sie strich ihm über den Kopf. Die gleichmäßige Bewegung, sein warmes Fell und die langsam abklingenden Schmerzen beruhigten ihre Nerven etwas.

Aller Protest half nichts: Die Naumannin nahm ihnen den Schlüssel ab, und am Ende standen sie auf der Gasse, neben sich die zusammengebundene Tischdecke mit dem kläglichen Rest ihrer Habseligkeiten. Otto stand daneben, als müsste er sie bewachen.

Janne betupfte Hanns Gesicht mit einem Tuch. Er hatte sie zuerst abwehren wollen, aber sie ließ nicht locker. In ihrem Kopf kreuzten sich wild die Gedanken. Wo sollten sie hingehen? Warum hatten sie kein Geld für die Miete? Hätte es etwas geändert, wenn sie nach Geraldines Verhaftung nicht nach Dresden geschrieben und die Unschuld der Freundin beteuert hätte? Das Briefgeld hätte sie gespart, es waren keinesfalls vier Taler gewesen, und sie hatte sich verpflichtet gefühlt, etwas für die Freundin zu tun. Hann wusste davon nichts, und sie hatte nicht vor, daran etwas zu ändern.

»Die geizige Naumannin soll ersticken!«, fluchte Hann. Wegen der aufgeplatzten Lippe klang seine Stimme verwaschen.

»Warum hast du die Miete nicht bezahlt?«

»Weil das Geld nicht da ist. Es ist nie genug Geld da.«

»Aber du arbeitest doch an den meisten Tagen.« Janne suchte bei ihrem Tuch eine halbwegs saubere Stelle, um das Blut aufzufangen, das weiter aus der Nase ihres Mannes floss.

»Lege den Kopf in den Nacken«, kommandierte sie.

Hann gehorchte. »Es reicht eben vorne und hinten nicht. Daran ist dieser von Scholl schuld.«

»Fang nicht wieder damit an. Das Ehepaar Teuchert waren die Lumpen.«

»Und du nimmst deren Deele auf.«

Janne befürchtete, dass ihr Ehemann mehr Geld ins Gasthaus trug, als sie bisher angenommen hatte. Sie sagte jedoch nichts, weil sie ihn nicht wütend machen wollte.

»Wo finden wir eine neue Wohnung?«, wollte sie stattdessen wissen. Sie rechnete nicht wirklich mit einer Antwort und erhielt auch keine.

Rikarda fand ihre Eltern auf der Gasse vor, und statt einer Schale Brei wartete eine Nacht im Freien auf sie.

Ganz so schlimm kam es jedoch nicht, die kleine Familie fand Unterschlupf bei der Hebamme Mutter Tritzschin. Sie trat ihnen eine Kammer ab, in der sie auf dem Boden schlafen mussten, und die nicht geheizt werden konnte, aber selbstredend musste auch dafür Miete bezahlt werden.

Es gab wohl kaum einen Mann, dem es gefiel, seine Mutter bei ihren Einkäufen zu begleiten. Nehmitz war da keine Ausnahme. Dennoch verlangte seine Mutter hin und wieder diesen Liebesdienst von ihm. Und seine sorgfältige Erziehung verlangte von ihm, ihren Wünschen Folge zu leisten.

So stand er im Gewölbe der Hutmacherin Madame Bonté und hörte mit halbem Ohr zu, wie die Frauen sich über Federn, Perlen und Knöpfe austauschten, als hinge das Wohl des Kurfürstentums davon ab. Er schaute sich im Gewölbe um, fand jedoch nichts, was seine Aufmerksamkeit fesselte. Bis sein Blick an einem kaum handtellergroßen Gemälde hängenblieb.

Es schien ihm nicht zum restlichen Inventar des Gewölbes zu passen, und er ging hin, um es sich genau anzusehen. Er erkannte das Porträt eines jungen Mannes mit altertümlicher Allongeperücke und einem völlig aus der Mode gekommenen Kragen. Etwas an dem Mann kam ihm bekannt vor, als hätte er ihn schon einmal gesehen. Das konnte eigentlich nicht der

Fall sein. In diesen Tagen kleidete man sich höchstens für einen Kostümball so, und einen solchen hatte Nehmitz noch nie in seinem Leben besucht.

Madame Bonté hatte sein Interesse bemerkt und ließ seine Mutter einen Augenblick allein mit der Begutachtung von Federn und Bändern.

»Gefällt Ihnen das kleine Bild, Monsieur?«

»Ich weiß nicht recht.« Nehmitz legte den Kopf schief, immer noch in die Betrachtung des Gemäldes vertieft. »Wen stellt es dar?«

»Das wüssten wir alle gern. Eine junge Frau hat das Bild gebracht. Eine Fremde. Sie sucht ihren Vater, und so soll er aussehen. Vielleicht erkennt ihn jemand? Sie?«

Geraldine! Es konnte nur Geraldine gewesen sein. Und ihn erinnerte der Mann an jemanden, doch er kam einfach nicht drauf.

»Nein, ich weiß nicht …«, stammelte Nehmitz.

Madame Bonté kümmerte sich wieder um ihre Kundin, während er weiter das Bild anstarrte. Je mehr er sich anstrengte, den Mann zu erkennen, desto mehr verschwammen seine Gedanken. Das Gemälde zeigte einen Mann in der Blüte seiner Jahre, Geraldines Vater musste inzwischen zwanzig oder dreißig Jahre älter sein.

Nehmitz fühlte Schuld in sich. Nicht nur weil er die Liebe seiner Nielje verloren hatte, sondern auch, weil er ihr nicht bei der Suche nach ihrem Vater half. Das war vielleicht das Einzige, was er noch für sie tun konnte.

Frau Nehmitz ahnte nichts von den Gedanken ihres Sohnes und ließ sich Zeit. Als sie danach noch eine Kaffeestube aufsuchen wollte, verdrehte der junge Mann die Augen. Ihm stand nach nichts weniger der Sinn, als Mokka zu schlürfen. Er schützte deshalb andere Verpflichtungen vor und begleitete seine Mutter ohne viel Federlesens heim. Dort haspelte er alle Artigkeiten herunter, die sich gehörten, und verließ das Haus wieder.

Geraldines vornehmster Kunde war ein Chirurg aus der Seevorstadt. Er wünschte sich ein Porträt seiner Gattin mit dem jüngsten Sohn auf dem Arm. Das Bild sollte mehrere Ellen hoch und breit sein und war damit deutlich größer als die tellergroßen Gemälde, die gewöhnlich bei ihr bestellt wurden. Mehrere Male besuchte sie die Familie in der Seevorstadt, damit Mutter und Kind ihr Modell saßen.

Als sie an diesem windigen Oktobertag in die Friedrichstadt zurückkehrte, wurde sie vor der Groll'schen Herberge von einer Frau erwartet, die in mehrere Lagen Tücher gehüllt war. Geraldine kannte die sechsfache Mutter als Ehefrau eines Flickschusters. Die beiden Frauen gaben sich die Hand.

»Ich habe deinen Vater gesehen. Er ging mit einem anderen Mann an unserer Werkstatt vorbei. Ich bin den beiden gefolgt. Dein Vater ist in eben diesem Moment auf der Reitbahn zu finden. Beeile dich, dann kannst du ihn dort noch treffen.«

Auf der Reitbahn trafen sich viele Herren der vornehmen Welt – bei fast jedem Wetter. Geraldine umarmte die Flickschusterin, dankte ihr überschwänglich und machte sich gleich auf den Weg.

Die Reitbahn befand sich neben dem Herzogin-Garten und war nicht weit von der Friedrichstadt entfernt. Sie eilte durch die Badergasse, überquerte die Weißeritz auf der Brücke bei der Glashütte und sah in der Ferne bereits die Mauer des Herzogin-Gartens. Außer Atem erreichte Geraldine das Gelände.

Mehrere Reiter drehten ihre Runden auf der Bahn, darunter auch eine Frau. Sie ritt einen schlanken Rappen, auf dem sie sich gekonnt in allen Gangarten bewegte. Geraldine war jedoch nicht gekommen, um das Können einer mutigen Dame zu bewundern, sie wandte ihre Aufmerksamkeit den Herren zu. Insgesamt fünf Reiter bewegten ihre Pferde auf der Bahn. Drei davon schied sie gleich aus – zu jung.

Zwei grauhaarige Herren blieben übrig, einer auf einem Braunen, der andere auf einem Schimmel. Und einer davon sollte ihr Vater sein. Geraldine klopfte das Herz bis zum Hals. Welcher war es? Sobald sie in die Gesichter der Herren blickte, war kein Zweifel mehr möglich. Der Reiter auf dem Schimmel war ihr Vater. Er besaß die längliche Kopfform, die Nase und den Mund, die sie von dem Bild in ihrem Medaillon kannte. Wie konnte sie ihn auf sich aufmerksam machen?

Sie musste sich gar keine Mühe geben. Der Mann hatte sie und ihr Interesse für ihn bemerkt und beobachtete sie. Sie erwiderte seine Blicke. Schließlich lenkte er sein Pferd in ihre Richtung und hielt an.

»Verzeihen Sie, aber kennen wir uns?«, sprach er sie in einer Mischung aus Respekt und Überheblichkeit an.

»Ich weiß nicht«, antwortete Geraldine. Sie konnte ein leichtes Zittern in ihrer Stimme nicht unterdrücken.

»Eine schöne Frau wie Sie vergisst ein Mann eigentlich nicht. Und ich könnte Ihr Vater sein. Einen schönen Tag wünsche ich noch.« Er nickte zum Gruß und machte Anstalten, sein Pferd wieder anzutreiben.

»Warten Sie«, sagte Geraldine schnell. »Das ist es. Mein Vater. Ich bin auf der Suche nach meinem Vater.«

»Ihr Vater?« Unter hochgezogenen Augenbrauen hervor musterte er sie.

»Ich habe ein Bildnis von ihm in einem goldenen Medaillon. Meine Mutter hat es mir gegeben. Das ist alles, was mir von ihr geblieben ist.« Geraldine hatte das Medaillon aus der Rocktasche geholt und aufgeklappt.

»Was habe ich damit zu tun?«

»Schauen Sie sich das Bild an. Ich bitte Sie.« Sie hielt es ihm hin. Der Mann würde sich gleich selbst erkennen. Sie bekam kaum noch Luft vor Aufregung.

Der Reiter warf nur einen kurzen Blick auf das Porträt und zuckte mit den Schultern. »Wer soll das sein?«

Geraldine konnte nicht mehr an sich halten. »Aber das sind Sie! Das ist Ihr Bild in jüngeren Jahren.«

»Das ist ... ist ...« Jetzt war es an dem Reiter, nach Luft zu schnappen. Er zog die Zügel zu stramm an, und sein Pferd schlug unruhig mit dem Kopf. »Ich ... Ihr Vater ...« Er schüttelte den Kopf. »Sie sind nicht von hier. Das sieht jeder auf den ersten Blick. Sie sehen aus wie eine Zigeunerin.« Seine vorher freundlich interessierte Miene hatte sich verschlossen, und seine Augenbrauen stießen beinahe über der Nasenwurzel zusammen, so finster war sein Blick geworden.

Geraldines Augen flogen zwischen dem Mann und dem Porträt im Medaillon hin und her. Ein Zweifel war nicht möglich, das war ihr Vater.

»Sie sind mein Vater. Man hat Sie nach diesem Bild erkannt.«

»Das ist Ihr Beweis? Man hat mich erkannt auf einem Bild?«, höhnte der Reiter. »Ihr Kopf scheint nicht ganz gesund zu sein.«

»Aber ... aber ... Sie waren doch auf Santo Domingo?« Geraldine fehlten die Worte.

»Merken Sie sich: Ich habe Ihre Mutter nicht gekannt. Wir sind nicht miteinander verwandt. Ich bin verheiratet und habe drei Kinder, zwei davon sind ihrerseits wieder verheiratet, und der Jüngste dient in einem Artillerieregiment. Andere

Kinder habe ich nicht, und wer etwas anderes behauptet, der lügt. Nach Santo Domingo habe ich nie einen Fuß hineingesetzt. Guten Tag!« Er berührte die Flanke seines Pferdes mit den Sporen und versetzte ihm zusätzlich noch einen Schlag mit einer kurzen Peitsche. Das Tier stürmte im Trab davon.

Geraldine war am Boden zerstört. Sie musste sich an der Umzäunung der Reitbahn festhalten, um nicht zu schwanken. Die Welt drehte sich vor ihren Augen, das Medaillon war zu Boden gefallen.

»Was wollte diese Person von Ihnen?«, hörte sie jemanden fragen. Verschwommen erkannte sie den Reiter auf dem Braunen, der sich neben den Schimmel geschoben hatte.

»Die ist nicht ganz richtig im Kopf.«

»Sie kennen diese Frau, Verehrtester?«

»Wo denken Sie hin! Ich habe sie eben zum ersten Mal gesehen. Eigentlich habe ich gedacht, sie hätte eine Nachricht für mich, da meine Tochter jeden Moment niederkommen kann. Hatte sie nicht, sie hat nur wirres Zeug geredet. Ihre Familie sollte sich besser um sie kümmern und sie nicht durch die Gassen laufen lassen.« Der Reiter auf dem Schimmel schüttelte den Kopf.

»Die jungen Leute verwahrlosen immer mehr. Was hat sie Ihnen für ein Schmuckstück gezeigt?«

Geraldines Blick hatte sich wieder geklärt. Die beiden Reiter standen ganz in ihrer Nähe und gaben sich keine Mühe, leise zu sprechen, bedachten sie dabei mit Blicken, als wäre sie ein ekliges Tier. Geraldine wollte vor Scham im Boden versinken.

»Ein Medaillon. Wer weiß, wo sie das gestohlen hat. Ich sollte sie den Behörden melden, wenn das nicht so viel Mühe bedeuten würde.«

»Sie war doch harmlos.«

»Noch. Ach, was soll's.«

Die beiden Männer beendeten ihr Gespräch. Geraldine hatte ohnehin genug gehört. Sie hob ihr Medaillon auf und wankte davon. Noch nie in ihrem Leben hatte sie sich so blamiert gefühlt wie in diesem Augenblick. Selbst wenn einer der Reiter ihr Vater sein sollte, sie könnte ihm nicht mehr unter die Augen treten. Nie mehr! Es war wohl besser, die Suche aufzugeben.

Zehn Tage hielt ihre Verzweiflung an. In dieser Zeit malte sie nicht, ging nicht aus und wollte mit niemandem reden. Sie wollte nicht einmal essen, sondern nur auf dem Bett liegen und in Ruhe gelassen werden. Wahrscheinlich hätte sie das auch gemacht, wenn nicht die Grollin gewesen wäre. Energisch sorgte sie dafür, dass Geraldine aß, aufstand und langsam ins Leben zurückfand.

»Kindchen, das war ein Fehlschlag. So was passiert bei einer Suche«, sagte sie, als sich die beiden einander in der Gaststube gegenüberstanden, die Wirtin hinter dem Tresen, Geraldine davor. Es war noch früh am Tag, und keine Gäste waren anwesend.

»Das war das Schlimmste, das ich je erlebt habe. Ich habe mich so gedemütigt gefühlt.«

»Du darfst jetzt nicht aufgeben. Morgen fängst du wieder an und suchst weiter. Aber du sprichst niemanden mehr an und behauptest, er wäre dein Vater.«

»Das mache ich bestimmt nie wieder.«

»Du findest erst alles über den Mann heraus, was sich herausfinden lässt. Wie alt er genau ist, wo er wohnt und ob er jemals auf der Insel war, die du deine Heimat nennst.«

»Santo Domingo«, sagte Geraldine automatisch.

»Genau die.«

»Wie soll ich das machen?«

»Da wird uns schon etwas einfallen.«

SIEBEN

Also gab sie nicht auf, ging aber nicht mehr so blauäugig an die Sache heran wie auf der Reitbahn. Fortan machte sie sich zunächst ein Bild von den Männern, die als ihr Vater genannt wurden. Tatsächlich geschah es auch nur noch zweimal, dass jemand glaubte, ihren Vater gefunden zu haben. Einer davon war erneut der Herr von der Reitbahn, den zum zweiten Mal jemand für den Gesuchten hielt.

Der andere war ein Infanterieoberst, der sich so steif hielt, als hätte er einen Ladestock verschluckt. Sie betrachtete ihn aus der Ferne, folgte ihm zu seiner Wohnung und sprach im Hinterhof mit seiner Magd. Das junge Ding war überaus redselig. Schnell stand fest, dass es für diesen Oberst nichts anderes gab als seine Pflichten in der Kaserne. Die übte er seit dreißig Jahren aus und hatte sein Regiment niemals für länger als ein paar Tage verlassen. Keinesfalls lange genug, um in die Karibik zu reisen und Geraldines Mutter kennenzulernen.

Mutlosigkeit drohte sie erneut zu übermannen. Sie wollte sich aber nicht niederdrücken lassen, und deshalb malte sie. Und malte … und malte … Und nachts schluchzte sie ihren Kummer ins Kopfkissen.

»Sie sind sich wirklich sicher?«, frage Frederik Nehmitz und trank einen winzigen Schluck Kaffee aus einem Meißner Koppchen, einer kleinen Tasse ohne Henkel.

»Ganz sicher kann man sich nie sein.« Der grauhaarige ehemalige Obersteuerinspektor Johann Eusebius von Wildenfels schaute versonnen aus dem Fenster seiner im ersten Stock eines eleganten Palais gelegenen Wohnung. »Sie haben mir nicht viel erzählt. Es wäre sicher einfacher, wenn ich ein paar Namen erfahren könnte.«

Nehmitz schüttelte den Kopf. »Was ich sagen konnte, wissen Sie.«

»Ich kann es nur noch einmal wiederholen, dass ich in meiner Jugend – wie lange ist das her – einen Freund hatte, der Reisen in die ganze Welt unternahm. Ob auch die Karibik dabei war, weiß ich nicht. Ich habe dieses wunderschöne Fleckchen Erde nie verlassen. Wie verschieden wir waren … Mein Freund hat mir Briefe geschrieben, manche waren ein Jahr oder länger unterwegs. Einige kamen auch schneller, und etliche haben mich wohl überhaupt nicht erreicht. Es war so eine Zeit …« Der alte Wildenfels versank in Erinnerungen, und Nehmitz mochte ihn nicht unterbrechen. Endlich schüttelte der Alte den Kopf. »Wie dem auch sei. Ich habe bei der Hohen Steuerinspektion angefangen. Wir haben uns auseinandergelebt und eigentlich kaum noch gesehen. In seinen Briefen habe ich auch später hin und wieder gerne gelesen. Das war fast so, als hätte ich selbst eine Reise gemacht.«

»Ich darf also auf Sie zählen?«

»Bringen Sie mir diese Person, wann Sie wollen. Ich bin immer hier. Ein alter Mann wie ich geht nicht mehr viel aus.«

Nehmitz verabschiedete sich formvollendet, obwohl er am liebsten Luftsprünge vollführt hätte. Dieser ehemalige Steuerinspektor kannte vielleicht Geraldines Vater. Er musste sie nur noch mit dem Medaillon zu von Wildenfels bringen, und dann hätten sie Klarheit. Das war das mindeste, was er für sie tun konnte.

Obwohl sie ihn fortgeschickt hatte, schlug sein Herz weiterhin für seine kleine Nielje. Er wollte ihr beweisen, dass er immer auf ihrer Seite gestanden hatte, dass er bei ihrer Verhaftung selbst machtlos gewesen war. Wenn er ihr ihren größten Wunsch erfüllte, würde sie sich hoffentlich von seiner Liebe überzeugen lassen.

In Grolls Schenke fragte er nach Geraldine, erhielt aber die Auskunft, sie befände sich außer Haus. Er bestellte ein Glas Wein und einen Teller sauer eingelegten Blumenkohl. Beides kam schnell und war besser, als er erwartet hatte.

Das Weinglas war schließlich leer, der Teller auch, und Geraldine immer noch nicht erschienen. Für den Abend hatte er die Verpflichtung angenommen, seine Mutter zu einer Gesellschaft zu begleiten, zuvor musste er sich umziehen, und wenn sie nicht zu spät kommen wollten – seine Mutter hasste das –, durfte er nicht länger warten. Nehmitz fragte nach Papier, Feder und Siegelwachs. Nachdem ihm alles gebracht worden war, schrieb er eine Nachricht an Geraldine und siegelte sie mit einem Tropfen Wachs.

»Sie geben sie ihr ganz bestimmt«, schärfte er dem Wirt ein. »Vergessen Sie es nicht.«

»Bestimmt nicht. Sie erhält den Brief im selben Moment, in dem sie zur Tür hereinkommt. Das verspreche ich bei Gottes Güte.«

Damit musste Nehmitz sich zufriedengeben. Er drückte dem Wirt einige Groschen in die Hand, um seinen Diensteifer zu unterstützen.

Der Wirt hielt Wort und überreichte Geraldine das versiegelte Briefchen in dem Augenblick, in dem sie die Schenke betrat.

»Eine Nachricht für mich?«, wunderte sie sich. »Von wem denn nur?«

»Von dem jungen Mann, der schon einmal hier war. Und ihm war sehr viel daran gelegen, dass du diesen Brief erhältst.«

Die Schrift war ihr unbekannt. Es waren schon öfter Nachrichten für sie abgegeben worden, wenn jemand ihre Dienste als Malerin in Anspruch nehmen wollte. Keines dieser Schreiben war je gesiegelt gewesen. Instinktiv wusste Geraldine, dass es diesmal nicht um einen Auftrag für ein Bild ging. Sie nahm den Brief mit hinauf in ihre Kammer. Erst dort brach sie das Siegel und las als Erstes die Unterschrift.

Frederik Nehmitz.

Einen Augenblick presste sie das Schreiben an ihre Brust, aber dann erinnerte sie sich daran, was sie ihm alles zu verdanken hatte: ihre Verhaftung, ihren Gefängnisaufenthalt. Er hatte Gefühle in ihr geweckt, sie in Wirklichkeit jedoch nur benutzt, um die Teucherts zu überführen. Sie hatte er fallengelassen. Was immer er von ihr wollte, er würde es nicht bekommen. Entschlossen hielt sie den Brief an eine Kerzenflamme, sah zu, wie das Papier Feuer fing, aufflammte und die Ascheflocken auf den Tisch fielen.

In der neuen Kammer war es eng und die Deckenbalken so niedrig, dass Hann nur mit eingezogenem Kopf stehen konnte. Es tat ihm in der Seele weh, seine Familie auf der Erde schlafen zu sehen. Besonders Janne war in den letzten Wochen ihrer Schwangerschaft schwerfällig geworden und kam kaum vom Boden hoch. Der Einzige, dem die neue Unterkunft nichts auszumachen schien, war Otto.

Er verbrachte die Nächte an Rikardas Beine geschmiegt und schnarchte. Ohne den Hund wäre das Mädchen sicher noch viel verzweifelter gewesen. Sie spürte die Not ihrer Eltern.

Hanns Magen knurrte laut, als er vor Sonnenaufgang die Wohnstube der Hebamme durchquerte und vor das Haus trat. Nieselregen empfing ihn.

»Mach die Tür zu. Es zieht«, verlangte die alte Frau von der Ofenbank her.

Wut flutete durch Hann. Das Weib hockte in einer gut geheizten Stube, aß täglich eine warme Suppe, schlief in einem Bett und fuhr ihn an. Er durchquerte die Stube, packte die Alte am Kleid und zog sie von der Bank hoch.

Sein Gesicht befand sich dicht vor ihrem. »Dein Gerede brauche ich gerade gar nicht. Du bist ein altes Weib und hast mir nichts zu sagen.«

»Hann, hör auf!« In der Tür der Kammer war Janne erschienen. Das Haar hing zu einem dicken Zopf geflochten über ihre Schulter, mit den Händen stützte sie ihren schwangeren Leib.

Neben ihr lugte Rikardas schmales Gesicht hervor, und auch der Mops zeigte sich. Er gähnte herzhaft. Hann stieß die Hebamme auf die Bank zurück. Sie kam hart auf und musste sich am Tisch festhalten.

»Hann!«, sagte Janne noch einmal eindringlich.

»Papa, was ist Ihnen?«

»Ist alles gut. Wir hatten nur was zu besprechen. Du musst dir keine Sorgen machen«, versuchte er seine Tochter zu beruhigen, erkannte aber an ihrer ängstlichen Miene, dass es ihm nicht gelungen war. Er wischte sich die Hände an der Jacke ab.

»Hann, die gute Mutter Tritzschin lässt uns bei sich wohnen, und du behandelt sie wie einen deiner Wirtshausfreunde. Ich verstehe dich nicht mehr.«

›Ich verstehe mich selbst nicht mehr‹, wollte Hann sagen, aber bevor er den Mund geöffnet hatte, räusperte sich die alte Hebamme.

»Es ist wirklich nichts«, sagte sie in Jannes Richtung. »Das war nur ein Missverständnis.« Dann packte sie Hann an der Jacke und zog ihn mit sich vor das Haus. Dort schubste sie ihn gegen die Wand neben der Tür, zog sich gleichzeitig ihr kariertes Tuch dichter um Hals und Schultern.

»Ich lasse dich und deine Familie bei mir wohnen, obwohl ich selbst kaum Platz habe. Ich mache das für deine schwangere Frau und deine Tochter, weil mir die beiden am Herzen liegen. Ich sorge auch dafür, dass die kleine Rikarda einmal am Tag einen Napf Suppe erhält. Und du? Was machst du?«

Hanns Wut war in sich zusammengefallen wie ein Häufchen Asche. Er zog die Schultern hoch und schaute an der Frau vorbei auf die Fenster des gegenüberliegenden Hauses. Seine Haare und Schultern wurden allmählich nass.

»Hör endlich auf, die Schuld immer nur bei anderen zu suchen. Für dich und deine Familie bist du verantwortlich. Dein Unglück musst du überwinden, statt darauf zu warten, dass andere es für dich tun. Du hast eine Tochter und bald ein weiteres Kind. Vertrau auf Gott, aber nimm endlich dein Glück in die eigenen Hände.« Sie pikste ihn mit dem Finger vor die Brust.

»Was soll ich machen?«, fragte Hann leise. »Ich versuche täglich alles, um eine richtige Arbeit zu finden. Niemand will mir eine Chance geben.«

»Wenn du so weitermachst, wirst du dein Leben lang ein Tagarbeiter bleiben. Sieh zu, dass du was lernst. Mit einem richtigen Beruf sieht es für dich viel besser aus.« Immer noch berührte ihr Finger seine Brust. »Ihr könnt bei mir bleiben, bis du einen richtigen Beruf hast. Und ich helfe Janne mit den Kindern, so dass sie wieder arbeiten kann.«

Nach diesen Worten drehte die Alte sich um und verschwand im Haus. Hann fühlte sich wie vor den Kopf geschlagen. Er brauchte einige Zeit, um seine Gedanken zu ordnen. Und seinen Ekel vor sich selbst herunterzuschlucken.

Das Weib hatte recht. Er ließ sich treiben, statt die Dinge in die Hand zu nehmen. Janne litt darunter. Was war aus seiner Ehe geworden? Sie hatten sich doch einmal geliebt. Bei diesem Gedanken füllten Tränen seine Augen. Er wischte sie fort. Ab sofort musste alles anders werden. Er musste einen richtigen Beruf erlernen. Auf die Manufaktur durfte er dabei nicht mehr zählen.

ACHT

Nehmitz schrieb gerade an einem Rechtsgutachten und war ganz in dessen komplizierte Einzelheiten vertieft, als ihm eine Besucherin gemeldet wurde. Vor Schreck tropfte er einen Tintenfleck auf das Gutachten. Der Gerichtsbote, der ihm die Nachricht überbracht hatte, zog sich zurück, und Geraldine betrat sein kleines Kabinett, in dem kaum Platz für ihn, seine Akten und einen Schreibtisch war. Zum Glück hatte er die Feder schon aus der Hand gelegt, sonst hätte er sicher einen weiteren Tintenfleck produziert.

Sie kam ihm noch schöner vor. Er sprang auf und kam hinter dem Schreibtisch hervor, wollte sie küssen und in den Arm nehmen, konnte ihr nicht einmal einen Stuhl anbieten. Sie wich vor ihm zurück, und so begnügte er sich damit, sich über ihren Handrücken zu beugen, ohne ihn mit den Lippen zu berühren.

»Ich möchte dich um Hilfe bei der Suche nach meinem Vater bitten. Bisher haben sich alle Spuren als Irrwege erwiesen, und ich weiß nicht mehr weiter«, begann Geraldine, und es klang, als hätte sie sich die Worte vorher zurechtgelegt.

»Hast du meine Nachricht nicht bekommen?«

»Doch.«

»Ich habe eigentlich früher mit dir gerechnet. Es ist beinahe zwei Wochen her.« Er wollte nicht vorwurfsvoll klingen, konnte die Enttäuschung aus seiner Stimme jedoch nicht heraushalten.

»Was stand drin?«, platzte Geraldine heraus.

Nun war Nehmitz vollends verwirrt. Wenn sie die Nachricht erhalten hatte, musste sie doch wissen, was er geschrieben hatte? Geraldine setzte zu einer umständlichen Erklärung an, und er verstand, dass sie seine Nachricht verbrannt hatte und dass sie nicht an die Zeit im Goltz'schen Gasthof anknüpfen wollte. Das Beste wäre wohl, er beantwortete ihre Frage. »Es stand darin, dass ich vielleicht eine Spur zu deinem Vater gefunden habe. Ich will dir nicht zu viele Hoffnungen machen.«

»Du hast meinen Vater gefunden?«

»Das nicht. Ich habe einen Mann gefunden, der deinen Vater vielleicht kannte. Aber ich hatte ja kein Bild, das ich ihm hätte zeigen können.«

»Ich glaubte zu wissen, was du mir schriebst. Deine Erklärungen und Entschuldigungen wollte ich nicht hören. Das will ich immer noch nicht. Weil du nach meinem Vater gesucht hast, bin ich dir dankbar, doch was zwischen uns gewesen ist, wird nie wieder sein, dafür hast du mich zu sehr enttäuscht.« Sie sprach schnell, und es hörte sich an wie auswendig gelernt.

»Lass dir doch erklären …«

»Nein! Wen hast du gefunden, der vielleicht meinen Vater kennt?«

Der junge Gerichtsassessor seufzte. »Den pensionierten Obersteuerinspektor Johann Eusebius von Wildenfels. Es ist keineswegs sicher, aber wir dürfen ihn aufsuchen und ihm dein Medaillon zeigen. Hast du es dabei?«

»Ich habe es immer dabei.«

Er sah sich in seiner Schreibkammer um. Das Gutachten drängte, er war bereits danach gefragt worden. Die Ermittlungen in der Manufaktur galten immer noch nicht als abgeschlossen. Brühl war von der Unschuld des Arkanisten von Scholl nicht überzeugt. Er ließ immer noch nach der geheimen Manufaktur suchen. Teucherts schoben alles auf den Kranken, um ihre Haut zu retten. Deshalb musste er erneut nach Meißen reisen, sobald das Rechtsgutachten geschrieben war. Eigentlich hatte er keine Zeit, das Gericht vor Sonnenuntergang zu verlassen, aber vor ihm stand seine kleine Nielje. Er brauchte nur einen Wimpernschlag für seine Entscheidung.

»Lass uns gehen.« Nehmitz griff nach seinem Rock, der an einem Haken neben der Tür hing. Er nahm Hut und Handschuhe, ließ Geraldine vorgehen und verschloss die Tür des Schreibkabinetts. Unter den erstaunten Blicken einiger Gerichtsboten verließen sie das Appellationsgericht. Draußen brachte Geraldine einen Schritt Abstand zwischen sich und Nehmitz. Er ergab sich in sein Schicksal und winkte eine Mietdroschke heran. Von Wildenfels wohnte in der Seevorstadt, bis dahin wären sie zu Fuß länger als eine Stunde unterwegs. Das wollte er Geraldine nicht zumuten.

Die junge Frau war beeindruckt von dem Haus, in dem der Obersteuerinspektor a. D. wohnte. Sieben Fenster im ersten Stock, die Eingangstür war von zwei Säulen flankiert, auf jeder Seite beugte sich ein Atlas über das Säulenkapitell und trug den Rest des Hauses auf seinen Schultern. Der roséfarbene Putz sah aus wie frisch gewaschen, die Sandsteineinfassungen der Fenster harmonierten mit der Hausfarbe. Als sie erkannte, dass der Freund ihres Vaters nur die erste Etage zur Miete bewohnte, war sie erstaunt. Bisher hatte sie angenommen, jeder vornehme Haushalt in Dresden befinde sich in einem Palais. Sie behielt ihre Gedanken für sich.

Johann Eusebius von Wildenfels hatte offensichtlich an diesem Nachmittag nicht mit Besuch gerechnet, denn statt einer Perücke trug er eine Samtkappe, und er empfing sie in einem Hausmantel, der zwar reich bestickt, aber auch schon mehrere Jahre alt war. Seinen nicht gesellschaftsfähigen Aufzug überging er mit freundlicher Nonchalance und schickte nach Zitronenwasser.

»Die Zitronen stammen aus der Orangerie meines eigenen Landgutes. Jahr für Jahr bringen die Bäume eine gute Ernte hervor«, erklärte er ihnen, nachdem sie alle in seinem Salon Platz genommen hatten. »Sie beide sind nicht gekommen, um mit einem alten Mann zu plaudern.«

»Das ist die junge Frau, von der ich Ihm erzählt habe«, sagte Nehmitz. Er warf Geraldine einen aufmunternden Blick zu.

Sie fühlte auf einmal einen Kloß in der Kehle. Das Atmen fiel ihr schwer. Sie fummelte das Medaillon aus seinem Stofffutteral. Ihre Finger waren dabei so ungeschickt, dass es herunterfiel. Endlich hatte sie das Medaillon aufgehoben und den Deckel aufgeklappt. Von Wildenfels nahm es und betrachtete das Bild. Mit zusammengekniffenen Augen hielt er es sich dicht vor das Gesicht.

Geraldine hielt die Luft an. Nehmitz ebenfalls.

Langsam ließ von Wildenfels das Medaillon sinken. »Das ist mein Freund.«

»Wie heißt er? Wo können wir ihn finden?«, fragte Nehmitz, und Geraldine war ihm dankbar. Sie hätte kein Wort herausgebracht.

»Sein Name … sein Name … Es ist lange her, ich habe seit Jahren nichts von ihm gehört. Vielleicht lebt er schon nicht mehr, aber das wollen wir nicht hoffen. Das waren Zeiten damals …«

Wildenfels fiel der Name nicht ein. Geraldine fühlte sich, als hätte ihr jemand einen Eimer Wasser ins Gesicht geschüttet. Es war beinahe zu viel für ihre Nerven, sie presste eine Hand auf ihre Brust. Der Obersteuerinspektor a. D. schaute derweil in die Ferne. Seine Hand sank herab, das Medaillon entfiel seinen Fingern.

Nehmitz sprang auf und nahm das Schmuckstück an sich. Er warf einen Blick auf das Porträt des Mannes, das er schon auf dem Gemälde im Gewölbe der Madame Bonté gesehen hatte. Und wieder hatte er das starke Gefühl, ihn bereits gesehen zu haben.

»Sie müssen doch die Namen ihrer Freunde wissen«, warf Geraldine ein. Ihre Stimme klang schrill vor Aufregung.

Der alte von Wildenfels schaute unglücklich drein. »Es ist so lange her. Wir sind damals viel zusammen draußen gewesen. Ich wollte immer jagen, und er lieber die Pflanzen betrachten. Alles, was auf Gottes schöner Erde wuchs, war sein Steckenpferd.«

»Aber er lebt noch?«, warf Geraldine ein.

Der alte Mann tauchte aus seinen Erinnerungen auf, runzelte die Stirn. »Bestimmt. Er ist ja ein paar Jahre jünger als ich.«

»Wie haben Sie sich denn aus den Augen verloren?« Nehmitz versuchte, den Obersteuerinspektor a. D. wieder in den Fluss seiner Erinnerungen zu bringen. Geraldines verzweifelter Gesichtsausdruck schmerzte ihn. Da hatten sie endlich einen Jugendfreund ihres Vaters gefunden, und nun war der alte Mann verwirrt.

»Oh, das weiß ich noch genau.« Wildenfels lächelte und versank wieder in die Zeit, als er ein junger Mann gewesen war. »Die Welt in Lehma wurde ihm zu eng, und er ging auf Reisen. Seinen Eltern gefiel das nicht. Sie wollten keinen Gelehrten als Sohn, sondern einen, der die Familie fortführte, heiratete und Kinder bekam, das Rittergut bewirtschaftete, einen Posten unter Kurfürst August bekleidete.«

Bereits bei der Nennung des Ortes Lehma war Nehmitz unruhig geworden. Als nun auch noch das Rittergut zur Sprache kam, konnte er nicht länger an sich halten. »Sie meinen nicht etwa Ritter von Scholl?«

Er griff erneut nach dem Medaillon und betrachtete das Bild. Konnte das sein? Eine Ähnlichkeit war vorhanden. Je länger er die verblassten Konturen betrachtete, desto sicherer wurde er. Er hätte es gleich im Gewölbe der Madame Bonté erkennen müssen.

»Nathan Leberecht von Scholl ist der Name! Ich erinnere mich wieder!«, rief der Obersteuerinspektor a. D. erfreut aus.

Geraldine wusste auf einmal nicht mehr, was sie denken sollte. Der Arkanist von Scholl ihr Vater? Sie hatte den Mann schon gesehen und nicht erkannt. In Mädlers Gasthof hatte er eine Nacht krank darniedergelegen. Damals hätte ihre Suche ein Ende haben können.

Er war sogar in Verdacht geraten, das Arkanum verraten zu haben, weil sie sich auf zweifelhafte Geschäfte mit dem Ehepaar Teuchert eingelassen hatte. Am Ende würde er deshalb nichts mit ihr zu tun haben wollen. Erst einmal war er ihr Vater und hatte ein Recht darauf, sie kennenzulernen. Alles andere würde sich finden. Sie sprang auf. Es konnte ihr nun nicht schnell genug gehen.

»Wir müssen zu ihm fahren. Wo wohnt er? Du kennst ihn, Frederik. Du musst mir helfen.«

Dazu war Nehmitz mehr als bereit. Sie verabschiedeten sich hastig, um sich auf den Weg nach Meißen zu machen.

Erneut winkte der Gerichtsassessor eine Mietdroschke heran. Der Kutscher weigerte sich allerdings, an diesem Tag noch nach Meißen zu fahren, da er erst in tiefster Nacht zurückkommen würde. Nein, sie würden auch keinen anderen Kutscher finden, der sich um diese Tageszeit noch nach Meißen aufmachte. Am Morgen hätten sie kommen sollen. Geraldine musste schließlich einsehen, dass sie ihren Vater an diesem Tag nicht mehr zu Gesicht bekäme.

Am nächsten Morgen brachte die Postkutsche sie und Nehmitz nach Meißen. Sie erreichten die Stadt am Nachmittag und fanden einen Bauern, der mit seinem Karren bis zum Weiler Mauna im Käbschütztal fuhr und sie mitnahm. Von dort gingen sie etwa eineinhalb Meilen zu Fuß bis zum Rittergut nach Lehma. Geraldine eilte voran, Nehmitz folgte ihr.

Geraldine stoppte ihren forschen Schritt erst, als sie im Hof des Rittergutes stand. Der mit Kies bestreute Hof war sorgfältig geharkt, in der Mitte befand sich ein Rondell mit Brunnen und Rasenfläche, eingerahmt von einer Buchsbaumhecke, die so gleichmäßig geschnitten war, als hätte jemand mit der Elle nachgemessen. Ein dreistöckiges Herrenhaus mit zwei Seitenflügeln umschloss den Hof. Welche Menge von Zimmern musste es darin geben? Linker Hand war ein weiter Hof zu erahnen, der wohl die Stallungen und Scheunen beherbergte. Die Dächer leuchteten rot an diesem farblosen Novembertag.

Dies alles sollte ihrem Vater gehören? Während ihre Mutter auf Santo Domingo der Tochter nicht mehr als das Medaillon hatte geben können. Niemand hatte ihr je etwas über sie erzählen wollen oder können. Wahrscheinlich war sie eine arme Frau gewesen, die sich in einer schwachen Stunde mit dem reichen Fremden eingelassen hatte. Ein Mann, der hier lebte, konnte sie nicht als seine Tochter kennenlernen wollen. Sie jagte seit einem Jahr einer Chimäre hinterher.

Nehmitz hatte seine Hand auf ihren Rücken gelegt, schob sie sacht vorwärts. »Du hast so lange gesucht, da wird dir jetzt doch nicht bange sein.«

»Doch«, gestand sie verzagt.

»Wo ist die mutige junge Frau, die ich kennengelernt habe?«

Ihre Knie fühlten sich weich an, als sie die breite Freitreppe zur zweiflügeligen Eingangstür emporstieg. Ohne Nehmitz' Hand in ihrem Rücken hätte sie kehrtgemacht. Der Gerichtsassessor betätigte die Türglocke. Im Inneren des Hauses schepperte es blechern.

Nach einem Augenblick des Wartens wurde die Tür geöffnet. Der Mann, der vor ihr stand, trug eine weiße Perücke und den dunkelblauen einfachen Rock eines Hausdieners und schaute sie zunächst fragend an, ehe sich ein Ausdruck über seine Miene legte, als würde er sie erkennen und könnte es nicht glauben. Seine Haut war dunkel wie die Nacht. Ein Rittergut in Kursachsen war der letzte Ort, an dem sie einen Mohren zu sehen erwartet hatte.

Nehmitz hatte den schwarzen Kammerdiener von Scholls bereits bei seinem ersten Besuch auf Lehma gesehen und war daher nicht überrascht. »Wir möchten Herrn von Scholl sprechen. Diese junge Dame will ihm etwas geben.«

»Wen darf ich melden?« Der Kammerdiener sprach ein beinahe akzentfreies Deutsch. Geraldine meinte einen leichten französischen Zungenschlag zu hören. Während sie und Nehmitz gemustert wurden, fragte sie sich, woher der Diener stammte. »Mein Herr ruht, aber ich will trotzdem nachsehen, ob er jemanden empfangen kann.« Er geleitete die Gäste sehr aufrecht in einen kleinen Salon und bot ihnen Erfrischungen an. Weder Geraldine noch Nehmitz wünschten etwas. Dafür zog die junge Frau das Medaillon aus seiner Hülle.

»Ich bin gekommen, um Herrn von Scholl das zu zeigen. Es enthält ein Bild, und ich möchte seine Meinung dazu hören.«

Der Anblick des Medaillons brachte den Diener aus der Fassung. Er starrte es an. Seine Augen leuchteten.

»Kennen Sie das Medaillon?«, warf Nehmitz ein.

Endlich nahm der Hausdiener es. »Ich habe vielleicht schon einmal davon gehört. Verzeihen Sie, edle Dame, Sie sind Gast in diesem Haus und dürfen erwarten, mit Respekt und Höflichkeit behandelt zu werden. Aber Sie sind jemandem wie aus dem Gesicht geschnitten, den ich vor vielen Jahren kannte. Ich werde eilen, dies zu Herrn von Scholl zu bringen und mit seiner Antwort zurückzukehren.« Er trug das Medaillon auf einem silbernen Tablett hinaus.

Geraldine war viel zu aufgeregt, um sich hinzusetzen und zu warten. Sie ging im Salon auf und ab, schaute aus dem Fenster, betrachtete ein Stillleben mit Früchten, Blumen und einem Schmetterling an der Wand – sehr viel geschmackvoller als das in Teucherts Esszimmer. In einer Vitrine stand Meißner Porzellan hinter Glas. Einige Figurinen – unbemalt, manche sahen sogar unglasiert aus – teilten sich den Schrank mit blütenverzierten Tellern, Schüsseln und Teedosen. Geraldine nahm sich einen Augenblick Zeit, die Stücke zu betrachten. Bei Teucherts hatte sie derartiges Porzellan nie gesehen, auch nicht die Dekore. Nehmitz klärte sie darüber auf, dass es sich hierbei um Arbeitsproben handelte, jeweils die ersten Ergebnisse, die entstanden waren, nachdem von Scholl das Arkanum verbessert hatte. Er hatte sie mitgenommen, um den

Erfolg seiner Arbeit zu dokumentieren. Weitere Proben standen auf der Albrechtsburg im Labor der Arkanisten.

Der Hausdiener kam zurück und verneigte sich. »Mein Herr lässt bitten. Er entschuldigt sich, dass seine Gesundheit es ihm nicht erlaubt, herunterzukommen. Sie mögen ihn bitte in seinen privaten Räumen aufsuchen.«

Geraldine trat von der Vitrine weg, Nehmitz erhob sich aus einem Sessel.

»Sie nicht, junger Herr. Herr von Scholl möchte nur die Dame sprechen. Ich werde sofort wieder zu Ihnen kommen und Sie in die Bibliothek führen, Ihnen Portwein und Kaffee servieren, damit Sie sich die Zeit vertreiben können.«

Obwohl sie mit Nehmitz nichts mehr zu tun haben wollte, so bedauerte sie jetzt doch, dass er sie nicht begleiten sollte. Seine Gegenwart war tröstlich vertraut und stärkte ihren Mut.

»Ich bin Maurice und stamme von der Insel Santo Domingo«, sagte der Hausdiener, als sie die Treppe in den ersten Stock hinaufstiegen.

»Ich stamme von derselben Insel. Herr von Scholl war ebenfalls dort? Das können keine Zufälle sein. Ich habe allerdings mit vierzehn Jahren die Insel verlassen und bin nach Europa gegangen. Wie lange sind Sie von Santo Domingo fort, Monsieur Maurice?« Als Geraldine ihr Plappern bewusst wurde, verstummte sie abrupt.

Ihre Worte zauberten ein Lächeln auf Maurice' Gesicht.

»Herr von Scholl wird viele Fragen beantworten können. Sie dürfen ihn nur nicht zu sehr anstrengen, seine Gesundheit lässt es nicht zu.«

»Aber er ist doch Arkanist.«

»Auch das ist seiner Gesundheit nicht zuträglich. Leider hört er nie auf mich. Mademoiselle Geraldine, wir sind da.«

Maurice kratzte an einer weißgestrichenen Tür. »Fürchten Sie sich nicht. Herr von Scholl ist ein guter Mensch, egal was andere sagen.«

Maurice entließ sie in einen gemütlich eingerichteten Salon, in dem ein Feuer im Kamin brannte und eine enorme Wärme verbreitete. Dennoch trug der Mann, der sich mühsam hinter einem Schreibtisch erhob, einen bodenlangen Samtmantel, einen Schal um den Hals und eine Samtkappe auf dem Kopf. Darunter quollen unordentliche graue Haare hervor und umrahmten ein schmales knochiges Gesicht mit einer vorspringenden Nase und buschigen Augenbrauen. Die Unterlippe zitterte, aber die Augen blickten scharf und klar. Er stützte sich auf einen Stock. Auf dem Tisch stand das silberne Tablett mit dem Medaillon.

Er war der Mann auf dem Bild, für Geraldine bestand kein Zweifel. Und er war auch der Mann, der eine Nacht in Mädlers Krug verbracht hatte. Ihr Vater! Sie sank in einen tiefen Knicks.

»Nicht doch, nicht doch. Stehen Sie auf, junge Frau.« Der alte Mann machte einen Schritt auf sie zu, musste sich dann aber am Schreibtisch festhalten.

Maurice kam ihm zu Hilfe, brachte ihn zu einem Sessel nahe am Ofen und sorgte dafür, dass er bequem saß. Geraldine wies der Diener einen danebenstehenden Sessel zu. Beinahe sofort lief Schweiß ihren Rücken hinunter, aber sie wollte nicht unhöflich sein und sagte nichts.

»Hol mir das Medaillon«, verlangte von Scholl. »Und danach lass uns allein.«

»Soll ich eine Süßigkeit für die Dame bringen und ein Getränk?«

»Ich klingle, wenn wir etwas brauchen.«

Von Scholl legte das Medaillon in seinen Schoß und strich mit den Fingerspitzen darüber.

»Ich kenne es. Ich habe es einst einer Frau auf Santo Domingo geschenkt«, begann von Scholl. Er sprach leise, aber bestimmt. »Ich möchte nun wissen, woher du das Schmuckstück hast. Ich darf dich doch so ansprechen?«

Geraldine nickte. Sie hatte einen Kloß im Hals und musste sich erst räuspern, bevor sie sprechen konnte. »Das … das Medaillon habe ich von meiner Mutter bekommen. Das ist alles, was mir von ihr geblieben ist. Sie ist bei meiner Geburt gestorben, die Hebamme hat es mir später gegeben. Eine Mohrin, die Dicke Bionda gerufen wurde. Aber sie wollte oder konnte mir nichts über meine Mutter sagen. Sie müssen mir alles über sie erzählen, Monsieur. Und über sich auch. Wie kommt es, dass Sie mein Vater sind?«

Von Scholl gab ein Geräusch von sich. Es war etwas zwischen einem Aufstöhnen und einem Aufschluchzen.

»Geraldine, meine Geraldine und deine Mutter – sie lebt also nicht mehr, seit Jahren nicht mehr. Was habe ich getan …« Er verbarg das Gesicht in den Händen.

Geraldine wusste nichts zu sagen. Seine Gemütsbewegung rührte sie, und gerne wäre sie zu ihm hingegangen und hätte die Arme um ihn gelegt, aber sie traute sich nicht. Betrachtete er sie als seine Tochter? Hegte er auch zärtliche Gefühle für sie?

Als von Scholl wieder hochsah, war sein Gesicht unbewegt. »Ich erkenne deine Mutter in deinen Zügen. Meine Geraldine.«

Die junge Frau fühlte sich befangen und neugierig zugleich und war sich unsicher, wie sie sich verhalten sollte. Es war verwirrend, von ihrer Mutter zu hören, die offenbar den gleichen Namen wie sie getragen hatte. Schließlich platzte sie mit dem heraus, was ihr am meisten auf der Seele brannte. »Sagen Sie mir, ob ich Ihre Tochter bin.«

Von Scholl holte tief Luft. »Das bist du. Das bist du.«

»Erzählen Sie!«

»Ich lernte deine Mutter kennen, als ich auf Santo Domingo weilte. Es ist so viele Jahre her ... Ich war damals ein junger Mann, gesund und kräftig. Und für mich gab es nichts Aufregenderes auf der Welt, als neue Gegenden und ihre Pflanzen zu erkunden. Ich wollte alles sehen, was es zu sehen gibt und alles erforschen. Deshalb reiste ich in die Neue Welt und nach Santo Domingo. Der Anbau des Zuckerrohrs und wie daraus Zucker gewonnen wurde, faszinierte mich. Deshalb weilte ich bei einem befreundeten Plantagenbesitzer. Deine Mutter war seine Tochter, und ich wurde ihr vorgestellt. Ich war sofort fasziniert von ihrer dunklen Schönheit. Das Haar wie Ebenholz, ihre Haut in der Farbe von Gold und weich wie Samt. Wie deine.« Er legte eine Hand auf ihre, streichelte ihren Handrücken. »Und erst ihre Augen, ihre wunderschönen strahlenden Augen ... Deine Mutter hatte ein freundliches, sanftes Wesen. In ihrer Nähe schien stets die Sonne zu scheinen.« Von Scholl hielt einen Augenblick inne mit seiner Erzählung und versank in der Vergangenheit.

Geduldig wartete Geraldine, bis er sich so weit gesammelt hatte, dass er weitersprechen konnte. Vor ihren Augen formte sich das Bild einer jungen hübschen Frau in einem hellen Kleid, das Haar von einem Band im Zaum gehalten. Sie schützte ihre Haut mit einem Schirm vor der heißen Sonne Santo Domingos, saß auf der Veranda eines der großen Herrenhäuser, die Geraldine als Kind stets nur aus der Ferne gesehen hatte, und wartete auf einen jüngeren von Scholl. In ihrer Vorstellung beugte er sich über eine Pflanze, betrachtete eine rote handtellergroße Blüte.

Was hatte die beiden getrennt? Die Tochter eines Plantagenbesitzers wäre eine standesgemäße Partie für von Scholl gewesen.

»Deine Mutter fand auch Gefallen an mir. Anders kann ich es nicht ausdrücken. Zu Anfang blieb ich wegen des Zuckerrohrs auf der Plantage, am Schluss nur wegen deiner Mutter. Wir konnten unsere Neigung nur heimlich ausleben. Ihr Vater duldete mich auf seiner Plantage, doch mein Interesse an den Pflanzen Santo Domingos kam ihm kurios vor, und er hat sich hinter meinem Rücken sicher über mich lustig gemacht. Für seine Tochter hat er sich jedenfalls einen anderen Ehemann vorgestellt. Sein herrschsüchtiges Wesen ließ eine Änderung seiner Meinung nicht zu. Ich habe ihr das Medaillon gegeben, damit sie etwas hat, was sie an mich erinnerte.«

»Sie haben sie geschwängert und verlassen.«

»Das habe ich nicht!«, widersprach von Scholl heftig. »Ein Freund erwartete mich auf den Kleinen Antillen. Wir hatten uns zu gemeinsamen Forschungen verabredet, danach wollte ich zurückkehren zu deiner Mutter. Sie versprach, auf mich zu warten.«

Er versank in der Vergangenheit.

NEUN

*V*ertrau mir, Geliebte. Ich kehre sehr bald zurück, und danach wird uns nichts mehr trennen«, flüsterte der junge Nathan von Scholl seiner Gefährtin ins Ohr.

Über ihnen wölbte sich ein Dach aus Palmblättern. Die Wände der primitiven Hütte bestanden aus miteinander verflochtenen Zweigen; mit Blättern und Erde waren die gröbsten Ritzen abgedichtet. Die Hütten nutzten Sklaven als Schutz bei Regen und Sturm sowie Jäger als Unterschlupf für die Nacht – oder Liebende, um heimlich beisammen zu sein.

Eine Flut dunkler Haare lag auf der Decke ausgebreitet. Sie gehörten Geraldine Dupon de la Roche, die wie eine Katze schnurrte und es sich nur zu gern gefallen ließ, dass Nathan an ihrem Ohrläppchen knabberte. Beide waren nackt, wie Gott sie geschaffen hatte. Die Gegensätze zwischen ihnen hätten jedoch nicht größer sein können. Gegen Geraldines dunkle Haare wirkten Nathans besonders hell. Seine helle Haut rötete sich in der Sonne, während Geraldines einen Bronzeton annahm, wenn sie sich nicht mit einem Sonnenschirm schützte.

Sie rekelte sich unter ihm und zog ihn näher zu sich heran. Ihre Augen waren dunkle unergründliche Teiche, in denen er versinken wollte, ihre Lippen voll und sinnlich. »Ich bin bereit für dich«, flüsterte sie ihm ins Ohr.

»Unersättliche Katze.«

Zweimal hatten sie sich bereits geliebt, und er ließ sich nicht lange bitten, sich noch einmal zwischen ihre Beine zu legen.

Hinterher lagen sie nebeneinander auf der Decke, der Schweiß trocknete langsam auf ihrer Haut, und die ersten Regentropfen klatschten auf das Palmblätterdach.

»Ich warte auf dich«, murmelte Geraldine. »So lange es eben dauert. Nur wünsche ich mir, dass es nicht lange sein wird. Ich halte es hier nur aus, weil ich weiß, dass du zu mir zurückkehren wirst.«

»Nur ein paar Monate. Ich kehre so schnell wie möglich von den Antillen zurück. Nur ein paar …«

»Die Pflanzen, ich weiß«, unterbrach Geraldine ihn lächelnd. »Mit denen werde ich dich immer teilen müssen. Suche sie und hole sie, aber erlaube mir, die Tage zu zählen, bis du wieder bei mir bist.«

Nathan rang mit sich. Sollte er die Reise absagen, die Verabredung mit Sir Everett Malcolm St. James sausen lassen? Er glaubte nicht, dass ein Schreiben den englischen Naturforscher noch rechtzeitig erreichen würde. Ihm war nicht einmal klar, wohin er es richten sollte, und es würde Santo Domingo wahrscheinlich mit dem gleichen Schiff verlassen, mit dem auch er abreisen wollte.

»Du sollst nicht grübeln«, sagte Geraldine und strich ihm über die Stirn, als wollte sie seine Falten wegwischen. »Ich will dich gar nicht anders haben. Geh zu deinen Pflanzen.«

Die junge Frau setzte sich auf und griff nach ihrem Hemd, streifte sich den dünnen, beinahe durchsichtigen Stoff über die Schultern. Die Hütte war nicht hoch genug, als dass darin ein Mensch aufrecht stehen konnte, das Ankleiden erforderte deshalb eine Reihe von Verrenkungen, die beide unter Lachen und mit gegenseitiger Hilfe hinter sich brachten. Zuletzt rollte Nathan die Decke zusammen und klemmte sie sich unter den Arm.

Er hielt für Geraldine die Blätter vor dem Eingang zur Seite. Draußen schien bereits wieder die Sonne, und die feuchte Erde dampfte. Geraldine spannte ihren Sonnenschirm auf, um ihre Haut zu schützen. Der weiße Schirm, aus dem gleichen Stoff wie ihr Kleid, beschattete ihr Gesicht und ihre Arme.

»Wir sehen uns beim Abendessen, Monsieur«, sagte sie leichthin, als sie an Nathan vorbeiging.

Er schaute ihr nach, bis sie nicht mehr zu sehen war. Dann verließ er die Hütte in anderer Richtung.

Es war das letzte Mal gewesen, dass Nathan und Geraldine sich in der Blätterhütte getroffen hatten. Einige Tage später verließ der junge Mann mit einem Schiff Santo Domingo. Nicht länger als ein halbes Jahr, hatte von Scholl sich vorgenommen, dann würde er zu seiner Geraldine zurückkehren, sie holen und mit ihr ein Leben außerhalb der Karibik beginnen. Die ersten Jahre würden sie mit Forschungsreisen verbringen: Mexiko, der Orient, Ägypten. Er würde ihr auch die Schönheiten Italiens zeigen, bevor sie sich in Lehma niederließen und eine Familie gründeten.

Doch es sollte anders kommen. Eine heimtückische Krankheit warf ihn auf den Antillen nieder. Fieber und Durchfall fesselten ihn ans Bett, und er schloss mit dem Leben ab. Doch wie durch ein Wunder beschloss Gott, ihn nach monatelangem Siechtum genesen zu lassen.

Als er endlich wieder bei Kräften war und nach Santo Domingo zurückkehrte, war Geraldine verschwunden.

Auf der ganzen Insel hatten ihr Vater, Monsieur Dupon de la Roche, und seine Männer nach ihr gesucht. Sogar im spanischen Teil der Insel waren sie vorstellig geworden. Es war, als hätte sich die Erde aufgetan und Geraldine verschluckt.

Dafür fand von Scholl Maurice, der ihm vom Schicksal seiner Schwester berichtete. Nanette war Geraldines Zofe gewesen. Nach dem Verschwinden seiner Tochter hatte Dupon de la Roche die junge Sklavin bestraft. Sie hätte nicht gut genug auf ihre Herrin geachtet, und das bekam sie zu spüren. Die Peitsche hatte sie nicht überlebt. Tränen waren Maurice bei diesen Worten über die Wangen gelaufen, hatten feuchte Spuren hinterlassen. Von Scholl war erschüttert gewesen, angewidert. Er hatte es kaum noch geschafft, Dupon de la Roche höflich zu begegnen.

Ein paar Tage später hatte er die Insel verlassen und Maurice mitgenommen.

Nach der langen Erzählung hielt von Scholl erschöpft inne. Seine Hände zitterten, und sein Gesicht war blass wie gewachstes Papier. Geraldine bekam Angst um ihn. Sie läutete die kleine Glocke, die auf dem Kaminsims stand, und beinahe sofort betrat Maurice den Salon, als hätte er vor der Tür gewartet.

Der Diener musste nur einen Blick auf seinen Herrn werfen.

»Er hat sich zu sehr angestrengt. Regelmäßig überschätzt er seine Kräfte. Er sollte nun ruhen.«

»Ich …« Geraldine wusste nicht, was sie sagen sollte. Sie fühlte sich schuldig, dabei hatte sie nichts anderes gewollt, als ihren Vater kennenzulernen. »Er hat einfach immer weitergesprochen.«

»Redet nicht von mir, als wäre ich ein sabbernder Greis«, mischte sich von Scholl ein. Er hatte den Kopf gehoben und funkelte den Diener an. »Ich entscheide für mich, und wenn ich mich mit meiner Tochter unterhalten will, mache ich das. Du hast richtig gehört, meine Tochter. Sie ist Geraldines Kind. Hat mir das Medaillon gebracht, dass ich ihr auf Santo Domingo schenkte. Jetzt will ich mich ausruhen.«

Geraldine verabschiedete sich und ließ ihren Vater und Maurice allein. Im Flur wurde sie von einem anderen Hausdiener in Empfang genommen und in die Bibliothek geleitet, wo Nehmitz beim Portwein auf sie wartete. Sie stürzte sich in seine Arme.

»Sie müssen sich hinlegen und ausruhen, Monsieur.« Maurice wollte seinem Herrn aufhelfen und ihn zu einem Sofa bringen.

»Ausruhen kann ich mich, wenn ich tot bin. So wie du mich behandelst, lässt das nicht mehr lange auf sich warten.«

Er stemmte sich aus dem Sessel hoch und griff nach seinem Stock. »Bring mich zum Schreibtisch.«

Von Scholl ließ sich auf einem Stuhl nieder und verlangte Feder und Papier. Nachdem Maurice ihm das Gewünschte gereicht und das Tintenfass aufgeschraubt hatte, wurde er aus dem Raum geschickt mit dem Hinweis, sich um die Gäste zu kümmern und für die junge Frau ein Zimmer vorbereiten zu lassen.

»Und für den Monsieur?«, wagte der Diener einzuwerfen.

»Für den nicht. Sonst hätte ich das gesagt. Hörst du mir jemals zu? Habe ich in meinem eigenen Haus noch was zu sagen?«

»Selbstverständlich, Monsieur.«

»Lass mich allein!«

Maurice zog sich zurück, um die empfangenen Aufträge zu erledigen. Die junge Frau war von Scholls und Geraldine Dupon de la Roches Tochter. Er hatte immer geahnt, dass eine Schwangerschaft hinter ihrem Verschwinden stecken könnte. Nanette musste es gewusst haben. Die beiden waren sehr vertraut miteinander gewesen. Und seine Schwester hatte ihre Herrin geliebt, so sehr, dass sie für sie gestorben war. Nach der langen Zeit stiegen ihm immer noch die Tränen in die Augen, wenn er an Nanette dachte. Die junge Herrin könnte noch leben, und das Mädchen hätte nicht ohne Familie aufwachsen müssen. Monsieur Dupon de la Roche hätten sie eine Geschichte erzählt. Die Tochter verloren und eine Enkelin gewonnen. Obwohl er sich nicht sicher war, ob der jungen Mademoiselle Geraldine ein Aufwachsen auf der Plantage Dupon de la Roche zu wünschen gewesen wäre. Mit einem jähzornigen Großvater und einer einfältigen Stiefgroßmutter, die sich nur für sich und ihr Aussehen interessierte. Das alles war mehr als zwanzig Jahre her und kam ihm dennoch so vor, als wäre es gestern gewesen.

Er sorgte dafür, dass das beste Gästezimmer hergerichtet wurde, und ging in die Bibliothek. Die beiden Besucher saßen in ein Gespräch vertieft auf einer Chaiselongue. Bei seinem Eintreten fuhren sie auseinander, trotzdem glaubte er gesehen zu haben, dass sie sich an den Händen gehalten hatten. Er teilte Mademoiselle Geraldine mit, dass für sie ein Zimmer gerichtet werde.

»Für Herrn Nehmitz auch?«

»Das ist nicht nötig. Ich werde nach Meißen zurückkehren und mich in einem Gasthof einmieten. Ich habe in der Stadt noch etwas zu erledigen«, sagte Nehmitz und stand auf.

»Monsieur von Scholls Einladung gilt nur für die junge Mademoiselle. Ich kann daran nichts ändern.« Maurice verneigte sich.

Unterdessen saß von Scholl hinter seinem Schreibtisch und las konzentriert in einem Dokument, das er vor vielen Jahren aufgesetzt hatte. Es umfasste vier Folioseiten. Am Ende nahm er die Feder und strich sie sorgfältig durch, jede einzelne Seite. Ein weiterer dicker Strich löschte seine Unterschrift am Ende aus. Danach nahm er einen neuen Bogen und begann zu schreiben. Auf der ersten halben Seite flog die Feder nur so über das Papier, danach musste er überlegen. Bestimmte Passagen schrieb er aus dem durchgestrichenen Dokument ab, andere veränderte er. Eine Stunde, zwei Stunden – am Ende las er das Geschriebene noch einmal durch und war zufrieden.

Er klingelte nach Maurice und teilte diesem mit, er brauche zwei Gerichtsschöppen aus dem Dorf, damit sie etwas bestätigten.

Maurice holte die Herren, die eilig die Stiefel gewichst und ihre besten Jacken übergezogen hatten. Von Scholl legte den beiden das von ihm unterschriebene Dokument vor, damit sie es lasen und bestätigten. Anschließend verabschiedete er sie wieder. Maurice räumte den Schreibtisch auf und betrachtete stirnrunzelnd die durchgestrichenen Papiere und die neu verfassten Folioseiten.

»Es ist mein Testament«, erklärte von Scholl.

»Es wurde doch schon eines bestätigt«, warf der Kammerdiener ein.

»Das ist Jahre her«, wies der Hausherr ihn zurück.

»Ein Testament ist auch nichts, was man alle paar Tage ändert.«

»Die Änderung ist wohl überlegt.«

»Sie setzen eine Frau als Erbin ein, die Sie heute zum ersten Mal gesehen haben«, erriet Maurice.

»Sie ist meine Tochter, die ich endlich gefunden habe.«

»Laden Sie sie ein, eine Weile hierzubleiben, damit Sie einander kennenlernen können.«

»Ich habe vielleicht nicht mehr viel Zeit, sie kennenzulernen. Die Dinge müssen geregelt werden.«

In der Nacht bekam von Scholl Fieber. Er fühlte sich so heiß, als verglühe sein Körper von innen, während er gleichzeitig fror, als würde er nackt im Schnee hocken. Die Zunge klebte ihm pelzig im ausgetrockneten Mund. Er wollte nach dem Glas Zitronenwasser greifen, das jede Nacht auf einem Tischchen neben dem Bett stand. Die einfachste Bewegung schmerzte ihn, er ächzte, als er den Arm hob. Kalter Schweiß stand auf seiner Stirn. Er fühlte sich wie ein Greis von achtzig Jahren, dabei war er gerade einmal Ende fünfzig und könnte noch eine gute Zeit mit seiner wiedergefundenen Tochter vor sich haben. Seine Fingerspitzen stießen an das Glas, bekamen es jedoch nicht zu fassen. Es fiel vom Tisch und zerschellte auf dem Boden. Er musste sich ein Stück weiter herumdrehen, um nach der Schnur greifen und die Glocke läuten zu können, die Maurice herbeirief.

Er zog am Strang, und es dauerte nur wenige Augenblicke, bis sein Diener im Morgenmantel und mit einer weißen Nachtmütze auf dem Kopf herbeigeeilt kam.

»Monsieur!« Maurice sah auf den ersten Blick, was mit seinem Herrn los war. Zu oft schon hatte er ihn fiebernd vorgefunden.

Er holte flugs eine Karaffe Zitronenwasser und ein neues Glas, und gab dem Kranken zu trinken. Danach wischte er die Lache auf dem Fußboden weg und sammelte die Scherben ein. Die Worte, die ihm auf der Zunge lagen, sprach er nicht aus. Was hätte es gebracht, Monsieur darauf hinzuweisen, dass er sich am Tag zu viel zugemutet hatte und nun die Rechnung dafür präsentiert bekam? Er wusch seinen Herrn und sorgte dafür, dass von Scholl das durchgeschwitzte Nachthemd gegen ein frisches tauschte. Das angebotene Laudanum lehnte der Kranke energisch ab.

Von Scholl lag mit geschlossenen Augen auf dem Bett, die Hände fuhren unruhig auf der Decke hin und her, dabei redete er Unverständliches. Einzig das Wort Geraldine hörte Maurice heraus. Er versuchte, den Kranken zu beruhigen, aber dieser begann nach kurzer Zeit erneut zu sprechen, schrie sogar, als litte er unmenschliche Qualen. Unter den geschlossenen Lidern rollten die Augäpfel. Maurice begann, um das Leben seines Herrn zu fürchten, und alarmierte die Hausdame. Gleichzeitig schickte er nach dem Arzt im Dorf.

Noch bevor der Arzt eintraf, entschied Frau Aha, die Hausdame, dass das Fieber gesenkt werden müsse. Um jeden Preis.

»Der Herr verbrennt innerlich«, sagte sie und verlangte kaltes Wasser und Leinentücher.

Damit machte sie ihm Wadenwickel, während sie Maurice anwies, dem Kranken immer wieder etwas zu trinken zu geben. Das erwies sich als schwierig, da von Scholl im Fieberwahn die Zähne fest aufeinandergepresst hielt. Ein paar Tropfen rannen vielleicht in seinen Mund, aber das meiste floss ins Betttuch.

Der Arzt kam mit schief sitzender Perücke und mürrisch heruntergezogenen Mundwinkeln, Hose und Rock passten nicht zueinander. Augenscheinlich hatte er sich eilig und im Dunkeln angezogen. Seine Mundwinkel sanken noch weiter nach unten, als er die rasselnde Brust des Patienten abhorchte, an dessen Atem roch und seinen Schweiß schmeckte.

»Das Fieber ist zu hoch und muss gesenkt werden«, wiederholte er die Diagnose der Hausdame. »Drei bis sechs Schröpfköpfe wären nötig, um die schlechten Säfte aus dem Leib zu ziehen.«

Er griff nach seiner Tasche und warf dabei einen fragenden Blick auf Maurice. Um das Schröpfen hatte es bereits Auseinandersetzungen gegeben. Ein einziges Mal hatte der Arzt seinen Patienten blutig schröpfen dürfen. Von Scholl war danach schwächer und kränker als vorher gewesen, die Flecken auf dem Rücken hatten sich monatelang nicht zurückgebildet.

In diesem Moment schlug der Kranke die Augen auf. Sein Blick irrlichterte trüb durch den Raum, blieb schließlich auf dem Arzt haften. »Kein Schröpfen! Ich verbiete es!«, krächzte er.

Die Hausdame huschte hinaus und brachte bald darauf eine Kanne Tee und eine Tasse. Sie warf Maurice einen Blick zu, und er verstand: In dem Tee befand sich Laudanum. Es gab nichts anderes mehr, um von Scholl Erleichterung zu verschaffen. Sie versuchten, ihm den Tee einzuflößen, aber schon nach dem ersten Schluck spuckte der Kranke ihn wieder aus und schlug die Tasse weg.

»Kein Laudanum!« Von Scholls Stimme klang überraschend kräftig.

Danach versank er wieder in einen Dämmerzustand, bis ihn ein neuer Schweißausbruch und ein Krampf heimsuchten. Er spürte nicht mehr, wie ihn Maurice auf die Kissen bettete und seinen mageren Leib zudeckte.

Der Arzt hatte alles genau beobachtet. »Mir scheint, es geht mit ihm zu Ende.«

Mit einem zornigen Blick funkelte Maurice ihn an. »Das stimmt nicht.«

»Das stimmt, und Sie wissen es, Herr Maurice«, mischte sich die Hausdame sanft ein. »Die Krankheit quält ihn schon so lange. Es ist an der Zeit, dass er erlöst wird.«

»Aber es kann doch nicht sein ...« Maurice schaute seinen Herrn an. Man musste wahrlich kein Arzt sein, um zu erkennen, dass von Scholl mit dem Tode rang. Ein Leben ohne ihn konnte sich der Hausdiener nicht vorstellen. Wem sollte er dann dienen? Wem zur Seite stehen?

»Für mich scheint hier nichts mehr zu tun zu sein«, meldete sich der Arzt. »Ich werde mich verabschieden. Sollte sich der Zustand des Patienten ändern, können Sie mich jederzeit wieder rufen.« Er wartete die Antworten nicht ab, sondern verließ das Krankenzimmer.

»Wir sollten Fräulein Geraldine Bescheid geben«, sagte die Hausdame. »Wenn sie wirklich seine Tochter ist ...«

»Sie ist es!«, fuhr Maurice auf. »Sie ist ihrer Mutter wie aus dem Gesicht geschnitten.«

»Von den alten Geschichten weiß ich nichts, will ich auch nichts wissen.«

Im Morgengrauen war Geraldine an das Bett ihres Vaters gerufen worden. Sein Aussehen erschreckte sie. Von Scholl war so blass wie die Laken, sein Atem ging röchelnd, Hände und Stirn waren erschreckend heiß.

Zu Beginn hatte Maurice mit ihr zusammen am Bett gesessen und ihr alles über die Krankheit seines Herrn erzählt. Über das Fieber, das seit Jahren immer wieder kam. Schweißausbrüche, Zittern, Krämpfe. Jesuitenpulver hätte ihm anfangs geholfen, aber seit Jahren hatte es keine Wirkung mehr. Angefangen hatte es auf der Reise, die sie nach Isfahan hätte führen sollen. Zuerst hatte von Scholl sich trotz Fieber dem Ziel entgegengequält. Er hatte nicht auf seinen Diener hören wollen, der zur Umkehr drängte. Fieber und Leibschmerzen warfen ihn schließlich auf sein Lager. Die Schmerzen überfielen ihn aus heiterem Himmel beim Reiten, am Lagerfeuer, bei der Toilette. Manchmal dauerte ein Anfall nur ein paar Minuten, manchmal Stunden. Die Abstände betrugen Wochen oder auch nur Tage. Maurice glaubte aber, zu beobachten, dass sie insgesamt kürzer wurden. So konnten sie nicht weiterreisen, und endlich entschloss sich von Scholl zur Umkehr.

Zunächst hatten sie gehofft, es würde zu Hause in Lehma besser werden. Das wurde es nicht, das Fieber kam weiterhin, und das einzige Mittel dagegen verlor seine Wirkung.

»Seit Jahren quält er sich, und nun geht es mit ihm zu Ende.« Nach diesen Worten lief Maurice aus dem Zimmer.

Geraldine blieb allein zurück mit ihrem Vater. Sie saß an seinem Bett, hielt seine Hand und erzählte ihm, wie sie auf Santo Domingo gelebt hatte und wie sie schließlich geflohen war. Sie wusste nicht, ob er ein Wort hörte, aber sie redete immer weiter, lauschte zwischendurch auf die rasselnden Atemzüge und beobachtete, wie sich seine Brust hob und senkte.

Wadenwickel kühlten seinen heißen Körper und versuchten das Fieber zu senken, zwischendurch hatte sie ihm noch einmal im Wasser aufgelöstes Jesuitenpulver eingeflößt. Der bittere Geschmack der Medizin hatte ihrem Vater ein Röcheln entlockt und ließ sie auf Besserung hoffen. Danach schlief der Kranke ruhig.

Die Hausdame brachte Geraldine einen Teller Suppe und ein Glas warme Milch. Sie müsse etwas essen, flüsterte Frau Aha dazu, niemandem sei damit geholfen, wenn sie auch krank werde. Die junge Frau ließ sich überreden. Die Suppe schmeckte allerdings wie Asche, und die warme Milch verursachte ihr beinahe einen Brechreiz. Tapfer würgte sie alles hinunter. Als sie den leeren Teller wegstellte, bemerkte sie, dass ihr Vater sie beobachtete.

»Papa, mon cher!« Vor lauter Schreck vergaß sie alle deutschen Wörter, während sie an seine Seite eilte.

Sein Blick war klar. Hatte er das Schlimmste überstanden?

»Papa, ich bin so froh.« Sie ergriff seine Hände, führte sie an die Lippen. »In der Nacht hatten wir gedacht, es geht zu Ende mit Ihnen.«

»Das wird es auch. Schon bald wird es das, daran besteht kein Zweifel.«

»Nein! Das dürfen Sie nicht sagen. Es geht Ihnen wieder besser. Sie müssen essen und trinken. Ich lasse etwas bringen.« Geraldine wollte nach dem Klingelzug greifen, aber von Scholl hielt sie zurück.

»Das wird nicht nötig sein, gutes Kind, meine Tochter.« Er ließ das Wort auf der Zunge zergehen. »Höre mir zu. Du musst etwas für mich tun, ich werde nicht mehr die Kraft und nicht mehr die Zeit dazu haben.«

»Alles, was Sie wollen.«

Er nestelte im Ausschnitt seines Nachthemdes und zog

eine dünne Kette hervor. Daran hing ein Schlüssel, den er Geraldine gab. »Schließ den Sekretär auf. Da drin ...« Er erklärte ihr genau, wo sie die Feder fand, die das Geheimfach hinter den Schubladen im oberen Bereich öffnete. Darin lag ein dünnes ledergebundenes Heft, das mit einer ebensolchen Schnur umwickelt war. Sie brachte es von Scholl.

»Das ist für dich.« Er drückte es ihr wieder in die Hand.

»Was ist das?«

»Das Arkanum.«

Vor Schreck hätte Geraldine das Heft beinahe fallen lassen. »Das darf ich nicht haben. Sie hätten mir nicht einmal das Versteck verraten dürfen.«

»Wo ich hingehe, kann ich es nicht mitnehmen. Die Arkanisten sind angehalten, vor ihrem Tod eine vertrauenswürdige Person zu finden, der sie das Arkanum weitergeben. Wem könnte ich mehr vertrauen als meiner Tochter?«

»Ich verstehe gar nichts von der Sache.«

»Nimm es und bewahre es.« Mühsam schob von Scholl sich höher, bis er saß. Er ließ sich von Geraldine ein Kissen in den Rücken stopfen. »Halte dich aus dem Zwist in der Manufaktur heraus. Mir ist es nicht gelungen. Sie haben mir angehängt, ... das Arkanum verraten ...«

»Das ist eine böse Unterstellung«, rief Geraldine aus.

»Das habe ich nicht. Ich schwöre es dir bei allem, was heilig ist. Meinen Namen reinzuwaschen, dazu werde ich nicht mehr die Zeit haben. Du musst das für mich tun. Stelle meine Ehre wieder her. Versprich es mir.«

»Das werde ich, Papa. Ich verspreche es, bei unserem Herrn im Himmel und dem Andenken an meine Mutter.«

»Du bist wahrlich meine Tochter.« Von Scholl sackte zusammen, als hätte er seine verbliebene Kraft verbraucht. Sein Blick wurde trüb, und der Kopf sank auf die Brust.

»Sie müssen schlafen, Papa. Und wenn Sie wieder aufwachen, geht es Ihnen besser.«

Er antwortete etwas, was Geraldine nicht verstand, aber sie sorgte dafür, dass er sich wieder hinlegte. Seine Atemzüge flatterten wie ein erschrockenes Vögelchen. Die junge Frau blieb neben dem Bett sitzen, mit einer Hand umklammerte sie das Büchlein mit dem Arkanum, die andere legte sie über von Scholls Finger. Er schien zu schlafen. Auf diese Weise verging der Vormittag.

Seine Atemzüge wurden schwächer, die Bewegungen der Brust waren nicht mehr zu sehen. Geraldine liefen Tränen über die Wangen, und sie machte keine Anstalten, sie abzuwischen. Ein Priester kam, segnete von Scholl und wartete danach ins Gebet versunken in einer Ecke des Zimmers.

Gegen Mittag bäumte sich ihr Vater auf. Ein letzter krampfhafter Atemzug verließ seinen Leib, dann herrschte Stille. Geraldine warf sich über ihn und ließ ihren Tränen freien Lauf, als könnte sie ihn so ins Leben zurückholen.

ZEHN

Von Scholl lag aufgebahrt im Morgensalon, Geraldine saß auf einem Stuhl daneben. Alle Bediensteten des Rittergutes waren nach und nach gekommen, hatten dem Toten ihre Reverenz erwiesen und ihr die Hand gedrückt. Ihr Vater war offenbar ein angenehmer Gutsherr gewesen, denn in beinahe allen Gesichtern las sie Betroffenheit. Nicht wenige wischten sich eine Träne aus dem Augenwinkel. Sie konnte ihre nur mit Mühe zurückhalten. Statt Blumen, die im November nicht zu bekommen waren, brachten die Menschen Tannen- oder Mistelzweige. Ein wahres Meer davon lag vor dem Sarg.

Aus dem nahegelegenen Dorf Lehma kamen die Menschen, brachten ebenfalls Tannen und Misteln für den Toten und Beileidsbekundungen für Geraldine. Nachdem der Letzte gegangen war, fühlte sie sich so ausgelaugt, als hätte sie den ganzen Tag bei schlechtem Licht im Atelier gearbeitet. Maurice trat zu ihr und brachte sie dazu, im Speisezimmer einen Imbiss zu sich zu nehmen.

Geraldine saß allein am langen Tisch, neben sich eine Tasse Tee, und aß eine Scheibe gebuttertes Röstbrot. Mehr brachte sie nicht herunter, obwohl auch mehrere Sorten Käse und kalter Braten auf dem Tisch standen und in einer flachen Schüssel Rührei dampfte. Hinter ihr stand Maurice, bereit, jeden ihrer Wünsche zu erfüllen. Seine schweigende Gegenwart machte sie nervös.

»Setz dich zu mir«, bat sie ihn.

»An den Tisch?«

»Wohin sonst?«

»Das geht nicht.« Er schüttelte den Kopf. »Das ist für die Herrschaft. Die Diener setzen sich nicht, nicht in dieser Etage.« Maurice blieb eisern stehen.

»Das ist … Ich bin doch …«

»Sie sind es, Mademoiselle von Scholl.«

Es war das erste Mal, dass jemand sie so nannte. Sie hatte sich immer vorgestellt, dass es sie freuen würde, nicht einfach mehr nur Geraldine zu sein. Einen Nachnamen zu haben, eine Familie. In diesem Augenblick war es ihr egal. Ihr Herz war zu schwer.

»Wenn ich dir befehle, dich zu mir an den Tisch zu setzen?«

»Dann habe ich keine andere Wahl, als zu gehorchen.«

»Ich befehle es.« Bei diesen Worten gelang ihr ein winziges Lächeln.

»Ich gehorche.« Maurice setzte sich ihr gegenüber an den blankpolierten Tisch. Ihm war jedoch anzusehen, wie unwohl er sich fühlte.

»Ach, Maurice.« Geraldines Stimme brach. Aus dem Ärmel zog sie ein Taschentuch und schnäuzte sich. »Ich hatte mir so gewünscht, einen Vater zu haben. Kaum habe ich ihn gefunden …«

»Er hat sich auch immer eine Tochter wie Sie gewünscht. Bitte, glauben Sie mir. Ihre Mutter war seine große Liebe. All die Jahre hat er immer wieder von ihr gesprochen und noch viel öfter wird er an sie gedacht haben. Es ist wirklich schade, dass Sie so spät gekommen sind.«

Geraldine stürzten Tränen aus den Augen. Sie musste daran denken, wie viel Zeit sie in Mädlers Krug und bei Teucherts verloren hatte. Monate. Maurice legte eine Hand über ihre, drückte sanft zu. Mehr Trost wagte er nicht.

»Ich entschuldige mich, Mademoiselle«, sagte er, als Geraldine sich die Tränen getrocknet hatte. »Es steht mir nicht zu, derartiges zu sagen. Sie trifft keinerlei Schuld. Es ist für uns alle schwer.«

»Wie geht es weiter?« Geraldines Stimme zitterte.

»Sie bleiben auf dem Rittergut. Herr von Scholl hätte das so gewollt.«

»Und danach?«

»Wir müssen Ihren Vater beerdigen. Danach kommt die Testamentseröffnung. Alles wird sich finden.«

»Mein Vater hat mich noch um die Erfüllung eines letzten Wunsches gebeten.«

»Das werden Sie auch tun, Mademoiselle Geraldine. Kommen Sie erst einmal zu Kräften.« Maurice verzog die Lippen zu einem Lächeln, das die junge Frau kurz erwiderte.

Der Hausdiener sprang auf. »Ich habe mich viel zu lange hier aufgehalten. Entschuldigen Sie, Mademoiselle.« Er verließ das Esszimmer so eilig, als wäre eine Horde Teufel hinter ihm her.

Geraldine wünschte sich Nehmitz an ihre Seite. Er war der Einzige, der ihr raten könnte, was in ihrer Situation angemessen war.

Sie blieb ein paar Tage auf dem Rittergut, um das Leben ihres Vaters zu erkunden. Sie saß in den Zimmern, in denen er sich aufgehalten hatte, ging durch den winterlichen Park, den er hatte anlegen lassen, oder beschäftigte sich mit der Naturkunde, die ihm so wichtig gewesen war. Sie ließ eine Kutsche anspannen, um das Gut zu besichtigen. Durfte sie das alles? Geraldine traf ihre Entscheidung. Von Scholl hatte sie als seine Tochter angesprochen, er hatte einen letzten Dienst von ihr erbeten, den sie leisten wollte, und bis dahin wollte sie sich als berechtigt ansehen, in seinem Haus zu wohnen.

Mit seinen zwei beziehungsweise drei Etagen beherbergte es eine wahre Flut an Zimmern, die ein einzelner Mann mit seinem Gesinde unmöglich allein bewohnen konnte. Schnell stellte sie fest, dass ihr Vater es ähnlich gesehen haben musste, denn ein ganzer Flügel war geräumt und verschlossen. Der Schlüssel steckte jedoch in der Tür, die vom Haupthaus in diesen Flügel führte, und Geraldine fühlte sich berechtigt, ihn umzudrehen. Dahinter traf sie auf einen kahlen Flur. Die Luft war staubig und roch abgestanden, die schweren Vorhänge an den Fenstern schien lange niemand bewegt zu haben. Geraldine kam sich wie ein Eindringling in eine verbotene Welt vor, als sie die Tür hinter sich schloss.

In regelmäßigen Abständen gingen vom Flur Türen ab, und sie schaute in jedes dahinterliegende Zimmer. Alle waren unbewohnt, die Möbel in der Mitte zusammengeschoben und mit weißen Laken bedeckt. In einem Zimmer war das Laken von einem an der Wand hängenden Spiegel auf den Fußboden gerutscht. Geraldine hob es auf, um es wieder an seinen Platz zu hängen. Eine Staubwolke stieg auf und brachte sie zum Husten. Dabei erblickte sie ihr Bild im Spiegel, dessen Glas alt war und teilweise blind. Sie kam sich ganz verändert vor. Sie sah blass aus mit dunklen Ringen unter den Augen. Die letzten Tränenspuren waren auf ihren Wangen noch zu erkennen.

In einem weiteren Zimmer waren die abgedeckten Möbel kleiner als in den anderen. Sie entdeckte einen Tisch, Stühle, ein Sofa, alles in Kindergröße. Geraldine musste schlucken. In so einem Zimmer hätte sie ihre Kindheit verbringen können, wenn alles anders gekommen wäre. Liebevoll umsorgt von einer Kinderfrau, vielleicht mit Geschwistern, mit denen sie hätte spielen und sich necken können. Wie anders wäre das gewesen als ihre tatsächliche Kindheit. Tränen schossen in ihre Augen, aber entschlossen wischte sie sie weg.

Beinahe fluchtartig verließ Geraldine das Kinderzimmer und den gesamten unbewohnten Flügel. Sie schaute sich den Rest des Hauses an, bevor sie in den Park hinausging. Verschlungene Pfade führten sie in den hinteren Bereich, wo sie auf eine Orangerie stieß. In großen Kübeln standen Orangen- und Zitronenbäume hinter Glas. Außerdem Palmen und Feigenbäume, Pflanzen, deren Namen sie nicht kannte, und andere, die sie auf Santo Domingo gesehen hatte. In einer Ecke arbeitete ein Gärtner mit Hacke und Gießkanne. Er hatte ihr den Rücken zugekehrt und bemerkte sie nicht. Leise entfernte sie sich wieder.

Geraldine machte auch ihre anderen Pläne wahr und ließ sich mit einer Kutsche über die Besitzung fahren, die kein Ende zu nehmen schien. Die Felder waren abgeerntet, das Vieh in den Ställen. Im Dorf Lehma traf sie niemanden auf der Straße an, aber sie war sicher, dass sie aus den Häusern heraus beobachtet wurde. Es gab einen Bäcker, einen Schmied, eine Schule, hinter deren Fenstern sie eine Reihe gebeugter Köpfe erblickte. Das Haus des Pfarrers, einen Arzt, eine Mühle am Rand des Dorfes. Alles sah aus, als warte es auf den ersten Schnee.

Die Häuser waren klein und geduckt, keines neu, sie sahen aber auch nicht schäbig aus. Es schien, als hätte ihr Vater gut für die ihm anvertrauten Menschen gesorgt. Daran sollte sich nichts ändern.

Am nächsten fühlte sie sich ihrem Vater jedoch, wenn sie seine naturkundlichen Arbeiten durchsah. Sie füllten mehrere Räume. In umfangreichen Herbarien bewahrte er getrocknete Pflanzen und Blätter auf. Alle waren sorgfältig beschriftet. Den größten Schatz stellten seine Aufzeichnungen dar. Von Scholl hatte es sich zur Aufgabe gemacht, die Pflanzen dieser Welt zu beschreiben. Er hatte zu jeder Pflanze eine Zeichnung angefertigt, von Blatt und Blüte, und beschrieb daneben ihr Aussehen und ihre Eigenschaften. Stundenlang stöberte Geraldine in den Aufzeichnungen.

Sie erfuhr von Maurice, dass er mit dem großen Werk beinahe fertig geworden war und bereits Kontakt mit einem Drucker in Leipzig aufgenommen hatte. Er zeigte ihr von Scholls Notizen. Spontan entschied Geraldine, die Arbeit ihres Vaters zu beenden, nachdem sie seinen Namen reingewaschen hatte. Seine Forschungen sollten das Licht der Welt erblicken, wie er es beabsichtigt hatte.

Vier Tage waren seit der Beerdigung vergangen, als eine Kutsche in den Hof des Rittergutes fuhr. Geraldine bemerkte sie vom Schreibkabinett ihres Vaters aus. Sie hatte damit begonnen, die Pflanzen zu zeichnen, die für seine Naturbeschreibung noch fehlten. Dazu hatte sie sie aus dem Herbarium geholt und vor sich gelegt. Das Zeichnen fiel ihr leicht, mit den Beschreibungen würde sie sich ungleich schwerer tun.

Das Geräusch rollender Räder auf dem Kies ließ sie aufmerken und zum Fenster eilen. Die Kutsche hielt eben vor dem Haus. Es war eine Mietdroschke, gezogen von einem Braunen und einem Schimmel. Der Kutscher machte keine Anstalten, vom Bock zu steigen und dem Fahrgast die Tür zu öffnen. Die Ankunft war jedoch auch im Haus bemerkt worden, ein Diener trat hinaus und öffnete den Wagenschlag.

Der Kutsche entstieg ein ganz in Schwarz gekleideter Herr. Nicht einmal seine Strümpfe waren hell. Bevor er ins Haus trat, blieb er einen Augenblick stehen und ließ den Blick über die Fassade schweifen. Geraldine trat vom Fenster zurück, obwohl er sie hinter dem Vorhang nicht entdecken konnte.

In seinem Blick hatte etwas gelegen … Sie glaubte nicht an einen Höflichkeitsbesuch. Die Kutsche fuhr wieder an, der Diener trug eine Tasche ins Haus.

Jemand klopfte an die Tür des Schreibkabinetts, gleich darauf stand Maurice im Raum. Er wirkte außer Atem und rollte die Augen, bei ihm ein Zeichen höchster Erregung.

»Mademoiselle, oh Mademoiselle.«

»Wer ist da gekommen?«

»Es ist Monsieur Peter von Scholl.«

»Ein Bruder meines Vaters?« Im gleichen Moment, als sie die Frage stellte, erkannte sie die Unmöglichkeit. Der Mann war viel zu jung.

»Sein Sohn.«

Ihr Halbbruder.

Geraldine spürte, wie sie zu zittern begann. Sie hatte nicht nur einen Vater, sondern auch einen Bruder. Es hätte wahr sein können, was sie sich im Kinderzimmer vorgestellt hatte. Sie verließ ihren Beobachtungsposten am Fenster, lief die Treppe hinunter in den Morgensalon, in dem üblicherweise Besuch empfangen wurde, und tatsächlich traf sie ihren Halbbruder dort an. Er stand in der Mitte des Raumes und schaute sich um, als taxiere er den Wert der Einrichtung. Als sie eintrat, fuhr sein Kopf herum.

Das Gesicht hatte Ähnlichkeit mit dem seines Vaters, aber seine Züge waren womöglich noch schärfer ausgeprägt. Es war kein angenehmes Gesicht, und seine abweisende Miene brachte sie dazu, gleich bei der Tür stehenzubleiben. Maurice war ihr gefolgt und übernahm die Vorstellung. Er bezeichnete sie als Geraldine von Scholl, und das Gesicht ihres Halbbruders verdüsterte sich weiter.

»Was wollen Sie hier?«, wollte er ohne jedes Gefühl in der Stimme wissen.

Geraldines anfängliche Freude über den so unvermutet gefundenen Verwandten kühlte sich ab. »Ich habe unseren gemeinsamen Vater gesucht.«

»Sie wären besser da geblieben, wo Sie herkommen. Hier gibt es nichts für Sie. Sie können keine von Scholl sein. Sie sind widerrechtlich hier eingedrungen und haben die Dienerschaft auf Ihre Seite gebracht.«

»Herr von Scholl hat mich als seine Tochter anerkannt. Ich war in seinen letzten Stunden bei ihm.«

»Schlimm genug!«

»Sie waren nicht da. Ihr Vater ist krank, und Sie sind nicht da. Nicht einmal zur Beerdigung sind Sie gekommen.« Geraldine hatte die Arme in die Hüften gestemmt.

»Ich habe mich sofort auf den Weg gemacht, nachdem ich vom Ableben meines Vaters erfahren habe. Wenn Sie gedacht haben, dass Sie sich hier breitmachen können – daraus wird nichts. Für Erbschleicher ist hier kein Platz«, schmetterte der jüngere von Scholl ihr entgegen.

So hatte sie noch niemand genannt. Einen Augenblick war Geraldine sprachlos. Sie hatte ihren Vater finden wollen, ob er reich oder arm war, hatte für sie keine Rolle gespielt.

»Er war krank. Er war sehr krank, und Sie haben ihn alleingelassen.«

»Er war seit Jahren krank. Dann war er wieder gesund und wieder krank und wieder gesund. Wer hätte denn ahnen können, dass es diesmal mit ihm zu Ende geht? Ich kann nicht kommen und gehen, wie ich will und mich ins gemachte Nest setzen. Ich habe einen Posten und Verantwortung.«

»Er hat mich eingeladen, bei ihm zu bleiben. Mich hat er seine Tochter genannt. Von Ihnen hat er gar nicht gesprochen. Ich habe nicht gewusst, dass er noch mehr Kinder hat.«

»Gehen Sie mir aus den Augen.«

»Liebend gern.«

Geraldine rauschte an ihm vorbei aus dem Morgensalon. Sie verließ das Haus, streifte durch den Park und setzte sich schließlich in der Orangerie auf eine Bank. Das Herz hämmerte in ihrer Brust, sie presste die Hände darauf, um es zu beruhigen. Der Gärtner kam mit einer Schubkarre voller Grünabfall vorbei und zog grüßend seine Mütze. Warum waren alle freundlich zu ihr, und ihr Halbbruder behandelte sie wie eine Aussätzige? Tränen schossen ihr in die Augen. Sie hatte sich alles so schön ausgemalt und nun das.

Die Hausdame fand sie schließlich in ihrer Zuflucht. An ihrem Arm baumelte ein Korb, dessen Inhalt mit einem Tuch abgedeckt war. Nur ein Flaschenhals schaute darunter hervor.

»Ich habe Ihnen etwas zu essen und zu trinken mitgebracht, Fräulein Geraldine.«

»Ich will nichts. Danke.«

»Wenigstens ein Glas Zitronenwasser. Die Früchte stammen aus dieser Orangerie. Der Herr hat die Bäume eigenhändig aus Südspanien mitgebracht. Er hat alle exotischen Pflanzen selbst geholt«, plauderte Frau Aha, während sie die Flasche entkorkte und einschenkte.

»Habe ich noch mehr Geschwister?«

»Es gibt noch eine Tochter. Frau Maximiliane Bärwaldt. Sie ist in Nürnberg mit einem angesehenen Arzt verheiratet.«

»Warum hat er mir nichts gesagt?« Geraldine nahm das angebotene Getränk und rollte das kühle Glas über ihre erhitzte Stirn.

»Die beiden waren seit Jahren nicht mehr hier. Frau Bärwaldt nicht mehr seit ihrer Hochzeit vor sieben oder mehr Jahren. Der junge Herr von Scholl ist Pfarrer an der Jakobuskirche in Muskau. Er kommt nie hierher. Herr Maurice schrieb ihm jedes Mal einen Brief, wenn es dem Herrn schlecht ging. Es ist eine Reise von drei Tagen für den jungen Herrn. Vor Jahren kam er einmal, als es seinem Vater schlecht ging, aber ich muss leider sagen, Herr von Scholl hat es ihm nie gedankt.«

»Er hat seinen eignen Sohn nicht geliebt?«

Geraldine erfuhr, dass ihr Vater kein Familienmensch gewesen war. Er hatte sich lieber in seine Forschungen vergraben und weite Reisen unternommen, statt sich um seine Kinder zu kümmern. Die hatte er nach dem Tod seiner ersten Frau bei seinen Eltern in Lehma zurückgelassen und war auf Reisen gegangen – auch in die Karibik. Es folgten weitere Reisen, und wenn er daheim war, blieb er in seinem Naturkundekabinett, statt mit seinen Kindern zu spielen. Die Hausdame machte deutlich, dass in diesem Punkt von Scholl Versäumnisse anzulasten seien. Er wäre eben kein Mann, der für den Umgang mit Kindern gemacht sei, hätte sich in sein Arbeitskabinett zurückgezogen, um seine Ruhe zu haben.

Geraldine wusste darauf keine Antwort. Es schmerzte sie, dass ihr Vater offenbar nicht der freundliche Mann gewesen war, den sie sich gewünscht hatte. Dennoch hätte sein Sohn höflicher zu ihr sein können.

ELF

Die beiden begegneten sich erneut am Nachmittag. Peter von Scholl zog überrascht die Augenbrauen hoch, als sie ihm im Haus entgegenkam.

»Was treiben Sie noch hier?«, fuhr er Geraldine an.

»Ich war auf dem Weg in meine Räume, um mich umzuziehen für das Abendessen.« In den letzten Tagen hatte sie darauf verzichtet, weil sie allein am Esstisch gesessen hatte. Bei einem Abendessen mit ihrem Halbbruder wollte sie sich keine Blöße geben und im Tageskleid erscheinen. Das Beste ihrer wenigen Kleider sollte es sein.

»Es wird kein Abendessen geben.«

Sie schaute ihn irritiert an.

»Nicht für Sie, meine ich. Ich dulde es nicht, dass Sie länger hierbleiben und von meinem Erbe zehren, als wäre es Ihres. Ich habe mit Ihnen nichts zu schaffen. Es ist nichts als Unsinn, was Sie über eine Verwandtschaft behaupten. Ich dachte, ich hätte mich bei unserer Zusammenkunft am Nachmittag deutlich genug ausgedrückt. Sie haben die Krankheit meines Vaters ausgenutzt, um ihm in seinen letzten Stunden einzureden, Sie wären seine Tochter. Pfui sage ich dazu.«

»Ich soll gehen?«

»Das sagte ich.« Er blickte sie mitleidlos an.

»Der Tag ist bereits weit fortgeschritten.«

»Das sehe ich.«

Diese Kälte. Kaum vorstellbar, dass es sich bei dem Mann um einen Geistlichen handeln sollte. Bei ihm die Beichte abzulegen, musste einer Folter gleichkommen.

»Ich weiß nicht, wohin ich gehen soll.«

»Das ist mir gleich. Ich habe Sie nicht eingeladen.« Peter von Scholl zog die Augenbrauen zusammen. Sein finsteres Aussehen verstärkte sich noch. »Ich will kein Unmensch sein. Sie dürfen bis morgen bleiben, aber nach dem Frühmahl verschwinden Sie.« Ohne ein weiteres Wort ließ er sie stehen.

Geraldine fühlte sich, als hätte eine Kutsche sie überrollt. Die Teucherts hatten mehr Herz gehabt als dieser Mensch. Ihre Börse war noch genauso spärlich gefüllt wie bei ihrer Ankunft auf dem Rittergut. Der Inhalt würde vielleicht gerade für die Rückkehr nach Dresden reichen. Wie sollte es dann weitergehen? Sie musste das Versprechen einlösen, das sie ihrem Vater auf dem Sterbebett gegeben hatte. Sie zog sich nicht um, und sie ging auch nicht zum Abendessen hinunter. Sie packte ihr Bündel und verließ das Haus durch eine Seitentür.

Nur von Maurice und Frau Aha verabschiedete sie sich. Er drückte ihr die Hand und sah aus, als hätte er sie am liebsten wie eine Tochter an sich gezogen.

»Vertrauen Sie darauf, dass alles gut enden wird, Madame. Jeder wird einen gerechten Platz im Leben finden«, sagte er zum Abschied.

Die Hausdame hielt sich nicht zurück und zog Geraldine

an ihren Busen. »Gnädige Frau, wir werden Sie vermissen. Gehen Sie mit unserem Segen und nehmen Sie das mit.«

Geraldine wurde ein in kariertes Tuch eingeschlagenes Bündel in die Hand gedrückt. Sie verließ das Rittergut, ohne sich noch einmal umzudrehen. Erst als sie vom Gut aus nicht mehr gesehen werden konnte, schaute sie in das Bündel der Hausdame. Wegzehrung war darin: eine Rindfleischpastete, eingewickelt in Papier, ein kleiner Topf Rübenmus mit Löffel, eine Flasche Wein und ein Stück Kuchen. Geraldine lief das Wasser im Mund zusammen. Das entschädigte sie mehr als reichlich für das verpasste Abendessen mit ihrem Halbbruder. Ganz unten lag noch etwas Kleines, das in ein Taschentuch gewickelt war. Acht Taler fand sie in dem Tuch. Die gute Frau Aha war an ihre Ersparnisse gegangen. Geraldine musste einen Weg finden, ihr das Geld zurückzugeben.

Sie kehrte nicht nach Dresden zurück, sondern wanderte nach Meißen. Das war ein Fußweg von nicht mehr als vier Meilen. Auf dem Weg von Köln nach Kursachsen war sie oft weiter gegangen.

Die Stadt noch einmal zu betreten, in der ihr so übel mitgespielt worden war, fiel ihr nicht leicht. Dem Mann gegenüberzutreten, den sie für alles verantwortlich machte, fiel ihr noch schwerer. Aber wenn sie das ihrem Vater gegebene Versprechen einlösen wollte, hatte sie keine andere Wahl, als sich erneut zu Nehmitz zu begeben. Er hatte ihr die Adresse einer Herberge am Markt zukommen lassen, und tatsächlich fand sie ihn dort in einem Privatraum beim Abendessen.

Bei ihrem Eintreten sprang er auf, und ein freudiger Ausdruck glitt über sein Gesicht. Er bot ihr einen Platz an und lud sie ein, seine Mahlzeit mit ihm zu teilen. Sie lehnte ab. Frau Ahas Rindfleischpastete hatte sie mehr als gesättigt. Ein

Glas Wein akzeptierte sie, und während sie beobachtete, wie sich die Flammen der auf dem Tisch stehenden Kerze in der rubinroten Flüssigkeit spiegelte, berichtete sie Nehmitz von den Ereignissen auf Lehma.

»Das tut mir leid mit deinem Vater.« Er versuchte, ihre Hand auf dem Tisch mit seiner zu bedecken, aber sie entzog sie ihm.

»Ich will mein letztes Versprechen ihm gegenüber halten, und dazu brauche ich die Hilfe des Sonderermittlers«, entgegnete Geraldine kühl.

»Nur deshalb bist du gekommen?«

»Aus keinem anderen Grund. Du bist doch noch der Sonderermittler für die Porzellanmanufaktur?«

Da Nehmitz nickte, steckten sie die Köpfe zusammen und flüsterten aufgeregt. Als die Kerze heruntergebrannt war, hatten sie einen Plan entwickelt, um die Urheber der falschen Beschuldigungen gegen von Scholl zu entlarven.

Als Geraldine zum zweiten Mal vor Höroldt stand, trug sie den schmucklosen Anzug eines jungen Handwerksburschen mit derben Schuhen, brauner Kniehose und einer grauen Jacke. Auf Weste und Halstuch hatte sie verzichtet, das Hemd stand am Kragen offen, ein fadenscheiniger Mantel wärmte sie. Nehmitz hatte die Sachen besorgt, die ihr alle etwas zu weit waren, als müsse sie erst noch hineinwachsen. Ihre herrlichen langen Haare hatten ebenfalls weichen müssen. Sie trug nun einen unordentlichen Schnitt, der gerade einmal den oberen Rand ihrer Ohren bedeckte und aussah, als hätte sie sich die Haare selbst geschnitten. Das stimmte nicht, Nehmitz hatte das für sie getan, und ihr waren dabei Tränen die Wangen heruntergelaufen. Die abgeschnittenen Zöpfe lagen nun zusammengebunden und wohl verwahrt in ihrem Beutel.

Das alles gehörte zu dem Plan, den sie und der Sonderermittler ausgeheckt und in der vergangenen Woche vorbereitet hatten. Sie nannte sich in ihrer Verkleidung Harald Seitz.

Obwohl sie bei ihrer Verhaftung auch Herrenkleidung getragen hatte, war Geraldine immer noch nicht an das Fehlen der Röcke gewöhnt. Es kam ihr kühl an den Beinen vor, und Höroldts abschätzender Blick verstärkte dieses Gefühl noch.

»Du willst als Maler in der Manufaktur arbeiten?« Höroldt beäugte sie misstrauisch. »Wie kommst du darauf, dass ich einen Maler brauche? Dass ich dich brauche?«

»In der Stadt erzählt man sich, Sie haben viele Bestellungen hoher Herrschaften in der Manufaktur, die Sie erfüllen müssen. Einige warten schon lange auf ihr Porzellan.« Geraldine sprach mit heiserer Stimme und gab als Erklärung an, als Kind an einer Halsentzündung gelitten zu haben. »Ich habe schon auf Porzellan gemalt.«

»Das kann jeder behaupten.«

»Bei mir stimmt es.« Sie kramte aus einer Tasche ihrer Jacke einen zerknitterten Brief, der aussah, als trage sie ihn schon Wochen mit sich herum. »Das ist eine Bestätigung der Augsburger Familie Seuter, die mir mein Können bescheinigt.«

Den Brief hatte Nehmitz mit verstellter Schrift geschrieben. Bei der Familie Seuter handelte es sich um Hausmaler, die in der ersten Zeit der Manufaktur ganz offiziell Porzellan bemalt hatten, später wurde es nicht mehr gerne gesehen und sollte eigentlich unterbunden werden. Bei Seuters hatte jedoch nie Mangel an Porzellan geherrscht. Sie und Nehmitz waren davon ausgegangen, Höroldt würde die Augsburger Hausmaler dem Namen nach kennen und ihre Leistungen widerwillig anerkennen. Kontakte zu den Hausmalern trauten sie dem arroganten Mann nicht zu, so dass er die Fälschung nicht bemerken würde.

Er überflog die Zeilen und gab ihr den Brief zurück. »Demnach musst du ein wahrer Meister deines Faches sein.«

»Ich habe schon einige Erfahrung.« Aus der gleichen Tasche zog Geraldine weitere schmuddelige Zettel, auf die sie Muster deutscher Blumen und verschiedene Figurinen als Arbeitsproben gemalt hatte. Daher stammten auch die Farbspritzer auf ihren Händen, die ihre Verkleidung vollkommen machten.

»Das ist aber kein Porzellan.«

»Ich habe keine Scherben von Augsburg hergeschleppt. Wenn Sie mich nicht beschäftigen wollen, suche ich mir woanders Arbeit.«

»Außer in der Manufaktur gibt es keine andere Arbeit als Porzellanmaler für dich.«

»Wien, Sèvres bei Paris, die ganz neue Manufaktur in München.« Geraldine zuckte mit den Schultern. »Ich bin nach Meißen gekommen, weil es die älteste und beste Manufaktur ist.«

»Hör auf, mir Honig ums Maul zu schmieren. Deine Arbeit beginnt morgen um sechs bei den Buntmalern. Dann wirst du mir beweisen, ob du wirklich so gut bist, wie dieser Seuter'sche Wisch behauptet.«

Am liebsten wäre Geraldine in die Luft gesprungen. Sie hielt sich nur zurück, weil das nicht zu ihrer Rolle als Harald Seitz passte, innerlich jubelte sie. Höroldt hatte sie in der Manufaktur angestellt. Ab morgen könnte sie sich dort umhören, um den letzten Wunsch ihres Vaters zu erfüllen.

Pünktlich erschien Geraldine am nächsten Tag in der Manufaktur. In der Stube der Buntmaler wurde sie vom Ältesten Gottlob Siegmund Birckner in Empfang genommen und zu ihrem Arbeitsplatz geführt. Der Tisch mit dem Drehgestell für den zu bemalenden Scherben bot nicht halb so viel Raum, wie ihr in Teucherts Atelier zur Verfügung gestanden hatte. Hier drängten sich die Farbpulver, die Öle, Pinsel und Glasplatten zum Anreiben der Farben. Es blieb kaum Platz, um die Arme abzulegen.

Die übrigen Buntmaler kamen nach und nach zur Arbeit, setzten sich auf ihre Schemel und beäugten den Neuzugang. Niemand richtete das Wort an sie. Auch Birckner sprach nur das Allernötigste. Geraldine hatte eigentlich gehofft, durch die gesamte Manufaktur geführt zu werden, damit jeder von ihrer Anwesenheit erfuhr. Der Älteste der Maler hielt das offensichtlich nicht für nötig. Er hatte nicht einmal nach ihrem Namen gefragt. Unaufgefordert hatte sie sich als Harald Seitz vorgestellt und wieder die Geschichte von der Halsentzündung erzählt.

»Du sollst Proben malen«, brummte Birckner, gab ihr einen Teller und eine Vorlage und ging zu seinem eigenen Arbeitsplatz. Der befand sich zwei Reihen vor Geraldines und war so gelegen, dass er sie gut im Blick behalten konnte.

Sie sollte geprüft werden. Zum Glück wusste Geraldine, was zu tun war. Sie prüfte die Güte der Pinsel – akzeptabel bis gut, übertrug die Skizze vom Blatt auf den Teller. Dabei fühlte sie sich beobachtet. Von allen Seiten warfen die Buntmaler verstohlene Blicke auf sie und tuschelten. Während der Arbeit war es in der Malerstube keineswegs ruhig. Die Männer unterhielten sich halblaut, und bei sicherlich fünfzig Personen summte die Stube wie ein Bienenstock. An sie richtete niemand das Wort. Auf der einen Seite kam es Geraldine verstörend vor, andererseits war sie froh, nicht reden zu müssen.

Es war kein besonders schweres Muster, das sie auf den Teller malen musste. Deutsche Blumen, wie sie sie bei Teucherts mehr als einmal geschaffen hatte. Geraldine kam gut voran. Das Gerede verblasste zu einem Hintergrundgeräusch, und sie versank in ihre Arbeit.

Sie schreckte auf, als alle Gespräche auf einmal verstummten.

Höroldt hatte die Malerstube betreten und arbeitete sich durch die Reihen der Buntmaler zu Geraldines Platz vor. »Was hast du bisher geschafft, Seitz? Lass mal sehen!«, bellte er.

Gehorsam schob Geraldine den Hocker zurück, und der erste Maler der Manufaktur beugte sich über ihre Arbeit. Er kniff die Augen zusammen und schaute genau hin.

»Das ist kein Grund, die Arbeit niederzulegen. Los, ihr faulen Säcke!«, fuhr er die Maler an und wandte sich danach erneut Geraldines Arbeit zu. Seine Nase berührte fast den Scherben. »Du hast einiges geschafft, Seitz«, gab er nach einer Weile zu. »Entspricht genau der Vorlage. Bis zum Abend hast du das fertig.«

Geraldine nickte. Höroldt trat nur einen Schritt beiseite, damit sie an ihren Arbeitsplatz kam, danach beobachtete er sie beim Malen. Sie zog die Schultern hoch und beugte sich tief über den Scherben. Zusehends verkrampfte ihre Hand, und der Pinsel begann zu zittern. So ging das nicht. Sie wäre schneller dimittiert, als sie den Scherben bemalt hätte. Geraldine atmete einmal tief durch, schloss für einen kurzen Moment die Augen und stellte sich vor, dass die Malerstube summte wie ein Bienenstock. Danach ergriff sie fest den Pinsel und begann wieder mit der Arbeit.

Es gelang ihr tatsächlich, Höroldts bedrohliche Anwesenheit zu vergessen. Nach einiger Zeit hatte der Mann genug davon, ihr über die Schulter zu schauen, und zog sich in sein eigenes Arbeitskabinett zurück. Sofort setzten die halblauten Gespräche wieder ein. Geraldine stellte den Teller am frühen

Abend fertig und erhielt von Birckner den nächsten. Bei der Übergabe zwinkerte er ihr zu, und da wusste sie, dass sie die Probe bestanden hatte. Ab jetzt gehörte sie zu den Malern der Porzellanmanufaktur.

Ihr Arbeitstag begann um sechs Uhr morgens und endete zwölf bis vierzehn Stunden später. Sie blieb für sich, redete nur das Nötigste mit den anderen Malern. Nach den ersten Tagen begann sie, sich mehr wie Harald Seitz zu fühlen. Die fehlenden Röcke störten sie nicht mehr, und sie fühlte auch keine Tränen mehr aufsteigen, wenn sie sich mit der Hand durchs Haar fuhr. Sie fragte die Maler rechts und links von ihr, ob es erlaubt sei, auf eigene Rechnung nach Feierabend oder morgens vor Arbeitsbeginn zu malen, um den Verdienst zu verbessern. Die Antworten waren kurz, aber sie redeten immerhin mit ihr. Einige Arbeiter durften das, aber nur langjährige und vertrauenswürdige. Sie müsse da noch eine ganze Weile warten.

Aber nicht nur Geraldine arbeitete in der Manufaktur, auch Nehmitz hatte sein Arbeitskabinett wieder bezogen. Als Begründung hatte er angegeben, aus Dresden seien ihm noch einige Fragen gestellt worden, die er klären müsse. Zähneknirschend hatte Fleuter nachgegeben. Der Sonderermittler und Geraldine begegneten sich in einer Mittagspause vor der Burg. Sie verständigten sich mit einem Blick. Danach strebte erst Geraldine dem Dom zu, kurze Zeit später folgte Nehmitz.

In einer Nische knieten sie nebeneinander. Für einen flüchtigen Betrachter musste es aussehen, als beteten sie, tatsächlich unterhielten sie sich.

»Wie kommst du zurecht?«, flüsterte Nehmitz.

»Einigermaßen. Die Arbeit ist anspruchsvoll und langwierig. Meister Höroldt hat geschluckt, dass ich aus Augsburg komme. Er traut mir auch langsam mehr zu. In den ersten Tagen hat er mir nur einfache Muster zu malen gegeben, und der Aufseher Birckner hatte ein strenges Auge auf mich. Jetzt lassen sie mich mehr machen. Ich habe gerade eine Vase auf dem Tisch stehen.« Es kam Geraldine komisch vor, wieder mit ihrer normalen Stimme zu sprechen.

»Du schaffst das.« Nehmitz legte kurz eine Hand über ihre, gleich darauf faltete er sie wieder.

»Über Machenschaften habe ich noch gar nichts gehört, obwohl ich überall verlauten ließ, an zusätzlicher Arbeit interessiert zu sein.«

»Du musst Geduld haben. Die Leute müssen dich erst kennenlernen und Vertrauen fassen. Du bist auf dem richtigen Weg, das spüre ich.«

Er wollte ihr Mut machen, das spürte Geraldine. Sein Blick ruhte auf ihr, als würde er sie gleich an sich ziehen und küssen. Sie sprang auf.

»Geraldine …«

»Du sollst mich nicht so nennen! Ich bin Harald Seitz! Ich muss jetzt gehen.«

»Warte doch!«

Sie huschte aus der Kapelle und verließ den Dom. Durch die Novembernacht eilte sie in die Unterstadt, wo sie bei einem alten Ehepaar eine Stube gemietet hatte, die nur wenig mehr Komfort bot als die Kammer in Teucherts Haus.

Es sei ein Junge, Mutter und Kind gehe es gut, und er solle Gott danken, hatte Mutter Tritzschin Hann nach langen Stunden des Wartens verkündet. Die ganze Nacht hatte Janne in den Wehen gelegen, und er die Stunden vor der Hütte in der Kälte verbracht. Seine Lippen waren blau, die Finger und Zehen steifgefroren, aber als Mutter Tritzschin ihm die erlösende Botschaft brachte, schoss ein glühender Strahl durch seinen Leib. Er sprang auf und rannte ins Haus. Dass er dabei beinahe die Hebamme umstieß, bemerkte er nicht einmal.

Janne lag in der Kammer, noch verschwitzt, aber bereits in einem neu bezogenen Bett. Im Arm hielt sie ein winziges Bündel, von dem nicht mehr als dichte schwarze Haare zu sehen waren.

»Dein Sohn«, sagte sie müde. Sie drehte die Arme ein wenig und zeigte ihrem Mann ein zerknittertes Kindergesicht.

Es erschien ihm schöner als der Anblick der Heiligen Jungfrau. Heftige Liebe für dieses kleine Wesen durchflutete ihn, und auch für Janne, weil sie es ihm geschenkt hatte. Er setzte sich auf den Bettrand und strich scheu über das Köpfchen des Kleinen. Sein Finger kam ihm viel zu rau für dieses zarte Kind vor, das unter einem festen Griff zerbrechen musste. Zum Glück besaß Janne zartere Hände.

»Ist …?«

»Es ist alles an ihm dran. Finger, Zehen. Er hat auch schon getrunken.«

»Mein Sohn.« Hann berührte erneut das weiche, schwarze Haar. »Wie soll er heißen?«

»Suche du einen Namen aus.«

»Simon«, sagte er sofort. »Simon Andreas.«

»Das ist ein guter Name«, stimmte Janne zu.

Tage später stand sie stundenweise aus dem Wochenbett auf und half Mutter Tritzschin im Haushalt. Den kleinen Simon Andreas trug sie dabei in einem Tuch auf dem Rücken. Sein zerknittertes Gesicht hatte sich geglättet, er war getauft und hatte an Gewicht zugelegt. Janne besaß genug Milch für ihnen Sohn, beinahe zu viel, denn oft quoll sie einfach aus ihren Brüsten heraus.

»Hast du dir überlegt, wie es weitergehen soll?«, fragte Mutter Tritzschin, als Simon Andreas gerade zehn Tage alt war.

Janne hatte ihn gerade gestillt und klopfte ihm nun sacht auf den Rücken, damit er ein Bäuerchen machte. Sie verstand den Sinn der Frage nicht. Hann hatte für mehrere Wochen Arbeit im Straßenbau gefunden. Das nasse Herbstwetter hatte viele Gassen in Schlammpfade verwandelt, die abgezogen werden mussten. Für diese schmutzige und schwere Arbeit hatte der Rat der Stadt Meißen eine Reihe von Tagarbeitern verpflichtet, und Hann hatte das Glück gehabt, unter ihnen gewesen zu sein.

»Du hast viel Milch«, erklärte die Hebamme. »Das kannst du nutzen. Es gibt immer vornehme Haushalte, in denen eine Amme gesucht wird. Du könntest in einem reichen Haus wohnen, dich um ein kleines Kind kümmern und damit Geld verdienen.«

»Was wird mit Rikarda und Simon werden? Ich brauche doch meine Milch für den Kleinen.« Janne hielt inne und ließ ihre Hand auf Simons Rücken liegen. Sie biss sich auf die Unterlippe, während sie nachdachte. Vielleicht hatte sie genügend Milch für zwei Säuglinge. Es hieß ja, dass Frauen immer mehr Milch bekamen, je mehr die Kinder an ihren Brüsten tranken.

»Die Kinder kannst du bei mir lassen. Ich kümmere mich um sie und auch um deinen Mann.«

»Ich soll die Kinder hier lassen? Simon braucht Muttermilch!« Janne war erschüttert. Unwillkürlich presste sie ihren Sohn an sich, als sollte er ihr im nächsten Augenblick entrissen werden. Simon weinte protestierend. Gleichzeitig entfuhr ihm sein Bäuerchen, und er verschluckte sich, musste husten und weinen und wurde krebsrot im Gesicht. Janne wiegte ihn und streichelte ihn, bis er sich beruhigt hatte. Anschließend küsste sie ihn auf das Köpfchen.

»Kuhmilch tut es auch, oder du kommst einmal am Tag her und stillst deinen Jungen. Ich werde gut für deine Kinder sorgen. Es wären nicht die ersten.«

Janne schüttelte den Kopf. »Das kann ich nicht. Das mache ich nicht. Ich kann als Amme ein Kind hier aufnehmen, oder ich nehme die beiden mit. Etwas anderes kommt nicht in Frage.«

»In der Kammer, in der du mit deiner Familie jetzt schon kaum Platz hast, willst du noch ein Wärschl unterbringen? Keine Mutter von Stand vertraut dir ihr kleines Kind an, damit es hier lebt.«

»Dann nehme ich meine beiden mit. Rikarda ist artig und Simon noch ganz klein. Sie werden kaum auffallen.«

»Die vornehmen Familien suchen eine Amme, keine zusätzlichen Kinder. Du biegst dir die Welt zurecht, wie du sie gerade haben willst.«

»Ich werde nicht meine Kinder verlassen, um mich um fremde zu kümmern. Hann wirst du nichts davon erzählen. Versprich mir das!« Janne war sich nicht sicher, wie ihr Mann zu diesem Vorschlag stehen würde. Er sollte sich ja auch nicht von seinen Kindern trennen, könnte sie weiterhin jeden Tag sehen. Allein der Gedanke, ohne die beiden zu sein, ließ ihr die Brust eng werden und Tränen in ihre Augen steigen. Trotzig wischte sie sie weg.

»Ich werde ihm nichts sagen. Du musst es selbst wissen. Bis du wieder waschen und putzen gehen kannst, wird es noch etliche Wochen dauern. Ich wollte dir nur eine Möglichkeit zum Geldverdienen zeigen.«

»Solche Möglichkeiten brauche ich nicht.« Janne wandte sich ab, wiegte ihren Sohn, der auf ihrem Arm eingeschlafen war. Hätte sie eine andere Möglichkeit gewusst, wo die Familie leben könnte, sie hätte ihre Sachen gepackt und wäre gegangen.

ZWÖLF

Nach einem Dutzend Tagen Arbeit in der Manufaktur wurde Geraldine aufgefordert, mit anderen Buntmalern nach Feierabend eine Schenke zu besuchen. Sie sagte zu, obwohl sie hundemüde war, ihr der Rücken von der gebeugten Haltung auf dem Schemel und die Augen vom Arbeiten bei Kerzenschein weh taten.

Eine Gruppe von mehr als zehn Buntmalern fiel nach Feierabend in eine Schenke ein, in die Geraldine nie gegangen wäre, auch nicht als Harald Seitz. Der Gastraum war düster und schmuddelig, die Tische klebrig und der Ofen kalt, der Wirt, ein dürres Männchen und seine Frau ein Fässchen, deren Busen ihr Mieder zu sprengen drohte. Die Maler waren bekannt und wurden mit Handschlag begrüßt. Geraldine auch.

»Ein neuer Manufakturist«, sagte der Wirt zu Geraldine. »Bisschen jung noch.« Er dirigierte sie auf eine Bank.

Geraldine wusste, was von ihr erwartet wurde, und verkündete, die erste Runde auszugeben. Flugs stand ein Bierkrug vor ihr, den sie fassungslos beäugte. Mit dieser Größe hatte sie nicht gerechnet. Nie würde sie diese Menge Bier trinken können. Die anderen Maler kannten keine Bedenken, stießen mit den Steingutkrügen an und tranken. Vorsichtig probierte Geraldine. Das Bier war dünn und schal.

Zu ihrer Gruppe gesellten sich bald noch zwei Brenner

und einige Bossierer, Former und Dreher. Sie waren nun gut zwanzig Personen. Den Hinzugekommenen spendierte Geraldine ebenfalls das erste Bier.

Die Gespräche waren laut, drehten sich um Höroldts Schinderei und den Verdienst, der es kaum erlaubte, eine Familie zu ernähren. Geraldine konnte kaum die Stimmen auseinanderhalten, die Namen erst recht nicht. Sie sagte wenig und trank immer wieder kleine Schlucke von ihrem Bier. Es blieb schal, an den Geschmack gewöhnte sie sich nicht. Die anderen bestellten die nächste Runde, Geraldine wies auf ihren noch mehr als halbvollen Krug.

»Bist kein starker Trinker, was, Seitz?« Der neben ihr auf der Bank sitzende Brenner schlug ihr auf die Schulter. »Wie ein Weib!«

Geraldine zuckte zusammen. Wenn da einer was herausfände ... dann gnade ihr Gott, sie hätte ihre erste und einzige Chance verspielt, ihren Vater zu rehabilitieren. Schnell trank sie einen großen Schluck, um zu beweisen, dass sie ein ganzer Kerl war, würgte das Bier mit Mühe herunter und schaute den Brenner anschließend herausfordernd an.

»Lass den Jungen in Ruhe, der ist in Ordnung. Ist aus Augsburg gekommen und malt wie ein junger Gott. Sogar Höroldt hat es die Sprache verschlagen«, warf der Maler ein, der in der Manufaktur rechts neben ihr saß und manchmal ein paar Worte mit ihr wechselte. Sein Name lautete Carl Heinrich Otto, und er war im Februar wegen Hausmalerei verwarnt worden, wie er jedem freimütig erzählte.

»Wie ein junger Gott?«, erkundigte sich einer der Brenner. Seine großen Hände voller Brandnarben hatte er um seinen Bierkrug gelegt. Ansonsten besaß er ein schmales abgearbeitetes Gesicht, das es schwer machte, sein Alter zu schätzen. Er konnte Ende zwanzig, aber auch Anfang fünfzig sein.

Geraldine war es unangenehm, dass über sie gesprochen wurde. Sie richtete den Blick auf die unsaubere Tischplatte und schwieg.

Otto ergriff wieder das Wort. »Unsereins muss sechs Jahre lernen, und dieser junge Bursche kommt daher und kann schon alles. Höroldt legt ihm eine Skizze hin, und er malt es einfach so ab.«

»Ich habe in Augsburg gelernt. Mit zwölf habe ich das erste Mal auf Porzellan gemalt, das ist über zehn Jahre her. Seitdem habe ich jeden Werktag gearbeitet«, krächzte Geraldine mit verstellter Stimme.

»Dann wirst du bald im Tractament sein.«

Darauf zuckte sie nur mit den Achseln und trank erneut einen Schluck Bier. Wie gut, dass sie nicht für den Rest ihres Lebens in der Manufaktur arbeiten musste. Sie malte gern auf Porzellan, aber das Leben eines Manufakturisten kam ihr vor wie das eines Gefangenen.

Der Abend ging zu Ende. Etliche Manufakturisten hatten glänzende Augen vom Bier und schwankten auf dem Weg in ihre Wohnungen. Geraldine hatte nicht einmal einen Krug geleert. Sie und Carl Heinrich Otto gingen ein Stück des Wegs gemeinsam. Der ältere Mann hatte einen Arm um ihre Schultern gelegt. Sie ertrug es, obwohl sie sich am liebsten befreit hätte und davongelaufen wäre.

Als sie sich trennten, gönnte sie ihrem Kollegen nur noch ein kurzes Kopfnicken und verschwand in der Dunkelheit.

Zwei Tage nach dem Ausflug in die Schenke ging Geraldine nach der Arbeit in Richtung Unterstadt. Einladungen hatten sich bisher nicht wiederholt, obwohl sie den Verdacht hegte, nicht wenige der Manufakturisten verbrachten jeden Feierabend in der Schenke.

Ihr kam es jedoch so vor, als schliche jemand hinter ihr her. Mehrmals drehte sie sich um, aber es war zu dunkel, um etwas zu erkennen. Sie sah nur Meißner, die, den Kopf gegen die Kälte zwischen die Schultern gezogen, ihrem Ziel entgegeneilten. Sie tat es ihnen gleich und vergrub sich tiefer in ihrem Mantel. Tagsüber war Schnee gefallen und hatte die Welt unter eine weiße Decke gelegt. In den Gassen war der Schnee wieder zu einem braunen Matsch zertrampelt. Sie musste genau aufpassen, wohin sie trat, denn die Sohlen ihrer Schuhe waren dünn, und sie spürte schon Feuchtigkeit an ihren Zehen.

Sie dachte darüber nach, ob sie noch genug Holz hatte, um den Ofen in ihrer Stube zu heizen. Am Tag zuvor hatte sie einen ganzen Korb verbraucht, weil es so kalt gewesen war, dass sie im Bett wie Espenlaub gezittert hatte. Trotzdem war sie überzeugt, noch ausreichend Vorrat zu haben. Gerade als sie mit ihren Überlegungen an diesem Punkt angelangt war, packte sie jemand von hinten und stieß sie in einen schmalen Gang zwischen zwei Häusern. Geraldine wollte schreien, aber ihr wurde der Mund zugehalten. Die Angreifer waren zu zweit, so viel erkannte sie.

»Wenn du schreist, bist du tot, Seitz«, knurrte eine Stimme dicht neben ihrem Ohr.

Sie erkannte kein Gesicht, aber die Stimme kam ihr bekannt vor. Nach einem Augenblick fiel ihr auch ein, wo sie sie schon einmal gehört hatte: vor zwei Tagen in der Schenke. Sie gehörte einem der beiden Brenner. Widerwillig nickte Geraldine und sogleich wurde die Hand vor ihrem Mund fortgenommen.

»Was soll das?«, fauchte sie und dachte erst im letzten Augenblick daran, ihre Stimme zu verstellen. »Himmel, Herr und Gott. Jesus, Maria und Josef!«

»Sei still, Seitz! Wir haben mit dir zu reden«, mischte sich nun der andere ein.

»Erst sagt ihr mir eure Namen, sonst rede ich nicht mit euch.« Geraldine schüttelte die Hände ab, die sie hielten, und sah sich um. Der Gang war eng und dunkel und endete nach wenigen Schritten in einer Sackgasse. Den Eingang versperrten die Brenner, sie war gefangen.

»Du kennst uns. Wir haben zusammen Bier getrunken.«

»Deswegen kenne ich nicht eure Namen. Ich bin neu im Malersaal, wie soll ich da die Namen von Hunderten Manufakturisten kennen?«

»Ist ja gut. Ich bin Andreas Barth, und das ist Johann Heinrich Wachß.«

»Meinen Namen kennt ihr. Jetzt sagt mir um Himmels willen, warum ihr mich in der Dunkelheit überfallt«, herrschte Geraldine die beiden Männer an. Sie musste ihre Wut nicht einmal spielen.

»Wir müssen mit dir reden.«

»Nicht hier!«

»Es ist …«

»Nein!« Sie verschränkte die Arme vor der Brust.

Die Brenner gaben nach und machten den Weg frei. Geraldine musste sich an den beiden vorbeizwängen und bemühte sich, sie nicht mit ihrem flachgeschnürten Busen zu berühren. Als sie wieder auf der Gasse stand und ihr Schnee ins Gesicht rieselte, atmete sie auf.

Sie rückte ihre Kappe zurecht. »Jetzt können wir reden. Was wollte ihr nun von mir, Barth und Wachß?«

Wachß schien der Wortführer zu sein. »Du hast überall verlauten lassen, dass du an einem zusätzlichen Verdienst interessiert bist.«

»Das bin ich auch. Es ist wirklich nicht allzu viel Geld, das ein junger Maler in der Manufaktur bekommt. Eine Reihe Maler arbeiten vor und nach der Arbeit auf eigene Rechnung. Das möchte ich auch. Aber was geht euch das an?«

»Wir haben dir einen Vorschlag zu machen. Du kannst außerhalb der Arbeitszeit malen. Oder du kannst es sogar in der Arbeitszeit machen. Du bist doch im Stücklohn.«

Geraldine nickte. »Wie soll das gehen?«

»Du gibst die bemalten Scherben nicht alle bei den Geschirrschreibern an, sondern an uns. Wir brennen sie außerhalb der Manufaktur und verkaufen sie. Den Erlös teilen wir.«

»Dabei verdiene ich mehr als in der Manufaktur?«

»Ein Viertel vom Verkaufspreis für dich und drei Viertel für uns.«

Geraldine tat, als überlege sie. Tatsächlich dachte sie darüber nach, wie sie Nehmitz benachrichtigen könnte, damit sie die beiden auf frischer Tat ertappten. Sie hatten bei ihren Plänen lange darüber gesprochen und waren sich einig gewesen, dass es nicht reichte, wenn lediglich Geraldine die Namen erfuhr. Nehmitz musste sie als Sonderermittler ebenfalls aus erster Hand erfahren. Und sie mussten erfahren, was die beiden Brenner über von Scholl verbreitet hatten. Oder wer es sonst gewesen war. Sie musste einen Weg finden, es den beiden zu entlocken.

»Warum nur ein Viertel für mich? Ich habe das größte Risiko, und ohne meine Bemalung sind die Scherben gar nichts wert.«

»Wir haben die Möglichkeit entdeckt. Wir finden die Käufer. Das größere Risiko liegt auf unserer Seite«, widersprach Wachß.

»Es sollte gerecht aufgeteilt werden. Ein Drittel für jeden.«

»Wir verhandeln nicht mit dir, Seitz«, mischte sich Barth mit seiner tiefen Stimme ein. »Entweder du nimmst ein Viertel oder du lässt es. Es ist auf jeden Fall mehr, als du bei Höroldt bekommst.«

»Woher weiß ich das?«

»Weil wir es dir sagen.«

»Ach.« Sie stemmte die Arme in die Hüften. Noch hatte sie nicht genug erfahren, aber ihre Schuhsohlen waren nun endgültig durchweicht, und ihre Füße verwandelten sich in Eisklumpen. »Die Manufaktur schwirrt vor Gerüchten. Da wird alles Mögliche erzählt über Höroldt oder Kändler und über den Arkanisten von Scholl, obwohl er nun tot ist. Nicht mal im Grab kann man ihn in Ruhe lassen.« Den letzten Satz hatte sie wütend hervorgestoßen.

»Was geht das dich an? Du warst nicht einmal da, als von Scholl Arkanist war. Darüber solltest du froh sein. Der war ein Leuteschinder allerbester Güte. Höroldt ist harmlos dagegen.«

»Über Tote redet man nicht schlecht. Ich kann das nicht leiden.«

»Ein kleiner Moralist.« Wachß lachte unangenehm auf. »Du kannst ein Viertel nehmen oder das Ganze vergessen.«

»Und wenn nicht?«

»Du hältst das Maul, Seitz! Das ist bei uns in der Manufaktur das erste Gesetz. Keiner redet mit denen da oben!«

Geraldine konnte nicht länger stillstehen. Ihre Füße spürte sie gar nicht mehr, sie musste sich einfach bewegen. Unauffällig wippte sie auf den Fußballen vor und zurück. Sie war so nah dran, die Verleumder ihres Vaters zu finden. Was konnte sie sagen, dass die beiden ihr noch mehr erzählten?

»Klar, das ist doch überall so«, sagte sie erst einmal. »Ich hatte es nicht anders erwartet.«

»Was weiß du schon, Kleiner? Du bist doch nichts als ein Hausmaler. Noch nicht trocken hinter den Ohren. Was ist nun mit dem Viertel?«

Sie könnte einfach ja sagen, einen Scherben bemalen, die beiden an Nehmitz verpfeifen. Das wäre das Ende der Brenner Barth und Wachß. Nehmitz könnte einen weiteren Erfolg verbuchen.

»Ich weiß nicht, ob ich das machen soll. In der Manufaktur Scherben nebenbei bemalen, das erscheint mir gefährlich. Ich will meine Arbeit nicht verlieren, bevor ich richtig angefangen habe. Geht das nicht anders?«

»Nicht schnell«, musste Wachß zugeben. »Das braucht eine Weile.«

»Das ist keine einfache Sache.«

»Du wirst doch wissen, ob du Geld verdienen willst oder nicht, Seitz?

»Natürlich will ich Geld verdienen. Wer will das nicht? Ich will aber auch nicht meine Ehre verlieren.«

»Jetzt hör mal gut zu!« Barth drängte sich nach vorne und baute sich vor ihr auf. Er war kräftiger als sein Kollege. Wut sprühte aus seinen Augen, das war trotz der Dunkelheit zu erkennen.

Geraldine wich zurück, bis sie mit dem Rücken an die Hauswand hinter sich stieß. Schnell blickte sie sich um, aber die Gasse war menschenleer.

Barth rückte nach, und bei seinen Worten blies er ihr einen Schwall verbrauchter Luft ins Gesicht. »Deine Bedenken interessieren nicht. Wir bieten dir eine Gelegenheit, Geld zu verdienen, und jetzt kommst du mit Moral. Stehst du zu deinem Wort?«

»Jetzt …« Wachß wollte seinem Kollegen in den Arm fallen, wurde jedoch abgeschüttelt.

»Ich will wissen, ob du zu deinem Wort stehst.« Barth griff nach Geraldine. Er wollte sie an den Schultern packen, aber weil sie sich wegdrehte, landete eine Hand auf ihrem Oberarm, die andere glitt über ihre Brust und bekam zu fassen, was Geraldine verbergen wollte.

Barth war einen Augenblick verblüfft, und sie nutzte den Moment, um sich von ihm loszureißen. Sie war unsicher. Hatte der Brenner bemerkt, dass sie eine Frau war, oder konnte sie das Spiel fortsetzen?

»Das ist ein Weib! Seitz ist ein Weib!«, rief Barth.

Geraldine wartete das Ende seiner Worte nicht ab, sondern rannte los. In der schneeglatten Gasse rutschte sie aus, fing sich mit der Hand ab, die sie schon einmal verstaucht hatte. Ein Schmerz stach durch das Gelenk. Hastig rappelte Geraldine sich wieder auf und rannte weiter.

»Hinterher! Sie darf uns nicht entkommen!«, rief Barth. »Das Weib weiß zu viel!«

Gleich darauf hörte Geraldine Schritte hinter sich. Sie rutschte schon wieder auf ihren eiskalten, steifgefrorenen Füßen aus, ruderte mit den Armen und konnte sich abfangen. Es war spät, dunkel und kein Mensch auf der Gasse. Keine Hilfe zu erwarten – von niemandem, und Nehmitz war weit, saß wahrscheinlich gerade beim Abendessen im Extrazimmer seiner Herberge. Der Weg dorthin führte bergauf, Richtung Burg. Sie würde das niemals schaffen, nicht bei dem Wetter und nicht mit ihren durchweichten Schuhen.

Geraldine rannte einfach, versuchte, ihre Schritte fest und sicher zu setzen, atmete keuchend durch den Mund und lauschte auf das Stampfen ihrer Verfolger. Es kam ihr vor, als wären sie nicht weit entfernt und würden näherkommen. Sich umzuschauen, wagte sie nicht.

»Bleib stehen, Seitzin!«, rief Wachß. Er hörte sich nah an.

Mädlers Krug kam in Sicht. Geraldine bog in den Hof ein.

»Hilfe!«, schrie sie. »Hilfe! Ich werde verfolgt!«

Sie rannte zur Hintertür. Im selben Moment, als sie den Arm nach der Klinke ausstreckte, wurde die Tür geöffnet. Mädler stand auf der Schwelle, hielt eine Laterne in der einen Hand, einen Prügel in der anderen und schaute sich misstrauisch um. Ihr Schwung trieb Geraldine in seine Arme. Sofort warf sie sich zur Seite und drehte sich zu ihren Verfolgern um.

»Sie müssen die beiden aufhalten! Bitte!«, rief sie Mädler zu.

»Bist du das, Geraldine?« Der Wirt klang unsicher. »Du siehst aus wie ein Junge.«

Barth und Wachß verständigten sich mit Blicken und kamen dann von zwei Seiten auf Geraldine zu. Sie sahen nicht aus, als würden sie sich von Mädlers Gegenwart abhalten lassen.

»Wir wollen nur ein paar Worte reden«, sagte Wachß.

Mit gesenktem Kopf wie ein wütender Stier stürmte Barth vor. Geraldine stand mit dem Rücken zur Wand und konnte nicht weg, als der Brenner sich auf sie stürzte. Sie rutschte aus und fiel, erneut schoss der Schmerz durch ihr linkes Handgelenk.

»Mädler, Hilfe!«, rief sie wieder. »Sie wollten mir Gewalt antun!«

»Halt dein dreckiges Maul«, zischte Barth sie an. Er lag halb auf ihr, eine Hand quetschte ihre Brust.

Sie strampelte mit den Beinen und zerrte an Barths Haaren. Nur aus dem Augenwinkel bemerkte sie, dass sich Mädler bewegte. Er wurde auf den Hof gestoßen, und seine Schwester drängte sich an ihm vorbei. In der Hand schwang sie einen Besen, mit dem sie sofort auf Barth losging.

»Ich dulde nicht, dass Frauen in diesem Haus etwas angetan wird«, kreischte sie, als der Stiel hart auf Barths Rücken niedersauste. Tapfere Mädlerin!

Der Brenner stöhnte auf, rollte sich von Geraldine und stellte sich mit geballten Fäusten der neuen Gegnerin. Geraldine trat ihm mit aller Kraft die Beine unter dem Leib weg. Danach war es keine Schwierigkeit mehr für sie und die Mädlerin, den Mann zu überwältigen. Unterdessen war auch Bewegung in den Wirt gekommen, denn Wachß lag ebenfalls am Boden und konnte sich nicht mehr rühren. Er blutete aus Mund und Nase.

»Sie dürfen nicht entkommen!«, verlangte Geraldine.

»Warum bist du gekommen? Noch dazu gekleidet wie ein Mann?«, fragte Mädler.

»Was tut das zur Sache?«, ereiferte sich die Mädlerin. »Erkennst du sie nicht? Das ist Geraldine, die im Frühjahr hier gearbeitet hat. Wenn sie sagt, die beiden dürfen nicht entkommen, dann frag nicht lange nach.«

Barth bewegte sich auf dem Boden, wollte wegkriechen. Die Mädlerin stieß ihm die Spitze des Besenstiels in den Rücken, als wollte sie ihn im Schnee festspießen. Sofort lag der Brenner wieder bewegungslos. Aus einem Schuppen holte Geraldine Seile und fesselte damit Barth an Händen und Füßen. Bei Wachß verfuhr sie ebenso.

Danach zitterte sie vor Erschöpfung und Kälte so sehr, dass sie sich an der Hauswand abstützen musste. Die Mädlerin legte ihr fürsorglich einen Arm um die Schultern.

»Du musst ins Warme, Kindchen. Ich schlage dir ein Ei in warmes Bier, das bringt dich gleich wieder auf die Beine. Mein Bruder wird die Stadtwachen holen.«

Geraldine winkte ab. Die Vorstellung von Bier mit Ei verursachte ihr Brechreiz. »Nein, nein. Nicht die Stadtwachen.

Der Sonderermittler Nehmitz aus Dresden muss hiervon erfahren. Es geht um die Porzellanmanufaktur.«

»Ich werde gehen«, bot Mädler an.

»Was wird mit diesen beiden Strolchen?«, fragte seine Schwester und sprach damit Geraldine aus der Seele.

Sie traute es sich nicht zu, die beiden zu bewachen, obwohl sie gefesselt waren. Es war großes Glück gewesen, dass nun Wachß und Barth überwältigt am Boden lagen und nicht sie. Ohne das mutige Eingreifen der Mädlerin wäre es nicht dazu gekommen.

»Die können im Hof bleiben, das kühlt ihr Mütchen.« Der Wirt schleifte erst Wachß, dann Barth zur Stallwand und band sie an Ringen fest, die eigentlich für Pferde gedacht waren. Danach machte er sich auf den Weg.

»Schlau, mein Bruder«, kommentierte die Mädlerin. »So können sie nichts mehr ausrichten, und die Kälte wird schon dafür sorgen, dass sie diesen Abend nicht vergessen.«

In der Schenke konnte Geraldine verhindern, dass ihr ein warmes Bier mit verquirltem Ei serviert wurde, stattdessen erhielt sie einen Kamillenaufguss.

Es dauerte auch nicht lange, bis Mädler mit Nehmitz zurückkam. Der Sonderermittler eilte sofort auf Geraldine zu und ergriff ihre Hände, zog sie an seine Lippen.

»Haben die Haderlumpen dir was getan?« Er kniete sogar neben ihr nieder und schaute ihr besorgt ins Gesicht. Offenkundig wusste er bereits, was sich auf dem Hof abgespielt hatte. Die Mädlerin brühte auch ihm flugs einen Tee auf. Geraldine wärmte sich die Hände an ihrer Tasse und erzählte, was die beiden ihr angetragen hatten. Nehmitz' mitfühlende Blicke ließen ihr erst jetzt bewusst werden, in welcher Gefahr sie geschwebt hatte.

Nachdem alles erklärt war, blieb Nehmitz nur noch übrig,

die beiden Brenner in die Arrestzellen im Rathaus zu überführen, um sie dort gut von Stadtwachen bewachen zu lassen. Er wollte danach wieder zurückkehren zu Geraldine,
hatte aber die Rechnung ohne die Mädlerin gemacht. Resolut
gab die ihm zu verstehen, dass seine Anwesenheit nicht nötig
wäre. Geraldine bräuchte Ruhe und nicht jemanden, der sie
nur aufregen würde. Sie selbst würde sich um alles kümmern,
was nötig war. Geraldine sehnte sich nur noch nach einem
weichen Bett. Als sie dann aber in der Kammer lag, in der sie
schon einmal gewohnt hatte, konnte sie nicht einschlafen, weil
ihr zu viele Gedanken durch den Kopf gingen.

DREIZEHN

$\mathscr{E}$ine Nacht in einer kahlen Zelle ohne Ofen und auf dem
Steinboden wird Barth und Wachß eindrucksvoll vor Augen
geführt haben, was ihnen bevorstand. Das dachte Nehmitz,
als er sich am nächsten Morgen die beiden Männer vorführen ließ. Er hatte sich dazu im Meißner Rathaus unter Vorlage seiner Sondervollmacht ein Kabinett und einen Schreiber erbeten, der die Aussagen protokollieren sollte. Statt eines
Arbeitskabinetts hatte man ihn in den Ratssaal geführt, und
gleich darauf war ein Schreiber erschienen. Nicht lange danach wurden Barth und Wachß hereingeführt.

Beide sahen übernächtigt und verfroren aus. Der dürre
Wachß schlotterte in seiner Jacke und versuchte vergeblich,
sich tiefer darin zu verkriechen. Im Ratssaal strebte er sofort
dem Ofen zu. Auf Nehmitz' Wink verhinderte die Wache,
dass er es sich in der Wärme bequem machte. Er wurde an die

kalte Wand auf einen Stuhl gesetzt und festgebunden. Barth kam neben ihm zu sitzen. Seiner kräftigen Gestalt schien die Kälte weniger auszumachen.

Nehmitz machte der Anblick der beiden wütend. Sie hatten Geraldine angegriffen. Es war nicht auszuschließen, dass sie ihr Gewalt angetan hätten. Und er war nicht zu Stelle gewesen, um sie zu retten, ein Kneipenwirt und seine Schwester hatten ihr beispringen müssen. Das war die Schuld dieser beiden. Er begann ihnen Fragen zu stellen und erhielt keine Antworten. Barth starrte ihm ins Gesicht und Wachß zu Boden. Sie sprachen kein Wort, egal, was Nehmitz zu ihnen sagte. Der Schreiber drehte die Feder zwischen den Fingern und kratzte sich am Hals.

Mit beiden Handflächen schlug Nehmitz auf die Tischplatte. »Reden Sie endlich! Sie sind längst überführt!«

Der Schreiber zuckte zusammen und Wachß auch, lediglich Barth bewegte keinen Muskel.

»Was sollen wir reden, wenn Sie schon alles wissen?« Das kam von Wachß. Die Worte hörten sich an wie ausgespuckt.

»Die Mitwisser und Hintermänner. Wer hat über den Verrat des Arkanums geredet? Den Grund für das alles?«

»Was soll der Grund schon sein? Geld natürlich.«

Danach verstummte auch Wachß wieder.

»Es reicht mir!«, polterte Nehmitz nach einer Weile vergeblichen Bemühens. »Zurück mit den beiden in die Zelle! Jeder in eine eigene!«

»Aber ...«

»Wie ich es gesagt habe!«, schnitt er jeden Einwand des Schreibers ab.

Barth und Wachß wurden abgeholt. Die Tür fiel hinter ihnen ins Schloss, und Nehmitz sprang auf. Mit langen Schritten ging er im Ratssaal auf und ab.

»Was passiert nun?«, fragte der Schreiber und versah das nicht einmal eine Seite lange Protokoll mit dem Hinweis, alles wahrheitsgemäß niedergeschrieben zu haben, dem Datum und seiner Unterschrift.

»Warum reden die nicht?«

»Verstockt!«

»Ich muss wissen, wer alles in der Manufaktur Gerüchte gestreut hat.«

»Sollen wir nachhelfen? Es gibt Mittel und Wege …«

»Ein paar weitere Stunden in der kalten Zelle werden hoffentlich das ihrige tun. Lassen Sie ihnen nichts als dünne Suppe bringen.«

»Es sind Ihre Arrestanten.« Der Schreiber verließ den Ratssaal. Das Protokoll blieb auf dem Tisch zurück.

Nehmitz nahm es und wollte das wertlose Stück Papier zerknüllen. Seine juristische Gründlichkeit hielt ihn in letzter Sekunde davon ab. Das Protokoll gehörte in die Akte. Er verließ das Rathaus, suchte Mädlers Krug auf und sprach mit Geraldine. Kurz legte er dabei seine Hand auf ihre, bevor sie sie zurückzog und im Schoß barg. Das linke Handgelenk war auf die doppelte Größe angeschwollen, trotz eines kühlenden Umschlags, den die Mädlerin ihr gemacht hatte.

»Sie sehen doch, dass es alles zu viel ist für die Gute«, mischte sich die Wirtin ein. »Sie braucht Ruhe und gutes Essen. Viel rotes Fleisch.«

»Ich mache es«, sagte Geraldine. »Hol mich am späten Nachmittag ab.«

Nehmitz hatte eigentlich gehofft, den Tag mit ihr zu verbringen, sie von der Tiefe seiner Gefühle und der Ehrlichkeit seiner Absichten zu überzeugen. Entsprechend enttäuscht war er von ihren Worten. Die Mädlerin legte noch einmal nach.

»Bis dahin ruhst du dich aus. Diese Dinge sollte keine Frau durchmachen müssen.«

Diesmal ließ er Barth und Wachß nicht in den Ratssaal führen. Nehmitz und Geraldine suchten sie in ihren Zellen auf. Wachß als Ersten.

Der Mann hockte zitternd auf der Pritsche, verkroch sich in seine Jacke und schaute kaum auf. Neben ihm standen ein leergegessener Suppennapf und ein Krug, in dem wohl Wasser gewesen war.

»Ich sehe, man sorgt gut für dich«, sprach Nehmitz ihn an. »Hast du mir jetzt was zu sagen über die Verleumdungen und falschen Anschuldigungen gegen den Arkanisten von Scholl?«

»Nein!«

»Ich bin nicht allein gekommen. Sage das meiner Begleiterin ins Gesicht.«

Nun schaute Wachß hoch. »Das ist Seitz, oder das Weib, das sich für ihn ausgegeben hat.«

»Das ist die Tochter des Ritters Nathan Leberecht von Scholl.«

Geraldine zuckte genauso zusammen wie Wachß. Es war das erste Mal, dass von Scholl wie selbstverständlich als ihr Vater genannt wurde. Es fühlte sich richtig an.

»Seine Tochter?«

»Daran besteht kein Zweifel. Er selbst hat sie als seine Tochter angesehen. Also, was hast du mir zu sagen über die Verleumdungen gegen von Scholl?«

»Nichts.« Wachß machte sich klein und schaute niemanden an.

Geraldine wollte enttäuscht die Arrestzelle verlassen. Hoffentlich hatten sie bei Barth mehr Glück als bei diesem verstockten Mann. Barth schien ihr jemand zu sein, der seinen

Vorteil zu wahren wusste. Durch ein Zupfen an ihrem Rock bedeutete Nehmitz ihr, dazubleiben. Sie gehorchte, obwohl ihr kalt war, der Schmerz in ihrem Handgelenk pochte und sie liebend gerne die trostlosen Zellen verlassen hätte und ins Warme gegangen wäre. Zu sehr fühlte sie sich an die Zeit erinnert, als sie selbst eine Gefangene gewesen war.

»Ritter von Scholl ist tot, aber hier steht seine Tochter. Soll sie mit dem Wissen belastet bleiben, ihr Vater hätte das Arkanum verraten? Weil du verstockt bist, Wachß? Deine Lage ist schlimm, Delikte gegen die Manufaktur und damit gegen unseren hochedlen Kurfürsten höchstselbst, der Versuch einer Anstiftung dieser jungen Frau zu den gleichen Taten, der Angriff auf sie. Dein Hals hängt in der Schlinge. Du kannst noch was retten, wenn du jetzt vollkommen ehrlich zu mir bist.«

Wachß sah aus, als wäre jedes von Nehmitz' Worten ein Schlag in sein Gesicht gewesen, es fehlte nur noch, dass er einige Zähne ausspuckte. Eine ganze Weile herrschte Schweigen, füllte die Zelle und ließ alle drei Anwesenden sich unbehaglich fühlen.

»Es ist deine Entscheidung«, sagte Nehmitz schließlich. »Ich werde dich und deinen Freund nach Dresden bringen lassen und den Behörden übergeben. Danach kann ich nichts mehr für dich tun.« Nehmitz wollte sich umdrehen.

»Warten Sie.« Wachß leckte sich über die Lippen. »Ich will alles sagen, was ich weiß, wenn ich dafür nicht hängen muss. Das müssen Sie mir versprechen.«

Nehmitz sagte so schnell zu, dass Geraldine begriff: Eine Strafe auf den Tod hatte nie im Raum gestanden. Der Arrestant begriff es augenscheinlich nicht, denn er sah erleichtert aus und begann zu sprechen. Es sei alles Barths Idee gewesen mit dem Porzellan. Erst habe er mit Herrn Teuchert zusammengearbeitet, aber als der nach Dresden geschafft worden war, habe er die Sache nicht aufgeben wollen. Er selbst brauchte dringend das Geld für seinen Neffen, der nach einem Unfall nie wieder einen Pinsel halten könne.

»Das ist alles gut und schön, aber erzähle mir etwas, das ich noch nicht weiß. Ich will wissen, warum der ehrenwerte Herr von Scholl verleumdet wurde«, fuhr Nehmitz barsch dazwischen. So bestimmt und streng hatte Geraldine ihn noch nie erlebt.

»Weil Johann Schneider nach einem Diebstahlversuch entlassen wurde. Von Scholl hat ihn dabei erwischt und für seine Entlassung gesorgt. Das passiert immer so. Natürlich war es schlimm für den Schneider.« Wachß erzählte weiter, wie sich auch die anderen Handlanger im Brennhaus geärgert hätten, weil sie nun Schneiders Arbeit zusätzlich erledigen mussten. »Von Scholls Strenge war den Männern schon lange ein Dorn im Auge. Es hat immer mehr Gerede gegeben.«

»Wer hat sich besonders beschwert? Wenn du mir keinen Namen sagst, muss ich annehmen, du bist es gewesen.«

Wachß verneinte heftig. Es habe einfach Gerede unter den Brennern gegeben, das schnell die Runde gemacht habe. Barth wäre ja schon immer aufbrausend gewesen und hätte sich auch da hervorgetan. Von Scholl musste davon gehört haben, aber der Herr hätte die Nase hochgetragen.

»Keine weiteren Beleidigungen.«

Der Brenner verstummte sofort, während Nehmitz Geraldine bedeutete, dass sie hier fertig seien. Aufatmend verließ sie die Zelle. Im Gang davor war es nicht wärmer, aber sie kam sich weniger eingesperrt vor.

»Sie können mich doch nicht hierlassen. Ich habe alles gesagt, was ich weiß. Sie haben es versprochen.« Vor Aufregung stotterte Wachß.

»Ich habe versprochen, Ihnen den Strick zu ersparen. Sie freizulassen, davon war nicht die Rede gewesen. Eine Strafe wartet auf Sie, und das nicht zu knapp.«

Sie ließen Wachß in seiner Zelle zurück und wandten sich dem anderen Brenner zu. Barth war ein härterer Brocken. Er stellte Geraldine auf eine Geduldsprobe, aber am Ende bestätigte er Wachß' Geständnis.

»Damit ist dein Vater rehabilitiert«, sagte Nehmitz, als er sie zurück zu Mädlers Krug begleitete. Sie gingen vorsichtig über die verschneiten Gassen, und mit seiner Hand an ihrem Ellenbogen fühlte sie sich sicher. »Ich werde die Aussagen aufschreiben, unterzeichnen lassen und in Dresden vorlegen.«

»Das war es nun?«

»Das war es.«

»Es kommt mir komisch vor. Die ganze Zeit habe ich einen Plan verfolgt, und nun ist es auf einmal vorbei. Ob ich morgen aufstehe oder den ganzen Tag im Bett liegen bleibe, spielt auf einmal keine Rolle mehr.«

»Für mich spielt es eine Rolle, meine kleine Nielje.« Nehmitz sprach leise und eindringlich.

Sogleich versteifte sich Geraldine. Es hatte sich ein Tonfall in ihr Gespräch geschlichen, der ihr nicht recht war. Sie konnte nicht vergessen, dass sie wegen Nehmitz verhaftet worden war. Er hatte sie nach Dresden in die Festung bringen lassen. Die Suche nach ihrem Vater hatte deswegen so lange gedauert, dass ihnen nicht mehr als ein paar gemeinsame Stunden vergönnt gewesen waren. Bei allem, was er für sie getan hatte, durfte sie das nie vergessen.

»Meine Hand tut mir weh«, klagte sie.

»Du musst dich ausruhen. Wir sprechen morgen über alles.«

Vor Mädlers Krug wollte Nehmitz sich mit einem Kuss verabschieden, aber Geraldine drehte den Kopf weg.

»Was machst du nun?«, wollte Nehmitz wissen, als sie am nächsten Morgen vor der Herberge standen.

Sie hielt ihr Bündel im Arm. »Ich kehre nach Dresden zurück. Ich habe meinen Vater gefunden, sein Ruf ist wieder hergestellt. In Meißen habe ich nichts mehr verloren. Ich will hier auch nicht bleiben, wo ich so viel Neid und falsche Menschen erlebt habe.«

»Hast du genügend Geld für die Fahrt mit dem Boot oder der Postkutsche?«

»Das habe ich.« Von Nehmitz wollte sie kein Geld nehmen.

»Was machst du in Dresden?«

»Was ich vorher auch gemacht habe.«

»Du bleibst in der Stadt?«

Sie schaute Nehmitz schräg von unten an. Was sollten diese Fragen? Es musste ihn doch nicht mehr kümmern, ob sie in Dresden blieb oder ihr Glück an einem anderen Ort versuchte.

»Das weiß ich nicht«, lautete ihre etwas unwirsche Antwort, ehe sie gleich darauf versöhnlicher wurde. »Erst einmal bleibe ich dort. Ich habe gute Freunde in der Friedrichstadt gefunden. Leute, die hart arbeiten für ihr Auskommen und es sehr zu schätzen wissen, wenn ich ihnen mit einem Bild Freude schenke.«

»Ist das nicht eine Verschwendung deines guten Talents?«

»Das sehe ich nicht so. Ich wundere mich sehr, dass du das denkst. Hast du nicht selbst die Schlechtigkeit in den besseren Kreisen erlebt?«

»Schlechte und gute Leute gibt es wohl in allen Kreisen.«

»Da widerspreche ich dir nicht. Nun muss ich mich aber

auf den Weg machen, wenn ich es an diesem Tag bis Dresden schaffen will.«

»Das musst du wohl.«

Allmählich dämmerte Geraldine, dass Nehmitz ihr mit seinen Äußerungen eine Botschaft zwischen den Worten vermitteln wollte. Er schaute sie auf eine Weise an, die sie nicht deuten konnte.

Sie gaben sich die Hand, aber der junge Mann ließ ihre nicht wieder los. »Ich werde in wenigen Tagen auch nach Dresden zurückkehren. Wir werden in derselben Stadt leben.« Er befeuchtete seine Lippen. »Ich hätte einen Wunsch.«

»An mich?«

»Ich wünsche mir ein von dir gemaltes Porträt.«

Im ersten Moment wollte Geraldine ablehnen, aber konnte sie sich das leisten? Wäre das im Sinne eines Malers, der seine Geschäfte gut führte? Sie wog blitzschnell die Gedanken gegeneinander ab und nickte schließlich. »Ich werde ein Bild von dir malen. Du musst mir zwei- oder dreimal für einige Stunden Modell sitzen, und ich werde ungefähr zehn Tage benötigen, bis es fertig ist. Es wird zwischen zwei und zehn Talern kosten. Das hängt von der Größe ab, die du dir wünschst.«

»Ich habe mir was anderes vorgestellt.«

»Ich kann auch etwas anderes malen als ein Porträt.«

»Kein Porträt von mir, eines von dir.«

Sie brauchte einen Augenblick, um ihre Überraschung zu überwinden. »Was willst du mit einem Porträt von mir? Ich habe mich noch nie selbst gemalt.«

Sie war schon gemalt worden, während ihrer Ausbildung von ihrem Meister und seinem Sohn. Zum Üben machten Maler so etwas, es bedeutete nichts. Ein Bild von ihr in Nehmitz' Händen bedeutete etwas. Es bedeutete etwas für sie und viel mehr für Nehmitz. Sie wusste nicht, ob sie sich darauf einlassen wollte.

Der Gerichtsassessor nahm ihre Hände in seine und schaute ihr tief in die Augen. »Ich habe nie viel von meinen Gefühlen für dich gesprochen. Doch du bist klug und kennst sie. Geraldine, du bist alles für mich. Gehe ich recht in der Annahme, dass ich dir auch nicht gleichgültig bin? Darf ich hoffen?«

»Ich …«

Die Gedanken hämmerten in ihrem Kopf. Er konnte es nicht so meinen, wie es sich anhörte. Sie war nicht bereit, konnte ihm nicht das sein, was er von einer Frau erwartete, was er erwarten durfte. Sie schüttelte den Kopf und wollte ihm ihre Hände entziehen. Aber er hielt sie zu fest.

»Geraldine, darf ich hoffen, dass ich dir nicht gleichgültig bin? Darf ich …« Er machte Anstalten, vor ihr niederzuknien. In den Schmutz der Gasse.

Entschlossen entzog sie ihm jetzt ihre Hände, um ihn an diesem Unsinn zu hindern, und zog ihn energisch hoch. »Nein! Ich will das nicht hören. Schweige!«

Die Betroffenheit auf seinem Gesicht alarmierte Geraldine. Sie wollte ihm nicht zusetzen, aber sie musste ihm klarmachen, dass er einem Wunschdenken nachjagte.

Behutsam strich sie mit einem Finger über seine Lippen. »Sprich nicht weiter und mache uns nicht beide unglücklich.«

»So denkst du über mich? Deine Verhaftung hat mich genauso betroffen gemacht wie dich. Mehr als einmal habe ich versucht, in der Festung zu dir zu gelangen, aber man hat mich nicht gelassen. Ich habe alles getan, um deine Freilassung zu erreichen. Zu Brühl bin ich gegangen, und zu unserem allergnädigsten Kurfürsten und König wäre ich gegangen. Ich hätte den Himmel und die Hölle in Bewegung versetzt, um dir Gerechtigkeit widerfahren zu lassen …«

»Frederik, hör auf. Darum geht es gar nicht mehr. Was du dir wünschst, das kann ich nicht sein. Ich bin nicht bereit dazu. Gerade weiß ich kaum, was ich vom Leben erhoffe. Das muss ich erst herausfinden. Bis dahin muss ich alleine bleiben.«

»Es steht immer noch zwischen uns.« Nehmitz wollte sich die Haare raufen und kam mit seiner Perücke in Konflikt. Am Ende saß sie schief auf seinem Kopf. »Was soll ich tun, um dir die Tiefe meiner Gefühle zu beweisen?«

»Mich meinen eigenen Weg gehen lassen. Und die Perücke gerade auf dem Kopf tragen.« Geraldine hauchte ihm einen Kuss auf die Wange und schob sich an ihm vorbei. Sie trug ihr Bündel die Gasse hinunter. Nachdem sie abgebogen war und Nehmitz sie nicht mehr sehen konnte, lehnte sie sich gegen die Wand. Sie fühlte sich erschöpft.

Sollte sie jemals einen Heiratsantrag erhalten, hatte sie sich immer vorgestellt, dass sie ihn schon wochenlang sehnsüchtig erwartet hätte. Das Herz würde ihr bis in den Hals schlagen, wenn der Mann vor ihr niederkniete, ihre Hand ergriff und zu ihr aufblickte. Und die entscheidenden Worte sprach. Geraldine schüttelte den Kopf und stieß sich von dem Fenstersims ab, an dem sie sich festgehalten hatte.

Sie hatte die richtige Entscheidung getroffen. Auch die richtige Entscheidung für Nehmitz. Sie wäre aber ein hartherziges Weib, wenn es ihr nicht trotzdem nahegehen würde. Und nun war es allerhöchste Zeit, sich auf den Weg zu machen, wenn sie noch nach Dresden kommen wollte.

Statt zur Elbe zu gehen, lenkte sie ihre Schritte jedoch in die andere Richtung. Sie lief beinahe und hielt erst inne, als sie Meißen weit hinter sich gelassen hatte und völlig außer Atem war.

VIERZEHN

Ihr Weg hatte sie nach Lehma auf den Friedhof und zum Familiengrab der von Scholls geführt. Ein Hausgrab, das man durch einen Torbogen betrat. Ein Platz für den Stein mit dem Namen Nathan Leberecht von Scholl war noch frei. Mit Kohle waren jedoch schon die Umrisse des neuen Steins eingezeichnet. Davor lag ihr Vater, verwelkte Blumen kennzeichneten die Stelle.

Geraldine stellte ihr Bündel ab und bekreuzigte sich. Spontan hatte sie sich entschlossen, noch einmal das Grab ihres Vaters aufzusuchen, bevor sie in ihr altes Leben nach Dresden zurückkehrte. Sie wollte noch einmal mit ihm Zwiesprache halten, für seine Seele beten. Sie faltete die Hände und ließ die Welt hinter sich.

Wie lange Geraldine so dagestanden hatte, wusste sie nicht, als sie leise Schritte hinter sich hörte. Ein tiefer erschrockener Atemzug folgte. Jemand trat neben sie, doch Geraldine bewegte sich nicht, und schaute sich auch nicht um. Sie stand einfach weiter versunken in sich und ihr Gebet. Die Person neben ihr faltete auch die Hände, sie hörte den Stoff rascheln.

»Mademoiselle Geraldine«, hörte sie Maurice nach einer Weile sagen. »Ich hätte nicht gedacht, Sie so bald wiederzusehen. Nicht nach den Worten des jungen Herrn. Ich habe Sie gesucht, wir alle haben Sie gesucht.«

»Der junge Herr von Scholl bestimmt nicht. Hat er dich geschickt, um mich vom Grab unseres Vaters zu vertreiben?«

»Er ist nicht mehr auf Lehma. Wir haben Sie wirklich gesucht. Ich habe auch einen Brief nach Dresden geschrieben, an Monsieur Nehmitz am Appellationsgericht. Wir wussten nicht, wo wir Sie finden können.«

»Herr Nehmitz war in Meißen. Er wird keinen Brief bekommen haben.« Sie wurde aus Maurice' Rede nicht schlau.

»Ich habe Sie ja nun gefunden. Es ist wegen des Nachlasses des verblichenen Monsieur von Scholl. Die Gerichtsschöppen in Lehma haben das Testament eröffnet und bestätigt.«

»Warum erzählst du mir das?«

»Weil Sie die Erbin sind, Mademoiselle Geraldine. Ihr Vater hat kurz vor seinem Tod ein neues Testament verfasst und alles Ihnen vermacht. Das Rittergut, das Haus und alles, was sich darin befindet, gehören Ihnen. Der junge Herr von Scholl hat getobt, als er vom Inhalt des Testaments erfahren hat. Er hat sich für den Erben gehalten.«

»Das wäre auch gerecht gewesen«, erwiderte Geraldine, ohne nachzudenken. »Mein Vater kann mir doch nicht alles hinterlassen.«

»Der gnädige Herr hat anders entschieden. Es kann Sie niemand mehr auffordern, Lehma zu verlassen. Es gehört Ihnen.«

Das Rittergut gehörte ihr! Sie ließ diesen Satz auf der Zunge zergehen und begriff erst dabei, was er bedeutete. Hatte sie sich gestern noch Sorgen gemacht, wo sie wohnen sollte, wovon sie sich ernähren sollte, so war auf einmal alles anders. »Herr im Himmel, ich danke dir«, flüsterte sie in Gedanken.

Wenige Tage vor Weihnachten trug Geraldine den linken Arm in einer Schlinge, das Handgelenk war mit einem Verband ruhiggestellt. Es war nicht mehr geschwollen, schmerzte aber noch bei der geringsten Bewegung. Gemalt hatte sie nicht mehr, seit sie als Erbin ihres Vaters auf das Rittergut bei Lehma zurückgekehrt war. Das war vor über einer Woche gewesen, und es war nicht abzusehen, wann sie dazu wieder in der Lage sein würde. Sie konnte sich nicht erinnern, dass sie nach ihrer Ankunft in Europa je länger keinen Pinsel oder Kohlestift in der Hand gehalten hatte. Es fehlte ihr.

An diesem Morgen verließ sie, mit einem warmen pelzgefütterten Umhang gegen die Kälte geschützt, das Herrenhaus. Vor dem Eingang wartete ein Schlitten mit zwei davorgespannten Braunen auf sie. Noch hatte sie sich nicht an die Annehmlichkeiten ihres neuen Lebens gewöhnt. Sie musste sich auf Maurice und Frau Aha verlassen, die ihr Ratschläge gaben, was in ihrem neuen Leben üblich war. Sie hatten ihr ganz entschieden zum Schlitten geraten. Etwas anderes komme nicht in Frage. Als sie mit einer Pelzdecke über den Knien in dem Gefährt Platz genommen hatte und die Pferde antrabten, war sie froh, auf die beiden gehört zu haben.

Der Schnee stiemte unter den Pferdehufen, Glöckchen klingelten an ihrem Zaumzeug, während Geraldine nicht nur in eine Pelzdecke gewickelt war, sondern auch einen heißen Ziegelstein unter den Füßen hatte und einen Muff für die Hände. Alles zusammen bot ihr erheblich mehr Bequemlichkeit als die Postkutsche, die sie wegen der niedrigeren Kosten zunächst in Erwägung gezogen hatte.

Ihr Weg führte sie in die Meißner Unterstadt. Nach etwa anderthalb Stunden Fahrt zügelte der Kutscher die Braunen vor dem Haus, das Geraldine ihm genannt hatte. Die Gasse war schmal, und an dem Schlitten kamen nur noch Fußgänger vorbei, wenn sie die Luft anhielten. Das Gespann erregte Aufmerksamkeit und war von einer Traube Kinder umgeben. Keines war besonders warm angezogen, trug Handschuhe oder gefütterte Stiefel. Dafür sah Geraldine laufende Nasen und rotgefrorene Hände. Der Kutscher hatte alle Mühe, die Rasselbande von den Pferden fernzuhalten.

Unterdessen betrat die junge Frau das Haus und stieg die schmale Treppe hinauf in den zweiten Stock. Bevor sie ihn erreichte, wurde im Erdgeschoss eine Tür geöffnet, und eine Frauenstimme rief: »Zu wem wollen Se denn, gnädige Frau?«

Geraldine blieb auf der Treppe stehen und drehte sich um. Ihr Blick fiel auf eine ältere Frau, die einfach, aber sauber gekleidet war. Ihr Kleid schützte sie mit einer Schürze vor dem Schmutz der häuslichen Arbeit. Sie war dünn und der Hals faltig wie bei einem Huhn.

»Mit wem habe ich das Vergnügen?«

»Naumannin, Marta Elfriede Naumannin. Mir gehört das Haus. Ich muss ein Auge darauf haben, wer ein und aus geht.«

Beim ersten Mal hatte die Naumannin sich nicht für Geraldines Besuch interessiert.

»Ich möchte die Familie Schneider im zweiten Stock besuchen.«

Das Gesicht der Naumannin verdüsterte sich. »Die wohnen nicht mehr hier. Haben die Miete nicht bezahlt, da musste ich sie aus dem Haus setzen. Das war im Oktober.«

»Janne Schneider war schwanger«, platzte es aus Geraldine heraus.

»Um das junge Ding hat es mir auch leidgetan, aber was soll ich machen, wenn die Miete nicht gezahlt wird? Ich muss auch leben. Dieses Haus ist mein Besitz, und mit den Mieteinnahmen müssen mein Sohn und ich auskommen. Sonst haben wir nur noch das Legat meines verstorbenen Gatten. Ich kann es mir nicht leisten, Leute umsonst hier wohnen zu lassen.«

»Warum haben sie die Miete nicht mehr bezahlt?« Die Naumannin war Geraldine unsympathisch, und jedes ihrer Worte verstärkte diesen Eindruck.

»Das weiß ich nicht. Hatten einfach kein Geld mehr. Hann Schneider hatte seine Arbeit verloren, damit fing es an. Wenn Se mich fragen, gnädige Frau, liegt es oft daran, dass die Männer alles Geld in die Schenken tragen. Mein verstorbener Gatte war da zum Glück anders und mein Sohn auch.«

Geraldine verspürte keine Lust, Jannes Schicksal weiter mit dieser Frau zu besprechen. Sie setzte eine strenge Miene auf. »Wohin sind sie gezogen?«

»Sie stellen Fragen, gnädige Frau. Die haben mein Haus verlassen, mehr muss ich nicht wissen.«

»Sie setzen Leute auf die Straße und kümmern sich nicht darum, wo sie abbleiben?«

»Nun, nun, Gnädige. Aus meinem Haus sind sie ausgezogen, um mehr muss ich mich nicht kümmern. Ich habe ihnen versprochen, keine Anzeige auf dem Rathaus zu machen wegen der Schulden. Ich habe es auch nicht gemacht wegen der armen schwangeren Janne Schneiderin.«

Hier erreichte sie nichts weiter. Geraldine verließ das Haus. Auf der Gasse war der Kutscher immer noch damit beschäftigt, die inzwischen beträchtlich angewachsene Kinderschar von den Pferden fernzuhalten. Es waren nun auch ältere Kinder darunter. Geraldine zog ein Mädchen, das bestimmt zwölf oder dreizehn Jahre alt war, aus der Menge und fragte sie nach Janne Schneider, und wo sie mit ihrer Familie seit Oktober wohne.

»Se meinen die mit dem komischen Hund, gnädige Frau? So einer mit einem platten Gesicht, der immer nur geschlafen hat? Gar nichts anfangen konnte man mit dem Vieh.«

Das irritierte nun Geraldine. Ein Hund? Bei Janne war kein

Hund gewesen, als sie sie im Sommer besucht hatte. Sie versprach dem Mädchen einen Groschen, wenn sie ihr sagte, wo Janne mit dem Hund und der Familie hingezogen war. Die Kleine wusste es nicht, den Groschen bekam sie trotzdem.

Es kostete Geraldine etliche Fragen und weitere Pfennige, bis sie einen Tipp erhielt. Da es unmöglich war, den Schlitten in der Gasse zu wenden, musste der Kutscher einen erheblichen Umweg fahren. Die Meißner Unterstadt war nicht für Pferdefuhrwerke gemacht. Es dauerte den halben Nachmittag, bis der Schlitten vor einem kleinen einzeln stehenden Haus hielt. Es sah aus, als könnte es kaum eine Person, geschweige denn eine Familie beherbergen. Aber es war das Haus, das Geraldine genannt worden war.

Sie klopfte an die Tür, die gerade hoch genug war, dass sie hindurchgehen konnte, ohne den Kopf einzuziehen. Ein altes Mütterchen öffnete ihr, sie war noch kleiner als Geraldine.

»Bist du Mutter Tritzschin, die Hebamme?«

»Brauchen Sie meine Dienste, vornehme Dame?« Die Alte legte den Kopf schief. »Eher nicht.«

»Ich suche Janne Schneider und ihre Familie. Die sollen hier wohnen, hat man mir gesagt.«

»Das stimmt. Janne ist drinnen.«

Die junge Frau saß in der Stube und stillte ihr Kind. Ein Strahlen glitt über ihr Gesicht, als sie Geraldine erblickte. Zur Begrüßung küssten sich die beiden Frauen auf die Wange.

»Ich war bei der Naumannin«, begann Geraldine, als sie sich am Tisch gegenübersaßen. Jede hatte einen Tontopf mit Tee vor sich stehen, den die Tritzschin aufgebrüht hatte. Die alte Hebamme hatte sich danach in einen Winkel der Stube zurückgezogen.

»Das bösartige Weib. Soll sie ersticken an ihrem Geld. Zum Glück sind wir hier unterkommen.«

»Aber wie ist denn das passiert? Hann hatte doch wieder Arbeit ...«

»Nur ein paar Wochen, dann haben sie ihn in der Manufaktur erneut rausgeworfen. Es ging nur noch bergab mit uns.« Janne erzählte alles, was ihnen widerfahren war, dabei wiegte sie ihren schlafenden Sohn. »Wenn der Kleine nicht wäre und Rikarda ... Die beiden sind mein ganzer Stolz«, schloss sie.

»Sie haben mir was von einem Hund erzählt, den du haben sollst?«

»Otto, der Hund der Teuchertin. Er ist mir sozusagen zugelaufen. Ich habe es nicht übers Herz gebracht, ihn fortzujagen.«

»Und Hann, was sagt er dazu?« Geraldine rückte näher an die Freundin und nahm ihr vorsichtig den schlafenden Simon Andreas ab. Sein Geruch nach Milch und das im Schlaf immer noch saugende Mündchen rührten sie. So ein kleines unschuldiges Wesen. Es durfte nicht im Elend aufwachsen, ebenso wenig wie Rikarda. Auch Janne hatte dieses schwere Los nicht verdient.

»Ich verstehe Hann nicht mehr«, vertraute ihr die Freundin flüsternd an. »Er ist mir so fremd geworden. Als Tagarbeiter gibt es im Moment kaum Arbeit für ihn.«

»Wo ist er?«

»Er schläft in der Kammer, er im Bett und Otto davor.«

»Hol ihn. Ich habe euch einen Vorschlag zu machen.«

Als Hann Schneider ihr hohlwangig gegenübersaß, rückte Geraldine mit dem heraus, was sie sich gedacht hatte.

»Was sagt ihr dazu?«

»Das ist ...«, begann Janne.

»Wir können da nicht ...«, murmelte Hann, empfing aber einen Ellenbogenstoß seiner Frau, der ihn verstummen ließ.

»Wir nehmen an«, sagte Janne, »und sind dir sehr dankbar.

Du tust mehr für uns, als ich mir je hätte vorstellen können. Du hast ein gutes Herz, Geraldine. Oder muss ich jetzt gnädige Frau sagen?«

»Auf keinen Fall. Ich bin immer noch dieselbe. Du warst freundlich zu mir, als ich für alle anderen nur die dahergelaufene Fremde war, da ist es nur recht und billig, dass ich mich nun revanchiere.«

Janne, die Kinder und Mops Otto begleiteten Geraldine im Schlitten zurück nach Lehma. Insbesondere die vierjährige Rikarda quietschte vergnügt und wollte unbedingt neben dem Kutscher sitzen und auch mal die Zügel halten. Gutmütig erfüllte er ihren Wunsch und half ihr auch, mit der Peitsche zu knallen. Einzig Mops Otto ließ sich von der allgemeinen Aufregung nicht anstecken. Er lag auf einer Decke im Fußraum des Schlittens und warf Geraldine hin und wieder einen misstrauischen Blick zu. Er hatte sie erkannt und angeknurrt. Sie bedachte den Hund ebenfalls mit schiefen Blicken. Eigentlich hatte sie gehofft, nie wieder mit etwas in Berührung zu kommen, was aus Teucherts Haushalt stammte. Weil sie es aber nicht übers Herz brachte, Rikarda von ihrem Hund zu trennen, und Otto schließlich nichts für seine früheren Herrchen konnte, nahm sie seine Anwesenheit hin.

Die Rückfahrt ging gemächlicher vonstatten als die morgendliche Fahrt nach Meißen. Sie erreichten das Rittergut Lehma erst mit dem letzten Rest Tageslicht. Geraldine brachte Janne mit den Kindern und Otto vorläufig im Gesindetrakt unter. Die Familie sollte in ein leerstehendes Haus im Dorf ziehen, das aber zum Rittergut gehörte. Es war ein Häuschen mit zwei beheizbaren Stuben und zwei Kammern, einer Küche und einem Krautgarten dahinter. Außerdem gehörten ein Stall für Geflügel und ein Schwein sowie ein Schuppen zum

Haus. Etwas Derartiges hatten Hann und Janne noch nie besessen, und nun sollten sie darin wohnen.

Haus und Hof hatten längere Zeit leergestanden, wirkten staubig und verwahrlost. Janne kamen sie trotzdem großartig vor. In den nächsten zwei Tagen schrubbte und putzte sie den ganzen Tag das Haus. Rikarda half ihr dabei mit einer kleinen Bürste. Nebeneinander lagen sie auf den Knien und scheuerten den Boden, bis man ihm sein Alter nicht mehr ansah. Die Wintersonne schien durch blitzblank geputzte Fenster, die Türen waren abgewischt und aus den Ecken alle Spinnweben entfernt. Janne fegte den Hof, und dann war alles für den Einzug bereit. Gerade rechtzeitig, denn am dritten Tag traf Hann aus Meißen ein. Die bescheidene Habe der Familie zog er in einem Handwagen hinter sich her.

Geraldine schickte eine Fuhre mit Möbeln aus dem Herrenhaus. Das Haus konnte nun mit dem Nötigsten ausgestattet werden. In die eine Stube stellten sie einen Tisch und vier Stühle, eine Anrichte und eine Kommode, in die größere der beiden Kammern räumten sie das Bett und einen schmalen Schrank für ihre wenigen Kleider. Die Küche bestückten sie mit einem Brotschrank und einem weiteren kleinen Tisch. Töpfe und Tiegel hingen über dem Herd an der Wand. Auf einem Regal standen ein paar Teller, Tassen und Näpfe, daneben ein Kasten mit Besteck. In die zweite, kleinere Kammer, kaum mehr als ein Verschlag, räumte Janne das Putzzeug und alles, was ein Haushalt sonst noch brauchte, was aber nirgends Platz fand. Die zweite Stube blieb erst einmal leer, weder Janne noch Hann konnten sich vorstellen, was dort hineingestellt werden sollte. So viel Platz hatten sie noch nie gehabt. Sogar an ein Kissen für Otto hatte Geraldine gedacht.

Der Hund zerrte es aus der Ecke neben der Tür, in die Janne es gelegt hatte, quer durch die Stube neben den Ofen und ließ sich schnaufend darauf nieder. Janne lächelte über die Schlauheit des Hundes, Hann dagegen beförderte ihn mit Fußtritten wieder in die Ecke neben der Tür. Otto knurrte und verbiss sich in dessen Stiefel. Nicht lange danach schleppte der Mops sein Kissen wieder zurück neben den Ofen. Das Ganze wiederholte sich noch einmal, dann fiel Janne ihrem Mann in den Arm.

»Lass ihn doch. Es ist nun wirklich nicht wichtig, auf welchem Fleck er schläft.«

»Die vermaledeite Deele! Ich wünschte ... Ach, was soll's.«
Damit hatte Otto seinen Platz erobert.

Sie erhielten aber nicht nur das Haus, Geraldine hatte für Hann eine Stelle bei einem Töpfer in Lehma besorgt. Er trat dort als Lehrbursche ein und würde in fünf Jahren Töpfer sein. Mit dem Porzellan hatte es nicht geklappt, nun wurde es also das Töpferhandwerk. Janne fand wieder Arbeit als Wäscherin.

FÜNFZEHN

$\mathcal{D}$er Winter hielt Kursachsen auch im März des Jahres 1749 noch in seinen Klauen. Eisiger Wind rüttelte an den Fenstern, eine kalte Decke aus Schnee bedeckte das Land seit Monaten. Das Innere des Gutshauses hatten die Öfen in eine gemütliche warme Enklave verwandelt, die auch den Schnee auf Fensterbänken, Dächern und rings ums Haus zum Schmelzen brachten.

Geraldine hatte Haus und Gut in Besitz genommen, ein einsames Weihnachten und Silvester verbracht – sie erhielt von ihren Nachbarn und den Honoratioren Lehmas weder Besuch noch Einladungen – und sich noch nicht daran gewöhnt, von den Dienern und Knechten als gnädige Frau angesprochen zu werden. Wenn sie sich nicht für ihren neuen Besitz interessierte und lernte, wie er zu führen war, verbrachte sie die Zeit im Arbeitskabinett ihres Vaters. Sie beschäftigte sich mit seinen Forschungen und seinem Werk über die Pflanzen der Welt. Die fehlenden Zeichnungen hatte sie fertiggestellt und versuchte nun zu ergründen, welche Texte vorgesehen gewesen waren.

Ihre Bemühungen waren nicht von Erfolg gekrönt. Bereits Anfang Februar hatte sie erkannt, dass sie sehr viel mehr über Pflanzen wissen musste, als es gegenwärtig der Fall war. Ihre Hände wollten etwas zu tun haben, sie wollten malen. In einem Zimmer im Erdgeschoss mit großen Fenstern zur Terrasse hin hatte sie sich ein Atelier eingerichtet. Eine Staffelei, Farben, mehrere Leinwände, Pinsel und alle Utensilien, um auf Porzellan zu malen. Jedenfalls gehörten auch einige gebrannte, aber unbemalte Teller aus der Meißner Manufaktur dazu. Maurice hatte sie ihr eines Tages gebracht und sehr geheimnisvoll getan, als sie hatte wissen wollen, wie er sie besorgt hatte. Sie drang nicht weiter in ihn, wollte ihm nicht die Freude nehmen, ihr einen Herzenswunsch erfüllt zu haben.

Einen Teller hatte Geraldine vor sich auf der Drehunterlage stehen und bereits die Umrisse eines Motivs aufgetragen. Sie malte einen Tag, zwei Tage, drei und schließlich vier Tage lang daran und hatte danach ein Porträt ihres Vaters fertiggestellt. Die junge Frau rieb sich die Augen und betrachtete voll Stolz ihr Werk. Dass jemand Porträts auf Porzellan malte, hatte sie noch nie gehört oder gesehen. Die aufgetragenen Farben hatten noch keine Ähnlichkeit mit denen, die ein Porträt brauchte, um natürlich zu wirken. Sie war sich jedoch sicher, dass nach dem Muffelbrand die Farben richtig wären. Ein Porträt ihres Vaters würde sich auf dem Teller befinden. Auf einem Material, dem Nathan Leberecht von Scholl in seinem Leben viel Zeit gewidmet hatte. Geraldine war sich sicher, es hätte ihm gefallen.

Dem ersten Teller folgte ein zweiter – wieder mit dem Porträt ihres Vaters. Diesen Teller wollte sie seinem alten Freund schenken. Zu einem Wiedersehen der beiden Männer war es nicht mehr gekommen. Deshalb wollte sie von Wildenfels eine Erinnerung an den Jugendfreund schicken.

Aus Dresden hatte sie gehört, dass Teuchert inzwischen in Waldheim einsaß, während seine Frau einige Zeit in einer Besserungsanstalt für verwahrloste Weiber verbringen musste und danach einem ungewissen Schicksal entgegensah. Fest stand jedenfalls, dass Teuchert seine Pension als Beamter der Kreisamtmannschaft verloren hatte und sie auf keinerlei Zuwendungen hoffen durfte.

Fast tat sie Geraldine leid. Als reife Frau aus einer bürgerlichen Existenz gestoßen zu werden, ihr ganzes restliches Leben am Rande der Gesellschaft zu verbringen. Die Teuchertin hatte immer zarte, gut gepflegte Hände gehabt, damit war es nun wohl vorbei. Nehmitz hatte ihr in Briefen darüber berichtet und sie bescheiden wissen lassen, dass er am Appellationsgericht befördert worden war und nun einer Spruchkammer angehörte.

Geraldine strich sich eine Haarsträhne aus dem Gesicht und blinzelte in die Sonne, die in verschwenderischer Fülle zum Fenster hereinscheinte und Wärme vorgaukelte, obwohl der Frühling längst noch nicht Einzug gehalten hatte. Ein weiterer Teller mit einem Porträt stand vor ihr. Diesmal zeigte er nicht ihren Vater, sondern einen jüngeren Mann. Versonnen betrachtete sie das Gesicht, das sie aus dem Gedächtnis gemalt hatte.

Den Mann hatte sie seit Monaten nicht gesehen, aber drei Briefe von ihm empfangen, die alle unbeantwortet geblieben waren. Bei ihrer letzten Begegnung hatte sie ihn weggeschickt. Sie seufzte, weil sie sich nicht mehr sicher war, daran recht getan zu haben. Gerade in langen einsamen Stunden in ihrem Atelier oder bei den Mahlzeiten wünschte sie ihn sich an ihre Seite. Sie wollte ihr Leben mit jemandem teilen – sie wollte es mit ihm teilen.

Dann wieder zweifelte sie – an sich, an ihm. Hätte sie damals ihren ganzen Mut zusammennehmen und seinen Antrag zulassen sollen? Sie könnte heute Frau Frederik Nehmitz sein und würde nicht ihre Tage allein auf einem Rittergut verbringen, sondern in der Gesellschaft ähnlich ehrbarer Ehefrauen. Zeigte sie den Damen eines ihrer Bilder oder ein bemaltes Stück Porzellan, würde sie nie etwas anderes als Lob zu hören bekommen. Eine junge Frau, die ganz zauberhaft malt – was für eine schöne Beschäftigung.

Nein! Nein, nein. Geraldine presste die Handballen gegen ihre Schläfen. Deshalb war es richtig, was sie zu Nehmitz gesagt hatte. Sie war eine Künstlerin und wollte als solche leben und anerkannt werden, nicht als eine Ehefrau, die hübsch malte. Das verstand Frederik nicht. Wie sollte er auch?

Er fehlte ihr.

Am Ende nahm Geraldine einen ihrer dünnsten Pinsel und schrieb auf die Rückseite des Tellers *Je t'aime*.

EPILOG

Etwa eineinhalb Jahre später

Der hochlehnige Stuhl stand mitten im Raum. Darauf saß Frederik Nehmitz und hielt seine acht Monate alte Tochter Josepha auf dem Arm. Das lebhafte Mädchen hatte bereits zwei Zähnchen, und die wollte sie nun auch einsetzen und immer auf etwas kauen. Gerade hatte sie eine Falte von Nehmitz' Rockärmel im Mund. Es hatte sich bereits ein feuchter Fleck im Stoff gebildet, aber das störte den jungen Vater nicht. Er liebte seine Tochter und war stolz auf sie. Was bedeutete dagegen ein Kleidungsstück?

An dem kleinen Tisch neben einem der beiden Fenster saß Geraldine und malte auf einer großen Porzellanplatte mit einem erhabenen, blütenverzierten Rand. Den Tisch bedeckten auf einer Glasscheibe angeriebene Farbpulver und Öle, in einem Becher stand eine Vielzahl unterschiedlicher Pinsel. Die letzte freie Fläche bedeckte eine Skizze von Nehmitz und ihrer Tochter.

»Du musst sie ruhig halten«, verlangte Geraldine. »Wie soll ich euch malen, wenn die kleine Josi sich ständig bewegt?«

»Sag das ihr und nicht mir.« Nehmitz befreite nun doch endlich seinen Ärmel aus dem Mund seiner Tochter und setzte sie sich so auf den Schoß, dass sie in Richtung ihrer Mutter schauen konnte.

Nur dachte das kleine Mädchen gar nicht daran. Sie steckte erst einen ihrer Finger in den Mund und wollte dann die Faust hinterherschieben. Weil die nicht hineinpasste, fing sie leise an zu quengeln. Nehmitz pustete ihr aufs Haar, um sie abzulenken.

»Soll ich die Kinderfrau rufen?«, fragte Geraldine. Ein Lächeln glitt über ihr Gesicht. Sie liebte es, zu sehen, wie Frederik mit Josi spielte, sie auf dem Arm hielt oder ihr über das Köpfchen streichelte.

»Wozu das denn?« Er hatte kurz mit dem Pusten aufgehört, setzte es aber gleich fort, und nun zeitigte es auch einen Erfolg: Josepha nahm die Faust aus dem Mund und schlug damit fröhlich auf den Oberschenkel ihres Vaters.

»Weil du dich vielleicht umziehen willst?«

»Wenn ich mich wegen ein bisschen von Josis Spucke jedes Mal umziehen würde, hätte ich bald keine Röcke und Hosen mehr im Schrank.«

Frederik war ein aufmerksamer und zärtlicher Vater. Er bekam auch dann nicht genug von Josepha, wenn aus dem süßen Mädchen ein kleiner Wildfang wurde. Aus den Erzählungen anderer Mütter wusste Geraldine, dass die meisten Väter ihre kleinen Kinder gar nicht schnell genug in andere Hände geben konnten, wenn sie quengelig wurden. Nicht so ihr Frederik, und das war nur einer der vielen Gründe, warum sie ihn liebte.

Es war wohl unmöglich, Josepha dazu zu bringen, stillzuhalten. Geraldine wandte sich wieder ihrer Arbeit zu. Sie setzte ein paar Striche auf den Teller, rührte ein wenig schwarze Farbe mit einem dünnen Holzstäbchen an, um damit einige Schatten auf das halbfertige Gemälde zu setzen. Dabei spürte sie Nehmitz' Blicke auf sich ruhen. Er war der einzige Mann, der sie so intensiv anschauen konnte, dass sie sich zart berührt fühlte.

»Eigentlich ist es schade …«, begann Nehmitz.

»Was?« Geraldine unterbrach das Anrühren der schwarzen Farbe.

»Da sind nur Josepha und ich auf der Porzellanplatte. Da fehlt jemand, wir sind doch eine Familie.«

»Dann musst du mich dazumalen«, antwortete sie schelmisch.

»Du verlangst Unmögliches. Ich kann nicht einmal auf dem Papier malen. Nach wenigen Minuten hätte ich diese kostbare Porzellanplatte heillos verdorben.«

»Dann musst du stillhalten und dich überraschen lassen.«

Nehmitz wusste, dass er keine andere Wahl hatte. Er setzte sich wieder aufrecht hin, wechselte Josepha von einem Knie auf das andere und legte ihr Köpfchen in seine Armbeuge. Das war genau die Pose, in der Geraldine sie beide malen wollte. Josepha gähnte und zeigte dabei ihre beiden Zähnchen. Der Anblick ließ ihn auflachen.

Geraldine malte wieder, und ihre Zungenspitze schaute zwischen ihren Lippen hervor. Sie sah sehr jung und unschuldig aus, kaum zu glauben, dass sie bereits vierundzwanzig Jahre zählte und Mutter einer Tochter war. Dass sie einmal eine kleine, glückliche Familie werden würden, damit war vor Josephas Geburt nicht zu rechnen gewesen. Nehmitz schluckte. Er wollte nicht daran denken.

»Wollen wir nicht doch nach Dresden übersiedeln? Ich könnte meine Arbeit am Appellationsgericht wieder aufnehmen und du das gesellschaftliche Leben einer Malerin führen. Hier fesseln uns nur unerfreuliche Erinnerungen.«

»Josepha wurde hier geboren. Nennst du das eine unerfreuliche Erinnerung?«

»Das war der schönste Tag in meinem Leben.«

Die Geburt hatte beinahe einen ganzen Tag gedauert, und Geraldine hatte sich gefühlt, als zerreiße es sie innerlich – unter den schönsten Stunden stellte sie sich etwas anderes vor. Aber ihre Tochter zum ersten Mal im Arm zu halten, ihr das erste Mal die Brust zu geben – zuvor hatte sie nicht geglaubt, eine solch grenzenlose Liebe für ein kleines Wesen empfinden zu können. Für Frederiks und ihre Tochter.

»In Dresden werden sie sich das Maul über mich zerreißen«, widersprach sie nun aber dem geliebten Mann. »Die Damen der besseren Gesellschaft müssen nur Josepha sehen, sich an das Datum unserer Hochzeit erinnern, und jede wird ausrechnen können, dass sie weit vorher gezeugt worden sein muss.«

Dem ließ sich nicht widersprechen. Geraldine war sichtbar schwanger gewesen, als sie vor den Traualtar getreten waren.

»Bis sie etwas anderes zum Tuscheln finden«, sagte Nehmitz deshalb wenig überzeugend. »Ich denke nur, es wäre besser, als hierzubleiben, wo du jeden Tag das abgebrannte Herrenhaus vor Augen hast und dich an all das Schreckliche erinnern musst. Dein Halbbruder – ich habe dir versprochen, seinen Namen nie wieder zu erwähnen, und ich tue es auch nicht – hat sich wirklich als eine Sorte Mensch herausgestellt übler noch als Teucherts.«

»Mich erinnert es daran, wie kostbar unser Glück ist und wie leicht es zerbrechen kann. Weshalb ich es sehr gut festhalten will. Außerdem sollten wir das Herrenhaus wieder aufbauen. Im Frühjahr könnten die Arbeiten beginnen.«

»Es wäre dann aber nicht mehr dasselbe Haus, in dem dein Vater gelebt hat«, sagte Nehmitz sanft.

»Das weiß ich, aber wir können Lehma doch nicht so lassen. Die Scheunen und Ställe stehen noch, das Gut wird bewirtschaftet, aber das Haus ist eine Ruine. Das hätte mein Vater nicht gewollt.« Den Pinsel hatte Geraldine längst weggelegt, die angerührten Farben trockneten auf der Glasplatte.

Selbst Josepha schien zu spüren, dass eine ernste Sache verhandelt wurde, denn sie lag nun ruhig in der Armbeuge ihres Papas und kaute auch nicht mehr auf seinem Rock herum.

»Es soll eines Tages Kinderlachen auf Lehma zu hören sein. Josepha soll glücklich werden in einem Haus, in dem andere Kinder nicht glücklich werden konnten. Das wünsche ich mir.«

»Dann soll es so sein.« Nehmitz hielt es nicht länger auf seinem Stuhl. Er eilte zu seiner Frau und schlang den freien Arm um sie, und sie schmiegte sich hinein. Die beiden hielten sich fest umfangen, zwischen ihnen Josepha, die von einem zum anderen schaute.

Nehmitz' Blick fiel dabei auf die Porzellanplatte. »Oh«, entfuhr es ihm.

Bisher hatte er geglaubt, Geraldine wolle ihn mit Josepha im Arm verewigen. Und sie ließ sich beim Malen auch nicht über die Schulter schauen oder zeigte ihre halbfertigen Werke vor. Er durfte sie immer erst sehen, wenn sie fertig waren, aber nun erkannte er auf dem Porzellan, dass hinter ihm eine dritte Person stand und ihm eine Hand auf die Schulter gelegt hatte. Eine Frau. Gesicht und Haar waren bereits teilweise fertiggestellt, und es war unschwer zu erkennen, dass es sich um Geraldine handelte.

»Mir erzählst du immer, du malst dich nicht selbst.«

»Für dich wollte ich es einmal ausprobieren, aber ich weiß einfach nicht, welches Kleid ich mir anziehen soll.«

»Für mich bist du in jedem Kleid die Schönste«, antwortete er und küsste sie aufs Ohr.

SÄCHSISCHE AUSDRÜCKE

ale	alte
Aschkuchen	Napfkuchen
Bohrbs	kleines Kind (meist Junge)
Brack	Ausschuss (bei Porzellan)
Deele	Töle, Hund
dimittieren	entlassen
Freilein	Fräulein
fuurnaam	vornehm
Gefach	einfaches Bier
Hiibsche	Hübsche
Koppchen	Tasse ohne Henkel
Krootsch	Schimpfwort für eine Frau
Nielje	Lilie (hier Kosename)
Rahbmaas	hinterhältige weibliche Person
Roddsbengel	Rotzbengel, ungezogener Junge
Urschel	Frauenzimmer
Währschl	Kind, hilfloses Wesen
Weeß Goddchn!	Weiß Gott!
Zwunnsch	Dreikäsehoch

NACHWORT

Liebe Leser,

ich freue mich, dass Sie bis hierher gekommen sind. Wenn Sie etwas über die Entstehung des Romans und die historischen Hintergründe der Geschichte erfahren wollen, ist dies genau der richtige Ort.

Produktfälschung in der Porzellanmanufaktur Meißen gab es im 18. Jahrhundert und gibt es auch heute noch; ich stieß auf einen entsprechenden Zeitungsartikel, während ich an diesem Roman schrieb. Was ist nun an Geraldines Geschichte wahr und was meiner Phantasie entsprungen?

Wahr ist, dass im Februar 1748 etliche Maler der Meißener Manufaktur wegen verbotener Hausmalerei ermahnt, teilweise bestraft und entlassen wurden. Es gelang damit jedoch nicht, dem verbotenen Treiben der Maler Einhalt zu gebieten. Diesen Umstand nahm ich als Ausgangspunkt meiner Geschichte um die Porzellanmalerin Geraldine. Ihre Geschichte, das Ehepaar Teuchert und auch Frederik Nehmitz sind erfunden. Bei meinen Recherchen stieß ich allerdings auf drei Brüder namens Nehmitz, die mit der Porzellanmanufaktur zu tun hatten und nicht gut gelitten waren. Da Frederik Nehmitz zu diesem Zeitpunkt schon seinen Namen erhalten hatte, beschloss ich, diese Geschichte in den Roman einzubauen.

Wahr ist auch, dass Johann Gregorius Höroldt ein unangenehmer Zeitgenosse gewesen sein muss. Das soll nicht seine Verdienste um die Porzellanmalerei schmälern. Er verstand sich jedoch nicht mit seinem Kollegen Johann Joachim Kändler und herrschte über die Maler in der Manufaktur mit harter Hand, einem absolutistischen Fürsten nicht unähnlich.

Wahr ist auch, dass das Geheimnis der Porzellanherstellung als Arkanum bezeichnet wurde und nach Böttger nur wenigen Eingeweihten, den Arkanisten, bekannt sein sollte. Im Jahr 1748 war das Arkanum allerdings längst nicht mehr geheim. Gerüchte um einen Verrat des Arkanums tauchten immer mal wieder auf und waren auch längst nicht nur Gerüchte, wie die Gründung weiterer Porzellanmanufakturen in Wien und Sèvres zeigten. Ich wollte allerdings keinen echten Arkanisten des Jahres 1748 dem Verdacht des Geheimnisverrats aussetzen, deshalb habe ich in meine Geschichte den Arkanisten von Scholl eingefügt.

Beim Schreiben des Romans haben mir viele Helfer ihren Sachverstand und ihr Ohr geliehen. Bei euch allen möchte ich mich bedanken. Fehler im Roman gehen ganz allein auf mein Konto. Ein ganz besonderer Dank gilt meinem Partner Detlef. Er hat nicht nur mit mir zusammen Meißen erforscht, sondern immer ein offenes Ohr für mich gehabt und es geduldig ertragen, wenn ich mehr im 18. als im 21. Jahrhundert gelebt habe.

Birgit Jasmund im August 2017

LESEPROBE

448 Seiten. Broschur. ISBN 978-3-7466-3295-7

10,99 € (D). Auch als E-Book erhältlich

KAPITEL 1

Vor dem Portal der Kirche Klein St. Martin drängten sich Menschen, als der italienische Kramhändler Giovanni Paolo Feminis die Martinsgasse betrat, die
am Gotteshaus vorbeiführte. Er kam vom Rheinhafen,
wo er Glasperlen, verschiedene Knöpfe, Zitronen- und
Portugalöl abgeholt hatte, die er bei einem Geschäfts-
freund in Antwerpen bestellt hatte. Feminis und seine Familie gehörten der Gemeinde Klein St. Martin
an, und seine Frau Sophia hatte an diesem Morgen zur
Beichte gehen wollen. Warum ihm der Gedanke kam,
dass der Auflauf vor der Kirche etwas mit ihr zu tun haben könnte, wusste er nicht; jedenfalls strebte er eilig der
Menge zu. Er blickte in betroffene und fassungslose Gesichter. Eine Frau mit weit aufgerissenen Augen keuchte
und musste gestützt werden. Sie sah aus, als hätte sie in
den Schlund der Hölle geblickt. Feminis erkannte eine
Nachbarin aus der Sternengasse.

»Was ist passiert, per amor di Dio?«, fragte er mit ita-
lienischem Akzent.

Die Frau war ungefähr eine Handbreit größer als er
und neigte sich zu ihm. Hinter vorgehaltener Hand und
mit gesenkter Stimme erzählte sie: »In der Kirche ist
etwas passiert.«

»Hat es einen Unfall gegeben?« Er hatte von einem Fall aus seiner Heimat gehört, wo ein mannshoher gekreuzigter Jesus von der Wand gefallen war und eine davor betende Frau erschlagen hatte. Madre di Dio, lass so etwas nicht mit Sophia passiert sein!

»Kein Unfall«, flüsterte die Frau. »Die Kirche wurde geschändet.«

»Madonna Mia!« Feminis bekreuzigte sich. Er war entsetzt und erleichtert zugleich. »Wer macht so etwas?« In seinem Kopf wirbelten die Gedanken, und er fand die deutschen Worte nur mit Mühe.

»Das Böse geht um.« Auch die Nachbarin bekreuzigte sich.

»Das Böse?« Er wartete ihre Antwort nicht ab. »Meine Frau wollte zur Beichte gehen. Habt Ihr sie gesehen?«

Die Frau schüttelte den Kopf, und in der Menschenmenge stand Sophia auch nicht. Feminis drängte sich weiter nach vorne zum Portal. Dort verwehrten einige Älteste des Kirchspiels den Zugang.

Jemand erkannte ihn und flüsterte den anderen etwas zu, sie ließen ihn durch. Eine Hand winkte ihn Richtung Altar. War ihm vorher flau gewesen im Magen, begann er nun, sich richtig schlecht zu fühlen. Feminis eilte durch das leere Kirchenschiff, seine Schritte hallten auf dem Steinboden. Je näher er dem Altar kam, desto mehr fiel ihm ein eigenartiger Geruch auf: vergossener Rotwein, etwas wie Fäkalien oder Jauche und darunter ganz schwach der Geruch trockenen Brotes. Links hinter dem Altar befand sich die Sakristei, die Tür stand offen. Als Nächstes hörte er ein Schluchzen und erblickte den jungen Diakon von Klein St. Martin, der kreidebleich und mit bebenden Schultern an der Wand lehnte. Halb hinter einer Säule verborgen, in der Nähe der Tür, saß der Priester auf einem Stuhl. Er war ein kurzgewachsener feister Mann mit rundem Gesicht und grauem Haarkranz. Im Moment waren nur sein breiter Rücken und ein Teil des Hinterkopfs zu sehen. Neben ihm stand Sophia. Feminis seufzte erleichtert auf – was immer geschehen war, seiner Frau schien es gutzugehen.

Sie hatte sich zu dem Priester heruntergebeugt und redete auf ihn ein. Feminis näherte sich der Sakristei, und immer mehr Kleinigkeiten fielen ihm auf. Etwa, dass das stets rot angehauchte Gesicht des Priesters an diesem Tag die Farbe eines gekochten Krebses aufwies. Den Mund hatte der Mann geöffnet, als wollte er einen Schrei ausstoßen, der nicht über seine Lippen kam.

»Pater«, sagte seine Frau mit einer Stimme, als ob sie alles versucht hätte und nun nicht mehr weiterwusste. »Christus hat Euch nicht verlassen. So etwas dürft Ihr nicht einmal denken.«

Feminis trat leise zu seiner Frau und berührte sie am Arm. Sie schaute zu ihm auf. Erleichterung breitete sich auf ihrem Gesicht aus.

»Dem Himmel sei Dank, dass Ihr gekommen seid«, flüsterte sie. »Es ist schrecklich. In der Sakristei ...«

Der Geruch von dort war so stark, dass Feminis beinahe würgen musste. An seiner Frau vorbei ging er zu der offenen Tür und warf einen Blick in den Raum, dessen Betreten den einfachen Gemeindemitgliedern verboten war. Er musste auch nicht weiter hineingehen, um das ganze Ausmaß zu erkennen: Auf dem Boden schwamm eine Weinlache, darin eine breiige Masse und etwas, das nur menschliche Fäkalien sein konnten. Feminis schüttelte sich, diesmal nicht nur wegen des Geruchs. Die Kirche war geschändet, und das einen Tag vor Mariä Lichtmess und dem Beginn des Karnevals.

Er schaute seine Frau fragend an.

»Jemand muss in der Nacht in die Sakristei eingedrungen sein und sie verwüstet haben. Das ist der Abendmahlswein da auf dem Boden. Darin schwimmen die Hostien, und das andere muss ich nicht erklären. Aus dem Kelch wurden die Edelsteine herausgebrochen, und man hat ihn in eine Ecke geworfen. Den Abendmahlsteller ebenso. Ich habe den Geruch bemerkt, als ich zur Beichte in die Kirche gekommen bin. Außer mir war niemand da, aber die Tür zur Sakristei stand offen. Ich habe gleich den guten Pater und den Diakon geholt«, erklärte Sophia leise. »Ihnen ist der Schreck in die Glieder gefahren und mir auch. Wer macht so etwas?«

»Ein im Geiste verwirrter Mensch.«

»So wirr kann er nicht gewesen sein, denn immerhin muss er an den Schlüssel des Paters gelangt sein.« Sophia deutete auf die Tür der Sakristei, und Feminis sah den Schlüssel im Schloss stecken.

»Es ist nicht an uns, Vermutungen anzustellen.« Er griff nach der Hand seiner Frau, die eiskalt war. Beruhigend streichelte er mit dem Daumen ihren Handrücken. Seine Sophia hatte sich tapfer verhalten. Er kannte eine Reihe Frauen – viele davon seine Kundinnen – die bei einem derartigen Fund schreiend aus der Kirche gelaufen wären und für den Rest des Tages kein vernünftiges Wort mehr herausgebracht hätten.

Behutsam zog er Sophia ein paar Schritte von dem Priester fort und bedeutete ihr, dass es am besten wäre, nach Hause zu gehen. Was jetzt getan werden musste, lag in der Hand der Gemeindeältesten und des Priesters, nicht mehr in ihrer. Sophia ließ sich von ihm den Mittelgang des Kirchenschiffs entlangführen.

»Das kann kein Mensch sein, der so etwas macht«, murmelte sie vor sich hin.

Die Frage nach dem Täter stellten sich auch die Menschen vor der Kirche, und ihre Antwort darauf lautete: Etwas Böses war nach Köln gekommen.

Klein St. Martin war geschändet, und bis die Kirche neu geweiht war, galt sie nicht als Gotteshaus. Der Priester, dem ein Glas Wein wieder zu klaren Gedanken verholfen hatte, schloss sie ab und schlurfte über die Gasse zu seiner Wohnung.

In seiner Studierstube setzte er sich an den Schreibtisch. Sorgfältig spitzte er eine Feder an und legte einen Bogen Papier vor sich. Er hatte den schwersten Brief seines Lebens zu schreiben: Der Erzbischof musste von dieser Schandtat erfahren.

Bis zur Neuweihung konnten in der Kirche weder Messen gelesen noch die Beichte abgenommen oder Sakramente gespendet werden. Die Mitglieder seiner Gemeinde würden sonntags die umliegenden Gotteshäuser aufsuchen müssen, und er musste mit deren Priestern sprechen, damit sie ihm Zeit in ihren Beichtstühlen einräumten, bis der Erzbischof in einem feierlichen Hochamt Klein St. Martin neu geweiht hatte.

Der Erzbischof war ein Wittelsbacher, der jüngere Bruder des bayerischen Kurfürsten, und hielt sich meist an dessen Hof in München auf. Die Amtsgeschäfte überließ er seiner erzbischöflichen Kanzlei in Bonn.

Normalerweise war es dem Priester am liebsten, wenn der Erzbischof sich so weit weg wie möglich aufhielt. Seine Einsetzung durch den Papst im Jahr 1688 war ein Anlass für den Krieg gewesen, der vor sieben Jahren zwischen dem französischen König und Kaiser Leopold I. ausgebrochen war. Es ging um Macht und Einfluss. Daran hatte er als einfacher Priester einer Stadtkirche kein Interesse. Er wollte nichts anderes, als dass Köln von den französischen Soldaten verschont blieb. Dass sie nicht vor den Mauern auftauchten, die Stadt mit Kanonen beschossen und sie am Ende eroberten – wie es Bonn 1689 ergangen war. Und nun musste er den Erzbischof herlocken, selbst wenn es Monate dauern mochte, bis er aus München angereist kam, und das lenkte die Aufmerksamkeit des französischen Königs auf die Freie Reichsstadt am Rhein. Deren Bürgermeister und Stadträte hatten es bisher klug vermieden, sich auf eine Seite der beiden Kriegsparteien zu schlagen. So sollte es auch bleiben.

Was dem Pater mindestens so viel Kopfzerbrechen bereitete wie der Brief an den Erzbischof, war die Frage, wie jemand in die Sakristei hatte eindringen können. Gestern Abend hatte er die Türen nach der letzten Andacht abgeschlossen, da war er sich sicher. Den Schlüssel trug er immer in einer Tasche seiner Soutane. Auch gestern – er hatte hineingegriffen und nachgefühlt, ehe er das Kleidungsstück in den Schrank neben der Eingangstür seiner Wohnung gehängt hatte.

Aber auf seiner Türschwelle hatte ein Krug mit Wein gestanden. Er ahnte, dass er ihn nicht hätte mit ins Haus nehmen und trinken sollen. Er hatte jedoch vermutet, einer der Ältesten seines Kirchspiels habe ihm den Wein vor die Tür gestellt, weil er ihm ein Geschenk versprochen hatte. Er hatte bemerkt, dass mit dem Wein etwas nicht stimmen konnte, als er beim zweiten Glas müde geworden war. Eine so geringe Menge machte ihm normalerweise nichts aus, da brauchte es schon mehr als einen Krug, ehe sein Kopf auf die Tischplatte sank.

Es half alles nichts: Er hatte es dem Frevler leicht gemacht, den Schlüssel zu entwenden. Darüber ärgerte er sich und seine Hand krampfte sich um die Feder, die sich durchbog. Bevor sie zerbrach, löste er seinen Griff. Nichts änderte etwas daran, dass er jetzt seiner Pflicht folgen musste. Entschlossen tauchte der Priester die Feder in die Tinte und schrieb die Anrede auf den Papierbogen. Seine übliche schön geschwungene Handschrift sah zittrig aus.

Das Ehepaar Feminis ging nach Hause. Sophia hatte sich bei ihm untergehakt und er seine Schritte den ihren angepasst.

»Ich habe zunächst gedacht, es wäre Blut«, sagte sie auf einmal, als sie bereits das Haus in der Sternengasse sehen konnten, in dem sie zur Miete wohnten. »Eine riesige Lache auf dem Boden. Ich habe jeden Moment erwartet, einen Toten zu finden. Unser guter Pater stand neben mir und wurde kreidebleich, er hat wohl das Gleiche gedacht.«

»Es war doch bereits an der Kirchentür zu riechen, dass kein Blut vergossen wurde, sondern Wein.«

»Nicht jeder hat Eure feine Nase. Ihr habt wahrscheinlich auch gerochen, aus welcher Gegend der Wein stammte. Burgund, Chianti oder Venetien?«

»Ich gebe zu, der Fäkaliengestank hat den des Weins überlagert und mir die Bestimmung der Herkunft unmöglich gemacht.« Sonst gelang es Feminis durchaus, am Geruch zu erkennen, woher ein Wein stammte. Verschiedene Male hatte ihm das in einem Wirtshaus die Bewunderung der anderen Gäste und einige Freigetränke eingebracht. Seine Nase war feiner als die gewöhnlicher Menschen.

»Es war trotzdem ein Schreck«, begann Sophia wieder, »und ich froh über Euer unerwartetes Erscheinen. Wo kamt Ihr auf einmal her? Ich wähnte Euch längst mit dem Kramkarren unterwegs.«

Sein Handel mit französisch Kram warf nicht genug ab, damit er ein Ladengeschäft in einem der besseren

Stadtviertel mieten konnte. Denn dort wohnten die Kunden für den modischen Putz, den er verkaufte, und dort zog er mit einem Handkarren durch die Straßen.

»Ich habe im Hafen eine Sendung abgeholt. Ein Paket aus Antwerpen, Knöpfe, Perlen, Seidenstrümpfe.«

Madre di Dios – das Paket! Feminis trug es nicht mehr bei sich. Er musste es in der Kirche liegengelassen haben. Es war zu groß, um es in eine Rocktasche zu stecken, dennoch durchwühlte er sie.

Sophia versicherte ihm, sie könne alleine nach Hause gehen, und als er sich davon überzeugt hatte, verabschiedete er sich und eilte zurück nach Klein St. Martin.

Es kostete ihn eine Portion Überredungskunst, den Diakon zu veranlassen, die geschändete Kirche aufzuschließen und ihn nach dem Paket suchen zu lassen. Es lag in einer der Kirchenbänke. Feminis drückte es an seine Brust. Der Verlust an Knöpfen und Flitter hätte sein Geschäft nicht zum Erliegen gebracht, aber wenn er die ätherischen Öle verloren hätte, wäre er bei der Entwicklung eines Aqua mirabilis weit zurückgeworfen worden. Feminis war nicht nur Kramhändler, sondern auch Parfümeur. In seinem Besitz war das Geheimrezept für ein Aqua mirabilis, das Geist und Körper erfrischen und mit Schönheit segnen sollte. Bisher war es ihm nur noch nicht gelungen, alles daraus zu entziffern. Die Zubereitung des Duftwassers glich einem Fischen im Trüben.